Leon Uris wurde 1924 in Baltimore geboren. Er trat mit siebzehn Jahren als Freiwilliger in das amerikanische Marinekorps ein, in dem er bis Kriegsende im Pazifik diente. Von 1947 an arbeitete Uris als Journalist in San Francisco. Weltberühmt wurde er 1958 mit dem großen Roman »Exodus«, zu dessen Land und Menschen er mit »Haddsch« zurückkehrt. Leon Uris ist mit der bekannten Fotografin Jill Uris verheiratet, mit der er gemeinsam zwei Bildbände veröffentlicht hat. Er ist Vater von drei Kindern und lebt mit seiner Frau zurückgezogen in Colorado.

W0364103

Vollständige Taschenbuchausgabe 1987
Droemersche Verlagsanstalt Th. Knaur Nachf., München
Lizenzausgabe mit freundlicher Genehmigung
des Kindler Verlags, München
Copyright © 1984 für die deutschsprachige Ausgabe bei
Kindler Verlag GmbH, München
Titel der Originalausgabe »The Haj«
Copyright © 1984 by Leon Uris
Aus dem Amerikanischen von Hanns Müller
Umschlaggestaltung Adolf Bachmann
Umschlagfoto Studio Schmatz
Druck und Bindung Ebner Ulm
Printed in Germany 5
ISBN 3-426-01515-3

Leon Uris:
Haddsch

Knaur®

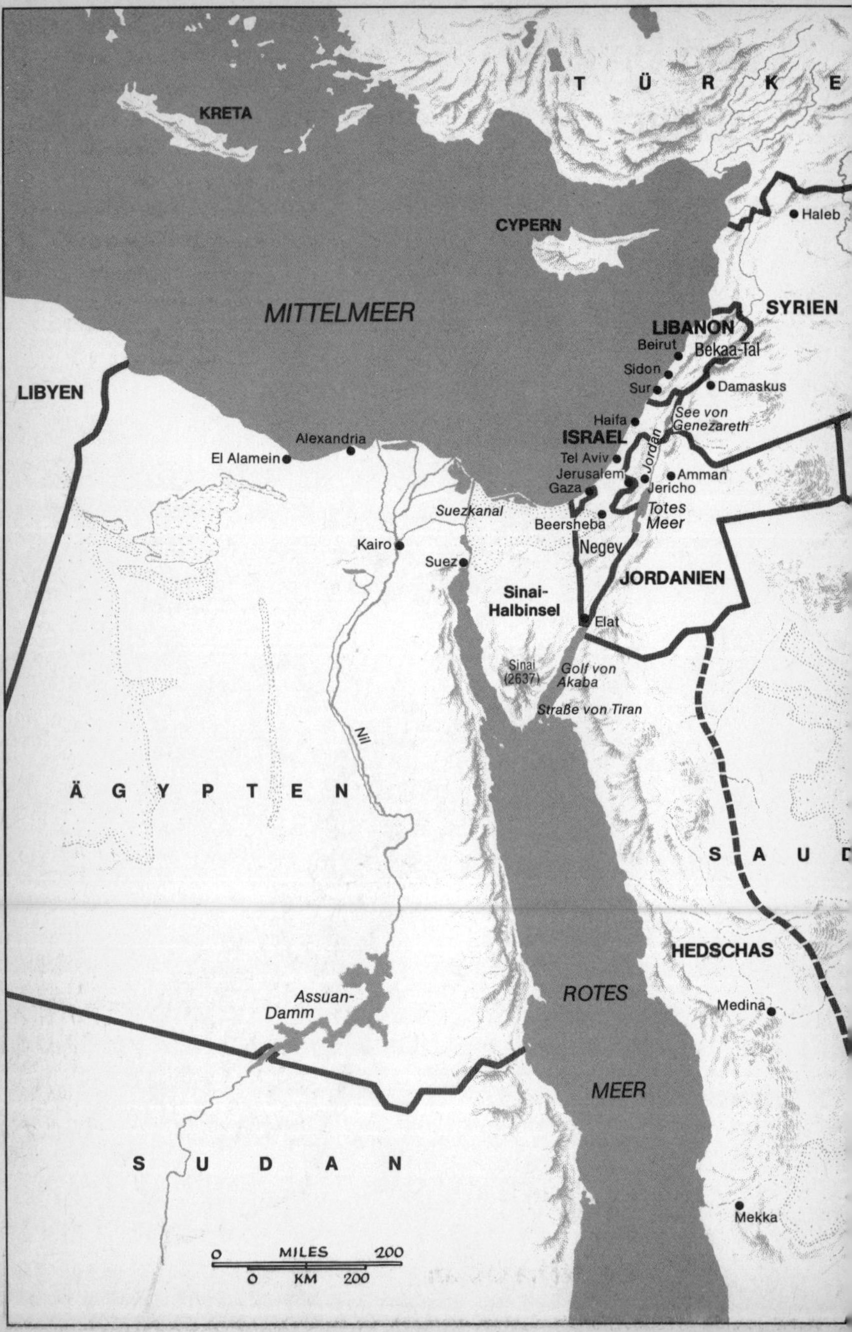

T Ü R K E
KRETA
CYPERN
Haleb
SYRIEN
MITTELMEER
LIBANON
Beirut
Bekaa-Tal
Sidon
Sur
Damaskus
LIBYEN
Haifa
See von Genezareth
ISRAEL
Jordan
Alexandria
El Alamein
Tel Aviv
Jerusalem
Amman
Gaza
Jericho
Suezkanal
Totes Meer
Beersheba
Kairo
Suez
Negev
JORDANIEN
Sinai-Halbinsel
Elat
Sinai (2637)
Golf von Akaba
Straße von Tiran
Nil
Ä G Y P T E N
S A U D
HEDSCHAS
ROTES
Assuan-Damm
Medina
MEER
S U D A N
Mekka
0 MILES 200
0 KM 200

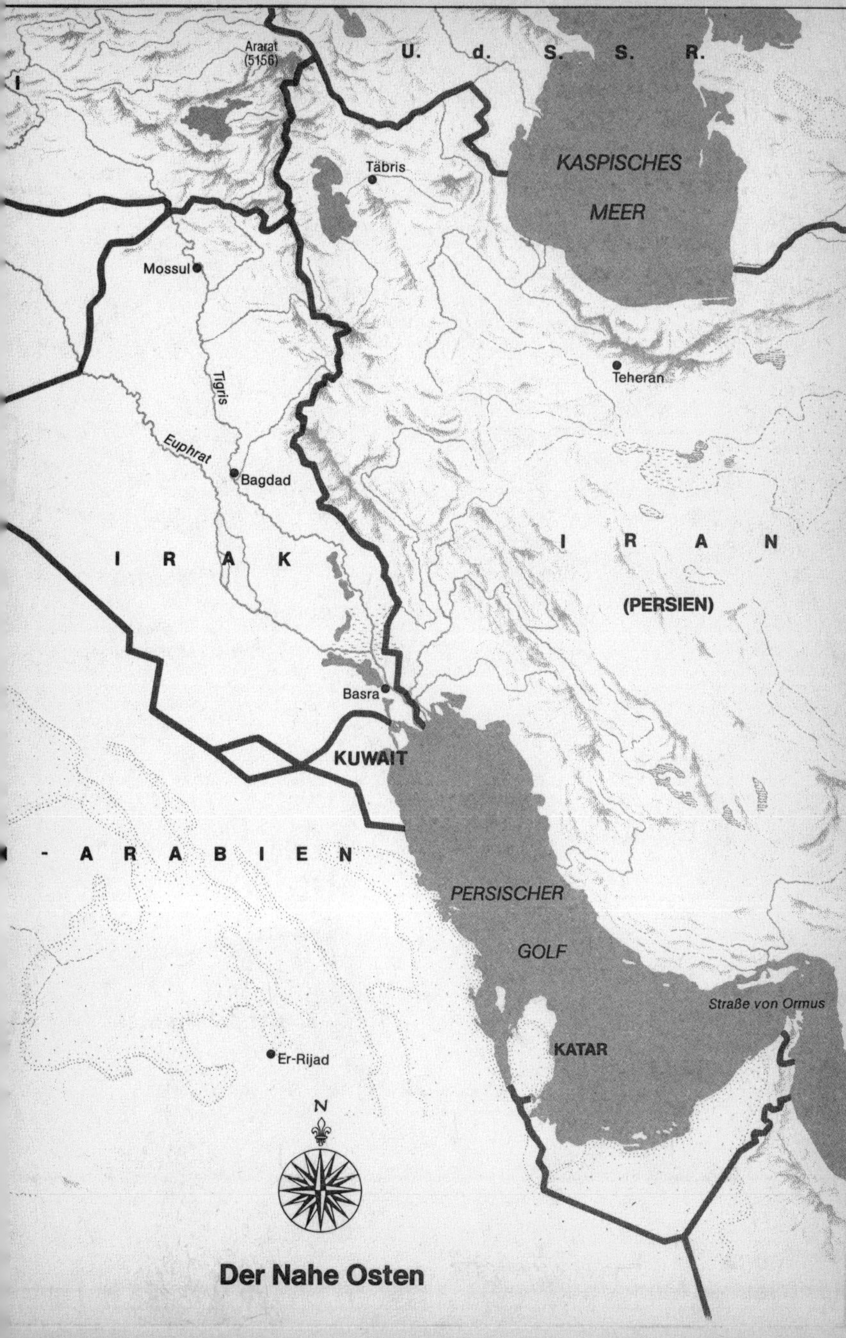

Der Nahe Osten

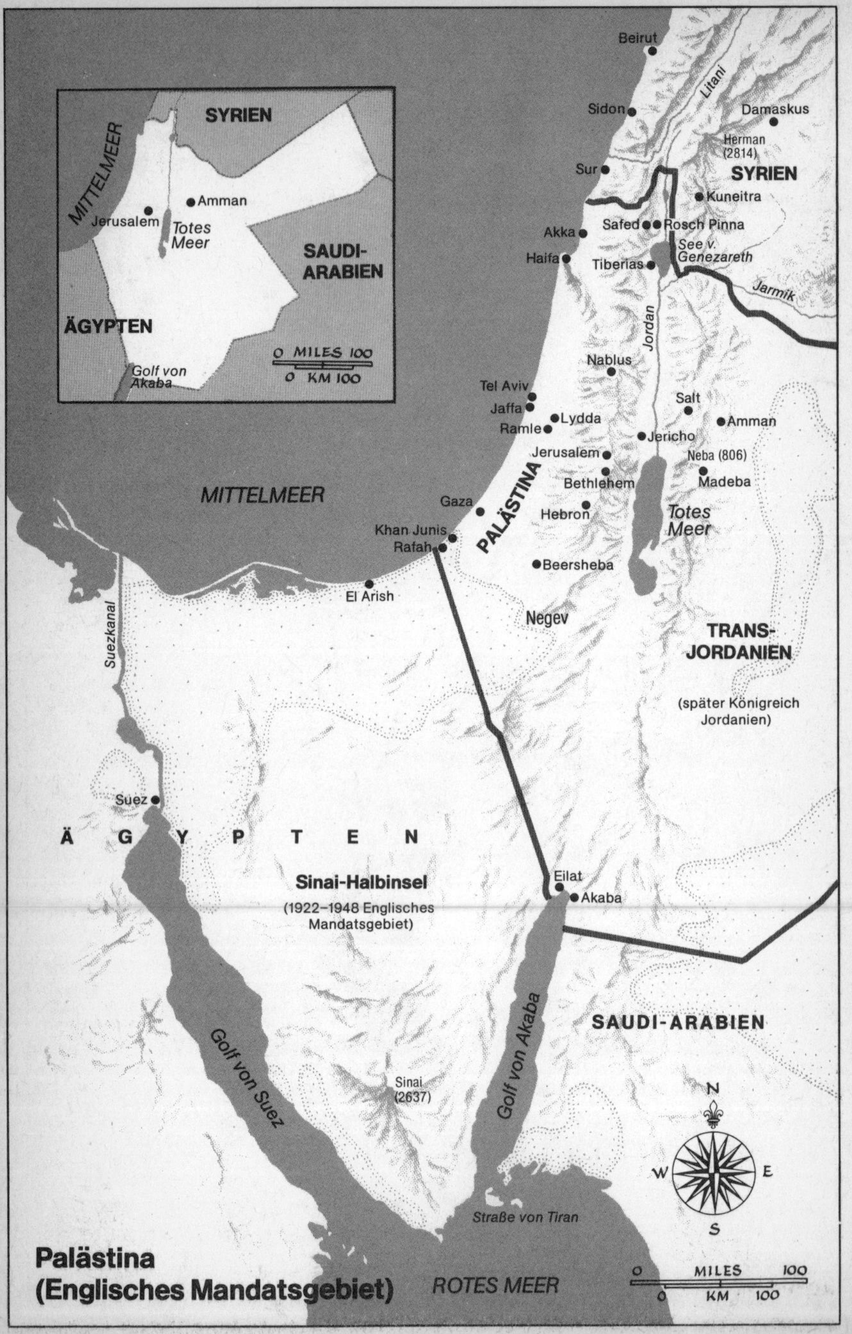

SYRIEN
MITTELMEER
Amman
Jerusalem
Totes Meer
SAUDI-ARABIEN
ÄGYPTEN
Golf von Akaba
0 MILES 100
0 KM 100
Beirut
Litani
Sidon
Damaskus
Herman (2814)
Sur
SYRIEN
Kuneitra
Safed
Rosch Pinna
Akka
See v. Genezareth
Haifa
Tiberias
Jarmik
Jordan
Nablus
Tel Aviv
Jaffa
Lydda
Ramle
Salt
Amman
Jericho
Jerusalem
Neba (806)
Bethlehem
Madeba
MITTELMEER
Gaza
PALÄSTINA
Hebron
Totes Meer
Khan Junis
Rafah
Beersheba
El Arish
Negev
TRANS-JORDANIEN
(später Königreich Jordanien)
Suezkanal
Suez
Ä G Y P T E N
Sinai-Halbinsel
(1922–1948 Englisches Mandatsgebiet)
Eilat
Akaba
SAUDI-ARABIEN
Golf von Suez
Golf von Akaba
Sinai (2637)
N
W
E
S
Straße von Tiran
Palästina
(Englisches Mandatsgebiet)
ROTES MEER
0 MILES 100
0 KM 100

Westbank
LIBANON
Hebron (2814)
Litani
Sur
Kuneitra
Rosch Pinna
Golan-Höhen
SYRIEN
Akka
See von Genezareth
Haifa
Tiberias
Jarmik
ISRAEL
Mischmar ha-Emek
Ebene von Scharon
MITTELMEER
Djennin
Netanya
Tulkarm
ARABISCHES DREIECK
JORDANIEN
Nablus
„Engpass“
Samaria
Jordan
WEST-BANK
Tel Aviv
Jaffa
Salt
St. Georgs-Kloster
Berg der Versuchung
Amman
Lydda
Ramle
Ramallah
Akbat Dschabar
Jericho
Allenby-Brücke
West-Jerusalem
Ost-Jerusalem
Neba (806)
Ezion-Block
Qumran (Höhlen)
Madeba
Bethlehem
Totes Meer
Hebron
(JUDÄA)
JORDANIEN
En Gedi (Oase)
GAZA-STREIFEN
ISRAEL
Massada (Festung)
Beersheba
N
W
E
S
Negev
0 MILES 30
0 KM 30
ÄGYPTEN

Für
MARK

Um die für die Reisen und Recherchen sowie die Niederschrift eines Romans wie »Haddsch« erforderliche Zeit aufzuwenden, muß der Autor notwendigerweise zum egozentrischen Schaffenden werden, der seine persönlichen Beziehungen auf die Grenzen ihrer Belastbarkeit überprüft. Meine Frau Jill nahm an diesem Projekt mit der gleichen Hingabe teil wie ich. Sie setzte sich dafür uneigennützig mit ihrer ganzen Anteilnahme, Treue und Liebe ein. Sie sorgte für mich, oft an obskuren, gefährlichen Orten. Und vor allem lieferte sie durch ihre klugen und einfühlsamen Ratschläge einen bedeutenden Beitrag zu der Arbeit. Diese Seiten hätten ohne eine solche Partnerin an meiner Seite kaum geschrieben werden können.

Ich wußte bereits seit der Arbeit an »Trinity«, daß meine Forschungsassistentin Diane Eagle ein erstaunliches Gespür dafür besaß, was ich auszudrücken versuchte und was die Handlung des Romans verlangte. »Haddsch« war für jeden, der zu diesem Thema Nachforschungen anstellte, eine ungeheuere Herausforderung. Diane reagierte darauf mit der Beschaffung von tausendundeiner brillanten Dokumentation. Jeden Tag, wenn ich an der Schreibmaschine den Kampf aufnahm, standen die Fakten mir dank ihrer Erhebungen zur Verfügung, und wenn ich Hilfe brauchte, mußte ich nur ein Büro weiter gehen. Sie trug nicht nur zum historischen Hintergrund und zur Authenzität des Romans bei, sondern erleichterte mir auch die auf mir lastende Arbeit wesentlich. Vor allem möchte ich Diane, unserer Kameradin, für ihre unwandelbare Freundschaft Jill und mir gegenüber danken.

Viele der in »Haddsch« geschilderten Vorfälle sind historisch verbriefte Tatsachen. Viele Szenen knüpfen an historische Ereignisse an, die den Hintergrund des Romans bilden.
Möglicherweise gibt es lebende Personen, die an ähnlichen Ereignissen beteiligt waren wie denen, die dieses Buch beschreibt. Diese Leute könnten durchaus irrtümlicherweise für Romanfiguren gehalten werden.
Ich möchte betonen, daß alle Personen in »Haddsch« Erfindungen des Autors sind.
Ausnahmen bilden nur die bekannten Gestalten des öffentlichen Lebens, die zum historischen Hintergrund gehören, wie David Ben Gurion, der Mufti von Jerusalem, Abdullah, Yigal Allon und andere.

Vorspiel
1922

Der junge Ibrahim setzte sich ruhig ans Bett seines Vaters und lauschte, als der alte Mann keuchend seinen Letzten Willen verkündete. In den glasigen Augen des Scheichs blitzte flüchtiges Erkennen auf, und er raffte seine letzten Kräfte zusammen. Er langte unter das Kopfkissen, zog einen juwelenbesetzten Dolch hervor, reichte ihn Ibrahim mit zitternder Hand und vollzog so den alten Ritus der Machtübergabe.
»Er gehört Faruk«, wandte Ibrahim ein. »Er ist mein älterer Bruder.«
»Dein Bruder ist ein zahnloser Hund«, krächzte der Vater. »Die anderen schmieden schon ein Komplott, um einen neuen Muchtar zu wählen. Die Macht muß in unseren Händen bleiben, bei den Sukaris«, forderte er und drückte seinem Sohn den Dolch in die Hand. »Er ist klein, wie eine solche Waffe eben ist«, erklärte der Scheich, »aber der Dolch ist die Waffe, mit der wir unser Volk regieren. Sie kennen seine Bedeutung und den Mut des Mannes, der ihn bis ans Heft hineinstoßen kann.«
Der alte Scheich starb, das Dorf beklagte seinen Tod, und wie der Sterbende vermutet hatte, hatten die übrigen vier Sippen einen neuen Muchtar für Tabah gewählt, um so die ein Jahrhundert andauernde Macht der Sukaris zu brechen. Eine Stunde nach dem Begräbnis seines Vaters lud Ibrahim acht der führenden Mitglieder der anderen Sippen in sein Haus. In der Mitte des Raumes stand ein einfacher, roher Holztisch. Plötzlich zog Ibrahim acht Messer hervor und stieß sie in einer Reihe nebeneinander in die Tischplatte. Dann schlug er sein Gewand zurück und enthüllte den juwelenbesetzten Dolch.
»Es ist an der Zeit, daß wir den neuen Muchtar wählen. Wenn jemand nicht mit der Fortführung der Sukari-Herrschaft einverstanden ist ...« Er brach ab und wies mit der Hand auf die aufgereihten Messer. Gewöhnlich erforderte die Wahl eines neuen Muchtars zähes Feilschen, bevor man zu einer Lösung gelangte, wie Ibrahim sie vorgeschlagen hatte. Diese Wahl war jedoch innerhalb einer Minute vorbei. Die acht Gegner traten nacheinander vor ihn hin, verneigten sich, küßten ihm die Hand und versicherten ihn ihrer Treue.
Ibrahim al-Sukari war Anfang zwanzig, als er Muchtar von Tabah wurde, weil er die Macht des Dolches im Leben der Araber erkannt hatte.

Teil 1

Das Tal von Ajialon

I

1944

Ich bin Ismael. Ich wurde während der Unruhen des Jahres 1936 in Palästina geboren. Da viele hier beschriebene Ereignisse sich vor meiner Geburt zutrugen, werden Sie fragen: »Wie kann Ismael von ihnen wissen?« Nehmen Sie die Wahl meines Vaters Ibrahim zum Muchtar von Tabah. In der Welt, aus der ich stamme, gehört das Geschichtenerzählen zum Leben. Irgendwann kennt jeder die gesamte Vergangenheit aus den Erzählungen der Alten.

Andere Vorfälle ereigneten sich in meiner Abwesenheit. Aha! Wie kann ich von ihnen wissen? Vergessen Sie nicht, geschätzter Leser, daß wir Araber ungewöhnlich phantasiebegabt und in der Magie bewandert sind. Haben wir der Welt nicht »Tausendundeine Nacht« geschenkt?

Gelegentlich werde ich mit meiner Stimme zu Ihnen sprechen. Andere werden mit ihrer Zunge reden. Unsere Erzählung kommt von einer Million Sonnen, Monden und Kometen, und alles, was ich unmöglich wissen kann, wird mit der Hilfe Allahs und unserer besonderen Magie dennoch vor Ihre Augen treten.

Als männliches Kind hatte ich Anspruch auf die Muttermilch, so lange mich danach verlangte, und ich wurde erst an meinem fünften Geburtstag entwöhnt. Gewöhnlich war dies der Zeitpunkt, an dem der Knabe das Reich der Frauen verließ, aber ich war klein und konnte mich weiter zwischen den Frauen verstecken. Meine Mutter Hagar war eine kräftige Frau mit großen Brüsten, die nicht nur mit Milch gefüllt waren, sondern mir auch eine Zuflucht boten, wo ich mich anschmiegen und außerordentlich behaglich fühlen konnte. Es gelang mir, mich bis 1944 vor der Männerwelt zu verstecken; damals war ich acht Jahre alt.

Eines Tages schickte mein Vater Ibrahim meine Mutter viele Meilen weit nach Süden, in ihr Heimatdorf. Sie bekam nur selten die Erlaubnis, dorthin zu gehen, deshalb bedeutete ihr plötzliches Verschwinden eine seelische Erschütterung, beinahe ein Unglück für mich. Bisher hatte ich meine Kindheit unter Frauen verbracht, die mir Zuflucht gewährten und mich beschützten. Eine Zeitlang hatte mich meine Großmutter aufgezogen, weil meine Mutter nicht nur ihre Pflichten in der Küche, im Haus und in der Familie zu erfüllen hatte, sondern

auch auf den großen Feldern arbeitete sowie den Garten neben dem Haus betreute. Es geschah wenige Tage nach Großmutters Tod, daß meine Mutter fortgeschickt wurde.
Meine einzige Aufgabe war bisher das Wasserholen gewesen. Meine Mutter hatte mich jeden Tag mit zum Dorfbrunnen genommen. Jetzt war sie fort. Ich wurde mit Spott begrüßt. Alle Frauen kicherten und lachten mich aus. Sie sagten mir, daß mein Vater sich eine zweite Frau nehmen würde. Er hatte meine Mutter aus dem Dorf geschickt, um nicht ihrem Zorn und ihrer Demütigung ausgesetzt zu sein. Bald schlossen sich meine Spielgefährten den Spöttern an, und manche warfen sogar mit Steinen nach mir.
Ich sah, wie mein Vater seinen Morgenspaziergang zum Café machte, das ihm und meinem Onkel Faruk gehörte und in dem er den Großteil des Tages verbrachte. Ich lief zu ihm und klagte über das, was ich am Brunnen gehört hatte. Wie gewöhnlich stieß er mich grob zur Seite und ging weiter. Ich rannte ihm nach und zupfte ihn am Umhang, hatte aber nicht genug Kraft, um seine Aufmerksamkeit zu erregen. Als er sich umdrehte, schlug ich mit meiner kleinen Faust nach ihm und schrie, daß ich ihn hasse.
Mein Vater packte mich am Arm und schüttelte mich so heftig, daß ich das Bewußtsein zu verlieren fürchtete. Dann stieß er mich weg wie Abfall, und ich landete in dem offenen Abwassergraben, der vom oberen Teil des Dorfes herunterfloß.
Da lag ich in Mädchenkleidern im Rinnstein und brüllte aus vollem Hals. Ich spürte, wie die salzigen Tränen und der Rotz aus meiner Nase mir in den Mund rannen. Ich schrie verzweifelt, denn so klein ich auch war, ich begriff, daß ich meine Lage nicht ändern konnte. Ich hatte weder die Möglichkeit, mich aufzulehnen, noch zu protestieren.
Ich habe diesen kleinen Jungen später immer wieder in den Flüchtlingslagern gesehen, wo er auf Misthaufen spielte und von Erwachsenen, seiner Familie und den Spielgefährten geschlagen und verspottet wurde. All diese Kinder schrien zu Allah, der sie nicht hörte.

Unser Dorf Tabah lag unweit von der Straße nach Jerusalem. Meine Familie gehörte zum Sukari-Klan, der früher einmal Teil des Beduinenstamms der Wahhabiten gewesen war. Die Wahhabiten waren große Krieger, die vor zweihundertfünfzig Jahren von der arabischen Halbinsel herübergekommen waren und das Land mit Feuer und Schwert für den Islam gereinigt hatten.

Später war die Macht der Wahhabiten von einfallenden türkischen und ägyptischen Armeen gebrochen worden. Viele Sippen spalteten sich vom Hauptstamm ab, und einige wanderten nach Palästina aus. Unser Klan streifte im Gebiet zwischen Gaza und Beersheba umher und zog vom Negev zur Sinaiwüste und wieder zurück.
Mehrere Sippen mit zusammen über hundertfünfzig Familien wanderten nach Norden und wurden seßhaft. Doch wir behielten durch Heirat eine enge Bindung an die Wahhabiten, die bei Festen wie Hochzeiten und Begräbnisse immer wieder bekräftigt wurde; und sie dienten uns als Kameltreiber während der Ernte und zur Zeit des Dungsammelns.
Mein Vater Ibrahim war ein großer Mann, der im gesamten Gebiet gefürchtet und respektiert wurde. Er war nicht nur der Muchtar, der Dorfvorsteher, sondern auch der Bevollmächtigte der Grundbesitzer. Unsere Familie gehörte zu den *sayyids,* direkte Nachkommen des Propheten Mohammed, und dadurch standen wir über den anderen. Außer Tabah gab es kleinere Dörfer im Gebiet der früheren Wahhabiten-Beduinen, die mein Vater gleichfalls kontrollierte. Seine Macht gründete sich auf seine Stellung als Leiter des weltlichen und geistlichen sowie des Polizeiapparates. Er hatte die Dokumente zu überprüfen, in denen der Besitz und die Erbschaften der Dorfbewohner eingetragen waren. Vater war der einzige im weiten Umkreis, der den Haddsch, die Pilgerfahrt nach Mekka, unternommen hatte. Ein Bild und das Datum der Wallfahrt über unserer Haustür bezeugten das ehrenvolle Ereignis.
Zuerst war mein Vater als Ibrahim al-Sukari al-Wahhabi bekannt, womit seine Sippe und sein Stamm bezeichnet wurden, aber arabische Namen ändern sich mit der Geburt von Knaben. Leider waren die beiden ersten Kinder meiner Eltern Mädchen, was eine kleine Katastrophe bedeutete. Alle, besonders die Frauen am Dorfbrunnen, flüsterten hinter seinem Rücken, er sei ein »Abu Banat«, ein »Vater von Töchtern«, was einer tödlichen Beleidigung gleichkam.
Mein Vater drohte meiner Mutter, sie zu verstoßen, weil er ihr die Schuld für diese Demütigung gab. Sie flehte um eine letzte Gnadenfrist, und durch Allahs Willen wurde ihr als drittes Kind ein Sohn geschenkt, mein ältester Bruder Kamal. Nach Kamals Geburt konnte mein Vater den ehrenvollen Titel »Ibrahim Abu Kamal« annehmen, was bedeutet »Ibrahim, Vater von Kamal«.
Auf Kamal folgten drei weitere Söhne, und mein Vater sonnte sich in seinem Ruhm. Doch leider kamen vor meiner Geburt noch drei

Töchter zur Welt. Einer meiner Brüder und zwei meiner Schwestern starben, bevor ich geboren wurde. Mein Bruder starb an Cholera. Eine meiner Schwestern starb an einem Bauch- und die andere an einem Brustleiden. Keines dieser drei Kinder erlebte seinen ersten Geburtstag. Bei einer Familie von zehn Kindern war es üblich, daß einige starben, und mein Vater fühlte sich gesegnet, weil er vier überlebende Söhne hatte.

Meine beiden ältesten Schwestern wurden innerhalb des Wahhabiten-Stammes verheiratet, aber ihre Männer wohnten in fernen Dörfern. Wie es Brauch war, zogen sie dorthin in das Haus ihrer Schwiegereltern.

Mein Vater war Anfang zwanzig, als er sich zum Muchtar, »dem Erwählten«, erklärte. Sein Vater war Muchtar gewesen, und als er starb, sollte ein Nachfolger gewählt werden. Die Scheichs der vier übrigen Sippen hatten vereinbart, daß der älteste von ihnen die Stellung einnehmen solle. Doch mein Vater war damit nicht einverstanden, und die Geschichte von seiner Tapferkeit und Erhabenheit wurde viele, viele Male erzählt.

Ibrahim war fünf Jahre vor der Jahrhundertwende zur Welt gekommen. Als er Muchtar wurde, hatte er die höchste Stellung im Dorf erreicht, denn nun brauchte er nicht mehr zu arbeiten. Innerhalb kurzer Zeit hatte er drei Söhne, eine überlebende unverheiratete Tochter und eine Frau, alle im arbeitsfähigen Alter. Er besaß das beste und größte Stück Land, trieb die Pachtgelder ein und herrschte über sechs Dörfer. Er trug nicht einmal Arbeitsschuhe, sondern solche, die andere nur an Feiertagen anzogen.

Mein Onkel Faruk war Vaters Sklave. Ihm und meinem Vater gehörten das Dorf-Café und der Krämerladen. Onkel Faruk war ein kränkliches Kind gewesen, man hatte ihn in der Küche gelassen, damit er dort sterben solle, aber Allah hatte es anders bestimmt. Er wurde von christlichen Missionaren entdeckt, die in der Nähe eine Siedlung gegründet hatten. Sie pflegten ihn gesund und lehrten ihn Lesen und Schreiben. Er war der einzige in Tabah, der des Schreibens kundig war, und mein Vater wußte Faruks Kenntnisse zu seinem persönlichen Vorteil zu nutzen.

Ibrahim machte auf dem Weg zum Café jeden Tag eine flüchtige Runde bei seinen Bekannten, ließ die Perlen seiner Gebetsschnur durch die Finger gleiten, murmelte leise Koransuren und dokumentierte seine Stellung im Dorf. Den Großteil des Tages hielt er hof im Café, rauchte seine Wasserpfeife, grüßte nach allen Seiten und

lauschte aufmerksam den Klagen der Dorfbewohner. Immer wieder erzählten er und die anderen Männer Geschichten aus der Vergangenheit.
Jeden Abend, wenn mein Vater nach Hause kam, wuschen ihm meine Mutter und meine Schwester Nada die Füße, und er machte es sich in einem besonders großen Stuhl bequem. Kurz vor dem Essen kamen meine Brüder ins Zimmer, knieten nieder, küßten ihm die Hand und berichteten, was sie den Tag über gearbeitet hatten. Für gewöhnlich waren Onkel Faruk oder einige männliche Vettern und Freunde eingeladen. Das Mahl wurde auf dem Fußboden sitzend eingenommen, und alle aßen mit den Fingern aus einer gemeinsamen Schüssel. Später verzehrten meine Mutter, Nada und ich in der Küche die Reste.
Mein Vater besaß das beste Pferd im Dorf, eine Erinnerung an unsere ruhmreiche Beduinenvergangenheit. Mein zweitältester Bruder Jamil war für die Pflege des Pferdes verantwortlich. Einmal im Monat ritt mein Vater fort, um die Angelegenheiten in den Dörfern der Umgebung zu regeln. Er bot einen herrlichen Anblick, wenn er mit wehendem Burnus davongaloppierte.
Bis zu dem Tag, an dem ich entwöhnt wurde, war mein Leben recht angenehm verlaufen. Das einzige Kind, das ungefähr in meinem Alter stand, war meine zwei Jahre ältere Schwester Nada. Ich liebte sie sehr. Wir durften zusammen spielen, weil ich mich noch in der Obhut der Frauen befand, aber ich wußte, daß bald der Tag nahte, an dem es mir verboten sein würde, mit einem Mädchen befreundet zu sein, auch wenn es meine eigene Schwester war.
Nada hatte große, braune Augen. Sie neckte und umarmte mich gern. Noch heute spüre ich ihre Finger, die mir durchs Haar strichen. Sie kümmerte sich nicht selten um mich. Alle Mütter arbeiteten die meiste Zeit auf den Feldern, und wenn es in einer Familie keine Großmutter gab, die die Kinder betreute, mußten sie untereinander selbst auf sich achtgeben.
Wir besaßen kein Spielzeug, daher bastelten wir welches aus Stöcken und Garn. Bis ich den jüdischen Kibbuz sah, wußte ich nicht, daß es Spielplätze, Kinderzimmer, Bibliotheken gab. Nada hatte aus Stökken und Stoff eine Puppe gemacht, die sie nach mir Ismael nannte und mit der sie so tat, als würde sie an ihren winzigen Brustwarzen gestillt. Ich glaube, sie tat das aus einer Art Sehnsucht heraus, weil sie als Mädchen schon sehr früh entwöhnt worden war, während ich immer noch Anrecht auf die Mutterbrust besaß.
Meine Mutter versuchte oft, mich über die Schwelle in den Raum der

Männer zu stoßen, aber ich hatte es nicht eilig, die Wärme und Annehmlichkeiten der Frauenwelt zugunsten eines Reiches zu verlassen, von dem ich fühlte, daß man mir dort feindselig begegnen würde.

II

Mein Vater nahm Ramiza zu seiner zweiten Frau. Sie war die jüngste Tochter von Scheich Walid Azziz, dem Anführer des Palästinenserstammes der Wahhabiten-Beduinen. Der große Scheich war der Onkel meines Vaters, der also seine Kusine ersten Grades geheiratet hatte. Sie war sechzehn, und mein Vater beinahe fünfzig. Nach der Hochzeit durfte meine Mutter nach Tabah zurückkehren.

Ich sah meine Mutter nie wieder lächeln.

Im Schlafzimmer meines Vaters stand das einzige Bett mit Füßen im ganzen Dorf. Alle anderen schliefen auf Ziegenfellen oder dünnen Matten. Der Raum, der gewöhnlich für die zweite Frau gebaut wird, war noch nicht fertig, also nahm mein Vater Ramiza zu sich ins Bett und befahl meiner Mutter, im Nebenzimmer auf dem Fußboden zu schlafen. Über der Tür befand sich eine Öffnung zwischen den beiden Räumen, damit die Luft durch das Haus streichen konnte, und durch diesen Spalt hörte man im Nebenraum alles, was im Schlafzimmer vorging.

Ich schlief zusammengerollt in den Armen meiner Mutter und hatte den Kopf zwischen ihren Brüsten vergraben. Während mein Vater und Ramiza einander jede Nacht liebten, lag meine Mutter nur ein paar Meter von ihnen entfernt wach und mußte zuhören, wie sie es manchmal die halbe Nacht lang trieben. Wenn mein Vater Ramiza küßte, stöhnte und Koseworte zu ihr sprach, krümmte sich der schwere Körper meiner Mutter vor Schmerz. Ich spürte, wie ihre Finger sich unbewußt in mein Fleisch gruben, hörte ihr unterdrücktes Schluchzen und fühlte manchmal ihre Tränen. Wenn ich auch anfing zu weinen, beruhigte sie mich, indem sie meine Genitalien streichelte.

Nach vielen, vielen Nächten, als die anfängliche Leidenschaft meines Vaters für Ramiza erloschen war, forderte er meine Mutter auf, in sein Bett zurückzukehren. Aber meine Mutter hatte etwas verloren. Sie zeigte sich ihm gegenüber kalt, und er vermochte sie nicht mehr

zu erregen. Das machte ihn wütend. In seinem Zorn warf er sie regelrecht aus dem Haus.
Man muß von Tabah aus zwei Stunden auf einem Esel reiten, um die Stadt Ramle, und drei Stunden, um Lydda zu erreichen. In beiden Städten wurde zweimal wöchentlich ein Markt abgehalten, und unsere Familie besaß in beiden Orten einen Verkaufsstand. Bis mein Vater seine zweite Frau nahm, betreute mein Bruder Omar die Stände. Jetzt wurde Hagar, meine Mutter, vier Tage in der Woche nach Ramle und Lydda geschickt, um unsere überschüssigen Erträge zu verkaufen. Sie machte sich nach dem Morgengebet bei Sonnenaufgang auf den Weg und kam sehr spät abends, wenn es längst dunkel war, zurück.
Hagar war eine der beiden besten Dajias, der Hebammen, im Dorf. Sie genoß großes Ansehen, weil sie mit Kräutern und Medizinen Bescheid wußte. Wenn sie jedoch jetzt, nach Vaters zweiter Heirat, zum Dorfbrunnen oder zur Backstube ging, wurde hinter ihrem Rükken gekichert, und die Vorübergehenden beleidigten sie grausam.
In jeder Gesellschaft, in der die Frauen Eigentum der Männer sind, versuchen sie sich durch ihre Söhne zu rächen, und meine Mutter wählte mich dazu aus. Vier Tage in der Woche fuhr ich im Eselswagen mit ihr nach Ramle und Lydda.
Im Basar von Lydda sah ich zum erstenmal jemanden einen Abakus benutzen, einen Holzrahmen mit beweglichen Kugeln, der als Rechenbrett dient. Der Mann war ein Lederhändler, der auch Pferdegeschirr anfertigte oder ausbesserte; er erlaubte mir, an seinem Stand mit dem Abakus zu spielen. Wir wurden Freunde und bastelten gemeinsam einen zweiten Abakus, für den wir Gebetsperlen verwendeten. Bevor ich neun war, konnte ich gleichsam bis unendlich zählen und schneller addieren und subtrahieren als der Händler.
»Lerne rechnen«, hatte mir meine Mutter wiederholt geraten.
Zuerst begriff ich nicht, was sie meinte, aber sie drängte mich, auch lesen und schreiben zu lernen. Der halbgebildete Lederhändler half mir sehr, doch bald übertraf ich ihn. Nach einiger Zeit konnte ich die Aufschriften auf allen Kisten im Basar lesen. Dann begann ich Wörter in den Zeitungen zu buchstabieren, die wir zum Verpacken verwendeten.
Wenn ich zu Hause spielen durfte, befahl mir Hagar, alle Häuser in Tabah sowie alle Obstgärten zu zählen und herauszufinden, wer jedes Feld bebaute. Dann ließ sie mich auf dem Weg zum Markt in den Dörfern absteigen, in denen mein Vater den Pachtzins erhob, und ich

mußte auch dort Häuser und Felder zählen. Es gab Familien, die bis zu zehn oder fünfzehn Grundstücke besaßen oder gepachtet hatten. Das Land war von einem Ende der Dorfgemeinde bis zum anderen kunterbunt verteilt. Da es immer wieder Eheschließungen zwischen Blutsverwandten gab, Bräute neue Grundstücke in die Ehe mitbrachten, alte Leute starben und man ihren Grundbesitz auf viele Söhne aufteilte, war es äußerst schwierig, genau festzustellen, wer rechtmäßig welches Feld bebaute. Da der Großteil des Landes verpachtet war, versuchten die Bauern entweder, einen Acker zusätzlich zu bewirtschaften, dessen Ertrag nicht angegeben wurde, oder auf andere Weise bei Pacht und Steuern zu schwindeln.
Mein Vater konnte kaum lesen und war außerstande, all die amtlichen, mit Stempeln und Siegeln versehenen Dokumente zu verstehen, auf denen Grenzziehungen, Wasserrechte, Erbschaften und Steuerpflichten aufgeführt waren. Onkel Faruk, der Teilhaber meines Vaters im Dorfladen, in der Karawanserei und im Café, war wohl imstande, in die Geheimnisse der Schriftstücke einzudringen. Faruk war auch der Dorf-Imam, unser Vorbeter, und der Bewahrer der Akten und Papiere meines Vaters. Der vertraute ihm aber nicht ganz, und deshalb schickte er zur Vorsicht meinen ältesten Bruder Kamal nach Ramle zur Schule.
Wenn mein Vater die Pachtgelder eingetrieben hatte, übergab er sie dem Großgrundbesitzer Fawzi Effendi Kabir, der in Damaskus lebte und seine Ländereien in Palästina einmal im Jahr besuchte, um sein Geld abzuholen.
Meine Mutter hatte immer den Verdacht gehegt, daß Kamal und Onkel Faruk zusammen meinen Vater hintergingen, der als Bevollmächtigter des Effendis einen prozentualen Anteil seiner Pachtgelder erhielt.
Als ich mit der geheimen Zählung aller Felder fertig war, jagte mich meine Mutter aus der Küche und trug mir auf, mich an die Fersen meines Vaters zu heften wie sein Schatten. Zuerst hatte ich Angst. Beinahe jedesmal, wenn ich neben ihn glitt, jagte er mich mit Flüchen davon. Dann wieder packte er mich am Arm und schüttelte oder schlug mich. Ibrahim haßte mich nicht und behandelte mich auch nicht schlechter als meine Brüder. Arabische Männer können zu ihren Söhnen sehr liebevoll sein, solange sie klein sind, wie Mädchen gekleidet werden und bei den Frauen leben. Sobald sie jedoch die Schwelle zur Männerwelt überschreiten, werden sie im allgemeinen von ihren Vätern nicht mehr beachtet. Von da an ist die Beziehung

ganz auf Gehorsam ausgerichtet, auf strikten und unbedingten Gehorsam. Das ist das Vorrecht des Vaters. Dafür erlaubt er seinen Söhnen, für ihren Lebensunterhalt die Felder zu beackern, und wenn sie heiraten, ihre Frau in das Haus des Vaters zu bringen.
Der Vater muß auf der Hut sein, damit ihn seine Söhne nicht betrügen, aber die üblicherweise zur Schau gestellte väterliche Gleichgültigkeit gehört nun einmal zu unserer Lebensweise. Um ihren Unlustgefühlen Luft zu machen, haben Knaben die uneingeschränkte Erlaubnis, alle Frauen, sogar ihre eigenen Mütter herumzukommandieren, und sie dürfen auch ihre jüngeren Brüder schlagen. Als ich vier Jahre alt war, hatte ich schon gelernt, meiner Großmutter zu befehlen, und gelegentlich machte ich meine männlichen Vorrechte bei Nada und selbst bei meiner Mutter geltend.
Je öfter mich mein Vater davonjagte, desto unerbittlicher trieb mich meine Mutter wieder zu ihm zurück. Ich ging so oft neben meinem Vater her, daß ihn meine Hartnäckigkeit schließlich zermürbte und er meine Anwesenheit hinnahm.
Eines Tages brachte ich endlich den Mut auf, ihn zu stellen. Ich erzählte ihm, daß ich rechnen und ein wenig lesen und schreiben gelernt hatte und daß ich in Ramle zur Schule gehen wolle. Als jüngster Sohn sollte ich in ein paar Jahren Schäfer werden, aber das ist die niedrigste Beschäftigung in der Familie. Er lachte über meinen Vorschlag.
»Dein Bruder Kamal kann lesen und schreiben. Da brauchst du es nicht auch noch zu lernen. Ab deinem nächsten Geburtstag wirst du die Ziegen hüten, und dein weiteres Leben ist bereits vorbestimmt. Wenn du eines Tages eine Frau nimmst, bleibst du in meinem Haus und bekommst ein eigenes Zimmer.«
Das klang endgültig. Ich holte tief Atem. »Ich weiß etwas, Vater«, platzte ich heraus.
»Was meinst du damit, Ismael?«
»Etwas, das du auch wissen solltest. Ein Grund, warum ich nach Ramle in die Schule gehen will.«
»Hör auf, mir Rätsel aufzugeben!«
»Es gibt neunhundertzweiundsechzig Grundstücke in Tabah«, keuchte ich und erstickte dabei fast an meiner Angst. »In den übrigen fünf Dörfern gibt es achthundertzwanzig Äcker. Dabei ist der Gemeindegrund, der gemeinsam bebaut wird, nicht mitgerechnet.«
Ibrahims Gesicht verfinsterte sich, ein Zeichen dafür, daß er begriff, worauf ich hinauswollte. Ich unterdrückte mein Zittern. »In den

Abrechnungsbüchern, die Kamal führt, sind aber für Tabah nur neunhundertzehn und für die anderen Dörfer achthundert angegeben.«
Ich riß mich zusammen und beobachtete, wie sein Gesicht dunkelrot anlief. »Bist du dir auch sicher, Ismael?«
»Allah sei mein Zeuge.«
Ibrahim knurrte und schaukelte in seinem großen Stuhl vor und zurück. Dann winkte er mich mit dem Zeigefinger näher zu sich heran. Ich biß mir vor Angst fast die Lippe durch. »Was verlieren wir durch all das?« fragte er.
»Kamal und Onkel Faruk behalten die Pacht für zweiundfünfzig Grundstücke für sich.«
Ibrahim knurrte wieder, streckte die Hand aus und tätschelte meinen Kopf. Ich werde es nie vergessen, denn es war das erste Mal, daß er mich liebkoste. Er streichelte mein Gesicht sanft an den Stellen, wo er es früher so oft geschlagen hatte.
»Wirst du mich zur Schule gehen lassen?«
»Ja, Ismael. Du gehst zur Schule und lernst. Aber du darfst niemals einer Menschenseele davon erzählen, sonst schneide ich dir die Finger ab und koche sie. Hast du mich verstanden?«
»Ja, Vater.«

Es ging so schnell, daß ich keine Zeit fand, etwas zu erklären oder auch nur davonzulaufen, Kamal, der neunzehn war, packte mich in der Scheune von hinten, schleuderte mich zu Boden, stürzte sich auf mich, würgte mich und schlug meinen Kopf gegen den Boden.
»Du Hund!« brüllte er. »Ich bring dich um!« Ich stieß mit den Füßen zu, so fest ich konnte, drei-, vier-, fünfmal. Er heulte vor Schmerz auf, ließ mich los, sank in die Knie und krümmte sich zusammen. Ich rappelte mich auf und ergriff eine Heugabel. Kamal kam, noch immer schmerzverkrümmt, auf die Füße und stürzte auf mich los. Ich stieß zu und traf ihn in die Brust. Er schrie, taumelte in der Scheune herum und stieß gegen die Pferdebuchten. Er fand eine zweite Heugabel und bedrohte mich damit.
»Du Hund!« zischte er.
»Kamal!«
Er wandte sich um, als unsere Mutter hereinkam. »Rühr Ismael nicht an!«
»Was weißt denn du, verrückte Alte! Ibrahim schläft nicht einmal mit dir!«

»Er hat mich für heute nacht in sein Bett gerufen«, sagte sie ruhig. »Ich werde ihm ein paar spannende Geschichten zu erzählen haben.«
Kamal war unter den Jungen seines Alters und seiner Größe nie ein besonders mutiger Kämpfer gewesen. Er hatte sich deshalb behaupten können, weil er der Sohn des Muchtars war und lesen und schreiben konnte. Jetzt überlegte er nur einen Augenblick, dann ließ er die Heugabel fallen.
»Du wirst Ismael nie wieder anrühren«, wiederholte meine Mutter. Sie nahm mir die Heugabel aus der Hand und sah uns nacheinander an. »Nie wieder«, wiederholte sie noch einmal, dann ging sie hinaus.
»Der Tag wird kommen«, drohte Kamal.
»Wir müssen doch nicht Feinde sein« sagte ich. »Es gibt noch dreißig Grundstücke, die ich Vater verschwiegen habe. Wenn wir gemeinsame Sache machen, verlange ich aber die Hälfte.«
»Du bist noch zu jung, solche Spielchen zu treiben, Ismael«, sagte er.
»Ich will die Hälfte. Du wirst meinen Anteil Mutter geben.«
»Und was ist mit Onkel Faruk?«
»Du mußt ihn von deiner Hälfte bezahlen. Onkel Faruk sollte sich lieber in acht nehmen, denn Vater ist imstande, ihn aus dem Dorf zu jagen. Also, bist du einverstanden oder nicht?«
Er nickte zustimmend und ging zornig hinaus.

Als meine Mutter und ich ein paar Nächte später wieder beieinander schliefen, streichelte sie meinen Kopf, küßte mich immer wieder und sagte, wie stolz sie auf mich sei.
So hatte ich, noch bevor ich neun Jahre alt war, die Grundlage des arabischen Lebens gelernt. Sie lautete: Ich gegen meinen Bruder; ich und mein Bruder gegen unseren Vater; meine Familie gegen meine Vettern und die Sippe; die Sippe gegen den Stamm; der Stamm gegen die Welt. Und wir alle gegen die Ungläubigen.

III

»Sonne, steh still zu Gibeon, und du, Mond, über dem Tal von Ajialon!« So befahl Joshua dem Licht, ehe er daranging, seine Feinde zu vernichten.

Das Dorf Tabah liegt auf einem kleinen, aber strategisch wichtigen Hügel von Ajialon, das sowohl als Tal als auch als Ebene bezeichnet wird. Eine Grabung deutscher Archäologen vor dem Ersten Weltkrieg stellte fest, daß die Spuren der Zivilisation auf diesem Hügel über viertausend Jahre alt sind. Wenn man sich von Jaffa kommend von der Küste in südöstlicher Richtung auf Jerusalem zubewegt, betritt man die Ebene zwischen den Grenzfestungen Ramle und Lydda, dort wo angeblich Georg, der Drachentöter, hofhielt.

Fünfzehn Kilometer weiter landeinwärts erhebt sich der kleine Hügel, auf dem das Dorf Tabah den Zugang nach Jerusalem bewacht. Hinter Tabah verläuft die Straße kurvenreich hügelan und schlängelt sich durch das Bett einer steilen Schlucht, die als Bab el Wad bekannt ist und sich fast zwanzig Kilometer weit bis zum Stadtrand von Jerusalem windet.

Vor Joshuas Schlacht war dies das Land Kanaan, eine Brücke zwischen den Mächten des fruchtbaren Zweistromlandes Mesopotamien und Ägypten. Damals wie heute liegt Kanaan wie ein Bissen zwischen den Kiefern eines Krokodils, ein Durchzugsgebiet für einfallende Armeen. Wogen semitischer Stämme schwärmten nach Kanaan, ließen sich dort nieder und schufen eine vorbiblische Zivilisation von Stadtstaaten, die schließlich von den nomadisierenden Hebräern erobert wurden.

Seit Joshuas Tagen sah der Hügel von Tabah die Kriegszüge von Assyrien und Babylon, von Ägypten und Persien, von Griechenland und Rom. Hier lag das Gebiet des unglücklichen Hebräerstammes von Daniel und die Heimat des verirrten jüdischen Richters Samson. Der Hügel kannte die Räder der Philisterkarren nur zu gut.

Er erlebte den großen Aufstand der Juden gegen Griechenland, und auf ihm versammelte Judas Makkabäus, »der Hammer«, sein Heer für den Befreiungskampf Jerusalems von der Herrschaft der syrischen Könige.

Es heißt, daß Mohammed auf seiner legendären, nur eine Nacht währenden Reise von Mekka nach Jerusalem und zurück auf seinem Maulesel Burak, der das Antlitz einer Frau und den Schwanz eines

Pfaus besaß und der mit einem einzigen Satz so weit springen konnte, wie das Auge reichte, auf diesem Hügel haltmachte. Jeder Dorfbewohner wird Ihnen erzählen, daß Burak vom Hügel bei Tabah mit einem Sprung nach Jerusalem gelangte.
Mohammed folgten die Heere, die unter dem Banner des Islam aus der Wüste aufbrachen, um die Christen aus dem Heiligen Land zu vertreiben.
Richard Löwenherz lagerte hier vor seinem verhängnisvollen Marsch nach Jerusalem, der seinem Kreuzzug ein blutiges Ende setzte.
Der Hügel von Tabah sah die britischen Truppen, die sich im Ersten Weltkrieg nach Jerusalem durchkämpften.
Zwischen diesen historischen Ereignissen zogen Millionen frommer Juden, Christen und Mohammedaner auf ihrer Pilgerfahrt an diesem Hügel vorbei, und so weit wir den Festzug der Geschichte auch zurückverfolgen, das Dorf Tabah liegt unverändert auf seiner Kuppe.
Die letzten Eroberer waren die Osmanen, die im sechzehnten Jahrhundert aus der Türkei aufbrachen, den Nahen Osten verschlangen und vierhundert Jahre lang einen dunklen Schleier über das Gebiet breiteten.
Unter den Osmanen stöhnte das Heilige Land, aus manchen Feldern ragten die Steine heraus wie die gebleichten Knochen eines monolithischen Mastodons, andere verkamen zu schlammigem, verseuchtem Sumpf. Als unbedeutender, rückständiger Bezirk der Provinz Syrien wurde Palästina behandelt wie ein unliebsames Waisenkind. Es hatte nichts vorzuweisen als seine Vergangenheit. Und Jerusalem, so schrieben die Reisenden der damaligen Zeit, ging in Sack und Asche.
Unerhörte Grausamkeit, Korruption und verderblicher Feudalismus kennzeichneten die berüchtigte Herrschaft der Türken. Ein paar einflußreiche arabische Familien in Palästina erledigten die Schmutzarbeit für die Osmanen. Eine davon war die Kabir-Sippe, die dafür mit großen Latifundien in der Provinz belohnt wurde. Eines ihrer Besitztümer erstreckte sich über weite Teile des Tals von Ajialon.
Im achtzehnten Jahrhundert nahmen die Kabirs mehrere Bauerndörfer in Besitz, bevölkerten sie mit unwissenden, verarmten, landhungrigen arabischen Bauern und begannen dann, sie auszubeuten. Tabah war das Hauptdorf, um welches einige kleinere Siedlungen im Tal verstreut lagen. Die Kabirs hatten ihren Wohnsitz aus der Öde Palästinas längst nach Damaskus verlegt, von wo aus die syrische Provinz verwaltet wurde. Sie gehörten zum Landadel, der den Winter in Spa-

nien verbrachte und den Sommer über in London lebte. Sie waren an den Roulettetischen von Monte Carlo gern gesehen und häufig beim Sultan in Istanbul zu Gast.
Jahrhundertelang investierten weder die Osmanen noch die Kabirs etwas in das ausgeblutete Land. Es gab weder Schulen noch Straßen, weder Krankenhäuser noch landwirtschaftliche Neuerungen. Im zähen Ringen zwischen Leibeigenen und Grundbesitzern begannen die Einkünfte zu versiegen, und die Dörfer brachen erschöpft zusammen. Die bettelarmen Fellachen, die das Land bebauten, wurden bei Tag von den Türken ausgebeutet, bei Nacht von den Beduinen beraubt und von den Grundbesitzern betrogen.
Gegen 1800 befanden sich die Besitzungen der Kabirs im Tal von Ajialon in ernsten Schwierigkeiten. Die Dorfbewohner flohen vor den riesigen Schulden, die sie ihr Leben lang nicht würden bezahlen können, und vor den Schulden ihrer Väter. Dürre, Seuchen und Krankheiten vergrößerten das Elend, unter dem das Heilige Land zusammenzubrechen drohte.
Tabah war ein beliebter Tummelplatz der Beduinen gewesen. Die Plünderer gehörten hauptsächlich dem Stamm der Wahhabiten an, die abseits von ihrem Weideland und ihren Feldern bei Gaza umherstreiften. Sie kamen zur Erntezeit, plünderten die Äcker, überwachten den Bab el Wad, »die Schlangenstraße«, und raubten die Pilger aus.
Die Kabir-Familie stellte fest, daß die Sukari-Sippe der Wahhabiten für die meisten Übergriffe verantwortlich war. Um das Jahr 1800 suchte das Oberhaupt der Kabirs den Scheich der Sukari-Beduinen auf und machte ihm ein Angebot, das ihn aus seiner mißlichen Lage befreien und ihm zu einer höheren Position verhelfen sollte. Wenn die Sukaris bereit seien, Tabah zu besetzen, würde ihr Scheich der Verwalter sämtlicher Besitztümer der Kabirs im Tal werden. Es war eine offenkundige Bestechung, die das Menschenmaterial zur Bearbeitung des Bodens liefern sollte. Ein starker Scheich war in der Lage, seine Leute im Zaum zu halten und den Kabirs ihre Pachtgelder zu sichern. Außerdem würde er dafür sorgen, daß keine weiteren Beduinenüberfälle das Tal verheerten.
Das Angebot führte zu einer größeren Spaltung unter den Wahhabiten. Für einen Beduinen bedeutete die Aufgabe seines bisherigen Nomadenlebens den Verlust seiner Freiheit. Die Beduinen hatten sich immer als die Elite der Araber gesehen, ja als die eigentlichen Araber. Sie waren die ursprüngliche, die treibende Kraft im Islam,

denn es waren ihre Vorfahren, die in Mohammeds Armeen gekämpft und an den Eroberungen der Mohammedaner maßgebenden Anteil gehabt hatten.
Die Beduinen anerkannten keine Steuern, bezahlten keinem Grundbesitzer Abgaben und setzten sich über alle Grenzen hinweg. Die arabische Halbinsel, von der sie stammten, lag jenseits des Zugriffs der Eroberer aus Ägypten und Rom. Die erbarmungslose Wüste brachte eine grausame Kultur hervor, die dem brutalen Diktat der Natur entsprach. Während die Welt des Fortschritts an den Beduinen spurlos vorüberging, überlebten sie, indem sie die Schwächeren ausraubten. Mächtige Scheichs, mitleidlos wie die sengende Sonne, zeigten mit den Unterlegenen wenig Erbarmen. Es entstand ein System absoluter sozialer Hierarchie, in der jeder Mann einen bestimmten Platz im Stamm hatte, an den er von der Geburt bis zum Tod gebunden war. Die einzige Möglichkeit des sozialen Aufstiegs bestand darin, den Herrn über sich zu vernichten und die Männer unter sich zu beherrschen. Der Kampf ums Überleben ließ nicht zu, daß die Beduinen zusammenkamen, um über demokratische Grundsätze zu diskutieren, denn das Gesetz der Wüste war absolut.
Die Beduinen waren Diebe, Mörder und Plünderer, die harte Arbeit für unmoralisch hielten. Trotz ihrer Lumpen und ihrer Armut blieben sie das arabische Vorbild, denn ihr Dach waren die Sterne. Der in der Stadt lebende Araber wurde geringer geschätzt als der Beduine, und der Fellache, der in den Dörfern den Boden bestellte, hatte den niedrigsten Rang von allen.
Als ein starker Scheich der Sukari-Familie in das Dorf Tabah einzog, war es kaum zu verwundern, daß eine fünfzig Jahre dauernde Fehde mit dem Hauptstamm der Wahhabiten entbrannte. Nach fünf Jahrzehnten, in denen das Blutvergießen mit Ausnahme kurzer Unterbrechungen anhielt, endete der Zwist, weil auch andere Familien der Wahhabiten ins Ajialon-Tal einzogen und seßhaft wurden. Wenn die Wunden der Wüstenfehde auch nie ganz verheilten, so wurden sie doch durch Heiraten zwischen den beiden Lagern und gelegentliche Bündnisse gegen die Bedrohung durch andere Stämme oder gegen die Ungläubigen gelindert.
Die Scheichs der Sukari-Familie waren seit weit über hundert Jahren die Muchtars von Tabah.

Kaum hatte sich Ibrahim behaglich zum täglichen Hofritual im Café niedergelassen, da stürzte sein Bruder Faruk schreiend herein.
»Die Juden kommen!«
Einen Augenblick später war die Dorfstraße von aufgeregt rufenden Menschen erfüllt, die Ibrahim zum höchsten Punkt des Hügels folgten, von wo aus man die Straße überblicken konnte.
Man reichte Ibrahim den Feldstecher eines Dorfbewohners, der in der türkischen Armee gekämpft hatte. Ibrahim erblickte auf der Straße eine Reihe riesiger Tieflader, die mit Stacheldraht, Spaten, Zaunpfosten, Säcken mit getrockneten Lebensmitteln und landwirtschaftlichen Geräten beladen waren. Er ließ die Leute auf den Lastern von Faruk zählen. Es waren zwanzig Männer und sechs Frauen. Die Männer trugen die blauen Anzüge der Kibbuzniks. Die Beine der Frauen waren bis zu den Schenkeln nackt, ein ekelerregender Anblick.
Ein Dutzend Berittener, die Ibrahim gelegentlich in der Gegend hatte umherstreifen sehen, begleitete den Zug. Sie trugen Gewehre und gekreuzte Patronengurte über den Schultern. Ihre Uniformen waren hellgrün, doch mehrere trugen arabische Kopfbedeckungen. Ibrahim wußte, daß es »Schomer« waren, jüdische Wächter.
Der Zug bog von der Hauptstraße in das Sumpfgebiet ab. Einer der Juden hatte ein Megaphon und dirigierte die übrigen. Später steckten sie mit Vermessungsinstrumenten auf dem trockeneren Boden ein Quadrat ab. Offensichtlich beeilten sie sich, eine Verteidigungslinie aus Stacheldraht zu errichten.
Ibrahim reichte Faruk den Feldstecher und wandte sich ab. »Laß die Ältesten ins Café kommen«, befahl er leise. Binnen kurzer Zeit hatte man die Männer von den Feldern und Ruheplätzen geholt.
»Was bedeutet das?«
»Was meinst du? Du siehst schon richtig, du Narr! Die Juden haben vor, jenseits der Straße eine Siedlung anzulegen.«
»Im Sumpf?«
»Aber es ist doch wertloses Land, Ibrahim.«
»Glaubst du, daß sie das Land gekauft haben?«
»Ja«, antwortete Ibrahim, »sie bleiben immer auf dem Boden des Gesetzes. Aber wenn wir sie nicht aufhalten, wird es in diesem Tal bald kein arabisches Dorf mehr geben. Effendi Kabir wird ihnen alles Land verkaufen. Wir müssen ihnen heute nacht einen handfesten Empfang bereiten.«

Die Zustimmung war einmütig. Ein Junge bahnte sich einen Weg durch die Mauer der Dorfbewohner zum Tisch des Muchtars.
»Ein Jude kommt auf einem Pferd!« schrie er.
Alle sahen Ibrahim an. Er richtete sich drohend auf, und die Menge teilte sich. Mit einer Handbewegung befahl er allen, sich ruhig zu verhalten, und machte sich allein auf den Weg.
Bald darauf trabte ein Reiter auf einem prächtigen, arabischen Schecken heran. Der Mann war mittelgroß, hatte einen gepflegten blonden Bart und blaue Augen. Er wirkte etwas zu alt für einen Schomer, denn er war etwa vierzig. Er trug keine Waffen. Ibrahim ahnte, daß der Reiter die arabischen Bräuche kannte und wußte, daß das Dorf bei seiner Ehre verpflichtet war, ihn zu beschützen, sobald er es betreten hatte, auch wenn er ein Jude war. Er stieg so gewandt ab, wie er sein Pferd gelenkt hatte, band es an der Mauer fest und kam mit ausgestreckter Hand auf Ibrahim zu.
Ibrahim hob die Hand und bedeutete dem Mann, in einiger Entfernung stehenzubleiben.
»Ich bin Gideon Asch«, sagte der Mann in einwandfreiem Arabisch. »Wir haben von Effendi Kabir mehrere tausend Dunam Land jenseits der Straße gekauft. Wir hoffen, daß es uns gelingt, es in Ackerboden zu verwandeln. Ich nehme an, Ihr seid der Muchtar?«
»Ich bin der Muchtar«, erklärte Ibrahim eisig, während die Leute hinter ihm näher kamen. Ibrahim konnte sehr schnell die Tapferkeit eines Mannes einschätzen. Die Schomer waren für ihren Mut bekannt, und dieser Mann besaß offenbar eine gehörige Portion davon. Nun mußte Ibrahim beweisen, daß er ein furchtloser Muchtar war.
»Dort drüben das sind nette junge Leute«, fuhr Gideon Asch fort, »und wir hoffen, daß wir gute Nachbarn werden.«
In der nachfolgenden Stille umringten die Männer den Juden, um ihm den Weg zu seinem Pferd abzuschneiden; dann begannen alle zugleich – wie auf ein Signal – zu schreien und mit den Fäusten zu drohen. Ibrahim hob wieder die Hand, um sie zum Schweigen zu bringen.
»Unser Wasserwagen wurde aufgehalten«, fuhr Gideon fort. »Ich hoffe, daß wir etwas Wasser aus eurem Brunnen schöpfen können.«
»Keinen Tropfen«, zischte Ibrahim.
Das hatte ein Gemisch aus Gelächter und neuerlichem Geschrei zur Folge. Der Jude ging auf Ibrahim zu und blieb erst stehen, als er ihm so nahe war, daß ihre Nasen einander fast berührten.

»Ihr werdet eure Einstellung ändern müssen«, sagte Gideon, »und je rascher ihr es tut, um so besser für uns alle.« Damit brachte er die Männer zum Schweigen. Er drehte sich um und ging geradewegs auf sie zu. Sie wichen zur Seite. Er nahm sein Pferd am Zügel, führte es zum Brunnen und tränkte es. Dann tauchte er sein Gesicht ins Wasser. Alle blickten Ibrahim verwirrt an, während der Jude sich in den Sattel schwang.

»Du bist hier nicht willkommen«, schrie Ibrahim und schüttelte die Faust. »Wenn du wieder nach Tabah kommst, wirst du unser Gastrecht nicht mehr genießen. Ich werde dir die Eier abschneiden und sie dir in die Augen stecken.«

Da tat der Jude etwas Erstaunliches. Er lachte, grüßte spöttisch und sprengte davon.

Ibrahim wußte augenblicklich, daß seinen Leuten ernsthafte Schwierigkeiten bevorstanden. Dieser Gideon war verwegen und furchtlos. Das gefiel Ibrahim nicht. Er hatte gehört, daß die Schomer ebenso schlau und tapfer seien wie die Beduinen. Aber Ibrahim war Muchtar von Tabah und hatte keine andere Wahl, als das begonnene Spiel zu Ende zu führen. Wenn er es nicht tat, würden seine Leute ihn durch einen anderen ersetzen. Er mußte also den Befehl zum Angriff geben, und dann sollte das Schicksal seinen Lauf nehmen.

IV

Rosch Pinna
1882

Gideon Asch war nicht aus dem Nichts in Tabah aufgetaucht. Auch er gehörte seit langem zur Geschichte des modernen Palästina.

Manchen Juden war es gelungen, einen Vorgeschmack der wahren Gleichheit zu erhaschen, indem sie nach Amerika auswanderten. Doch im Europa des neunzehnten Jahrhunderts waren die meisten Juden in einem steten Kreislauf der Angst gefangen. Sie hofften wie eh und je auf eine Rückkehr nach Palästina. Diese Sehnsucht drückte sich in ihren täglichen Gebeten aus und manifestierte sich alljährlich in der Grußformel des Jom-Kippur-Festes: »Nächstes Jahr in Jerusalem«.

In das erschöpfte Palästina kam plötzlich Bewegung. Durch Bestechung und mit allen nur erdenklichen Machenschaften gewannen religiöse Juden in großer Zahl Einlaß in Palästina. Meist waren es arme Chassidim, die nach Jahrhunderten der Unterdrückung und Verfolgung durch die Russen und Polen endlich die Flucht wagten. Um die Mitte des neunzehnten Jahrhunderts machten sie Jerusalem zu einer Stadt mit jüdischer Mehrheit, was sich seither nicht mehr geändert hat. Sie ließen sich auch in den heiligen Städten Hebron, Safed und Tiberias nieder, um die Heilige Schrift zu studieren, zu beten und auf den Messias zu warten; sie lebten von den Spenden der Juden im westlichen Ausland.

Dieser ersten Auswanderungswelle folgten Juden, die sich als Pioniere fühlten und gleichfalls vor den Schrecken des christlichen Europa flüchteten. Mit Hilfe reicher Gönner gründete diese zweite Gruppe landwirtschaftliche Siedlungen. Ihr Erfolg war minimal, denn für die Juden, denen es in den meisten Ländern nicht gestattet war, Grundbesitz zu erwerben, bedeutete der Ackerbau eine fremde Arbeit, die sie nicht beherrschten.

Die osmanischen Herrscher in Istanbul sahen diese jüdischen Siedlungen in Palästina mit Wohlwollen, denn sie bedeuteten einen Wertzuwachs; es gab mehr Steuern einzutreiben, mehr Bestechungsgelder zu fordern. Aber die Juden brachten noch etwas mit, was dem Land bisher gefehlt hatte: Ausdauer, Vitalität sowie Liebe und Hingabe für das Gelobte Land. Sie kamen in diesen rückständigen Landstrich, der weder Fisch noch Fleisch, weder syrisch noch osmanisch, weder arabisch noch jüdisch war, sondern ein Niemandsland, das schier verblutete. Die Rückkehr der Juden bedeutete einen letzten, schwachen Hoffnungsschimmer für sie und für Palästina.

Im Jahre 1882 zogen Sarah und Samuel Asch mit einer Gruppe junger Leute aus Rumänien mit Hilfe der Rothschild-Stiftung nach Palästina. Sie zogen in den nördlichen Landesteil, nach Galiläa, und übernahmen die Siedlung Rosch Pinna, aus der die Beduinen die Chassidim vertrieben hatten.

Rosch Pinna warb arabische Wächter und Arbeitskräfte an und harrte aus, ohne aber richtig zu gedeihen. Die Siedlung stagnierte, hatte manchmal mit experimentellen Anbaumethoden Erfolg und manchmal nicht, litt unter völliger Isolierung und ständiger Plünderung. Baron Edmond de Rothschild schickte Fachleute von seinen französischen Gütern, die jedoch an dem unmöglichen Versuch scheiterten, hier Landwirtschaft nach europäischem Muster zu betreiben.

Im Jahre 1884 wurde Sarah und Samuel ein Sohn geboren, seit langem eines der ersten jüdischen Kinder in diesem Teil von Galiläa. Gideon Asch war von seiner Geburt an dazu ausersehen, die Zukunft zu bestimmen.

Nach der Jahrhundertwende fanden im Gefolge der schrecklichen russischen und polnischen Pogrome neuerlich jüdische Auswanderer den Weg nach Palästina. Sie kamen in organisierten Gruppen aus den Gettos, erfüllt von dem Gedanken, daß Palästina nur durch persönliche Opfer und jüdische Arbeitskraft zurückgewonnen werden könne.

Im Ausland lebende arabische Grundbesitzer waren nur allzu gern bereit, ihnen wertlose Anbauflächen zu unerhörten Preisen zu verkaufen. Im Tal von Jesreel, in Galiläa, auf den Ebenen von Scharon, im Tal von Ajialon und an der alten Küstenstraße, der Via Maris, machten sich Dutzende von Gemeinschaftssiedlungen, Kibbuzim genannt, an die Arbeit, und die süße Stimme eines neuen Frühjahrs erscholl wieder in Palästina. Das trost- und hoffnungslose Land, dessen Felder von Osmanen und Arabern geplündert, zu Lehen degradiert und schließlich aufgegeben worden waren, wurde zu neuem Leben erweckt. Stinkende Malariasümpfe, erbarmungslose Steinwüsten und ausgelaugtes Brachland wichen grünen Matten. Eine rege Bautätigkeit setzte ein, und Millionen von Bäumen wuchsen dort, wo sich jahrhundertelang kein Halm gezeigt hatte. Eine Blüte der Kultur und des Fortschritts ging von Jerusalem aus. Nördlich des alten Hafens Jaffa wuchs eine neue Stadt aus den Sanddünen: Tel Aviv, der Hügel des Frühlings.

Der Bruch mit ihrer Vergangenheit brachte für die Juden zahlreiche Veränderungen mit sich. Aus dem Kibbuz entwickelte sich ein vollkommen neues gesellschaftliches System, das dem idealen Gemeinschaftsleben so nahe wie möglich kam. Eine Veränderung bestand darin, daß die Juden auf einmal imstande waren, sich zu verteidigen. Anfänglich streifte ein kleiner Trupp jüdischer Reiter von einer Siedlung zur anderen und erstickte aufkommende Streitigkeiten. Das waren die Wächter, die Schomer. Sie beherrschten die Sprache der Araber, kannten ihre Bräuche und waren ihnen in Kleidung und Gehabe recht ähnlich.

Im Jahre 1900, als Gideon Asch sechzehn wurde, hatte er den neuen jüdischen Idealismus aufgegriffen und sich den Schomer angeschlossen, die Kibbuzim und Wohnsiedlungen in Galiläa beschützten.

Zuerst beeindruckte Gideon die Beduinen durch seine Tüchtigkeit als

Reiter und steigerte dann seinen guten Ruf, indem er ihre Champions regelmäßig bei Rennen und anderen Wettkämpfen besiegte.
Er verließ bald die Siedlung Rosch Pinna und lebte nur noch im Sattel. In den ersten Jahren des neuen Jahrhunderts befehligte Gideon eine mobile Einheit von zwölf Schomer, die die Pioniere begleitete, wenn sie neue Siedlungen errichteten, oft an fernen Orten und inmitten feindlich gesinnter Araber und Beduinen. Die Schomer waren in der ersten und entscheidenden Nacht anwesend, um den unvermeidlichen Angriff der Araber zurückzuschlagen, und Gideon blieb noch eine Weile länger, um Verteidigungsstellen zu errichten. Er bewegte sich unerschrocken unter den Arabern und versuchte, mit ihnen Freundschaft zu schließen. Wenn eine Siedlung gesichert war, ritt er zur nächsten weiter.
Obwohl Gideon als Feind galt, nahm die gegenseitige Achtung zwischen ihm und den Arabern, besonders den Beduinen, zu. Er betrachtete sie als Nachkommen der biblischen Stämme. Wenn er allein durch Galiläa ritt, fühlte er sich oft 3000 Jahre zurückversetzt. Er hätte einer von Salomons Hauptleuten sein können, der auf ein Kananiterdorf traf. Die Araber fühlten instinktiv, daß er keine Angst vor ihnen hatte, und so entwickelten sie ein seltsames Vertrauensverhältnis zu ihm. Ob im Haus eines Muchtars oder im Zelt eines Scheichs, der blauäugige Reiter fühlte sich überall zu Hause.
Gideon kannte viele Araberinnen. Das war für ihn natürlich gefährlich, aber er war jung, furchtlos und vor allem vollkommen verschwiegen. Obwohl kein Araber davon wußte oder es auch nur ahnte, gab es unter den Frauen in Galiläa viele, die Gideon zugetan waren.
Wie war das möglich? Nun, es ist eine bekannte Tatsache, daß Gefängnisse für Männer gebaut werden, und so gab es in den meisten arabischen Dörfern – unabhängig von ihrer Größe – zwei oder drei Männer, die eine Strafe absaßen, für gewöhnlich wegen Diebstahl, Schmuggeln oder einer Messerstecherei. Oft genug ließen sie eine Frau zurück, die bereits einige Monate schwanger war. Es gab auch Witwen und arme Mädchen, die wegen ihrer Unfruchtbarkeit verlassen worden waren. Sie waren nicht gefährdet.
In der Nähe jedes Dorfes gab es eine Höhle oder ein Versteck, wohin Gideon sich zurückzog, um auszuruhen, und wo er bald, häufig ein halbes dutzendmal am Tag, »aufgesucht« wurde. Er besaß die unerschöpfliche Kraft der Jugend. Die Frauen benahmen sich ihm gegenüber sehr natürlich und fühlten sich einen Augenblick lang frei vom

ewigen Makel der Schande. Es kam nur selten vor, daß er unbefriedigt davonritt, und sie unterließen es nur selten, heimlich zu kichern oder zu lächeln, wenn sie aus den Augenwinkeln beobachteten, wie Gideon davongaloppierte.

Beim Ausbruch des Ersten Weltkriegs warfen England und Frankreich neiderfüllte Blicke auf die unter türkischer Oberhoheit stehenden Gebiete im Nahen Osten. Die beiden westlichen Imperien betrachteten das Gebiet als eine Art Straßenkreuzung. Der Schlüssel zur Macht darüber war der Besitz des Suezkanals. Das britische Einflußgebiet endete in Ägypten, also am Kanal. Der türkische Hoheitsbereich begann am gegenüberliegenden Ufer im Sinai und in Palästina. Daß bei dieser Konstellation der Sinai zum Schlachtfeld werden mußte, war vorauszusehen.
Im türkisch besetzten Palästina waren die jüdischen Bestrebungen nach einem eigenen Nationalstaat rasch vorangeschritten und hatten sich die Unterstützung des Weltjudentums sowie die Aufmerksamkeit der Weltmetropolen gesichert. Obwohl es für die Juden Palästinas gefährlich war, sich gegen die Türken zu wenden, wagten sie es dennoch, indem sie in großer Zahl in die englische Armee eintraten. Um das Weltjudentum für die Alliierten zu gewinnen, gab der britische Außenminister 1917 die nach ihm benannte »Balfour-Declaration« über die Errichtung eines nationalen Heims der Juden in Palästina ab. Die Balfour-Declaration wurde später im internationalen Recht verankert und von der gesamten Welt, mit Ausnahme der arabischen, anerkannt. Am Vorabend des Ersten Weltkriegs hatten die Araber eine eigene nationale Strömung eingeleitet, die losschlagen sollte, sobald man es wagen konnte, das Joch der Osmanen abzuschütteln.

Britische Geheimagenten wurden nach Palästina eingeschleust, um vor Eintreffen ihrer Armeen ein Spionagenetz zu errichten und Männer zu finden, die für Geheimdienstarbeit eingesetzt werden konnten.
Gideon Asch erhielt insgeheim den Rang eines Oberleutnants in der britischen Armee und den Auftrag, im Negev und in der Sinaiwüste auf Landkarten die Wadis, die Wasserstellen, sowie Unterschlupfmöglichkeiten und Ausweichrouten einzuzeichnen – alles für den bevorstehenden Kampf gegen die Türken. Asch war der geborene Wüstenfuchs. Er konnte unter den Augen der Beduinen verschwinden

und in den Wüsteneien von Zin und Paran untertauchen, in denen Moses mit den Hebräern vierzig biblische Jahre umhergeirrt war. Er folgte den Pfaden des Alten Testaments durch die ausgedörrten Flußbetten und fand Mittel und Wege, in einer solchen Landschaft zu überleben. Seine blauen Augen verengten sich in dem blendend grellen Licht zu Schlitzen, seine helle Haut bekam Sandpusteln und sah bald aus wie gegerbtes Leder.
Er wurde zum Freund der Wahhabiten und ihres Scheichs, Walid Azziz, und er streifte wochenlang mit ihrem legendären Fährtensucher Nabil umher.

Eines Tages stießen Nabil und Gideon gegen Abend inmitten der unfruchtbaren Wüste auf eine kleine Gruppe Zwergeichen. Ein einsamer Beduine saß unter den Bäumen, der seine Gewänder wie ein schützendes Zelt über den Kopf gezogen hatte. Neben ihm befanden sich ein Tonkrug mit Wasser und ein wenig altes Brot.
Nabil rief ihn an, dann näherte er sich dem Beduinen, der von der Gluthitze wie benommen war. Sie sprachen miteinander, und Nabil kehrte zu Gideon zurück.
»Wer ist das, Nabil?« fragte Gideon.
»Er heißt Mustafa. Er gehört zum Sulikan-Stamm.«
»Warum sitzt er denn hier?«
»Er sagt, daß er auf einen Freund wartet. Der hat ihm versprochen, hier vorbeizukommen.«
»Wie lange sitzt er schon hier?«
»Er sah mehrmals die Sonne aufgehen.«
»Weiß er nicht, wann sein Freund kommen wird?«
»Er sagte, früher oder später.«
»Heißt das, daß er einfach hier sitzt, einen Tag um den anderen, ohne zu wissen, warum?«
»Er weiß, daß sein Freund kommen wird. Wann, das ist unwichtig. Er hat ohnehin nichts zu tun.«

Kurz vor der Abenddämmerung machte Nabil eine Kamelkarawane aus. Er lenkte sein Pferd scheinbar ziellos in Kreisen umher, bis er Spuren fand. Nabil stieg ab und berührte mit Nase und Lippen den Boden.
»Sie sind vor nicht langer Zeit hier vorbeigekommen«, sagte er.
»Wie lange?«
»Nicht lange.«

»Ein paar Stunden?«
»Vielleicht.«
»Viele Stunden?«
»Vielleicht.«
»Drei, vier, fünf Stunden?«
»Vielleicht.«
»Lange genug, daß die Sonne auf- und untergehen konnte?«
»Nein, nicht so lange.«
»Wie viele Kamele kannst du erkennen?«
»Mehrere.«
»Fünf?«
»Vielleicht.«
»Fünfzig?«
»Vielleicht. Die Spuren sind tief. Die Tiere sind schwer beladen.«
»Wohin ziehen sie?«
Nabil suchte mit zusammengekniffenen Augen den Horizont ab. »Dorthin«, zeigte er. »Eine Wasserstelle, die den Sulikans gehört. Es müssen Sulikans sein oder Verbündete des Stammes.«
Gideon suchte auf seiner Karte nach dem Wadi. Es war keines eingezeichnet.
»Wie weit ist die Wasserstelle entfernt?«
»Nicht weit.«
»Einen Tag? Zwei Tage?«
»Vielleicht.«
»Wie viele Meilen?«
»Meilen? Ach, Meilen.« Nabil zupfte an seinem Ohrläppchen. »Vierhundert Meilen.«
»Nein, verdammt noch mal. Das ist unmöglich. Wie oft geht die Sonne auf und unter, bevor wir es erreichen?«
»Wenn die Sonne an dieser Stelle aufgeht, muß sie bis dorthin wandern«, sagte Nabil und beschrieb mit der Hand einen Bogen gen Himmel.

Als das Feuer niederbrannte, rezitierte Nabil Gedichte, während Gideon dalag und den Himmel mit den schnell dahinfliegenden Meteoren betrachtete. In einem solchen Augenblick wurde die Wüste lebendig. Gideon vereinte in sich alle Menschen vom Anbeginn der Zeit. Er war Moses und Abraham, die zu demselben Sternenhimmel emporgeblickt, über die Menschheitsmysterien nachgedacht und um Antworten auf die Rätsel des Weltalls gebeten hatten.

Ich war der Schakal, auf Beute lauernd am Rande des Lagers.
Ich war ein großes Pferd, das Mohammeds mächtiges Reittier besiegte.
Ich war ein Kamel, das erste in einer Reihe von vielen.
Ich war alle zugleich, die das dumme, zweibeinige Tier, genannt Mensch, betrachteten und es als dumm erkannten.
Ich lebte wie ein König auf meine eigene wilde Art, aber sie kämpften und plagten sich.

Nabil brach jäh ab und spitzte die Ohren. »Hör doch«, forderte er Gideon auf.
»Ich höre nichts.«
Es dauerte einige Augenblicke, bis der leichte Wind die Geräusche auch zu ihm trug. »Wie weit sind sie weg?« fragte Gideon. »Und wie viele sind es?«
»Warum mußt du immer Fragen stellen, auf die es keine Antwort gibt, Gideon?«
»Nimm an, es wären Feinde. Wenn ich wüßte, wie viele und wie weit sie entfernt sind, würde ich auch wissen, wie ich mich bereitmachen soll.«
»Was für eine Rolle spielt es, wie weit sie weg sind?« fragte der Beduine. »In der Wüste mußt du immer bereit sein, und wie viele es sind, werden wir sehen. Du kannst ihre Zahl nicht ändern.« Er lauschte und merkte, daß es viele Kamele waren, die gerade das Wasserloch erreichten.
»Wenn die Sonne aufgeht, werden wir zur Wasserstelle kommen«, meinte Nabil. »Trink aber nicht. Wir bewegen uns langsam darauf zu, setzen uns an den Rand und halten die Pferde zurück, damit auch sie nicht trinken. Sie werden uns aus der Ferne beobachten, und wenn wir ohne ihre Erlaubnis trinken, schießen sie auf uns. Nach einiger Zeit werden sie zu uns kommen. Sie werden mich dulden, weil ich Wahhabite bin, aber du wirst ihnen wegen der merkwürdigen Farbe deines Haars und deiner Augen gut gefallen. Dann werden sie uns erlauben zu trinken.«

Drei Tage später ritten sie denselben Weg zurück. Der Beduine namens Mustafa saß noch immer eingehüllt in seinen Burnus und wartete auf seinen Freund.

Nach hundert Jahren osmanischer Willkürherrschaft waren die Gefühle der Araber für die Türken die der Unterdrückten gegenüber

ihrem Unterdrücker, ungeachtet der Tatsache, daß sie Glaubensbrüder waren. Als der Krieg kam, arbeitete eine geheime arabische Bewegung gegen die Türken.
Die Schlüsselfigur unter den arabischen Abtrünnigen war Scharif Hussein, der Anführer der Haschemiten-Sippe aus Hedschas, einem Küstenstrich von etwa fünfzehnhundert Kilometern Länge am Roten Meer, der die Verbindung zur britischen Lebensader, dem Suezkanal, herstellte. Den Haschemiten, deren Geschlecht Mohammed entstammte, war die ehrenvolle Aufgabe zugefallen, als »Hüter der Heiligen Stätten« über Mekka und Medina und das Hauptheiligtum des Islam, die Kaaba, zu wachen.
Die Engländer waren bestrebt, die Haschemiten zu einem Aufstand gegen die Türken aufzustacheln, und fachten daher den arabischen Nationalismus an. Scharif Hussein nahm Verbindung mit dem britischen Oberkommandierenden in Ägypten auf, um den Preis für einen arabischen Aufstand auszuhandeln.
Die Engländer machten Scharif Hussein glauben, er werde als Lohn für seine Hilfe zum König eines Großarabischen Reiches ernannt werden. Doch die Dokumente, die das versprachen, waren ein Betrug. Die Engländer und ihre französischen Verbündeten hatten im geheimen andere Vorstellungen von der Zukunft der arabischen Länder.
Am 9. März 1916 schlossen England und Frankreich einen Geheimvertrag ab, in dem sie die Teilung des Gebietes festlegten und der nach den beteiligten Unterhändlern das Sykes-Picot-Abkommen genannt wurde. Der als niederträchtig bezeichnete Pakt setzte sich sowohl über die Bestrebungen der Juden als auch über Scharif Husseins persönliche Ambitionen hinweg. Und so wurde Palästina das »zweimal verheißene Land«.

Die Juden von Palästina stellten der britischen Armee mehrere Bataillone zur Verfügung, um sich für die »Balfour-Declaration« erkenntlich zu zeigen. Viele dieser Einheiten hatten in Gallipoli schwere Kämpfe zu bestehen.
Auf arabischer Seite führten Scharif Hussein und seine Söhne einige wirkungsvolle Guerillaakte gegen die transjordanische Eisenbahnlinie, eine lebenswichtige türkische Landverbindung. Die arabische »Revolte« einiger hundert Männer wurde von dem britischen Offizier T. E. Lawrence angeführt, dessen Taten man nachträglich glorifizierte.

Scharif Hussein rief sich selbst in aller Bescheidenheit zum König der Araber aus, ein Titel, der von den Engländern zum König der Hedschas herabgeschraubt wurde. Später zog Husseins Sohn Feisal in Damaskus ein und rief sich zum König von Syrien aus, ein Titel, von dem er glaubte, er gelte automatisch auch für die Provinz Palästina.
Zu Weihnachten 1917 eroberten britische Streitkräfte unter General Allenby Jerusalem, worauf Araber und Juden zu den Alliierten kamen, um ihre Schuldscheine einzulösen.
Feisal wünschte die jüdische Besiedlung Palästinas, solange er darüber herrschte, genau wie die Türken den Zufluß jüdischen Geldes und Fortschritts geschätzt hatten. Aber die Franzosen annektierten Syrien und warfen Feisal hinaus. Da er nun nicht mehr König von Syrien war, änderte er seine Haltung und verurteilte die jüdische Siedlungspolitik in Palästina.
Schließlich verübten die Engländer eine Reihe verräterischer Handlungen, die nicht nur die jüdischen und arabischen Ansprüche mißachteten, sondern auch ihren französischen Verbündeten Palästina stahlen.
Die Engländer regierten Palästina fortan als Mandat des Völkerbundes. Aufgrund einer Reihe von internationalen Konferenzen und Verträgen war das britische Mandat von Rechts wegen verpflichtet, die »Balfour-Declaration« und das jüdische Heimatrecht zu schützen. Aber der Krieg war zu Ende, und die Lage Palästinas als Flanke zum Suezkanal war für die Engländer wichtiger als die Einhaltung der den Juden gegebenen Versprechungen. Als 1922 am Persischen Golf Öl gefunden wurde, was Englands Interesse an dem Gebiet noch verstärkte, da nahmen die Briten noch mehr Abstand von ihrer Verpflichtung.
Das Ostufer des Jordan, das größtenteils von Beduinen bewohnt wurde, gehörte im wesentlichen unter die Mandatsverwaltung Großbritanniens. Um ihre Interessen zu schützen, schufen die Engländer einen Marionettenstaat, den sie Transjordanien nannten. Dieses Land umfaßte fünfundsiebzig Prozent des Palästina-Mandats. Vor 1921 existierte kein jordanisches Volk. Alle waren Palästinenser. Die Jordanier sind eine Erfindung des britischen Kolonialministeriums.
Um die nationalistischen Bestrebungen der Araber zu dämpfen, warfen ihnen die Engländer ein paar Knochen zu. Feisal, der abgesetzte König von Syrien, wurde zum Marionettenkönig des Irak erhoben, wo er unter englischem Befehl regierte.
Für ihre neue Kolonie Transjordanien holten sich die Engländer ihre

Scheinherrscher wieder bei den Hedschas. Sie ernannten Abdullah, einen weiteren Sohn des Scharif, zum Emir von Transjordanien. Als Haschemiten von der arabischen Halbinsel waren sowohl Feisal als auch Abdullah Fremde in den Ländern, die sie jetzt unter englischem Patronat regieren sollten.
Der Scharif von Mekka, der sich bereits als Herrscher über ein arabisches Reich gesehen hatte, das sich vom Roten Meer bis zum Persischen Golf erstreckte und zu dem der Irak und Syrien, Palästina, Sinai und Libanon sowie die arabische Halbinsel gehörten, scheiterte kläglich und flüchtete ins Exil, als die Saudis ihn bei ihrem Eroberungszug aus Hedschas verjagten.
Die Engländer, die die Araber, die Juden sowie ihre französischen Verbündeten getäuscht und mit Transjordanien ein fiktives Königreich errichtet hatten, zogen nun in das Palästina-Mandat ein. Palästina hatte während des Ersten Weltkriegs schrecklich gelitten. In Jerusalem allein waren zwanzigtausend Menschen an Hunger und Krankheit gestorben. Zuerst wirkte die Befreiung von der türkischen Korruption wie ein frischer Lufthauch. Das sollte aber unter englischer Verwaltung nicht lange so bleiben. Die Weichen für die Zukunft des Mandats wurden bald gestellt. Eine neue Macht trat auf den Plan, die Husseini-Sippe, eine alte, einflußreiche Palästinenserfamilie. Sie wurde angeführt von Hadschi Amin al-Husseini, einem moslemischen Fanatiker. Anfang der zwanziger Jahre brachen Proteste gegen weitere jüdische Einwanderer los. Der Fanatismus, der hinter den Unruhen steckte, war so abstoßend, und Hadschi Amins Versuch, sich Palästinas zu bemächtigen, war so offenkundig, daß die Engländer ihn zur Flucht zwangen und in Abwesenheit zu fünfzehn Jahren Haft verurteilten.

Für Gideon Asch, den dekorierten britischen Offizier, war eine neue Ära angebrochen. Die Sicherheitsprobleme waren durch die arabischen Unruhen auf ein Vielfaches angewachsen. Die Schomer waren nicht mehr stark genug, um die Lage im Griff zu behalten. In Jerusalem vertrat die Jewish Agency die Interessen ihres Volkes in Palästina und stellte in aller Stille eine Verteidigungstruppe auf die Beine. Die Haganah, halb legale, halb Untergrundarmee, entstand Anfang der zwanziger Jahre mit dem Ziel, jeder jüdischen Siedlung Schutz zu bieten.
Gideon wurde nach Jerusalem berufen und mit der Ausbildung der Haganah im Tal von Ajialon betraut. Er war drei Jahrzehnte lang ein

einsamer Reiter gewesen. Nun wurde es Zeit, seßhaft zu werden. Er nahm den Auftrag an und entschloß sich, als ständiges Mitglied in einen neugegründeten Kibbuz einzutreten. Der Kibbuz sollte Schemesch heißen, das bedeutet »Sonne«, denn er lag an dem Ort, an dem Mose Nachfolger Josua Gott gebeten hatte, die Sonne stillstehen zu lassen. Schemesch steht auch für Samson, den ehrwürdigen jüdischen Richter. Schemesch sollte sechzehn Kilometer entfernt von Ramle entstehen, gegenüber einem arabischen Dorf namens Tabah.

Gideon Asch kehrte von seinem Besuch in Tabah zu den drei Dutzend Leuten zurück, die sich beeilten, vor Einbruch der Nacht eine quadratische Begrenzung aus Stacheldraht zu errichten. Sie fragten ihn aufgeregt über seine Begegnung mit den Arabern aus. Er erzählte ihnen von seinem stürmischen Zusammentreffen mit dem Muchtar Ibrahim.

»Sie werden heute nacht angreifen«, erklärte er. »Wir haben keine Zeit, Verstärkungen herbeizuholen. Grabt euch ein mit all eurer Habe.«

V

1924

Als Gideon Asch Tabah verlassen hatte, erfaßte die Dorfbewohner Hochstimmung, und sie gerieten in wilde Bewegung. Es war ein unerwartet großer Augenblick. Für einen Araber ist es der Sinn seines Daseins, seinen Mut zu beweisen. Ein Geschenk Allahs! Ein Dutzend verschiedener Gewehrmodelle tauchten aus Verstecken auf. Es gab Flinten aus dem Burenkrieg, türkische und deutsche Gewehre aus dem Weltkrieg, britische Enfields und amerikanische Springfields. Patronengurte lagen tief in den Feldern und Obstgärten in Kisten vergraben. Dolche wurden aus den Hauswänden gezogen und geputzt, bis sie glänzten.

Im Lauf des Tages kamen Männer aus anderen Dörfern nach Tabah und gingen ins Café, wo der junge Muchtar Ibrahim sie empfing. Jeder hob seine Waffe mit bebender Faust, beteuerte seine Treue und versicherte den Muchtar seiner unverbrüchlichen Entschlossenheit.

»Wir werden die Juden mit einem Beil rasieren.«
»Die Milch ihrer Mütter ist Kamelpisse.«
»Keine jüdischen Misthaufen in diesem Tal!«
»Tod den Juden!«
Hurrageschrei ertönte, als sich Selim, der Scheich eines kleineren Klans, zum Café begab. Selim hatte während des großen Krieges in der türkischen Armee gedient. Die Dörfer in Ajialon waren sechs Jahre lang mit Geschichten von seiner Tapferkeit vor dem Feind überschwemmt worden. Kein Bericht von seinen zahlreichen Schlachten war anschaulicher als der von einem Nahkampf, in dem er sich einen Weg durch eine Mauer von britischen Leibern gehackt hatte, um zu einem Maschinengewehrnest zu gelangen und es mit Handgranaten unschädlich zu machen. Keiner erfuhr, daß Selim in Wahrheit nie über den Rang eines Korporals hinausgekommen, als Offiziersbursche bei einem türkischen Obersten gedient und sich der Schlacht nie weiter als auf hundert Kilometer genähert hatte. Die Narbe, die von der Rauferei um eine Bauchtänzerin stammte, war in eine Schußwunde umgedichtet und durch eine Tapferkeitsmedaille belegt worden, die Selim im Basar von Istanbul erstanden hatte.
Alle empfanden ein Gefühl der Geborgenheit, als Selim von Ibrahim aufgefordert wurde, am Kriegsrat der Muchtars und Scheichs teilzunehmen.
Vor dem Café spielten mit Stöcken bewaffnete Kinder am Brunnen »Krieg«, während die Versammlung immer umfangreicher wurde und die Kampflust stieg. In dieser Nacht würden Knochen zermalmt werden. Der Sumpf würde sich mit toten Juden füllen. Die Beute würde phantastisch sein. Eine jüdische Frau würde man zum Vergnügen der Männer aufheben. Es würde eine Ewigkeit dauern, bis die Juden es wagten, in diesem Tal wieder eine Siedlung zu errichten.
Im Café erörterten alle gleichzeitig die beste Strategie. Man sollte sie von hinten durch den Sumpf angreifen. Nein, der Sumpf war zu dreckig. Man sollte sie von drei Seiten umzingeln. Nein, dann schießen wir aufeinander. Fäuste krachten auf Tische, Feindseligkeiten loderten auf, und die Scheichs griffen nach ihren Messern.
Alle Pläne wurden Selim vorgelegt, der aber nur versuchte, ein nachdenkliches Gesicht zu machen. Schließlich stieß Ibrahim einen tiefen Seufzer aus und erklärte einen einfachen Angriffsplan.
Nach Einbruch der Dunkelheit würde man Straßensperren errichten, um britische Verstärkungen aufzuhalten, die allerdings erst bei Sonnenaufgang eintreffen sollten. Die Straßensperren würden vorerst ei-

nen etwaigen Rückzug der Juden verhindern. Über hundert Mann würden frontal in drei Wellen angreifen. Ibrahim würde die erste Welle anführen, Selim die zweite. Über den Anführer der dritten Welle brach ein Streit aus. Ibrahim bestimmte schließlich einen Scheich, indem er einfach mit dem Finger auf ihn zeigte.

Wenn sie den Stacheldraht erreichten, würden sie Ziegenfelle darüberwerfen und ihn überqueren. Die Juden würden rasch vernichtet sein, und die Kämpfer könnten nach Tabah zurückkehren und ihre Waffen wieder verstecken. Kurz vor Tagesanbruch würden die alten Männer, Frauen und Kinder die Leichen plündern und die Waffen der Juden sowie ihre Ausrüstung davontragen. Ibrahim selbst würde später die Beute verteilen.

Alle erklärten, daß der Plan ausgezeichnet sei. Man schüttelte einander die Hände, und der Kriegsrat verließ das Café, um die Männer einzuweisen. Faruk rief sie alle in die Moschee, und nach dem Gebet erklärte er den bevorstehenden Kampf zum Djihad, zum »Heiligen Krieg«, worauf die Versammlung einstimmig »Tod den Juden« brüllte.

Für alle stand der Sieg fest – nur nicht für Ibrahim. Das Dutzend ehemaliger Schomer, die jetzt der Haganah angehörten, beunruhigte ihn. Bei arabischen Angriffen auf jüdische Siedlungen in Galiläa war es nur selten gelungen, die Eindringlinge zu vertreiben. Seine Leute waren zwar den Juden an Zahl fünffach überlegen, hatten aber noch nie in ihrem Leben einen Frontalangriff unternommen. Am meisten fürchtete er sich vor dem Anführer der Juden, diesem Gideon. Der Mann hatte vor ihrer aller Augen herausfordernd aus dem Dorfbrunnen getrunken. Es war zu befürchten, daß er das Soldatenhandwerk nur zu gut verstand. Die Schomer hatten einen hervorragenden Ruf als Kämpfer, und die meisten von ihnen hatten den Ersten Weltkrieg in der britischen Armee mitgemacht. Doch ein Muchtar mußte tun, was man von einem Muchtar erwartete.

Als die Luft am Abend schwül und stickig wurde, gingen Ibrahim und seine Berater zur Hügelkuppe, um Ausschau zu halten. Sie konnten einen Teil der Stacheldrahtverhaue erkennen. Die Juden hatten qualmende Feuer entzündet, um die Moskitos zu vertreiben. Sie waren so erschöpft, daß sie auf den Tiefladern einschliefen. Es war ein widerwärtiger Anblick, wie Männer und Frauen schamlos nebeneinander lagen.

Als es dunkel wurde, stieg vom Dorfplatz her Haschischrauch zum Hügel auf, und die Kämpfer wurden zusehends tapferer. Als das

Tageslicht verloschen war, glitten sie zu viert oder sechst verstohlen davon.
Etwa hundert Meter vor dem Stacheldraht nahm Ibrahim seinen Platz an der Spitze der ersten Welle ein. Ferne Schüsse von der Straße zeigten an, daß die Sperren errichtet waren. Die zweite Welle ging auf einer Anhöhe hinter Felsblöcken in Deckung, um Feuerschutz zu geben, falls die Juden zuerst schossen.
Ibrahim glitt in tiefer Hocke vorwärts, gefolgt von seinen Leuten. Der Angriff erwies sich gleich im ersten Augenblick als Fehlschlag. Die Plündierergruppe in der Nachhut verursachte zu viel Lärm. Die älteren Männer erzählten von ihren großen Augenblicken als Kämpfer, die Frauen und Kinder schnatterten laut und voller Vorfreude auf die Beute. Die zweite Welle, die das Vorgehen der ersten hätte decken sollen, eröffnete das Feuer zu früh und brachte sich damit um das Überraschungsmoment. Außerdem zielten sie zu kurz, direkt in den Rücken Ibrahims und seiner Leute. Faruk, der vor wenigen Stunden erst den Heiligen Krieg ausgerufen hatte und sich unmittelbar hinter seinem Bruder befand, warf sein Gewehr weg und floh. Drei Männer folgten ihm.
Furchterregende, ratlose Stille trat ein.
»Glaubst du, daß sie alle tot sind?« flüsterte jemand Ibrahim zu.
»Halt den Mund, du Sohn eines Esels!« fauchte Ibrahim zurück.
»Warum schießen sie nicht?«
Als ein weiterer seiner Männer davonzukriechen begann, richtete Ibrahim sich auf und hob das Gewehr. »Allah akbar!« schrie er immer wieder. »Gott ist groß!«
»Allah akbar!« hallte es im Tal wider.
Alle folgten Ibrahim und stürmten in ungeordneten Haufen auf den Stacheldraht zu. Sie knieten nieder, feuerten und rannten, knieten nieder, feuerten und rannten. Ihr Kampfgeschrei wurde lauter und lauter.
Doch die Juden erwiderten das Feuer nicht.
»Auf zum Draht!« schrie Ibrahim.
Als sie auf kaum zwanzig Meter herangekommen waren, geschah etwas Furchtbares. Auf jüdischer Seite heulten ohrenbetäubende Sirenen auf, die alle anderen Geräusche übertönten. Dann schossen die Juden Leuchtkugeln ab und verwandelten die Nacht in Tag, so wie Josua einst die Sonne am Himmel festgebannt hatte. Von der plötzlichen Helle und dem Lärm verwirrt, erstarrten die Araber wie aufgescheuchtes Wild im Scheinwerferlicht.

Die Juden feuerten eine geordnete Salve ab, und obwohl sie in die Luft schossen, warfen sich etliche Dorfbewohner erschrocken zu Boden. Bei der zweiten, wieder in die Luft gezielten Salve, prallten die zweite und dritte Angriffswelle auf die erste auf, die Hals über Kopf die Flucht ergriff.

Die Schlacht war zu Ende.

Die am Dorfrand wartenden Plünderer sahen, wie ihre Väter, Söhne und Ehemänner stolpernd, keuchend, kriechend nach Tabah zurückhasteten.

»Was ist geschehen?«

»In der Dunkelheit haben sich über dreihundert Haganahs eingeschlichen!«

»Wir wurden mit Maschinengewehrfeuer empfangen.«

»Zwischen ihnen hatten sich Hunderte britische Soldaten versteckt!«

»Sie haben Giftgas!«

»Wir sind zahlenmäßig unterlegen!«

Bei Morgengrauen saß Ibrahim allein auf der Hügelkuppe und blickte hinunter auf das Lager der Juden. Seine Demütigung war vollkommen. Zuerst hatte er angenommen, die Gestürzten seien verwundet, aber sie hatten nur ihre Gewehre weggeworfen und waren geflohen. Als er endlich ins Dorf zurückkehrte, fand er die Kämpfer, die nicht nach Hause gegangen waren, im Café versammelt. Seltsamerweise brachen die Verzagten in wilde Hurrarufe aus, als Ibrahim zu seinem Haus ging.

»Wir haben ihnen eine Lektion erteilt, die sie nie vergessen werden!«

»Ich habe mindestens drei erschossen!«

»Damit habe ich einem die Zunge herausgeschnitten«, prahlte ein anderer und fuchtelte mit seinem Dolch in der Luft herum.

An der Tür wandte sich Ibrahim um. »Ihr wart alle sehr tapfer«, lobte er. »Es war ein eindeutiger Sieg, der nur durch die Tatsache zunichte gemacht wurde, daß diese jüdischen Feiglinge britische Hilfe herbeiholten ... sonst ... also ... vergeßt nie, daß die Engländer an allem schuld sind.« Wieder jubelten sie, doch er ging ins Haus und ließ die Legende ihren Lauf nehmen, während er sich müde aufs Bett warf.

VI

Ibrahim stieg Tag für Tag auf die Hügelkuppe über dem Dorf und brütete vor sich hin; es war ein recht angenehmer Platz zum Nachdenken. Tabah hatte, wie die meisten arabischen Dörfer, eine Grabstätte, an der angeblich ein Heiliger oder ein Prophet gepredigt oder gelebt hatte oder gestorben war.

Die Grabstätte von Tabah, ein kleines, weißgetünchtes Gebäude mit einer bescheidenen Kuppel, stand auf dem höchsten Punkt des Hügels unter dem einzigen Baum des Dorfes, einer verwitterten Eiche.

Die Legende erzählte, der Heilige, ein unbekannter Soldat, der mit Josua in der Schlacht gekämpft hatte, habe später das Dorf als befestigte Stellung gegen die Philister gegründet und es als Wachtposten für Jerusalem ausgebaut. Von hier war Mohammed nach Jerusalem gesprungen.

Ibrahim errichtete auf dem Hügel ein kleines Beduinenzelt aus gewebten Ziegen- und Schafwollstreifen, um sich vor der Mittagssonne zu schützen. Er gestattete nur zwei Personen, seine Einöde zu betreten: seiner Frau Hagar, die ihm Speise und Trank brachte, Faruk, der mit ihm die Dorfgeschäfte besprach.

Er dachte angestrengt über die beiden nach. Er hatte Faruk immer wegen seiner Schwäche verachtet. Faruk war sein älterer Bruder, und wenn er nur ein wenig Mut aufgebracht hätte, so gehörte die Würde des Muchtars ihm. Faruks Feigheit beim Angriff auf Schemesch war die Krönung für Ibrahims Abscheu. Er war überzeugt, Faruk habe die Fähigkeit, lesen und schreiben zu können, immer zu seinem Vorteil genutzt, und er hegte den Verdacht, daß ihn sein Bruder hinterging. Er schwor, wenn er einen Sohn bekommen sollte, würde er ihn zur Schule schicken, damit Faruk ihm nicht länger durch seine Bildung überlegen sei.

Ibrahim grübelte darüber nach, warum er keinen Sohn hatte. Hagar hatte ihn mit zwei Töchtern enttäuscht. Sie war wieder schwanger, und die Klatschmäuler schienen zu hoffen, daß sie ihm den schändlichen Titel eines »Vaters von Töchtern« für immer anhängen könnten. Er hatte Hagar schon gesagt, daß er ihre Ehe auflösen würde, wenn sie ihm auch diesmal keinen Sohn schenkte.

Ibrahim dachte auch über den »Sieg« über die Juden nach, dessen Schilderung im Café täglich weiter von der Wahrheit abwich. Seine Männer hatten gekämpft wie Weiber. Er wußte, daß sie nie fähig sein würden, die Juden zu vertreiben. Doch im Lauf der Zeit wurden die Erzählungen von dem mutigen Angriff auf Schemesch immer phantasievoller. Um ihre Verachtung für die minderwertigen Juden zu beweisen, verließen die Männer jeden Tag das Café, stiegen zum höchsten Punkt des Hügels hinauf, der Ausblick auf die jüdischen Felder bot, und feuerten aus sicherer Entfernung ein paar Schüsse ab. Obwohl sie außer Reichweite waren und nie etwas trafen, gaben diese Kindereien den täglichen Gesprächen neue Nahrung.

Ibrahim brütete weiter, als ihm klarwurde, daß die Juden Schemesch zu einer blühenden Siedlung machen würden. Er beobachtete sie durch den türkischen Feldstecher, während sie den Sumpf trockenlegten. Innerhalb einer Woche waren Steinmauern errichtet worden, die nun die neue Umgrenzung bildeten. Sie wurde durch hohe Wachtürme verstärkt. Ein Generator speiste die Scheinwerfer, die es nicht nur ermöglichten, auch während der Nacht zu arbeiten, sondern künftige Angriffe so gut wie aussichtslos machten.

Das Geräusch ihrer Bautätigkeit hörte nie auf. Die ursprüngliche Zeltstadt wurde durch Gemeinschaftshäuser aus Stein ersetzt. Es gab auch ein Sanitätszelt. Er verfolgte genau, wie viele Juden an Malaria erkrankt waren. Manchmal war die Hälfte von ihnen gleichzeitig bettlägerig. Trotzdem gingen die Arbeiten weiter. Mehrmals in der Woche kamen andere Gruppen, um ihnen bei Spezialarbeiten zu helfen.

Das jüdische Siedlungsgebiet bestand hauptsächlich aus ein paar tausend Dunams Sümpfen und Moor, eine bösartige, von Schlangen und Moskitos bevölkerte Gegend. Ibrahim fragte sich, wie jemand dort etwas zum Wachsen bringen wollte. Ein Großteil ihrer Arbeit bestand darin, zwei rätselhafte Kanäle an Stellen zu graben, wo das Land zur Küste hin abfiel. Diese Kanäle wurden zu beiden Seiten des Sumpfes angelegt und dann mit Dämmen versehen. Ein Netz von kleineren Gräben führte zu den Hauptkanälen.

Den zweiten Abschnitt des jüdischen Gebiets bildete ein Hügel, der sich bis zu den Olivengärten von Tabah erstreckte und eine natürliche Grenze bildete. Er war voller alter, inzwischen verfallener Terrassen, wie sie die Hebräer vor Tausenden von Jahren gebaut hatten. Die Anlage war eine Miniaturausgabe der riesigen Terrassen im Bab el Wad und der mit biblischem Ruhm gekrönten in Judäa.

Steine gab es auf den Feldern mehr als genug. Die Juden sammelten sie und beförderten sie mit Ochsenkarren zum Fuß der Terrassen. Von dort wurden sie von Hand weitergereicht, so wie es die hebräischen Sklaven beim Bau der ägyptischen Pyramiden gemacht hatten. Man brachte die Steine an die Stellen, wo Zeit und Überschwemmungen, Sonne, Erdbeben und natürliche Erosion die Mauern zum Einsturz gebracht hatten. Die wiederhergestellten Terrassen wirkten wie die Stufen einer Riesentreppe. Jede Stützmauer hielt ein kleines Stück Erde fest, groß genug, um darauf Obst, Wein oder sogar Getreide anzubauen. Die neuen Mauern verhinderten die Erosion und machten Boden nutzbar, der sonst brachgelegen hätte. Auch Tabah besaß Terrassen, aber ein großer Teil davon war seit Jahrzehnten zerstört und nie wiederhergestellt worden.

Die Juden brachten fremdartige Bäume herbei, und Ibrahim ließ Faruk auf den Hügel kommen, um sie zu zählen. Faruk behauptete, es seien Hunderte, dann Tausende, und als seine Phantasie mit ihm durchging, sprach er schließlich von Millionen, vielleicht sogar Milliarden.

»Was glauben sie denn, daß sie mit diesen Bäumen erreichen?« murmelte Ibrahim. »Sollen die den Sumpf aussaufen?«

»Genau das ist angeblich im Tal von Jesreel geschehen«, antwortete Faruk.

»Sie können doch nicht die Natur gegen Allahs Willen verändern. Es wird ihnen niemals gelingen! Sie sind Idioten.«

»Ich hörte auf dem Markt in Ramle«, erzählte Faruk, »daß diese Bäume aus Australien stammen und daß sie immer durstig sind.«

»Australien? Leben in Australien nicht Wilde?«

»Ich weiß es nicht.«

»Wo liegt es?«

»Irgendwo hinter Indien. So weit im Osten, wie der Osten reicht, bevor er zum Westen wird.«

»Das verstehe ich nicht«, sagte Ibrahim. »Glauben sie wirklich, daß diese Bäume hier wachsen werden? Sieh dich um, Faruk. Siehst du in diesem Tal einen Baum, außer dieser armseligen Eiche, die nur unserem Schutzheiligen zuliebe lebt?«

»Nein«, pflichtete Faruk ihm bei. Aber Faruk war immer der gleichen Ansicht wie sein Bruder.

Sechs Monate nach dem Eintreffen der Juden ereignete sich etwas Erstaunliches. Die Juden durchstießen die Erddämme, die die Kanäle vom Sumpf trennten. Ibrahim riß die Augen auf, als die Verbindungsgräben die fauligen Gewässer in die Kanäle leiteten. Bald füllten sie sich, flossen hügelabwärts, und vor seinen Augen begann der Wasserstand des Sumpfs zu sinken. Innerhalb von Tagen konnte er verfolgen, wie die australischen Bäume dank der stinkenden Säfte des Sumpfes wuchsen. Während das Moor unter der heißen Sonne austrocknete, kam unglaublich schwarze, fruchtbare Ackererde zutage. Ein großer Teil wurde zu den Terrassen hinaufgetragen, während der Rest wieder entwässert und gewendet wurde, um den Sumpf vollends auszutrocknen.

Die Kanäle führten in ein tiefer gelegenes Moor. Ibrahim fragte sich, warum sie das Wasser nicht ins Meer fließen ließen, und befahl Faruk, den Grund dafür herauszufinden.

»Es ist heller Wahnsinn«, berichtete Faruk, als er die Antwort erfahren hatte. »Sie bewahren das Moor als Ruheplatz für Wandervögel.«

Ibrahim war wütend, weil die Juden jeden Abend sangen und tanzten. Er war zornig, daß sie nach der harten Tagesarbeit noch imstande waren, zu singen und zu tanzen. Wenn er die jüdische Lebensweise mit der Lethargie der Bewohner von Tabah verglich, wurde ihm klar, daß zwei einander fremde Welten auf einen Konflikt zusteuerten.

Was die Juden geschafft hatten, entmutigte die Dorfbewohner zutiefst.

»Wir werden uns niemals rächen«, jammerte Faruk eines Tages.

»Doch, wir werden unsere Rache bekommen«, erwiderte Ibrahim zornig. »Die Juden können ruhig ihre kleinen Kunststücke vollführen. Sie haben genügend Geld, während wir arm sind. Sie verstecken sich bei Nacht hinter ihren Palisaden, weil sie Feiglinge sind. Aber früher oder später müssen sie aus ihrem Versteck herauskommen, die Felder bebauen und dann die Ernte einbringen. Dann sollen sie die Beduinen kennenlernen. Warte nur ab! Geduld versetzt Berge.«

Am meisten brütete Ibrahim über die erschreckend zunehmenden Landverkäufe. Zuerst wurden Sumpfgebiete und brachliegende Felder an die Juden abgestoßen. Das war in Ordnung, solange weder er noch die anderen Muchtars, Scheichs und Fellachen glaubten, daß der Boden fruchtbar sei. Früher oder später würden die Juden ihre Felder aufgeben und abziehen. Doch das geschah nicht.

Überall in der Gegend wurden ganzen Araberdörfern von den Vertretern der im Ausland lebenden Grundbesitzer Räumungsbefehle zugestellt. Einige dieser Dörfer bestanden seit Generationen, ja sogar seit Jahrhunderten. Den Bauern wurden ein paar Wochen Zeit gelassen, um ihre Habe zu packen und fortzuziehen. Manche gingen gutwillig, andere unter Zwang. Sie zogen ohne Ziel und ohne bewegliches Gut davon. Ihre arabischen Brüder hatten ihnen nicht einmal die Möglichkeit gelassen, ein Leben am Rande des Existenzminimums zu führen. Sobald ein Gebiet geräumt worden war, wurde es wenige Monate später unweigerlich zu überhöhten Preisen an die Jewish Agency verkauft. Es kam zu einem wahren Verkaufsrausch, weil geldgierige Leute eine unerwartete Goldader entdeckt hatten. Man mußte kein Geistesriese sein, um zu begreifen, daß jedes an die Juden verkaufte Dunam Boden mehr Gewinn brachte als fünfzig Jahre Pacht von den Fellachen.

Ibrahim beobachtete mit wachsender Spannung, wie sein eigener Grundbesitzer, Fawzi Kabir, im Ajialon-Tal ein Stück Land nach dem anderen verkaufte, bis nur noch Tabah und ein paar Dörfer in der Umgebung übrigblieben.

Plötzlich hörten die Bodenverkäufe auf. Tabah war verschont geblieben. Warum? fragte sich Ibrahim. Die Felder von Tabah waren die ergiebigsten im ganzen Tal und würden sicherlich einen phantastischen Preis erzielen. Fawzi Kabir verzichtete bestimmt nicht aus Güte auf das Geschäft.

Ibrahim grübelte so angestrengt wie noch nie in seinem Leben. Langsam ging ihm ein Licht auf. Kabir befand sich mit anderen großen Palästinenserfamilien in ständigem Wettstreit um die finanzielle und politische Kontrolle des Landes. Tabah war ein hervorragender strategischer Punkt. Die Übernahme des Dorfes durch eine der führenden arabischen Familien würde den Zusammenschluß Jerusalems und der arabischen Schlüsselstädte Ramle und Lydda erfordern. Tabah verhinderte diese Bestrebungen. Um Palästina zu kontrollieren, mußte man sich mit Fawzi Kabir einigen.

Eines Tages kam Faruk auf die Hügelkuppe, um seinen Bruder daran zu erinnern, daß Fawzi Kabir bald seine jährliche Reise nach Jaffa antreten würde, um seine Pachtgelder einzutreiben. Faruk freute sich auf die Reise. Für ihn war sie der Höhepunkt des Jahres, denn sie bedeutete eine Woche bei den Fleischtöpfen von Jaffa.

»Geh nach Jaffa«, sagte Ibrahim seinem Bruder, »und sprich mit Kabir. Sag ihm, wenn er seine Pachtgelder will, muß er sie hier in Tabah holen.«

»Du befiehlst dem Berg, zu Mohammed zu kommen? Er wird uns alles unter dem Hintern wegverkaufen, falls er uns nicht lieber gleich umbringen läßt.«

Ibrahim lächelte sanft. »Er wird kommen«, prophezeite er.

VII

Fawzi Kabir war ein osmanisches Relikt. Noch immer führte er den alten türkischen Titel »Effendi«. Seit mehr als hundert Jahren waren die Kabirs eine der mächtigsten Familien Palästinas. Die treuen Dienste, die sie den Sultanen in Istanbul geleistet hatten, waren großzügig belohnt worden. Die Kabir-Sippe hatte über eine Million Dunams von Gaza bis zur Bekaa-Ebene erhalten oder eigenmächtig an sich gebracht.

Die Kabirs hatten Damaskus, die Verwaltungshauptstadt der Provinz, seit Anfang des Jahrhunderts zu ihrem Wohnsitz und Hauptquartier gewählt. In Damaskus gab es immer Platz für einen weiteren Kabir auf einem einträglichen Regierungsposten, und Söhne, Vettern und die übrigen Verwandten saßen fest im Sattel. Als die Türken aus dem Gebiet vertrieben wurden, verblaßte der Reichtum der Kabirs.

Nun saßen die Franzosen in Damaskus, und man konnte sich mit ihnen verständigen. Sie beherrschten die Kunst, zu geben und damit Vorteile einzuhandeln, und wußten, »wie die Welt sich dreht«. Während es den Kabirs unter französischer Verwaltung in Syrien und im Libanon weiterhin gutging, verhielt es sich in Palästina anders. Die englischen Verwaltungsbeamten wickelten ihre Geschäfte zumeist korrekt und unbestechlich ab.

Seit die Engländer die Kontrolle über das Mandat übernommen hatten, erhielt Fawzi Kabir von seinen Pächtern Steuerentwürfe und Gesuche wegen besserer Straßen, Schulen und landwirtschaftlicher Neuerungen. Einige christliche Araberdörfer verlangten sogar eine Klinik, und eines besaß die Kühnheit, sich nach Elektrizität zu erkundigen.

Fawzi Kabir hatte unter den Türken praktisch keine Steuern gezahlt, und dafür hatten die Türken den Bauern, die auf einem dünnen Seil über dem Abgrund des Elends wandelten, so gut wie keine Versorgungsleistungen zugestanden.

Kabir geriet in Palästina auch in politische Unannehmlichkeiten. Sein Hauptrivale um die Macht, Hadschi Amin al-Husseini, der geflüchtet war, um einer fünfzehnjährigen Gefängnisstrafe zu entgehen, kehrte zurück. Die Engländer sprachen ihn nicht nur frei, sondern ernannten ihn sogar zum Mufti von Jerusalem. Damit bekleidete er den höchsten islamischen Posten im Mandat.

Ein anderer politischer Gegner erwuchs ihm in Abdullah, der von den

Engländern von der arabischen Halbinsel geholt und zum Emir des neu gegründeten Staates Transjordanien ernannt worden war. Abdullahs Ehrgeiz zielte darauf ab, Palästina seinem Königreich einzuverleiben.

Kabir, dessen Einkünfte aus der Landwirtschaft zurückgingen, während er gleichzeitig Steuerforderungen und dem Ruf nach Schulen und Straßen sowie ernst zu nehmenden Feinden gegenüberstand, überdachte die Lage.

Es waren die Juden, die seine Position in Palästina gefestigt hatten. Nach dem Weltkrieg nahmen die jüdischen Einwanderer drastisch zu, und das Weltjudentum unterstützte sie mit gewaltigen Investitionen und Schenkungen.

Unter den Türken war es ein gutes Geschäft gewesen, Landbesitz zu verpachten. Unter den Engländern gingen die Erträge rasch zurück. Fawzi Kabir verkaufte all seine Besitzungen in Palästina mit Ausnahme der Orangenplantagen in Jaffa und der Gebiete im Tal von Ajialon, die von strategischem Wert waren.

Die Juden erschlossen das Land in einem erstaunlichen Tempo, und die Investitionsmöglichkeiten steigerten sich. Als Arbeitsplätze zur Verfügung standen, begannen Zehntausende von Arabern aus allen Teilen der Provinz Syrien nach Palästina zu ziehen, und die Jahrhunderte der Trägheit waren zu Ende. Der Großteil der arabischen Bevölkerung drängte im unmittelbaren Gefolge der jüdischen Einwanderer nach Palästina.

Fawzi Kabir verlegte seine Investitionen von Grundstücken auf Projekte wie den Bau einer Hafenanlage in Haifa, das auch als Endpunkt einer Ölpipeline aus dem Irak und als Standort einer Raffinerie im Gespräch war. Er steckte zusammen mit Ägyptern Geld in den Bau des King David Hotels, in dem reiche Juden auf ihren Pilgerfahrten absteigen würden. Im rein jüdischen Tel Aviv war er an einer Bank mit hebräischem Namen beteiligt. Da er Araber war, mußten seine Investitionen sowohl vor den Arabern wie auch vor den Juden geheimgehalten werden.

Jedes Frühjahr, wenn Fawzi Kabir mit der Eisenbahn von Damaskus aus seine Rundreise antrat, um seine Pächter aufzusuchen und die Pacht einzufordern, wurden drei Privatwaggons an den regulären Zug angehängt. Im ersten reisten seine engsten Familienmitglieder, eine oder zwei seiner Frauen und seine Lieblingskinder. Die anderen Waggons waren für das Personal, die Leibwächter sowie einige männliche und weibliche Mätressen reserviert. Die Reise führte ihn zunächst nach Zahle im Bekaa-Tal, wo die Bauern von sechsundzwanzig Dörfern ihre Pacht zahlten. Dann fuhr der Zug weiter nach Beirut, das unter den Franzosen schnell zum Handelszentrum emporstieg und wo er an zahlreichen Unternehmen beteiligt war.

Sie fuhren weiter nach Haifa mit seiner beträchtlichen arabischen Bevölkerung. Dort war er am Getreidesilo, am Samenhandel, am Hafen, am Endpunkt der Ölpipeline und an städtischen Grundstükken beteiligt. Bei dem Aufenthalt in Haifa bezahlten seine Bauern aus Galiläa ihre Pacht.

Der Zug fuhr dann die Mittelmeerküste entlang nach Jaffa, wo der Effendi von seinen Dörfern im Tal von Ajialon kassierte, und weiter nach Gaza zum einträglichsten seiner landwirtschaftlichen Unternehmen, den zwanzigtausend Dunam umfassenden Orangenplantagen.

Die Fahrt endete in Port Said und fiel mit der Ankunft eines Passagierdampfers zusammen, der durch den Suezkanal kam. Von hier fuhr Kabir mit seinem Gefolge per Schiff zu einem Sommerpalast in Spanien. Solange der Landbesitz seine Haupteinnahmequelle gewesen war, hatte es der alljährlichen Zurschaustellung von Pomp und Macht bedurft. Die Bauern konnten sich mittels Bittschriften beschweren, doch eine Reaktion erfolgte nur selten. Da und dort wurden Gunstbeweise erteilt, Symbole für das Mitgefühl des Effendis.

Kabir war froh, daß sein Grundbesitz in Palästina auf Ajialon und Gaza zusammengeschrumpft war. Er fand die Reise ermüdend. Dieses Jahr, 1924, würde sie zum letztenmal im vollen Umfang stattfinden.

Als der Zug des Effendis in Jaffa einfuhr, begab sich seine Begleitung für eine Woche in eine Villa. Kabir erfuhr von dem entsetzten Faruk Sukari, daß sein Bruder Ibrahim sich weigere, mit der Pacht nach Jaffa zu kommen, und daß Kabir nach Tabah reisen müsse, um sie einzutreiben. Unter der türkischen Herrschaft wäre Faruks Botschaft einem Selbstmord gleichgekommen, aber in der Welt von heute, nun ja, da lagen die Dinge anders.

Ein Konvoi dreier Limousinen bog von der Hauptstraße ab und rumpelte über den mit Schlaglöchern übersäten Sandweg zum Dorfplatz. Für diesen feierlichen Anlaß hatte Ibrahim das große Beduinenzelt mit den vier Stangen auf der Kuppe des Hügels aufstellen lassen, das im Grab des Heiligen aufbewahrt und nur bei ganz besonderen Gelegenheiten hervorgeholt wurde. Eine Reihe von Männern zog mit

Grußbotschaften und Bittschriften vorbei, ehe sich Ibrahim, Kabir, die Scheichs und die Muchtars zu einem drei Stunden dauernden, rituellen Festmahl begaben. Ibrahim und Kabir demonstrierten vor den anderen nur Wärme und Brüderlichkeit. Dem Effendi war klar, daß der junge Anführer in den Augen aller an Ansehen gewann. Schließlich zogen sie sich allein in Ibrahims Haus zurück. Ibrahim hatte für diesen Anlaß zwei weichgepolsterte Sessel gekauft. Während sie über die Geschäfte zu sprechen begannen, bewegten sich Fawzi Kabirs dicke Finger unaufhörlich zwischen Obstschüssel und Mund. Er unterbrach den Genuß von Trauben und Pflaumen nur, um zu sprechen, zu rülpsen und seine klebrigen Finger abzulecken.

»Also gut, Ibrahim, ich bin nach Tabah gekommen. Ich habe in deinem Zelt gegessen. Hören wir jetzt mit den Höflichkeiten auf. Was ist der Grund für diese äußerst gefährliche Aufforderung?«

»Meine Leute sind durch die Grundstücksverkäufe verunsichert. Die einzige Möglichkeit, sie zu beruhigen, war Euer Besuch in unserem Dorf.«

»Offen gestanden war ich überrascht, daß es dir gelungen ist, zum Muchtar gewählt zu werden. Einen Augenblick lang dachte ich, daß die Macht der Sukaris gebrochen sei. Wenn das geschehen wäre«, er zuckte die Schultern, »hätte ich mit einem halben Dutzend streitender Scheichs fertigwerden müssen. Vielleicht hätte ich Tabah dann auch verkauft. Die Verbindung zwischen der Familie Sukari und der meinen war sehr erfolgreich.«

»Es war nie eine Verbindung im eigentlichen Sinn des Wortes«, widersprach Ibrahim lächelnd.

»Dann also eine vorteilhafte Beziehung.«

»Ich wußte, daß Ihr bestrebt sein würdet, Tabah zu behalten, wenn Ihr hierherkommt ... als Barriere, um Euer Eigentum zu schützen. Wenn Ihr von mir erwartet, daß ich diese Straße für Euch freihalte, muß ein offizielles Bündnis geschlossen werden. Wir haben einen gemeinsamen Feind, den Mufti von Jerusalem. Jahrelang haben die Husseini die Wahhabiten versklavt und uns alle möglichen Demütigungen zugefügt.«

»Du bist ein sehr kluger junger Mann, Ibrahim.«

»Wie die Beduinen es ausdrücken würden, der Feind meines Feindes ist mein Freund.«

»Dann werde ich also offen zu dir sprechen. Dein Angriff auf den Kibbuz Schemesch war alles andere als beeindruckend. Ich frage mich, wie du dich gegen den Mufti behaupten wirst.«

»Meine Leute sind arme Fellachen, keine Soldaten. Ich könnte aber fünfzehn oder zwanzig Mann anwerben, die bei den Türken oder den Engländern gedient haben. Wir haben genügend Land zur Verfügung, um ein Lager anzulegen, und ich werde mich ihrer Treue versichern, indem ich sie von Wahhabiten anführen lasse.«
Der Effendi hörte auf zu essen und wischte sich die Hände mit einem Taschentuch ab. Dann nahm er einen Bleistift und einen Schreibblock und rechnete. »Finanziell ist es uninteressant. Ich müßte die ganze Pacht, die ich von Tabah bekomme, für eine solche Wachtruppe ausgeben.«
»Vielleicht fällt uns etwas Besseres ein«, meinte Ibrahim.
»Ich bin sicher, daß du bereits einen Plan hast.«
»Nehmen wir an, daß die achthundert Dunam, die ich jetzt von Euch gepachtet habe, mir übertragen werden?«
»Du redest wie ein Dieb, Ibrahim.«
»Und es gibt noch fünf- oder sechshundert Dunam Sumpfboden, die bis jetzt wertlos sind. Die will ich auch haben.«
»Du hast die Juden beobachtet.«
»Ich will nichts von den Juden, nur ihre australischen Bäume.«
Kabir erhob sich aus dem tiefen Sessel. »Der Preis ist zu hoch.«
»Denkt darüber nach«, sagte Ibrahim. »Ich werde mit den Juden kein Bündnis schließen, aber auch sie sind die natürlichen Feinde des Muftis. Sie auf der einen Seite der Straße, Tabah auf der anderen, dazu eine ausgezeichnete Wachtruppe ... denkt darüber nach, wie wichtig es für Euch ist, den Mufti in Jerusalem festzuhalten und ihn nicht nach Lydda und Ramle gelangen zu lassen.«
Kabir beugte sich vor und fischte die letzten Trauben aus der Schüssel. »Unmöglich«, wehrte er ab und ging zur Tür. Dann blieb er stehen und wandte sich um. Ihm war etwas eingefallen: Wenn du etwas von einem Hund willst, dann beginne ihn »Herr« zu nennen.
»Gemacht!« stimmte er zu. »Nur eine einzige Bedingung. Diese Wachtruppe, die du aufstellen wirst. Weder sie noch deine Dorfbewohner dürfen mit den Juden Streit anfangen. Die Juden sind zwar nicht unsere Verbündeten, aber sie und wir haben gemeinsame Interessen. Besser die Juden als der Mufti.«
»Aber ich werde mich nicht mit ihnen anfreunden«, betonte Ibrahim.«
»Wer ist schon Freund, wer ist Feind und wer Verbündeter?« Kabir zuckte die Schultern. »Bei uns ist es sehr schwierig geworden in letz-

ter Zeit. Aber es entspricht unserer Natur. Du und ich, wir verstehen einander, Ibrahim.«
»Es wäre eine gute Idee«, schlug Ibrahim vor, »wenn wir gemeinsam mein Haus verlassen und Arm in Arm zum Dorfplatz gehen, wie Brüder. Das wird Eindruck machen.«
Fawzi Kabir lächelte. Er war von einem Analphabeten, dessen Vorfahren Beduinen waren, gerupft worden. Doch er würde Tabah mit einer Sicherheitsgarantie für mehrere Millionen Pfund verlassen, die er in Palästina investiert hatte. Er öffnete die Tür, dann kniff er Ibrahim in die Wange. »Merk dir nur eines. Ruf mich nie wieder hierher!«

VIII

1925

Ibrahims Ansehen nahm nach dem Besuch von Effendi Kabir drastisch zu. Die noch in Ajialon lebenden Fellachen wußten, daß Ibrahim ihr Beschützer war. Er hatte einen Mächtigen dazu gebracht, zu ihm zu kommen, welche Demütigung für eine solche Persönlichkeit! Die Kunde, wie Ibrahim den Effendi dazu überredet hatte, Tabah zu behalten, verbreitete sich schnell wie der Wüstenwind.
Es war ein unerwarteter Glücksfall für Ibrahim, daß er nun keine Pachtgelder mehr bezahlen mußte, sondern Besitzer seiner Äcker war. Ja, Ibrahim hatte zu seinem Vorteil gehandelt, aber das war nur der gerechte Lohn für seine Leistung. Als Krönung seiner Glückssträhne gebar ihm Hagar einen Sohn, Kamal.
Er verfügte über das wichtigste und deutlichste Symbol der Macht, das ein Araber erstreben kann, nämlich eine persönliche Leibgarde, die aus einem Dutzend bösartiger Krieger bestand. Seine Scheichs und Muchtars verzichteten jetzt darauf, mit ihm über Nebensächlichkeiten zu streiten. Auf seinem Land lebten über zweihundert Familien mit insgesamt fünfzehnhundert Menschen. Er besaß die uneingeschränkte Kontrolle über sie, war also in jedem Sinn Stammeshäuptling.
Nach der Herbsternte des Jahres 1925 verkündete Ibrahim, daß er nach Mekka pilgern werde. Als erster Bauer des Tales unternahm er

den Haddsch. Bei seiner Rückkehr änderte er seinen Namen zum letztenmal und nahm den Titel Hadschi an, denn er war in Mekka gewesen.
Das alles machte ihn aber noch nicht wirklich glücklich. Er verbrachte weiterhin viele Stunden auf dem Hügel und zerbrach sich den Kopf über die Juden von Schemesch und die übrigen jüdischen Siedlungen in der Gegend. Zwischen Tabah und Schemesch herrschte weiterhin eine gespannte Atmosphäre. Faruk befaßte sich mit den Problemen, die sich zwischen beiden Orten ergaben. Nach wenigen Jahren brachten die Juden eine Ernte nach der anderen ein, und der Sumpf war so gut wie trockengelegt.
Ibrahim hatte versprochen, die Juden anzugreifen, wenn sie die erste Ernte einbrachten, aber er hielt nicht Wort. Daran waren nicht nur die Beschränkungen schuld, die Effendi Kabir ihm auferlegt hatte, sondern auch das Bewußtsein, daß er nicht einmal mit seiner persönlichen »Miliz« Aussicht hatte, die Juden zu vertreiben. In Schemesch und in den anderen Kibbuzim in Ajialon hatte die Haganah unter Gideon Asch eine Streitmacht geschaffen, die durchaus fähig war, ihre Siedlungen erfolgreich zu verteidigen. Es ging sogar das Gerücht um, daß die Juden in geheimen Fabriken in den Kibbuzim Waffen herstellten. Im Frühjahr 1927 errichtete Schemesch ein großes Geflügelhaus, das die ganze Nacht hindurch beleuchtet war, um die Eierproduktion zu erhöhen. Im Laufe des Jahres weiteten die Juden ihre Vieh- und Milchwirtschaft aus und lieferten ihre Produkte sogar nach Tel Aviv und Jerusalem.
Obwohl Ibrahim es verboten hatte, wurden zwischen den Fellachen und den jüdischen Bauern lose Kontakte unterhalten. Das galt besonders für eine mehrere hundert Meter lange Strecke, an der ihre Felder aneinandergrenzten. Die Juden hatten Zäune aus Kakteen, Christusdorn und Opuntien errichtet, aber man konnte durch sie hindurchschlüpfen, um ein paar Hühner oder Obst von der Terrasse zu stehlen.
Gelegentlich unterhielten sich Juden und Fellachen miteinander und machten sogar Tauschgeschäfte. Dieser zaghafte Frieden zerbrach 1927, als die Ernte zu Ende ging.
Ein Mann aus Tabah namens Hani hatte sich während der Traubenernte auf die Terrassen von Schemesch geschlichen und gewartet, bis der letzte Jude in den Kibbuz zurückgekehrt war. Dann machte er sich daran, seine private Ernte einzubringen.
Hani wurde von einer Frau aus dem Kibbuz entdeckt, doch bevor sie

Hilfe herbeirufen konnte, packte er sie, warf sie zu Boden und schlug sie in seiner Panik heftig auf den Kopf. Als er sie verwundet, mit gespreizten Beinen auf dem Boden liegen sah, wurde er von Begierde erfaßt. Er riß ihr die Kleider vom Leib und versuchte sie zu vergewaltigen. Es gelang ihr, ihn durch Schreien, Beißen und Treten abzuwehren, bevor sie die Besinnung verlor, aber sie war schwer verletzt, hatte eine gebrochene Nase, und mehrere Zähne waren ausgeschlagen. Die Affäre erreichte ihren Höhepunkt, als sich herausstellte, daß sie schwanger war.

Hani war innerhalb weniger Stunden in den Süden geflohen und befand sich bei seinen beduinischen Vettern in Sicherheit, während das Dorf sich für den erwarteten Vergeltungsschlag rüstete. Er blieb aus, doch dafür tauchte die englische Polizei auf. Obwohl die Dorfbewohner einmütig schwiegen, war der Polizei Hanis Name bereits bekannt. Die Engländer zogen ab, doch im Lauf des Tages stieg die Spannung, als die Arbeit im Kibbuz zum Stillstand kam und das Schweigen jenseits der Landstraße unheimlich wurde.

Ibrahim ärgerte sich am meisten über die Erkenntnis, daß jemand aus Tabah Hani an die Juden verraten hatte. Spitzel waren ein notwendiger Bestandteil des Lebens, damit Stämme und Sippen einander beobachten konnten, aber bisher hatte Ibrahim nicht geglaubt, daß die Juden seine Landsleute kaufen konnten, ja es sogar schon getan hatten.

Ibrahim wanderte die ganze Nacht unter dem Schutz seiner persönlichen Leibgarde auf der Hügelkuppe hin und her. Er war verblüfft. Hani war bei den Wahhabiten in Sicherheit. Die Engländer würden ihn nie aufstöbern. Die Juden konnten nicht anders, sie mußten sich rächen. Warum griffen sie nicht an? Einige Stunden nach Sonnenaufgang bekam er die Antwort. Ein Strom schreiender Dorfbewohner wogte unter der Führung von Faruk und Hagar zu ihm herauf.

»Der Brunnen ist ausgetrocknet!«

Ibrahims Mund wurde gleichfalls trocken.

»Wir haben kein Wasser!«

»Wir werden sterben!«

»Rette uns, Hadschi Ibrahim!«

»Hört auf zu jammern wie Weiber und sattelt mein Pferd!« befahl Ibrahim und rief die Namen zweier seiner Leibwächter, die ihn begleiten sollten. Minuten später hielt er vor dem Wachtposten am Haupteingang des Kibbuz. Ein einzelner, unbewaffneter Mann tauchte aus dem Wächterhaus auf.

»Ich will euren Muchtar sprechen!« schrie Ibrahim.
Der Wächter rief einen zweiten Mann, und sie steckten die Köpfe zusammen. »Wir haben keinen Muchtar«, entgegnete der zweite in stockendem Arabisch. »Bindet eure Pferde an und wartet.«
Kurz darauf kehrte er mit einer kräftigen, wohlgerundeten, jedoch nicht reizlosen Frau zurück. Ibrahim und seine Leibwächter blickten einander erstaunt an.
»Ich bin Anna, die Geschäftsführerin von Schemesch«, stellte sie sich in einem gräßlichen Arabisch vor.
»Das ist unmöglich! Du bist eine Frau! Mit einer Frau kann ich nicht verhandeln! Ich bin Ibrahim, der Muchtar von Tabah!«
»Vielleicht bist du gekommen, um das Mädchen zu besuchen, das überfallen wurde«, sagte Anna.
»Ich will mit Gideon Asch sprechen!«
Die drei Juden berieten sich. »Gideon hat gesagt, du würdest wahrscheinlich kommen und nach ihm fragen. Laß deine Waffen bei Schlomo. Wenn du gehst, kannst du sie zurückhaben«, sagte die Frau.
Ibrahim brummte enttäuscht, übergab dem Wächter sein Gewehr und befahl seinen Männern, das gleiche zu tun.
»Schlomo«, befahl Anna entschieden. »Sieh nach, ob sie Messer oder Handfeuerwaffen bei sich tragen.«
Ibrahim knurrte wieder, dann breitete er die Arme aus und ließ zu, daß er und seine Männer durchsucht wurden.
»Sie sind sauber«, meldete Schlomo.
Die Frau nickte gebieterisch, und Schlomo öffnete das Tor. »Ihr könnt mit euren Pferden hereinkommen«, sagte Anna. »Du weißt doch, wo der Bach den kleinen Wasserfall bildet. Dort erwartet dich Gideon.«
An einem idyllischen Fleckchen, wo der Bach etwa drei Meter tief in einen kleiner Weiher stürzte, ehe er geruhsam weiterfloß, lag Gideon Asch im Schatten eines Eukalyptusbaumes. Als er den Klang von Hufen hörte, stand er auf und sah den drei Reitern entgegen. Ibrahim sprang schwer atmend von seinem Pferd und drohte ihm mit der Faust. »Ich warne dich! Ich habe zweitausend bewaffnete Männer in diesem Tal und weitere zehntausend Wahhabiten, die mir zu Hilfe eilen werden. Wenn unser Brunnen nicht gefüllt ist, sobald die Sonne im Zenit steht, wird dieses Tal vor jüdischem Blut triefen.«
»Hallo, Ibrahim«, grüßte Gideon. »Es ist drei Jahre her, seit du mich in deinem Dorf empfangen hast. Ihr besitzt eine beeindruckende Armee, aber ihr bekommt kein Wasser. Es gehört uns.«

»Du bist ein jüdischer Lügner, und ich furze in deinen Bart!«
»Euer großer Wohltäter, Fazwi Effendi Kabir, hat uns die Wasserrechte am Bach von Ajialon verkauft, als er dieses Sumpfgebiet an uns verschleuderte. Tabah wird allerdings über genügend Wasser verfügen, solange ihr euch anständig aufführt.«
»Lügner! Du wirst vor allen anderen sterben!«
»Besteige dein schönes Pferd und reite nach Lydda, Hadschi Ibrahim. Dort ist alles im Grundbuch verzeichnet.«
Ibrahim war sprachlos und zutiefst erschüttert. Für gewöhnlich tobte und fluchte er, wenn er außer Fassung war, um diesen Zustand zu überspielen. Er suchte nach Worten, um Gideon seinen Schock nicht merken zu lassen, während er sich den Kopf zermarterte. Er wußte, daß er vielleicht Hani, den Vergewaltiger, würde ausliefern müssen, um den Dorfbrunnen wieder gefüllt zu sehen, wenn die Juden wirklich im Besitz der Wasserrechte waren!
Plötzlich erteilte Gideon Ibrahims Leibwächtern scharf den Befehl, sich zu entfernen. Sie wendeten erschrocken ihre Pferde. »Du gehst gleichfalls«, sagte Gideon. »Unser Gespräch ist zu Ende.«
Der Jude hatte ihn in der Falle. Es blieb ihm keine Wahl. Er beherrschte seine Wut, denn er wußte, daß die nächsten Augenblicke entscheidend sein konnten. Er wußte auch, daß Gideon nicht von dem Schlag war, den man einschüchtern konnte, und wenn jemand nicht auf Drohungen reagierte, mußte man eine andere Methode versuchen. Mit einer kurzen Handbewegung und ein paar Worten befahl er seinen Männern, zurückzureiten.
»Bitte«, sagte Gideon und zeigte auf zwei große, flache Steine. »Ich komme oft hierher, ebenso wie du auf deine Hügelkuppe. Wir haben eine ganze Menge zu besprechen. Möchtest du vielleicht etwas Wein?«
Ibrahim sah sich um, als würde ihn jemand bespitzeln. Als Moslem war es ihm verboten, Alkohol zu trinken. »Zuerst verhandeln wir«, entschied er.
Gideon setzte sich auf einen Stein. »Wer um einen Tag älter ist als du, ist um einen Tag klüger. Effendi Kabir hat dich betrogen, als er die Karten austeilte«, begann der Jude.
Ibrahim unterdrückte den Drang, Gideon zurechtzuweisen, denn ein Jude hat von einem Moslembruder nicht schlecht zu sprechen. Innerlich wußte er natürlich, daß Fawzi Kabir ihn betrogen hatte, indem er den Juden die Wasserrechte verkaufte. Er hatte es getan, um Tabah zu zwingen, gegen den Mufti von Jerusalem zu kämpfen. Wie sollte

man diese Schwierigkeit umgehen? Würden die Juden Erbarmen zeigen? Bevor ich ihn zum Abendbrot esse, dachte Ibrahim, verspeist er mich vielleicht schon zu Mittag.
»Ich will Hani«, forderte Gideon.
»Er befand sich auf seinem eigenen Grund und Boden, als er von einem Dutzend deiner Männer überfallen wurde«, leierte Ibrahim automatisch herunter.
Gideon reagierte mit einem entwaffnenden Lächeln, dem gleichen verächtlichen Lächeln, das er vor drei Jahren gezeigt hatte. »Wenn das der Fall ist, dann laß der Gerechtigkeit ihren Lauf. Er wird eine ehrbare Gerichtsverhandlung bekommen.«
»Nein. Die ganze Geschichte ist überhaupt eine Erfindung von euch, damit ihr einen Vorwand habt, uns das Wasser zu sperren!«
»Du hast zwei Möglichkeiten«, erklärte Gideon, ohne sich um Ibrahims Gerede zu kümmern. »Ich weiß, daß Hani sich bei den Wahhabiten versteckt hält. Ich habe Augen und Ohren in deinem Dorf. Ich habe auch Augen und Ohren unter den Wahhabiten, ich habe vierzig Tage und Nächte lang die Mahlzeiten im Zelt von Scheich Azziz eingenommen. Wir sind Brüder. Entweder Hani wird zurückgebracht und stellt sich dem Gericht, oder meine Freunde bei den Wahhabiten werden dafür sorgen, daß er den Tieren der Wüste zum Fraß vorgeworfen wird.«
Ibrahim wurde von dem Juden rasch in eine schlechte Verhandlungsposition gedrängt. Ihm war klar, daß Gideon wußte, daß er sich nie damit einverstanden erklären konnte, Hani dem Gericht zu übergeben. Ibrahim würde dadurch bei seinen Leuten das Gesicht verlieren. Es wäre viel vernünftiger, wenn Gideons Beduinenfreunde sich mit ihm befaßten. Dadurch würde Ibrahim ein Geheimnis mit Gideon teilen. Er würde dem Juden einen Gefallen schulden. Da sein Wasser den Juden gehörte, würde er ihnen doppelt verpflichtet sein. Man kann vor einem Feind bestehen, wenn man hungrig, nicht aber, wenn man nackt ist.
»Hani mag sich aufhängen«, sagte Ibrahim. »Sollen die Geier an seinen Knochen nagen.«
»Die Wahhabiten bekommen noch heute abend meine Nachricht.«
»Niemand darf es erfahren.“
»Der Wüstensand bedeckt alles.«
»Du darfst uns nicht übervorteilen, nur weil Kabir uns betrogen hat«, bat Ibrahim. »Wir leben seit über tausend Jahren in Tabah.« Er übertrieb um einige Jahrhunderte.

»Für euer Wasser müßt ihr einen Preis bezahlen.«
»Wir sind aber sehr, sehr arm.«
»Soviel ich in Erfahrung bringen konnte, bist du persönlich ziemlich reich geworden.«
»Ich werde keiner Erpressung nachgeben.« Ibrahims Tapferkeit schwand immer mehr.
»Wenn ihr keine Möglichkeit gefunden habt, Wasser aus dem Felsen zu schlagen, dann beginnt schon zu packen.«
»Was verlangst du?« Die Angst übermannte Ibrahim.
»Frieden.«
»Frieden?«
»Frieden.«
»Ist das alles?«
»Das ist alles. Die Klappe, durch die das Wasser nach Tabah fließt, wird offenbleiben, solange ihr euch von unseren Feldern fernhaltet, nicht mehr auf uns schießt und nie mehr Hand an einen Angehörigen meines Volkes legt.«
Ibrahim gewann seinen Mut rasch wieder zurück. »Was gibst du mir, wenn ich deine Forderungen erfülle?«
»Nur Wasser.«
»Ich muß ein Papier haben, das ich jedem zeigen kann. Gib mir ein Papier, und ich willige ein.«
»Wir haben eure Rechte bereits beurkundet. Sie sind in den Akten im Grundbuchamt verzeichnet. Die Wasserzufuhr hängt davon ab, daß ihr euren Teil der Vereinbarung einhaltet. Wir verstehen uns doch, nicht wahr?«
»Ich verstehe«, kapitulierte Ibrahim. Er war so erleichtert, daß er Gideon die Hand schüttelte, als ob er einen Vertrag besiegele. »Woher wissen wir, daß du uns genügend Wasser geben wirst? In den heißen Monaten führt der Bach wenig Wasser, und wir sehen, daß ihr einen dieser gewaltigen Wassertürme baut.«
»Wir haben den Bach zwei Jahre lang vermessen. Es gibt genug Wasser für die momentanen Bedürfnisse. Wir werden aber neue Ackergründe unter den Pflug nehmen und Bewässerungsversuche mit Berieselungsanlagen machen. Wir wollen unterhalb der Terrassen einen Damm und ein Wasserreservoir bauen. Dank der Hochwasser im Winter wird es genügend Wasser geben . . . für friedliche Nachbarn . . . in diesem Jahrhundert.«
Ein Damm! Ein Reservoir! Man mußte mit erstaunlichen Veränderungen rechnen. Die Juden waren erfinderisch!

»Weil du gerade hier bist: Eure Schäfer haben den Zaun am südlichen Weideland dort niedergerissen, wo es an unsere nördlichen Felder grenzt. Eure Ziegen sind mörderisch. Sie scharren mit ihren Hufen nach Wasser und zerstören so die empfindlichen Pflanzen.«
Ibrahim war bestrebt, kein Ärgernis zu erregen. »Aber die Ziegen leben hier seit Tausenden von Jahren.«
»Die Ziegen wohl, aber nicht das Land. Ich bemerke, daß du Sumpf trockenlegst, und ich weiß, daß es sich um deinen privaten Grundbesitz handelt. Wenn du hohen Gewinn erzielen willst, rate ich dir, daß du die Ziegen völlig abschaffst und es mit den Rindern versuchst, die wir ins Land gebracht haben.«
Ibrahim stand entschlossen auf. »Verstehe mich recht, Gideon Asch. Ich habe mit dir einen Vertrag geschlossen, weil ich keine andere Wahl habe. Wir wollen nur unseren Anteil an dem Wasser, das uns gestohlen wurde. Wir wollen weder eure Rinder noch eure Maschinen, noch eure Medizin. Wenn ihr wirklich glaubt, daß hier das Land ist, in dem Milch und Honig fließen, so täuscht ihr euch, wie sich die Späher Moses getäuscht haben. Kanaan war immer eine Wüste. Die alten Hebräer flohen wegen der Dürre aus Kanaan nach Ägypten.«
»Vielleicht haben wir in den letzten dreitausend Jahren etwas dazugelernt«, erklärte Gideon. »Vielleicht ist es an der Zeit, daß auch ihr zu lernen beginnt.«
»Wenn der Prophet bestimmt hat, daß etwas zu Staub wird, dann wird es zu Staub, das werdet ihr auch noch lernen. Wartet, bis es für keinen von uns mehr Wasser gibt! Wartet, bis die Erdbeben kommen! Wartet, bis eure Medizin die Krankheiten nicht mehr heilen kann! Wartet, bis die Sonne die Felsen bersten läßt! Sie wird auch euren Mut brechen.«
»Vielleicht braucht sogar Allah ein wenig Hilfe. Es ist an der Zeit, daß ihr aufhört, die Knochen toter Erde abzunagen.«
»Du bist ein Narr, Gideon Asch.«
»Wir werden lange Zeit Nachbarn sein, Hadschi Ibrahim. Ich hatte gehofft, daß du dir etwas Besseres für dein Volk wünschen würdest.«
»Nicht von euch.« Ibrahim bestieg sein Pferd.
»Wir müssen zusammenkommen. Wir müssen über Fragen wie Zäune und Seuchen sprechen, über Probleme, die uns beide angehen.«
»Wie kann ich mit euch zusammentreffen, wenn ihr eine Frau zum Muchtar erhebt?«
»Wir wählen unsere Führer. Nicht umgekehrt.«

»Das ist eine sehr schlechte Sitte. Sie wird sich nie bewähren. Ich werde mich nur mit dir treffen, und nur auf meinem Hügel.«
»Einmal auf dem Hügel, einmal hier am Bach«, antwortete Gideon.
Als Ibrahim davonritt, überlegte er, warum er sich über den Juden mehr ärgerte als über Effendi Kabir. Von Kabir erwartete er Gaunereien und verstand sie. Aber Mildtätigkeit von den Juden? Niemals!
Ibrahim platzte in eine verängstigte Schar im Café. Er setzte sich ruhig an seinen Tisch vor der Tür, während Faruk untertänig ein Kännchen Kaffee vor ihn stellte. Er schenkte ihn genießerisch langsam ein und schlürfte ihn, während er in die angsterfüllten Augen ringsumher blickte. »Der Effendi hat unser Wasser den Juden verkauft«, begann er. Er hob die Hand, bevor das Geheul ausbrechen konnte. »Aber ich befahl dem Juden, unseren Brunnen zu füllen, bevor die Sonne im Zenit steht, weil sonst keine fünfzig englischen Kriegsschiffe seinen Hintern retten werden.«
»Was ist geschehen?«
»Der Jude hat begriffen. Ich ließ ihm die Wahl, sich die Haare einzeln oder büschelweise aus dem Bart reißen zu lassen.«
»Gibt es Krieg?«
»Nein. Er bat um Frieden. Ich erbarmte mich!«
»Hadschi Ibrahim!« rief jemand von hinten aus der Menge. »In den Brunnen fließt wieder Wasser!«
Die Menge jubelte und pfiff vor Freude und Triumph.
»Hadschi Ibrahim ist groß!«
Hanis Vater drängte sich zum Tisch durch. »Mein Sohn, Ibrahim! Was ist mit Hani?«
»Ach ja! Ich sagte ihm, daß ein anständiger Bursche wie Hani gar nicht imstande sei, jemandem etwas zuleide zu tun. Er sei nur bei Verwandten zu Besuch. Der Jude ist bereit, über die Sache Gras wachsen zu lassen, und nach einiger Zeit kann Hani nach Tabah zurückkommen.«
»Allah möge deinen Atem und jeden deiner Schritte segnen, Hadschi Ibrahim.«
Nach dem Abendgebet ging Ibrahim hinauf zur Hügelkuppe. Die vielen Bäume versperrten ihm den Blick in den Kibbuz Schemesch. Verdammt, aber dieser Gideon Asch imponierte ihm! Wenn sein Sohn Kamal so würde wie er, dann könnten die beiden gemeinsam ganz Palästina erobern.

IX

Herbst 1929

Hadschi Amin al-Husseini, der Mufti von Jerusalem, stieg auf die Kanzel. Die Moschee steht auf einem großen Platz, dem ehemaligen Tempelberg von Salomon und Herodes. Seit dem siebten Jahrhundert stehen die Al-Aksa-Moschee und der Felsendom an der Stelle, von der Mohammed seinen legendären Ritt in den Himmel angetreten hat. Heute heißt der Bezirk Haram Asch Scharif, »das edelste Heiligtum«, und gilt als drittheiligste Stätte des Islam.

»Die verbrecherischen Juden werden den Haram Asch Scharif am Jom-Kippur-Festtag auf ein Hornsignal hin angreifen. Sie werden den Felsendom und diese Moschee zerstören und ihren Tempel wieder errichten!« schrie der Mufti.

»Tod den Juden!« antwortete die Menge.

»Der Haß gegen die Juden ist heilig!« schrie der Mufti.

»Tod den Juden!« sangen sie.

Sie strömten aus der Moschee, schwangen Messer, Keulen und Pistolen, die sie aus ihren Kleidern zerrten. Schäumend vor Wut und durch die Predigt aufgestachelt, ergoß sich der zusammengerottete Pöbel in die benachbarten jüdischen Viertel der Jerusalemer Altstadt, einen von wehrlosen alten Chassidim bewohnten Bezirk. Sie brachen in die kleine Synagoge ein, verbrannten heilige Bücher, verwüsteten Läden, urinierten und entleerten ihren Darm auf Thorarollen, rissen die Juden an den Bärten, erschlugen sie mit Keulen und erdrosselten sie. Als die Ausschreitungen vorbei waren, waren dreißig Juden ermordet worden.

»Die Juden haben die Al-Aksa-Moschee zerstört!«

»Tod den Juden!«

Der Ruf dröhnte in ganz Palästina von Moschee zu Moschee, begleitet von primitiv gefälschten Fotos.

»Tod den Juden!«

In der heiligen Stadt Safed in Galiläa, in der orientalische jüdische Gelehrte die mystischen Bücher der Kabbala studierten, wurden achtzehn Weise ermordet.

»Tod den Juden!«

In Hebron, der Stadt Abrahams, in der Juden und Mohammedaner gemeinsam am Grab der Patriarchen, der Grabstätte Abrahams und vieler biblischer Gestalten zu beten pflegten, ermordete der Pöbel vierundsechzig unbewaffnete, wehrlose Männer, Frauen und Kinder und zerstückelte ihre Leichen.

Andere Überfälle wurden verübt, als die Araber aus ihren Moscheen in Jaffa, Haifa, Beer Tuvia und Hulda strömten, aufgeputscht durch die Lüge, die Juden eroberten den Haram Asch Scharif. Unter Einsatz seiner Autorität auf der Kanzel und mit der Macht und Stellung seines Amtes als Mufti, prägte Amin al-Husseini die zwanziger Jahre und streckte seine Fühler in jede Ecke Palästinas aus. Er war ein Grundbesitzer mit ungeheuren Ländereien, die er der feudalen Tradition gemäß verpachtet hatte. Der Landbesitz des Muftis waren ausgelaugte Güter, auf denen unwissende verzweifelte Leibeigene lebten, die sich in der Moschee mühelos in religiöse Raserei versetzen ließen.

Während die Jewish Agency florierte, verhinderte der Mufti die Errichtung eines arabischen Pendants, das ihn gezwungen hätte, mit rivalisierenden Familien zusammenzuarbeiten und seine persönlichen Ambitionen einzuschränken. Infolgedessen verfügte die arabische Gemeinde nur über ein armseliges, wirkungsloses Gesundheits- und Erziehungswesen und hatte keinerlei Pläne für einen künftigen Ausbau.

Der Mufti aber intrigierte. Das arabische Leben wird einzig und allein vom mohammedanischen Glauben bestimmt. Der Oberste Islamische Rat ist das höchste Gremium, das die Spenden und Stiftungen, die Religionsgerichte und Moscheen sowie die Gelder für Waisenhäuser und Schulen kontrolliert. Hadschi Amin al-Husseini führte den Vorsitz in diesem Rat, was ihm zusätzlich zu seiner Position als Mufti den direkten Zugriff auf die arabische Glaubensgemeinde sicherte.

Als Vorsitzendem des Obersten Islamischen Rates standen ihm unbegrenzte Geldmittel zur Verfügung, ohne daß er seine Ausgaben vor der Öffentlichkeit durch Rechnungen belegen mußte. Er kontrollierte gleichermaßen die Ernennung von Priestern, dem Personal der Moscheen, von Lehrern und Kadis. Die Macht des Muftis reichte so weit und war so autoritär, daß er seinem Titel in aller Bescheidenheit noch eine Silbe voranstellte und so zum Großmufti von Jerusalem wurde. Der Friede des Jahrzehnts wurde von ihm absichtlich gebrochen, als er seine zerlumpten Truppen zum Kampf um die absolute Macht antreten ließ.

Obwohl das Blutvergießen in den schutzlosen Heiligen Städten der Juden groß gewesen war, stiegen die Gewinne des Muftis nicht im

gewünschten Maß an. Man hatte gegen isolierte Gruppen frommer Gelehrter und Rabbis sowie gegen rivalisierende arabische Familien losgeschlagen. Die Aufrührer hielten jedoch gebührenden Abstand von den jüdischen Bauernsiedlungen, deren Bewohner zu kampfbereit waren, als daß man sie ungestraft angreifen konnte.
Der Mufti versuchte, im Tal von Ajialon gegen die jüdischen Kibbuzim vorzugehen, erreichte aber nichts. Gideon Asch, der Leiter der Haganah, hatte alle Männer und Frauen in kampffähigem Alter bewaffnet und ausgebildet. Sein Gebiet blieb von den Unruhen des Jahres 1929 vollkommen verschont. Ein Gutteil der Ruhe in Ajialon war dem Muchtar von Tabah zu verdanken, der seinen Leuten befahl, sich am „Heiligen Krieg" des Muftis nicht zu beteiligen.

Obwohl Schemesch und Tabah weder zusammenarbeiteten noch sich auf eine gemeinsame Verteidigung einigten, gab es immer Geschäfte zu besprechen, und von der ursprünglich recht kühlen Beziehung war bald nichts mehr zu merken.
Hadschi Ibrahim setzte niemals seinen Fuß auf das Gebiet des Kibbuz. Wenn er Gideon besuchte, ritt er durch das Tor und über die Felder zu ihrem Treffpunkt am Bach. Umgekehrt besuchte ihn Gideon auf dem Hügel, aber nie im Haus des Muchtars.
Die beiden Männer schienen ihre Zusammenkünfte als eine willkommene Entspannung nach den Belastungen zu empfinden, die ihnen ihre Stellung auferlegte. Hadschi Ibrahim wurde ständig durch die Kaltblütigkeit des Juden entwaffnet, der ihm fast wie ein halber Beduine erschien. Er bewunderte es, wie Gideon mit seinem Pferd umging und wie er fließend Arabisch sprach. Er schätzte Gideons Ehrlichkeit, zu der er sich selbst noch nicht durchringen konnte. Was ihm am meisten an seinen Gesprächen mit Gideon gefiel, war eine Neuentdeckung in seinem eigenen Leben: die Fähigkeit, mit jemand anderem über seine ureigensten, verborgenen Gedanken zu sprechen. Hadschi Ibrahim war ein zurückhaltender Mann, Angehöriger eines Volkes, das seit Generationen dazu erzogen worden war, seine Gefühle nicht zu zeigen. In seiner Stellung war er noch einsamer, denn ein Muchtar darf seine Gedanken niemandem verraten. Ein Turm des Schweigens war die Lebensregel. Äußerungen in der Öffentlichkeit, auch zu einem Freund oder Verwandten, lauteten immer so, wie man sie erwartete. Niemand sprach von persönlichen Wünschen, geheimen Hoffnungen, Befürchtungen.
Mit Gideon war das etwas anderes. Es war nicht so, als spräche man

mit einem Juden, sondern eher, als spräche man mit einem fließenden Bach oder mit im Wind zitternden Blättern oder mit einem Tier auf dem Feld; eine Möglichkeit, der Zunge ein wenig freien Lauf zu lassen und nicht jedes Wort auf die Goldwaage legen zu müssen. Es war herrlich. Er und Gideon konnten laut streiten, einander beschimpfen und wußten, daß sie deswegen nicht aufeinander böse zu sein brauchten. Wenn Gideon sich längere Zeit nicht zeigte, schickte Ibrahim einen Boten zum Schemesch und ersuchte um eine dringende Unterredung wegen einer erfundenen Beschwerde.

Der Nachmittag am Bach ging dahin. Hadschi Ibrahim nahm einen Schluck Wein, stellte die Flasche wieder in den Teich, damit sie kühl blieb, öffnete eine Dose und wickelte ein Haschischstäbchen aus.
»Für mich nur wenig«, wehrte Gideon ab. »Ich muß nachher mit den Federfuchsern streiten.«
»Warum mögen die Juden kein Haschisch?«
»Das weiß ich nicht.«
»Wir bieten es ihnen an. Aber niemand kauft es. Du magst es. Wissen sie, daß du es rauchst?«
»Eigentlich nicht. Zumindest wollen sie es nicht wahrhaben. Sie finden sich damit ab, daß ich ein Geschöpf der Wüste bin. Sie nehmen es hin, daß ich ein halber Beduine bin.«
Gideon nahm einen langen Zug aus der kleinen Pfeife, stieß ein »Ahhh« aus und legte sich wieder auf den Boden. »Wir können stolz sein. Das Tal ist während der Unruhen friedlich geblieben.«
»Was blieb uns anderes übrig«, meinte Ibrahim. »Eure Hand hält die Klappe für unser Wasser.«
»Angenommen, wir hätten keine Vereinbarung wegen des Wassers. Hättest du deine Leute zu Unruhen ermutigt?«
»Die Sommerhitze zermürbt die Männer. Sie machen sich Sorgen wegen der Herbsternte. Sie sind erschöpft. Sie sind eingepfercht. Sie wollen ausbrechen. Nichts lenkt ihr Unbehagen so wirksam wie der Islam. In diesem Teil der Welt ist der Haß etwas Heiliges. Er dauert auch ewig. Wenn sie in Wut geraten, dann bin ich nichts als ein Muchtar. Ich kann mich nicht gegen die Flut stemmen. Siehst du, Gideon, deshalb betrügt ihr euch selbst. Ihr wißt nicht, wie ihr uns behandeln müßtet. Jahre-, ja jahrzehntelang scheinen wir mit euch Frieden zu halten, aber im Grund unserer Herzen lebt immer die Hoffnung auf Rache. In unserer Welt wird ein Streit nie wirklich beigelegt. Die Juden liefern uns willkommene Gründe, weiterhin Krieg zu führen.«

»Sollen wir, wenn wir mit Arabern zu tun haben, so denken wie die Araber?« fragte Gideon.
»Das ist der Haken. Ihr könnt nicht so denken wie die Araber. Du persönlich vielleicht. Aber dein Volk nicht. Ich nenne dir ein Beispiel. In der Wasserregelung gibt es eine Klausel, die wir nicht verlangt haben. Sie besagt, daß die Vereinbarung nur dann widerrufen werden kann, wenn nachgewiesen wird, daß einer aus Tabah ein Verbrechen gegen euch begangen hat.«
»Aber angenommen, daß die Leute des Muftis uns etwas antun. Sollte das ein Grund sein, euch das Wasser zu sperren? Wir halten nichts davon, das ganze Dorf für etwas zu bestrafen, das ihr nicht getan habt.«
»Aha! Das beweist, daß ihr schwach seid, und das wird euer Untergang sein. Ihr seid verrückt, wenn ihr uns gegenüber Barmherzigkeit walten laßt, die wir euch nie vergelten werden.«
»Die Juden haben in hundert Ländern eine Million Male um Barmherzigkeit gebeten. Wie können wir jetzt anderen Barmherzigkeit verweigern, wenn sie sie von uns erbitten?«
»Weil das kein Land für Barmherzigkeit ist. Für Großmut gibt es keinen Platz in unserer Welt. Früher oder später werdet ihr Bündnisse schließen, geheime Vereinbarungen treffen, einen Stamm gegen den anderen bewaffnen müssen. Ihr werdet anfangen, immer mehr so zu denken wie wir. Hier werden auch eure jüdischen Ideale nichts helfen. Ihr Juden seid hergekommen und habt eine Gesellschaftsordnung zerstört, die wir nach den Gesetzen der Wüste geschaffen haben. Vielleicht sieht der Basar für euch konfus aus, aber für unsere Zwecke funktioniert er. Vielleicht hat der Islam für euch etwas Fanatisches an sich, aber uns gibt er die Möglichkeit, die Härte dieses Lebens zu überstehen und uns auf ein besseres Dasein vorzubereiten.«
»Es muß nicht sinnlos sein, das Leben unter dem Islam. Ihr seid nicht nur hier, um auf den Tod zu warten. Wäre es möglich, Hadschi Ibrahim, daß ihr den Islam als Entschuldigung für eure Mißerfolge benutzt und dafür, daß ihr Tyrannei ruhig ertragt, und dafür, daß ihr nicht mit Schweiß und Erfindungsgabe versucht, aus diesem Land etwas zu machen?«
»Aber, aber, Gideon! Was wird geschehen, wenn mein armes Volk lesen und schreiben lernt? Sie werden anfangen, Wünsche zu äußern, die unmöglich zu erfüllen sind. Ihr bekommt von den Juden der ganzen Welt so viel Geld, wie ihr wollt. Was wird Fawzi Kabir uns geben,

ohne selbst etwas für sich herauszuschlagen? Nein, Gideon, nein. Die Juden zerstören eine Lebensweise, an die wir uns angepaßt haben. Siehst du's denn nicht? Jedesmal, wenn ein Außenstehender hierherkommt, bringt er eine Lebensweise mit, mit der wir nicht fertigwerden können.«
»Das ist der springende Punkt, Ibrahim! Der Islam kann sich nicht länger vor der Welt verschließen. Wir Juden können euch ein Fenster zu einer Welt öffnen, der ihr nicht entkommen könnt.«
Ibrahim schüttelte den Kopf. »Es hat immer Schwierigkeiten gegeben, wenn Außenstehende kamen und uns erklärten, wie wir leben sollen. Zuerst die Kreuzfahrer, dann die Türken, dann die Engländer, dann die Franzosen ... Jeder sagt uns, daß unsere Lebensweise nicht gut ist und daß wir uns ändern müssen.«
»In einer Hinsicht hast du unrecht. Die Juden gehören hierher. Wir stammen vom selben Vater ab. Wir sind alle Söhne Abrahams. Im Hause unseres Vaters muß Platz für beide Völker sein. Ein kleiner Raum genügt uns.«
»Schau dir die Farbe deiner Augen an, Gideon. Du bist ein Fremder aus einem fremden Land.«
»Es hat in Palästina immer Juden und Araber gegeben, und es wird sie immer geben. Unsere blauen Augen stammen daher, daß wir lange durch eine uns feindlich gesinnte Welt haben wandern müssen. Nun brauchen manche von uns wieder ihr Zuhause.«
»Und von uns verlangt man, daß wir die Verbrechen bezahlen, die die Christen an euch verübt haben.«
»Bezahlen? Es ist nicht euer Land, Ibrahim. Ihr habt es schon vor langer Zeit aufgegeben. Ihr habt weder dafür gekämpft noch dafür gearbeitet, noch ihm jemals einen eigenen Namen gegeben.«
»Ihr versucht, ein Palästina nach euren Vorstellungen zu schaffen. Ihr zwingt uns eine Welt auf, die wir nicht kennen. Wir müssen etwas haben, das wir verstehen, etwas, womit wir zurechtkommen. Ihr aber verwirrt uns.«
»Warum macht ihr nicht einen bescheidenen Anfang und schickt zum Beispiel eure Kinder in unser Krankenhaus? Sie müssen nicht an Bauch- oder Brustschmerzen sterben, und sie müssen nicht ohne Augenlicht durchs Leben gehen.«
Zum erstenmal wurde Ibrahim ärgerlich, verlor die Geduld und wollte dem Gespräch ein Ende machen: »Es ist Allahs Wille, daß die Schwachen unter uns ausgemerzt werden.« Er ging zu seinem grasenden Pferd und ergriff die Zügel. Gideon stand seufzend auf.

»Wir haben einen starken, neuen Generator im Kibbuz ...«
»Nein«, unterbrach ihn Ibrahim, »wir wollen eure Elektrizität nicht.«
»Ich hatte nur die Absicht, einen einzigen Draht zu deinem Café zu leiten. Dann könnte dort ein Radioapparat aufgestellt werden.«
»Ach, Gideon, du verstehst es wirklich ausgezeichnet, mich in Versuchung zu führen. Ein Radio ... du weißt genau, daß es mich in den Augen des Volkes zu einem nur wenig Geringeren als den Propheten selbst machen würde.«
Ein Radio, überlegte Ibrahim. Gideon baute langsam, aber sicher ein Schuldkonto an erwiesenen Gefälligkeiten auf. Er würde für dieses Entgegenkommen sicherlich bald Gegendienste fordern. So ist eben die Welt. Aber ein Radio!
»Einverstanden«, sagte Ibrahim.
»Noch etwas. Ich werde nach dem nächsten Sabbat heiraten. Wirst du mit deinen Muchtars und Scheichs zur Hochzeit kommen?«
Ibrahim bestieg sein Pferd. Er schüttelte den Kopf. »Nein, das ist kein guter Gedanke, meine Leute würden Männer und Frauen zusammen tanzen und zusammen essen sehen. Das wäre nicht gut.«
Sie galoppierten nebeneinander zum Haupttor. Der Wachtposten sah sie kommen und öffnete. Ibrahim ritt durchs Tor, dann drehte er sich um. »Ich werde kommen«, rief er, »weil du mein Freund bist.«

X

1931

Die vornehmen und reichen deutschen Kaufmannsfamilien fühlten sich seit jeher traditionell verpflichtet, ihren dritten oder vierten Sohn nach Übersee zu schicken. Überall gab es große, wohlhabende und einflußreiche deutsche Siedlungen. Die Deutschen hatten sich besonders in Mittel- und Südamerika niedergelassen.
In Jerusalem gab es eine bedeutende deutsche Kolonie, die ihren Ursprung im Ritterorden hatte, der schon an den Kreuzzügen beteiligt gewesen war. Mitte des neunzehnten Jahrhunderts begannen die verschiedenen Gruppierungen aus der eng besiedelten Altstadt von

Jerusalem auszuziehen und Wohnviertel außerhalb der Mauern zu errichten.
Die Juden waren die ersten, die ihre Wohnhäuser zum Schutz gegen räuberische Beduinen wie Festungen ausgebaut hatten. Zusammenhängende Wohnungen bildeten eine Außenmauer mit vergitterten Fenstern. Man betrat die Häuser durch ein Eisentor, das bei Sonnenuntergang geschlossen wurde. Um einen Innenhof gruppierten sich eine Synagoge, eine Schule, ein Krankenhaus und Gemeinschaftsbäkkereien.
Die Deutschen verließen die Altstadt, um ein Waisenhaus für syrische Kinder zu errichten. Dem folgte ein Lepra-Krankenhaus und eine arabische Mädchenschule, die später berühmt wurde.
Im Jahre 1873 gründeten die Tempelritter, Nachfolger der Deutschordensritter, die Kolonie südwestlich der Altstadt. Im Gegensatz zu dem festungsähnlichen jüdischen Wohnbezirk verfügte die deutsche Kolonie über schöne Einzelvillen an breiten, mit Bäumen bestandenen Straßen.
Auf dem Kamm, wo der Ölberg an den Berg Skopus grenzt, bauten die Deutschen ein eindrucksvolles Gebäude, das Auguste-Viktoria-Hospital. In der Altstadt wurde die lutherische Erlöserkirche so nah wie möglich bei der Grabeskirche, dem Kalvarienberg und dem Grab Jesu errichtet.
Die Anwesenheit der Deutschen in Jerusalem wurde durch einen Besuch Kaiser Wilhelms II. zur Jahrhundertwende mit großem Gepränge betont. Der Kaiser bestimmte ein von deutschen Katholiken gekauftes Grundstück auf der überlieferten Todesstätte Marias auf dem Berge Zion als zukünftige Benediktiner-Abtei.
Der Einfluß der Deutschen erreichte vor und während des Ersten Weltkriegs seinen Höhepunkt, da sie Verbündete der Türken waren. Das Auguste-Viktoria-Hospital wurde zu ihrem militärischen Hauptquartier, und die Stadt wimmelte von deutschen Soldaten und Ingenieuren, die die Verteidigungsstellungen der Türken befestigen sollten.
Seit Generationen hatten die Vorfahren des Grafen Bockmann einen jüngeren Sohn als hochrangiges Mitglied der Tempelritter nach Jerusalem entsandt. Der junge Gustav Bockmann hatte als U-Boot-Offizier den Ersten Weltkrieg überlebt und wahrte nun die Interessen der Familie in Jerusalem. Er lebte in einer Villa mit Garten, einem der schönsten Wohnsitze in der Deutschen Kolonie.
Mitte der zwanziger Jahre forderte der deutsche Geheimdienst Bock-

mann auf, eine kleine getarnte Einheit zu Spionagezwecken im britischen Mandat ins Leben zu rufen und sie mit deutschfreundlichen Gruppen in den benachbarten arabischen Ländern zu koordinieren. Gustav Bockmann erwies sich dieser Aufgabe würdig und benutzte verschiedene Import-Export- und Handelsgesellschaften sowie eine deutsche Bank als Deckung. Nach außen war Bockmann ein angesehener Geschäftsmann und durch die Tempelritterschaft eine Stütze der religiösen Gemeinde.

Als Adolf Hitler Anfang der dreißiger Jahre die Macht ergriff, gelang Bockmann der Übertritt zu den Nazis mühelos. Ein Jahr nach Hitlers Aufstieg war offensichtlich, daß in Deutschland eine uneingeschränkte Offensive gegen die Juden im Gang war. In den Jahren 1934 und 1935 flohen Tausende deutsche Juden aus ihrem Vaterland. Viele von ihnen fanden den Weg nach Palästina.

Diese neue Einwanderungswelle löste eine heftige Reaktion von seiten der Araber aus, die wieder vom Mufti von Jerusalem geleitet wurde.

Hadschi Amin al-Husseini war frei ausgegangen, obwohl er die Unruhen und Massaker des Jahres 1929 angezettelt hatte, und war zu Beginn des neuen Jahrzehntes ein aufgehender Stern am Himmel des Islam. Nachdem er in Jerusalem einen prunkvollen Moslem-Kongreß organisiert hatte, reiste er nach Indien, in den Iran und nach Afghanistan, wo er das Evangelium des Judenhasses predigte.

Da sich die Engländer dem Mufti gegenüber unentschlossen gezeigt hatten, bezeichnete er sie nun öffentlich als Feinde. Wo immer antibritische Haltung vorherrschte, fand er Unterstützung. In der gesamten arabischen Welt stimmten die geistigen Führer schnell in den immer stärker werdenden Chor des antizionistischen, antibritischen Mobs ein. In Palästina wurde beinahe jede Kanzel zur antisemitischen Propagandaplattform.

Das war natürlich Musik für Gustav Bockmanns Ohren. Die Hetze gegen die Juden gehörte in Nazi-Deutschland zum Alltag. Alles, was den Engländern Schwierigkeiten bereiten konnte, stand im Einklang mit der deutschen Politik. Bockmann sah in dem Mufti seinen Freund, der den gemeinsamen Feind bekämpfte, und setzte sich für ihn ein.

Eine Hauptquelle der Einnahmen des Muftis war die Geschäftsstelle der Waqf, welche die religiösen Gelder verwaltete. Zwar trugen keine neuen Moscheen den Namen des Muftis auf ihren Ecksteinen, aber die Waqf-Kasse wurde für illegale Waffenkäufe und persönlichen

Luxus geplündert. Eine Koalition von »gemäßigten« arabischen Familien wandte sich gegen den Mufti und verlangte eine Offenlegung der Waqf-Ausgaben. Hadschi Amin al-Husseini wurde klar, daß er einen Geldgeber, Waffenlieferanten und politischen Verbündeten aus dem Ausland brauchte. Die deutsche Kolonie in Jerusalem mußte ihm das alles liefern.

Gegen Ende 1935 wurde Gustav Bockmann zu einer geheimen Konferenz nach Berlin berufen, auf der Deutschlands Stellung in der arabischen Welt beurteilt und langfristige Pläne erstellt werden sollten, um die von den Engländern und Franzosen kontrollierten Länder zu unterminieren. Bockmann verließ Palästina, um die große Persönlichkeit des Moslemreichs, den Groß-Mufti von Jerusalem, zu unterstützen, dessen Feinde auch Deutschlands Feinde waren. Er kehrte frohlokkend aus Deutschland zurück.
Die Villa des Muftis stand an der nördlichen Ausfallstraße der Stadt nach Ramallah. Bockmann gab sich immer streng deutsch; es war schwer, ihn zum Lachen zu bringen. Dennoch lag ein Lächeln auf seinem Gesicht, als er zu einer herrlichen Veranda mit dem Blick auf die Obstgärten des Muftis geführt wurde. Sie tauschten Komplimente aus, dann widmeten sie sich der Politik.
»Eure Eminenz«, begann Bockmann, »das Treffen war ein außergewöhnlicher Erfolg. Der Führer war persönlich anwesend und widmete mir seine Zeit uneingeschränkt.«
Hadschi Amin nickte freundlich.
»Wir sind uns jetzt über das Ausmaß der Sympathie im klaren«, fuhr Bockmann fort, »die Deutschland in der arabischen Welt genießt. Wir haben in Damaskus und Bagdad Freunde in hohen Stellungen, und wir konnten großen Einfluß auf das ägyptische Offizierskorps gewinnen.«
Sympathie für die Nazis ist in Ordnung, dachte Hadschi Amin. Aber in jedem anderen pro-deutschen Araber konnte ihm ein potentieller Rivale erwachsen. Er hörte weiter zu, ohne viel zu sagen.
»Lassen Sie mich Ihnen versichern, daß kein arabischer Führer die Aufmerksamkeit und das Interesse Hitlers so stark erregt hat wie Ihre Person. Er ist von Ihrem konsequenten Kampf gegen die Juden überaus beeindruckt. Er erkennt auch klar Ihren einzigartigen Einfluß als mohammedanischer religiöser Führer.«
»Können Sie mir genauer erklären, was Deutschland hinsichtlich unserer besonderen Lage zu unternehmen gedenkt?« fragte der Mufti.

Bockmann räusperte sich, bevor er eine lange Erläuterung vom Stapel ließ. »Wir sind erst seit wenigen Jahren an der Macht, aber die bisher erzielten Resultate sind erstaunlich. Im Land herrscht ein neuer Geist, das Gefühl von nationaler Einheit nach der Demütigung des Weltkriegs. Hitler wird sicherlich in den nächsten Jahren die deutschen Minderheiten in ganz Europa vereinen ... in Österreich ... Polen ... der Tschechoslowakei. Alle Deutschen werden unter einem einzigen Hakenkreuzbanner leben. Man hat den Eindruck, daß die Franzosen und die Engländer ... wie soll ich es ausdrücken ... zu zurückhaltend, zu dekadent sind, um einen deutschen Vormarsch auf dem europäischen Kontinent aufzuhalten. Sicherlich wird es in diesem Jahrzehnt auch zu einer deutschen Präsenz im Nahen Osten kommen.«

»Durch Krieg?«

»Wahrscheinlich. Durch einen kurzen Krieg. Sie befinden sich in der beneidenswerten Lage, am Beginn zu uns zu stoßen, um Ihre Ansprüche wirksam zu untermauern.«

»Unter der Voraussetzung, daß Deutschland siegreich oder hier die einflußreichste Macht sein wird«, schränkte der Mufti ein.

»Kann es denn anders sein?« Bockmanns Stimme klang erstaunt.

»Wie sehen Sie die Entwicklung der Lage in Palästina?«

»Erster Akt«, begann Bockmann. »Das britische Mandat kommt in Schwierigkeiten. Ein sorgfältig geplanter arabischer Aufstand unter Ihrer Führung könnte das Mandat zusammenbrechen lassen. Zweiter Akt: Wenn die Engländer abgezogen sind, stehen die Juden ohne Schutz da. Bei Ihren oft unter Beweis gestellten Fähigkeiten können Sie die mohammedanische Welt gegen sie mobilisieren und sie aus dem Land treiben, ausrotten. Dritter Akt: Hitler würde dankbar Ihren Führungsanspruch in der arabischen Welt unterstützen.«

Es war eine schwierige Entscheidung. Wenn er auf den Vorschlag einging, tauschte er vielleicht den britischen Tyrannen gegen einen deutschen ein. Nein, er hatte einen besonderen Rückhalt. Ganz gleich, was Hitler letzten Endes mit anderen Religionen anfing, es wäre äußerst unklug von ihm, es sich mit dem Islam zu verderben. Als Hitlers Brücke zum Islam würde der Mufti in eine gewaltige Machtposition aufsteigen.

»Zu Palästina gehört traditionsgemäß auch das Ostufer des Jordans«, sagte Hadschi Amin, »das sogenannte Emirat von Transjordanien. Man muß in Betracht ziehen, daß wir auch einen wesentlichen Bestandteil der Provinz Syrien bilden.«

Bockmann neigte leicht den Kopf. »Berlin stimmt Ihrer Interpretation der alten türkischen Grenzen zu.«
»Lieber Gustav«, meinte der Mufti, »genau das sagten die Engländer zu Scharif Hussein, um ihn zum Aufstand gegen die Türken zu bewegen. Hussein starb in der Verbannung.«
Bockmann erstarrte. »Sie vergleichen das Wort eines Adolf Hitler mit der Zusage des britischen Kolonialministeriums? Wir halten unseren Freunden gegebene Versprechen.« Er räusperte sich, diesmal jedoch feierlich. »Ich bin bevollmächtigt, Sie nach Berlin einzuladen. Natürlich geheim. Es wird ein Vertrag aufgesetzt werden, der Ihre Ansprüche festlegt.«
Hadschi Amin erhob sich, verschränkte die Hände auf dem Rücken und ging zur Ecke der Veranda, von wo aus er über die Landsenke des Toten Meeres hinweg die Hügel von Transjordanien erblicken konnte. »Dort hat Abdullah eine arabische Legion stehen, die von den Engländern ausgebildet wurde, mit englischen Waffen ausgerüstet ist und von englischen Offizieren befehligt wird. Sind Sie sicher, daß die Engländer sie nach einem neuen arabischen Aufstand in Palästina nicht einsetzen werden?«
»Wir glauben, dazu beitragen zu können, daß die arabische Öffentlichkeit einen noch nie dagewesenen Druck auf die Engländer ausübt. Auf keinen Fall werden wir zulassen, daß Abdullah den Jordan überschreitet.«
»Dessen bin ich nicht so sicher. Abdullah ist sehr ehrgeizig.«
»Schlimmstenfalls, Euer Eminenz, ist es der Mühe wert, das Risiko einzugehen.«
»Ich möchte Ihre Überlegungen richtigstellen«, sagte der Mufti. »Ganz so schnell wird das britische Mandat nicht zusammenbrechen. Sie sind müde, aber nicht tot. Ohne deutsche Intervention werden sie den Sinai und den Suezkanal nie aufgeben. Wenn ich zu einem Aufstand aufrufe und er fehlschlägt, bevor Deutschland den Krieg beginnt ... lohnt es sich, dieses Risiko einzugehen? Bevor ich mich an Ihrem ersten Akt beteilige, muß ich die Verbrüderung arabischer Sippen gegen mich hier in Palästina ausschalten. Ich besitze nicht die Mittel dazu, Gustav.«
Bockmann setzte sich auf das breite Geländer neben Hadschi Amin. Er lächelte wieder. »Ich bin nicht mit leeren Händen aus Berlin gekommen.«
Der Mufti verbarg seine Freude, und das Geschäft wurde nun ohne Umschweife zu Ende geführt.

»Ich bin auf Ihre Probleme lange und gründlich eingegangen. Ich habe die hohen Kosten erläutert, die Ihr dauernder Widerstand gegen die Juden und Engländer verursacht.«
Das hatte der Mufti hören wollen!
»Wir sind bereit, sämtliche ... sagen wir ... Unüberlegtheiten im Waqf-Fonds zu decken.« Hadschi Amin nickte, und Bockmann sprach rasch weiter. »Wir haben die Unruhen des Jahres 1929 untersucht. Diesmal werden Sie über das nötige Geld verfügen, und wir werden Händler und Wege zur Verfügung stellen, um mehrere tausend Gewehre sowie Millionen Schuß Munition und auch Sprengstoff, Handgranaten und automatische Waffen ins Land zu bringen.«
Hadschi Amins Gesichtsausdruck drückte Beifall aus. »Bitte, sprechen Sie weiter.«
»Schlüsselstellen wie Tabah und die Straße, die das Dorf kontrolliert, werden diesmal kein Hindernis bilden«, versicherte Bockmann. »Sie werden auch über die Mittel verfügen, Vernichtungsangriffe direkt gegen jüdische Siedlungen zu führen.«
Man hörte eine einsame Fliege über den Kaffeetassen summen.
»Mit aller gebotenen Ehrerbietung, Euer Eminenz, aber Sie sind ein heiliger Mann. Die Situation erfordert den Einsatz eines erstklassigen militärischen Befehlshabers, der fähig ist, eine starke Streitmacht von Freiwilligen aus verschiedenen arabischen Ländern zu rekrutieren.«
»Kawakdschi«, sagte Hadschi Amin sofort.
»Kawakdschi«, pflichtete ihm Bockmann bei.
Dem Mufti gefiel das nicht. Kawakdschi hatte während des Krieges als Offizier in der türkischen Armee gedient und das Eiserne Kreuz erhalten. Seit dem Krieg zog er als Söldner umher. In Syrien war er an einem mißlungenen Aufstand gegen die Franzosen beteiligt gewesen und geflüchtet. Er war in Saudi-Arabien als Spion, im Irak in einem Militär-College aufgetaucht. Die deutschen Agenten im Irak waren zweifellos von Kawakdschi begeistert. Er sprach fließend Deutsch, hatte eine Deutsche zur Frau und das Eiserne Kreuz. Er hatte Freunde in Berlin. Hadschi Amin mochte den Mann aus persönlichen Gründen nicht; er war ihm zu ehrgeizig. Er bildete sich ein, deutscher Feldmarschall werden zu können. Aber Hadschi Amin wußte, daß Kawakdschi auf dem Vormarsch war. Die sogenannte Vereinigung der gemäßigten palästinensischen Araber hatte bereits Kontakt mit ihm aufgenommen. In Bagdad hatte ein vom Feind des Muftis, Fawzi

Effendi Kabir, einberufenes, geheimes Treffen stattgefunden. Kabir vertrat viele Geschäftsleute und Kapitalanleger in Palästina, die Hadschi Amin vernichten wollte. Der Mufti wußte auch, daß Kabir geheime Investitionen in jüdischen Unternehmen hatte und daher wollte, daß Palästina viele von seinen jüdischen Gemeinden behielt. Wenn er, Hadschi Amin, nicht bereit war, Kawakdschi zu akzeptieren, dann würden sicherlich Kabir und seine Clique ihn verpflichten.
»Wenn ich mit Kawakdschi einverstanden bin«, schränkte der Mufti ein.
»Sie müssen mit Kawakdschi einverstanden sein«, antwortete Herr Bockmann.
»Ich stelle fest, daß alles sorgfältig überdacht wurde.«
»Das stimmt.«
»Ich bin vorerst nur bereit, Kawakdschi zu treffen. Er hat seine Befehle von mir entgegenzunehmen. Das muß von vornherein klar sein.«
»Aber natürlich, Euere Eminenz. Es gibt aber noch einen Punkt. Sie sollten beginnen, Ihre jungen Männer zur Ausbildung nach Deutschland zu schicken. Nicht nur militärisches und Sabotage-Training sind lebenswichtig, sondern Ihre Leute müssen auch die Regierungsstellen kennenlernen, damit sie später im eigenen Land Schlüsselpositionen übernehmen können.«
»Sie meinen doch nicht, daß wir unfähig sind, uns selbst zu regieren?«
»Wir wollen Ihnen nur auf Gebieten beistehen, auf denen wir Ihnen helfen können.«
Es war vollkommen klar, daß der Preis für die deutsche Hilfe hoch, verdammt hoch sein würde.
»Wir sind auch der Ansicht«, schloß Bockmann, »daß der Einsatz von Propaganda von großem Wert ist. Sie kann ein überaus nützliches Werkzeug gegen die Juden sein, und wir schaffen immer neue Methoden.«
»Sonst noch etwas?« fragte Hadschi Amin.
Bockmann breitete die Arme aus, um anzudeuten, daß damit alles besprochen sei. »Es wäre nicht sehr klug, wenn wir einander weiterhin in der Öffentlichkeit treffen.« Er wandte sich an der Tür noch einmal um. »Übrigens, es ist keine Kunst, Waffen nach Jerusalem zu schmuggeln, aber wir suchen einen Ort, an dem wir sie verstecken können.«
»Die Kreuzfahrer benutzten die Al-Aksa-Moschee als Teil ihres

Hauptquartiers«, sagte Hadschi Amin. »Es gibt dort große unterirdische Räume, in denen sie ihre Pferde unterbrachten. Die wurden fälschlich als Salomons Ställe bezeichnet. Sie können jetzt die Waffen darin lagern.«
»Ein guter Einfall, aber die Engländer könnten etwas merken.«
»Mein lieber Graf, die Engländer würden niemals eine heilige Stätte der Mohammedaner entweihen.«
Beide rangen sich ein Lachen ab, und der Mufti begleitete den Deutschen hinaus.

XI

Jaffa
19. April 1936

Im unbebauten Gebiet zwischen der alten arabischen Hafenstadt und der neuen jüdischen Stadt Tel Aviv standen elende Hütten, die von heruntergekommenen orientalischen Juden, Arabern und Mischlingen bewohnt wurden. Während des Abendgebets liefen Beauftragte des Muftis auf ein Signal hin in die Moscheen von Jaffa und schrien, die Juden in Tel Aviv schlachteten die Araber ab. Die Planung war ausgezeichnet, denn in allen Moscheen der Stadt wurde diese Verleumdung zur gleichen Zeit verbreitet. Das leicht entzündliche arabische Temperament war höchst geschickt in Brand gesetzt worden. Der tobende Pöbel ergoß sich auf die Straßen. Die Handlanger des Muftis warteten nur darauf, die Leute zusammenzutrommeln und ins Niemandsland zwischen den beiden Städten zu führen. Eine rasende Menge stürzte sich auf die armseligen Hütten der orientalischen Juden, ermordete neun und verwundete Dutzende von ihnen schwer. Innerhalb weniger Stunden war die schwelende Feindseligkeit zu einem Feuer entfacht worden, das ganz Palästina in Brand setzte.
Am nächsten Tag stellte Hadschi Amin al-Husseini sich an die Spitze eines neugegründeten Zentralkomitees, das zum landesweiten Generalstreik aufrief.
Im ersten »Kommuniqué« dieses Ausschusses wurde der Bandit Kawakdschi zum Oberkommandierenden der palästinensischen Rebel-

lion ernannt. Er erhielt den Auftrag, sofort außerhalb des Landes eine Armee im Dienste der heiligen Sache anzuwerben.
Da die Exzesse des Muftis die Gelder der Waqf aufgezehrt hatten, verlangte er rasche finanzielle Hilfe von den Deutschen. Graf Bockmanns Budget war durch illegale Waffenkäufe erschöpft. Da man aber sofort Geld brauchte, um für Kawakdschis Partisanentruppe Söldner anzuwerben, schickte Hadschi Amin spezielle Sammelkommandos zu den reichen arabischen Familien, um »Spenden« für den »Streikfonds zugunsten des notleidenden Palästina« mehr oder weniger gewaltsam zu erpressen.
Ein bekannter Getreidehändler in Haifa lehnte als erster ab. Er, seine beiden Söhne und vier Leibwächter wurden während des Gebets in ihrer Familien-Moschee ermordet.
Auf dem Land fielen die Banden des Muftis über die schwächeren, isolierten Dörfer her. Sie maßten sich den Titel Mohadschedin, »Krieger Gottes«, an. Alles wurde für die »heilige Sache« geplündert, vom Viehbestand bis zu den persönlichen Habseligkeiten. Der Mufti forderte von den Dörfern Männer, die er mit Gewalt zum Dienst in seinen Truppen preßte. Viele wurden einfach von den Feldern weggeschleppt, bewaffnet und angewiesen, aus dem Hinterhalt auf englische Fahrzeuge zu schießen, Überlandleitungen zu unterbrechen und Brücken zu sprengen. Nachdem ein halbes Dutzend Muchtars ermordet worden waren, weil sie sich geweigert hatten, »Freiwillige« zu rekrutieren, stellte ein Dorf nach dem anderen den Widerstand gegen den Terror ein.
Obwohl die Engländer ihre Streitkräfte auf etwa zwanzigtausend Mann verstärkt hatten, wurden sie durch den Guerillakrieg rasch in einen Verteidigungskampf gedrängt. Die Hauptstützpunkte der Engländer waren ein Netz von großen Polizeibaracken, nach dem Planer Tegart-Forts genannt, die sich über das ganze Land erstreckten. Sie waren nach der gleichen Strategie konzipiert, die die Kreuzfahrer mit ihren kleinen Burgen und die Hebräer mit befestigten Außenposten auf in Sichtweite zueinander befindlichen Hügeln angewandt hatten. Tagsüber konnten die Engländer die Lager verlassen, patrouillieren und Razzien durchführen, doch nachts waren sie gezwungen, sich in den Tegarts zu verschanzen und dem Mufti in der Dunkelheit freie Hand zu lassen.
Als der Aufstand in nächtlichen Ausschreitungen eskalierte, unternahmen die Engländer massive, aber beschwerliche Angriffe gegen die leicht bewaffneten arabischen Banden, die sich ihren Verfolgern

im Schutz der Dunkelheit mühelos entzogen. Die Engländer verhängten Kollektivstrafen gegen bekannte Kollaborateure und zerstörten sogar ganze Rebellendörfer. Aber sie konnten die Zerstörungswut der Araber nicht eindämmen.
Innerhalb weniger Monate waren Kawakdschis Freischärler nach Palästina vorgedrungen und setzten dort ihre Verwüstungen fort. Kawakdschi hatte ein wildes Korps geschaffen, das aus religiösen Fanatikern, Verbrechern, Abenteurern und Sträflingen bestand, die vorzeitig entlassen worden waren, um an diesem »Heiligen Krieg« teilzunehmen.
Da sich die Rebellen nachts frei bewegen konnten, waren sie imstande, Zeit und Ort für ihre Angriffe zu bestimmen und unbemerkt zu verschwinden. Jede Woche wurden die Rebellen kühner. Als ein Tegart-Fort überwältigt wurde, mußten die Engländer einsehen, daß sie in ernste Schwierigkeiten geraten waren.
In einer paradox anmutenden Auslegung des Mandats wandten sich die Engländer an die Jewish Agency und ersuchten die Haganah um Hilfe. Die Haganah hatte den Mufti daran gehindert, auch nur eine einzige jüdische Stadt oder einen Kibbuz einzunehmen. Die nicht schriftlich festgelegten, doch stillschweigend akzeptierten Kooperationsgebiete von Haganah und Engländern vergrößerten sich zahlenmäßig, so daß sich der Status der jüdischen Armee zusehends der Legalität annäherte.
Obwohl die Engländer und die Haganah sich im Kampf gegen die Araber unterstützten, bekämpften sie einander weiterhin mit gleichbleibender Härte wegen der jüdischen Einwanderer. Die Verzweiflung unter den europäischen Juden hatte zugenommen. Unter Umgehung der britischen Einwanderungsquoten, die unter arabischem Druck festgelegt worden waren, schmuggelte die Haganah Immigranten nach Palästina ein. Hunderte von Juden kamen als Touristen und Pilger ins Land und verschwanden in den Kibbuzim. Andere kamen mit gefälschten Dokumenten, um eine Scheinehe einzugehen oder nicht existierende Verwandte zu besuchen. Wieder andere landeten in kleinen Booten in der Nähe jüdischer Küstensiedlungen. Manche wagten sich auf abgelegenen Straßen aus den arabischen Gebieten und überschritten illegal die Grenzen. Juden und Engländer schüttelten einander die Rechte und schlugen mit der Linken aufeinander ein. Auch die Araber hatten Sympathisanten unter den britischen Offizieren und Zivilbeamten. Im Nahen Osten herrschte ein Chaos erster Güte.

Als die Rebellen immer kühner wurden, beobachtete ein Augenpaar ängstlich und gespannt das Tal von Ajialon und die Straße nach Jerusalem. Hadschi Ibrahim hatte sich geweigert, für den Streikfonds zu spenden oder Männer zur Verfügung zu stellen. Die befürchtete Reaktion trat ein.

Ghassan, der Scheich einer kleinen Sippe in Tabah, wurde entführt, als er das Haus von Verwandten in Ramle verließ. Ghassan brach unter der Folter zusammen und erklärte sich bereit, Hadschi Ibrahims Leibgarde eine Falle zu stellen.

Als Köder wirkte eine schwedische Blondine, die Freundin eines Offiziers von Kawakdschi. Sie gehörte zu jenen Glücksrittern, die es aus aller Welt an die Goldküste um Beirut verschlagen hatte. Ghassan sollte behaupten, er habe das Mädchen und ihre Freundinnen entdeckt, als sie auf dem Weg nach Kairo waren und durch Prostitution das Reisegeld verdienten.

Sechs Männer, die Hälfte von Ibrahims Leibwache, fielen auf Ghassans phantasievolle Schilderung der ausschweifenden Nacht herein, die er angeblich mit den Mädchen verbracht hatte. Ghassan sorgte dafür, daß sie nachts ihren Posten verließen und nach Ramle verschwanden.

Tatsächlich erschien eine dralle Blondine in der Tür des angegebenen Hauses und ließ sie ein. Am nächsten Tag fand man die Männer mit durchschnittener Kehle auf dem Dorfplatz von Tabah. Außerdem hatte man ihnen den Penis abgeschnitten und in den Mund gesteckt. Der Rest von Hadschi Ibrahims Miliz floh in den nächsten Tagen, und die Männer versteckten sich in ihren Dörfern.

Eine Woche darauf wurde der Muchtar eines Nachbardorfes von Tabah enthauptet auf dem Feld gefunden. Eine verängstigte, kampfunfähige Bauerngruppe übernahm die Verteidigung von Tabah. Obwohl Ibrahim wußte, daß er auf der schwarzen Liste des Muftis stand, weigerte er sich, die Haganah in Schemesch oder seinen Freund Gideon Asch um Hilfe zu bitten. Nur Hadschi Ibrahims Mut und allnächtlich patrouillierende Wachtposten verhinderten eine Massenflucht der Dorfbewohner.

Die nächste Woche war für Tabah die Hölle. Die Kommandos des Muftis verbrachten den Tag in sicheren Verstecken, etwa zehn Kilometer aufwärts, tief in den Höhlen des Bab el Wad. Sie kamen im Schutz der Nacht heraus, umgingen das Tegart-Fort in Latrun und schlichen sich zu den Feldern von Tabah. Die Mohadschedin des Muftis pirschten sich an ihre Opfer heran, metzelten vereinzelte

Wachtposten nieder und brüllten ihnen gräßliche Obszönitäten vor. Die Dorfbewohner flohen und überließen Felder und Vieh schutzlos den Plünderern.
Wenn die britische Streife aus Latrun eintraf, waren die Plünderer in der Wildnis der Hügel von Judäa untergetaucht. Dieser zerklüftete Landstrich hatte einst sogar die römischen Legionen zum Aufgeben gezwungen, als sie die hebräischen Rebellen daraus vertreiben wollten. Die tiefen Schluchten, die unpassierbaren Hügel und die versteckten Höhlen hatten jahrhundertelang tapferen Kriegern, Schmugglern und Dieben gleichermaßen Schutz geboten.
Die Engländer errichteten zum Schutz von Tabah Straßensperren und führten häufige Patrouillen ein, doch die bestanden nur aus einer Handvoll Soldaten und konnten mühelos umgangen werden. Die englische Garnison war über ihre Leistungsfähigkeit hinaus beansprucht. Der unvermeidliche Großangriff mit dem Ziel, Tabah zu überrennen, konnte nicht mehr lang auf sich warten lassen.

Gideon Asch war zum Verbindungsoffizier der Haganah mit den Engländern ernannt worden. Sein Kontaktmann war Oberst Wilfred Foote, ein ausgezeichneter Kenner des Nahen Ostens und Adjutant des kommandierenden Generals. Fink's Restaurant, ein ulkiges kleines Lokal mit nur acht Tischen, mitten im jüdischen West-Jerusalem, war der Lieblingstreffpunkt der britischen Offiziere und der damit gegebene Horchposten für die Haganah. Fink's, das war ein offenes Geheimnis, bildete das Zentrum für den Austausch von Informationen. David Rothschild, der Besitzer, der sich oft scherzhaft darüber beklagte, nicht mit einer anderen Familie gleichen Namens verwandt zu sein, nickte Gideon Asch zu, als er eintrat.
Gideon ging über die knarrende Treppe hinauf in ein Privatzimmer, wo Oberst Foote ihn erwartete. Rothschild brachte ein Tablett mit Schnitzeln und Bier und schloß die Tür hinter sich, als er ging.
Heute galt die Sorge der beiden der kritischen Situation in Tabah. Gideon hatte Spitzel im Dorf, deren Hauptaufgabe jetzt darin bestand, Hadschi Ibrahim nicht aus den Augen zu lassen. Wenn Ibrahim ermordet wurde, gab es wenig Hoffnung, die Bewohner seiner sechs Dörfer an der Flucht zu hindern.
Nach dem Essen bestellte Foote Kaffee, sie zündeten Zigarren an und wechselten das Thema. »Bis jetzt ist noch keine jüdische Siedlung in ernste Schwierigkeiten geraten«, begann der Oberst, »aber diese Halunken werden von einem Tag zum anderen unverschämter. Wenn

Kawakdschi nur einen einzigen Kibbuz erstürmte, würde am nächsten Tag die Schlange vor den Rekrutierungsbüros in Bagdad eine Meile lang sein. Ich teile das Vertrauen der Jewish Agency zur Haganah, aber allmählich riskieren wir, daß der Mufti den Spieß umdreht.«

»Wenn Sie aufhörten, die englische Armee auf Einwanderer anzusetzen, könnten Sie viel erfolgreicher gegen den wirklichen Feind vorgehen«, antwortete Gideon. Das war der dauernde Vorwurf der Juden.

Foote blies verlegen einen Rauchring in die Luft. »Zwanzigtausend Mann mehr wären genauso gut. Sie wissen, daß General Clay-Hurst die Hände gebunden sind. Er kann weder mehr Truppen bekommen, noch die politische Taktik festlegen.«

»Wir möchten nur wissen, ob Sie, falls sich die Lage verschlimmert, die Araber in Transjordanien zurückhalten werden?«

»Wenn wir Abdullah gestatten, den Jordan zu überschreiten, wird er Palästina nie mehr verlassen. Es liegt auch im Interesse der Juden, dafür zu sorgen, daß er drüben bleibt. So schlagkräftig die Haganah auch ist, sie wird schließlich den Kampf gegen die Arabische Legion aufnehmen müssen. Und das ist eine verdammt gute kleine Armee. Unsere Situation sehe ich so: wenn wir mehr gegen den Mufti unternehmen, haben wir die gesamte arabische Welt auf dem Hals. Es gibt aber einige sehr brauchbare Vorschläge, die wir ernsthaft in Betracht ziehen.«

»Und welche sind das?«

»Kürzlich ist ein junger Offizier zu unserem Stab gestoßen. Er tanzt ein wenig aus der Reihe, einer von diesen Einzelgängern, die dann und wann auftauchen. Aber er hat den General mit einigen recht interessanten Ansichten für sich eingenommen.«

»Woher stammt er?«

»Er ist Hauptmann. Schottischer Herkunft. Tief religiöse Erziehung, Missionarssohn. Er tritt fanatisch für den Zionismus ein und spricht überdies Hebräisch wie ein Jude.«

»Was weiß er über die Araber?«

»Lange Dienstzeit im Sudan. Ist 'ne Art Wüstenfuchs, der Mann. Er hat sich 'nen Namen gemacht, als er eine Ein-Mann-Expedition durchführte, um die verschwundene Oase Zurzura in Libyen zu finden. Die Bibel kennt er wie kein zweiter.«

»Was schlägt er vor?« Gideon war bemüht, seine wachsende Neugier zu unterdrücken.

»Eine kleine jüdische Elitetruppe, die nachts operiert und der man freie Hand läßt, ohne schriftliche Befehle zuzuschlagen, wo und wann

sie es für notwendig hält. Niemand würde je den Auftrag erhalten zu überprüfen, was sie treiben. Was meinen Sie?«
»Ist eine interessante Idee.«
»Soll ich ihn bitten, zu uns zu kommen?«
Gideon nickte. Oberst Foote ging zum Telefon und drückte auf einen Knopf, um die Verbindung mit dem Restaurant herzustellen. »Mr. Rothschild, in der Bar sitzt ein Mann ... ja, ein Hauptmann. Würden Sie ihn heraufschicken? Nein danke, wir haben genug Kaffee.«
Es klopfte, und ein nicht sehr großer, aber gutaussehender dunkelhaariger Mann Anfang Dreißig betrat das Zimmer. »Sie müssen Gideon Asch sein«, stellte er überaus freundlich fest. »Ich bewundere Sie schon lange. Ich bin mit Ihren Karten im Sinai gereist. Orde Wingate, zu Ihren Diensten.«
Der erste Händedruck besiegelte eine lebenslange Freundschaft.
»Was schlagen Sie vor, Hauptmann Wingate?« fragte Gideon.
Der Schotte lächelte gewinnend, doch Gideon bemerkte ein Anzeichen liebenswerter Verrücktheit in seinen Augen. »Wir müssen dem Mufti die Nacht wegnehmen. Sie sind selbst ein halber Beduine, Mr. Asch. Sie wissen, daß es sich mit einer kleinen, engagierten Kampfgruppe schaffen läßt. Die Männer müssen gut sein, sehr gut, die Besten. Sie werden die Tradition König Davids aufrechterhalten. Das mache ich ihnen schon klar.«
»Wieviel Mann brauchen Sie?«
»Der im Deboralied gefeierte israelitische Feldherr Barak schlug am Fuß des Berges Tabor mit dreihundert ausgesuchten Männern eine starke kananitische Armee in die Flucht. Das gelang ihm nur, weil er wußte, daß die Kananiter ungebildet und abergläubisch waren und er die Nacht und großen Lärm als tödliche Waffen benutzen konnte.«
»Hauptmann Wingate, angenommen, ich bin imstande, diese Idee der Haganah und Ben-Gurion schmackhaft zu machen. Wir haben da ein vordringliches Problem im Tal von Ajialon. Wir müssen fünfzig bis hundert Männer des Muftis bis in den Bab el Wad verfolgen. Wie bald könnten Sie das in Angriff nehmen, und wieviel Mann brauchen Sie dafür?«
»Zehn oder zwölf. Sie müssen fließend Arabisch sprechen. Ich werde ihnen beibringen, was der Bab el Wad für jüdische Kämpfer bedeutet, wenn sie die Fährtensuche übernehmen. Geben Sie mir zwei Wochen Zeit.«

»Heute abend erhalten Sie meine Antwort.«
»Ich habe General Clay-Hurst gleich gesagt, daß Sie dafür sein würden«, frohlockte Foote.
»Hauptmann Wingate, Sie haben doch nicht mitten in der Nacht eine Offenbarung gehabt! Wie sind Sie auf Ihren Schlachtplan gekommen?«
»Ich bin engagierter Zionist. Ich glaube, daß Palästina den Juden gehört. Ich denke, daß alle Möglichkeiten, wie man diese Täler, Hügel und Wüsten zur Verteidigung nutzen kann, in der Bibel zu finden sind. Wenn es eine jüdische Nation in Palästina geben soll, fühle ich mich berufen, an ihrem Zustandekommen mitzuwirken.«
»Und der Rest Ihrer Theorie, Hauptmann?«
»Die Juden und wir Zionisten werden nie imstande sein, mehr als ein paar Millionen Menschen hier anzusiedeln. Das ist ebenso sicher wie die Tatsache, daß ein solcher Staat immer von einer Übermacht feindlicher, unversöhnlicher Araber umgeben sein wird. Sie können sie nicht ewig in Schach halten. Das zahlenmäßige Übergewicht und die moslemische Herrschaftsschicht, die den Haß immer wieder schürt, machen das unmöglich. Wenn ihr überleben wollt, müßt ihr das Prinzip der Vergeltung einführen. Ich werde zum Beispiel mehrere Trupps Nachtkämpfer brauchen, um die Ölpipeline vom Irak nach Haifa zu schützen. Sie erstreckt sich über viele hundert Kilometer, und ein paar Dutzend Mann genügen nicht, um sie vor Sabotageakten zu schützen. Die Araber müssen also wissen, daß sie mit einem unbarmherzigen Vergeltungsangriff zu rechnen haben, wenn sie die Leitung zerstören. *Das* ist der Schlüssel, mit dem man Kräfte unter Kontrolle bringt, die hundertmal so stark sind wie eure eigenen.«
»Hauptmann, warum sind Sie nicht früher gekommen?« fragte Gideon lächelnd.

XII

Sommer – 1937

Je nachdem, wessen Großmutter die Geschichte erzählte, war die Olivenpresse, die Ibn Yussuf aus dem Dorf Fakim gehörte, zweihundert bis zweitausend Jahre alt. In Wahrheit handelte es sich wahr-

scheinlich um vier bis fünf Jahrhunderte. Ibn Yussufs Vorfahren hatten seit Generationen mit der Presse ihren zwar bescheidenen, aber ausreichenden Lebensunterhalt verdient.
Das Dorf Fakim lag ein Stück von der Hauptstraße entfernt, auf halbem Weg des Bab el Wad. Es war in die steilen Schluchten und Terrassen der Wildnis von Judäa eingebettet. Trotz der Entfernung kamen die Dörfler von überall her aus der Umgebung, um Yussufs Presse zu benutzen, die einen sagenhaften Ruf genoß. Das fertige Produkt war unvergleichlich. Je älter die Presse, um so herrlicher duftete und schmeckte das Öl.
Nicht einmal die Juden mit ihren modernen Methoden konnten mit Yussufs Ölpresse mithalten, und ein Kibbuz nach dem anderen fand den Weg durch die Hügel nach Fakim, um die Olivenernte bei Yussuf pressen zu lassen. Yussuf wurde gewöhnlich mit Korn und anderen Lebensmitteln für seine Dienste bezahlt. Eines Tages jedoch kam der Leiter der Olivenpflanzungen vom Kibbuz Schemesch mit einer Idee zu Yussuf, die sein Leben verändern sollte.
Der Plan war einfach. Statt Getreide als Bezahlung anzunehmen, sollte Yussuf einen kleinen Prozentsatz des Öls behalten, das er preßte. Der Kibbuz baute ihm ein kleines Handelshaus, in dem das Öl in Dosen abgefüllt wurde, und brachte es durch seine Kooperative auf den Markt. Verkauft wurden Ein- oder Zweiliterdosen, die in Arabisch, Hebräisch und Englisch die Aufschrift trugen: »Yussufs Olivenöl«. Darunter standen eine Zeichnung der berühmten alten Presse und die Worte: »Gegründet 1502 in Fakim«.
Ibn Yussuf und seine Frau waren kinderlos, eine große Tragödie, die ihr Leben überschattete. Als er mit den Juden zusammenarbeitete, ließ er sich überreden, sich und seine Frau im jüdischen Krankenhaus in Jerusalem untersuchen zu lassen. Man stellte fest, daß eine einfache Operation genügte, um seine Frau fruchtbar zu machen. Nach dem Eingriff gebar sie ihm zwei gesunde Kinder, von denen eines der ersehnte Sohn war.
Der Junge kam als Kind beinahe durch einen Verkehrsunfall ums Leben. Das jüdische Krankenhaus rettete ihn. Ibn Yussuf war ein freundlicher, bescheidener kleiner Mann, aber seine Dankbarkeit erwies sich als ungeheuer groß.
Gideon Asch lernte ihn ganz zwanglos im Zuge der geschäftlichen Verbindung kennen, doch im Laufe der Jahre entwickelte sich zwischen ihnen eine besondere Beziehung. Da Yussuf den Klatsch aus allen arabischen Dörfern erfuhr, die seine Presse benutzten, wußte er

oft im voraus von drohenden Unruhen und gegen die Juden aufziehenden Unwettern.

Fakim war ein hervorragender Ausgangspunkt für die Überfälle der Banden des Muftis, und in jüngster Zeit auch für die der Freischärler Kawakdschis. Nach einer Terroraktion zogen sich die Angreifer nach Fakim zurück, versteckten ihre Beute und die Waffen in geheimen Lagern und verschwanden im Hügelland Judäas, bis die Engländer die Verfolgung aufgaben. Die Dorfbewohner wurden von den Rebellen roh behandelt, ihre Schandtaten reichten vom Diebstahl der Ernte bis zu gelegentlichen Vergewaltigungen, aber die Bauern konnten wenig dagegen unternehmen. Bei zahlreichen Gelegenheiten wurden jüngere Männer aus dem Dorf zum Dienst bei den Freischärlern gepreßt. Kawakdschi erschien selbst wiederholt im Dorf, seit es zur zeitweiligen Anlaufstation bestimmt worden war. Ibn Yussuf erging es schlecht. Sein Betrieb war das größte Gebäude in Fakim und daher für die Versammlungen der Rebellen konfisziert worden. Mehrere hundert Dosen Olivenöl wurden Yussuf als »Schenkung« für den »Streikfonds für das notleidende Palästina« weggenommen. Ihm war klar, daß in und um Fakim die Vorbereitungen für einen Großangriff getroffen wurden. Der aber konnte nur gegen Tabah gerichtet sein.

Inzwischen hatten sich im Kibbuz Schemesch zwanzig sorgsam ausgesuchte junge Haganah-Männer versammelt, ein Elitetrupp, der das erste Nachtkommando unter Orde Wingate bilden sollte.
Wingate gab ihnen eine Vorschau auf die Hölle. Er machte die Nacht zum Tag und trieb sie ganze Nächte lang zu erschöpfenden Märschen an, bei denen sie auch in völliger Dunkelheit Felsen und Klippen erklettern mußten. Ihre Körper waren voller Beulen, Wunden und blauer Flecke. Sie bekamen blutige Füße vom steinigen, unebenen Terrain und dem brutalen Nahkampf-Guerillatraining. Er lehrte sie, wie man durch List und Tücke plötzlich Auge in Auge mit dem ahnungslosen Feind auftaucht. Er lehrte sie alles: Spurensuche, Schießen, Felsenklettern, Messerkampf, Erdrosseln, Robben, Unterwasserschwimmen, Hetzjagden, Judo, Verhörmethoden, Patrouillen ohne Kompaß oder Licht. Rasch müßt ihr zuschlagen, hämmerte er den Männern ein, tödlich, erbarmungslos, keine Mätzchen.
Wenn sie erschöpft zusammenbrachen, ging Wingate vor den am Boden Liegenden auf und ab, predigte ihnen auf Englisch Zionismus und zitierte auf Hebräisch lange Bibelstellen aus dem Gedächtnis. Er

zwang sie, jeden Teil des Landes zu studieren, damit sie die Vorteile des Geländes so ausnützen konnten, wie es die alten Krieger von Judäa und Israel getan hatten.
Da in dem dicht besiedelten Gebiet Araber, Juden und Engländer nahe beieinander lebten, wurden Geheimnisse immer schnell offenbar. Berichte über den merkwürdigen englischen Offizier und seine Truppe gehörten bald zum täglichen Klatsch. Das Kommando wurde beobachtet, wenn es den Kibbuz auf Lastwagen verließ. Um ihre Bewegungen zu verschleiern, lehrte Wingate die Männer, in Abständen von den fahrenden Wagen zu springen. Sie versteckten sich in den Straßengräben und schlugen sich dann einzeln zu einem den Arabern unbekannten Treffpunkt durch.

Die Zwillingshügel von Latrun sind die letzten Wachtposten vor dem Bab el Wad. Auf einer Seite der Straße war ein Tegart-Fort errichtet worden. Ihm gegenüber befand sich ein Trappistenkloster, das einen guten Ruf als Erzeuger eines billigen, aber dennoch ausgezeichneten Weines erlangt hatte. Der ursprüngliche Klosterbau war zugunsten einer modernen Anlage aufgegeben worden. In dem alten aufgelassenen Kloster trafen Gideon und Ibn Yussuf einander, vor neugierigen Augen geschützt.
Gideon beobachtete den Freund, der durch die Felder auf das Kloster zukam. Yussuf war ein gebrechlicher Mann, dessen kleines Gesicht von grauem Haar und einem grauen Bart umrahmt war. Er sah sich um, um sich zu vergewissern, daß ihm niemand folgte, dann betrat er das Gebäude. Gideon winkte ihm von der Tür einer Mönchszelle zu. Außer Sicht, jedoch in Hörweite, bemühte sich Orde Wingate, das Gespräch zu verfolgen.
Ibn Yussuf hatte den sorgfältig ausgearbeiteten Plan Kawakdschis und seiner Rebellen für den Angriff auf Tabah aus Teilinformationen zusammengestückelt. Zwei Ablenkungsmanöver würden zugleich mit dem Hauptangriff erfolgen. In Lydda und Ramle würden die Prediger des Muftis Unruhen anzetteln, um die dort stationierten englischen Garnisonen festzuhalten. Unabhängig davon würde eine Handvoll Männer ein abgelegenes arabisches Dorf angreifen, um die Engländer aus Latrun auf eine gewundene Schotterstraße zu locken, die unschwer hinter ihnen gesprengt werden konnte, so daß sie stundenlang festsitzen würden.
Während den Engländern durch Unruhen und Fehlalarm die Hände

gebunden waren, würde das eigentliche Angriffsziel Tabah ungeschützt sein. Gideon arbeitete zäh und geduldig mit Yussuf, bis er sich ein Bild von Truppenstärke, Kartenkoordinaten, Zeiten und Orten machen konnte. Kawakdschi wollte bis zu dreihundert Mann einsetzen, eine ungeheure Operation. Hauptziel der Rebellen war offensichtlich die Einnahme von Tabah.

Als Ibn Yussuf gegangen war, trat Wingate aus dem Schatten und ließ sich auf das harte Holzbett eines verblichenen Mönchs fallen. Er starrte lange ausdruckslos auf die Spinnweben an der Decke, während Gideon durch einen Spalt zusah, wie Ibn Yussuf seinen Esel bestieg.

Wann immer Wingate konzentriert nachdachte, nahm er unbewußt eine Zahnbürste aus der Hosentasche und strich damit sanft über seine Brusthaare. Plötzlich setzte er sich mit einem Ruck auf. »Wie weit vertrauen Sie dem Burschen?«

»Ich verstehe, was Sie meinen, Wingate. Aber sie lügen und betrügen nicht alle.«

»Sicher, sie treiben jahrelang Handel mit Ihnen, aber wenn es wirklich darauf ankommt, verraten sie Sie für zwei Pence.«

»Aber sie verraten ihre eigenen Leute für ebenso wenig«, ergänzte Gideon. »Wenn wir in Palästina bleiben wollen, müssen wir zu einer Verständigung gelangen.«

»Ibn Yussuf ist wie jeder Araber ein Gefangener seiner Gesellschaft. Irgendwann werden sich die Juden damit abfinden müssen. Die Araber werden euch nie für das Gute lieben, das ihr ihnen gebracht habt. Sie können euch nicht lieben. Aber sie können euch hassen! Sie empfinden tiefen Groll gegen euch, weil ihr sie aus der Illusion, sie seien die Größten, aufgerüttelt und ihnen gezeigt habt, was sie wirklich sind ... ein wildes Volk, das von seiner Religion beherrscht wird und von einigen wenigen Herren, die grausam und hochmütig genug sind, sie wie eine Herde Schafe zu behandeln. Ihr habt es mit einer geknechteten, ausgebluteten Gesellschaft zu tun, und ihr solltet lernen, sie unter Kontrolle zu halten.«

»Das ist wider meine Natur«, meinte Gideon traurig.

Wingate wechselte das Thema. »Der ganze Plan ist zu raffiniert ausgetüftelt für Kawakdschi.«

»Das weiß ich«, stimmte Gideon zu. »Ich muß wohl Ihre Heeresleitung alarmieren.«

»Verdammt, haben Sie denn kein Wort von dem verstanden, was ich gesagt habe?« brüllte Wingate.

»Sie halten keinen Durchhaltevortrag für Ihre Jungs vom Nachtkommando!«
»Ich erkläre Ihnen schon die ganze Zeit, daß ihr Juden euch seit eurer Rückkehr nach Palästina hinter euren Palisaden verkriecht. Jetzt, da wir selbständig handeln könnten, erstarren Sie. Zum Teufel mit der englischen Armee! Sollen sie doch überall in Judäa auf die Araber Jagd machen. Mein Gott, Mann, merken Sie denn nicht, daß ein englischer Offizier seine schmutzige Hand im Spiel und diese Operation für Kawakdschi geplant hat?« Er sprang auf, ging auf und ab, blieb vor Gideon stehen und hielt ihm seine Zahnbürste unter die Nase. »Begreifen Sie doch, was die beiden denken, Kawakdschi und dieser englische Offizier ... Sie sagen sich, daß die Haganah sich nicht aus dem Kibbuz Schemesch hervorwagen wird. Die Juden denken nur an ihre Verteidigung. Sobald das Gebiet von englischen Truppen geräumt ist, kann nichts mehr den Sturm auf Tabah verhindern. Die Haganah wird nicht eingreifen. Davon sind sie zutiefst überzeugt.«
Gideon Asch war jetzt fünfzig Jahre alt, besaß aber noch genügend Durchhaltevermögen, um mit den jüngsten, verwegensten Soldaten in der Wildnis Spuren zu verfolgen. Er war sein Leben lang durch das Labyrinth arabischen Denkens gewandert und hatte nach Anpassung, Freundschaft und Frieden gestrebt. Seine Bemühungen waren gescheitert. Seine erste Freude anläßlich der Aufstellung des Nachtkommandos war langsam einem Gefühl der Niedergeschlagenheit gewichen. Die Illusion der Verbrüderung mit den Arabern wurde durch die tragische Erkenntnis widerlegt, daß die Juden, wenn sie den Traum von Zion verwirklichen wollten, zu einer Offensive antreten mußten.
In der Zelle war es still.
Gideon seufzte schwer. Also gut, sie würden jetzt den Arabern den Kampf ansagen, weil die sonst nicht aufhören würden, sie zu verfolgen. Aber wie lange sollte es noch so weitergehen? Der Kampf schien endlos, aber das war der Preis, den der Traum von Zion verlangte.
»Schließlich sind wir alle deshalb hergekommen, nicht wahr?« sagte Gideon.
»Zion ist nahe.«
»Ich bin nicht sicher, welchen Plan Sie ausbrüten, Wingate, aber Hadschi Ibrahim ist ein stolzer Mann. Er würde lieber alles verlieren, als unsere Hilfe annehmen.«

»Das, mein Freund, ist die Tragik des arabischen Volkes in einem Satz. Aber lassen Sie mich nur machen! Ich werde Hadschi Ibrahim keine Wahl lassen.«

Wingate, der den blauen Arbeitsanzug eines Kibbuzniks trug, näherte sich dem Hügel von Tabah durch die Felder, um das Dorf zu vermeiden.
»Du da«, rief er einem Träumer zu, der bei der Grabstätte saß, »lauf hinunter ins Dorf und hol Hadschi Ibrahim!«
Der Bauer war verdutzt, als er den Europäer in perfektem Arabisch reden hörte.
»Los, tu, was ich dir sage«, drängte Wingate.
Fünfzehn Minuten später erschien Hadschi Ibrahim und trat hinter den Fremden, der durch den Feldstecher das Gelände beobachtete.
»Weißt du, wer ich bin?« fragte Wingate, ohne sich umzudrehen oder den Feldstecher zu senken.
»Der verrückte englische Offizier.«
»Genau. Aber du merkst, daß ich keine Uniform trage. Was ich dir zu sagen habe, ist ein Rat unter Freunden.«
»Vielleicht lasse ich einer Freundschaft mehr Zeit, sich zu entwickeln, als du.«
»Jetzt ist keine Zeit für Sprüche. Ihr werdet heute nacht niedergemacht, und in Latrun wird niemand sein, der euch heraushauen könnte.« Wingate senkte das Fernglas, wandte sich um, lächelte und ging an Ibrahim vorbei zu einem anderen Aussichtspunkt. »Bei Gott, die Burschen, die dieses Dorf hier anlegten, wußten, was sie taten. Keine Möglichkeit, nahe heranzukommen, außer von hinten über den Hügel. Dennoch kannst du Tabah nicht verteidigen. Kawakdschi hat zu viele Leute. Sie werden auf dem Bauch durch das hohe Gras gekrochen kommen, bis sie fünfzig Meter von dem Platz entfernt sind, an dem wir stehen. Sie werden Obszönitäten und Gemeinheiten brüllen, und deine Männer werden sich in einen zitternden Haufen verwandeln.«
»Wir werden abrechnen.«
»Vielleicht mit Allah. Ich habe den Verdacht, daß du ein paar gute Ratschläge brauchst.«
»Wenn du meinst, ich soll die Juden um Hilfe bitten, so will ich nichts davon hören.«
»Ich denke gar nicht daran, dir das vorzuschlagen, Hadschi Ibrahim.« Wingates braune Augen blickten den Hang hinab. »Der Wind kommt

immer vom Meer. Er weht hügelwärts. Das Gras ist trocken. Es wird Feuer fangen und aussehen wie ... wie damals, als Josua der Sonne befahl stillzustehen. Kawakdschis Männer werden heiße Fußsohlen bekommen.«
»Die Felder in Brand setzen?«
»Natürlich die Felder in Brand setzen, Mann, natürlich!«
»Das ist die dümmste Taktik, von der ich je gehört habe.«
»So? Ich dachte, sie müßte dir eigentlich gefallen.«
»Sie ist dumm.«
»Aber Hadschi Ibrahim, es ist genau die Taktik, die euer großer Sultan Saladin bei Hittim gegen die Kreuzritter anwandte. Er manövrierte sie an eine Bergwand, erwischte sie in ihren Rüstungen mit dem Wind und zündete die Felder an. Die von ihnen, die nicht lebendig verbrannten oder erstickten, versuchten auszubrechen und zum See Genezareth zu gelangen, doch Saladin stand zwischen ihnen und dem See.« Er wandte sich ab. »Man braucht natürlich Phantasie, um wie ein Saladin zu sein.« Damit stieg Wingate den Hügel hinunter.

Als sich die Dunkelheit über den ereignisreichen Tag legte, verließen Kawakdschis Truppen Fakim und marschierten auf einem Weg den Bab el Wad hinunter, der einst den Römern als Straße nach Jerusalem gedient hatte. Kawakdschi hatte eine Einheit für das Ablenkungsmanöver zu einem kleinen Dorf in der Wildnis geschickt, um die Engländer aus Latrun wegzulocken. Zur gleichen Zeit wurde der Pöbel in den Moscheen von Ramle und Lydda aufgehetzt.

Orde Wingate führte sein Nachtkommando aus dem Kibbuz Schemesch und schickte seine Leute im Zickzack durch die Felder und über die Hügel. Wenn man sie entdeckte, würde niemand feststellen können, in welcher Richtung sie sich bewegten. Sie versammelten sich an der Mündung des Bab el Wad, suchten Deckung und rührten sich nicht. Eine Stunde später meldete der vorgeschobene Posten Wingate, daß Kawakdschis Leute sich näherten.
»Gut, sie sind pünktlich«, sagte Wingate. »Atmet nicht, bewegt euch nicht! Versucht, sie zu zählen.«
Die Juden waren auf einem steilen, kleinen Felsen unmittelbar über der alten römischen Straße verteilt. Sie hörten das Klirren von Feldflaschen und das Poltern von losgetretenen Steinen, gefolgt vom Geruch von Haschisch. Schließlich ertönten Stimmen, die einander Mut für den bevorstehenden Kampf machten. Kawakdschis Rebellen gin-

gen direkt am Nachtkommando vorbei und verschwanden ins Tal von Ajialon.
Wingate wartete eine volle Stunde, dann gab er den Befehl zum Sammeln. Sie schätzten Kawakdschis Leute auf über zweihundertfünfzig.
Wingate breitete eine Landkarte aus. »Wir halten uns abseits vom Weg. Bleibt in den Hügeln. Hier, zwei Meilen vor Fakim, werden wir den Hinterhalt legen.« Der Plan bestand darin, den Kämpfern Kawakdschis einen heißen Empfang zu bereiten, wenn sie vom Angriff auf Tabah zurückkamen. Die Männer vom Nachtkommando wußten, daß sie danach, um Entdeckung zu vermeiden, eine lange, mörderische Kletterpartie auf sich nehmen mußten. Wingate warf Gideon einen Blick zu, doch der bedeutete ihm, daß er es trotz seines Alters schaffen würde.

Um zwei Uhr morgens schwärmten Kawakdschis Rebellen am Fuß des Hügels von Tabah aus und krochen den Hang zum Dorf hinauf.
Hadschi Ibrahim hatte lange über seine merkwürdige Begegnung mit dem englischen Offizier nachgedacht, dann rief er seine Leute zusammen und befahl ihnen, den gesamten Petroleumvorrat des Dorfes zum Grabmal hinaufzutragen. Er nahm das Lob für den Plan für sich in Anspruch und ließ das Gelände mit Petroleum tränken, bis das trockene Gras nur noch darauf wartete, in Brand gesteckt zu werden.
Um halb drei richtete sich ein Rebellenoffizier unterhalb des Gipfels auf, hielt sein Gewehr empor und stieß den Schlachtruf »Allah Akbar!« aus. Die anderen stimmten in das Gebrüll ein, feuerten eine Salve ab und gingen zum Sturmangriff über.
Hadschi Ibrahim schleuderte die erste Fackel ins Gras und warf sich auf den Bauch. Einer nach dem anderen taten seine Männer es ihm gleich. Innerhalb von Sekunden schwoll das Knistern des durch den Brennstoff genährten Feuers zu einem Tosen an, und eine ungeheure Flamme loderte zum Himmel empor. Der Wind fegte über den Hügel und jagte das Feuer den Angreifern entgegen. Flüche verwandelten sich in entsetzte Schreie, während eine menschliche Fackel nach der anderen aufloderte. Männer sprangen auf und ab, als sich die Erde in einen Glutofen verwandelte. Manche fielen zu Boden und erstickten in der heranbrausenden Wolke aus beißendem schwarzem Rauch, andere taumelten verzweifelt hügelabwärts, um der vorrückenden Flammenwand zu entkommen. Sie wurden von der Seite unter Feuer

genommen und zerstreuten sich in wilder Panik. Zwei Minuten nach Ausbruch des Feuers waren fünfundzwanzig Mann verbrannt oder erstickt. Weitere hundert hatten schwere Brandwunden davongetragen.
Der Rest hinkte nach Fakim zurück und suchte Zuflucht im Bab el Wad. Der nächtliche Rückzug erschöpfte sie, und sie waren kaum noch imstande zu gehen, als sie bei Tagesanbruch eine enge Talschlucht, wenige Meilen vor Fakim, erreichten.
Das Nachtkommando war vor Stunden, nach einem kräfteraubenden Gewaltmarsch, hier eingetroffen und hatte sich in einem mörderischen Hinterhalt auf die Lauer gelegt. Die Überlebenden des Angriffs auf Tabah standen nun zwei Maschinengewehren gegenüber, die so postiert waren, daß sie alles niedermähten, was in ihr Kreuzfeuer geriet. Die wenigen, die den ersten Feuerstoß überlebten, warfen ihre Waffen weg, zerstreuten sich in den Hügeln und kehrten niemals zu ihrer Kampftruppe zurück.

XIII

Oktober 1937

Das Büro des Waqf diente dem Großmufti von Jerusalem als Hauptquartier. Es lag vor dem großen Platz, der als Haram Asch Scharif, der frühere Tempelberg, bekannt ist. Auf dem Haram Asch Scharif steht das erste bedeutende Bauwerk des Islam, der Felsendom, der ganz Jerusalem überragt. Der mächtige Dom geht auf das Jahr 687 zurück. Er erinnert an Abrahams Opfer und an das Allerheiligste des jüdischen Tempels, die Bundeslade, aber auch an Mohammeds Himmelfahrt. In seinem Schatten erhebt sich ein kleines Modell des mächtigen Bauwerks, der Kettendom, der ursprünglich als Vorbild für den Felsendom diente. Der Mufti beanspruchte den Kettendom als seine private Kultstätte. Er ging mehrmals täglich von seinem Büro im Waqf hinüber, um seinen Geist zu erquicken.
Mit gekreuzten Beinen saß er auf seinem Gebetsteppich und meditierte.
»Euere Eminenz!« tönte eine Stimme hinter ihm aus dem Schatten.

Langsam erwachte der Mufti aus seiner Trance und öffnete die Augen.
»Euere Eminenz!« Die Stimme hallte vom Marmor wider.
Der Mufti wandte sich um und erblickte Graf Bockmann, der mit wenig Erfolg versucht hatte, sich als Araber zu verkleiden. »Sehen Sie nicht, daß ich bete?«
»Sie müssen sofort von hier weg«, beschwor Bockmann ihn. »Die Engländer heben Ihren Rat und Ihre Befehlshaber aus. Es wurde auch ein Haftbefehl gegen Sie erlassen.«
Der Mufti erhob sich brummend und blickte verwirrt um sich. »Rasch«, drängte Bockmann. »Sie müssen sich verstecken!«
Die beiden liefen aus der Moschee über den Haram Asch Scharif zur Al-Aksa-Moschee, traten ein und eilten über eine schmale Steintreppe in die unterirdischen Höhlen. Der modrige Geruch der Jahrhunderte vermischte sich mit dem des Schießpulvers, das für den Aufstand hier aufbewahrt worden war.
»Sie dürfen sich erst rühren, wenn ich zurückkomme«, schärfte der Deutsche dem Mufti ein.
Ein Tag und eine Nacht vergingen, ehe der Graf mit mehreren Bündeln unter dem Arm zurückkam. Er brachte Speise und Trank, Rasierzeug und Kleider.
»Was geht draußen vor?«
Bockmann leierte die lange Liste der Berater herunter, die verhaftet worden waren. Einige Anführer waren entkommen, aber ein Netz von Fahndern erstreckte sich über das ganze Land. Den Gerüchten zufolge wollten die Engländer die Gefangenen zu den Seychellen im Indischen Ozean bringen.
»Diese Hundesöhne!« schrie Hadschi Amin.
»Wir haben ein Schiff, das vor Jaffa vor Anker liegt«, tröstete ihn Bockmann. »Sie müssen noch bis zum arabischen Sabbat hierbleiben, wenn Tausende Gläubige in die Al-Aksa kommen. Das ist unsere beste Möglichkeit, Sie hier rauszuholen.«
»Ich mag diesen Kerker nicht.«
»Sie können noch nicht hinaus. Überall in der Altstadt sind Patrouillen unterwegs. Sämtliche Tore werden scharf überwacht.«
Bockmann riet dem Mufti, seinen Bart abzurasieren und die Kleider anzulegen, die er mitgebracht hatte. Es waren weiße Gewänder, wie die mohammedanischen Frauen sie am Freitagmorgen beim Gebet tragen.
Am Sabbat drängten sich im Haram Asch Scharif zwanzigtausend

Gläubige. Die Gebete dauerten bis Mittag, und dann ergoß sich die Menschenflut in die engen Straßen der Altstadt, wo eine Entdeckung äußerst erschwert wurde. Hadschi Amin al-Husseini verbarg sich zwischen den Frauen, die durch das Damaskustor hinausströmten, und entging so mit Leichtigkeit den prüfenden Blicken der Engländer. Dann wurde er in einer Kiste zwischen Tomatenkisten versteckt, die für den Hafen von Jaffa bestimmt waren. Von dort ging es auf einem deutschen Frachtdampfer die Küste entlang nach Beirut und dann landeinwärts nach Damaskus. Hier gruppierte Hadschi Amin seine Anführer neu und leitete aus dem Exil weiterhin die Revolte in Palästina.

Orde Wingates Nachtkommandos begründeten zielstrebig eine neue Ära und ein neues Prinzip. Man kann zwar nicht behaupten, daß sie allein die arabische Revolte niederschlugen, aber sie dämpften sicherlich den Eifer der Rebellen. Die Zeit der nächtlichen arabischen Überfälle ohne Gegenwehr war für immer vorbei. Die Nachtkommandos erweiterten ihr Operationsfeld, überschritten die Grenze zum Libanon und entrissen den Rebellen diesen Zufluchtsort. Die arabischen Überfälle hörten auf.
Kawakdschis Freischärler hatten kläglich versagt. Angesichts einer starken Gegenwehr wich ihre Neigung für Kampf, Gold und Ruhm dem Heimweh. Sie desertierten in Scharen und flohen aus Palästina in ihre Heimatländer.
Unfähig, den jüdischen Einwanderern Einhalt zu gebieten oder die jüdischen Siedlungen zu verdrängen, setzte der Mufti seine letzten Reserven zur Vernichtung seiner arabischen Opposition ein. Als das zweite Jahr der Revolte zu Ende ging, begaben sich Hadschi Amins Banden auf einen Rachezug. Als er vorbei war, hatten achttausend Palästinenser sich gegenseitig umgebracht.
Seit der Mufti außer Landes war und Kawakdschis Gottesstreiter sich auf der Flucht befanden, begannen die arabischen Gegner des Muftis Mut zu fassen und verurteilten öffentlich die Revolte, die allmählich im Sande verlief.

Im Laufe des folgenden Jahres brach der Aufstand des Muftis zusammen, doch es war ihm gelungen, das Mandat in Verwirrung zu stürzen. Die Engländer hatten sich von Anfang an in einer unhaltbaren Position festgefahren. Palästina war das doppelt verheißene Land: einmal stand es den Juden durch die Balfour-Erklärung als Heimat

zu, und dann beanspruchten es die Araber als Teil des arabischen Großreiches.
Sobald die Unruhen verebbten, führten englische Kommissionen Untersuchungen durch. Jede gab ein Weißbuch heraus, das die jüdische Einwanderung und die Landkäufe der Juden beanstandete. Pläne zu einer Teilung Palästinas tauchten auf. Danach sollten die Juden einen schmalen Landstreifen von Tel Aviv bis Haifa erhalten. Jerusalem würde ein permanentes Mandat als internationale Stadt erhalten. Die Juden neigten dazu, sich mit der Teilung einverstanden zu erklären, doch die Araber sagten entschieden nein. Die meisten derer, die sich mit den Juden hatten verständigen wollen, waren von den Leuten des Muftis ermordet worden.
Schließlich kam die letzte britische Kommission zu dem Schluß, daß England nicht mehr in der Lage sei, das Mandat zu verwalten.
Am europäischen Horizont zeichnete sich Krieg ab, und die Engländer konnten nicht mehr vortäuschen, in Palästina unparteiisch zu sein. Mit der Veröffentlichung des letzten Weißbuches kündigten sie alle Verpflichtungen gegenüber dem jüdischen Land. Die englische Politik konzentrierte sich darauf, die Gunst der arabischen Welt zu erringen, um die Interessen Großbritanniens im Nahen Osten zu wahren.
Unmittelbar vor Ausbruch des Zweiten Weltkrieges saßen Millionen von Juden in Europa verzweifelt in der Falle. Das Weißbuch schnitt ihnen den letzten Fluchtweg ab, denn es verlangte die Einstellung der jüdischen Einwanderung nach Palästina und verbot alle weiteren Landverkäufe an Juden. Obwohl die Revolte des Muftis niedergeschlagen worden war, bescherte ihm das englische Weißbuch einen Sieg in absentia.
Als man Deutschland den Krieg erklärte, stellte sich fast die gesamte arabische Welt auf die Seite der Nazis. Die verratenen Juden in Palästina drohten: »Wir werden den Krieg führen, als gäbe es kein Weißbuch, und wir werden das Weißbuch bekämpfen, als gäbe es keinen Krieg.« Innerhalb weniger Tage meldeten sich hundertdreißigtausend Männer und Frauen aus dem jüdischen Palästina zum Kriegsdienst bei den Engländern.

Hadschi Ibrahim war ausgesprochen verärgert. Gideon hatte den Kibbuz Schemesch wiederholt verlassen, um in der Wüste Ausbildungslehrgänge durchzuführen, und sicherlich, um Waffen und illegale Einwanderer ins Land zu schmuggeln. Manchmal blieb er mo-

natelang weg. Jedesmal, wenn Gideon verschwand, fühlte sich Hadschi Ibrahim äußerst unbehaglich. Natürlich gab er das nie zu.
Tabah hatte durch die arabische Revolte sehr gelitten. Zwei Dutzend seiner Bewohner waren getötet worden oder verschwunden. Innerlich wußte Hadschi Ibrahim, daß der Angriff für ihn ohne die Unterstützung der Haganah und des Nachtkommandos zu einer Katastrophe geführt hätte. Er konnte sich jedoch nicht dazu überwinden, seinen Rettern dankbar zu sein. Im Gegenteil. Daß Araber gegen Araber kämpften, war seit Hunderten von Jahren Teil ihres Lebens. Von den Juden und den Engländern gerettet zu werden, war eine neue Demütigung.
»Du bist zu alt für den Krieg«, sagte Hadschi Ibrahim zu Gideon, während er Kaffee einschenkte.
»Nicht für diesen!«
»Wenn du hundert Freunde hast, wirf neunundneunzig hinaus und hüte dich vor dem letzten. Manchmal weiß ich, daß du mein einziger wirklicher Freund bist. Mit Verwandten und Stammesbrüdern ist das etwas anderes. Sie können nie wirkliche Freunde sein, weil sie Rivalen sind. Söhne können oft Feinde sein. Aber die Religion gestattet uns nicht, uns mit Ungläubigen anzufreunden. Wer bleibt mir also als Freund? Ich bin einsam. Ich kann nicht mit einem Mann zusammenkommen und andere Gedanken haben, ohne daß er mein Feind ist. Wir können wenigstens ... wir können miteinander sprechen ...«
Gideon wechselte das Thema, denn Ibrahim wurde sentimental. »Simcha ist der neue Geschäftsführer des Kibbuz. Du wirst dich an ihn wenden.«
»Er ist in Ordnung, ja, das ist er. Wir werden miteinander auskommen. Sicherlich werden dich die Engländer zum General machen.«
»Nein, nichts dergleichen.«
»Zum Oberst?«
»Nur zu einem gewöhnlichen Berater für arabische Fragen.«
»Dafür bist du der rechte Mann«, erklärte Ibrahim. »Ich weiß, warum du gegen die Deutschen kämpfen mußt«, fuhr er fort. »Aber für mich spielt es keine Rolle, wer gewinnt oder verliert. Ich habe nichts gegen die Deutschen, ich bin nicht böse auf sie. Ich weiß nicht, ob ich jemals mit einem gesprochen habe, ausgenommen vielleicht mit einem Pilger.« Er seufzte und brummte dann: »Jetzt machen uns die Deutschen die gleichen Versprechungen wie früher die Engländer, als sie im letzten Krieg unsere Unterstützung brauchten. Ich höre die Nachrichten aus Berlin in meinem Radio. Sie behaupten, die Nazis und die

Araber seien Brüder. Aber wenn Krieg kommt, belügen uns alle. Sie werden unsere Hilfe annehmen und uns dann so im Stich lassen, wie es die Engländer getan haben.«
»Wenn die Deutschen nach Palästina kommen, wirst du dir wenigstens keine Sorgen mehr wegen der Juden machen müssen.«
»Ich bin nicht für die Deutschen, nur weil sie die Juden schlecht behandeln«, erklärte Hadschi Ibrahim. »Aber ich bin auch nicht für die Juden. Es gibt keine arabischen Führer mehr in Palästina, und zu denen jenseits der Grenze habe ich kein Vertrauen.«
»Das schließt so ziemlich alle ein.«
»Warum folgen wir nur den Männern, die uns das Messer an die Kehle setzen?« rief Ibrahim plötzlich. »Wir lernen, daß wir uns unterwerfen müssen. Das lehrt uns der Koran. Unterwerfen! Unterwerfen! Aber die Männer, denen wir uns unterwerfen, handeln nicht nach dem Willen des Propheten, sondern nach ihrem eigenen. Was wird aus uns, wenn du zurückkehrst, Gideon? Wir haben noch keinen Krieg gegeneinander geführt. Einmal muß es aber dazu kommen. Du wirst weiter Juden nach Palästina bringen, und wir werden uns weiter dagegen wehren.«
»Du bist sehr erregt.«
»Diese Gedanken gehen mir dauernd durch den Kopf! Ich will nicht, daß die Syrer hierherkommen! Und ich will die Ägypter nicht! Jetzt läßt du mich mit diesen Gedanken allein. Die Juden sind klug. Ihr schickt Tausende in die englische Armee, damit sie zu Soldaten ausgebildet werden.«
»Ich glaube nicht, daß sie uns in Kampfeinheiten stecken, es sei denn, sie geraten in eine verzweifelte Lage.«
»Aber wenn es zwischen uns zum Krieg kommt, werdet ihr bereit sein. Ihr habt eine Regierung innerhalb der Regierung gebildet, und wir? Wir werden den Segen eines anderen Großmuftis oder eines zweiten Kawakdschi oder eines Königs erhalten, so wie Ägypten. Warum schickt uns Allah diese Männer? Es tut mir leid, Gideon, meine Gedanken gehen einmal in diese Richtung, dann wieder in eine andere. Eines aber steht fest: ich will nicht, daß dir etwas zustößt.«
Gideon klopfte nachdenklich auf die Armlehnen seines Stuhls, dann stand er auf. »Jemand hat mich einmal gefragt: ›Hast du Freunde unter den Arabern?‹ Ich sagte ihm, daß ich es nicht weiß. Ich glaube jetzt, ich habe einen Freund. Es ist doch ein Anfang, nicht wahr? Du hast mir vertraut, oder?«

»Du bist der einzige, dem ich traue, sowohl in deinem als auch in meinem Volk.«
»Vielleicht ... wenn wir Juden nicht unser Leben lang von der Furcht geschüttelt würden, zugrunde zu gehen ... Sie beherrscht uns! Immerfort haben wir Angst vor dem Untergang. Ich bin sechsundfünfzig, Ibrahim. Seit ich vierzehn war, trage ich ständig eine Schußwaffe bei mir. Ist es gerecht, daß man jede Minute seines Lebens weiß, dort draußen sind welche, die dich töten wollen und die nicht ruhen, bis du tot bist ... und niemand hört deinen Schrei ... Ich ziehe in den Krieg, weil die Deutschen unseren Tod noch mehr wünschen als ihr.«
»Komm«, sagte Hadschi Ibrahim, »gehen wir hinunter zur Landstraße.«

XIV

1940

Der Mittelpunkt des Gemeinschaftslebens war für die Männer im Dorf der Radioapparat im Café von Tabah. Während die Welt unaufhaltsam auf den Zweiten Weltkrieg zusteuerte, wurde die Bedeutung des Radios noch größer.
In diesen Tagen genossen die Araber eine Befriedigung ihrer Rachegelüste. Die Regierungen von Frankreich und England, ihre arroganten Oberherren, wurden politisch eingeschüchtert. Hitler annektierte ermutigt Österreich, dann verwandelte er Spanien in ein Versuchsgelände für sein neues Arsenal schrecklicher Vernichtungswaffen, während die Demokratien Europas sich blind und taub stellten.
Die Araber erlebten, wie zwei bebende und moralisch bankrotte Demokratien Hitler bei einer Konferenz in München ein weiteres freies Land, die Tschechoslowakei, auslieferten. Ein paar Monate nach dem Verrat von München besiegelte Deutschland seine Absichten durch ein Bündnis mit dem faschistischen Italien. Gemeinsam warteten die beiden Diktaturen gelassen darauf, die westliche Zivilisation zu überrennen. Das alles wurde in Tabah mit Freude aufgenommen.

»Hast du gehört, Hadschi Ibrahim? Es ist Krieg!«
Hadschi Ibrahim entdeckte die ersten Veränderungen in der Haltung seiner Leute, als sie beeindruckt verfolgten, wie die deutschen Panzer Polen in wenigen Wochen überrollten.
Es war Hadschi Ibrahims Aufgabe, weise Ratschläge zu erteilen, ruhig zu bleiben und sich nicht von der Wankelmütigkeit der Dorfbewohner mitreißen zu lassen. Er war der ruhende Pol, der das Schicksal seines Dorfes zu lenken hatte. Eroberer kamen und gingen, und man arrangierte sich mit ihnen. Wichtiger war der endlose Kampf gegen die Natur, denn der blieb immer gleich.
Doch sogar Hadschi Ibrahim konnte nicht umhin, sich von dem Fieber anstecken zu lassen, als Deutschland in der ersten Hälfte des Jahres 1940 Sieg auf Sieg errang. Eine Welle der Euphorie erfaßte das arabische Palästina. Hadschi Ibrahim schickte seinen Bruder Faruk nach Jerusalem, um Landkarten von Europa zu beschaffen, und der Nahe Osten und das Café wurden zum Stabsquartier. Jede neue Stecknadel oder Linie auf den Landkarten führte zum Aufleben der Diskussion über Deutschlands Unbesiegbarkeit und über den Wunsch der arabischen Welt, sich mit ihm zu verbünden.

Gideon Asch zog in den Krieg. Die Engländer nutzten seine einzigartigen Erfahrungen mit den Arabern und seine Kenntnis vom Leben des Muftis und erteilten ihm den Auftrag, Hadschi Amin al-Husseinis Spur aufzunehmen. Der Mufti war zu Beginn des Krieges aus Damaskus auf den sichereren Boden von Bagdad geflüchtet, von wo aus er neues Unheil stiftete, während einflußreiche deutschfreundliche Kreise beim irakischen Militär intrigierten, um Kontrolle über die Regierung zu erlangen, an deren Spitze ein junger, schwacher Regent stand.
Gideon Asch mit seinen weißen Haaren und dem weißen Bart konnte sich durch die richtige Kleidung und dank der perfekten Sprachbeherrschung mühelos für einen Araber ausgeben. In der Nähe des Mustansiriya Colleges, einer der ältesten Universitäten der Welt, baute er einen hervorragenden Spionagering auf, dessen harter Kern aus irakischen Juden bestand. Er bestach mehrere Iraker in Schlüsselstellungen beim Militär und in der Regierung.
Mit der Besetzung Frankreichs wurde der Krieg plötzlich und erschreckend an Palästinas Schwelle getragen. Die meisten französischen Besitzungen wurden von der neuen Vichy-Regierung, die mit den Nazis kollaborierte, beschlagnahmt. Ganz plötzlich befanden sich

Syrien und der Libanon in deutschfreundlichen Händen, und wie das Ringen im Irak ausgehen würde, war fraglich.

In Nordafrika entstand eine zweite Bedrohung für Palästina. In der Libyschen Wüste hatten die Italiener an der Grenze zwischen Ägypten und Libyen eine große Armee von über dreihunderttausend Mann mit dem erklärten Ziel zusammengezogen, die Wüste zu durchqueren und Ägypten, den Suezkanal und Palästina zu erobern.
Obwohl die Engländer zahlenmäßig im Verhältnis eins zu zehn unterlegen waren, leiteten sie kühn eine Offensive ein, schlugen die Italiener in die Flucht, machten Zehntausende Gefangene und drangen tief nach Libyen ein.
Wieder einmal mußte Hitler seinen Verbündeten zu Hilfe eilen. Anfang 1941 landete ein junger deutscher General namens Erwin Rommel bei Tripolis in Libyen und gewann mit einer hochtechnisierten Streitmacht, dem Afrikakorps, das Gebiet zurück, das die Italiener verloren hatten. Rommel machte an der ägyptischen Grenze halt, um seine Streitkräfte wegen der viel zu lang gewordenen Versorgungslinien neu zu gruppieren.
Palästina befand sich in der Zange zwischen West und Ost. Obwohl die Engländer hart getroffen waren, mobilisierten sie unter großen Schwierigkeiten eine Streitmacht aus australischen und indischen Truppen sowie freien französischen Brigaden und setzten von Palästina aus die Invasion des Libanon und Syriens in Gang. Die Streitkräfte wurden von jüdischen Spähern angeführt, von denen die meisten in Orde Wingates Nachtkommandos gedient und unter Gideon Aschs Kommando gestanden hatten. Die Unternehmung stützte sich auf Nachrichtenmaterial, das entweder von Gideon Aschs Einheit in Bagdad oder von früher eingeschleusten jüdischen Spionageeinheiten geliefert wurde.
Zur gleichen Zeit übernahm im Irak eine deutschfreundliche Partei die Regierung. Eine hastig aufgestellte englische Truppe stürmte in Iraks Haupthafen Basra an Land – am Schauplatz des Seefahrerromans über Sindbad, den Helden aus »Tausendundeiner Nacht«. Basra war mehrere hundert Meilen von Bagdad entfernt, also holte man eine zweite Streitmacht auf dem Landweg aus Palästina, wieder geleitet von Gideon Aschs Geheimdienst.
Als die Engländer in Sichtweite von Bagdad gelangten, schnappten die nazifreundlichen Iraker über und stürzten sich auf das jüdische Getto der Stadt. Vierhundert jüdische Männer, Frauen und Kinder

wurden ermordet, Gideon Asch durch einen Verräter, der seinen eigenen Kopf retten wollte, denunziert und unter die Folter geschleppt. Als die Engländer in die Stadt eindrangen, hackte ein wahnsinniger irakischer Oberst Gideon die linke Hand ab. Damit war der Krieg für ihn zu Ende.
Hadschi Amin al-Husseini floh aus Bagdad, diesmal in den benachbarten Iran, der sich unter dem zweiundzwanzigjährigen Schah politisch mühsam vorwärtsquälte. Die Engländer marschierten ein und brachten das Land unter ihren Einfluß. Da gewährten die Japaner dem Mufti in ihrer Botschaft in Teheran Asyl und schafften ihn später heimlich außer Landes. Hadschi Amin al-Husseini tauchte in Berlin wieder auf. Er verbrachte den Rest des Krieges damit, die arabische Welt in Rundfunksendungen zugunsten der Nazis zu beeinflussen. Er wirkte auch bei der Bildung einer Division jugoslawischer Mohammedaner mit, die auf deutscher Seite kämpften.

Mit der erfolgreichen Besetzung von Irak, Syrien, Libanon und Iran hatten die Alliierten ihre Ostflanke im Nahen Osten gesichert. In der Libyschen Wüste tobte eine grimmige Vernichtungsschlacht, wobei sich die Fronten zwischen den Engländern und Rommels Afrikakorps hin und zurück verschoben. Ungeheure Streitkräfte mit einer Unmenge von Panzern, die wie Schachfiguren eingesetzt wurden, vernichteten einander gegenseitig.
Immer wieder wurde Kairo mit Hakenkreuzen geschmückt, um seine »Befreier« zu begrüßen. Im Oktober 1942 standen der britische General Montgomery und der deutsche Generalfeldmarschall Rommel einander zum zweitenmal in der Oase El-Alamein, nur wenige Kilometer von Alexandria entfernt, gegenüber.
Das Afrikakorps fügte den Engländern schwere Verluste zu, wurde aber schließlich geschlagen. Rommel forderte vom Oberkommando die Genehmigung für einen geordneten Rückzug, um eine starke Verteidigungslinie aufzubauen. Hitler, der seinen Traum vom Suezkanal schwinden sah, befahl seinem Generalfeldmarschall, die Stellung bei El-Alamein zu halten. Als Rommel endlich abziehen durfte, glich der Rückzug einer wilden Flucht.

XV

1944

Die Männlichkeit von Scheich Walid Azziz, dem Führer der Wahhabiten, galt als legendär. Niemand kannte sein genaues Alter, aber es hieß, er sei während des amerikanischen Bürgerkrieges zur Welt gekommen. Er war wiederholt zum Witwer geworden und hatte jedesmal die Verstorbene durch eine jüngere Frau im gebärfähigen Alter ersetzt. Die letzte Frau, die er mit über siebzig nahm, war noch nicht zwanzig, und sie gebar ihm in den nächsten zehn Jahren noch acht Kinder.

Er hatte außerdem noch zwei Frauen und eine unbekannte Zahl von Konkubinen. Viele Witwen des Stammes betrachteten ihn als Ersatz für einen Ehemann und besuchten ihn gern in seinem Zelt. Man schätzte, daß Walid Azziz eine Nachkommenschaft von fünfundzwanzig Söhnen und ebenso vielen Töchtern besaß. Seine Kinder bildeten das Band vieler Beziehungen, die durch Heirat mit Angehörigen angesehener Familien zustande gekommen waren. Seine Söhne und Töchter sorgten zudem für Bevölkerungszuwachs in den Sippen der Wahhabiten und sicherten ihm so die Dauer seiner Führerschaft.

Für Walid Azziz war der Verkauf von Töchtern eine lukrative Einkommensquelle. Wenn ein Mann genügend Geld besaß, konnte er die Tochter eines Sultans kaufen. Azziz kannte den genauen Wert all seiner Frauen. Er verstand es auch, Vorsorge für schlechte Zeiten zu treffen, indem er die Töchter bei sich behielt, die den höchsten Preis erzielen würden.

Ramiza war sechzehn, also im idealen Heiratsalter, und sie würde zweifellos einen Spitzenpreis erzielen. Der Sohn eines berühmten Klanführers war Hauptbewerber gewesen. Leider hatten die Erkundigungen bei den alten Hebammen ergeben, daß Ramiza als Kind die gleiche Amme gehabt hatte wie der Junge, somit kam eine Heirat nicht in Frage. Blutsverwandtschaft steht einer Ehe nicht im Wege, bei vielen arabischen Stämmen sind Vetternheiraten üblich. Aber Milch ist etwas anderes.

Hadschi Ibrahim besaß alles, was einem Mann ein angenehmes Leben garantiert: Söhne, ein großes Haus, eine gehorsame Frau und ein schnelles Pferd. Dennoch war er nicht ganz zufrieden. Hagar hatte sich gut gehalten, aber Ibrahims Lust wuchs im selben Maße, wie die seiner Frau nachließ. Nach Ismaels Geburt war es sicher, daß sie keine Kinder mehr bekommen würde. Er hatte vier Söhne, aber mit dreien davon war er unzufrieden, und Ismael war zu jung, um zu beurteilen, wie er sich entwickeln würde.

In der Enge des Dorfes war es schwieriger, Konkubinen zu halten, als in der Freiheit des Beduinenlagers oder im Labyrinth einer Stadt. Gelegentlich besuchte er Lydda, um sich mit Prostituierten zu vergnügen, aber das war nie ganz befriedigend.

Ibrahim sah Ramiza beim Begräbnis eines Onkels, des Bruders des Scheichs. Walid Azziz bestand nicht darauf, daß die Frauen Schleier trugen, ausgenommen in Gegenwart von Fremden. Schließlich befaßte sich der Scheich mit dem Verkauf seiner Töchter und war sich nicht zu gut dafür, den Bewerbern einen Blick auf die Gesichter der schönsten zu gestatten.

Hadschi Ibrahim schickte seinen Bruder Faruk als Unterhändler, um das Mädchen für ihn zu kaufen. Er gab ihm die Warnung mit auf den Weg, daß »Walid Azziz unseren Stamm nicht deshalb all die Jahre geführt hat, weil er ein Maultier nicht von einem Pferd unterscheiden kann«. Faruk, der immer bemüht war, seinem Bruder dienlich zu sein, versprach, den Scheich übers Ohr zu hauen.

Der Scheich ahnte, warum Faruk kam, war aber nicht sicher, welche Tochter er haben wollte. Er hatte sich für jede von ihnen einen Preis zurechtgelegt. Bevor Faruk eintraf, hatten er und die Ältesten herausgefunden, daß Hadschi Ibrahim vor der Jahrhundertwende geboren war. Er mußte also etwa fünfzig sein. Walid Azziz folgerte daraus, daß Hadschi Ibrahim sich für eine seiner älteren Töchter entscheiden würde, die zwar noch fruchtbar, aber nicht so leicht an den Mann zu bringen waren.

Faruk wurde in das kleine, zweipfostige Privatzelt des Scheichs geführt, das er benutzte, wenn er dem Lärm der Familie in den großen Zelten entkommen wollte. Faruk und der Scheich tauschten Erinnerungen an den letzten Kampf gegen den Mufti und an ihre gewonnenen Schlachten aus: die Würze der Männergespräche. Als der Moment fürs Geschäft kam, schickte Azziz seine beiden schwarzen Sklaven hinaus. Nach längerem Abtasten wurde vorsichtig Ramizas Name erwähnt. Der alte Mann war einen Moment lang verdutzt und erging sich dann in ausführlichen Schilderungen der Vorzüge seiner anderen Töchter.

»Es hat keinen Sinn, Onkel«, sagte Faruk. »Ibrahim ist verliebt. Er hat gesehen, daß ihre Augen noch größere Schönheiten verheißen.«

Azziz dachte angestrengt nach. Bei seiner Entscheidung mußte er viele Gesichtspunkte berücksichtigen. Der Stamm hatte eine Reihe von Unglücksfällen hinter sich. Viele seiner besten Krieger waren während des Mufti-Aufstandes getötet worden. Eine Verbindung mit Hadschi Ibrahim konnte ihm nicht schaden. Es gab auch noch andere dringende Erfordernisse. Sie brauchten Geld für Saatgut. Mehrere seiner Kamele waren zu alt, erschöpft und lahm. Weil ständig englisches Militär im Negev und in der Sinaiwüste patrouillierte, war es schwierig, die einträgliche Kunst des Schmuggelns zu treiben. Mehrere seiner besten Schmuggler waren erwischt und eingesperrt worden. Wegen der guten Bezahlung in der englischen Armee hatten viele Männer den Stamm verlassen, um für die Briten zu arbeiten. Die meisten schickten ihren Familien den Lohn, aber etliche hatten sich in die Städte abgesetzt. Sein eigener Sohn war geflüchtet und in Jaffa Strichjunge geworden.

Die Frage war, ob er einen besseren Preis erzielen konnte als den, welchen Ibrahim zu zahlen bereit war.

»Ramiza ist ein fleckenloses Juwel«, pries er seine Ware an und griff sich ans Herz.

Angesichts dieser Geste wußte Faruk, daß die Verhandlung begonnen hatte.

Der Scheich schlug sich an den Kopf und fuchtelte heftig mit den Armen. »Allah selbst hat seine Augen selten an solcher Reinheit ergötzt. Ich muß ganz ehrlich mit dir sein, mein Neffe. Ich habe Anfrage um Anfrage nach Ramiza bekommen. Ein armer Bettler nach dem anderen hat mich mit seinem Angebot beleidigt. Sie ist ein Kleinod, ein Schatz. Sie kann viele Kinder gebären. Sie flicht auch Körbe ...«

Ramizas Vorzüge wurden fast eine Stunde lang in den höchsten Tönen gepriesen.

Der erste Teil der Verhandlung war darauf ausgerichtet, für die in Aussicht genommene Braut ein persönliches Vermögen und eine Aussteuer zu erstreiten. Obwohl diese Gelder für sie bestimmt waren, dienten sie gleichzeitig als Hinweis darauf, was der Scheich als Ersatz für seinen großen Verlust zu erwarten hatte. Ramiza hatte Anspruch auf Geschenke und Vergünstigungen. Sie würde über einen ebenso großen und gut eingerichteten Raum verfügen wie die erste Frau sowie über einen für ihre Kinder. Ein eigenes Grundstück mußte ihr zugesichert werden, falls ihr Mann vor ihr starb.

Hadschi Ibrahim war klug genug gewesen, Faruk nicht nach Gaza zu

schicken, um über Kleinigkeiten zu feilschen. Die Aussteuer, die er der Braut anbot, war reicher als erforderlich. Angesichts dieser Großzügigkeit wuchs der Appetit des Scheichs. Ramiza würde fünfzig Dunam Boden erhalten, mehr als doppelt soviel wie Hagar. Das würde sie im Falle von Ibrahims Tod zu einer reichen Witwe machen und ihr die Möglichkeit geben, eine gute zweite Ehe zu schließen.
Nachdem Ramizas Besitz geregelt war, mußte der Vater für seinen großen Verlust entschädigt werden. Das Feilschen dauerte sechs Stunden lang; man schlug sich an die Brust, beteuerte seine Armut, pries die Tugenden der Braut, deutete Betrug an und äußerte versteckte Beschimpfungen. Der Scheich erkannte nach und nach die Grenze, bis zu der Ibrahim bei Gold und Silber, Getreide, Saat und Vieh gehen wollte. Es war Faruk gelungen, ein wenig unterhalb der Schranke zu bleiben, die sein Bruder gesetzt hatte. Allmählich schien die Zeit reif für ein Abkommen, und Faruk spielte die entscheidende Karte aus.
Da durch den Krieg viele Soldaten und Militärtransporte durch Tabah kamen, hatte sich das Dorf auf den verbotenen Waffenhandel verlegt. Hadschi Ibrahims letztes Angebot waren zwei Dutzend kostbare Gewehre neuesten Modells und fünftausend Schuß Munition. Faruk sah, wie sein Onkel trübe Augen bekam, ein Anzeichen dafür, daß er zu verbergen suchte, wie beeindruckt er war.
»Wir sind der Einigung schon sehr nahe«, sagte Azziz. »Anstelle von sechs Kamelen denke ich aber an acht.«
»Das kommt überhaupt nicht in Frage.«
»Aber wir sind schon nahe am Ziel, Neffe, sehr nahe. Ich habe die Absicht, sieben Kamele zu behalten und das achte zu verkaufen ... und das Geld, das ich dafür bekomme, wird an dich zurückfließen.«
»Ich will nichts davon hören.«
»Statt vierundzwanzig Gewehre sagen wir fünfunddreißig, und der Verkaufserlös von fünfen gehört dir.«
Faruk schloß die Augen und schüttelte den Kopf. »Nein ... tausendmal nein«, aber Walid Azziz fuhr in der Aufzählung fort, bis Faruk ein kleines Vermögen für sich erhandelt hatte.
Faruk kehrte in gehobener Stimmung nach Tabah zurück und erzählte überall, wie er dem alten Scheich seine Lieblingstochter zu einem wirklich annehmbaren Preis abgeluchst habe.

Einen Monat später wurde Hagar befohlen, ihre Verwandten in Chan Junis im Gazastreifen zu besuchen und erst zurückzukommen, wenn man nach ihr schickte.
Als sie fort war, rief Hadschi Ibrahim alle Frauen des Dorfes zusammen, um ein Fest von großartigem Ausmaß vorzubereiten. Einige Tage danach tauchte eine majestätische Reihe von Kamelen am Horizont auf und erreichte Tabah. Hadschi Ibrahim zog neue Kleider an und galoppierte hinaus, um sie zu begrüßen und ins Dorf zu führen.
Tabah hatte eine Karawanserei in der Nähe des Dorfzentrums, die zwei große Räume enthielt, einen für die Frauen und einen für die Männer. In früheren Zeiten hatte man vom Dorf aus Jerusalem auf einem Kamel in einem Tag erreichen können, und die Karawanserei hatte als Herberge für mohammedanische Pilger gedient. Jetzt kamen Kameltreiber mehrmals im Jahr nach Tabah, um die Ernten zu befördern, und die Karawanserei stand ihnen zur Verfügung. Bei anderen Gelegenheiten, etwa einer Hochzeit oder anderen großen Versammlungen, wurde der große Raum anstelle eines Zeltes als Versammlungs- und Speisehalle benützt.
Die gesamte männliche Bevölkerung von Tabah hatte sich auf dem Platz versammelt. Hadschi Ibrahim traf als erster ein, gefolgt von dem großen Walid Azziz zu Pferd, flankiert von zwei Sklaven, die auf Eseln ritten. Die Kamele wurden im Hof der Karawanserei angebunden, und die beiden Gruppen kamen zusammen, feuerten Schüsse in die Luft, schrien laut, umarmten und küßten einander, zitierten Koransuren und riefen Allah an. Die Anführer tauschten Geschenke aus. Der Scheich schenkte Ibrahim einen silbernen Dolch aus vor-osmanischer Zeit, und Ibrahim überreichte dem Scheich einen schön gearbeiteten Kamelsattel.
Während die Männer einander begrüßten, war die Braut unbemerkt auf die Hügelkuppe gebracht worden, wo zwei große Beduinenzelte aufgeschlagen waren, eines für jedes Geschlecht.
Als die Männer sich von der Reise ausgeruht und ihr Lager errichtet hatten, begaben sie sich zum Fest. Die Wahhabiten und Ibrahims Sippe, die Scheichs, Muchtars, Stammesangehörigen und engen Freunde waren zusammen mehr als achtzig Männer, die auf dem mit Teppichen bedeckten Fußboden auf Kissen und Kamelsätteln saßen und von über hundert Frauen bedient wurden.
Weder der Scheich noch Hadschi Ibrahim ließen sich von der Religion daran hindern, bei solchen Gelegenheiten Alkohol zu trinken.

Die Münder brannten, und die Mägen rumorten infolge des Arraks, der allen außer den Abgehärtetsten Tränen in die Augen trieb.
Für Moslems gibt es vier Arten zu essen: mit einem Finger, um Widerwillen zum Ausdruck zu bringen; mit zwei Fingern, um Stolz zu demonstrieren; mit drei Fingern, um als normal zu gelten, und mit vier Fingern, wenn man gefräßig ist. Dieses Gelage war eine reine Vier-Finger-Mahlzeit.
Hadschi Ibrahim hatte seinen Dorfbewohnern oft Predigten gehalten und sie ermahnt, weil sie Feste gaben, die über ihre Verhältnisse gingen. Es war eine arabische Unsitte, das falsche Mittel zu wählen, um das eigene Prestige zu beweisen. Hadschi Ibrahim war natürlich nicht der Mann, der sich an die Ratschläge hielt, die er anderen erteilte. Der Muchtar von Tabah stellte seine Großzügigkeit, Macht und Glaubwürdigkeit durch die Größe seiner Feste zur Schau. Faruk jammerte oft darüber, daß die Gelage seines Bruders sie an den Rand des Ruins brächten, aber das fruchtete wenig.
Nach dem rituellen Händewaschen wurden die Speisen in Bataillonen, Regimentern und Legionen aufgetragen. Eine Parade von Vorspeisen leitete das Fest mit drei Dutzend verschiedenen Salaten ein.
Stöße von *pita*-Broten, flach und rund, wurden entzweigerissen und in die Salatsauce getaucht, während der Rest mit den Fingern gegessen wurde. Es gab *humus* und *tahina,* kaltes Püree aus Kichererbsen, Sesamkörnern, Olivenöl und Knoblauch. Es gab gekochte, mit Pinien und Johannisbeeren gefüllte Weinblätter. Es gab *falafel,* geröstete Brötchen aus gemahlenem Weizen. Es gab Platten mit eingelegtem Gemüse, Oliven, kaltem und heißem Krautsalat, Lammleber, Gurkensalat, Pfefferoni, Auberginen, Joghurt, Tomaten, Zwiebeln, ein halbes Dutzend verschiedene Käsesorten, Granatäpfel und Mandeln. Man verzehrte kleine, knusprige Lamm- und Geflügelpasteten und Fische auf Spießen, Kürbis, *okra,* Lauch und ein halbes Dutzend verschiedener Bohnengerichte sowie Bohnenpüree.
Dann erst folgte der Hauptgang.
Schüsseln, so schwer, daß die Frauen sie kaum tragen konnten, waren mit am Spieß gebratenen Hühnern in Kuskus gefüllt, Reis mit Lämmeraugen und -hoden, umgeben von kleinen Lammkoteletts, wurden aufgetragen. Es duftete nach Safran, Dill, Sauerkirschen, Zitrone und Kräutern, nach Zimt, Knoblauch und knusprigen Nüssen.
Dann kamen Melonen, Pfirsiche, Trauben, Pflaumen, Bananen und

baklava, ein Schichtgebäck aus Honig und Nüssen, sowie dünne, klebrig süße Kuchen.

Nach einem halben Dutzend Tassen dicken, süßen arabischen Kaffees, versetzt mit Kardamom, wurden die Finger abgeleckt, und es wurde ausgiebig gerülpst, während die Frauen die Tische abräumten.

Wasserpfeifen gingen reihum. Dann wurden zufrieden die großen Schlachten der Vergangenheit geschildert.

Während des letzten Teils der Mahlzeit wurde Hadschi Ibrahim sichtlich unruhig. Sein Gesicht verzog sich zu einem breiten Lächeln, als Gideon Asch eintrat. Während Gideon Scheich Walid Azziz umarmte, erhob sich lautes, zustimmendes Rufen von den Wahhabiten, denn Gideon hatte während der sprichwörtlichen vierzig Tage in ihren Zelten gegessen und geschlafen und war beinahe zu einem der ihren geworden.

Walid Azziz, der Gideon seit dem Krieg nicht mehr gesehen hatte, erschrak, als er den halbleeren Ärmel sah. Der alte Scheich tat etwas, das nur wenige Menschen je bei ihm gesehen hatten. Er weinte.

XVI

Es dauerte nicht lange, bis die Gäste sich zerstreuten. Kurz nach Gideons Eintreffen sah der alte Scheich plötzlich aus, als sei er ins Koma verfallen. Die Dorfbewohner verschwanden allmählich, während viele Beduinen auf ihren Sitzen umkippten und ein allgemeiner Schnarchchor ertönte.

Obwohl viele Beduinen Stammesmitglieder, ja Onkel und Vettern der Dorfbewohner waren, versperrten die Dörfler ihre Türen sorgfältig, versteckten ihre Wertsachen und zählten ihre Töchter.

Hadschi Ibrahim führte Gideon zu einem Platz außerhalb des Dorfes, wo sie allein sein konnten. Der Muchtar schien schrecklich besorgt.

»Ich hatte schon gefürchtet, daß du nicht rechtzeitig zu meiner Hochzeit kommen würdest«, sagte er.

»Du weißt, daß ich mir dieses Fest nicht entgehen lassen würde.«

»Morgen schließen wir die Vereinbarung. Sie ist eine köstliche, herrliche Blume, ein Reh. Ich bin vom Glück begünstigt. Was hältst du davon, Gideon? Vielleicht sollten die Juden darüber nachdenken, ob

sie nicht auch eine zweite Frau nehmen wollen. Auf diese Weise kann man viel mehr Kinder bekommen.«
»Das bedeutet nur, daß du mehr Kinder hast, die gegen dich intrigieren.«
»Ha! Das spielt keine Rolle. Mein Bruder betrügt mich seit Jahren. Ich bin sicher, daß mein ältester Sohn Kamal mich auch beschwindelt. Aber ich bin ein mitfühlender Mann. Wenn mein Bruder und mein Sohn ihr Leben lang für mich arbeiten, und ich bin reich und sie sind arm, dann betrügen sie mich selbstverständlich. Laß deinen Hund nicht hungern, sage ich immer, denn jemand anders wird ihm sonst ein Stück Brot geben und ihn dir wegnehmen. Glaube mir, ich habe genug Weisheit erworben, um eine zweite Familie zu leiten.«
Hadschi Ibrahim räusperte sich mehrmals, ein deutlicher Hinweis für Gideon, daß er ein heikles Thema zur Sprache bringen würde. »Ich muß eine sehr ernste Angelegenheit mit dir bereden. Du bist der einzige Freund, dem ich ein solches Geheimnis anvertrauen kann.«
Ibrahim sah düster drein. »Es ist die vertraulichste Enthüllung meines Lebens. Ich lege mein größtes irdisches Geheimnis in deine Hände.«
»Bist du sicher, daß du das tun solltest?«
»Ich vertraue dir, zumindest glaube ich, daß ich dir vertraue.«
»Also gut. Worum geht es?«
Hadschi Ibrahim räusperte sich noch einmal, dann beugte er sich nahe zu Gideon hinüber und senkte die Stimme, obwohl sich niemand in Hörweite befand.
»Ramiza ist sehr jung, und ich habe viele Ernten erlebt.« Er stieß einen tiefen Seufzer aus. »Es ist ungeheuer wichtig, daß ich sie beeindrucke, denn diese Heirat ist eines der wichtigsten Ereignisse für die Wahhabiten seit Jahren. Gideon, mein Freund, ich habe in letzter Zeit gewisse Mißerfolge erlitten.«
»Was für Mißerfolge?«
Der Muchtar machte verlegene Handbewegungen und brummte. »Mißerfolge peinlichster Art. Es ist sicherlich nicht meine Schuld. Ich finde Hagar einfach nicht mehr so anziehend. Ich weiß, daß die Weiber am Brunnen geklatscht haben. Hagar hat angedeutet, daß es zwischen uns keine Erfüllung mehr gibt. Ich muß auf meine neue Frau einen ausgezeichneten Eindruck machen, sonst bin ich erledigt.«
»Du sprichst von deiner Rolle als Mann, als Liebhaber im Bett, nicht wahr?«

Ibrahim stöhnte und schüttelte den Kopf. »Ich kann es nicht verstehen. Es hat erst seit der letzten Ernte begonnen und passiert auch nur dann und wann.«
Gideon nickte, zum Zeichen, daß er verstanden hatte und Hadschi Ibrahims peinliche Lage bedauerte. Der wichtigste Punkt im Leben eines Arabers ist seine Männlichkeit. Impotenz ist die entsetzlichste Schande, die einem Mann widerfahren kann.
»Was kann ich für dich tun?« fragte Gideon.
»Ich weiß, daß deine Leute in Schemesch gewisse Medikamente besitzen, die diese Schwäche beheben können.«
»Aber, aber, Ibrahim! Die Menschen suchen ein solches Zauberelixier seit eh und je. Ihr habt eure eigenen Aphrodisiaka.«
»Ich habe sie alle versucht. Ich habe mir sogar ein Mittel aus Kairo kommen lassen. Aber sie wirken nicht. Alles ist in Ordnung, wenn ich nicht nervös bin und zuviel darüber nachdenke.«
Gideon zuckte die Schultern.
»Das Zeug, das ihr euren Stieren und Hengsten gebt. Es kommt aus Spanien.«
»Die spanische Fliege!«
»Ja, ja, das ist es. Spanische Fliege.«
»Aber das ist für Tiere. Für einen Menschen wäre es gefährlich. Nein, nein, Hadschi Ibrahim, da ist nichts zu machen.«
»Wenn ich nervös werde und bei diesem jungen Mädchen versage, verlasse ich Tabah. Ich verlasse Palästina. Ich gehe nach China.«
Hadschi Ibrahims Geheimnis war das gefährlichste, das ein Araber haben kann, und seine Angst vor Versagen war so ungeheuer groß, daß er keinen anderen Ausweg sah, als seine Schwäche einem anderen Mann zu offenbaren.
»Ich werde mit dem Tierarzt sprechen«, sagte Gideon.
»Mein guter, lieber, gesegneter Freund! Aber du mußt bei Allah schwören«, verlangte er und legte bedeutsam den Finger auf die Lippen.
Zwei Stunden später kehrte Gideon nach Tabah zurück und fand Hadschi Ibrahim allein auf dem Platz, wo er verzweifelt auf und ab ging.
Gideon zog ein Päckchen aus der Tasche. »Ich mußte verdammt hartnäckig sein und unverschämt lügen, um das Zeug zu bekommen.«
Hadschi Ibrahim ergriff Gideons Hand und küßte sie. Gideon öffnete das Päckchen, in dem sich ein bräunliches Pulver befand.

»Wie wirkt es?«
»Es ist aus zerriebenen Käfern hergestellt und reizt die Haut. Nimm nur eine winzige Prise. Reib es um die Eichel.« Gideon preßte seine Finger zusammen, um eine winzig kleine Menge anzudeuten. »Zuviel davon könnte sehr gefährlich sein. Das hier genügt für zehn Tage. Danach bist du auf dich allein gestellt.«
Hadschi Ibrahim rieb sich frohlockend die Hände. »Ich werde ihr gleich ein Kind machen. Dann werden alle erkennen, wie groß ich bin.«

Nach dem Morgengebet versammelten sich Faruk und die Anführer der Sippen mit den Ältesten in Hadschi Ibrahims Haus. Dann marschierten sie feierlich zu Walid Azziz' Zelt auf dem Hügel. Einige bedeutende Wahhabiten saßen zu beiden Seiten des alten Scheichs. Kamelsättel und Dutzende gestickter Kissen lagen in einem Halbkreis auf dem Fußboden.
Faruk hatte ein Kästchen mit Silber- und Goldmünzen sowie Dokumenten mitgebracht. Er öffnete den Deckel, nahm das erste Papier heraus und verlas es. Es gab das Vermögen der Braut an, das der Bräutigam ihr schuldete, den Brautpreis, der an den Vater zu bezahlen war, und die Bedingungen ihrer Rückkehr für den Fall, daß sie keine Jungfrau war, nicht innerhalb von drei Schwangerschaften einen Sohn gebar oder sich gar als unfruchtbar erwies.
Dann überreichte Faruk Ramiza eine Schenkungsurkunde über fünfzig Dunam Boden. Das Kästchen mit den Gold- und Silbermünzen wurde vor den Scheich gestellt. Das war die vorletzte Zahlung. Ein kleiner Prozentsatz wurde für den Fall einbehalten, daß die Braut zurückgeschickt werden mußte. Faruk verlas als nächstes ein Dokument, das die Getreidemenge und die Tiere benannte, die dem Scheich zustanden.
Alle Wahhabiten bestätigten durch ihr Nicken, daß der Vertrag erfüllt worden sei und daß Hadschi Ibrahim außerordentliche Großzügigkeit bewiesen habe. Der Scheich stand auf, der Bräutigam ebenso, und sie schüttelten einander die Hände. Faruk verlas in seiner Rolle als Dorfpriester die Einwilligungserklärung. Sie wurde von Ibrahim und Walid Azziz dreimal wiederholt. Dann rezitierte Faruk die Anfangssuren des Korans, und die Ehe war geschlossen.
Als die Männer das Geschäft abgeschlossen hatten, ergoß sich eine Flut von Dorfmädchen ins Frauenzelt, die tanzten, sangen und sich in den Hüften wiegten. Die rituellen Bewegungen wurden den Mädchen

schon früh beigebracht, denn sie halfen Muskeln zu entwickeln, die später das Gebären erleichterten.
Ramizas Hochzeitskleid und Kopfschmuck, ihre Aussteuer und Schätze wurden ausgebreitet, damit die Frauen sie bewundern konnten. Ihr eigener Besitz bestand aus einem Kästchen mit Beduinenschmuck, einfachen, runden Silbermünzen und ungeschliffenen Edelsteinen. Das Hochzeitskleid war an Armen und Seiten kunstvoll mit Silberfäden durchwirkt. Ein Quadrat über der Brust bildete eine verschlungene Stickerei, deren Muster Ramiza als neues Mitglied von Tabah kennzeichnete. Der Schmuck auf der Vorderseite wurde »Nonnenstiche« genannt, weil die Nonnen in Bethlehem jungen Mädchen beibrachten, wie man diese Art Stickerei anfertigte.
Wie versprochen hatte Ibrahim an der Aussteuer nicht gespart. Ramizas Kopfschmuck enthielt ein kleines Vermögen an aufgenähten osmanischen Münzen. Ibrahim hatte statt der vorgeschriebenen drei Kleider sechs für sie bestellt. Ihr Gürtel hatte eine große Silberschnalle und ihr Spiegel einen Silberrahmen. Der Schirm war aus England importiert, und das Schmuckkästchen war aus getriebenem Kupfer, die Arbeit eines jüdischen Kunsthandwerkers aus der Altstadt von Jerusalem.
Es war eine sehr großzügige Morgengabe. In den Augen aller Frauen wuchs Ibrahims Ansehen gewaltig. Innerhalb einer Stunde war jede Frau des Dorfes in Ramizas Zelt gekommen; sie zeigten sich beeindruckt, wie es sich gehörte. Die sich in den Hüften wiegenden, singenden und klatschenden jungen Mädchen auf der Kuppe des Hügels vollführten einen Regentanz.
Nur die unverheirateten Frauen durften das Zelt betreten, während die Braut angekleidet wurde. Eine von Ramizas Schwestern zog sie dem Ritual gemäß an, während eine andere ihre Aussteuer sorgfältig zusammenlegte und wieder in die Truhe packte. Die Mädchen klatschten bei jedem Kleidungsstück, das die Braut anlegte, Beifall. Der Schminkkasten wurde geöffnet und ihre Brauen und Wimpern bemalt, bis die Augen sinnlich glitzerten und die Wimpern schwarz wie Kohle wirkten. Blauer Puder wurde über und unter den Augen auf ihr Gesicht aufgetragen, so daß ihre Blicke zu leuchten schienen. Ramiza verhielt sich die ganze Zeit über unbeweglich und leidenschaftslos wie eine bemalte Puppe. Ihre Schwester bespritzte sie schließlich mit Parfüm und besprühte auch alle Mädchen ringsum.
Ramizas Mutter wurde gerufen, um ihre Tochter zu begutachten. Sie kam singend und hüftenschwingend herein, während die Schwestern

der Braut den Schleier und den Mantel umhängten und ihr den Kopfschmuck aufsetzten. Ramiza wurde hinausgeführt auf den Platz, wo sich bereits die verheirateten Frauen versammelt hatten.
Sie wurde auf ein Kamel gesetzt. Zum ersten und letzten Mal in ihrem Leben war Ramiza eine Prinzessin. Die Frauen schrien, schnalzten mit der Zunge, um ihrer Freude Ausdruck zu verleihen, und begannen dann zu jammern und zu weinen.
Ramiza bewegte sich nicht, glitt nur ein wenig hin und her bei den schaukelnden Bewegungen des Kamels und wurde von schreienden Kindern und weinenden Frauen umringt.
Als man ihr hinunterhalf, bekam sie zum erstenmal ihren Ehemann zu Gesicht, der sie strahlend in seinen neuen Kleidern erwartete. Er nickte steif, während er das Säckchen mit dem magischen Pulver in seiner Tasche betastete. Ibrahim ging voraus, sie folgte ihm ins Haus, und der Scheich folgte ihr. Hadschi Ibrahim und der Scheich nahmen auf den beiden gepolsterten Stühlen Platz, während Ramiza sich neben ihrem Mann auf einen harten Stuhl setzte. Ibrahims Söhne, Kamal, Omar, Jamil und Ismael, sowie die Tochter Nada wurden aufgefordert hereinzukommen. Sie verbeugten sich vor ihrem Vater und küßten ihm die Hand, dann erwiesen sie dem Scheich die gleiche Ehre. Sie wurden Ramiza vorgestellt, die vollkommen unbeteiligt blieb.
»Du bist willkommen«, sagten sie nacheinander.
Es folgten eine Reihe von Dorfbewohnern, die wiederholten: »Unser Dorf ist dein Dorf.« Bei Einbruch der Nacht waren die Trommler, Holzbläser und Tamburinspieler auf dem Dreschboden bereits in Schwung gekommen. Die Männer tanzten und tafelten, während die Frauen die Speisen auftrugen. Sie tanzten den Dabki. Acht oder zehn Mann bewegten sich, und jeder hatte die Arme auf die Schultern des Vordermannes gelegt. Sie hielten die Körper steif und tanzten wie wilde Derwische, während Schwerter blitzten und Kriegsgeschrei die Luft erfüllte.

Ibrahim hatte die Kinder weggeschickt. Er führte Ramiza ins Schlafzimmer, das von Weihrauch und schimmerndem Licht erfüllt war. Sie hatte noch nie ein Bett oder einen solchen Raum gesehen.
Ramiza wandte den Kopf und kicherte, während sie zwischen Furcht und Neugierde schwankte. Sie wagte einen Blick aus dem Augenwinkel, während Ibrahim sein Festkleid auszog und beiseite warf. Das war der Moment, auf den jede Frau wartete. Seit sie ein kleines

Mädchen gewesen war, beherrschten Gespräche über diesen Augenblick, in dem ihr Ehemann sich enthüllte, alle Unterhaltungen, die sie zwischen den Frauen belauscht hatte. Sie blinzelte wieder, ihre Augen wurden groß, und ihre Lippen öffneten sich, als sie auf das Ding zwischen seinen Beinen starrte. Ihr Leben lang war ihr eingeschärft worden, daß sie sein Werkzeug fürchten müsse. Würde das Ding sie verletzen? Er hielt es in der Hand, und es schwoll mächtig an. Er rieb mit den Fingern etwas darauf und kam auf sie zu.

»Ich will dich sehen!« verlangte er heiser.

Seine Hände griffen nach ihr, ungeschickt packte er ihren Kopfschmuck, während er ihr das Brautkleid vom Körper riß. Ihr Oberkörper war herrlich geformt, die Haut glatt wie Seide, und die reifen Brüste trugen große braune Warzen. Sie zog ihre Beinkleider aus und blieb steif stehen, während er sie von oben bis unten musterte.

Sein Glied begann heftig zu jucken, so daß er keuchte wie ein Hund. Er ergriff das Mädchen, schloß sie in die Arme und drückte sie an sich, während ihn seine Selbstbeherrschung verließ. Ibrahim warf sie aufs Bett, wälzte sich auf sie und geriet in Raserei, drang in sie ein, fluchte vor Wollust, knurrte verzückt. Ramiza konnte nichts sehen, spürte nur, wie dieser große Koloß sie bedeckte und zu zerdrücken drohte. Sie spürte, wie das Ding schmerzhaft an ihr riß, stieß ... durch ... zwischen ihren Beinen. Sie stieß einen gequälten Schmerzensschrei aus.

Draußen tanzten sie und aßen auf der Tenne. Hadschi Ibrahim konnte nicht anders, er mußte Gideons Zauberpulver weiter benutzen. Es wirkte großartig! Es hielt seinen Penis aufrecht und einsatzbereit, großartig! Er verwendete das Pulver die ganze Nacht, bis nichts mehr davon übrig war.

Für Ramiza war es ein langer, entsetzlicher Alptraum, genau wie ihre Mutter und ihre Schwestern es ihr geschildert hatten. In der Nacht der Entjungferung waren die Männer nichts wert. Laß einige Zeit vergehen, hatte ihre Mutter gesagt, dann erhaschst du vielleicht hie und da einen Augenblick der Lust für dich.

Bei Tagesanbruch war Ibrahim kaum fähig, sich aus dem Bett zu erheben. Für ihn war es eine unvergeßliche Nacht. Das Geheimnis des braunen Pulvers mußte Allah selbst verraten haben. Ramizas Nachthemd, das von Blutflecken gerötet war, hing stolz dort, wo der Spiegel sein Bild ins Wohnzimmer warf. Alle Besucher konnten sich von Ibrahims Männlichkeit überzeugen. Die Brautnacht war für jede arabische Familie der Augenblick der Wahrheit: wenn die Braut ihre

Jungfräulichkeit nur vorgetäuscht hatte, mußte sie von ihren Brüdern getötet werden, denn ihre Ehre und die ihres Vaters hingen von ihrer Unberührtheit ab.
Es hatte Fälle in Tabah gegeben, wo ein Mädchen keine Jungfrau mehr war und ihr Mann mit ihr gemeinsame Sache machte, sich schnitt und das Blut auf das Bettlaken tropfen ließ.
Mädchen, die ihr Jungfernhäutchen entweder durch Selbstbefriedigung, durch derbe Spiele oder einen Unfall als Kinder verloren hatten, mußten nach Lydda fahren, um ein ärztliches Zeugnis für ihre Jungfernschaft beizubringen.
Es gab auch welche, die keine Jungfrauen waren und ihre Ehemänner hereinlegten. Für einen beachtlichen Preis konnten sie eine zauberkundige alte Witwe dazu bringen, Hühnerblut in eine leicht zerreißbare Haut einzunähen und es so in die Vagina einzuführen, daß die Blase, wenn die Finger oder das Geschlechtsteil des Mannes eindrangen, platzte. Aber wenn der Ehemann Verdacht schöpfte, konnte das Blut auch von einer Hebamme untersucht werden, die solche Tricks natürlich kannte.
Es gab Mädchen, deren Hymen elastisch waren und nicht leicht rissen; wenn das der Fall war, erhielt die Dajia, die Hebamme, den Auftrag, das Hymen mit dem Fingernagel zu zerreißen und dann die Jungfernschaft zu bestätigen.
Der junge Ehemann, der bisher nichts Zarteres als eine Schaufel oder einen Pfluggriff in der Hand gehalten hatte, war meist grob und verursachte oft eine Infektion. Oder die Dajia ritzte manchmal mit ihrem scharfen, unsauberen Fingernagel die Wand der Vagina und verursachte eine Blutung.
Das war jedoch Hadschi Ibrahim nicht passiert. Am Morgen überbrachte er das blutige Laken Scheich Walid Azziz, der es auf die Spitze seines Säbels spießte und schwenkte, während er unter den Beifallsrufen seiner Leute um ihre Zelte galoppierte.

Hadschi Ibrahim begleitete Scheich Azziz, seine Leibwächter und Sklaven, als sie an der Spitze der Karawane Tabah verließen. Die Vorhut machte nach einer halben Tagesreise halt und wartete, bis das Gefolge nachgekommen war. Die Männer fanden ein wenig Schatten am Rand des Negev, eines jener unbegreiflich grausamen, ausgedörrten Landstriche, in denen nur Menschen von besonderem Schlag überleben können. Er umfaßt eine der schlimmsten Zonen des Planeten, einen Gürtel, der von Nordafrika bis zu trostlosen Orten am

Pazifischen Ozean reicht. Es ist jener unfruchtbare Teil der Erde, in dem die Menschen dem Boden nichts abzuringen vermögen. Sie ergeben sich dem Islam und seinen fatalistischen Anschauungen. Der Islam schenkt ihnen einen Halt, an den sie sich klammern können, um den Kampf ums Dasein fortzusetzen. Dieses Land martert jeden, der versucht, dort zu existieren. So hart, so grausam sind da die Kräfte der Natur, daß die Menschen zu einer Gesellschaftsform gezwungen wurden, in der Brutalität an der Tagesordnung ist.
Braune Flecken und hervortretende Adern auf Händen und Armen verrieten das Alter von Walid Azziz, dem alten Wüstenhäuptling, der dem Feind mehr Dolche in den Bauch gestoßen hatte als der biblische Joab. Ibrahim und Azziz waren Männer, die sich selbst zu Führern erklärt und kleine Reiche gegründet hatten. Der Stamm und seine starken Männer sind schon immer die Grundlage der Politik der Araber gewesen.
Ibrahim brauchte Informationen, vielleicht auch Rat, aber sogar Männer, die einander durch Blutsverwandtschaft und gesellschaftliche Stellung so nahe standen, sprachen selten offen miteinander.
»Anscheinend wird der Krieg bald vorüber sein«, meinte Ibrahim.
Walid Azziz, der in seinen fast neunzig Lebensjahren vieles gesehen hatte, zuckte nur die Schultern. Alle kamen, alle gingen. Nur der Beduine blieb ewig.
»Vielleicht bin ich erleichtert. Ich bin nicht sicher«, fuhr Ibrahim fort. »Ich habe den Deutschen nie über den Weg getraut.«
Walid Azziz schwieg. Bald nach Kriegsbeginn hatten die Deutschen einen Agenten bei den Wahhabiten eingeschleust und den Beduinen alle möglichen Versprechungen gemacht, wenn sie einen Aufstand inszenierten, der durch das Afrikakorps Unterstützung erhalten würde, sobald es den Kanal erreichte. Walid Azziz gab unklare und unverbindliche Versprechungen, genau wie er sie den Türken, den Ägyptern und den Engländern gegeben hatte, die alle die Herrschaft über die glühendheiße Wüste beansprucht hatten, in der die Beduinen umherstreiften.
»Man hat mich aufgefordert, bei der Bildung einer neuen gesamtpalästinensischen Partei mitzuwirken«, erzählte Ibrahim. »Ich wurde auch gefragt, ob sich die Wahhabiten daran beteiligen würden.«
»Ihr lebt im Zentrum einer Zielscheibe. Die Dörfer sind nichts wert. Ich gehe in die Wüste. Mir ist es gleichgültig, wer Palästina beherrscht.«
»Aber Onkel, wenn der große Krieg zu Ende ist, wird bei uns ein

neuer beginnen. Die Engländer werden früher oder später das Land verlassen. Sie haben versagt und sind müde. Wir müssen bereit sein, Palästina zu übernehmen.«
Walid schwieg wie die Wüste. Schließlich sagte er: »Eselspisse. Du regierst dein Dorf. Ich regiere die Wahhabiten. Der Rest ist Eselspisse. Zwei Araber können sich nicht einmal über die Entfernung von hier zu dem Baum dort drüben einigen. Wir leben in diesem Land, seit die Sonne am Himmel steht, und noch nie haben Araber Palästina regiert. Hüte dich vor politischen Bündnissen.«
»Wenn die Engländer abziehen, werden die Juden sicherlich nicht imstande sein, es mit der gesamten arabischen Welt aufzunehmen.«
»Vielleicht nicht. Von allen Ungläubigen, die hierherkamen, ist keiner für uns gefährlicher als der Jude. Aber selbst wenn wir sie im Krieg besiegen, was dann? Werden die arabischen Völker Palästina deiner wunderbaren neuen politischen Organisation übergeben? Oder wird sich Syrien Galiläa und Ägypten den Negev aneignen? Wird die Arabische Legion wieder den Jordan überschreiten oder in der Westbank bleiben? Und was ist mit Kawakdschi und dem Mufti? Wie wird unser palästinensischer Nationalismus enden? Ich sag's dir: so wie immer, mit dem persönlichen Bestreben eines Mannes, die Macht an sich zu reißen. Hüte dich vor Bündnissen«, wiederholte er, »und hüte dich vor Konferenzen; sie enden immer mit Geschrei und Drohungen.«
Der alte Scheich versank wieder in Schweigen. Sie sahen die Karawane, die sich in einer Entfernung von wenigen Meilen gegen den Himmel abzeichnete. Der Horizont schien dazu da, Kamelhöcker zur Geltung zu bringen.
»Onkel«, rief Ibrahim beschwörend. »Es muß zu einem Krieg zwischen uns und den Juden kommen. Er ist unvermeidbar.«
»Ja, wir müssen gegen sie kämpfen«, stimmte Azziz zu, »weil sie Ungläubige sind und wir Mohammedaner. Kein Ungläubiger darf einen Zoll Landes beherrschen, in dem der Islam zu Hause ist. Aber kämpfe vorsichtig gegen die Juden.«
»Was meinst du damit, Onkel?«
»Alle anderen Fremden sind nach Palästina gekommen, um uns auszubeuten. Die Juden sind gekommen, um hierzubleiben. Sie haben das Land verbessert. Man kann ihnen mehr vertrauen als allen anderen. Wir werden mit Gideon Asch ein besseres Abkommen treffen können als mit den Syrern, den Jordaniern, den Engländern und jedem anderen Volk. Natürlich mußt du draußen über die Anwesen-

heit der Juden schreien und toben. Aber wenn du ein Gewehr gegen sie erhebst, vergewissere dich, daß du schlecht zielst, und sorge dafür, daß sie wissen, du wolltest sie nie treffen. Allah verhüte, daß ich wieder unter ägyptische Herrschaft gerate.«

Die Reihe der Kamele schaukelte auf sie zu. Der alte Mann stand mühsam auf, umarmte seinen Neffen und bestieg sein Pferd. »Wir waren nie imstande, uns selbst zu regieren. Unsere Führer waren immer Männer wie du und ich, die aus eigenem Antrieb Verantwortung übernahmen. Arbeite in aller Stille mit den Juden zusammen.«

Er wandte sein Pferd und sprengte davon, um sich der Karawane anzuschließen.

XVII

Mein Vater ging als imponierende Erscheinung aus dem Krieg hervor. Er hatte nicht nur die Rebellion des Muftis überlebt, sondern auch den Freischärlern Kawakdschis eine schmähliche Niederlage zugefügt. Daß er die Felder von Tabah abgebrannt und dabei den Feind mit dem Wind erwischt hatte, wurde zu einem legendären Kampf verklärt, über den Tausende, sogar Millionen Gedichte geschrieben worden sind.

Nachdem sich die Wollust meines Vaters für Ramiza gelegt hatte, wollte er zu den vertrauten Annehmlichkeiten zurückkehren, die der mächtige Körper meiner Mutter bot, und er rief sie in sein Bett zurück.

Hagar tat, wie ihr befohlen, denn sie hatte keine Wahl, aber sie stellte wortlos klar, daß Hadschi Ibrahim sie nie wieder mit der gleichen Leidenschaft erfüllen oder mit ihr die Freuden teilen würde, die sie früher zusammen erlebt hatten.

Das machte meinen Vater wütend. Zuerst drohte er, sich von ihr scheiden zu lassen und sie für immer zu verstoßen. Für einen mohammedanischen Ehemann ist es sehr einfach, eine unerwünschte Gattin loszuwerden. Aber Hadschi Ibrahim war zu pragmatisch, um diesen Weg zu wählen. Obwohl Ramiza schön war, blieb sie als Beduinenmädchen viel ungeschliffener als eine Dörflerin. Sie war unerfahren und ungeschickt, wenn sie in der Küche arbeitete und ihre Pflichten erfüllte. Hadschi Ibrahim sagte sich, daß man die alte Kuh nicht hinauswirft, bevor die junge Milch gibt. Er wollte, daß seine Bequem-

lichkeit und seine Mahlzeiten gesichert waren. Deshalb durfte meine Mutter bleiben.
Bei Kriegsende war ich neun Jahre alt. Auf Drängen meiner Mutter wandte ich mich an Hadschi Ibrahim und überredete ihn, mich in die Schule gehen zu lassen. Wenn ich Lesen und Schreiben lernte, konnte ich mich mit den Dorfurkunden und -dokumenten vertraut machen und dafür sorgen, daß Kamal und Onkel Faruk Vater nicht betrogen.
Die Schule in Ramle war ausgesprochen primitiv. Dennoch war ich sehr stolz, hingehen zu dürfen. Ich war nach Kamal das erste Kind aus Tabah, das eine arabische Schule besuchte. Onkel Faruk hatte bei christlichen Missionaren lesen und schreiben gelernt.
Die Schule bestand aus einem einzigen kahlen Raum mit von den Wänden abbröckelnder Farbe, der an heißen, windstillen Tagen oft nach Urin roch.
Der Schulhof war nicht viel größer als das Klassenzimmer und hatte einen harten Lehmboden. Man konnte ihn nicht als Spielplatz nutzen, denn es gab weder Schaukeln noch Rutschen oder Sportgeräte. Ich erfuhr aber auch erst viel später, daß es so etwas gab. Wir verbrachten die Pausen auf dem Schulhof meist damit, uns mit den Rücken an die Mauer zu hocken, um etwas Schatten zu erwischen, und unsere Mahlzeit einzunehmen. Hie und da spielten ein paar Jungen mit einem Ball oder Fangen, aber meist saßen wir nur im Schatten der Mauer oder warfen Steine hinüber, wenn wir einen alten Juden entdeckten, der draußen vorbeiging.
In der Schule gab es sechzehn Jungen im Alter von acht bis zwölf Jahren, aber kein Mädchen. Ich war der jüngste, doch entschlossen, ein großer Gelehrter zu werden, denn meine sonstige Aussicht war die niedrigste Arbeit in der Familie, die des Ziegenhirten. Kein anderer war so bestrebt wie ich, etwas zu lernen, und die anderen Jungen schlugen mich oft, damit ich aufhörte, so eifrig zu sein.
Der Lehrer war Mr. Salmi, ein magerer, nervöser Mann mit Glatze und einem dünnen Schnurrbart. Es bereitete ihm mehr Freude, den Zeigestock dazu zu verwenden, uns zu schlagen, als uns etwas zu erklären. Da ich Hadschi Ibrahims Sohn war, bekam ich bei weitem nicht so viele Schläge auf den Hintern wie die anderen Jungen, aber das veranlaßte sie nur, sich im Hof noch öfter an mir zu rächen. Nach wenigen Monaten wurde mir klar, daß ich lernen mußte, mich zu behaupten, wollte ich nicht aus der Schule geprügelt werden.
Ich hatte immer die Taschen voller Steine, die ich so zielsicher und

scharf werfen konnte wie der fanatischste schiitische Moslem beim Straßenkampf. Ich war erstklassig. Eines Tages, als die Lage für mich besonders unangenehm wurde, stibitzte ich einen der schmalen Dolche meines Vaters aus seinem Schrank und versteckte ihn unter meinen Kleidern. Als ich an diesem Tag im Schulhof in die Ecke gedrängt wurde, zog ich aus Verzweiflung den Dolch, schwenkte ihn und fügte dem Anführer einen leichten Schnitt im Gesicht zu. Danach belästigte man mich nicht mehr oft.

Wir besaßen nur wenige Lehrbücher. Manchmal mußten vier von uns ein Buch zugleich verwenden. Unser Lehrplan war beschränkt. Mr. Salmi wunderte sich, wie rasch ich lernte. Wenn Hagar mich abholte, tätschelte Mr. Salmi mir oft den Kopf und sagte, ich sei von Allah erleuchtet. Mr. Salmi war der zweite Erwachsene, der meinen Kopf tätschelte, denn wir Kinder wurden von den Erwachsenen meist übersehen. Einmal hatte mir mein Vater den Kopf getätschelt, als ich ihm bewies, daß er von Kamal und Onkel Faruk betrogen wurde. Ich kann die Berührung von Mr. Salmis Hand nicht vergessen. Es war ein sehr gutes Gefühl. Aber wenn wir allein waren und er meinen Kopf streichelte, machte es mich sehr nervös, weil mich Mr. Salmi dabei immer so merkwürdig ansah.

Als ich neun war, kannte ich viele Suren des Korans auswendig. Ich übte in allen freien Augenblicken, bis ich im Kopf multiplizieren und sogar lange Divisionen durchführen konnte, ohne dazu Feder und Papier zu benutzen.

Abgesehen vom Koran gab es anscheinend nur zwei wichtige Themen. Draußen im Hof sprachen alle Jungen nur vom Ficken. Die älteren rühmten sich ihrer erotischen Abenteuer, während die jüngeren ihnen ehrfürchtig zuhörten. Ich durchschaute sie. Sie erfanden alles. Obwohl ich wußte, daß sie logen, begriff ich, daß es wichtig für sie war, einen männlichen Eindruck zu machen. Auch für die erwachsenen Männer schien dies das Wichtigste zu sein. Wann immer ich in Tabah an eine Gruppe älterer Jungen und unverheirateter Männer geriet, sprachen sie meist nur vom Ficken. Ehe ich zur Schule ging, hörte ich, daß es schmutzig, gefährlich und gegen Allahs Willen sei. Ich wußte, daß es zwischen unseren Sippen jahrelange Fehden wegen Jungen und Mädchen gab, die einander nur leidenschaftlich angesehen hatten. Wenn man ein Mädchen bloß berührte, konnte das zu einem Faustkampf oder sogar zu einem Mord führen. Auf dem Schulhof erzählte uns eines Tages ein Junge, wie seine Brüder ihre Schwester umgebracht hätten, weil die Familie sie verdächtigte, Ge-

schlechtsverkehr zu haben, ohne verheiratet zu sein. Ich hörte, daß so etwas auch in Tabah vorgekommen sei, bevor ich zur Welt kam.
Während die Freuden des Geschlechtsverkehrs auf dem Schulhof ununterbrochen gepriesen wurden, erzählte man in Tabah genau das Gegenteil. »Halte dich von den Mädchen fern, rühre kein Mädchen an, lächle keinem Mädchen zu, spiel mit keinem Mädchen, sprich nicht mit einem Mädchen, außer über Dorfangelegenheiten. Die Ehre der Familie hängt davon ab, daß deine Schwester Jungfrau bleibt. Die Ehre deiner Männlichkeit hängt davon ab, daß deine Frau in der Hochzeitsnacht noch ihre Jungfernschaft besitzt.«
Das wurde uns so eindringlich eingeschärft, daß Jungen und Mädchen Angst voreinander hatten. Anscheinend spielte jedoch für Männer kaum etwas eine so große Rolle wie die Frage, mit wie vielen Frauen sie bereits geschlafen hatten.
Das zweite Hauptthema in der Schule waren die Juden und die Bewegung des Zionismus. In Tabah war mein Onkel Faruk der Dorfpriester oder Imam. Er predigte, was mein Vater ihm zu predigen befahl. Keine Predigt am Sabbat war vollständig ohne die Feststellung, daß die Juden zu verdammen seien, weil sie nach Palästina zurückgekehrt waren. Ich wußte, daß die Juden alle Propheten ermordet, über Abraham Lügen verbreitet und die Bibel gefälscht hatten. Alle Kinder wußten das. Obwohl mein Vater nichts von den Juden wollte, waren wir gezwungen, in ihrer Nähe zu leben, aber wir hatten nie Schwierigkeiten mit ihnen. So stark war der Judenhaß in Tabah nicht. Ich erfuhr erst, nachdem ich in die Schule eingetreten war, wie böse sie in Wirklichkeit seien.
Als die Juden im Kibbuz Schemesch auf ihren Feldern Altertümer auszugraben begannen, bauten sie ein Museum, um sie auszustellen. Bis dahin waren wir, wenn wir antike Topfscherben, Feuersteine und Pfeilspitzen auf unseren Feldern fanden, zur Landstraße hinuntergegangen und hatten versucht, sie Pilgern und Reisenden, die unterwegs nach Jerusalem waren, zu verkaufen. Sobald die Juden ihr Museum eröffnet hatten, konnten wir ihnen alles verkaufen, was wir fanden. Wenn wir einen ganzen Topf fanden, zerschlugen wir ihn und verkauften jeweils nur ein Stück, denn so erzielten wir einen höheren Preis. Die Juden verbrachten viele Stunden damit, den Topf wieder in seiner ursprünglichen Form zusammenzusetzen.
Hadschi Ibrahim verbot den Kindern aus Tabah, den Kibbuz Schemesch zu betreten. Es wurde uns gesagt, daß sie Menschen opferten und uns höchstwahrscheinlich schlachten würden, wenn sie uns auf

ihrem Grund und Boden ertappten. Außerdem liefen im Kibbuz die jüdischen Frauen herum, deren Beine bis zu ihren geheiligten Stellen nackt waren, und es fanden die ganze Zeit Orgien zwischen Leuten statt, die nicht einmal verheiratet waren. Jedesmal, wenn wir zum Tor des Kibbuz gingen und nach dem Mann fragten, der das Museum leitete, malten wir uns in unserer Neugier die jüdischen Ausschweifungen noch wilder aus.
Dennoch hatte keins von uns Kindern wirklich Angst vor den Juden. Wenn wir vorbeigingen oder mit ihnen sprachen, waren sie immer freundlich. Mich setzte es in Erstaunen, daß mein Vater stundenlang mit Gideon Asch herumritt. Ich glaube, daß Araber und Juden einander bei uns in Frieden ließen, weil diese beiden befreundet waren. Wenn mein Vater im Café saß, hörte ich ihn oft sagen: »Wir werden das Problem zusammen mit meinem Freund Gideon lösen.«
Tabah nahm den Juden gegenüber eine ruhige, nachsichtige Haltung ein, nicht aber Mr. Salmi. Da wir den größten Teil unserer Schulzeit damit verbrachten, den Koran zu lernen, beendete Mr. Salmi den Unterricht gewöhnlich mit einer längeren Rede darüber, was die Zionisten alles getan hätten, um Palästina zu vernichten, und warum wir sie hassen müßten. Wenn Mr. Salmi begann, über die Juden zu reden, hüpfte sein Adamsapfel an seinem mageren Hals auf und ab, sein Gesicht wurde purpurrot, an seinem kahlen Schädel traten die Adern hervor, und seine Stimme wurde zu einem schrillen Kreischen.
»Mohammed ist der maßgebende Prophet. Er allein ist der Sendbote Allahs. Alle anderen Religionen sind null und nichtig. Die Nicht-Gläubigen sind Ungläubige, die sorgfältig beobachtet und schließlich vernichtet werden müssen. Besonders die Juden schmieden immerwährend Komplotte, um den Islam durch Ketzerei, Umsturz und hinterlistige Feindseligkeit zu vernichten. Das sagt uns der Koran. Jesus war ein Moslem, und Allah rettete ihn vor den Juden. Das steht im Koran. Eines Tages, wenn Judentum, Christentum und alle anderen Religionen der Ungläubigen ausgelöscht und all ihre Anhänger am Tag des Feuers verbrannt sind, wird der Islam die Welt regieren. Mohammed sagt das ganz klar. Er legt auch jedem Moslem die heilige Pflicht auf, sein Leben dieser Überzeugung zu weihen.«
Wir erfuhren, daß Mr. Salmi heimlich Mitglied der in Ägypten gegründeten moslemischen Bruderschaft war, die alle mit dem Tod bedrohte, die sich ihr widersetzten. Denn sie waren die Feinde aller, auch der Moslems.
Mr. Salmi war der erste, der mir die Überzeugung vermittelte, daß

alle Religionen außer dem Islam unrein seien. Als Mohammed im siebten Jahrhundert in Medina zu predigen begann, gehörte eine reiche jüdische Kolonie zu der Stadt. Mohammed nahm an, daß ihm die Juden zuströmen und seinen Anspruch bestätigen würden, daß er der letzte, entscheidende Prophet sei, und daß sie den Islam als ihren neuen Glauben annehmen würden. Sie anerkannten aber Mohammed ebensowenig, wie sie Christus anerkannt hatten, sondern hielten weiter an ihrem Glauben fest. Das empörte Mohammed, und er belegte sie für immer mit einem Fluch. Der Koran enthält Dutzende von Predigten Mohammeds über die Treulosigkeit der Juden. Mr. Salmi beendete den Schultag damit, daß er eine bestimmte Sure aus dem Koran vorlas, in der die Juden schlechtgemacht werden. Seine knochigen Finger blätterten die Seiten schnell um, bis er zu einer solchen Stelle kam, und seine Augen leuchteten auf, während er sie voll Erbitterung vorlas. Wir brauchten nicht lange, um mit Mr. Salmis Hilfe zu verstehen, was die Juden vorhatten und warum Mohammed sie haßte.

Das zweite Kapitel des Korans erklärt, daß es in Wirklichkeit die Moslems waren, die die Juden vom Pharao befreiten, das Rote Meer für sie teilten, damit sie aus Ägypten fliehen konnten, und eine Vereinbarung mit Moses trafen, für vierzig Tage auf den Berg Sinai zu gehen, wo sie, die Moslems, den Juden die Gesetzestafeln gaben und ihnen erlaubten, zum »Volk des Buches« zu werden.

»Die Juden logen von Anfang an«, sagte Mr. Salmi, »indem sie behaupteten, daß sie die Gesetze entdeckt und die Bibel geschrieben hätten. Sie logen, indem sie erklärten, daß Abraham ein Jude gewesen sei. Er war Moslem.«

Die Christen waren auch Ungläubige, aber wir mußten sie nicht so hassen wie die Juden. Jesus war von den Moslems auf die Erde entsandt und von Allah gerettet worden. Jesus wurde ein Prophet des Islam. Wir glauben nicht, daß Allah Kinder in menschlicher Gestalt hat, und folglich war Jesus nicht Gottes Sohn, wie die Christen behaupten. Die Christen logen über Jesus und hatten gleichfalls eine schreckliche Bestrafung zu erwarten, denn auch sie erkannten Mohammed nicht als den letzten Boten Allahs.

Als die dritte Sure gelesen wurde, waren viele von uns noch neugierig. Ein Junge fragte Mr. Salmi, wie Abraham dreitausend Jahre, bevor Mohammed die islamische Religion begründet hatte, ein Moslem sein konnte. Schweißperlen bildeten sich auf Mr. Salmis Haut und näßten seine Stirn. Seine Antwort auf diese Frage waren zehn Schläge mit dem Zeigestock auf das Hinterteil des Jungen.

Manchmal, wenn wir im Schulhof saßen, versuchten wir, Mohammeds Botschaft auszulegen. Die Daten und Namen verwirrten uns, und vieles paßte nicht zusammen. Was die Jungfrau Maria betraf, so war der Koran widersprüchlich, denn er ließ sie mehrere hundert Jahre vor Jesus geboren sein, aber ich hatte keine Lust, Schläge von Mr. Salmis Zeigestock zu riskieren, indem ich Fragen stellte.
Außerdem war es sinnlos, ihn zu fragen. Wenn man nicht ein Heiliger oder ein großer Gelehrter war, war es unmöglich, sich nach dem Koran zu richten.
Sure III warnt die wahren Gläubigen, das heißt uns Moslems, davor, sich mit Juden anzufreunden, weil sie treulos seien. Außerdem freuen sich die Juden angeblich, wenn den wahren Gläubigen etwas Böses zustößt.
Sure VII erwähnt, daß die Juden nachts nicht schlafen können, weil sie die Rache fürchten, die die Moslems wegen ihres Komplotts gegen Allah an ihnen nehmen werden.
Sure XVI besagt, daß die Juden verderbt sind, weil sie sich vom Islam abgewandt haben, und daß die Moslems deshalb mit Recht eine Bestrafung nach der anderen auf sie herabgefleht haben.
Von Sure II bis zum Ende des Korans in Sure CXIV setzt Mohammed für die Gläubigen alle Regeln fest, nach denen sie leben müssen, um zu ihm ins Paradies zu gelangen. Uns gefiel die Art, wie der Islam den Ungläubigen den ewigen Krieg erklärt, und wir hofften alle, daß wir noch am Leben sein würden, wenn wir den Krieg gegen sie gewannen.
Mr. Salmi beteuerte oft, wenn sein Kopf heftig schwitzte, daß »wir in den arabischen Ländern wissen, wie man mit Jesus und den Ungläubigen fertig wird. Sure XXII drückt es deutlicher aus als jede andere Stelle im Koran. Mohammed war von den Juden von Medina zurechtgewiesen worden, und er predigte: ›Die Juden sind vom Weg Allahs abgekommen, indem sie ihm die kalte Schulter zeigten. In dieser Welt erwartet sie die Demütigung, und am Tag der Auferstehung werden ihnen die Moslems die Strafe des Verbrennens bereiten.‹«

Bevor ich zur Schule ging, versuchte ich ein- oder zweimal, meinem Onkel Faruk Fragen über den Koran zu stellen, bekam jedoch als Antwort stets einen Schlag oder, wenn ich mich außer Reichweite hielt, eine mündliche Drohung.
Die einzige Sure, die die meisten Moslems kennen und auch verstehen, ist die Sure I, ein einfaches Gebet von sieben Zeilen. Sie beginnt,

wie alle Suren, mit »Im Namen Allahs, des Barmherzigen, des Mitleidsvollen«. Sie ist ein Gebet an Allah, das ihn als denjenigen anerkennt, der am Tage des Gerichtes die Macht in Händen hält und den Gläubigen befiehlt, auf dem richtigen Weg zu bleiben. Die Deutung des Islam und des Korans obliegt den heiligen Männern, denn wir haben keine offizielle Priesterschaft.

Jeden Tag, wenn meine Mutter und ich am Kibbuz Schemesch vorbeigingen, wurde ich neugierig. Als meine Mutter die Erlaubnis erhielt, wieder zu Hause zu bleiben, übernahm mein Bruder Omar die Stände im Basar. Omar war faul, und ich fand es unangenehm, daß ich von ihm abhängig war, weil er mich rechtzeitig zur Schule bringen mußte.

Ich konnte allmählich so gut lesen und schreiben, daß mein Vater einsah, welch großen Wert ich in Zukunft für ihn haben würde. Ich versuchte, so oft wie möglich in seine Nähe zu schleichen, aber Kamal war immer an seiner Seite und hinderte mich daran. Doch ich wurde mutig, weil ich Wissen erwarb, und eines Abends blickte ich meinem Vater in die Augen und bat ihn um die Erlaubnis, mit dem Bus nach Ramle und zurück zu fahren. Es gab eine arabische Autobuslinie, und nachdem mein Vater mich davor gewarnt hatte, jemals den jüdischen Bus zu benutzen, gab er mir die Erlaubnis.

Meine Neugier auf den Kibbuz Schemesch wuchs, während Mr. Salmi uns immer mehr über das Heidentum der Juden belehrte. Ich konnte mir die schrecklichen Dinge vorstellen, die sich bei ihnen abspielten. Ich sprach darüber oft mit den anderen Jungen im Dorf. Obwohl keiner von ihnen den Kibbuz je betreten hatte, schienen sie alle gut Bescheid darüber zu wissen.

Mein bester Freund hieß Izzat. Er war in meinem Alter, aber wir hatten ein ernstes Problem. Seine ganze Familie war zur Strafe dafür, daß sein Vater auf einem jüdischen Feld arbeitete, von den Dorfbewohnern geächtet worden. Niemand von uns durfte mit einem Mitglied von Izzats Familie sprechen. Weil wir aber die besten Freunde waren, wagte ich das Verbot zu brechen. Izzat wartete immer an der Bushaltestelle auf mich, und wir mußten einen weiten Umweg zurück zum Dorf machen, um von den anderen nicht gesehen zu werden.

Eines Tages erwartete mich Izzat atemlos an der Bushaltestelle und erzählte mir, daß er eine wahre Geschichte aus dem Kibbuz erfahren habe. Eine verheiratete Jüdin schlief mit einem anderen Mann. Der Ehemann überraschte sie, schlug dem Liebhaber den Kopf ab,

schnitt seiner Frau den Bauch auf, steckte den Kopf ihres Liebhabers hinein und nähte ihn wieder zu.
Das machte mich noch neugieriger. Ich muß gestehen, daß ich am neugierigsten auf die Frauen war, die kurze Hosen trugen und ihre Beine zeigten. Ich hatte nie die Beine einer Frau gesehen, außer die meiner Mutter. Ich hatte nie Nadas Beine gesehen, denn sie trug Hosen bis zu den Knöcheln und war so sittsam, wie der Koran es ihr befahl. Meine Mutter forderte Nada wohl ein dutzendmal am Tag auf, die Beine zu schließen, und rief ihr zu: »Schande«. Bis ich alt genug wurde, den Irrtum zu erkennen, war ich der Ansicht, das Wort »Schande« gehöre zu Nadas Namen.

Durch Zufall entdeckte ich, daß Mr. Salmi jede Woche einen Tag lang im Kibbuz Schemesch jüdische Klassen Arabisch lehrte. Das fand ich reichlich merkwürdig.
Mehrere Wochen lang versuchte ich, Mr. Salmi langsam davon zu überzeugen, daß ich ihm helfen könnte, indem ich den jüngeren Kibbuzkindern einfache Begriffe wie die Namen von Bäumen, Tieren und Pflanzen auf arabisch beibrachte. Er unterrichtete zwei Klassen, eine mit Kindern und eine mit Erwachsenen. Er sah allmählich ein, welche Unterstützung er haben würde, wenn er mich die Kinder unterrichten ließe. Natürlich verriet ich ihm nicht, daß es mir verboten war, den Kibbuz zu betreten. Schließlich willigte er ein, mich mitzunehmen und sich von mir helfen zu lassen. Das bedeutete, daß ich erst nach Einbruch der Dunkelheit nach Hause kommen würde, aber mein Vater wußte selten, wo ich mich befand, und ich war bereit, es darauf ankommen zu lassen, ob er es je erfahren würde.
Ich weiß nicht, was ich erwartete, aber als uns der Wachtposten in den Kibbuz einließ, war ich schweißnaß vor Angst. Was ich sah, verblüffte mich. Ich erblickte zum erstenmal viele Dinge, die ich noch nie zu Gesicht bekommen hatte, obwohl Tabah und Schemesch fast nebeneinander lagen.
Ich hatte nie einen grünen Rasen gesehen.
Ich hatte nie Blumen gesehen, die nicht wild wuchsen.
Ich hatte nie, auch in Ramle nicht, Straßen ohne Esels- und Ziegenkot erblickt.
Ich hatte nie einen wirklichen Spielplatz mit allen möglichen Bällen für die Kinder, mit Schaukeln, Rutschbahnen und Sandkasten gesehen.
Ich hatte nie ein Schwimmbecken gesehen.

Ich hatte nie eine Bibliothek mit Hunderten von Büchern nur für Kinder gesehen.
Ich hatte nie Spielzeug gesehen.
Ich hatte nie ein Museum oder ein naturwissenschaftliches Labor in einer Schule mit Mikroskopen und Magneten, Bunsenbrennern und Flaschen voller Chemikalien gesehen.
Ich hatte nie eine Toilette gesehen.
Ich hatte nie eine Klinik gesehen.
Ich hatte nie eine Maschinenhalle gesehen.
Ich hatte nie so etwas wie die große Scheune mit Traktoren und Werkzeugen und den Melkmaschinen gesehen. Ich hatte nie elektrische Lampen gesehen, außer aus der Ferne. Ich fragte mich, wie sie funktionierten. In unserem Klassenzimmer in Ramle gab es eine elektrische Birne, aber sie funktionierte nicht.
Ich hatte nie ein von Menschenhand gemaltes Bild gesehen.
Ich war nie im Winter in einem Raum gewesen, in dem es wirklich warm war.
Ich hatte nie einen Teich gesehen, in dem man Fische züchtete, um sie später zu essen.
Ich sah einen großen Hühnerstall, der die ganze Nacht beleuchtet blieb, um die Hühner zu täuschen, so daß sie nicht wußten, ob es Tag oder Nacht sei, und ständig Eier legten.
Wie Sie sich wohl vorstellen können, geneigter Leser, machte ich mich für Mr. Salmi unersetzlich, weil ich wiederkommen wollte. Nach dem vierten Besuch unterrichtete ich einige kleine Kinder ganz allein.
Die Juden waren sehr freundlich. Das weckte in mir zunächst den Verdacht, daß sie versuchten, mich in eine Falle zu locken. Aber nach einiger Zeit begann ich, ihnen ein wenig zu vertrauen. Ich paßte scharf auf, um nicht plötzlich von ihnen gepackt zu werden, und blieb immer in Rufweite von Mr. Salmi.
Es gab ein jüdisches Mädchen namens Hannah, das aus Syrien gekommen war und ein wenig Arabisch sprach, an das sie sich aus ihrer Kindheit erinnerte. Sie wurde meine Helferin im Klassenzimmer. Wie Nada, so war auch Hannah ein paar Jahre älter als ich. Als sie mich das erste Mal bei der Hand nahm, zog ich sie sofort zurück, und mein Mund wurde trocken. Sicherlich würde jemand sehen, wie sie mich berührte, und ich würde getötet werden.
Dann sah ich das Merkwürdigste von allem. Jungen und Mädchen, ältere und jüngere als ich, faßten einander an den Händen und spielten miteinander. Sie bildeten einen Kreis und sangen und tanzten. Oft

küßten und umarmten sie einander. Vielleicht war das der Beginn einer geheimen Orgie? Ich war über all die neuen Eindrücke so erstaunt, daß ich sogar die nackten Beine der Mädchen vergaß. Hannah schien sich deswegen nicht zu schämen.
Am schwersten zu verstehen war die Veränderung, die mit Mr. Salmi vor sich ging, wenn er mit den Juden beisammen war. Er lachte und scherzte, während er sie unterrichtete. Das tat er bei uns nie.
Mr. Salmi schien mit vielen Juden befreundet zu sein. Er tätschelte den Kindern oft den Kopf, wenn sie die richtige Antwort gaben. Ich sah ihn einige Juden ebenso umarmen, wie die Araber einander begrüßen. Ich sah sogar einmal, wie eine Jüdin die Arme um ihn legte und lachte, obwohl ihr Ehemann neben den beiden stand! Die Juden gaben ihm immer einen Marktkorb voll mit Gemüse, Obst, Eiern und gelegentlich auch mit einem Huhn. Am nächsten Tag proklamierte er dann in Ramle wieder wütend seinen Judenhaß.
Mein Kopf wurde allmählich ganz schwindlig vor Verwirrung. War der Kibbuz Schemesch nur ein Trick des Teufels, um uns Moslems vom wahren Glauben wegzulocken? Schließlich war es doch unser Auftrag, sie zu bekehren oder zu töten. Das sagte der Koran. O Gott, ich hätte so gern jemanden gefragt. Eines Tages sah ich Gideon Asch und sehnte mich danach, mit ihm zu sprechen. Ich wagte es aber nicht, denn vielleicht würde er Hadschi Ibrahim erzählen, daß ich im Kibbuz war. Er war mit meinem Vater befreundet, deshalb konnte ich ihm nicht trauen. Ich wußte nur, daß jemand log und daß es gefährlich für mich war, die Wahrheit herauszufinden.
Ich war so versessen darauf, nach Schemesch zu gehen, daß ich oft davon träumte. Falls die Juden Menschenopfer brachten und Orgien veranstalteten, taten sie es so, daß niemand sie sehen konnte, und nach meinem fünften Besuch begann ich daran zu zweifeln, daß sie so etwas überhaupt taten.
Trotz der damit verbundenen Gefahren war ich entschlossen, die Wahrheit herauszufinden, und da kam es dann zu der Katastrophe. An jenem schrecklichen Abend versuchte ich, durch unseren Hof in die Küche zu schleichen, wie ich es immer tat, wenn ich im Kibbuz gewesen war. An jenem Abend stand mein Vater in der Tür. Ich tauchte unter dem ersten Schlag seines Spazierstocks hindurch, doch er traf mich mit einem Rückschwung in die Rippen und schleuderte mich der Länge nach in den Hof. Er war sofort über mir, groß wie ein Riese, und trat mich in die Seite. Sein Gesicht war vor Wut verzerrt, und von seinen Lippen kamen Flüche.

»Ich bringe dich um, wenn du jemals wieder in die Nähe der Juden gehst! Tausend Ameisen sollen dich in die Achselhöhlen beißen!«
Er hörte erst auf, als Hagar herausgerannt kam, sich schützend über mich warf und um Gnade flehte. Tagelang konnte ich mich kaum bewegen. Ich kroch in die Küche zum Herd und weinte. Der Himmel war eingestürzt. Mein Vater hatte mich aus der Schule genommen.
Das ging zwei Wochen lang so weiter. Obwohl meine blauen Flecken zu verschwinden begannen, blieb der Schmerz in meinem Herzen. Schließlich hörte ich, wie meine Mutter zu einer Nachbarin sagte, sie müsse dem ein Ende bereiten, sonst würde ich noch verhungern.
Zum erstenmal, seit Ibrahim Ramiza geheiratet hatte, war meine Mutter sehr nett zu ihm. Sie schmiegte sich an ihn, wackelte mit den Hüften, berührte seine Schulter und sah ihn mit sinnlichen Blicken an. Sie machte vielsagende Andeutungen, wie früher, bevor Ramiza gekommen war. Sie verführte meinen Vater mit allen Künsten, die sie aufbringen konnte, und in der Nacht nahm er sie zu sich ins Bett. Am nächsten Morgen war Hadschi Ibrahim wie ausgewechselt. Der Zorn gegen mich war plötzlich verschwunden. In der folgenden Nacht ging meine Mutter wieder mit ihm ins Bett. Am nächsten Morgen sagte mir mein Vater mit einer großmütigen Handbewegung, daß ich wieder zur Schule gehen dürfe.
Schließlich fand ich heraus, wer meinem Vater erzählt hatte, daß ich nach Schemesch ging. Es war mein bester Freund Izzat. Er hatte immer bei der Bushaltestelle auf mich gewartet, und der eine Tag in der Woche, an dem ich ihm sagte, er solle nicht kommen, hatte ihn mißtrauisch gemacht. Seine Familie lebte wie die Aussätzigen des Dorfes. Seit Jahren hatte niemand mit ihnen gesprochen. Izzat glaubte, er könne mit dem Verrat an mir ihre Begnadigung erreichen und die Gunst meines Vaters gewinnen.
Es war eine Lehre für mich, nie mehr jemandem zu vertrauen, besonders nicht meinem besten Freund. Meinen Brüdern traute ich ohnehin nicht über den Weg, besonders nicht Kamal, der mein größter Rivale war. Ich traute nicht einmal meiner Mutter, obwohl ich sie sehr liebte. Sie intrigierte immer und benutzte mich als Waffe gegen meinen Vater. Ich glaube, ich vertraute Nada.
Ich ging nur noch ein einziges Mal in den Kibbuz Schemesch ... aber das ist schon eine andere Geschichte.

XVIII

Ich wollte nicht Ziegenhirt sein, obwohl es einige Ziegen gab, die ich mochte. Ich liebte unsere Hofziege, und als mein Vater mir befahl, ich solle meinem Bruder Jamil helfen, sie zu schlachten, war ich nicht dazu fähig. Abgesehen davon, daß es die niedrigste Arbeit war, wollte ich keine Tiere töten. Hadschi Ibrahim sagte mir, ich müsse töten lernen, und er zwang mich dreimal, Ziegen zu schlachten. Ich tat es, weil er dabei zusah, aber ich lief nachher weg, erbrach und weinte die ganze Nacht.

Als ich in die Schule zurückkehrte, war ich mehr denn je entschlossen, ein großer Gelehrter zu werden. Es war klar, daß Mr. Salmi mir nicht mehr viel beibringen konnte. Er war ein armer Mann und besaß nur ein paar Bücher in seiner privaten Bibliothek. Die hatte ich bald ausgelesen. Ich überredete ihn, seine Zeitung für mich aufzuheben, nachdem er sie gelesen hatte.

Die Juden sprachen ihre eigene Sprache, die Hebräisch hieß. Wir sprachen natürlich Arabisch, und wenn wir mit Juden zu tun hatten, verständigten wir uns fast immer auf englisch. Weder wir noch die Juden sprachen gern Englisch, weil die Engländer das Land beherrschten. Aber es gab so viele englische Schilder, und so viele Geschäfte wurden auf englisch abgewickelt, daß wir alle es notdürftig beherrschten.

Mr. Salmi konnte Englisch lesen und schreiben, aber er besaß keine englischen Bücher. Es gab ein paar Juden in Ramle, die Geschäfte in der Nähe des Basars besaßen. Einer davon, Mr. Jehuda, betrieb einen Altwarenhandel und sammelte und verkaufte alte Zeitungen und Illustrierte. Er war ein freundlicher alter Mann und ganz anders als die Juden im Kibbuz. Mr. Jehuda verbrachte den Großteil des Tages damit, in seinem kleinen Büro zu sitzen und Gebetbücher zu lesen. Er ließ mich aus seinen Zeitungen die englischsprachige Zeitung »The Palestine Post« heraussuchen. Ich richtete es so ein, daß ich nach der Schule eine halbe Stunde lang in dem Altwarengeschäft lesen konnte, bevor ich den Bus zurück nach Tabah nahm. Es war etwas Wunderbares, und meine Englischkenntnisse retteten meiner Familie schließlich das Leben. Daß ich die »Palestine Post« las, mußte vor meinem Vater geheimgehalten werden, weil die Zeitung von Juden herausgegeben wurde.

Im dritten Schuljahr begann ich, recht gut zu schreiben. Mr. Salmi ermunterte mich, über mein Dorf und andere Themen zu schreiben,

die mir bekannt waren. Beinahe jeden Abend schrieb ich eine neue Geschichte. Manche davon waren in Gedichtform verfaßt, wie der Koran. Wir Araber verwenden gern poetische Formen, um uns auszudrücken.
Meine Schriften wurden zum Tagebuch des Alltags von Tabah, unserer Religion, unserer Bräuche und Probleme. Ich behielt viele von den Geschichten und Gedanken für mich, weil ich sonst wegen der Ansichten, die ich von gewissen Leuten und Ereignissen hatte, in Schwierigkeiten hätte geraten können. Viel von dem, worüber ich hier schreibe, erfuhr ich erst viele Jahre später. Es ist sehr schwer verständlich, wie der Koran, aber ich möchte Ihnen von uns erzählen. Ich tue es gern.

Mein Dorf Tabah war, wie alle arabischen Dörfer, aus Verteidigungsgründen gegen Beduinenüberfälle und Angriffe feindlicher Stämme auf dem höchsten Punkt der Umgebung erbaut.
Meine frühesten Erinnerungen an Tabah sind seine Gerüche. Wenn ich barfuß über die Sandstraße ging, strich ein immer wechselnder Strom von Düften, von scharfen Speisegewürzen, von Kardamom und Kaffee und von Weihrauch am Abend vorbei.
Am genauesten erinnere ich mich an den Geruch des Dungs. Jedes Kind von drei Jahren kennt bei uns den Unterschied zwischen dem Dung von Eseln, Pferden, Kühen, Ziegen, Schafen und Hunden, denn der Kot liegt überall auf den Straßen, Wegen und Feldern und wird nur vom Winterregen weggewaschen. Im Winter sind die Straßen immer schlammig.
Dung war für uns sehr wichtig. Wir verwendeten ihn nicht nur, um unsere Felder fruchtbar zu machen, sondern die Frauen des Dorfes machten auch große, braune, flache Kuchen daraus und trockneten sie auf den Dächern. Sie dienten als Brennstoff zum Kochen und Beheizen unserer Häuser. Holz war spärlich, und es war eine langwierige, ermüdende Arbeit, es zu sammeln, die hauptsächlich älteren Frauen zufiel, die für keine Familie zu sorgen hatten.
Jedes Jahr im Frühling, wenn die Häuser nach den Winterregen getrocknet waren, wurde eine neue Schicht Schlamm mit Dung vermischt, um ihn fester zu machen. Überschüssiger Dung wurde an die Beduinen verkauft, die kein Holz oder nicht genug eigenen Dung für ihren Bedarf hatten. Mein Vater und noch ein paar Dorfbewohner waren reich genug, um Petroleum zu verwenden, aber das war schon ausgesprochener Luxus.

Alle Häuser in Tabah waren auf die gleiche Art gebaut: viereckig mit flachen Dächern, auf denen man in der Regenzeit das Wasser sammelte und in der warmen Jahreszeit das Getreide trocknete. Mr. Salmi erzählte mir, daß die Dörfer vor tausend Jahren genauso ausgesehen hätten. Die Häuser der Armen – und das waren die meisten im Dorf – wurden aus Schlammziegeln gebaut, und nach der alljährlichen Tünche wurden mit hellblauer Farbe die Konturen der Fenster und Türen nachgezogen. Das geschah, um die bösen Geister abzuwehren.

Die Häuser standen aus Verteidigungsgründen sehr eng beieinander. Es gab in Tabah fünf Sippen der Wahhabiten, und jede Sippe hatte ihren eigenen Teil des Dorfes, und jede besaß auch einen Teil des Friedhofs, wo die Männer ihres Klans begraben wurden. Die Frauen wurden gesondert beerdigt.

Mein Vater und Onkel Faruk hatten Steinhäuser wie die Stammesältesten und der Zimmermann, der Töpfer, der Sandalenmacher, der Korbflechter und der Weber.

Es gab ein Steinhaus in Tabah, das höchst ungewöhnlich war, denn es war von einer Witwe erbaut worden und gehörte ihr ganz allein. Sie hieß Rahaab und war die Näherin des Dorfes. In allen arabischen Dörfern wird von allen Bewohnern erwartet, daß sie heiraten und Kinder kriegen. Kinderlose Ehepaare sind eine Tragödie. Für Witwen sorgten die Söhne, für gewöhnlich der älteste, der die Pachtgründe, aber auch die Schulden seines Vaters erbte. In jedem Dorf gab es eine Witwe wie Rahaab, die niemanden hatte, der für sie sorgte, und es gab immer ein paar, die nicht heiraten konnten, Krüppel, Schwachsinnige und Blinde. Wer keine Familie besaß, für den war die Sippe verantwortlich.

Rahaab war alt, dick und zahnlos, aber sie besaß eine Nähmaschine mit Handantrieb, auf der »Frister & Rossmann« stand und die aus England gekommen war. Die Frauen des Dorfes beneideten Rahaab und fürchteten sie. Sie verdiente nicht nur gut, denn ihre Maschine lief die ganze Zeit, sondern es hieß auch, daß sie fleißig bumste. Der Koran verhängt strenge Strafen für unerlaubten Geschlechtsverkehr. Die gegen dieses Gesetz verstoßen, sind dazu verdammt, am Tag der Auferstehung im Feuer zu landen. Mein Vater kümmerte sich nicht um Rahaabs Lebenswandel, denn sie trieb es nur mit Witwern und Heiratsunfähigen.

So häßlich Rahaab auch war, es strichen immer männliche Wesen um ihr Steinhaus herum, zumeist kleine Jungen in meinem Alter. Sie

hatte eine große, mit Süßigkeiten gefüllte Tasche, und wir drehten abwechselnd den Handgriff an dem großen Rad der Nähmaschine. Rahaab hatte eine Art, sich auf der Bank vorzubeugen und ihre Titten an den kleinen Jungen zu reiben, die ihr Rad drehten, daß einem der Schwanz steif wurde. Ich erinnere mich an den Ölgeruch ihrer Maschine und daran, daß sie immer sang, wenn sie nähte. Sie war die einzige Frau, die ich außer bei festlichen Anlässen je singen hörte. Ich glaube, Rahaab war die glücklichste Frau in Tabah. Sie war die einzige, die ohne männliche Begleitung nach Ramle fahren durfte. Die Frauen behaupteten, wahrscheinlich voll Neid, daß Rahaab in der Stadt jüngere Männer bezahlte, damit sie mit ihr schliefen.
Die Steinhäuser besaßen als einzige außerhalb liegende Toiletten. Alle anderen Familien benutzten verlassene Häuser als Toiletten und Müllkippen.
Das Gemeinschaftsleben konzentrierte sich um den Dorfplatz mit seinem malerischen Brunnen und einem kleinen Überlaufbach. Die Frauen wuschen die Wäsche der Familie im Bach. Unweit des Brunnens befand sich die Gemeinschaftsbäckerei, deren Backöfen teilweise unterirdisch angelegt waren. Brunnen, Bach und Backöfen waren der Treffpunkt der Frauen, um zu klatschen.
Auf der gegenüberliegenden Seite des Platzes stand unsere Moschee mit ihrem kleinen Minarett. Onkel Faruk war der Priester oder Imam. Er war auch der Dorfbarbier. Ein alter Sippenanführer fungierte als Muezzin und stieg jeden Tag auf die Spitze des Minaretts, um uns zum Gebet zu rufen.
An der dritten Seite des Platzes befanden sich das Café, der Kaufladen und die Karawanserei, die alle meinem Vater und Onkel Faruk gehörten. Die Herberge hatte einen Raum für Männer und einen für Frauen sowie einen, in dem die Kamele angebunden wurden.
Die Karawanserei war immer bereit, Mitglieder des Wahhabitenstammes aufzunehmen. Alle Araber sind außerordentlich gastfreundlich, und sogar der ärmste Haushalt besitzt einen Stoß von Matten, die man für Verwandte, die zu Besuch kommen, auf den Boden legt. Die Karawanserei wurde auch zur Erntezeit, bei Festen und für den Dunghandel verwendet, wenn die Kameltreiber kamen.
Ich glaube, Hadschi Ibrahim hielt die Karawanserei im übrigen aus purer Eitelkeit. Sie diente als geräumiger Versammlungsort für die Sippenoberhäupter aus anderen Dörfern, die nach Tabah kamen, um über Gemeindeangelegenheiten zu reden, oder als Gesellschaftstreffpunkt, wo mein Vater seine sagenhaften Gelage geben konnte.

Während der Brunnen und die Backöfen den Frauen gehörten, gehörte das Café den Männern. Das Radio heulte von Sonnenaufgang bis Sonnenuntergang orientalische Musik, Predigten und Nachrichten aus Jerusalem und Damaskus. Nachts konnten wir so weit entfernte Stationen wie Bagdad und Kairo empfangen.
Neben dem Café befand sich der Dorfladen. Frauen durften hier Einkäufe tätigen. Bevor die Juden nach Palästina kamen, stammte alles im Laden aus dem Ausland; Tabak aus Syrien, Sardinen aus Portugal, Streichhölzer, Rasiermesser und Nähnadeln aus Schweden, Blechwaren aus England. Es gab ein paar Medikamente wie Aspirin und kohlensaures Natron, aber als Moslems glaubten wir nicht allzusehr an ihre Wirkung. Krankheiten wurden durch böse Geister verursacht, und die Heilkräuter und Mixturen wurden von den älteren Frauen des Dorfes hergestellt und aufbewahrt. Die wichtigste Ware im Laden war Petroleum, aber nur wenige Familien konnten es sich leisten. Im Kibbuz Schemesch hatten die Juden eine Konservenfabrik errichtet und füllten viele ihrer Früchte und Gemüse in Büchsen. Mein Vater duldete sie nicht in seinem Laden. Es ging das Gerücht um, daß die Juden uns vergiftete Büchsen verkaufen würden, damit wir alle starben und sie unser Land in Besitz nehmen konnten.
Jeder Dorfbewohner war dem Laden Geld oder eine Ernte schuldig. Mein Vater ließ großzügig zu, daß man bei ihm Schulden machte, nach dem Grundsatz, daß »ein Mann, der dir Geld schuldet, dich nicht Hund schimpfen kann, denn er ist der Hund und muß gehorchen«. Mehr als einmal benutzte mein Vater die Schulden eines Dorfbewohners als Argument, um ihn davon zu überzeugen, daß er zu bestimmten Fragen die gleiche Meinung vertreten solle wie er.
Den Rest des Dorfplatzes nahm ein gemeinsamer Dreschboden ein. Es war ein beliebter Treffpunkt für junge Leute, weil dies einer der wenigen Orte war, an dem Jungen und Mädchen einander ohne Furcht näher kommen konnten. Auf dem Dreschboden, wo Garben abgeladen wurden und Angehörige beiderlei Geschlechts nebeneinander das Getreide mahlten, war es oft nicht zu vermeiden, daß man einander berührte, wenn auch nur schnell und flüchtig. Auf dem Dreschboden war alles zweideutig: die zufällige Berührung, Blicke und Gespräche. Da die Mädchen ihren Körper bis auf die Hände und die obere Gesichtshälfte verhüllen mußten, ließen sie ihre Augen sprechen. Keine Frau der Welt kann mit ihren Augen mehr ausdrükken als eine Araberin.
Tabah war groß genug, um alle zwei Wochen einen eigenen Markttag

abzuhalten. Fahrende Händler, die ihre Waren in großen Tongefäßen beförderten, kamen mit Eselskarren auf den Platz.
Die Krüge und Töpfe waren Kunstwerke. Viele waren wie eine Frau geformt, mal mit vollen Brüsten, mal schwanger, andere aufrecht und mager. Es gab Spiegel, Kämme und Amulette, um die Dschinnen, die bösen Geister, abzuwehren. Es gab Medizinen und Kräutersäfte, die Krankheiten heilten und die Männer potent machten. Es gab Stöße von gebrauchten Kleidern und Schuhen, Pferdegeschirre und verführerische Stoffballen.
Handwerker reparierten Töpfe und schliffen Messer, Scheren und Ackergerät. Es gab Büchsenmacher, die unsere versteckten Waffen reparierten. Jedes Dorf besaß ein geheimes Waffenlager, das in der Moschee oder im »Prophetengrab« aufbewahrt wurde. Wir wußten, daß kein Araber etwas aus diesen heiligen Orten stehlen würde, und wir wußten auch, daß die Engländer in kein Heiligtum eindringen würden, um nach Waffen zu suchen.
Einmal im Jahr kamen die Armenier mit ihren Bildermaschinen. Jedes Haus, ganz gleich, wie arm es war, besaß ein paar Fotos. Für gewöhnlich war es ein Bild des Familienvaters, in voller Pracht, vielleicht an seinem Hochzeitstag, aufgenommen. Bilder von Frauen waren nicht erlaubt. Mein Vater war besonders stolz auf seine umfangreiche Sammlung von Fotos, die ihn in Kampf- oder Reitausrüstung zeigten oder wie er einem hochgestellten Beamten die Hand schüttelte. Es gab auch ein Foto von ihm mit allen seinen Söhnen.
Ein bestimmter Händler kam nur einmal im Jahr. Er hatte Stöße gebrauchter Illustrierten aus vielen fremden Ländern bei sich. Die meisten davon enthielten Bilder von nackten Frauen. Mein Vater versteckte sie in dem großen Kleiderschrank in seinem Schlafzimmer, aber jeder von uns Jungen riskierte einen Blick darauf.
Vom Dorfplatz führte ein Weg hinunter zur Landstraße und zur Bushaltestelle. Onkel Faruk hatte dort einen Stand, den einer seiner Söhne führte. Er bezahlte die Busfahrer, damit sie in Tabah anhielten und er den Reisenden ein alkoholfreies Getränk oder Obst und Gemüse verkaufen konnte. Die Kinder boten Topfscherben an, die das Museum von Schemesch nicht genommen hatte, und sie verkauften den Moslems Gebetsperlen und den Christen Kruzifixe. Sie erzählten den Reisenden, daß die Pfeilspitzen, die sie anboten, von der Schlacht stammten, in der Josua die Sonne hatte stillstehen lassen.
Andere Kinder, die nichts zu verkaufen, aber auch nichts Besseres zu tun hatten, liefen zur Haltestelle hinunter, um zu betteln. Sie umring-

ten die Touristen und zupften an ihren Kleidern, um ihre Aufmerksamkeit zu erregen, bis die Leute sie wie Fliegen verjagen mußten. Wir hatten die übliche Anzahl von blinden, verunstalteten und verstümmelten Dorfbewohnern, die ihr schreckliches Äußeres benutzten, um zu einem Almosen zu kommen. Hadschi Ibrahim erlaubte keinem seiner Söhne und Töchter zu betteln, aber es war unmöglich, die anderen daran zu hindern.

In den Häusern der meisten Leute lagen im Wohn- und Speiseraum Ziegenfelle auf dem Boden, und eine lange Bank aus Schlammziegeln diente der Familie und ihren Besuchern als Sitzgelegenheit.
In der Küche stand ein offener Herd zum Kochen. In den Wohnungen wohlhabender Araber gab es außerdem einen Primuskocher, wie die Juden sie in Palästina erzeugten. Ein steinerner Mörser mit einem Stößel war das wichtigste Küchengerät. Der Rest des Geschirrs bestand aus ein paar Platten, Zinngeräten und Töpfen. Die einzigen schönen Gegenstände, die alle besaßen, waren die Kaffeekanne und die Tassen.
An der Wand standen Tontöpfe mit Salz, Kaffee, Bohnen und anderen Nahrungsmitteln. Außerdem waren große Krüge oder leere Petroleumbehälter vor der Tür aufgereiht, um damit das Wasser vom Brunnen zu holen. Neben der Küche gab es große Tonbehälter für Getreide, Nüsse, getrocknete Früchte und andere unverderbliche Lebensmittel.
Da wir reich waren, gab es in unserer Küche auch einen großen Kessel, in dem der Traubensirup und das Schaffett gekocht wurden, das man den meisten Speisen zusetzte. Die übrigen Räume dienten als Schlafzimmer. Sie waren nichts als große, quadratische Zellen mit dünnen Binsenmatten und Ziegenfellen.
Wenn mehr Kinder zur Welt kamen und die älteren Söhne ihre Bräute nach Hause brachten, wurden neue Schlafzellen angebaut. Auf diese Art wurde jeder innerhalb seiner Sippe im Dorf untergebracht. Ein Familienvater, der neun verheiratete Söhne hatte, beherbergte in seinem immer wieder erweiterten Haus eine Familie von zweiundfünfzig Personen.
Im Haus meines Vaters gab es vieles, was es bei den anderen nicht gab. Die Bänke in seinem Wohnzimmer waren aus Holz statt aus Schlammziegeln, sie waren mit Kissen bedeckt, die mit kunstvollen, in Bethlehem hergestellten Stickereien verziert waren. Wir besaßen auch zwei schöne, weich gepolsterte Sessel, einen für Ibrahim und einen für den Ehrengast. Wir durften nicht auf ihnen sitzen.

Unsere Fenster waren verglast, während die anderen Häuser nur Holzläden besaßen. Mein Vater hatte die einzige Bettstatt mit Füßen, und als er Ramiza heiratete, besaß er die einzigen Betten des Dorfes.
Außerhalb der dicht beisammenstehenden Häuser und des Dorfplatzes befand sich ein Gewirr von kleinen Grundstücken, die durch Erbschaften immer wieder geteilt worden waren. Die Jahreszeit bestimmte, was angebaut wurde. Wintersaaten wie Weizen, Gerste, Pferdebohnen und Linsen dienten hauptsächlich unserem Lebensunterhalt. Griechisches Heu wurde als Viehfutter angebaut. Die Sommersaaten waren zum Verkauf im Suk bestimmt. Wir zogen Wassermelonen, Kichererbsen, Sesam und die verschiedensten Gemüse.
Viele unserer Felder und Obstgärten waren Gemeindebesitz. Tabah besaß einen für Palästina außergewöhnlich fruchtbaren Boden. Unser Stolz waren unsere Obstbäume, die Mandel- und Nußbäume und vor allem unser alter Olivenhain. Als letzte Ernte des Jahres wurden die Trauben gelesen. Sie waren auch Gemeindebesitz, ebenso wie die Weiden für die Ziegen- und Schafherden.
Bis zur Ära der Lastwagen kamen die Kameltreiber des Wahhabitenstammes mehrmals im Jahr, um Ernten abzutransportieren und Kalk für den Verputz der Häuser zu bringen. Die Kameltreiber kauften hauptsächlich unseren überschüssigen Dung. Da die Beduinen die größten Schmuggler der Welt sind, wurde unser Dung für gewöhnlich mit Haschisch bezahlt.
Jedes Feld, jeder auffallende Baum oder Felsen, jede Kreuzung trugen einen eigenen Namen; etwa »der Platz, an dem die alte Frau starb«, »der Ort der verdorbenen Feigen«, »der Froschfelsen«, »der Witwenbaum«, »das Grab des Propheten«, »der Ort der brennenden Schlacht«, »Josuas Erdwall« oder »der Ort des Nähens«, wie Rahaabs Steinhaus hieß.
Mein Vater besaß die einzige Uhr im Dorf, obwohl er kaum die Zeit ablesen konnte und sich auch nie nach ihr richtete. Jeden Tag bei Sonnenuntergang stellte er die Uhr auf zwölf, was keinen Sinn ergab. Man berechnete aber bei uns die Zeit nach dem Sonnenstand.
Mein Vater besaß auch den einzigen Kalender, den er freilich gleichfalls nicht benutzte. Das Datum wurde durch die Phasen des Mondes oder die Jahreszeit bestimmt.
Mein Vater war reich genug, um sich Petroleumlampen zu leisten. Seine Lampe brannte viel heller als diejenigen, die aus einem Napf voll Olivenöl mit einem Docht aus Schafwolle bestanden. Er ließ in seinem Schlafzimmer immer ein kleines Ölfeuer brennen, um die bösen Geister abzuwehren.

Zu jedem Haus gehörte ein Hof, in dem sich der unentbehrliche Esel, eine Kuh, eine Milchziege und vielleicht ein Paar Ochsen befanden. Ein Ochse war meist gemeinsamer Besitz mehrerer Familien der gleichen Sippe, und viele Familienfehden brachen darüber aus, wer ihn benutzen durfte. Die Bauern betrachteten die Haustiere als eine Art Verwandte. Während sie auf die Felder gingen, führten sie oft Gespräche mit ihnen. Die meisten Scheunen hatten eine Öffnung, die ins Haus führte, denn die Tiere gaben Körperwärme ab, was wesentlich dazu beitrug, das Haus warm zu halten. Jenseits der Scheune lag ein kleiner Gemüsegarten, und vielleicht gab es darin auch ein paar Bäume und Hühner. Die Hühner gehörten zum Reich der Frau. Traditionsgemäß durften die Frauen die überzähligen Eier verkaufen und den Erlös für sich behalten. Die kleinen Privatgärten waren von einer Kaktushecke umgeben.

In Tabah sah jeder im anderen seinen Bruder oder seine Schwester, und in den älteren Leuten Tanten und Onkel. Obwohl jeder für jeden verantwortlich sein sollte, denn der Koran fordert Liebe unter den Gläubigen, ist der Kampf innerhalb der Familie, der Sippe und des Stammes das Krebsgeschwür des arabischen Lebens. Es gibt keine Sippe und keinen Stamm ohne Feinde.

Ich wußte, daß es für mich gefährlich und schwierig war, die Schule zu besuchen und nach Höherem zu streben, wie dem Verfassen von Gedichten und Geschichten und dem Erlernen von Fremdsprachen, denn es machte meine Brüder sehr neidisch. Ich war das einzige Kind in Tabah, das solche Ambitionen zeigte. Da wir weder einen organisierten Unterricht noch Unterhaltung kannten, hielten sich die Kinder an die Erwachsenen, jedes Kind richtete sich nach dem Mann oder der Frau, in deren Stellung es später nachrücken würde.

Kamal wich nicht von der Seite meines Vaters, weil er Muchtar und Familien- und Sippenoberhaupt werden wollte, wenn mein Vater starb.

Omar, der die Verkaufsstände im Basar betreute, würde einmal das Café und den Laden übernehmen, und ihn konnte man gewöhnlich bei meinem Onkel Faruk antreffen, wo er an den Tischen bediente und hinter der Theke verkaufte. Jamil, der der größte Bauer des Dorfes werden sollte, wohnte bei einem Vetter, der Vorarbeiter auf unseren Feldern war. Als ich langsam das Vertrauen meines Vaters gewann, wurde die Gefahr von seiten meiner Brüder größer.

Für die Bauern von Tabah waren Land, Dorf, Familie und Religion ein und dasselbe. Das Dorf erwachte zum Morgengebet, zu dem es von dem Muezzin auf seinem Minarett gerufen wurde. Wir frühstück-

ten Pita-Brot, Ziegenkäse, Oliven, Feigen, Thymian und Kaffee, dann gingen alle, außer meinem Vater, an die Arbeit.
Da wir so dicht beieinander lebten, war es unvermeidlich, daß es die ganze Zeit Streit gab. Jede der fünf Sippen hatte einen eigenen Scheich, der zugleich Dorfältester war. Streit innerhalb einer Familie oder einer Sippe konnte für gewöhnlich durch den Scheich im Zaum gehalten werden. Wenn aber zwei Sippen in Streit gerieten, konnte sich daraus eine Blutfehde entwickeln, die unter Umständen über Generationen anhielt.
Hadschi Ibrahim war ein mächtiger Muchtar. Er fällte seine Urteile schnell und endgültig. Die beste Art, jemanden in seine Schranken zu verweisen, war die Verhängung einer öffentlichen Demütigung über einen Mann und seine Familie. Für einen Araber ist Demütigung die ärgste Strafe.
Die Demütigung von Izzats Familie war besonders hart gewesen. Sein Vater Tarek war Mitglied unserer Sukari-Sippe. In der Zeit zwischen den Ernten mußten die meisten Männer außerhalb des Dorfes Arbeit suchen. Viele fuhren nach Gaza zur Orangenernte und wohnten dort in den nahe gelegenen Zelten der Wahhabiten. Andere, die Verwandte in Jaffa hatten, arbeiteten während der Verladesaison im Hafen. Da die Juden jetzt viele Siedlungen besaßen, war es leicht, während der Ernten auf ihren Feldern Arbeit zu finden und dennoch nahe der eigenen Behausung zu bleiben. Aber Hadschi Ibrahim hatte allen in Tabah verboten, für die Juden zu arbeiten. Als Tarek gegen das Verbot verstieß, untersagte ihm mein Vater, das Café zu betreten, sperrte ihm den Kredit, verbot ihm den Besuch der Moschee, die Teilnahme an Festen und entzog ihm seinen Anteil am Einkommen der Gemeinde. Seine Frau wurde am Brunnen und beim Backofen von den anderen Frauen so heftig ausgescholten, daß sie erst dorthin ging, wenn die anderen fort waren. Die Dorfjungen durften nicht mit Tareks drei Söhnen spielen. Aber ich blieb mit Izzat befreundet.
Nach fast drei Jahren dieser Behandlung schnappte Tarek über, ließ seine Familie im Stich und tauchte in Transjordanien unter. Eine solche Trennung von der Familie bedeutet in der arabischen Welt ein trostloses Dasein.
Männer und Frauen waren lebenslänglich an ihre Rollen gefesselt und hatten keine Möglichkeit, sie zu verändern oder ihnen zu entfliehen. Mein Vater erklärte, daß man nur durch blinde Unterwerfung dieses Leben durchstehen konnte, ohne verrückt zu werden. Es wurden viele verrückt.

Man mußte nur ein Haus in Tabah betreten oder das Café oder die Backstube, um zu erkennen, daß niemand Freude an seiner Arbeit hatte. Arbeit wurde als der schlimmste Fluch auf Erden betrachtet. Mein Vater mußte nicht arbeiten und hatte die höchste Stellung in der arabischen Hierarchie erreicht. Durch die tägliche Arbeit hielt man sich am Leben, aber es gab keinen Grund, etwas an seinem Haus oder seinem Feld zu verbessern, denn nur wenigen gehörte der Grund und Boden, an den sie gebunden waren.
Die Frauen verfügten zwar über ein geheimes Eigenleben, sollten aber eigentlich von der Geburt bis zum Tod nie Vergnügen empfinden. Bei gesellschaftlichen Zusammenkünften blieben sie immer von den Männern getrennt. Sie durften keine Reise unternehmen, ohne daß ein männliches Familienmitglied sie begleitete, um auf ihre Ehre zu achten. Einige Männer aus dem Dorf gingen ein- oder zweimal im Jahr in Lydda ins Kino, aber auch das war den Frauen verboten.
Die Männer konnten im Café oder am Jahrestag eines Heiligen oder bei einer Hochzeit oder einem Begräbnis zusammenkommen. Bei diesen Gelegenheiten verschafften sie sich Erleichterung. Die Frauen konnten nur bei ihrer täglichen Arbeit zusammentreffen. Fast jeden Tag gab es am Brunnen oder bei den Backöfen Streit unter den Frauen. Ihre Ausdrücke waren oft gemeiner als die der Männer.

Die Jahreszeiten in unserem Land sind sehr ausgeprägt; naß oder trocken. Im März waren die Regenfälle zu Ende. Das war die Zeit, in der man die Äcker vorbereitete, neue Weinstöcke setzte und Bäume pflanzte. Es war eine schwierige Aufgabe, die Winterfeuchtigkeit loszuwerden. Keines unserer Häuser, auch nicht die aus Stein gemauerten, war warm oder trocken genug. Viele Kinder starben am Husten, während sie noch klein waren. Nach der Regenzeit war alles im Haushalt, Schlafmatten, Kleider, Ziegenfellteppiche und Decken, schimmlig. Man legte die nassen Sachen zum Trocknen auf die Dächer, während die Häuser ausgebessert wurden.
Die Gemüsegärten wurden angepflanzt und die Schafe geschoren. Viele ältere Frauen spannen noch Wolle mit Handspindeln. Die feuchte Wolle wurde aus unseren Schlafdecken entfernt und trockene hineingestopft.
Im Hochsommer ernteten wir. Wenn das Getreide eingebracht wurde, geriet Tabah unter Zeitdruck. Alle machten sich an die Arbeit, außer meinem Vater und einigen Dorfältesten, denn wir befanden

uns in einem Wettlauf gegen den Regen. Wir sortierten fieberhaft das Getreide, trockneten es auf den Dächern, brachten es zum Dreschboden und arbeiteten Tag und Nacht.
Unser Winterbedarf an Getreide, Linsen und Bohnen wurde auf Ziegenfellen sortiert und in großen Tonbehältern neben dem Haus aufbewahrt. Die Pacht wurde mit der halben Ernte bezahlt, und was nach Deckung des persönlichen Bedarfs übrigblieb, wurde in den Suks verkauft. Verderbliche Feldfrüchte wie Auberginen, Tomaten und Feigen wurden in der Sonne getrocknet, damit man sie für den Winter aufbewahren konnte.
Im September erfolgte die letzte Ernte, die gemeinschaftliche Traubenlese. Viele wurden an das Trappistenkloster in Latrun, das einige Kilometer weiter oben an der Straße lag, verkauft. Die Mönche waren zwar verrückt, aber sie kelterten einen hervorragenden Wein. Keiner von ihnen durfte sprechen, außer dem Abt.
Die Männer des Dorfes zerstampften die restlichen Trauben. Für die Frauen galt diese Arbeit als unsittlich, weil sie dabei ihre Beine bis über die Knie hätten zur Schau stellen müssen. Der Traubensaft wurde über offenen Feuerstellen gekocht. Zur gleichen Zeit wurden die Schafe, die sorgfältig mit Maulbeerblättern gemästet worden waren, geschlachtet, und ihr Fleisch wurde gekocht, um das Fett zu gewinnen. Das Tal von Ajialon war von dem Geruch der Holzfeuer, der Trauben und des Schaffetts erfüllt, und an windstillen Tagen hing der Rauch tief über der Ebene.
Die Ärmsten des Dorfes zogen über den Winter mit den Ziegenherden hinauf in den Bab el Wad. Die Frauen und Kinder begleiteten oft die Männer und lebten mit ihnen in Höhlen. Sie bezahlten die Höhlenmiete und die Weidegebühren, indem sie Ziegendung sammelten und in Säcke abfüllten.
Wenn wir alles eingelagert hatten und auf die Regenfälle warteten, benutzten die Frauen die Zeit zum Ausbessern, Nähen und Besticken ihrer Prunkkleider. Die Frauen von Tabah trugen auf der Brust ein einzigartiges geometrisches Stickmuster. Die Männer reparierten das Werkzeug und die Geschirre, doch zumeist saßen sie im Café herum, hörten Radio und erzählten immer wieder Geschichten von großem Kampfesmut oder noch größeren Heldentaten im Bett. Wiederholungen gab es bei den Geschichten, bei der Form unserer Häuser, bei der Musik im Rundfunk: Unser Leben war eine einzige Wiederholung.
In der entspannten Atmosphäre der Regenzeit wurden viele Kinder gezeugt, neue Heiratsverträge abgeschlossen, und die späteren Hoch-

zeiten halfen mit, die Langeweile zu mildern. Das war die Jahreszeit, in der mein Vater seine zweite Frau nahm.
Ich erinnere mich daran, weil zu Beginn der Regenzeit die Armenier kamen, um Fotos zu machen, und die Beschneider kamen und die Vorhäute aller Jungen abschnitten, die in diesem Jahr zur Welt gekommen waren. Die Mütter stellten sich mit den Kindern in den Armen in einer Reihe in der Karawanserei auf. Bald bluteten die Kleinen und schrien vor Schmerz. Väter beglückwünschten sich, während die Mütter den Schmerz mit Schaffett und Liebkosungen linderten.

Ich kann meine Erinnerungen an Tabah nicht abschließen, ohne etwas über den Islam, den Koran, die Sunna und die Dschinnen geschrieben zu haben.
Islam bedeutet »die Unterwerfung unter den Willen Gottes«. Ein Moslem ist »ein Mensch, der sich unterwirft«. Mohammed war ein armer, ungebildeter Kameltreiber aus Medina, der eine reiche Witwe heiratete. Dadurch wurde es ihm möglich, allein seiner Berufung zu leben. Er erhielt seinen Auftrag von Allah selbst, als er einmal vierzig Tage lang auf dem Berg Arafat blieb.
Der Koran, eine Sammlung von Mohammeds Predigten, wurde erst viele Jahre nach seinem Tod von Menschen geschrieben, die ihm zugehört hatten und von Gott erleuchtet waren, um sich an alles zu erinnern, was er gesagt hatte. Da er der letzte Prophet war, waren durch ihn alle anderen Religionen überholt.
Mohammed wurde eines Nachts in Mekka vom Engel Gabriel geweckt, der ihm sagte, er würde für eine Nacht ins Paradies reisen. Um ihn auf die Reise vorzubereiten, schlitzte der Engel Mohammeds Körper auf, nahm sein Herz heraus, wusch es, und als es ihm wieder eingesetzt wurde, war es von Glauben und Weisheit erfüllt. Dann bestieg Mohammed die Stute el-Burak, die das Antlitz einer Frau, den Körper eines Maultiers und den Schwanz eines Pfaus besaß. Dieses erstaunliche Tier konnte mit einem einzigen Schritt so weit laufen, wie der Blick reicht.
Eine Stelle im Koran spricht vom »entferntesten Ort«. Jerusalem wird niemals namentlich erwähnt, aber die Weisen der Vorzeit nahmen an, daß »der entfernteste Ort« Jerusalem sei.
Als Mohammed in Jerusalem anlangte, band er el-Burak an der Westmauer des Herodestempels fest und stieg den Tempelberg hinauf. Dort entdeckte er den großen Felsen, wo Abraham versucht hatte, Isaak zu opfern, und wo sich auch der Altar des hebräischen

Tempels befand. Mohammed sprang von diesem Felsen auf eine Leiter aus Licht, die ihn direkt ins Paradies führte. Der Felsen wollte Mohammed folgen, doch Gabriel, der vor Mohammed nach Jerusalem geflogen war, befahl ihm zu bleiben, wo er war, und der Felsen gehorchte. Später wurde ein großes Heiligtum auf ihm errichtet, der Felsendom. In seiner Nähe wurde die Al-Aksa-Moschee errichtet. Al-Aksa aber bedeutet: »der entfernteste Ort«.

El-Burak erwartete Mohammed, als er in den Himmel kam. Sobald Mohammed wieder aufgestiegen war, ritt er durch die sieben Himmel des Paradieses. Er begegnete den Patriarchen und den Propheten der Bibel und sah alle Engel beim Gebet. Er berichtete später, daß Moses ein Mann mit einem rötlichen Gesicht sei und daß Jesus mittelgroß sei und viele Sommersprossen habe – genau wie Salomon.

Er nahm schnell das gesamte Wissen und die Weisheit der Heiligen, Engel und Propheten auf, und er war der einzige Mensch, der Allah je ohne Maske sah. Mohammed und Allah sprachen lange miteinander, um die verschiedenen Glaubenssätze des Islam festzulegen. Allah wollte, daß die Menschen fünfunddreißigmal am Tag zu ihm beteten, doch Mohammed überredete ihn dazu, sie nur fünfmal am Tag beten zu lassen, was praktischer war. Nach dem Besuch im Paradies kehrte Mohammed noch in der gleichen Nacht nach Mekka zurück.

Der Koran enthält auch Berichte über Bestrafungen und Belohnungen. Er belehrt uns über außerehelichen Geschlechtsverkehr, Ehebruch, Ungehorsam, Almosen, Mord, Korruption, Beleidigungen, Schuldner, die Hölle, Scheidung, das Zuschieben von Schuld, Mitgift, Verfolgung, Fasten, den Tag der Verbrennung, Kämpfe, Verleumdung, Habsucht, Glücksspiele, Kindesmord und -begräbnis, Heidentum, Erbschaftsgesetze, Menstruation, Elternpflichten, Stillen, ehelichen Geschlechtsverkehr, Eid, Zwietracht, Waisen, Essen in einem fremden Haus, Gebetszeiten und -erfordernisse, den bösen Blick, Besitz von Pferden, Jungtiere, den Ort des Jüngsten Gerichts, Verbot von Wein und Alkohol, Abtrünnige, Vergeltung, Teufel, Reue, Verleumder, Behandlung von Sklaven, Witwentestamente, Diebstahl, Verdächtigung, Wucher, Verschlagenheit, Missetaten, Omen, Diät- und Speisevorschriften, Gebete des Bösen, Regelung der sexuellen Enthaltsamkeit, skrupellose Geschäftspraktiken, Eitelkeit, Wiedererweckung der Toten, sexuelle Schmach, Eunuchen, Mutterschaft, das Halten von Konkubinen, Blutgerinnsel, Feinde, böse Geister, Unterwerfung der Griechen, Verschleiern des weiblichen Antlitzes, Vieh, Betrug, Knausrigkeit, Götzendienst, Allahs Macht über den Tod,

Heuchler, Bruch mit Blutsverwandten, Versuchung, Geiz, rituelle Waschung, Rasieren des Kopfes und andere Regeln für Pilger, Schicksal von Sündern, die Ungläubigen, Verschwörung, Behandlung von Feinden und weiblichen Flüchtlingen, Lüsternheit, trächtige Kamele, Verkalben, Regen, Perversität, Intrigen und Gegenintrigen, Welteinheit und Gnade.

Das sind nur einige von einer ungeheuren Zahl von Begriffen, über die uns der Koran belehrt. Jedes Haus besaß einen Koran, aber fast niemand konnte ihn lesen. Die meisten Menschen kannten die vorgeschriebenen täglichen Gebete sowie einzelne Textstellen aus dem Buch. Der Rest mußte uns von Männern wie meinem Onkel Faruk beigebracht werden, denn wir haben keine offizielle Geistlichkeit. Onkel Faruk wirkte nicht allzu beschlagen, doch seine Predigten wurden von uns akzeptiert.

Es gibt fünf Säulen des Islam. Die erste Säule ist die vollkommene Unterwerfung des Moslems unter Allahs Willen. Er muß vollkommen aufrichtig und gläubig sagen: »Es gibt keinen anderen Gott als Allah, und Mohammed ist Sein Prophet.«

Er muß fünfmal am Tag beten, rituelle Waschungen vornehmen, niederknien, sich in Richtung Mekka verneigen und zu Boden werfen. Während des Gebetes werden viele Male die Worte »Allah Akbar«, »Gott ist groß«, wiederholt.

Der Moslem muß eine Reinigungsabgabe in Form von Almosen leisten. Er muß während des Ramadans, des neunten Monats im islamischen Kalender und unserer heiligsten Zeit, fasten, denn im Ramadan wurde der Koran vom Himmel herabgesandt, um unser Leben zu regeln. Während des Ramadans sind die Pforten des Himmels geöffnet, und der Engel Gabriel bittet für jeden um Gnade. Vor allem die alten Leute beten eifrig um Vergebung ihrer Sünden, denn sie werden die ersten sein, die versuchen, ins Paradies zu gelangen. Obwohl es noch nie jemand gesehen hat, weiß jeder, daß im Ramadan sogar die Bäume sich in Richtung Mekka verneigen.

Den ganzen Monat über müssen wir während der Tagesstunden fasten. Wir unterscheiden den Tag von der Nacht durch einen Faden. Wenn man einen weißen Faden sehen kann, ist es Nacht. Wenn man einen schwarzen Faden sehen kann, ist es Tag.

Im Ramadan werden neue Kleider gekauft, alle lassen sich von Onkel Faruk die Haare schneiden, und alle nehmen ein Bad. Ein Großteil der Fastenstunden werden betend in der Moschee verbracht. In Tabah lassen wir die Frauen in die Moschee, aber nur hinten, außerhalb

der Sichtweite der Männer. Während der Fastenstunden ist vollkommene Enthaltsamkeit von Speise, Trank, Rauchen und, was am härtesten ist, vom Geschlechtsverkehr vorgeschrieben. Schwangere Frauen, Ammen, die Alten und Kranken, Reisende und kleine Kinder sind durch Allahs Gnade vom Fasten befreit.
In den späten Stunden des Tages können die Menschen anfangen, verrückt zu werden. Maschnun, der Teufel, der verrückt macht, hat während des Ramadans besondere Macht. Männer, die durch Hunger, Durst und Sonne geschwächt sind, geraten beim geringsten Anlaß in Kampfeslust. Mein Vater hat während des Ramadans sehr viel zu tun, um Zucht und Ordnung aufrechtzuerhalten. Es ist verboten, heimlich zu essen. Wenn jemand dabei ertappt wird, werden er und seine Familie bis zum nächsten Ramadan geächtet.
Das Abendessen kann stundenlang dauern. Sie stopfen sich voll, bis die Bäuche beinahe platzen und sie zu erbrechen beginnen. Bevor die Sonne aufgeht, wird eine zweite Mahlzeit gegessen, aber die Leute sind vom Abendessen noch so voll, daß die Morgenmahlzeit zu einer Qual wird. Alle sind froh, wenn der Ramadan vorbei ist.

Von besonderer Bedeutung für die Moslems ist die Sunna. Obwohl die Sunna nicht formell niedergeschrieben wurde, läßt sie sich nicht vom Koran trennen. Sie ist eine Auslegung der Werte des Korans aufgrund von Erfahrung und Tradition. Jene, die an die Sunna glauben, nennt man Sunniten. In Tabah sind alle Sunniten. Der Großteil der islamischen Gläubigen besteht aus Sunniten.
Die wichtigste Moslemgruppe neben den Sunniten sind die Schiiten. Bald nach der Entstehung des Islam im siebten Jahrhundert verschob sich das Zentrum seines Einflusses aus der arabischen Wüste in die Städte. Zuerst wurde Damaskus das geistige Zentrum des Islam, dann Bagdad, dann Kairo, und viel später Istanbul. Die Kalifen und anderen Führer der islamischen Welt kamen nicht aus Mekka oder Medina, sondern aus dem jeweils mächtigsten islamischen Land.
Die Schiiten glaubten, daß der Kalif und Führer des Islam immer ein Nachkomme Mohammeds sein müsse. Sie geißelten sich, um ihre Ergebenheit zu beweisen, strebten das Märtyrertum an und vollführten noch andere Verrücktheiten. Die Schiiten haßten oft die Sunniten noch mehr als die Ungläubigen. Sie zettelten immer wieder Aufstände an. In Palästina gab es, Allah sei Lob und Dank, nicht viele Schiiten, aber im Iran waren sie zahlreich, wir haßten sie, mißtrauten ihnen und fürchteten sie.

Einmal nahm ich all meinen Mut zusammen und fragte Mr. Salmi, ob die Schiiten und Alauiten, Drusen und Kurden echte Moslems sind, und er murmelte nur: »Gerade noch.«
Die fünfte und letzte Säule des Islam besagt, daß jeder Moslem die Pflicht hat, einmal im Leben nach Mekka zu pilgern. Dort ist der *Schwarze Stein* in einem Heiligtum, der Kaaba, eingelassen. Das ist der heiligste Ort der Welt. Es heißt, daß unser Vater Abraham, von dem wir alle wissen, daß er Moslem war und nicht Jude, seinem Sohn Ismael den Auftrag erteilte, die arabische Rasse zu gründen. Ich bin nach Ismael benannt, so wie mein Vater, Hadschi Ibrahim, nach Abraham benannt ist.
Die Kaaba war einmal ein heidnisches Heiligtum gewesen, doch Mohammed änderte das, nachdem er von Allah seine Botschaft erhalten hatte und auf die Juden zornig wurde. Im Anfang wandten sich alle Moslems Jerusalem zu, wenn sie beteten. Als Mohammed die Kaaba zum Mittelpunkt des Islam machte, befahl er allen, sich beim Beten Mekka zuzuwenden. Die Juden hatten ihn nicht anerkannt.
Zum Schluß will ich noch von den Dschinnen erzählen, die für den Islam sehr wichtig sind. Es sind böse Geister, die imstande sind, sich in ein Tier oder einen Menschen zu verwandeln, und die übernatürlichen Einfluß besitzen. Im Koran steht, daß »wir den Menschen aus Töpferton und aus zermahlenem Schlamm geschaffen haben; den Dschinn schufen wir aus Feuer, aus glühender Hitze«. Die Sunna hat uns gelehrt, den Dschinn zu fürchten, denn wenn dieser Geist einmal von einem Menschen Besitz ergreift, kann er alle Krankheiten in ihm auslösen. Ist ein Mensch einmal vom Dschinn besessen, kann ihn nur Allahs Wille wieder heilen. Allen Moslems ist klar, daß sie keinen Einfluß auf ihr Leben und ihr Schicksal besitzen. Krankheit, Tod, Dürre, Seuchen, Erdbeben, alle Katastrophen müssen fatalistisch als Allahs Wille hingenommen werden. Nur indem wir gläubig sind, Mohammeds Wort und Allahs Willen akzeptieren, können wir ins Paradies kommen. Das Leben auf dieser Erde soll nicht unserm Genuß dienen, sondern wir müssen uns würdig erweisen, um für immer im Himmel mit Mohammed vereint zu werden.
Ich bin ein frommer Moslem, doch manchmal habe ich Schwierigkeiten, den Koran zu verstehen. Wenn Allah barmherzig und mitleidsvoll ist, warum verlangt er dann so entsetzliche Strafen, und warum müssen sich die Moslems zu einem heiligen Krieg verpflichten, um die Ungläubigen zu vernichten? Warum kann der Islam die Welt nicht mit den übrigen Menschen teilen?

XIX

Hagar jammerte oft darüber, daß sie den Tag fürchte, an dem ihre Söhne heiraten und ihre Frauen in unser Haus bringen würden, denn sie wollte die Küche mit niemandem teilen. Hadschi Ibrahim änderte das, als er Ramiza zu seiner zweiten Frau machte.

Anfänglich war unser Verhältnis zu Ramiza sehr kühl, besonders nachdem mein Vater meine Mutter zu den Verkaufsständen auf dem Marktplatz verbannt hatte. Der einzige wirklich glückliche Mensch in unserem Haus war Hadschi Ibrahim, aber er kümmerte sich nicht um unsere Gefühle. Die Demütigung meiner Mutter hatte sie schwer getroffen und ließ uns unserem Vater gegenüber sehr vorsichtig sein.

Langsam änderte sich unsere Haltung Ramiza gegenüber. Sie sah neben meiner Mutter so schön aus, daß es uns anfangs leichtfiel, sie zu hassen. Zuerst dachten wir, sie sei hochmütig, weil sie so still war. Nach und nach wurde uns klar, daß sie sehr schüchtern und nicht allzu klug war. Hadschi Ibrahim fragte sich dann und wann laut, ob ihn der alte Scheich Walid Azziz hereingelegt habe, indem er ihm Ramiza verkaufte. Vermutlich hatte Ramiza nie mit ihrem Vater ein Gespräch geführt. Der alte Scheich hatte also keine Gelegenheit gehabt herauszufinden, ob Ramiza gescheit oder dumm war. Er hatte so viele Töchter, daß er kaum all ihre Namen im Gedächtnis behielt, und die einzigen Kriterien, nach denen sie beurteilt wurden, waren ihr Aussehen, ihr Gehorsam, ihre nachweisliche Jungfernschaft und der Brautpreis, den sie erzielen würden.

Ramiza hatte ihr Leben lang als Nomadin gelebt. Da es so viele Frauen gab, die die Befehle des Scheichs ausführten, konnte ein faules Mädchen sich leicht vielen Pflichten entziehen. Es wurde bald offenbar, daß man Ramiza nicht genügend ausgebildet hatte. Sie versagte jämmerlich, als sie versuchte, meine Mutter in der Küche zu ersetzen. Bei uns gab es viel mehr Speisen und Gewürze als bei den Beduinen, und sie verdarb die meisten Mahlzeiten, die sie zubereitete. Nada war die erste, der sie leid tat. Obwohl Nada erst zwölf war, hatte meine Mutter sie gut angelernt, und sie rettete Ramiza vor vielen Schwierigkeiten mit Hadschi Ibrahim.

Nach einigen Monaten wurde Ramiza schwanger, und die anfänglich heftige Leidenschaft meines Vaters ließ bald nach. Er schrie sie häufig an und gab mitunter seinem Ärger nach, indem er sie schlug. Nada und ich fanden sie oft leise weinend in einer Ecke der Küche, wo sie verwirrt vor sich hin murmelte.

Erst als Ramizas Zimmer im Frühjahr fertiggestellt und ein zweites Bett aufgestellt worden war, erlaubte Hadschi Ibrahim meiner Mutter, die Matte auf dem Boden zu verlassen und in ihr Schlafzimmer zurückzukehren.
Weder Ramiza noch meine Mutter verschafften ihm bald mehr sexuelle Befriedigung, und das ärgerte ihn. Dennoch schickte er Omar wieder zu den Verkaufsständen, so daß Hagar in die Küche zurückkehren konnte, und erteilte ihr ausdrücklich den Befehl, Ramiza beizubringen, wie sie kochen und ihren Haushaltspflichten ordentlich nachkommen solle.
Als Hagar in ihre Küche zurückkehrte, sprach sie kaum mit Ramiza und bezeichnete sie als »diese schmutzige, kleine Beduinenwarze«. Man begann Ramizas Schwangerschaft zu sehen, am Morgen wurde ihr übel, und sie wimmerte unaufhörlich. Langsam begann Hagar menschlicher mit ihr umzugehen. Ich glaube, daß ihre Freundschaft in dem Augenblick wirklich begann, als ihnen beiden klar wurde, daß es weder ein großes Vergnügen noch eine Ehre war, mit Hadschi Ibrahim zu schlafen, und kleine abfällige Bemerkungen über seine primitiven Liebespraktiken in ihr Gespräch einflossen. Dann begannen die beiden Frauen Geheimnisse auszutauschen, wie eine Mutter mit ihrer Tochter. Ich glaube, daß Ramiza Hagar lieber mochte als Hadschi Ibrahim. Sie klammerte sich an den Rockzipfel meiner Mutter, um ja keine Fehler zu machen, und immer wieder nahm Hagar die Schuld auf sich, wenn Ramiza etwas falsch gemacht hatte.
Eines Tages leistete Hagar Hebammendienste. Ich war nicht zur Schule gegangen, weil ich Fieber hatte, und hatte mich an meinem Lieblingsplatz in der Küche versteckt, wo mich niemand sehen konnte, ich aber noch genügend Licht hatte, um zu lesen. Ramiza war im siebenten Monat schwanger und ging mißgelaunt schnaufend herum. Schließlich setzte sie sich brummend auf den Melkschemel und rührte lustlos in dem Käsefaß, in dem man Käse aus Ziegenmilch macht.
Nada kratzte sich unbewußt zwischen den Beinen, eine Unart, die ihr, wenn Hagar dagewesen wäre, einen heftigen Schlag und einen Verweis eingetragen hätte.
»Spürst du dort etwas?« fragte Ramiza.
»Wo?«
»An deiner heiligen Stelle, an der du dich gerade gekratzt hast.«
Nada ließ rasch die Hände sinken, und ihre Wangen wurden puterrot.
»Keine Angst«, tröstete sie Ramiza, »ich werde dich nicht verraten.«

Nada lächelte dankbar.
»Ist es ein gutes Gefühl?« fragte Ramiza wieder.
»Ich weiß nicht. Ich glaube, es ist angenehm. Ja, wirklich. Ich weiß, daß es verboten ist. Ich muß vorsichtiger sein.«
»Du kannst dich von mir aus ruhig weiter streicheln, wenn es dir Spaß macht«, meinte Ramiza. »Ich nehme an, du mußt noch einen haben.«
»Was soll ich noch haben?« Nada riß vor Angst die Augen auf. »Wenn du das Jungfernhäutchen meinst, das habe ich noch.«
»Nein«, sagte Ramiza. »Den kleinen Knopf, der darunter versteckt ist. Hast du ihn noch?«
»Ja, ich habe ihn noch«, sagte Nada stockend. »Ich habe den Knopf gespürt.«
»Dann mußt du dich mit ihm vergnügen, solange sie ihn dir lassen.«
»Was meinst du? Werde ich ihn nicht immer haben?«
»Ach, es tut mir leid. Ich hätte es dir nicht verraten sollen.«
»Bitte, du mußt mir alles sagen . . . bitte . . . bitte . . .«
Ramiza hörte auf zu rühren und biß sich auf die Lippe, aber als sie Nadas flehenden Blick sah, wußte sie, daß sie es ihr sagen mußte. »Es muß ein Geheimnis bleiben. Wenn deine Eltern erfahren, daß ich es dir erzählt habe, würde ich Prügel bekommen.«
»Ich verspreche zu schweigen. Möge mich sonst der Prophet am Tag des Feuers verbrennen.«
»Es ist der Lustknopf. Mädchen dürfen ihn nicht behalten.«
»Aber warum nicht?«
»Weil er dich, solange du ihn noch hast, dazu bringt, die Jungen anzuschauen. Du könntest sogar eines Tages einem erlauben, ihn zu berühren, und wenn es dir Lust bereitet, würdest du dich vielleicht nicht beherrschen. Du könntest ihm sogar erlauben, dein Jungfernhäutchen zu zerreißen.«
»O nein! Das würde ich nie tun!«
»Der Knopf ist böse«, fuhr Ramiza fort. »Er bringt Mädchen dazu, gegen ihren Willen zu handeln.«
»Oh . . .« flüsterte Nada. »Hast du denn deinen nicht mehr?«
»Nein. Er wurde mir weggenommen. Ich habe nichts Unrechtes getan, aber er wurde entfernt, um mich nicht in Versuchung zu führen. Sie werden ihn dir auch wegnehmen. Wenn er erst weg ist, werden dir die Jungen gleichgültig sein, du wirst bestimmt noch Jungfrau sein, wenn du heiratest, und kannst deine Familie nie entehren.«
Nadas brennende Neugierde wich der Furcht. Sie hatte sich immer gern

an den Jungen gerieben. Sie freute sich jedesmal, wenn sie auf dem Dreschboden arbeiten konnte oder wenn sie Wasser für die Männer auf die Felder tragen durfte. Hagar hatte sie während der Dreschzeit wiederholt davor gewarnt, einen Jungen anzurühren. Es war ihr nicht klar gewesen, daß es etwas mit ihrem Lustknopf zu tun hatte. »Was ist mit dir geschehen?« entschloß sie sich endlich zu fragen.

Ramiza tätschelte ihren dicken Bauch und redete dem Baby gut zu, es solle ruhig sein. Sie fühlte sich recht unbehaglich, und die Arbeit fiel ihr schwer, aber sie wollte nicht, daß Hadschi Ibrahim sie anschrie.

»Sie kommen nachts«, sagte Ramiza. »Du weißt nie im voraus, wann sie kommen werden.«

»Wer kommt?«

»Die Dajia, die Hebamme. Sie nimmt den Knopf weg.«

»Aber meine Mutter ist eine Dajia.«

Ramiza stieß ein leises, ironisches Lachen aus. »Dann werden sie eine andere Dajia holen. Sie wird mit deinen Tanten kommen. Sie kommen immer dann, wenn du schläfst. Sie mischen dir etwas ins Essen, damit du schläfst und nicht aufpassen kannst. Es werden sechs oder acht sein. Sie packen dich an den Armen und Beinen, so daß du dich nicht rühren kannst. Eine von ihnen wird dir die Augen mit einem schwarzen Tuch verbinden, und eine andere wird dir etwas in den Mund stopfen, damit du nicht schreien kannst. Sie werden dich in ein Zelt tragen, in dem sie alles vorbereitet haben. Deine Tanten werden dich auf dem Boden festhalten, damit du dich nicht bewegen kannst, dann werden sie deine Beine so weit auseinanderbiegen, wie sie können. Mir gelang es im letzten Moment, meine Hände loszureißen, ich schrie nach meiner Mutter und riß mir die Binde von den Augen. Als ich aufblickte, merkte ich, daß es meine Mutter war, die meinen Kopf festhielt. Die Dajia hat ein sehr scharfes Messer, und während die anderen deine Beine gespreizt halten, sucht sie mit den Fingern den Knopf, und wenn sie ihn findet, dann schneidet sie ihn ab!«

Nada schrie auf. Ich wollte zu ihr laufen, wußte aber, daß es mir nur Verdruß bringen würde, also krümmte ich mich zu einer Kugel zusammen, um nicht entdeckt zu werden.

»Ich habe dich sehr aufgeregt. Das wollte ich nicht. Sie ließen mich schwören, daß ich es keinem der Mädchen erzählen würde, sonst würden sie mir die Zunge herausschneiden. Aber das war, als ich noch in der Wüste lebte. Ich hielt es für richtig, dir davon zu erzählen.«

Ramiza erhob sich stöhnend von dem Schemel, watschelte zu Nada und tätschelte ihren Kopf. »Arme Nada.«

Nadas große, braune Augen blickten Ramiza gequält an. »Tut es sehr weh?«
Ramiza schüttelte den Kopf und seufzte. »Es blutete viel ärger als bei der stärksten Menstruation. Ich hatte lange Zeit Schmerzen beim Urinieren. Ich war sehr krank. Schließlich durfte ich einen englischen Doktor in Beersheba aufsuchen. Mein Vater wollte mich am Leben erhalten, um nicht meine Morgengabe zu verlieren.«
»Hat ... hat es dazu geführt, daß du nicht mehr an Jungen denkst?«
»Ja, und ich gehorchte ihnen von da an in allem, was sie mir befahlen.«
»Macht es dir Spaß mit meinem Vater?«
Ramiza ging zum Schemel zurück und rührte weiter im Käsefaß. »Zuerst machte es mir Spaß, das Geheimnis zu entdecken, aber eine Frau soll keinen Spaß daran haben. Sie kann so tun, als ob es ihr Spaß macht, denn dann fühlt sich der Mann sehr geschmeichelt. Nach den ersten Malen ist es kein Spaß mehr. Es spielt wirklich keine Rolle, ob Hagar mit Hadschi Ibrahim schläft oder ich. Ich wünschte sogar, sie würde öfter mit ihm schlafen.«
Nada und ich waren die jüngsten Kinder, und ich durfte in einer kleinen Kammer neben ihr schlafen, weil meine drei Brüder schon zu eng zusammengepfercht waren. Ich merkte, wie schlecht sie von diesem Tag an schlief. Das geringste Geräusch in der Nacht ließ sie zitternd in die Höhe fahren. Tagsüber döste sie während der Arbeit ein, und unter ihren Augen bildeten sich tiefe dunkle Ringe. Wenn sie nachts schlief, wälzte sie sich herum, und oft schrie sie laut auf.
Sie aß nur noch aus der gemeinsamen Schüssel, und erst nachdem Hagar oder Ramiza gegessen hatten. Sie wurde schwach und so ängstlich, daß ich ihr schließlich erzählte, ich hätte das Gespräch mit angehört. Ich bat sie, mit Hagar darüber zu sprechen. Schließlich war es offensichtlich, daß Nada vor Erschöpfung und Angst ernstlich krank werden würde. Eines Tages drohte ich ihr, es Hagar selbst zu beichten. Um mir Prügel zu ersparen, ging sie endlich zu Hagar. Ich wartete in der Scheune auf sie.
Nach einiger Zeit kam sie zu mir hinaus, ihr Gesicht war naß von Tränen und Schweiß, und sie zitterte.
»Was hat Mutter gesagt?« fragte ich sie besorgt.
»Ich muß meinen nicht wegschneiden lassen«, schluchzte sie. »Sie tun es hier nur bei Mädchen, die die Familie entehrt haben. Ich versprach, daß ich nichts tun würde, was der Familie Schande bringt.

Ich versprach, daß ich vor meiner Hochzeitsnacht nie einen Jungen anschauen oder mich von ihm berühren lassen würde.«
Ich begann ebenfalls zu weinen. Wir hielten einander umschlungen und schluchzten, bis sie merkte, daß wir uns umarmten, mich wegstieß und mich entsetzt anblickte. »Es ist schon in Ordnung, Nada«, rief ich. »Ich bin doch dein Bruder. Ich werde dir nichts tun.«

XX

Es dauerte einige Zeit, bis Ramiza von der Familie anerkannt wurde, aber es dauerte viel länger, bis sie von den anderen Frauen in die Gemeinschaft des Dorfes aufgenommen wurde. Bis zum Ende ihrer Bewährungszeit wurde sie beschuldigt, einen Dschinn zu beherbergen. Für jedes Mißgeschick im Dorf wurde sie verantwortlich gemacht, weil sie den bösen Geist nach Tabah eingeschleppt habe. Sie mußte mit sehr viel fertigwerden. Da sie nur die zweite Frau war, hielten die anderen im allgemeinen zu Hagar. Ramiza hatte auch noch das Pech, sehr jung und außerordentlich schön zu sein.
Bei den Backöfen wurde von müden, gelangweilten und enttäuschten Frauen Familienklatsch ausgetauscht. Manche Frauen flüchteten vor Auseinandersetzungen mit ihren Ehemännern zu den Öfen. Während es an diesem Ort ungestörter weiblicher Geselligkeit Gelegenheit zur Entspannung gab, explodierten die Frauen oft in den endlosen Perioden von Eintönigkeit und Arbeit, und es kam zu heftigen Streitereien, bei denen Obszönitäten herumflogen und Spucken, Schläge und Fußtritte an der Tagesordnung waren.
Ramiza war ein ideales Ziel für Verleumdungen. Die Eifersucht der Frauen ihr gegenüber vergrößerte die Leiden des Mädchens. Als Ramizas Entbindung näherrückte, wurde sie widerwillig anerkannt. Eine Niederkunft war eine der seltenen Gelegenheiten, bei denen Frauen zusammenkommen und feiern durften, ohne die Männer bedienen zu müssen. Als Ramizas Stunde nahte, verließ meine Mutter wieder einmal Tabah zu einem längeren Besuch bei ihrer Familie.
Es sprach sich rasch herum, daß bei Ramiza die ersten Wehen einsetzten, und unser Haus wurde der Mittelpunkt eines großen Ereignisses. Alle Frauen des Dorfes versammelten sich, außer denen, die ihre Tage hatten, denn ihr Blut war unrein, und sie durften unsere

Schwelle nicht überschreiten. Während ihrer Regel durfte eine Frau auch nicht die Moschee betreten, den Friedhof besuchen oder im Ramadan fasten.
Ramiza wurde zur Entbindung ins Wohnzimmer gebracht. Sie schien selbst noch ein Kind zu sein. Die Dajia setzte sie auf den Fußboden auf einen Ziegenfellteppich. Eine Tante setzte sich hinter sie auf einen Schemel, hielt ihren Kopf und nahm ihren Oberkörper zwischen die Beine. Sie wurde von Kusinen betreut. Im Raum herrschte ein furchtbares Durcheinander. Frauen und kleine Kinder liefen ziellos hin und her. Ich war noch jung genug, um alles aus vorsichtiger Entfernung von der Küchentür aus beobachten zu können.
Ramizas Unterkörper war in eine Decke gehüllt, obwohl sie noch immer knöchellange Pumphosen trug. Die Dajia untersuchte sie mehrmals unter der Decke und tastete sie ab, nachdem sie ihre Hand mit Schaffett eingeschmiert hatte.
Bei jeder neuen, starken Wehe schrien die Frauen Ramiza zu, sie solle »einatmen und pressen«. Sobald eine Wehe nachließ, schwatzten sie über die Probleme, an die sie sich von der Geburt ihrer eigenen Kinder erinnerten. Als die Wehen stärker und öfter kamen, begann Ramiza, nach ihrer Mutter zu schreien. Ich konnte nicht verstehen, warum sie ihre Mutter bei sich haben wollte, nachdem die mitgeholfen hatte, ihren Lustknopf wegzuschneiden. Nada setzte sich neben Ramiza, hielt ihre Hand und wusch ihr schweißbedecktes Gesicht. Nach mehreren Stunden und vielen Untersuchungen nahm die Dajia die Decke weg und zog Ramiza die Pumphose aus. Im Raum wurde es still, während die Spannung zunahm. Da: ein Stoß, eine verschwommene Bewegung, ein Schrei, und das Kind war da! Ich hatte einen Halbbruder! Die Dajia wischte Blut und Schmutz weg und schnitt die Nabelschnur durch. Während das Baby noch nackt war und schrie, wurde es von einer Frau zur anderen weitergereicht, damit alle es bewundern konnten.
Ich lief zum Café, um es meinem Vater zu berichten. Er sonnte sich in seinem Glanz. Ramizas Baby war kurz vor dem alljährlichen Besuch des Beschneiders zur Welt gekommen. Die Vorhaut des Babys und die erste schmutzige Windel wurden an dem Querbalken über der Eingangstür befestigt, so wie auch meine und die meiner Brüder dort befestigt worden und hängen geblieben waren.
Ramizas Bauch wurde straff eingewickelt, und sie erhielt die traditionellen vierzig Tage Schonfrist, in denen sie keinen Geschlechtsverkehr haben durfte. Hagar wurde sofort zurückbeordert, um meinen

Vater zu trösten und für ihn zu kochen, während Ramiza mit ihrem Sohn in ihrem Zimmer bleiben durfte.
Man hatte nicht den Eindruck, daß sie ein Kind geboren hatte. Es war eher, als habe sie ein Spielzeug bekommen, etwas, das ihr gehörte. Sie hatte noch nie etwas besessen, das wirklich ihr gehörte. Hagar wurde ungeduldig, denn es stellte sich bald heraus, daß Ramiza kaum imstande war, für ein Kind zu sorgen. Aber meine Mutter durfte sich nicht einmischen.
Als Ramiza aufstehen und herumgehen konnte, ergaben sich Schwierigkeiten. Ihre Milch bekam dem Kind nicht, es mußte also eine Amme geholt werden. Das Baby schrie unaufhörlich, und Ramizas Verwirrung wandelte sich in Panik, gefolgt von ständigem Weinen. Hagar durfte die Dinge noch immer nicht in die Hand nehmen.
Als die vierzig Tage der Enthaltsamkeit vorbei waren, verschlimmerte sich die Situation. Mein Vater verlangte wieder leidenschaftlich nach Ramiza, doch sie hatte noch Schmerzen und war nicht fähig, Geschlechtsverkehr zu haben. Eines Nachts zwang sie mein Vater dazu, und hinterher blutete sie heftig. Ramiza und das Kind wurden weitgehend in Ruhe gelassen und blieben den ganzen Tag in ihrem Zimmer. Nada brachte ihr die Mahlzeiten, aber mein Vater war so wütend, daß er darauf bestand, niemand dürfe sich um sie kümmern.
Er erklärte jetzt laut, daß es besser gewesen wäre, wenn er sie nie geheiratet hätte. Wir alle wußten, daß er nur deshalb die Ehe nicht auflöste, weil er Angst davor hatte, Scheich Azziz zu beleidigen. Das Kind war drei Monate alt, als die Regenzeit einsetzte. Es goß draußen, und es war schon die dritte Nacht, in der niemand im Haus Schlaf finden konnte, weil das Baby brüllte. Hadschi Ibrahim verbrachte immer mehr Nächte fern von Tabah. Die Frauen sagten, daß er Prostituierte aufsuche.
In dieser Nacht aber war er zu Hause und wütend. Er schrie Hagar an, sie solle in Ramizas Schlafzimmer gehen und dort die Ordnung wiederherstellen. Weder Nada noch ich konnten schlafen und folgten Hagar in Ramizas Zimmer.
Die Szene war erschreckend. Ramiza lehnte am Kopfende des Bettes, ihr Haar war ungekämmt, ihre Augen waren verdreht wie die einer Verrückten, sie biß sich in die Finger und knurrte wie ein verwundetes Tier. Das Kind schrie, hustete und würgte. Hagar rannte zur Wiege und schlug die Decke zurück. Das Bett war vollkommen verschmutzt. Das Kind war seit Tagen nicht gesäubert worden. Im Boden der Wiege befand sich ein Loch, durch das die Exkremente in

einen Topf tropfen sollten, der dann draußen entleert wurde. Er war unbenutzt. Das Kind war mit seinem eigenen Kot beschmiert und hatte davon gegessen. Hagar reinigte alles fieberhaft und versuchte, das Kind zum Erbrechen zu bringen. Obwohl sie für die Sippe Kräuter und heilende Säfte bereitete, besaß sie kein Mittel, um Ramizas Baby zu helfen. Auch sie wurde hysterisch, als sie Hadschi Ibrahim berichtete, daß das Kind schwer krank sei, hohes Fieber habe und offensichtlich unter schrecklichen Magenkrämpfen litte.
Hadschi Ibrahim verfluchte Ramiza wütend, weil durch sie ein Dschinn ins Haus gekommen sei. Auch Nada schnappte über, während sich meine Brüder aus dem Haus schlichen. Die älteste Dajia wurde herbeigeholt, um den bösen Geist auszutreiben, aber sie war gleichfalls hilflos.
Als Hagar und die Dajia meinen Vater gemeinsam anflehten, gab er nach und befahl mir, den Esel zu nehmen und zur englischen Polizeistation in Latrun zu reiten. Dort sollte ich einen Soldaten veranlassen, telefonisch aus Ramle einen arabischen Arzt zu rufen. Ich flehte meinen Vater an, mir sein Pferd zu überlassen, da es viel schneller sei, doch er fluchte wütend, weil er es unmöglich fand, sein kostbares Pferd einem solchen Regen auszusetzen. Ich erinnere mich nur undeutlich an den Ritt auf dem Esel, außer, daß ich dem Tier ständig die Fersen in die Flanken schlug und es bat, schneller zu laufen.

Ich bedeckte mein Gesicht, als mich ein Scheinwerfer blendete.
»Halt! Wer da?«
»Ich bin Ismael, der Sohn des Muchtars von Tabah«, rief ich.
»Korporal, holen Sie den diensthabenden Offizier. Ein kleiner triefnasser Araberjunge ist am Tor!«
Ich erinnere mich, daß man mich an der Hand in einen beängstigend großen Raum führte, in dem ein hoher Offizier hinter seinem Schreibtisch saß. Soldaten zogen mir die nassen Kleider aus, wickelten mich in eine Decke und brachten mir einen Napf mit heißer Suppe, während ich versuchte, in schlechtem Englisch meine Geschichte anzubringen. Dann wurde telefoniert.
»Der Doktor in Ramle ist in einem entlegenen Dorf, und sie wissen nicht, wann er zurückkommt.«
Weitere Telefonate folgten.
»Einer unserer Ärzte wird aus Jerusalem herüberkommen. In diesem Regen kann es aber eine Weile dauern.«
»Nein!« schrie ich. »Es muß ein arabischer Arzt sein.«

»Aber Ismael . . .«
»Nein! Mein Vater erlaubt es nicht!«
»Versuchen Sie es in Lydda, Sergeant. Funken Sie an unsere dortige Polizeistation und fragen Sie, was sie tun können.«
Der Bericht aus Lydda war nicht besser. Der Arzt war nicht aufzutreiben, und in dem kleinen Krankenhaus gab es nur einen Sanitäter, der Nachtdienst machte. Der nächste arabische Arzt befand sich in Jaffa, und bei einem solchen Unwetter würde es bis zum Morgen dauern, ehe er das Dorf erreichte. Die Soldaten boten mir an, den Esel dazubehalten und mich in einem LKW nach Tabah zurückzufahren, aber ich lehnte ab. Meine Kleider waren über einen Ofen gehängt worden und schon trocken. Ich zog mich an, rannte aus dem Büro und dem Haus und trommelte ans Tor.
»Komm zurück, Junge!«
»Laßt ihn durch! Er hat Angst vor seinem Vater.«
Draußen war es stockfinster. Das Regenwasser strömte vom Bab el Wad herunter und überflutete große Teile der Straße. Es war sehr schwer zu erkennen, wohin ich trat. Obwohl ich versuchte, am Straßenrand zu bleiben, wurde ich mehrmals von vorbeikommenden Wagen beinahe niedergestoßen, die mir eimerweise Wasser ins Gesicht spritzten. Ich konnte nur im Licht der Autoscheinwerfer etwas sehen, dann verschwand die Straße im Dunkeln. Ich hatte das Gefühl, der Ramadan sei gekommen und wieder vergangen, bevor ich die ersten weißen Häuser auf dem Hügel von Tabah ausmachen konnte.
In diesem Augenblick fiel das Scheinwerferlicht eines Wagens auf das Schild mit der Aufschrift: »Kibbuz Schemesch«. Ich wußte, daß ich ihn nicht betreten durfte, aber wenn ich die Juden bat, es meinem Vater nicht zu erzählen, würden sie vielleicht einen arabischen Doktor auftreiben. Dann flammte der Scheinwerfer des Kibbuz-Wachtpostens auf und blendete mich. Plötzlich war ich von Juden umgeben, die ihre Gewehre auf mich richteten. Sie führten mich hinein.
»Was sagt er, Avi?«
»Etwas über ein krankes Kind.«
»Kennt ihn jemand?«
»Ist er nicht der Sohn des Muchtars von Tabah?«
»Jemand soll Gideon holen.«
»Was ist los?«
»Hier ist ein Kind aus Tabah. Er sagt immer wieder, daß ein Baby sehr krank ist.«
Ich bin wahrscheinlich ohnmächtig geworden, denn das nächste, wor-

an ich mich erinnere, ist, daß ich neben Gideon Asch in einem LKW saß. Er hatte mir den Arm um die Schultern gelegt, ein anderer Mann lenkte und versuchte, die schlammige Straße hinauf zum Dorf zu gelangen. Der Wagen schleuderte und rutschte hin und her.
»Sie wohnen dort oben!«
»Die Straße ist unpassierbar. Wir müssen zu Fuß weiter.«
Ich fiel in den Schlamm und konnte nicht mehr aufstehen. Gideon Asch zog mich mit seinem gesunden Arm hoch, und wir drei liefen, rutschten und stolperten den Weg zum Haus meines Vaters hinauf. Die beiden Juden drängten sich durch einige Leute, die sich im Regen draußen versammelt hatten.
Gideon Asch und der andere Mann standen in unserem Wohnzimmer. Ich sank in Nadas Arme, es gelang mir, bei Bewußtsein zu bleiben. Gideon Asch erklärte, daß der Mann, der ihn begleitete, Arzt sei. Hadschi Ibrahim stand am anderen Ende des Raumes und blockierte die Tür zu Ramizas Zimmer. Kurze Zeit herrschte beklemmende Stille, dann begannen Hagar, Nada, mein Vater und die Dajia zugleich zu schreien.
»Beruhigt euch doch!« brüllte Gideon Asch, der alle übertönte.
»Wo ist das Kind?« fragte der Doktor.
Hadschi Ibrahim trat drohend ein paar Schritte auf mich zu und hob die Faust. »Ich habe es dir gesagt! Ich habe dir gesagt, du sollst nach Latrun reiten!«
»Vater! Wir konnten keinen Doktor aus Ramle oder Lydda bekommen!« schrie ich. »Ich wußte nicht, was ich tun sollte.«
»Bitte, lassen Sie mich das Kind sehen«, bat der Arzt.
»Nein!« brüllte mein Vater. »Nein! Nein! Nein!« Er zeigte drohend auf mich. »Du hast sie hierhergebracht, um uns zu zeigen, wie minderwertig wir sind!«
»Ibrahim«, bat Gideon Asch, »bitte, beruhige dich. Hör auf, dich wie ein Narr zu benehmen. Es geht um das Leben deines Kindes.«
Die Frauen begannen markerschütternd zu jammern.
»Kein Mitleid von den Juden! Kein Mitleid! Keine Gnade! Ich will nicht, daß ihr in mein Haus kommt, um eure Überlegenheit zu beweisen!«
Gideon Asch bewegte sich auf das Schlafzimmer zu, doch mein Vater versperrte ihm den Weg. »Tu das nicht, Ibrahim! Ich flehe dich an! Ibrahim!« Mein Vater rührte sich nicht. »Du begehst eine schwere Sünde.«
»Ha! Die Sünde besteht darin, Gnade von den Juden anzunehmen! Das ist Sünde!«

Gideon Asch hob die Arme und sah den Arzt kopfschüttelnd an. Mein Vater und die Frauen brüllten noch lauter, er, um die beiden zum Gehen zu veranlassen, und sie, um den Arzt zurückzuhalten. Plötzlich entstand unwirkliche Stille. Wie ein Gespenst kam Ramiza mit kalkweißem Gesicht und offenem Mund herein, das Kind in den Armen. Der Arzt stieß meinen Vater zur Seite und nahm das Baby, während Ramiza zu Boden sank und die Frauen um sie niederknieten. Der Arzt legte seinen Kopf an die Brust des Kindes, schüttelte es, atmete ihm in den Mund, öffnete seine Tasche und horchte wieder an der Brust des Kleinen.
»Das Kind ist tot«, flüsterte er.
»Dieser Raum steckt voller böser Geister«, sagte mein Vater. »Es ist Allahs Wille, daß das Kind sterben mußte.«
»Allahs Wille – Blödsinn!« knurrte Gideon Asch. »Dieses Kind starb an Schmutz und Nachlässigkeit. Komm, Simon, verschwinden wir.«
Sie stürzten aus dem Haus in den schrecklichen Regensturm, während Hadschi Ibrahim hinter ihnen herbrüllte und die Faust schüttelte. Ich verstand seine Worte nicht, aber andere hörten sie.
Die beiden Juden rutschten, um ihr Gleichgewicht kämpfend, den steinigen, regenglatten Weg hinunter, und der Muchtar lief hinter ihnen her. »Wir leben so, wie wir leben! Wir haben hier Jahrtausende ohne euch überlebt! Unser Dasein ist so gebrechlich wie die Felsenwüste. Warum müßt ihr von draußen kommen und uns erzählen, wie wir leben sollen? Wir wollen euch nicht! Wir brauchen euch nicht! Judenpack!«
Gideon schlug die Tür auf der Fahrerseite des LKWs zu und langte nach dem Zündschlüssel. Der Doktor sprang auf den anderen Sitz, während Ibrahim von draußen an die Tür hämmerte und weiterbrüllte.
Gideon schloß die Augen, unterdrückte seine Tränen und ließ einen Augenblick lang den Kopf auf das Lenkrad sinken. »Du mein Gott«, murmelte er, »ich habe meine Prothese zu Hause gelassen. Ich kann die verdammte Karre nicht fahren.« Bevor der Doktor sich ans Steuer setzen konnte, hatte Gideon die Tür aufgerissen und stürmte zu Fuß hinunter zur Landstraße.
»Fick ein totes Kamel!« brüllte Hadschi Ibrahim ihm nach. »Fick ein totes Kamel!«

Teil 2

Die Austreibung

I

1946

Es war ein Tag voll großer Trauer für mich, als ich die Schule verließ, aber ich tat es aus eigenem Entschluß. Ich war elf Jahre alt und wußte mehr als jeder andere in der Klasse – Mr. Salmi eingeschlossen. Zuerst benutzte mich Mr. Salmi, um Suren aus dem Koran vorlesen zu lassen, während er hinten im Klassenzimmer saß und schlummerte. Dann übertrug er mir immer mehr Verantwortung für den Unterricht. Ich aber wollte selbst lernen. Ich hatte die jüdischen Kinder im Kibbuz Schemesch unterrichtet, doch ich lernte von ihnen mehr, als ich ihnen beibrachte.
Der wahre Grund, weshalb ich mich entschloß, die Schule zu verlassen, war der, daß ich mir allmählich einen Platz an der Seite meines Vaters schuf. Das gab mir den Mut, endlich aus der Welt der Frauen und der Geborgenheit der Küche in die schreckliche Welt der Männer zu wechseln. Hinter diesem Schritt standen die Intrigen meiner Mutter.
Von dem Moment an, als der große Zweite Weltkrieg zu Ende war, verschlechterte sich die Lage in Palästina drastisch. Als angesehener Muchtar von Tabah konnte mein Vater die ganze Zeit nachdenken. Die Medien, der Rundfunk und die Zeitungen wandten sich jetzt heftig gegen die Juden. Mein Vater sagte mir oft, daß unsere Leute sich leichter durch Worte als durch Ideen beeinflussen ließen, und leichter durch Ideen als durch Logik. Er war auf Gideon Asch angewiesen gewesen, um die jüdischen Ansichten kennenzulernen. Seit der Nacht, in der Ramizas Kind gestorben war, kam Gideon Asch nie mehr nach Tabah, und so blieb mein Vater bei seinem einseitigen Standpunkt.
Jeden Abend gab es in unserem Haus dasselbe Ritual. Kamal las meinem Vater die arabischen Zeitungen vor. Hadschi Ibrahim saß in seinem großen Sessel, während Kamal auf der langen Bank saß, die für die übrige Familie und für gewöhnliche Gäste bestimmt war. Kamal konnte nur schlecht lesen, und wenn mein Vater ungeduldig wurde, machte er alles noch schlimmer. Kamal stotterte, wenn er ein bestimmtes Wort nicht kannte.
»Du bist so dumm, daß du am hellen Mittag nicht einmal mit beiden Händen deinen eigenen Arsch finden könntest«, brüllte mein Vater oft.

Aber Kamal hätte lieber einen Haufen Eselsdreck geschluckt, als mich gefragt, wie man ein Wort aussprach. Hagar beobachtete uns. »Du wirst deinem Vater sehr bald vorlesen«, versprach sie mir. Sie machte sich daran, Hadschi Ibrahim zu umgarnen, und richtig, ein paar Abende später forderte er mich auf, ihm anstelle von Kamal vorzulesen. Es war der wichtigste Tag in meinem bisherigen Leben.
Hagar fiel es nicht schwer, meinen Vater von Ramiza zurück in ihr Schlafzimmer zu locken. Ramiza hatte immerfort Angst. Sie biß sich auf die Lippen, knabberte an ihren Fingernägeln und schlich herum wie ein geprügelter Hund, wenn mein Vater in der Nähe war. Sie horchte gespannt, ob er einen Befehl erteilte, dann sprang sie auf und brachte ihm seine Pfeife oder was immer er verlangte, grinste wie ein Idiot, wenn sie es ihm reichte, und hoffte, daß er anerkennend nicken würde. Sie verrichtete ihre Hausarbeit eifrig, damit sie nicht angeschrien wurde, und klammerte sich an meine Mutter und Nada. Beim leisesten Anzeichen einer Mißstimmung lief sie davon und weinte. Ramiza wurde zu schüchtern, um zum Dorfbrunnen zu gehen oder sich allein unter die Frauen zu mischen.
Wir behandelten sie wie eine schwachsinnige Schwester. Hagar war nicht mehr eifersüchtig auf sie und zeigte sich ihr gegenüber mitunter sogar freundlich. Mein Vater ging noch immer in Ramizas Schlafzimmer, aber es wurde gemunkelt, daß er sie nur nackt sehen wollte und sie für sich tanzen ließ. Einmal hörte ich, wie Hagar ihr riet, sie solle so tun, als finde sie Geschmack am Geschlechtsverkehr. Sie brachte ihr gewisse Bewegungen bei, die sie mit dem Körper ausführen und dabei stöhnen sollte, als sei sie in Ekstase.

Kamal war sehr wütend auf mich, weil ich seinen Platz als Vorleser eingenommen hatte. Er rächte sich, indem er heiratete, und hoffte, einen Sohn zu bekommen und durch männliche Nachkommenschaft seine Stellung in der Familie wieder zu festigen. Er nahm ein Mädchen aus Tabah zur Frau, die Tochter eines Scheichs. Sie hieß Fatima und war reizlos. Aber sie hatte eine angenehme Art und war dicklich, was manchen Männern gefällt. Hadschi Ibrahim konnte sie zu einem günstigen Preis erwerben. Die Hochzeit war bei weitem nicht so großartig wie die meines Vaters mit Ramiza, aber Kamal war auch keine Leuchte, also paßten sie gut zueinander. Fatima wurde sofort schwanger, aber zum Glück für mich und die Bestrebungen meiner Mutter war das Kind ein Mädchen.
Fatima war eine jener rechthaberischen Frauen, die man bei uns

selten findet. Wenn Kamal sie herumkommandierte, gehorchte sie, aber sie blieb ihm nie etwas schuldig. Kamal schien tatsächlich Angst vor ihr zu haben. Das war für mich wichtig, denn diese Eigenschaft ließ ihn in den Augen meines Vaters noch schwächer erscheinen.
Da ich nicht mehr zur Schule ging, konnte ich meine Zeit dafür nützen, die Bücher und die Chronik des Dorfes zu studieren. Damit brachte ich Kamal in meine Gewalt. Ich behauptete immer wieder, daß ich Grundstücke gefunden hätte, für die keine Pacht bezahlt wurde. Ich sage, ich »behauptete« sie zu finden, denn ich hatte schon die ganze Zeit von ihnen gewußt. Ich schloß ein geheimes Abkommen mit Kamal, demzufolge wir uns die Pachtgelder für diese Grundstücke teilten. Kamal war zu feige, Hadschi Ibrahim unser Abkommen zu enthüllen. Das gab mir die Möglichkeit, auf ein neues Grundstück zu »stoßen«, wenn Hagar oder ich etwas von ihm wollten. Vielleicht wußte Hadschi Ibrahim schon längst, daß ich ihn beschwindelte, denn er machte genügend Bemerkungen darüber, daß Faruk und Kamal die Bücher unordentlich führten. Offen gestanden hatte ich diesbezüglich keine Gewissensbisse, weil ich das Geld meiner Mutter gab.

Eines Abends kurz nach Kriegsende brachte Radio Damaskus die Nachricht, daß in Deutschland und Polen sogenannte Konzentrationslager entdeckt worden seien. Viele Millionen Juden waren von Adolf Hitler und seinen Nazis vergast worden. In den folgenden Tagen waren alle Zeitungen voll von dieser Entdeckung, und jeden Abend wurde im Rundfunk von einem neuen Lager berichtet. Radio Kairo meldete, daß Churchill, Roosevelt und der Papst in Rom schon während des Krieges davon gewußt, jedoch Stillschweigen bewahrt und ohne Protest zugelassen hätten, daß die Nazis die Juden umbrachten.
Für uns war es eine merkwürdige, erschreckende Nachricht. Wir lebten seit über zwei Jahrzehnten ohne ernsthafte Schwierigkeiten Seite an Seite mit dem Kibbuz Schemesch, mit nichts als überliefertem Haß gegen die Juden. Die Nachricht von den Konzentrationslagern führte bei den Dorfbewohnern zu einer seltsamen Reaktion. Es war, als seien ihre wahren Gefühle den Juden gegenüber in einer Höhle mit versperrtem Eingang verschlossen gewesen. Der Felsen war nun weggesprengt worden, und Tausende blutrünstige Fledermäuse strömten heraus. Ich erkannte mein Volk nicht wieder, so freudig gebärdete es sich.

Ich ging zu dieser Zeit noch zur Schule, und in Ramle hielten Mitglieder der Moslem-Bruderschaft Straßenfeste wegen der Lager ab. Mr. Salmi las uns eine Koransure nach der anderen vor, um zu beweisen, daß die Lager die Erfüllung von Mohammeds Prophezeiung über den Tag des Feuers für die Juden seien. Es stand alles im Koran, stellte Mr. Salmi fest. Mohammed hatte eine magische Vision von Allah erhalten, und die Lager waren ein Beweis für den Lehrsatz des Islam über das Los der Ungläubigen.

Onkel Faruk hielt am Sabbat für gewöhnlich sehr langweilige Predigten über das große Glück, das den Gläubigen nach ihrem Tod widerfahren würde, über die Mildtätigkeit gegenüber den Armen oder Richtlinien für das tägliche Leben. Seit der Nachricht von den Konzentrationslagern begann er, über die beängstigendsten Suren und Textstellen zu predigen, die sich mit der Vernichtung der Juden befaßten. Mein Vater, der die Predigten meines Onkels immer im voraus billigte, fühlte die neue Einstellung der Dorfbewohner, aber er ließ zu, daß diese Predigten Sabbat um Sabbat gehalten wurden. Die Beziehung zu Schemesch war plötzlich von Mißtrauen und einer Spannung erfüllt, die ich vorher nie empfunden hatte.

So triumphierend die arabische Presse eben noch vom Völkermord an den Juden berichtet hatte, machte sie plötzlich eine Kehrtwendung um 180 Grad. Monatelang hatten die Zeitungen auf den Titelseiten Fotos von den Gaskammern und -öfen gebracht. Jetzt erklärten sie von einem Tag zum anderen, daß der Völkermord nie wirklich stattgefunden habe, sondern daß alles nur ein Propagandatrick der Zionisten sei, um die Sympathien der siegreichen Alliierten zu gewinnen. Nun würden die Alliierten alle Juden in Europa nach Palästina auswandern lassen.

Ich erlebte zum erstenmal, daß meine Landsleute an einem Tag dieses und am nächsten Tag das genaue Gegenteil glaubten. Genauso bereitwillig, wie die Leute in Tabah an die Verbrennung der Juden geglaubt und sich darüber gefreut hatten, glaubten sie jetzt, daß alles nur eine zionistische Intrige gewesen sei.

Hadschi Ibrahim war unsicher. Er ließ sich nicht vom Gefühlsüberschwang des Augenblicks mitreißen wie die anderen, sondern wollte in Ruhe darüber nachdenken. Das war für ihn schwierig, denn ihm stand nicht mehr Gideon Asch zur Verfügung, mit dem er sich beraten konnte. Was immer sich in Europa ereignet hatte, mußte sehr schlimm gewesen sein, denn in ganz Palästina gärte die Wut noch heftiger als während der Revolte der Muftis.

Juden aus Europa begannen, ihre Einreise nach Palästina zu erzwingen, weil sie behaupteten, daß sie sonst nirgendwohin könnten. Wenn es einen Völkermord gegeben hatte, mußten diese Leute die Überlebenden sein. Wenn aber der Völkermord eine Propagandalüge der Zionisten war, dann wurden diese Leute planmäßig nach Palästina geschickt, um die Araber zu verdrängen.

Hadschi Ibrahim hatte viele Fehler, aber er war kein Wortklauber. Er war der einzige Mann in Tabah, der dem Rundfunk, den Zeitungen und sogar den Predigern nicht alles glaubte, sondern nach Logik und Wahrheit strebte. Also murmelte mein Vater laut vor sich hin und stellte sich Fragen, während ich ihm vorlas.

Ihm war die Art suspekt, wie die arabische Presse die Geschichte vom Völkermord von heute auf morgen anders dargestellt hatte. Er war mißtrauisch, weil die Engländer alles unternahmen, was in ihrer Macht stand, um die Juden an der Einreise nach Palästina zu hindern. Tausende und Abertausende britischer Soldaten trafen im Land ein. Meinem Vater wollte das nicht einleuchten. Er wußte, daß viele tausend Juden im Krieg für die Engländer gekämpft hatten. Wenn es arabische Truppen gewesen wären, würden die Araber mit Recht erwarten, zur Belohnung die Herrschaft über Palästina zu erhalten. Die Engländer hatten den Krieg gewonnen, und die Juden hatten ihnen dabei geholfen. Warum ließen die Engländer sie dann nicht ins Land? Er hatte im Krieg Landkarten studiert und besaß einen ausgeprägten Instinkt fürs Geschäftliche. Hadschi Ibrahim gelangte zu dem vernünftigen Schluß, daß die Engländer sehr viel in das Gebiet, in den Kanal, in die Schaffung Transjordaniens und vor allem in die Erschließung der Ölquellen auf der arabischen Halbinsel investiert hatten. Da sich all das auf arabischem Territorium befand, mußten die Engländer dem arabischen Druck nachgeben, und ihre Investitionen, insbesondere die ins Ölgeschäft, waren ihnen wichtiger als die Juden.

Eines Tages zu Beginn des Jahres 1946 ließ mich mein Vater zum Grab des Propheten kommen. Ich mußte schwören, daß ich ein Geheimnis bewahren würde. Omar, der die Stände in den Suks betreute, würde jeden Tag eine »Palestine Post« kaufen, und ich sollte sie Hadschi Ibrahim vorlesen. Diese von den Juden herausgegebene Zeitung stellte die Geschichte vollkommen anders dar als die arabische Presse. Es war das erste Mal, daß wir von den Kriegsverbrecherprozessen in Nürnberg erfuhren.

Nachdem mein Vater die Frage gründlich erwogen hatte, gelangte er zu einer Entscheidung. Eines Abends teilte er mir mit, daß der Völkermord wirklich stattgefunden habe. »Jetzt werden wir Moslems für die Sünden der Christen bezahlen müssen. Die Christen haben sich durch ihr Verhalten schuldig gemacht, auch die Alliierten, die das Geheimnis für sich behielten. Sie wollen ihre Hände von Sünden reinwaschen, und das werden sie tun, indem sie die Überlebenden in einem arabischen Land ansiedeln. Es ist ein schwarzer Tag für uns, Ismael.«

Ich war nicht der Ansicht, daß es ein schwarzer Tag sei, weil ich ihn nicht ganz verstand. Ich hatte den Tag sehr sorgfältig geplant. Ich »entdeckte« zwei neue Grundstücke, für die keine Pacht bezahlt wurde, und ich hatte die Zeitungen sowohl auf englisch wie auch arabisch sehr gut vorgelesen. Ich beschloß, Hadschi Ibrahim trotz seiner schlechten Laune die Stirn zu bieten.

»Vater«, begann ich, »mein Hintern tut mir sehr weh, wenn ich auf der Bank sitze und dir vorlese. Ich möchte in dem zweiten großen Sessel sitzen.«

Er verstand, worauf ich hinauswollte. Keiner meiner Brüder und sicherlich keine der Frauen war dieses zweiten Sessels würdig, der besonderen Gästen vorbehalten war. Was ich von ihm verlangte, brachte weitreichende Folgen mit sich. Er dachte so lange darüber nach, daß es mir vorkam wie eine Ewigkeit.

»Also gut, Ismael«, sagte er freundlich, »du kannst neben mir sitzen, aber nur, während du mir vorliest.«

II

Gideon Aschs Krieg endete jäh mit der Eroberung des Iraks durch die Engländer. Er hatte seine linke Hand in einem irakischen Gefängnis verloren, nachdem er versucht hatte, das Getto von Bagdad zu verteidigen. Er war verbittert, weil die englischen Truppen den Schauplatz des arabischen Massakers erreicht, aber weder etwas unternommen hatten, um ihm Einhalt zu gebieten, noch um es im nachhinein zu untersuchen.

Gideon hatte kaum Zeit, sich vom Krieg zu erholen, als er schon wieder in den nächsten verwickelt wurde, in einen schmutzigen Krieg mit illegalen Einwanderern, Kampf im Untergrund, politischen Strei-

tigkeiten, Waffenschmuggel; in einen Krieg mit grünen Konferenztischen und geheimen Zusammenkünften in dunklen, schäbigen Hafenhotels.
Gideon wurde Adjutant ohne Portepee bei David Ben-Gurion, dem Leiter der Jewish Agency Palästinas. Er sollte an vielen Operationen an verschiedenen Orten und zu verschiedenen Zeiten beteiligt sein.

Gideons erste Aufgabe war der Versuch, aus der Mitwirkung der palästinensischen Juden am Krieg Kapital zu schlagen. Über fünfzigtausend Männer und Frauen hatten die englische Uniform getragen und gegen Ende des Krieges unter eigener Fahne in Italien gekämpft.
Er versuchte darauf hinzuweisen, daß die überwiegende Mehrheit der arabischen Nation keinen Finger gerührt hatte, um den Alliierten zum Sieg zu verhelfen, und daher kein Recht hatte, nach politischem Gewissen zu schreien. Es waren die Juden, die die Nazis rückhaltlos bekämpft hatten.
Gideon war ein geborener Palästinenser, der in einem Beduinenzelt mehr zu Hause war als in einem Pariser Café. Das christliche Europa war für ihn ein verschwommener Begriff. Er nahm die Nachricht vom Holocaust zuerst mit Unglauben auf, dann verfiel er in eine schreckliche Depression.
Der Gestank der menschlichen Schlachthäuser durchdrang ganz Europa, als die Decke von den Todeskammern von Auschwitz und Buchenwald, Dachau und Bergen-Belsen, Majdanek und Treblinka und von Dutzenden anderer Todeslager weggezogen wurde.
Die Europäer sind zivilisiert, hatte Gideon immer gelernt. Christen waren sicherlich bei weitem nicht so grausam wie Araber und Moslems. Diese Illusion wurde zerstört und niemals von Gideon oder einem anderen Juden gänzlich wiederhergestellt. Was in Deutschland eine fortschrittliche, zivilisierte westliche Kultur einem unschuldigen, schutzlosen kleinen Volk angetan hatte, war in den Annalen der Menschheit noch nie vorgekommen.
Eine armselige Handvoll Überlebender, wenige Hunderttausende von über sechs Millionen, stieg aus der übelsten Jauchegrube der Menschheit heraus. Als die siegreichen Regierungschefs der Alliierten und ihre Armeen die Schlachtfelder verließen, wurden den lebendig begrabenen Überresten des europäischen Judentums die Tore des Erbarmens vor der Nase zugeschlagen. In ihren Reihen hatten sich Tausende von großen, bedeutenden und berühmten Menschen be-

funden, die einen unglaublichen Beitrag zur Kultur der Menschheit geleistet hatten; Menschen, die ebensoviel für das Wohl der Welt getan hatten wie jedes andere Volk vergleichbarer Größe.
Es gab bitter wenig Zeit zum Trauern. Gideon und der Jischuw beeilten sich zu retten, was noch zu retten war, und sich auf den unvermeidlichen Kampf mit den Arabern vorzubereiten. Er erhielt zunächst den Auftrag, bei der Bildung des Palmachs mitzuhelfen, einer Stoßtruppe junger, sorgfältig ausgewählter Haganahs. Viele von ihnen waren Mitglieder in Orde Wingates Nachtkommandos gewesen.

Als Winston Churchills Regierungszeit abgelaufen war, bestimmte die neue britische Labour-Regierung einen eher herzlosen, rücksichtslosen Politiker und Judenhasser namens Ernest Bevin zu ihrem Außenminister. Er erklärte den jüdischen Überlebenden des Hitlerregimes ungeschminkt, daß er ihnen nicht gestatten würde, zur Spitze der Warteschlange vorzustoßen, und befahl der Britischen Marine, die Küsten Palästinas gegen Flüchtlingsschiffe abzuriegeln.
In dem verzweifelten Bestreben, aus dem Friedhof Europa zu flüchten, konnten die überlebenden Juden keinen Ort auf der Welt finden, der ihnen Zuflucht gewährte, außer dem Jischuw in Palästina. Die Menschen, die Hitlers Gaskammern überlebt hatten, mußten an Bord seeuntüchtiger Schiffe gehen und waren der Willkür der britischen Kriegsmarine ausgeliefert, die sie auf hoher See rammten und enterten und mit Knüppeln zur Unterwerfung zwangen. Sie betraten Palästina zwischen britischen Bajonetten und wurden in neue Konzentrationslager gesperrt.
Die Haganah stürzte sich in den Kampf um Alijah Bet, die »illegale Einwanderung«. Gideon Asch wurde beauftragt, eine Einheit für Untergrundoperationen zu formieren, Flüchtlingsboote zu kaufen und überall in der Welt jüdische Marineveteranen zu suchen. Er sollte Besatzungen zusammenstellen und Häfen in Südfrankreich und Italien ausfindig machen, die bereit waren, die Blockade zu brechen.
In Palästina hielt die Jewish Agency die Haganah zurück, um weiterhin einen politischen Dialog mit den Briten führen zu können. Zugleich bildete sie die Palmach heimlich unter dem Schutz der Kibbuzim aus. Wenn die Haganah auch auf der Hut war, so besaß der Jischuw zwei kleinere bewaffnete Gruppen außerhalb der Befehlsgewalt der Jewish Agency, die angriffslustig und gefährlich waren: die Irgun wurde von Menachem Begin, einem Überlebenden des Holo-

caust, begleitet, und die zweite, kleinere Gruppe war als Sternbande bekannt. Gideon Asch genoß das Vertrauen beider Organisationen und wurde als Verbindungsmann eingesetzt. Einige Zeit gelang es, den Anschein einer Zusammenarbeit zwischen Irgun und Haganah aufrechtzuerhalten. Aber diese Phase ging zu Ende, als die neue Taktik der Engländer deutlich erkennbar wurde.
Keines der Argumente, die Gideon vorbrachte, konnte die Irgun und die Sternbande davon abhalten, einseitig gegen die Engländer Krieg zu führen. Sie terrorisierten durch Bombenanschläge und Überfälle aus dem Hinterhalt. Während die britische Marine das Mittelmeer nach Flüchtlingen absuchte, die die Blockade durchbrechen wollten, strömten englische Kampftruppen in die Festung Palästina, um die Entwicklung aufzuhalten, die sich zu einer jüdischen Revolte auszuweiten drohte.
Die Behandlung der Überlebenden des Holocaust wurde so unmenschlich, daß die Jewish Agency nicht länger schweigen konnte, wenn sie ihre Glaubwürdigkeit behalten wollte. Gideon, der versucht hatte, die Irgun zurückzuhalten, führte nun eine Gruppe von Haganah-Befehlshabern der harten Linie an, um Ben-Gurion zum Handeln zu zwingen, und schließlich wurde der Haganah freie Hand gegeben.
Bei ihrer ersten Operation griff die Haganah ein englisches Konzentrationslager an, das am Meer in den Ruinen eines Kreuzfahrerforts in Atlit errichtet worden war. Sie führten ein lehrbuchmäßiges Kommandounternehmen durch, befreiten zweihundert illegale Einwanderer und verteilten sie auf die Kibbuzim. Darauf folgte ein Angriff nach dem anderen gegen englische Einrichtungen: Polizeiposten, Radarstationen, Munitionsdepots, Marinestützpunkte, Nachrichtenzentralen. Die Engländer reagierten mit verstärktem Truppennachschub, bis ihre Besatzung über hunderttausend Mann betrug.
1946 war Palästina ein einziges Chaos.
Im Mai dieses Jahres gab Außenminister Bevin eine Reihe trügerischer Erklärungen ab. Nachdem er sich anfänglich damit einverstanden erklärt hatte, die sofortige Einwanderung von hunderttausend Flüchtlingen nach Palästina zu gestatten, löste er sein Versprechen jetzt nicht ein, sondern beschloß im Gegenteil die sofortige Einstellung jüdischer Einwanderung. Weiter befahl er die Beendigung sämtlicher Landverkäufe an den Jischuw und verwarf alle politischen Ansprüche der Juden auf Palästina. Von nun an, erklärte Bevin, würde jedes auf offener See angetroffene Flüchtlingsschiff mit Gewalt zur

Insel Zypern eskortiert, und die Opfer dieser Maßnahmen würden in neuerrichteten Lagern interniert werden.
Einen Monat später führten die Streitkräfte Seiner Majestät im jüdischen Palästina eine Suchaktion durch und nahmen tausend Führer des Jischuws, die Leiter der Jewish Agency und die Haganah-Befehlshaber, darunter auch Gideon Asch, gefangen. Die jungen Palmach-Anführer wurden in Rafah interniert, während man die Vertreter der Irgun ins Gefängnis von Akkon warf. Dies war jene osmanische Festung, die Napoleon getrotzt hatte und nun zu einer der schlimmsten Strafanstalten im Empire wurde. Sie war randvoll mit Gefangenen der Haganah, der Palmach, der Irgun und der Sternbande.
Englische Einheiten stießen weiter vor und durchsuchten Kibbuzim und Dörfer nach geheimen Waffenlagern. Tel Aviv wurde von zwei Divisionen eingekreist, die die Stadt nach Gewehren, Illegalen und jüdischen Kämpfern absuchten.
Die nun unabhängig operierende Irgun antwortete, indem er das englische Hauptquartier im Hotel King David in Jerusalem in die Luft sprengte.
Als nicht einmal mehr der Anschein von Ordnung gewahrt wurde, gaben die Engländer klein bei und schlossen einen Waffenstillstand mit der Jewish Agency. Ihre Führer wurden aus dem Gefängnis entlassen. Dafür stellte die Agency die Operationen der Haganah vorläufig ein, verlangte aber Verhandlungen. Trotz der Bemühungen der Haganah, die andersdenkenden Streitkräfte zu vereinen, verkündeten die Irgun und die Sternbande aus ihren geheimen Hauptquartieren, sie fühlten sich nicht an den Waffenstillstand gebunden.

1947

Die Regierung Seiner Majestät stand vor zwei Möglichkeiten. Sie konnte noch mehr Streitkräfte nach Palästina werfen und die Revolte der Juden mit Waffengewalt niederschlagen und unterdrücken. Oder sie konnte verhandeln. Die Engländer zogen sich schließlich auf die zweite Position zurück.
Zu Beginn des Jahres wurde ein englischer Teilungsplan vorgelegt, der arabische, jüdische und englische Gebiete unter englischer Oberhoheit vorschlug. Die Grenzziehung war geradezu lächerlich. Die Jewish Agency verwarf den Plan kurzerhand.

Es war klar, daß Englands Regierungsfähigkeit am Ende war. Einen Monat später wurde der britische Löwe mit der Ankündigung in die Knie gezwungen, daß die Lösung des gesamten Palästinaproblems den Vereinten Nationen übertragen werde. Trotzdem wurde die Blockade der Küste Palästinas aufrechterhalten, während verzweifelte, halb verrückte Überlebende die Konzentrationslager auf Zypern füllten, nachdem sie in Sichtweite des Heiligen Landes hatten umkehren müssen.
Bei dem kühnsten aller Überfälle brach die Irgun ins Gefängnis von Akkon ein und befreite ihre Kameraden. Die Engländer schlugen zurück, indem sie mehrere Irgunkämpfer hängten, worauf die Irgun zwei britische Sergeanten entführte und tötete.
Im Juli 1947 spielten die Engländer den übelsten Streich ihres Mandats: Sie schickten ein Flüchtlingsschiff mit fast fünftausend Menschen an Bord nach Deutschland, auf den Friedhof des jüdischen Volkes, zurück.

29. November 1947

Die Generalversammlung der Vereinten Nationen kam in Lake Success, im Staat New York, zusammen, um über ihren Plan abzustimmen, Palästina in zwei getrennte Staaten, einen arabischen und einen jüdischen, aufzuteilen. Die Araber, die sich während der schmerzlichen Geschichte des Mandats geweigert hatten, an den Verhandlungstisch zu kommen, blieben konsequent. Sie lehnten den Plan ab, bevor es zu einer Abstimmung kam.
Die Jewish Agency, der klarwurde, daß sie im Augenblick nicht mehr erreichen konnte, erklärte sich bereit, den Plan anzunehmen.
Da England das Interesse an Palästina verloren hatte, traten die Vereinigten Staaten plötzlich lebhaft in Erscheinung.
Als die Araber zu ihren neuen Verbündeten, den Russen, eilten, taten sie es in der Überzeugung, daß der Teilungsplan abgewiesen würde. Ein junger russischer Delegierter namens Andrej Gromyko warf die Ideologie dreier Jahrzehnte über den Haufen und verkündete der überraschten Welt, daß die Sowjetunion die Vereinigten Staaten bei dem Teilungsplan unterstützen würde.
Doch die Vereinten Nationen bestanden größtenteils aus kleinen Staaten, von denen ein Drittel in Lateinamerika lag und Erdöl-Erpressungen zugänglich war.

Die Nachkriegswelt steuerte auf den Augenblick der Wahrheit zu. Man konnte in Tabah die Spannung förmlich greifen, als sich die Männer des Dorfes mitten in der Nacht im Café versammelten, um die Rundfunkübertragung von der Abstimmung über die Teilung Palästinas zu hören. Sogar die Frauen wagten sich in die Nähe des Cafés.

Mit ihrer vor dem Kampf üblichen gespielten Tapferkeit hatten sich die Dorfbewohner eingeredet, daß der Teilungsplan scheitern müsse. Nur Hadschi Ibrahim sah der Wirklichkeit ins Auge.

»Wir werden erleben, wie eine in Schuld verstrickte Welt von den Zionisten manipuliert wird«, warnte er.

Die Fellachen von Tabah teilten seine Ansicht nicht.

Immer schieben sie die Wirklichkeit und notwendige Entscheidungen von sich, dachte ihr Muchtar. Trotz der günstigen Hinweise auf den ungeheuren Druck, den die arabischen Staaten ausübten, wußte Hadschi Ibrahim im stillen, daß Amerika *und* Rußland zu stark waren, um ausgeschaltet zu werden.

Dann kam es zur Abstimmung. Während eine Nation nach der anderen ihre Stimme abgab, überkam die Dorfbewohner allmählich Verzweiflung. Hadschi Ibrahim wartete die endgültige Zählung der Stimmen nicht ab. Er stand verdrießlich auf, sagte: »Es ist Allahs Wille«, und ging.

In Lake Success mußte die niedergeschmetterte britische Regierung, die sich der Stimme enthalten hatte, mit rotem Kopf zusehen, wie ihre ehemaligen Verbündeten sich gegen sie entschieden. Die endgültige Zählung ergab 33 zu 13 Stimmen zugunsten der Teilung. Der Delegierte Seiner Majestät erhob sich und gab bekannt, daß England bei der Durchführung der Teilung nicht mitwirken und seine Streitkräfte bis zum 15. Mai 1948 abziehen werde. So endete das schmachvolle Mandat.

Wenige Augenblicke nach der Abstimmung hatten die Fellachen von Tabah ihre versteckten Waffen ausgegraben, feuerten wütend in die Luft und schworen Rache. Überall im arabischen Palästina folgte eine Eskalation von Tumulten und ein Generalstreik. Doch niemand hörte darauf.

Tabahs neuer, leistungsfähiger Radioapparat konnte Rundfunksendungen aus der ganzen Welt empfangen. Sie hörten, wie die arabischen und moslemischen Premierminister, Präsidenten, Könige, die Moslembruderschaft, die Moslemjugend und der mohammedanische Klerus in der Öffentlichkeit Gift und Galle spuckten. Bei jeder Bei-

standserklärung faßten die Fellachen von Tabah Mut, und jeder neuen blutrünstigen Ankündigung folgte zustimmendes Geschrei.
Kairo: »Die zionistische Invasion erinnert an den Einfall der Tataren. Wenn die Juden am 15. Mai wagen, ihre Unabhängigkeit zu erklären, werden sie so heimgesucht werden, daß Dschingis-Khan daneben wie ein Friedensengel wirkt. Es wird neue Schädelpyramiden geben ... aus jüdischen Schädeln!«
Damaskus: »Arabische Waffen werden diesen sogenannten Teilungsplan so wertlos machen wie die Tinte auf dem Papier des Dokuments.«
Bagdad: »Rache und Haß gegen die Juden sind gerecht und legitim. Wir werden dieses zionistische Krebsgeschwür stolz vom geheiligten arabischen Boden tilgen.«
Kuweit: »O arabische Brüder in Palästina, faßt Mut. Wir werden dafür sorgen, daß sich die Geschichte wiederholt. Wir haben über die Vernichtung der Juden frohlockt, deren dreckige Profitgier zu ihrem Massaker in Europa führte. Wir werden Hitlers Werk vollenden.«
Saudi-Arabien: »Möge das größte der islamischen Dogmen unseren Weg zur vernichtenden Schlacht gegen die Juden erleuchten.«
Transjordanien: »Die Juden sind wilde Tiere, Blutsauger, Verräter, Feinde der Menschheit. Die Welt hat sie verachtet, zurückgewiesen und ausgestoßen. Wenn sie versuchen, einen zionistischen Staat zu errichten, wird er durch Blut und Tote ausgelöscht werden.«
Libyen: »Wir werden Palästina mit Strömen jüdischen Blutes überschwemmen. Wir werden jüdische Knochen zermalmen und sie als Düngemittel verwenden.«
Jemen: »Wir leben und sterben mit dem arabischen Palästina. Wir werden jüdische Eingeweide über das Land verstreuen.«
Tunis: »Möge uns der Prophet mit Blindheit schlagen, ja sogar töten, wenn wir einen jüdischen Staat auf heiligem islamischem Boden zulassen.«
Libanon: »Der Sieg ist unser! Wir werden jeden Juden und jedes jüdische Kind mit seiner Mutter ins Meer werfen.«
Hadschi Ibrahim allein begriff den Unterschied zwischen Rhetorik und Tat. Die arabische Propaganda war jetzt am schärfsten und tobte ihr Übermaß an Vernichtungswut in wilden Phrasen aus. Ein Fremder, der das hörte, mußte sie für die entsetzlichste Sprache halten, die je hörbar war. Für die arabischen Massen war es der Sirenengesang einer fernen Fata Morgana. Die Wörter beschworen herrliche Bilder der Macht herauf, aber wie die Fata Morgana waren die Wörter

Illusionen. Hadschi Ibrahim hatte längst erkannt, daß Phantasie und Wirklichkeit bei seinem Volk ein und dasselbe waren. Die Phantasie mußte um jeden Preis lebendig gehalten werden.
Er wußte auch, daß er allein eine Entscheidung für alle treffen mußte, denn keiner würde die Verantwortung übernehmen wollen.
Jede Nacht erhob sich helle Aufregung im Café von Tabah.
»Djihad! Djihad! Djihad!« Heiliger Krieg! Heiliger Krieg! Heiliger Krieg!
Aufruhr und Massaker mehrten sich in der arabischen Welt, die ihre Wut gegen kleine, schutzlose jüdische Bevölkerungsgruppen richtete. Die Synagogen von Aleppo bis Adan brannten wie Fackeln. In den noch unter englischer Herrschaft stehenden arabischen Ländern wurde nichts unternommen, um die Massaker zu verhindern.
Als die Wut der Araber zunahm, hoben die Vereinten Nationen, nachdem sie den Juden ihr »Pfund Fleisch« gegeben hatten, geschlossen die Hände und schrien: »Wir sind neutral!«
Die Militärexperten der Welt gelangten einmütig zu dem Schluß, daß die Juden überrannt werden würden. Am Ende würde man sie wahrscheinlich in einer Enklave rund um Tel Aviv zusammendrängen. Wenn sie mit dem Rücken zum Meer vor der Vernichtung standen, konnten die Vereinten Nationen vielleicht mit einer menschlichen Geste eingreifen und die Juden evakuieren.

Es war der Tag des christlichen Weihnachtsfestes. Man muß sich vorstellen, welche Aufregung Mr. Dandaschs schwarzer Mercedes verursachte, als er sich durch die Schlaglöcher zum Dorfplatz durchkämpfte. Die Jungen des Dorfes umringten den Wagen, während der Chauffeur sie vergeblich zu verscheuchen suchte. Sie grüßten schließlich alle ehrerbietig, als Mr. Dandasch ausstieg.
Ich erkannte ihn sofort wieder; es war einer von Effendi Kabirs Mitarbeitern. Ich trat vor und erklärte ihm, daß ich der Sohn des Muchtars sei, denn ich wußte, daß er meinen Vater sprechen wollte. Ich führte ihn zum Grab des Propheten, wo mein Vater schon den ganzen Tag lang meditierte.
Hadschi Ibrahim blickte auf. Seine Augen waren von dunklen Ringen umgeben, tiefen Ringen, Spuren der schlaflosen Nächte. Er erhob sich und umarmte Dandasch nach arabischer Art. Sie mochten einander nicht; ihre Umarmung war zu feierlich.
»Ich komme aus Damaskus mit einer Botschaft vom Effendi«, verkündete Dandasch.

»Ja?«
»Der Effendi wünscht dringend, dich in Damaskus zu sehen. Er hat einen Wagen für dich geschickt.«
Mein Vater warf Dandasch einen forschenden, deutlich mißtrauischen Blick zu. Ich konnte fast fühlen, was mein Vater dachte: ›Ich werde nicht nach Damaskus fahren, um mich ermorden zu lassen.‹
»Ich habe keine Papiere, um die Grenze zu überschreiten«, wandte er ein.
»Alles ist schon erledigt«, antwortete Dandasch. »Und sei versichert, daß der Effendi deine Sicherheit in der alten Tradition des Gastrechtes garantiert.«
»Der Effendi hat uns auch das Wasser garantiert, das er dann den Juden verkauft hat.«
»Ich schlage vor, daß du dich vernünftig zeigst.«
Mein Vater kannte die Einzelheiten nicht, aber es ging das Gerücht um, daß Kabir die meisten seiner Besitztümer in Palästina liquidiert und Millionen auf Schweizer Banken deponiert habe. Es würde ihm nicht schwerfallen, auch das Land von Tabah und die Dörfer in der Umgebung zu verkaufen. Hadschi Ibrahim hatte keine andere Wahl, als der Aufforderung Folge zu leisten. »Ich fühle mich geehrt«, sagte er, »wann fahren wir?«

III

Hadschi Ibrahim hatte noch nie ein so prunkvolles und luxuriöses Automobil gesehen. Als der Fahrer es nach der Fahrt reinigte, glänzte es so, daß man sein Gesicht wie in einem Spiegel sehen konnte. Das Innere roch nach feinem Leder, und der Wagen hatte einen starken Motor. Dennoch fühlte sich Hadschi Ibrahim sehr unbehaglich. Der Effendi hatte noch nie die Großzügigkeit gehabt, von Damaskus aus ein Automobil zu ihm ins Dorf zu schicken. Was hatte er vor?
Offenbar hatte es etwas mit dem Teilungsplan zu tun. Zwischen alten Feinden wurden politische und militärische Bündnisse geschlossen, und Kabir war ein Kater, der immer auf die Füße fiel. Auch wenn Kabir viel von seinem Reichtum aus Palästina verlagert hatte, würde er sicherlich einen Fuß in der Tür lassen.
Hadschi Ibrahim würde es bald genug erfahren. Im Augenblick fühlte

er sich nicht recht wohl, während der Chauffeur den Wagen den gewundenen Bab el Wad hinauflenkte und sie in den Kurven, die einander alle paar Sekunden folgten, heftig von einer Seite auf die andere schleuderten. Die Lastwagen stießen Qualm aus und keuchten im Schneckentempo dahin. Der Mercedes brauste hinter einem Laster heran, und der Fahrer hupte ungeduldig, dann überholte er ihn in haarsträubendem Tempo auf der Gegenfahrbahn. Dandasch wirkte entspannt, sogar gelangweilt, während er am Radio herumfingerte, das abwechselnd hitzige Nachrichten und schrille orientalische Musik von sich gab.

Hadschi Ibrahim kam nicht oft nach Jerusalem. Er musterte die hohen Böschungen zu beiden Seiten der Straße, die für Heckenschützen und Hinterhalte errichtet waren. Wie seit dreitausend Jahren würde die Straße für jeden militärischen Plan auch jetzt wichtiger sein als jede andere.

Wo der Bab el Wad an seinem höchsten Punkt vorübergehend abflachte, hatten die Engländer eine Straßensperre errichtet. Fünfzig Wagen hielten in zwei Reihen, eine mit Juden und eine mit Arabern. Mr. Dandasch befahl dem Fahrer, unter Umgehung der Warteschlangen direkt zum Kontrollpunkt zu fahren. Angesichts des Mercedes erhob keiner der wartenden Araber Einspruch. Dandasch steckte den Kopf aus dem Fenster, warf dem diensthabenden Offizier ein paar knappe, gut gewählte Worte zu, und die Sperre wurde sofort geöffnet, so daß sie durchfahren konnten. Hadschi Ibrahim war über so viel Macht erstaunt.

Die Landstraße führte in ein tiefliegendes Tal hinab, bevor die letzte Steigung nach Jerusalem begann. Zu beiden Seiten befanden sich weiße arabische Dörfer. Links erhob sich in der Ferne ein großer Hügel, auf dem sich der arabischen Überlieferung zufolge das Grab des Propheten Samuel befindet. Von diesem Hügel aus war Richard Löwenherz gezwungen worden, seinen Kreuzzug zu beenden und das Heer aufzulösen. Von dort hatte der englische König auf Jerusalem hinuntergeblickt, das er nie betreten sollte.

Während sie die letzte Steigung nahmen, erblickten sie Häuser aus zartrosafarbenem Jerusalemstein, der in der Mittagssonne leuchtete. Sie kamen in die Vororte, hatten einen arabischen Bezirk links von sich und das jüdische West-Jerusalem vor sich. Sie gelangten durch die Jaffa Road zum zentralen Geschäftsviertel der Juden und gerieten in dichten Verkehr, in dem sie nur langsam vorankamen. Undisziplinierte Chassidim überquerten aufs Geratewohl vor ihnen die Straße, ihre Schläfenlocken wippten unter breitrandigen Filzhüten auf und nieder. Arabische Eselskarren, qualmende Autobusse und ein unwahrscheinliches Menschengewirr drängten sich, je näher sie der Altstadtmauer kamen.

Ein Dschungel von Stacheldraht und englischen Soldaten blockierte die Stelle, an der die Jaffa Road das Jaffator der Altstadt erreichte. Dandasch mußte aussteigen, um einen Offizier zu finden, der sie durchließ. Sie fuhren um die Altstadt herum, dann bogen sie plötzlich in die Jericho Road ein und hatten den willkommenen Anblick rein arabischer Vororte vor sich. Als sie die Dörfer hinter sich hatten, fuhr der Wagen hinunter in die öde Wildnis von Judäa, in der sich David vor Saul versteckt hatte; die Wildnis der Essener, Johannes des Täufers und die Wildnis Christi. Sie fuhren immer tiefer hinunter zum tiefstgelegenen Punkt der Erde. Eine englische Kolonne fuhr in rasendem Tempo hügelaufwärts nach Jerusalem an ihnen vorbei mit dem für Militärkolonnen typischen Anschein höchster Dringlichkeit.

Als der Verkehr nachließ, trat der Chauffeur wieder auf das Gaspedal und fuhr nur langsamer, um zu bremsen oder an einem plötzlich auftauchenden alten Wagen oder Karren vorbeizumanövrieren. Vom Wüstenboden loderte blendende Nachmittagshitze empor und strahlte kleine Wellen aus, die sich an den Felsen kräuselten. Hadschi Ibrahim wunderte sich darüber, daß das Innere des Automobils dank einer wunderbaren Vorrichtung kühl blieb.

Sie fuhren durch das in Trägheit versunkene Jericho, um die Nordspitze des Toten Meeres herum und in halsbrecherischem Tempo über eine leere, schnurgerade Straße. Sie befanden sich in einer tiefgelegenen Landsenke, dem Jordangraben. Im Hintergrund erhoben sich zu beiden Seiten des Flusses in Palästina wie in Transjordanien Wächterberge.

Jenseits des Flusses war Moses gestorben, nachdem er das Gelobte Land erblickt hatte, und Joshua hatte dort die Stämme der Hebräer für den Einmarsch aufgestellt. Hier war einst die alte Königsstraße verlaufen, eine lebenswichtige Karawanenstraße von Damaskus zum Golf von Akaba, von wo Salomons Schiffe nach Afrika und dem Orient ausliefen.

Am 14. Mai 1948, also im nächsten Jahr, würden die Engländer auch aus Transjordanien abziehen und nur ein Offizierskorps für die Arabische Legion zurücklassen. Emir Abdullah würde die Unabhängigkeit verkünden, sich selbst zum König krönen und sein Territorium

das Königreich Jordanien taufen. Es würde ein Scheinkönigreich sein, eines der schwächsten und ärmsten in der arabischen Welt.
Jeder wußte, daß Abdullah mit den Juden verhandelte und kaum daran interessiert war, in einen Krieg mit ihnen verwickelt zu werden. Trotz seines eher gemäßigten Judenhasses stach ihm Jerusalem ins Auge, und er war bestrebt, es seinem Königreich einzuverleiben. Er hatte das Gefühl, daß jetzt eine ausgezeichnete Gelegenheit bestand, durch Verhandlungen mit den Juden sowohl Ost-Jerusalem als auch einige Landstriche an der Westbank zu erhalten. Leider war er ein arabischer Monarch und dem heftigen Druck der größeren arabischen Staaten ausgesetzt, sich an dem Konflikt zu beteiligen.
Obwohl Abdullahs Land klein war und er eigentlich dem Druck hätte nachgeben müssen, verfügte er über die vielleicht schlagkräftigste Armee der arabischen Welt. Ägypten, Syrien und die Saudis wollten Abdullahs Arabische Legion benutzen, auch wenn seine Ambitionen ihnen zuwiderliefen.
Die von den Engländern bewaffnete, ausgebildete und geführte Legion wurde auch von einem englischen General kommandiert. Ihre Kampfstärke im künftigen Krieg jagte den Juden Angst ein. Abdullah tanzte auf einem Vulkan.

Als sie am Abend in Tiberias eintrafen, waren sie von der Reise ermüdet. Diese Stadt am See Genezareth ist für Juden wie für Araber von großer historischer Bedeutung. Bei den in der Nähe gelegenen Gipfeln von Hittim hatte Saladin, der Kurde, in einer heldenhaften Schlacht das erste Kreuzfahrerkönigreich beinahe vernichtet.
In der Römerzeit blieb es in Galiläa verhältnismäßig ruhig, während der Rest der Nation rebellierte. Juden, die aus Jerusalem vertrieben worden waren, fanden in Tiberias einen Zufluchtsort. Dort hatten große Rabbiner und Gelehrte seit Jahrhunderten gearbeitet und studiert und aus Tiberias eine ihrer heiligen Städte gemacht. Die Gräber vieler Rabbiner, die das Judentum am Leben erhalten hatten, umgaben den See und waren Schauplätze großer religiöser Versammlungen.
Hundert Jahre früher, zur Zeit der Osmanen, fiel die Stadt einem Erdbeben zum Opfer und wurde dann von den Juden weitgehend wieder aufgebaut. Sie verwendeten das einzigartige einheimische schwarze Basaltgestein als hauptsächliches Baumaterial, das der Stadt ein ebenso ungewöhnliches Aussehen verlieh wie das rosa Gestein Jerusalems.

Wie bei allen Städten und Siedlungen in der Gegend wirkte sich die Sonne auf die menschliche Energie nachteilig aus. Die Juden überwanden die Schwäche und errichteten eine Reihe von grünen Kibbuzim und Dörfern. Ihre starke Präsenz in der Region ermöglichte es ihnen, in verhältnismäßigem Frieden und Ordnung zu leben.
Hadschi Ibrahim war überrascht, als Mr. Dandasch dem Fahrer befahl, an der arabischen Altstadt am See vorbei zu einem alleinstehenden jüdischen Hotel weiter unten an der Straße zu fahren. Es hieß Galei Kinnereth und gehörte einer geflüchteten Deutschen, die es leitete. Sie fuhren die Einfahrt hinauf und hielten an. Der Fahrer räumte den Kofferraum aus und erhielt den Auftrag, sich in einem arabischen Hotel ein Zimmer zu suchen und am nächsten Morgen pünktlich zur Stelle zu sein.
»Ich möchte deine Gastfreundschaft nicht zurückweisen«, erklärte Hadschi Ibrahim, »aber ich würde mich wohler fühlen, wenn ich mit deinem Chauffeur in einem Haus unserer Landsleute absteigen könnte.«
»Ich habe aber ausdrückliche Anweisungen vom Effendi«, erwiderte Dandasch.
»Für mich ist es eine Frage des Prinzips«, fügte Ibrahim hinzu.
»Wie du willst«, sagte Dandasch gereizt. »Dann auf Wiedersehen morgen früh.«
Hadschi Ibrahim war erst einmal in seinem Leben in Tiberias gewesen, und zwar als Junge vor vielen Jahren. Der See war berauschend schön. Er aß mit dem Fahrer zusammen in einem Café am Ufer und sah zu, wie der Mond auf der gegenüberliegenden Seite zauberhaft über den Hügeln aufging. Das waren die syrischen Golanhöhen, ein Hochplateau, das sich unmittelbar hinter dem Ostufer des Sees erhob.
Wie in ganz Palästina drehte sich auch in Tiberias das Gespräch um den kommenden Krieg mit den Juden. Der Fahrer erzählte bald allen Gästen, daß der berühmte Muchtar von Tabah, Hadschi Ibrahim, mit ihm gekommen war. Alle kannten den Mann, der Saladins Taktik, die Felder abzubrennen, verwendet hatte, um Kawakdschis Freischärler zu verjagen.
Sie sammelten sich um seinen Tisch, um Klatsch und politische Ansichten auszutauschen. Es war klar, daß die Syrer von den Golanhöhen herunterkommen, sich des Sees bemächtigen, dann durch Galiläa fahren und Haifa mit seiner gemischten Bevölkerung erobern und so den Juden und ihrer Armee zuvorkommen würden. Von hier aus war es leicht, sich das auszumalen.

Ibrahim mußte wieder eine schlaflose Nacht ertragen. Er starrte von dem kleinen Steinbalkon seines Hotelzimmers aus auf den See, während der Mondschein auf den Wellen tanzte und die Hügel Syriens im Dunst verschwanden.
Gideon Asch stammte aus einer Stadt am Nordufer des Sees. Das beschäftigte Ibrahims Gedanken. Morgen würden sie nahe daran vorbeikommen. Ach, wie sehr Gideon ihm fehlte! Gideon wußte immer, was sich hinter den Kulissen abspielte. Ibrahim wollte Rosch Pinna besuchen und das Haus sehen, in dem Gideon zur Welt gekommen und aufgewachsen war. Was würde Gideon ihm jetzt wohl über die Intrigen der Araber erzählen können?
Gewisse Entwicklungen zeichneten sich ganz klar ab. Vor einer Woche hatte er anläßlich einer Hochzeit den Wahhabitenstamm besucht. Die Wahhabiten durchstreiften den Nord-Sinai, und es gab wenig, das ihren Augen und Ohren entging. Sein Onkel, der große Scheich Walid Azziz, hatte ihm erzählt, daß Ägypten im Sinai Militär zusammenzog. Es war ein offenes Geheimnis, daß Ägypten Palästina vom Süden her angreifen würde.
Da Ibrahim die arabische Mentalität kannte, war er jetzt besorgt. Kein arabisches Land würde uneigennützig für eine Brudernation in den Krieg ziehen.
Syrien jenseits des Sees hatte immer einen gewissen Anspruch auf ganz Palästina aufrechterhalten, und zwar, weil Damaskus das politische und administrative Zentrum für beide Länder wie auch für den Libanon gewesen war. Syrien würde sicherlich Galiläa und Haifa für sich behalten. Auf diese Weise würde der Libanon von drei Seiten eingekreist sein, während das Mittelmeer die vierte Grenze bildete.
Ägypten? Es würde den Negev, den Gazastreifen und Beersheba am Rand der Wüste für sich beanspruchen.
Abdullah würde der Versuchung nicht widerstehen können, Jerusalem und die Westbank seinem Herrschaftsbereich einzugliedern.
Sie würden Palästina untereinander aufteilen. Und was war mit dem Irak und den Saudis und jenen Staaten, die nicht an Israel grenzten? Sie würden am Krieg teilnehmen, um die arabische Welt wiederherzustellen, und um der Beute und der Vernichtung der Juden willen.
Würden diese Nationen, von denen jede an einem Stück von Palästina interessiert war, dem palästinensischen Volk gestatten, einen Staat zu bilden? Wenn die Aufteilung vorbei war, würde für die Pa-

lästinenser herzlich wenig übrigbleiben, und wieviel Autonomie Hadschi Ibrahims Volk zugestanden wurde, hing davon ab, mit wem sie sich verbündeten. Die Kriegsherren in Kairo, Damaskus und Amman beachteten die palästinensischen Araber kaum. Schweiften seine Gedanken ab? Am Galiläischen Meer war es leicht, zu Erkenntnissen zu gelangen. Für ihn war jetzt alles vollkommen klar. Gideon hätte ihm das gleiche gesagt. Er hätte mit Gideon über diese Probleme diskutiert. Es war schwierig, sich auszureden, was er entdeckt hatte.
Welche Rolle gedachte Effendi Kabir zu spielen? Was hatte er vor?

IV

Am Morgen brausten sie den Küstenstrich nach Norden entlang, der ungeheure historische und religiöse Bedeutung besitzt. Wo Jesus auf dem Wasser wandelte, erstreckt sich abseits des Sees ein langgestreckter, abfallender Hügel. Seligpreisungen! Die Bergpredigt. Wohl denen, die keine Gewalt üben, denn sie werden das Land erben. Vorbei an den Ruinen der alten Synagoge in Kapernaum, in der Jesus als Rabbi predigte. Plötzlich war das Galiläische Meer zu Ende.
»Ich würde gern Rosch Pinna besuchen«, sagte Ibrahim.
Dandasch warf einen Blick auf seine Uhr, zuckte die Schultern und befahl dem Chauffeur, den kurzen Umweg zu machen. Das Dorf, in dem Gideon Asch zur Welt gekommen war, lag auf den sanften Hängen Kanaans. Es hatte sich seit seiner Gründung nicht verändert. Es war verschlafen, aber sauber. Hier bebauten die Menschen ihren eigenen Grund und Boden und hatten eigene Häuser, im Gegensatz zu dem Gemeinschaftsleben im Kibbuz.
Er war verwirrt, weil er ständig an seinen verlorenen Freund denken mußte. Warum denke ich in letzter Zeit so viel an Gideon? Wahrscheinlich, weil ich seinen Rat brauche. Hadschi Ibrahim sah Gideon als Jungen vor sich, wie er faul mit einem Buch auf den Knien im Schatten des riesigen Baumes lag, oder wie er trotzig seinen Hengst bestieg und den malerischen Ort verließ, um sich an der Neuordnung Palästinas zu beteiligen.
»Kann ich dir helfen?« fragte ein jüdischer Farmer.
Ibrahim wollte schon fragen, ob er Gideons Elternhaus sehen könne.
»Nein«, sagte er, »es ist hier nur so angenehm.«

Bei gesellschaftlichen Anlässen zeigten sich Juden und Araber in dieser Gegend äußerst gastfreundlich. »Willst du zum Essen bleiben?«
»Es ist leider unmöglich«, warf Dandasch ein, »wir müssen noch heute in Damaskus sein.«
Sie stiegen wieder in den Wagen und schlossen die Türen. »Schalom«, sagte der Bauer.
»Schalom«, antwortete Ibrahim.
Als sie wieder auf der Hauptstraße waren, bogen sie nach Osten ab und fuhren zur syrischen Grenze. Vom tiefsten Punkt der Erde fuhren sie auf etwa tausend Meter Höhe auf das Plateau der Golanhöhen. Auf der englischen Seite verließen sie den Wagen für eine Weile und nahmen ein Picknick zu sich, das in Dandaschs Hotel vorbereitet worden war.
Hadschi Ibrahim starrte zum See hinunter, der aus dieser Höhe kaum größer aussah als ein Teich. Er konnte über halb Galiläa hinweg bis zu den Hügeln von Nazareth und nach Süden viele Meilen weit den Jordangraben hinunter sehen, in dem sich der Fluß vom See Genezareth zum Toten Meer ergoß. Die Reihen jüdischer Siedlungen entlang des Sees erschienen von hier aus klein und hilflos. Syrische Artillerie konnte auf diesem Berg in Stellung gehen und ihr Feuer einfach nach unten regnen lassen. Die Juden besaßen keine Kanonen mit dieser Reichweite. Sicherlich würden sie niemals imstande sein, die steile Felswand zu erklettern und die Stellung einzunehmen. Sogar seine Fellachen in Tabah wären fähig, eine so hochgelegene Stellung gegen eine Brigade der Palmach zu halten. Man mußte kein Saladin sein, um zu begreifen, daß das Sperrfeuer die Juden zurücktreiben würde, worauf die syrischen Panzer und die Infanterie nur auf sie herabzustürzen und sie aufzureiben brauchten. Keine militärische Stellung in Palästina bot den Arabern größere Vorteile; das fand jedenfalls Hadschi Ibrahim.
Der syrische Offizier in der Grenzstadt Kunetra näherte sich dem eindrucksvollen Auto untertänig, wechselte ein paar Worte mit Dandasch, grüßte schneidig, erteilte den Befehl, das Tor zu öffnen, und sah dem Wagen nach, der eilig in die Stadt fuhr.
Kunetra war wegen seiner hervorragenden strategischen Lage als militärischer Bereitstellungsraum erbaut worden; außerdem lag es über einer Ölpipeline, die in einer Entfernung von etwa dreitausend Kilometern am Persischen Golf begann. Das Aufgebot an Militärfahrzeugen, ein Feld genau ausgerichteter Panzer und fahrbarer Geschütze

sowie Hunderte syrische Soldaten auf den Straßen wiesen auf den bevorstehenden Krieg hin.
Nachdem sie die Stadt hinter sich gelassen hatten, fuhren sie am Fuß des Berges Hermon entlang, dessen hoher, einsamer Gipfel schneebedeckt war. Sein breiter Sockel lief bis nach Palästina, Syrien und Libanon. Auf den tiefergelegenen Hängen befanden sich die Dörfer der mystischen Sekte der Drusen, verarmter ismailitischer Schiiten und einiger weniger christlicher Araber.
Sie überquerten die flache, graue, vulkanische Wüstenebene des Golan, erreichten die Straße nach Amman, und bevor Hadschi Ibrahim sich darauf einstellen konnte, tauchten plötzlich die Spitzen der herrlichen Omajjaden-Moschee von Damaskus vor ihm auf, die an Heiligkeit nur dem Felsendom nachsteht. Damaskus, die Stadt von Kain und Abel, dem Apostel Paulus, die Geburtsstätte des Christentums, erhebt Anspruch darauf, die älteste Stadt der Welt zu sein. Sie ragt als riesige Oase aus der Wüste empor. Damaskus beherrschte einst ein Reich, das größer war als das römische, und lebt noch immer von einem Ruhm, der vor tausend Jahren verblaßte.
Hadschi Ibrahims Ruhe war dahin, er spielte nervös mit seinen Gebetsperlen, als sie die Vororte der Stadt erreichten. Er hatte, von seiner Pilgerei nach Mekka abgesehen, noch nie etwas Ähnliches erlebt. Den Kontrapunkt zu seiner Ehrfurcht bildeten Dandaschs mürrisches Wesen und das Gehupe des Chauffeurs, mit dem er sich freie Bahn verschaffte. Das Bild einer typisch arabischen Stadt mit Minaretten und Kuppeln, der alten Ummauerung, der dicht bevölkerten, zerfallenden Kasbah wurde von modernen Wolkenkratzern aus Glas und Beton und breiten Boulevards abgelöst, die von französischem Einfluß der Neuzeit zeugten. Alles lag in einem ewigen Dunstschleier aus Asche und Sand, die aus der Wüste hereinwehten.
Damaskus verdankte sein Dasein dem Fluß Barada, der von den Bergen des Antilibanon herabströmte und sich dann in Hunderte Bäche teilte, die in ein Gewirr von Kanälen umgewandelt worden waren. Das Wasser hatte einen Grüngürtel namens La Ghouta ermöglicht. Die arabische Phantasie verglich diesen Bezirk mit dem Garten Eden. La Ghouta bestand aus einer unwahrscheinlichen Mischung von Wald und Villen, von Kasinos, Farmen und Obstgärten, die die Stadt ernährten, von Parks und Erholungsgebieten.
Effendi Kabir wohnte in La Ghouta in einer Villa, die beinahe ein Schloß war. Jenseits des bewachten Eingangstors fuhren sie etwa ei-

nen halben Kilometer durch blühende Obstgärten und vorbei an Rosenbüschen, ehe sie die Villa erreichten, deren Fassade aus pfirsichfarbenem, algerischem Marmor bestand, umrahmt von persischen Fliesen.
Hadschi Ibrahim war verwirrt und benommen, als ihn Fawzi Kabir so überschwenglich begrüßte, als sei er ein saudischer Fürst. Der übertriebene Empfang mobilisierte Ibrahims Wachsamkeit und machte ihn doppelt mißtrauisch. Er wußte jetzt, daß er wegen einer wichtigen Angelegenheit herzitiert worden war.
Seine Ehrfurcht vor jedem neuen Wunder dieses Märchens wurde nun von inneren Stimmen, die unaufhörlich zur Vorsicht mahnten, gedämpft. Es war traumhaft, eine Ahnung des Paradieses, aber ihm war klar, daß Kabirs Gastfreundschaft einen stolzen Preis haben würde.
Das Essen fand in einem Prunksaal statt. Große bestickte Stoffbahnen bildeten ein Zelt, das mit Spiegeln behängt war. Der Fußboden war nicht mit dünnen orientalischen Teppichen, sondern mit einem dicken westlichen Plüschbelag bedeckt. Kissen und niedrige Tische trugen zur Atmosphäre einer römischen Orgie bei. Die beiden Männer speisten allein, nur betreut von vier jungen, schön gewachsenen Dienern und zwei Leibwächtern, die die Uniform der türkischen Janitscharen trugen – Pumphosen bis zu den Knöcheln, breite rote Schärpen um die Taille und einen Fez. Am Ende der Mahlzeit brachten zwei Diener eine Silberplatte von zwei Metern Durchmesser mit Früchten, Nüssen, verschiedenen Käsesorten und europäischen Schokoladen, Torten und Süßigkeiten, die scheinbar die halbe Höhe des Berges Arafat erreichten. Kabir klatschte in die Hände, erteilte einen Befehl, dann griff er in den Hügel köstlicher Nachspeisen.
Sieh da, ein Musikanten-Quintett erschien, und während sie eine sich immer wiederholende Melodie winselten, glitt eine Bauchtänzerin herein und begann sich vor ihnen zu drehen.
In Allahs Namen! Was will dieser Mann von mir? Ich muß vorsichtiger als vorsichtig sein! Das alles könnte ein genau berechneter Versuch sein, meine Wachsamkeit einzuschläfern und mich dann zu ermorden. Warum will er mich umbringen? Ach ja, ich habe ihn einmal gezwungen, nach Tabah zu kommen. Obwohl das mehr als ein Vierteljahrhundert her ist, würde ein Mann wie Kabir eine solche Beleidigung nie vergessen! Unsinn! Er bemüht sich nur, ein guter Gastgeber zu sein . . . anderseits . . .
Der Muchtar von Tabah riß den Mund vor Staunen auf, als die Frau

zu ihnen sich schlängelte und sich unmittelbar über ihm wiegte. Sie war keine Araberin, denn ihre Haut war weiß, ihr Haar goldfarben, und ihre Augen waren blau. Kabir beugte sich zu ihm, stützte sich auf den Ellbogen und näherte seine Lippen Ibrahims Ohr.
»Sie heißt Ursula. Sie ist eine Deutsche und äußerst geschickt, sehr begabt. Sie ist eine meiner Lieblingsfrauen. Würdest du glauben, daß sie in weniger als einem Jahr so tanzen gelernt hat? Sie wird heute nacht zu dir ins Zimmer kommen. Behalte sie, so lange du willst.« Kabir machte eine kurze Pause, um eine Nuß zu knacken, und seine Augen wanderten zu den Dienern, die aufmerksam um sie herumstanden. Er wies mit dem Kinn auf einen jungen Mann von sinnlicher, katzenartiger Schönheit. »Oder nimm beide.«
Ursula wackelte mit ihren schön geschwungenen, festen, köstlichen Hüften nur ein paar Zentimeter vor Ibrahims Nase, im Dunstkreis seines heißen, unregelmäßigen Atems. Sie drehte sich langsam um, bis ihr süßer, lockender Schoß fast sein Gesicht berührte.
»Warum wurde ich hierhergebracht?« stieß Ibrahim hervor.
»Morgen ist Zeit genug für Geschäfte«, antwortete Kabir. »Du hast einen langen Tag hinter dir. Ich hoffe, die Nacht wird ebenso lang sein.«
Die Musik brach plötzlich ab, wie es bei orientalischen Weisen oft der Fall ist.

Das kann nicht wahr sein, dachte Ibrahim, als er in einem Zimmer, das für Mohammed selbst angemessen gewesen wäre, auf einem Satinbett lag. Der Raum war schwach beleuchtet, und Weihrauchschwaden stiegen zur Decke empor.
Ich weiß! Sie ist es, die mich töten soll. Ich muß äußerst vorsichtig sein.
Sein Herz klopfte hörbar und versuchte, in seine Kehle zu schlüpfen, als er eine Bewegung hinter dem Gitterwerk wahrnahm, das den Raum teilte. Er konnte kaum hindurchsehen, erkannte aber das Mädchen auf der anderen Seite. Sie trat federleicht in durchsichtigem Chiffon in den Raum, blieb am Fußende des Bettes stehen und entblößte sich schamlos, Stück um Stück, mit quälender Langsamkeit.
Als ihr Kleid zu ihren Füßen lag, kam sie auf allen vieren über das Bett zu ihm gekrochen. Hadschi Ibrahim packte sie, warf sie auf den Rücken, und seine Stöße waren schnell, kräftig und hitzig. Einen Augenblick später fiel er keuchend und schwitzend in die Kissen zurück. Er hatte noch nie Fleisch wie das ihre berührt. Es war Wahnsinn.

Ursula überstand seinen ersten Angriff lächelnd. Beim zweitenmal brauchte er länger und war nicht mehr ganz so stürmisch. Er brach wieder erschöpft zusammen, für diese Nacht hatte er genug. Das Mädchen schmiegte sich eng an ihn, und ihre Finger zeichneten bedächtige Kreise auf seine Haut.
»Du bist so sanft«, sagte er schließlich. »Du haßt mich. Ich habe dich ganz falsch geliebt.« Er war überrascht, daß er sich zu diesem Schuldbekenntnis hinreißen ließ.
»Du mußt lernen, dich berühren zu lassen«, erklärte sie.
»Ich habe es falsch gemacht.«
»Hör damit auf. Lerne, dich berühren zu lassen. Lerne, deine Regungslosigkeit zu genießen.«
Hadschi Ibrahim seufzte mehrmals. Alles kam zusammen: die lange Fahrt von Tabah, der pompöse Empfang in Damaskus, diese paradiesische Nacht, Gideons Haus, der über den Golanhöhen aufgehende Mond, Panzer, Kanonen, Tabah ... Tabah ... Tabah ... die Straße nach Jerusalem.
»Ich muß gestehen, daß ich zum erstenmal in meinem Leben etwas müde bin«, sagte er.
»Das ist nicht so sicher.«
Ursula setzte sich auf, zog die Schublade des Tischchens neben dem Bett auf, entnahm ihr eine kleine, edelsteinbesetzte Dose, öffnete sie, nahm einen Haschischstab heraus und zerkrümelte ein wenig davon in eine Pfeife.
Aha! Jetzt bin ich schwach, und sie wird mir in Gift getauchtes Haschisch geben.
Bevor ihn die Angst überwältigte, sah er, wie sie die Pfeife anzündete und einen tiefen, gierigen Zug nahm, dann bot sie sie ihm an. Er lachte beinahe laut über seinen Irrtum. Als er die Pfeife wieder anzündete, um noch einen Zug zu machen, hielt sie seine Hand fest.
»Es ist sehr stark«, warnte sie ihn.
»Ja«, bestätigte er entzückt, »ja.« Der Raum drehte sich um ihn, und der schwere Duft von Weihrauch umnebelte seine Gedanken. Alles um ihn war Satin. Ursulas Berührungen reizten all seine Sinne. Er hatte nicht geahnt, daß es so etwas gab. Sie leckte ihn ganz, endlos. Das Glied zwischen seinen Beinen, das er für tot gehalten hatte, erwachte wieder zum Leben.
»Rühr dich nicht, faß mich nicht an«, unterwies sie ihn. »Laß es geschehen.«

»Ich werde es versuchen, aber du treibst mich zum Wahnsinn.«
»Versuch es. Du bist ein guter Mann.«
»Ich werde es versuchen«, wiederholte er.
In dem gedämpften Licht badete sie ihren Körper vor ihm in duftendem Öl, dann badete sie ihn. Als sie über ihn glitt, ermahnte sie ihn wieder sanft, stillzuhalten. Er überließ sich ihrer Führung. Ursula liebte ihn und liebte ihn und liebte ihn, bis in ihm ein Vulkan brodelte. Diesmal beteiligte sie sich an der Lust, zwang ihn, sich ihr in kurzen Etappen anzupassen, bis der Vulkan den Ausbruch nicht mehr zurückhalten konnte und ihn die wonnigste aller Müdigkeiten überkam.
»Ursula«, flüsterte er später.
»Ja?«
»Warum hat er mich hierhergebracht?«
»Ich darf es dir nicht sagen.«
»Bitte.«
»Morgen wirst du mit Kawakdschi und Abdul Kadar zusammentreffen.«
Ibrahim setzte sich auf, seine Benommenheit schwand schlagartig.
»Aber sie sind meine Todfeinde. Sie sind Kabirs Todfeinde!«
»Anscheinend sollen jetzt alle Araber Brüder werden.«
Hadschi Ibrahim stöhnte erschrocken auf. Ursula steckte ihm die Pfeife wieder in den Mund und zündete sie an. Er tat einen sehr tiefen Zug, sank auf das Kissen zurück, und sie schmiegte sich an ihn.
»Es genügt, wenn ich morgen anfange, mir Sorgen zu machen«, seufzte er.

V

Die Stimme des Muezzin rief die Gläubigen zum Gebet, sie durchdrang die Luft, während die Nacht zum Tag wurde. Hadschi Ibrahim erwachte davon wie an jedem Tag seines Lebens. Langsam und blinzelnd schlug er die Augen auf. Er war völlig erschöpft. Damaskus! Effendi Kabir! Er setzte sich auf, und in seinem Kopf hämmerten die Nachwirkungen der Nacht mit Haschisch, Wein und Wollust.
Er blickte rasch neben sich. Sie war fort, doch er atmete noch immer ihren Duft, und das Kissen wies dort, wo sie geschlafen hatte, eine

Vertiefung auf. Er stieß einen schweren Seufzer der Erinnerung aus und lächelte, stöhnte zugleich wegen seines Katzenjammers, lächelte wieder und schlug das Laken zurück. Wahrscheinlich ist es gar nicht passiert, dachte er. Aber selbst wenn es nur ein Traum gewesen ist, es hat sich gelohnt.
Hadschi Ibrahim rollte seinen Gebetsteppich auf, richtete ihn nach Mekka und kniete nieder

»Im Namen Allahs, des Barmherzigen, des Mitleidsvollen.
Gelobt sei Allah, der Herr der Welten.
Der Barmherzige, der Mitleidsvolle.
Richter am Tage des Gerichts.
So dienen wir, und Dich flehen wir um Hilfe an.
Führe uns den rechten Weg,
Den Weg jener, denen du Gutes geschenkt hast,
Nicht den jener, auf die Dein Zorn fällt, oder jener, die irregehen.«

Als das Gebet zu Ende war, erhob er sich vorsichtig, denn sein Körper schmerzte an vielen Stellen. »Ich habe ein Bad vorbereitet«, sagte eine Frauenstimme hinter ihm. Er wandte sich um, sah Ursula in der Tür stehen, und sein Herz schlug wie wild. »Ich habe das Frühstück auf die Veranda bestellt. Eure Zusammenkunft findet erst später statt.«
Sie half ihm die drei Stufen in eine große Marmorbadewanne hinunter. Der heiße Schaum reichte ihnen bis zum Hals. Sie verwöhnte ihn und wusch ihn mit einem Schwamm.
»Du schlimmer alter Mann«, scherzte sie. »Fünf Mal. Die letzten Male waren so herrlich. Du bist ein gelehriger Schüler.«
Ihr Gespräch auf der Veranda bestand aus Bruchstücken. Sie erzählte von Berlin und Luftangriffen ... dem schrecklichen Artillerie-Bombardement ... der Angst beim Einmarsch der Russen ... wie sie sich als junges Mädchen in den Trümmern versteckt hatte ... Vergewaltigung ... Hunger und Not ... Flucht ... Beirut ... Blondinen, sie lieben Blondinen ...
»Krieg«, sagte er heiser. »Ich will diesen Krieg nicht. Es muß eine andere Möglichkeit geben.«
»Du bist in Schwierigkeiten, nicht wahr?«
»Ja, vermutlich. Fawzi Kabir hat nicht nach mir geschickt, um mich dafür zu belohnen, daß ich ein guter Moslem bin.«
»Ich weiß nicht, ob ich heute abend wieder zu dir kommen kann«, meinte sie. »Aber ich kann bis zu eurem Treffen bei dir bleiben.«

»Das ist nicht notwendig, ich muß nachdenken. Außerdem habe ich dank deiner einen Blick ins Paradies geworfen. Ich wäre der dümmste Narr, wenn ich glaubte, ich könnte das auf dieser Welt noch einmal erleben. Ich möchte nur an diesen einen Augenblick der Vollkommenheit zurückdenken. Ich will es nicht darauf ankommen lassen, daß heute nacht etwas schiefgeht und diese Erinnerung trübt. Verstehst du das?«
»Du bist ein guter Mann, Ibrahim. Und weise. Schließlich bin ich nur eine Prostituierte.«
»Allah hat mir viele Dinge auf viele verschiedene Arten geschenkt. Ich glaube, daß er dich mir als eine große Belohnung gesandt hat. Du darfst dich nicht selbst erniedrigen. Jede Frau, die einem Mann einen Blick ins Paradies gewährt, ist eine gute Frau.«
»Ich glaube, daß ich zum letztenmal als kleines Mädchen rot geworden bin.«
»Ich möchte nicht, daß du schon gehst«, sagte er. »Ich habe etwas Wichtiges gelernt. Es ist sehr schwer, mich etwas zu lehren. Niemand unter meinen Leuten könnte sich anmaßen, mich etwas lehren zu wollen. Ich, Ibrahim, muß für alle anderen Menschen in meinem Dorf die Entscheidungen treffen, und ich übernehme allein unter hundert Männern dafür die Verantwortung. Ich habe einen Sohn, Ismael. Er ist meine einzige Hoffnung, aber er ist noch sehr jung. Er ist mutig und klug, vielleicht wird er einmal der Führer des Dorfes werden. Er ist auch schlau. Er weiß schon, wie er mich behandeln muß. Ismael liest mir vor, so daß ich immer über alles informiert bin. Aber schließlich muß ich alle Entscheidungen selbst treffen. Wenn man der Tradition gemäß lebt, kann man nicht allzuviel Wissen für sich selbst erwerben. Wissen verträgt sich nicht mit Tradition. Ich habe den Koran nach seinen Suren befolgt. Um dazu fähig zu sein, muß man darauf verzichten nachzudenken. Verzeih mir, Ursula, ich komme vom Thema ab.«
»Bitte, sprich weiter«.
»Damit will ich sagen, daß ich gestern nacht etwas gelernt habe. Ein Freund hat mir jahrelang erklärt, daß ich meinen Geist, meine Seele öffnen soll. Der Koran sagt mir, daß ich es nicht tun und alles im Leben nur als Kismet und Allahs Willen hinnehmen soll. Gestern nacht habe ich die Hand ausgestreckt. Du erlaubtest mir den ersten wirklichen Einblick in die beängstigende Welt, die die Juden nach Palästina gebracht haben. Ich habe Mitleid und Mitgefühl von einer Frau angenommen. Jetzt kenne ich zum erstenmal eine Frau wirklich

und weiß, daß sie ... du ... über vieles mehr weiß als ich. Verstehst du, was es für Hadschi Ibrahim, den Muchtar von Tabah, bedeutet, das von einer Frau hinzunehmen?«
»Ich kenne arabische Männer.« In Ursulas Stimme lag eine Spur von Müdigkeit.
»Weißt du, was es bedeutet?« wiederholte er. »Plötzlich die Tür zu einem verbotenen Raum zu öffnen? Ich habe mit einem Mann gekämpft, der wahrscheinlich mein bester und vielleicht sogar mein einziger Freund ist. Oh, ich habe Freunde, viele Freunde. Aber nur einem Mann vertraue ich. Nicht einmal meinem Sohn Ismael vertraue ich.« Seine Stimme klang schmerzlich. »Der Mann ist Jude. Siehst du, jetzt spreche ich zu einer Frau sogar von meinen geheimsten Gedanken.«
»Worum geht es, Hadschi Ibrahim?«
»Worum es geht? Wir sollten uns hinsetzen und mit den Juden reden. Der Großmufti von Jerusalem hat uns gezeigt, wie man haßt. Vielleicht hat es den Haß schon vor seiner Zeit gegeben. Vielleicht war er immer ein Teil unseres Lebens. Gestern nacht, verstehst du, habe ich von einer Frau gelernt, aber ich habe mich der Wahrheit verschlossen, und die Wahrheit ist, daß wir von den Juden lernen können ... und wir können mit ihnen zusammen leben. Wenn es in unserer Welt eine einzige Stimme gäbe, die zur Mäßigung rät, würde sie durch Mord zum Verstummen gebracht werden. Das liegt in unserer Natur. Dieser Krieg wird für mein Volk sehr schwer werden, und ich bin der einzige, der die Entscheidungen treffen wird.«
Er tätschelte ihre Hand und lächelte müde. Hadschi Ibrahim war der Aufforderung von Kabir nachgekommen. Er trug seine schönsten Kleider und seinen wertvollsten Schmuck. Es war nicht der Schmuck eines reichen Mannes, aber es waren alte Beduinenstücke, einfach, doch wunderschön. Er zog einen Ring vom kleinen Finger, öffnete ihre Hand, legte ihn in die Handfläche und schloß ihre Finger darüber.
»Bitte«, sagte er.
»Danke, ich werde ihn in Ehren halten«, flüsterte sie.
»Jetzt muß ich nachdenken.«
»Hadschi Ibrahim?«
»Ja?«
»Bitte, nimm dich vor Kabir in acht. Er ist heimtückisch.«

Ein brackiger Seitenarm des Barada floß an der Veranda vorbei. Der Duft der Damaskusrosen schwebte in der unbewegten Luft. Hadschi Ibrahim überlegte. Seit Ismael ihm vorlas, hatte er viel Neues gelernt und vieles durchdacht.
Hadschi Amin al-Husseini, der Großmufti von Jerusalem, war sein Todfeind. Jetzt wurde der Mufti von den Alliierten als Kriegsverbrecher gesucht. Er war aus der »Kavaliershaft« der Franzosen ausgebrochen und in der arabischen Welt untergetaucht, die ihm unbekümmert Zuflucht gewährte. Er wurde sogar sehr geschätzt. Da der Mufti nicht nach Palästina zurückkehren konnte, führte er seinen unermüdlichen Rachefeldzug gegen die Juden von verschiedenen arabischen Hauptstädten aus.
Kaum hatten die Vereinten Nationen die Teilung Palästinas beschlossen, da bestimmte der Mufti seinen Neffen, Abdul Kadar Husseini, dazu, eine Freiwilligentruppe für ihn anzuwerben und zu befehligen. Der Stamm der Husseinis lebte im Umfeld von Jerusalem. Die Freiwilligen wurden als die Armee des Djihad, des Heiligen Krieges, bekannt.
Abdul Kadar verstand fast nichts von Kriegführung, war aber an der Westbank von Hebron bis Ramallah beliebt. Er war der Stellvertreter seines Onkels und der nominelle Führer der Araber in Jerusalem, Judäa und Samaria geworden. Ibrahim wußte, daß die Miliz, die er anwarb, ein Gemisch von Arbeitslosen, Fanatikern der Moslembruderschaft, Bauern und Händlern darstellte. Sie verstanden vom Kriegshandwerk noch weniger als er.
Ein paar tausend palästinensische Araber waren während des Krieges von den Engländern ausgebildet worden, und noch einige tausend waren Mitglieder von Polizeitruppe und Grenzwache. Die Armee des Djihad bestand aus fünf- bis sechstausend Mann mit leichten Waffen, ohne wirkliche Organisation oder Führung.
Während des Mufti-Aufstandes hatte eine ähnliche Miliz, die sich Mohadschedin, die »Krieger Gottes«, nannte, hauptsächlich entlang der wichtigen Straße nach Jerusalem bescheidene Erfolge gegen die Juden erzielt. Ihre größten Siege erfochten sie freilich gegen andere Araber, indem sie die politische Opposition gegen den Mufti ermordeten und niedermetzelten. Sicherlich würde auch diese neue Armee des Djihad nur geringe Kampfkraft entwickeln. Hadschi Ibrahim war der Ansicht, daß sie so gut wie abgeschrieben werden konnte.
Seine Gedanken wandten sich dem anderen Holzwurm zu, der da aus dem Gebälk gekrochen war. Kawakdschi, der entweder Libanese,

Syrer oder Iraker war, hatte den Krieg in Deutschland verbracht. Seine Freischärler hatten sich während des Mufti-Aufstandes äußerst schlecht gehalten. Es war eine bunt zusammengewürfelte Bande von Räubern, die jedesmal, wenn es zum Kampf kam, flüchteten.
Hadschi Ibrahim machte sich jedoch Sorgen wegen der Niederlage, die er Kawakdschi zugefügt hatte. Er wußte, daß Kawakdschi bestrebt sein würde, sich an ihm zu rächen, denn eine Schmach vergißt man in der arabischen Welt niemals.
Hadschi Ibrahim wußte auch, daß der schreckliche Ruf Kawakdschis bei der phantasievollen arabischen Denkungsart seine Niederlage in einen Sieg ummünzen konnte. Innerhalb der arabischen Welt blieb Kawakdschi ein angesehener Militärführer. Stets auf neue Beute aus, verkündete Kawakdschi die Bildung einer arabischen Befreiungsarmee, die von Marokko bis Oman angeworben werden sollte, eine Armee von vielen tausend Freiwilligen. Sie würde von verschiedenen arabischen Schatzämtern besoldet werden.
In der Nacht der Abstimmung über die Teilung Palästinas meldeten sich Zehntausende Araber auf seinen Aufruf hin und schworen, sich am Krieg zu beteiligen. Ihr Zorn war aber rasch verraucht. Schließlich fanden ein paar hundert Idealisten den Weg zu den Werbebüros der Befreiungsarmee.
Da zu wenige Araber in die Reihen seiner Armee eintraten, machte sich Kawakdschi daran, eine Armee zu kaufen. Er fand die besten verfügbaren Söldner unter den Arabern. Prämiengelder zeitigten immer eine Reaktion, aber sie blieb flau. Er fand ehemalige Nazis, die bei den Arabern untergetaucht waren, englische Deserteure, italienische Fahnenflüchtige, und er warb Offiziere von bereits bestehenden arabischen Armeen ab. Dann wandte er sich außerhalb der arabischen Welt an die islamischen Nationen. Das brachte noch ein paar tausend Mann aus Jugoslawien, den mohammedanischen Landesteilen Indiens, Afrikas und des Fernen Ostens. Er erreichte die frühzeitige Haftentlassung von Sträflingen aus Gefängnissen in Bagdad, Damaskus, Beirut und Saudi-Arabien. Er verpflichtete etliche Gruppen der Moslem-Bruderschaft, die aus haßerfüllten Männern bestanden, aber vollkommen undiszipliniert waren. Kawakdschi hoffte auf eine Armee von zehntausend Mann. Dazu fehlten ihm noch zweitausend Soldaten. Seine selbstauferlegte heilige Mission bestand darin, in Palästina einzufallen und an sich zu raffen, was immer er konnte. Er hatte für seine Operation viereinhalb Monate Zeit, bevor die regulären arabischen Armeen einmarschierten.

Es war klar, daß sich beide Kommandeure in Damaskus aufhielten, um Waffen und Geld aufzutreiben. Was aber kommt dann? fragte sich Hadschi Ibrahim. Abdul Kadar und Kawakdschi haßten einander. Es war undenkbar, daß sie sich zu einem einheitlichen Kommando entschließen könnten. Ohne Zweifel hatte jeder von ihnen geheime Abmachungen mit Abdullah, den Ägyptern und den Syrern getroffen. Wer lag mit wem im Bett? Was war Effendi Kabirs Rolle in diesem Spiel?
Verfolgten die Araber eine gemeinsame Politik, oder bestand nur eine Reihe von Geheimabkommen? War ihnen wirklich klar, worauf sie hinauswollten? Waren sie sich, abgesehen von der Manie, die Juden zu vernichten, auch nur über eine einzige Frage einig? War nicht bei so vielen arabischen Armeen und Milizen in Palästina zu befürchten, daß es nach dem Sieg über die Juden unweigerlich zu einem noch blutigeren Bruderkrieg zwischen den Arabern kommen mußte? Hadschi Ibrahim hatte eine arabische Konferenz nach der anderen verfolgt und wußte, daß dabei letztlich nur Anarchie herausgekommen war.
Und was war mit den Soldaten des Djihad und mit der Befreiungsarmee? Das waren Männer wie seine Dorfbewohner in Tabah, Café-Strategen, verarmte Männer ohne Selbstachtung und militärische Ausbildung und mit wenig Lust zu der unbarmherzigen Härte eines Bajonettkämpferlebens.
Ibrahim kannte die Gesamtstärke der Juden nicht, hatte aber schon lange ihre hervorragenden organisatorischen Fähigkeiten, ihre Anführer und ihre geschlossene Zielstrebigkeit bewundert. Gegen die Engländer hatte die Haganah überraschende Erfolge erzielt. Im Kampf gegen die Araber war sie bisher unbesiegt. Zehntausende jüdischer Veteranen füllten ihre Reihen. Die ortsfeste Verteidigung der Kibbuzim würde imstande sein, jeden Angriff zurückzuschlagen, den Abdul Kadar oder Kawakdschi gegen sie richteten.
Die Juden hatten auch vier Bataillone junger, harter Palmach-Kämpfer. Jedes Bataillon entwickelte sich zur Brigadestärke.
Außerdem war die Planung der Juden realistisch statt phantasievoll, und sie verfügten über die Unterstützung des Jischuw, während es unter den einzelnen arabischen Stämmen ständig zu Streitigkeiten kam.
Letzten Endes würden weder Kabir noch Kawakdschi oder Abdul Kadar den Preis bezahlen, sondern die Fellachen von Tabah und die schwer arbeitenden Bauern und Städter Palästinas.

»Hadschi Ibrahim!«
Er wandte sich um und blickte in Dandaschs düsteres Gesicht. »Der Effendi ist bereit.«

VI

»Bruder.«
»Bruder.«
»Bruder.«
»Bruder.«
Im Büro Fawzi Kabirs stand ein Konferenztisch, an dem Könige und Außenminister hätten verhandeln können. Hadschi Ibrahim war entschlossen, sich von dem pompösen Schauplatz nicht einschüchtern zu lassen, als ihm ein Sitz gegenüber Abdul Kadar Husseini und dem in einer neuen Feldmarschallsuniform prangenden Kawakdschi angewiesen wurde.
»Bevor wir beginnen«, sagte Kawakdschi, »soll Hadschi Ibrahim wissen, daß ich mich wegen des Vorfalls, bei dem er mich überlistet hat, weder jetzt noch in Zukunft von persönlichen Rachegedanken gegen ihn oder die Bewohner von Tabah leiten lassen werde. Wir sind jetzt alle Brüder, die einem gemeinsamen Feind die Stirne bieten.«
Der gemeinsame Feind sind wir selbst. Ibrahim nickte und lächelte Kawakdschi zu.
»Was der General sagt, gilt ebenso für die Husseinis«, fügte Abdul Kadar hinzu. »Mein Onkel, der Großmufti, hegt keinen Groll gegen euch. Wir dürfen uns nicht länger den Luxus von Privatfehden leisten. Das große gemeinsame Anliegen ist zu wichtig.«
Wieder nickte Ibrahim.
Fawzi Kabir räusperte sich, balancierte seinen feisten kleinen Körper auf der Kante des Ledersessels mit der hohen Rückenlehne, spitzte die Lippen und legte die Fingerspitzen aneinander. »Seit dem Aufstand des Muftis haben sich die Zeiten entscheidend geändert. Damals war selbst mein Standpunkt ein anderer. Als diese beiden Brüder jetzt zu mir kamen, war ich nur allzu froh, mich der neuen Ordnung anzuschließen. Heute gibt es nur ein einziges Problem und einen einzigen Feind. Die Einigkeit der arabischen Welt steht im Vordergrund.«

»Wann waren wir uns je einig?« fragte Ibrahim.
Die drei starrten ihn ärgerlich an. Kabir hatte von Beginn an das Gefühl gehabt, daß er Schwierigkeiten machen würde. »Wir fanden an dem Tag, in der Minute zur Einheit, als die Teilung beschlossen wurde. Die Welt soll die arabischen Brüder Schulter an Schulter kämpfen sehen.«
»Wann wurde je unser arabischer Boden durch die Drohung eines Zionistenstaates entweiht?« fügte Abdul Kadar hinzu.
»Ich selbst hatte viele Differenzen mit dem Mufti«, fuhr Kawakdschi in der Litanei der Bruderschaft fort, »aber neunzehnhundertneununddreißig war neunzehnhundertneununddreißig, und neunzehnhundertsiebenundvierzig ist neunzehnhundertsiebenundvierzig.«
Aber es ist die alte Besetzung mit den gleichen Akteuren. Der Leopard verliert seine Flecken ebensowenig, wie das Kamel seinen Buckel am Wasserloch abwirft. Was hat sich geändert? Alle drei kochen sie vor Ehrgeiz. Glauben sie wirklich, sie seien jetzt Verbündete?
»Das strategische Ziel unserer beiden Befreiungsarmeen«, erklärte Kawakdschi mit der Selbstsicherheit eines Mannes, der sich für ein außerordentliches militärisches Genie hält, »liegt klar vor uns. Abdul Kadar und ich werden ein möglichst großes Gebiet von Palästina erobern, bevor der offizielle Einmarsch der regulären Armeen aus Ägypten, Syrien, Jordanien und Libanon beginnt.«
»Entschuldigt«, unterbrach Hadschi Ibrahim, »ich bin nur ein einfacher Mann, der in militärischen Fragen nicht bewandert ist. Aber eure Freiwilligen, Verzeihung, eure Armeen haben etwa die gleiche Zusammensetzung wie vor zehn Jahren. Die Juden sind heute militärisch besser ausgebildet, besser bewaffnet, besser organisiert und haben bessere Führer als vor zehn Jahren. Ihr wart vor zehn Jahren nicht imstande, eine einzige jüdische Siedlung zu überrennen. Glaubt ihr denn, daß es diesmal anders kommen wird, nur weil ihr jetzt verbündet seid?«
Er ist lästig, dachte Kabir, sehr lästig.
»Wir hatten das letzte Mal keinen Erfolg«, antwortete ihm Abdul Kadar, »weil wir unsere Kräfte in Bruderkriegen verzettelten. Diese Unart fällt jetzt weg.«
Bei Allahs Bart! Er hat sich anscheinend wirklich eingeredet, daß das Kamel seinen Buckel am Wasserloch zurücklassen wird. Er glaubt, daß wir über Nacht unser Wesen geändert haben. Abdul Kadar, du kannst nicht einmal Eselskot von Muttermilch unterscheiden.
»Es gibt noch viele andere Unterschiede«, warf Kawakdschi rasch

ein. Er legte seine Reitgerte auf den Tisch, starrte zur Decke hinauf und machte eine Handbewegung, als hielte er seinen Kadetten einen Vortrag. »Vor allem einen: Diesmal werden die Juden nicht die Engländer zur Seite haben, die sie retten. Wir haben die Zusicherung der ranghöchsten Offiziere der englischen Armee, daß sie sich in die Operationen der beiden Freiwilligenarmeen nicht einmischen werden, obwohl sich ihre Truppen noch im Land befinden. Weiter wurde uns zugesichert, daß sie uns bei ihrem Abzug alle strategischen Schlüsselpositionen übergeben werden. Im Mai nächsten Jahres, wenn die Engländer abgezogen sind, wird es nicht mehr genug Juden geben, um ihren unabhängigen Staat auszurufen oder auch nur um für ihre Toten zu beten.«

Kabir und Abdul Kadar gestatteten sich ein Lachen.

Kawakdschi nickte und fuhr fort: »Punkt zwei. Diesmal setzen wir Panzer, Artillerie und schwere Waffen ein, über die wir früher nicht verfügten. Wir werden die Juden mit einer Feuerkraft konfrontieren, wie sie sie noch nie zu spüren bekommen haben. Sobald ich ein halbes Dutzend ihrer Ansiedlungen erobert habe, werden sie von Panik erfaßt werden. Wir werden sie ins Meer treiben.«

Kawakdschi hob rasch die Hand, um Ibrahim nicht zu Wort kommen zu lassen. »Drittens«, setzte er fort, »haben wir diesmal die Armeen der gesamten arabischen Welt als Rückendeckung. Wir haben schon jetzt Offiziere der regulären Armeen in unseren Reihen, wir können ganze Einheiten von regulären Armeen übernehmen und sie in meine und Abdul Kadars Streitkräfte eingliedern.«

»Die Engländer haben hunderttausend Mann in Palästina stehen. Dennoch haben die Juden sie gezwungen, das Mandat aufzugeben«, erwiderte Hadschi Ibrahim.

»Aber die Engländer«, widersprach Kawakdschi, »haben mit den Juden nur ein Spiel getrieben. Wir werden kein Erbarmen mit ihnen haben. Hunderttausend Mann arabischer Truppen in Palästina und hunderttausend Mann englischer Truppen in Palästina sind nicht das gleiche.«

»Ihr seid sicherlich darauf gefaßt, schwere Verluste hinzunehmen«, bohrte Hadschi Ibrahim nach. »Die Juden werden nicht kampflos untergehen.«

»Vielleicht verlieren wir tausend, zehntausend, hunderttausend Mann, aber wir werden am Ende den Sieg erringen, und wenn er den letzten Tropfen arabischen Blutes kostet«, deklamierte Abdul Kadar.

Aha! Den letzten Blutstropfen. Wann habe ich das schon gehört? Wie die hunderttausend Männer, die schworen, sie würden sich freiwillig zur Befreiungsarmee melden, und die dann plötzlich den Mut verloren hatten, bevor sie im Rekrutierungsbüro ankamen? Die drei haben sich zu sehr an ihren Worten berauscht. Sie sind von ihren eigenen Reden betrunken. Kabir vielleicht nicht. Er wollte etwas Bestimmtes für sich erreichen. Aber Abdul Kadar und der General? Sie wissen nicht, wo ein Befehlsbereich beginnt und wo der andere endet. Sie würden mit den gleichen unausgebildeten Banden kämpfen wie damals. Die Juden würden tapfer sein, denn Tapferkeit entwickelt man, wenn man mit dem Rücken zur Wand kämpfen muß. Aber wer von diesen dreien weiß, welcher von ihnen welches geheime Bündnis mit welchem arabischen Führer geschlossen hat?

»Ich wäre der letzte im Lager des Islam, der die Weisheit des Feldmarschalls in Frage stellen würde, aber falls eure Truppen nicht den erhofften Anfangserfolg erzielen, und die regulären Armeen zu Hilfe gerufen werden müßten, was wäre ihr Preis? Ich frage dich, Abdul Kadar, was wird Abdullah dafür verlangen, daß er die Arabische Legion zu uns in Marsch setzt? Jerusalem? Oder erwartest du, daß er es dir auf einem Tablett überreicht? Werden sie danach alle ihre Waffen zusammenpacken, abziehen und zu uns sagen: ›Hier, Brüder, wir schenken euch Palästina!‹? Oder werden sie vielleicht ein paar Grenzberichtigungen für ihre Hilfe verlangen?«

Ein peinliches Schweigen entstand. Die Köpfe wurden rot.

Kabir griff rasch ein. »Das ist sehr einfach. Nachdem die Juden vernichtet sind, werden wir eine Konferenz abhalten und dabei einen Vertrag aushandeln. Es wird genügend Beute für uns alle geben.«

Wann waren sich Abdullah und Ägypten je über irgend etwas einig? Wann war sich Syrien je mit dem Libanon einig? Wann war sich der Irak mit irgendeinem anderen Staat einig? Wie lange wird die Konferenz dauern? Tausend Jahre?

»Du übersiehst das Wesentliche, Hadschi Ibrahim«, tadelte Abdul Kadar, »und zwar, daß wir einig sind und siegen werden. Was macht die Verteilung letztlich für einen Unterschied, solange wir von Arabern und nicht von Juden beherrscht werden?«

»Verzeiht meine Ahnungslosigkeit, Brüder, aber ich hatte den Eindruck, daß Palästina für die Palästinenser befreit werden soll«, erwiderte Hadschi Ibrahim. »Ich glaube, wir sollten die Konferenz jetzt abhalten, bevor der erste Schuß fällt, und dafür sorgen, daß wir alle ein klares Bild von dem Schicksal haben, das uns bevorsteht.«

»Laßt mich also kurz zusammenfassen«, erklärte Kabir, um Ibrahims Beschuldigungen und Fragen auszuweichen. »Die Juden haben keine Möglichkeit zu überleben.« Abdul Kadar und Kawakdschi nickten zustimmend.

»Da ihr also die Juden, zumindest bei dieser Besprechung, vernichtet habt, warum wurde ich hierhergerufen?« fragte Hadschi Ibrahim bissig.

Die drei wechselten vielsagende Blicke.

Kabir räusperte sich, klopfte mit den Fingern auf den Tisch und zwirbelte seinen Schnurrbart. »All unsere militärischen Führer sind sich darüber einig, und auch ich bin ihrer Ansicht, daß der Schlüssel zum Endsieg in der Unterbrechung der Straße zum jüdischen Jerusalem liegt«, dozierte er und zeigte auf Kawakdschi.

»Diesmal«, nahm Kawakdschi den Faden auf, »werden meine Truppen und Abdul Kadars Befreiungsarmee einheitlich vorgehen, und wir werden alles daransetzen, die Straße zu blockieren. Du kennst den Bab el Wad. Kein einziger jüdischer Lastwagen wird dort durchkommen.«

»Die Armee des Heiligen Krieges«, sagte Abdul Kadar mit wachsender Erregung und fuchtelte drohend mit dem Finger, »wird viele tausend Mann in Jerusalem und entlang der Landstraße zusammenziehen. Aber! Ich werde auch über tausend Mann in Lydda und Ramle konzentrieren, um den Flughafen zu besetzen.«

»Wir werden moderne Nachrichtenverbindungen einrichten«, unterbrach ihn Kawakdschi, »und jedesmal, wenn ein jüdischer Wagen, Laster oder eine Kolonne Tel Aviv verläßt, werden wir wissen, wann er Lydda erreicht, und wir werden tausend Mann alarmieren, um sie aufzuhalten. Wie? Jedes arabische Dorf von Ramle bis Jerusalem muß unseren Beobachtern und unseren Truppen offenstehen.«

»Ich sehe da drei Probleme auf uns zukommen«, sagte Hadschi Ibrahim, der sich über Kawakdschis Vortrag lustig machte. »Erstens: Tabah nimmt eine Schlüsselstellung an der Straße ein. Das gilt auch für den Kibbuz Schemesch. Zweitens: Der Kibbuz kontrolliert unsere Wasserversorgung. Drittens: Der Kibbuz Schemesch weiß alles, was in Tabah vorgeht. Ich bedaure es, aber sie verfügen über ausgezeichnete Informationen, die von Spionen meiner Sippe und meines Stammes geliefert werden. Wenn die Juden wissen, daß wir mit euren ... äh ... Armeen zusammenarbeiten, werden sie uns angreifen.«

»Das bringt uns zum Kernpunkt unseres Treffens«, stellte Kabir fest. »Es ist ein schwieriger, ja der springende Punkt. General Kawakdschi

hat mit den Stabschefs aller arabischen Staaten konferiert. Wir sind der Ansicht, daß es besser wäre, unsere Landsleute aus einer Anzahl strategisch wichtiger Orte zurückzuziehen.«
»Ihr müßt Tabah räumen«, forderte Kawakdschi, »um unseren Streitkräften freie Bahn zu geben.«
Das war es also! O Allah, wie konntest du zulassen, daß mir das zustößt! Es ist Wahnsinn! Es darf nicht wahr sein! Nein! Nein! Tabah räumen! Diesen Verrückten zuliebe!
»Ihr müßt das Dorf räumen«, wiederholte Abdul Kadar.
»Wohin sollen wir denn gehen?« murmelte Hadschi Ibrahim wie betäubt.
»Ihr habt einen großen Stamm in der Wüste. Das sind eure Vettern.«
»Aber die Wahhabiten leben in Not. Sie können nicht zweihundert Familien bei sich aufnehmen und sie ernähren.«
»Ich kann dir streng vertraulich mitteilen«, warf Kabir ein, »daß ich mit den Syrern und mit Abdullah in Verhandlungen stehe. Sie haben ihrer Bereitschaft Ausdruck verliehen, zu erwägen, euch als Gäste aufzunehmen, bis unsere Armeen ihr Vorhaben zu Ende geführt haben. Wir schlagen vor, daß eine Anzahl anderer Dörfer, sogar Städte, geräumt werden. Selbstverständlich werden wir geeignete Vorkehrungen für alle treffen.«
»Aber du hast gesagt, daß sie nur erwägen, uns aufzunehmen. Niemand hat gesagt, daß sie uns nehmen werden. Ich muß es von Abdullah selbst hören. Warum ist niemand in seiner Vertretung hier? Ich kann nicht einfach mit tausend Menschen nirgendwohin ziehen.«
»Das ist der Krieg, Hadschi Ibrahim, der heilige Krieg. Du hast keine Wahl. Hör mir jetzt zu, Bruder. Es wird ein kurzer Krieg sein, ein paar Wochen, höchstens ein paar Monate«, säuselte Kabir. »Ich spreche hier, in Gegenwart von General Kawakdschi und Abdul Kadar Husseini aus Palästinas edelster Familie! Und ich schwöre dir beim Namen Allahs, daß euch bei eurer Rückkehr ein Drittel des Grundbesitzes des Kibbuz Schemesch gehören wird.«
Hadschi Ibrahim war betäubt und wütend, aber auch klug genug, um zu erkennen, wann ihm eine Entscheidung aufgezwungen wurde, die sich seiner Kontrolle entzog. Er besaß weder Freiraum, um zu manövrieren, noch Verhandlungspunkte.
»In wenigen Wochen, nach Neujahr, wird meine Armee die Grenze überschreiten«, erklärte Kawakdschi. »Nachdem ich einige Siedlungen eingenommen und die Juden vertrieben habe, wird sich Abdul

Kadars Armee des Heiligen Krieges mit mir vereinigen und Jerusalem vom Umland abschneiden. Die Juden können unmöglich alle Straßen verteidigen ... es sei denn, einige unserer Brüder ziehen es vor, uns nicht zu unterstützen.«
»Wir werden euch mitteilen«, versprach Kabir, »wann genau Tabah geräumt werden muß. Du wirst deine Leute direkt nach Jaffa führen.«
»Jaffa? Warum denn Jaffa?«
»Um sie zuerst einmal an einen sicheren Ort zu bringen. Falls ihr Gaza nicht über die Straße erreichen könnt, habt ihr die Ausweichmöglichkeit über das Meer. Entweder ihr fahrt nach Gaza, oder ihr werdet, sobald meine Verhandlungen mit den Syrern abgeschlossen sind, nach Syrien gebracht. Ich deponiere Geld für ein Schiff und Anweisungen für dich in Jaffa.«
»Aber die Wiederansiedlung wird ein Vermögen kosten«, protestierte Ibrahim.
»Ich bezahle, ich bezahle alles«, versprach Kabir.
»Als Entgelt wofür? Deine Mildtätigkeit ist nicht gerade berühmt.«
»Ich bezahle für den arabischen Sieg!«
»Also gut, doch bevor ich nach Jaffa aufbreche, muß ich das Geld in Händen haben«, forderte Ibrahim.
»Natürlich, natürlich. Tausend englische Pfund.«
»Um über zweihundert Familien zu evakuieren und dann wieder anzusiedeln? Mit weniger als fünftausend kann ich nicht zurechtkommen.«
»Wir werden diese unbedeutenden Einzelheiten noch regeln«, schnitt ihm Kabir das Wort ab und ging zu anderen Themen über. »Ihr werdet rechtzeitig nach Tabah zurückkehren, um im Herbst das Land zu bestellen. Und was das Wichtigste ist, ihr könnt für immer ohne Furcht vor einem zionistischen Staat leben.«
Das sind meine Führer. Die Front von weiteren Führern, die von persönlichem Ehrgeiz, Habgier und wahnsinnigen Machtgelüsten getrieben werden. Sie haben jetzt ihr Anliegen, ihr heiliges Anliegen. Ich bin genauso schuldig, weil ich nie wirklich an einen Frieden mit den Juden gedacht habe. Keiner von uns ist fähig, an diese Möglichkeit auch nur zu denken. Aber es gibt keinen ausgereiften Plan, keine Organisation, keine Festsetzung der militärischen Ziele. Sie wollen nur einen bewaffneten Pöbel anwerben und reden sich ein, der würde die Juden überrennen. Was für Esel! Was für Hirngespinsten nachjagende Idioten! Sie führen mein Volk in Leiden ohne Ende.

Hadschi Ibrahim lehnte die weitere Gastfreundschaft des Effendis ab und bat, ihn nach Tabah zurückzubringen.

Als er fort war, legten die drei anderen ihre Vereinbarung in Form eines schriftlichen Vertrags fest, der von Dandasch aufgesetzt wurde. Kabir würde den beiden Armeen Kreditbriefe übergeben, damit sie Waffen kaufen konnten. Er würde seine persönlichen Verbindungen zu den arabischen Regierungen und Geldinstituten benutzen, um Geld für die Anwerbung weiterer Freiwilliger aufzutreiben. Weitere Geldmittel würden zur Besoldung der Truppen und für die Kosten der Operationen benutzt werden.

Als Gegenleistung dafür wurde Kabir die Rückgabe seines gesamten Landbesitzes im Tal von Ajialon zugesichert. Vor allem würde er einen Rechtsanspruch auf den Kibbuz Schemesch und auf weitere fünfzehn jüdische Siedlungen erwerben. Das jüdische landwirtschaftliche Gebiet war eine Goldmine. Die strategische Lage seines Besitzes würde ihm eine bedeutende politische Machtposition bei jeder künftigen Teilung Palästinas sichern. Dandasch wurde weggeschickt, um die Dokumente abzufassen.

»Jetzt zu Hadschi Ibrahim«, sagte Abdul Kadar. »Wird er Tabah räumen? Es waren immer Gerüchte im Umlauf, daß er während des Aufstandes meines Onkels mit den Juden kollaboriert habe.«

»Hadschi Ibrahim paßt sich der jeweiligen Situation an. Er wird seine Leute nach Jaffa führen, wenn wir ihm sagen, daß er es tun soll.«

»Dieser Dreckfresser wird für das bezahlen, was er meinen Männern angetan hat«, schwor Kawakdschi. »Ich habe zehn Jahre auf den Tag meiner Rache gewartet.«

»Ich schicke ihn für dich nach Jaffa, nicht wahr?« fragte Kabir. »Sobald er in Jaffa ist, hast du ihn in der Hand. Ich sehe nichts. Ich höre nichts. Ich sage nichts.«

»Dann also«, schloß Abdul Kadar, »was ist mit den ersten Geldern, die uns zufließen sollen?«

»Die Zahlung wurde von nichtswürdigen Bürokraten verzögert. Zerbrich dir nicht den Kopf darüber. Ich werde mich um alles kümmern.«

VII

Ende 1947

»Es wird keine Verhandlungen, keine Regelung, keine Anerkennung, keinen Frieden mit den Juden geben. Sämtliche politischen Lösungen, bei denen uns Palästina nicht zur Gänze zufällt, werden von uns abgelehnt. Unsere politischen Probleme werden mit vorgehaltenem Gewehr geregelt.« So sprach die gesamte arabische Welt, die jede neue Erklärung mit dem Schlachtruf der alten Römer, »Stirb, Judäa!« schloß.

Die arabischen Palästinenser rotteten sich zusammen und schlugen zu. In Städten mit gemischter Bevölkerung bezeichneten Stacheldrahtverhaue die Demarkationslinien zwischen den Gemeinden. Die theoretisch neutralen, in Wirklichkeit nach ihrer Handlungsweise jedoch betont pro-arabischen Engländer setzten die Blockade der palästinensischen Mittelmeerküste fort. Der einzige große Flughafen des Landes in Lydda war dazu bestimmt, dem jüdischen Staat einverleibt zu werden, aber die Engländer gestatteten einer großen Truppe arabischer Freischärler, ihn zu besetzen.

Wie früher waren es die raschen Angriffe mit sofortigem Rückzug und die Hinterhalte auf den Überlandstraßen, bei denen die Araber ihre größten Erfolge erzielten. Es begann mit dem Überfall auf einen jüdischen Autobus bei Lydda und der Ermordung der Fahrgäste.

Plötzlich ergriff bedrückende, sich schnell ausbreitende Panik die arabische Gemeinde. Als sie beobachteten, wie die Husseinis und Kawakdschi sich auf den Krieg vorbereiteten, erfaßte sie lähmende Angst. Die reichen arabischen Familien und die Führer der Sippen erinnerten sich an die Tage des Mufti-Aufstandes. Die Milizen bestanden aus den gleichen Streitmächten, die ein Jahrzehnt zuvor ihre arabischen Brüder beinahe vollkommen aufgerieben hatten. Die palästinensischen Araber wußten, daß ihnen Erpressung, Wucher und Mord von seiten Abdul Kadars und Kawakdschis bevorstanden.

Zu Dutzenden, Hunderten und Tausenden veräußerten die oberen Zehntausend des arabischen Palästina ihre Besitztümer, hoben ihre Ersparnisse ab und verließen das Land. Die arabische Gesellschaft wurde ihrer Ärzte, Rechtsanwälte und Grundbesitzer, ihrer sozialen Elite, der Politiker, Professoren, führenden Kaufleute, Bankiers, Fabrikanten, Intellektuellen und Schriftsteller beraubt. Wenige Wochen

vor dem Teilungsplan verließen etwa dreißigtausend Familien mit über hunderttausend Menschen Palästina, um den bevorstehenden Krieg in Beirut, Kairo oder auf dem europäischen Kontinent zu überdauern.
Handel, Erziehung, soziale und medizinische Einrichtungen, Landwirtschaft, Banken- und das Nachrichtenwesen wurden jäh unterbrochen, die Bautätigkeit hörte auf, Fabriken schlossen plötzlich, und der Idealismus innerhalb der arabischen Gemeinschaft verschwand. Das selbstgewählte Exil der Reichen und Intellektuellen raubte den Zurückgebliebenen die Führung. Kein Wunder, daß ihre Flucht den einfachen Fellachen und Kleinhändler vollkommen niederschmetterte. Als sie Zeuge des Abfalls der hervorragenden und angesehenen Personen der Gesellschaft wurden, begannen auch andere Familien das Land zu verlassen. Es war der Beginn eines immer stärker anschwellenden Stromes, der zu einem Flüchtlingsproblem führte, das die palästinensischen Araber später aufzureiben drohte.

Eine englische Patrouille traf zu einer Routineerkundung in Tabah ein. Der kommandierende Oberleutnant ging ins Café und forderte Faruk auf, ihn hinauszubegleiten.
»Fawzi Kabir ist in seiner Villa in Jaffa«, erklärte der Offizier. »Er will dich so schnell wie möglich sprechen. Wann kannst du dort sein?«
»Ich kann am Tag nach dem Sabbat hinkommen.«
»Niemand darf es erfahren, vor allem nicht dein Bruder«, mahnte der Oberleutnant.
»Ja, natürlich.«
»Kann jemand Verdacht schöpfen?«
»Nein, nein. Ich werde Ibrahim einfach sagen, daß ich wegen der Lebensmittelknappheit nach Jaffa fahren will, um neue Vorräte einzukaufen.«
»Niemand, ich wiederhole, niemand darf wissen, wer nach dir geschickt hat!«
»Ich verstehe. Aber was will der Effendi von mir?«
Der Offizier zuckte die Schultern. »Ich überbringe nur seine Botschaft.«
Kabirs Leute hatten Faruk bereits erwartet und erblickten ihn sofort, als er im Zentrum von Jaffa beim Uhrturm aus dem Bus stieg. Er wurde in einem Wagen mit zugezogenen Vorhängen weggebracht.
Kabirs Villa stand gegenüber dem Scotch House Hotel oberhalb des

Hafens. Faruk war schon oft dort gewesen, um die jährliche Pacht von Tabah zu bezahlen, aber niemals heimlich. Jedesmal, wenn er mit dem Effendi sprechen sollte, verließen ihn die Nerven. Diese geheime Aufforderung versetzte ihn vollends in Aufregung, so daß seine Hände schweißnaß wurden und sein Magen kollerte.
Faruk wurde mit ungewöhnlicher Herzlichkeit empfangen. Das verstärkte natürlich sein Mißtrauen.
»Wie geht es so in Tabah, Bruder?« fragte Kabir.
»Die Spannung ist sehr groß.«
»Wie ist die Haltung der Männer?«
»Abdul Kadar übt starken Druck auf uns aus, damit wir seiner Miliz beitreten.«
»Haben sich welche gemeldet?«
»Einige haben es heimlich zugesagt. Sie müssen aber warten, bis ihnen Hadschi Ibrahim den Segen erteilt.«
»Und dein Bruder? Was hat er dazu zu sagen?«
»Seit er aus Damaskus zurückgekommen ist, spricht er sehr wenig. Er ist natürlich wütend über alle reichen Familien, die uns im Stich gelassen haben.«
»Ja, ihre Flucht hat den Handel vernichtet. Ich werde schreckliche Schwierigkeiten haben, um dieses Jahr meine Orangenernte zu verschiffen. Wir werden das feige Verhalten der Flüchtlinge nicht so bald vergessen. Wenn der Krieg vorbei ist, wird es viele neue Führer in Palästina geben.«
Faruk nickte zweimal.
»Soviel ich höre, wurde in den arabischen Dörfern von Ajialon von einer Evakuierung gesprochen«, sagte Kabir.
»O nein, Effendi! Wir sind bereit, bis zum letzten Blutstropfen zu kämpfen.«
»Tabah?«
»Tabah wird im Kampf vorangehen.«
»Angenommen, es treten unvorhergesehene Umstände ein, die euch dazu zwingen, Tabah für kurze Zeit zu verlassen. Hat Hadschi Ibrahim etwas davon erwähnt?«
»Nein, wie gesagt, er spricht sehr wenig, aber er grübelt.«
»Was ist mit den anderen in Tabah? Mit den Scheichs?«
»Wir werden bis in den Tod kämpfen.«
Fawzi Effendi Kabir nahm Faruks Hände in die seinen und sah ihm in die Augen. Faruk fühlte sich schrecklich unbehaglich, er hatte Angst.

»So mutig deine Leute auch sind, ich will jetzt, daß du mir genau erzählst, was sie wirklich sagen. Ich versichere dir, daß die Wahrheit überaus wichtig ist. Sie könnte sehr viel für dich bedeuten.« Faruk stieß einen Seufzer aus. Der Effendi ließ seine Hände nicht los. »Die Wahrheit«, wiederholte Kabir, »versuche es!«
»Am meisten wird von einer Evakuierung gesprochen. Jeder hat Angst. Die Wahrheit ist, daß wir nur auf ein Wort von Hadschi Ibrahim warten.«
»Mhm. Was ich dir jetzt sage, muß unbedingt unter uns bleiben. Es ist eine sehr geheime, nur für dich bestimmte Mitteilung. Verstehst du mich, Faruk?«
»Ja, ja, sicherlich.«
Kabir senkte die Stimme zu seinem vertraulichsten Ton, es war kaum mehr als ein Flüstern. »Kawakdschi wird bald die Grenze mit zwanzig- oder dreißigtausend Mann überschreiten. Sie werden von Offizieren der regulären syrischen und ägyptischen Armeen befehligt. Sie werden auch Flugzeuge besitzen.«
»Flugzeuge? Aber wer wird sie fliegen?«
»Moslem-Piloten aus Indien. Kawakdschi wird Panzer zur Verfügung haben, Artillerie, schwere Maschinengewehre, Flammenwerfer. Die arabische Befreiungsarmee ist bis hierher bewaffnet«, erklärte er, zog die Hände zurück und zeigte auf seine Zähne. »Kawakdschi braucht Tabah dringend. Du weißt ja, warum.«
»Aber ... aber ... aber ich hatte mit dem Abbrennen der Felder nichts zu tun. Ich bin nur der arme Bruder.«
»Du warst nicht beteiligt daran, und Kawakdschi steht wegen vieler Gefälligkeiten in meiner Schuld. Er wird so hart oder so sanft vorgehen, wie ich es ihm sage.«
»Ich war gegen das Abbrennen der Felder. Es war eine entsetzliche, brutale, unmenschliche Taktik. Aber du darfst nicht vergessen, ich führe nur den Dorfladen.«
»Das weiß der General. Ich habe es ihm mitgeteilt.«
»Danke, Effendi, ich danke dir. Möge Allah jeden deiner Schritte beschützen. Mögest du tausend Leben im Paradies verbringen.«
»Faruk, mein Bruder. Ich muß dir noch etwas sehr Wichtiges anvertrauen. Ich ersuchte deinen Bruder, nach Damaskus zu kommen, um einen Aktionsplan mit Abdul Kadar und General Kawakdschi auszuarbeiten. Hadschi Ibrahim behauptete, Tabah habe keine Möglichkeit, sich zu verteidigen. Er verlangte die Bewilligung, Tabah und alle anderen Dörfer in der Umgebung zu evakuieren.«

»Du bringst mich vor Kummer um«, stöhnte Faruk.
»Nein, nein, mein Bruder, hör zu. Ich will nicht, Allah verhüte es, daß Tabah in die Hände der Juden fällt. Wie ich schon sagte, Kawakdschi wird tun, was ich verlange. Ich habe einen ganz bestimmten Plan.«
»Ja?«
»Ich habe mit Kawakdschi über dich gesprochen. Er versichert mir, daß dein Leben verschont bleibt. Du wirst gewarnt, bevor er angreift.«
»Aber wenn Tabah evakuiert wird?«
»Das ist der Punkt, auf den ich nun zu sprechen komme. Wenn die anderen das Dorf verlassen, wirst du in Tabah bleiben.«
»Ich? Bleiben? Wie kann ich das tun? Hadschi Ibrahim wird sehr mißtrauisch sein.«
»Du wirst deinen Bruder davon überzeugen, daß jemand in Tabah bleiben muß, um Ansprüche auf das Land zu erheben. Wenn er weggeht, mußt du mit zehn oder zwanzig Familien zurückbleiben.«
»Aber Hadschi Ibrahim ist der Muchtar. Er ist unser Führer. Wenn jemand in Tabah bleiben soll, wird er darauf bestehen, daß er diese Verantwortung übernimmt.«
»Nein. Er muß die Sippe anführen. Du weißt, daß er niemand anderen damit betrauen wird, die Leute nach Gaza oder Syrien zu bringen. Du wirst dich freiwillig dazu melden, zurückzubleiben.«
»Also gut«, stimmte Faruk zu, »ich würde vor Kawakdschi sicher sein, aber was geschieht, Allah möge uns beistehen, wenn die Juden Tabah einnehmen?«
»Angenommen, die Juden dringen in Tabah ein. Dann hängt ihr weiße Fahnen heraus und ergebt euch. Wenn jemand im Dorf bleibt, werden euch die Juden nicht mit Gewalt vertreiben. Das ist ihre Schwäche. Selbst wenn die Juden, was Allah verhüten möge, Tabah einnehmen, werden sie eure Anwesenheit respektieren. Aber laß uns weiter denken. Die Juden haben also Tabah genommen. Das ist nicht besonders tragisch, denn nächstes Jahr im Mai werden die regulären arabischen Armeen es befreien, und wenn sie es tun . . .« Kabir übergab Faruk einen Bankvertrag. »Barclay's Bank. Barclay's wird in Palästina sein, ganz gleich, wer sich in Tabah befindet. Ich habe vierhundert Pfund auf deinen Namen hinterlegt.«
»Vierhundert Pfund! Aber wenn die arabischen Armeen Tabah befreien, wird auch Hadschi Ibrahim zurückkommen.«
»Das glaube ich nicht«, meinte Kabir vielsagend.
Faruk wurde blaß. Das Büchlein in seiner Hand zitterte.

»Du hast lange genug als Hund deines Bruders auf allen vieren gebellt. Du bist der ältere, der klügere, kannst lesen und schreiben, du führst die Dorfchronik, du bist das geistliche Oberhaupt. Ibrahim hat dir deinen rechtmäßigen Platz als Muchtar gestohlen und hat wie ein Fürst von Ländereien gelebt, die rechtmäßig dir gehören. Jetzt ist es soweit, daß du nicht länger seine Füße küssen und ihn Herr nennen mußt. Du brauchst deinen Bruder nur davon zu überzeugen, daß du mit ein paar Familien im Dorf bleiben solltest.«

Dann brachte Kabir das entscheidende Argument vor. »Nach dem Krieg werde ich meinen Anspruch auf alle Ländereien geltend machen, die mir die Juden gestohlen haben. Dazu gehört auch der Kibbuz Schemesch. Ein Drittel von ihrem Grundbesitz wird dir persönlich übertragen werden.«

»Ein Drittel vom Kibbuz Schemesch?«

»Ein volles Drittel.«

»Wenn Hadschi Ibrahim je davon erfährt, bringt er mich um.«

»Diejenigen, die flüchten, werden keine Möglichkeit mehr haben, zurückzukommen. Wir wollen, daß charakterstarke Männer das neue Palästina führen.«

»Ich möchte nicht undankbar erscheinen, Effendi, aber was geschieht, wenn die arabischen Armeen besiegt werden?«

»Alle arabischen Armeen besiegt? Das ist vollkommen unmöglich!«

»Ich sehe ein, daß es unmöglich ist, aber nimm doch an, daß sie durch eine merkwürdige ... plötzliche Wendung ... den Krieg verlieren?«

»Du hast recht, Faruk, man kann nicht vorsichtig genug sein. Wir müssen alle Möglichkeiten in Betracht ziehen. Ich habe mit Ben-Gurion persönlich gesprochen.«

»Ben-Gurion?«

»Ja, Ben-Gurion. Er sagte mir, daß die Juden den Arabern, die zurückbleiben, nichts tun werden. Wenn die entsetzliche Katastrophe eines jüdischen Sieges eintreten sollte, wirst du trotzdem Tabah behalten. In diesem unwahrscheinlichen Fall würden du und ich uns das Land von Tabah teilen.«

Faruk dachte darüber nach. Fawzi Effendi Kabir hatte die Zukunft so geschildert, daß ihm, ganz gleich, wer gewann oder verlor, zumindest etwas blieb. Ein Sieg der Araber bedeutete, daß er Großgrundbesitzer und Muchtar würde. Eine Niederlage der Araber bedeutete, daß er immer noch Muchtar, wenn auch nur mit der Hälfte von Tabahs

ertragreichen Feldern, sein würde. Es hing nur davon ab, daß er seinem Bruder eine kleine Unwahrheit überzeugend zu erzählen verstand. Hadschi Ibrahim würde nicht nach Tabah zurückkehren. Er begann zu schwitzen. Er konnte alles vor sich selbst rechtfertigen, denn wenn er nicht tat, was Kabir wollte, würde auch er erledigt sein.
Faruk ergriff plötzlich Kabirs Hände, küßte sie und steckte das Sparbuch in die Tasche. »Ich muß Vorräte einkaufen, sonst wird mein Bruder argwöhnisch.«
»Gib mir eine Liste der Dinge, die du brauchst«, sagte Kabir. »Ich werde deine Vorräte bis zum Morgen zusammenstellen lassen. Heute abend sollst du mein Gast sein. Ich habe für meinen neuen Verbündeten einen ganz besonderen Zeitvertreib vorgesehen.«

VIII

Im Spätherbst des Jahres 1947 wurde Gideon Asch von Ben-Gurion mit dem Vorsitz eines Komitees von Befehlshabern der Haganah und Beamten der Jewish Agency betraut, das für den Kriegsfall Verteidigungspläne ausarbeiten sollte. Als die Kommandanten der einzelnen Gebiete über ihre Möglichkeiten berichteten, türmten sich auf Gideons Schreibtisch bald alarmierende Ergebnisse.
Seine tägliche Besprechung mit Ben-Gurion erfolgte nach der Arbeitszeit, oft in der Wohnung des alten Herrn in Tel Aviv.
Die entscheidende Frage war, wieviel vom jüdischen Territorium Palästinas verteidigt werden konnte. Welche Verluste waren noch annehmbar? Jerusalem war entsetzlich schwach. Wie würden sich die arabischen Dörfer am Bab el Wad und bei Latrun verhalten? Wie sollte man isolierte Siedlungen, zum Beispiel im Negev, verteidigen, wenn die reguläre ägyptische Armee sie angriffe?
Sollte der Jischuw in Erwägung ziehen, sich in die dichtbevölkerten Gebiete zurückzuziehen und von einer leichter zu verteidigenden Position aus zu kämpfen? Gideon vertrat diese Ansicht, und der alte Mann hörte auf ihn. Die Jungen aber fanden kühn, jede jüdische Siedlung solle bis zum letzten Mann kämpfen, keinen Schritt weichen und niemanden evakuieren.

Als die verschiedenen Pläne erstellt waren, kam der Augenblick der Entscheidung.
Schon jetzt war es schwierig, die Straße von und nach Jerusalem ungefährdet zu befahren. Das vergrößerte die Probleme der Leitung der Jewish Agency. Endlich erklärte sich Ben-Gurion bereit, die meisten Büros der Agency ins größere Sicherheit bietende, rein jüdische Tel Aviv zu verlegen. Ein kleines Haus aus der Jahrhundertwende in der ehemaligen deutschen Kolonie von Tel Aviv wurde das Hauptquartier von Ben-Gurion und dem Generalstab.
Am Abend der Entscheidung erschien Gideon früh bei Ben-Gurion, um noch einmal alle Möglichkeiten durchzusprechen. Die Blätter des Planes D glänzten auf dem Konferenztisch, wie beleuchtet von einer unsichtbaren Kraft. Ohne weitere Erklärung wußte Gideon, daß Ben-Gurion sich entschieden hatte. Plan D forderte kühn die Verteidigung jeder einzelnen jüdischen Siedlung, ganz gleich, wie schwach oder isoliert sie war.
»Schlimmstenfalls ist es Selbstmord«, sagte Gideon. »Bestenfalls ist es ein äußerst gefährliches Vabanque-Spiel.«
»Ich weiß, was du denkst«, erwiderte der Alte knapp.
Sie kamen aus Galiläa, aus dem Negev, aus den Städten mit gemischter Bevölkerung, aus den fernen Siedlungen. Als die freundschaftlichen Begrüßungen und die anschließende Teestunde zu Ende waren, erklärte Gideon lange und eingehend die Lage.
Abgesehen von den größeren Städten mit gemischter arabischer und jüdischer Einwohnerschaft, gab es in Palästina etwa dreihundert rein jüdische Siedlungen. In jeder war eine Haganah-Einheit stationiert, die hauptsächlich aus ortsansässigen Soldaten bestand. Der Großteil der jüdischen Bevölkerung lebte im Landstrich zwischen Haifa und Tel Aviv. Das würde die Hauptkampflinie werden.
Etwa fünfzig Siedlungen befanden sich entweder in dichtbesiedelten arabischen Gebieten oder lagen weit abseits, im Negev oder am Toten Meer. Um auch diese Orte nach Plan D zu verteidigen, würden die Nachschublinien über ihre Möglichkeiten hinaus beansprucht werden. Die Araber konnten mit dem größten Erfolg rechnen, wenn sie die Straßenverbindungen zerstörten. Um überhaupt Transporte dorthin durchzuführen, waren die Juden gezwungen gewesen, ihre Fahrzeuge zu panzern und sie zu großen Kolonnen zusammenzufassen. Plan D war also vom militärischen Standpunkt aus kaum vertretbar, und viele Haganah-Befehlshaber waren entschieden dagegen. Sie traten heftig für die Evakuierung dieser abgelegenen Siedlungen

ein. Das würde dem Jischuw die Möglichkeit bieten, seine Kampfstärke zu erhöhen, die Nachrichten- und Nachschublinien zu verkürzen und die Verteidigung in einem in sich geschlossenen Gebiet aufzubauen.

Ben-Gurion lehnte den Einspruch energisch ab: »Wir werden keine einzige Siedlung kampflos räumen!«

»Aber unsere Nachschublinien sind viel zu lang!«

»Die erste Siedlung, die wir, ohne Widerstand zu leisten, aufgeben, wird nur die Araber ermutigen und jeden Juden in Palästina demoralisieren«, antwortete der alte Mann.

»Aber wenn wir zum erstenmal eine Siedlung im Kampf verlieren, wird es uns noch mehr demoralisieren!« rief Gideon Asch vom anderen Ende des langen Tisches.

»Wenn wir diese Schlacht um die Verbindungsstraßen nicht gewinnen können«, erwiderte Ben-Gurion, »dann können wir auch keinen eigenen Staat gründen.« Er unterbrach jede weitere Debatte und ersuchte die verschiedenen Leiter der Sektionen, einzeln ihre Beurteilung der Lage bekanntzugeben.

Der für die Kriegsstärke Verantwortliche entwarf ein düsteres Bild. Die Haganah verfügte über neuntausend einsatzbereite Männer zwischen achtzehn und fünfundzwanzig Jahren. Diese Truppe würde vor allem der Verteidigung dienen. Ihre Einheiten würden die Siedlungen und Städte gegen die ersten Angriffswellen der Araber zu halten suchen.

Das Elitekommando der Haganah, die Palmach, verstärkte ihre Einheiten um drei bis vier Brigaden auf eine Gesamtstärke von dreitausend Mann.

Das war der Kern ihrer Verteidigungsmacht. In einem totalen Krieg gegen fünf arabische Armeen konnte der Jischuw damit rechnen, vielleicht noch weitere zwanzigtausend Mann aufzubringen.

Die Irgun und die Sternbande verfügten über ein paar tausend Mann, meist Stadtguerillas, doch die operierten voneinander unabhängig und würden mit der Haganah nur von Fall zu Fall zusammenarbeiten.

Die größte Gefahr war die zahlenmäßige Überlegenheit der Araber im Verhältnis von mindestens fünf zu eins. Wenn die Araber untereinander einig waren, konnten sie aus einer großen Bevölkerung schöpfen und unbegrenzt Verstärkung gegen den Jischuw in den Kampf werfen.

Als nächster erstattete der Verantwortliche für die Bewaffnung einen noch ernüchternderen Bericht. Das Waffenarsenal der Haganah bestand aus zehntausend Gewehren und ein paar tausend Maschinenpistolen, leichten Maschinengewehren und Granatwerfern. Um die Lage noch weiter zu verschlechtern, waren die Gewehre von verschiedenen Kalibern und benötigten daher verschiedene Munition. Der Jischuw besaß neun einmotorige Flugzeuge vom Typ Piper Cub und hatte vierzig Piloten. Sie verfügten weder über Kampfflugzeuge noch Bomber, Panzer, Artillerie oder Schiffe. Die Araber übertrafen sie an Feuerkraft im Verhältnis hundert zu eins.

Als nächstes wandte sich Ben-Gurion an den Verantwortlichen für die Versorgung mit illegalen Waffen. Agenten hatten die ganze Welt bereist, aber nur wenig Erfolg verzeichnet. Einen Hoffnungsschimmer eröffnete ein erstes Gespräch mit den Tschechen, aber die zu erwartenden Waffen waren nicht ausreichend und würden überdies vermutlich zu spät eintreffen.

Die Finanzen? Sie waren so gut wie pleite. Golda Myerson war nach Amerika entsandt worden, um dort durch eine Mission Geld aufzutreiben. Hier winkte Hoffnungsstrahl, denn die jüdische Gemeinschaft der Vereinigten Staaten brachte mehrere Millionen Dollar auf.

»Was Golda erreicht hat, ist ein Wunder«, sagte der Schatzmeister, »aber alles, was sie gesammelt hat, entspricht den Einkünften der Saudis aus dem Ölgeschäft von ein paar Tagen. Die Araber können so viel Geld ausgeben, wie sie nur wollen, uns gegenüber im Verhältnis tausend zu eins, zehntausend zu eins, eine Million zu eins.«

»Jetzt zu dir, Gideon«, sagte Ben-Gurion. »Vielleicht hast du gute Neuigkeiten.«

Gideon blätterte in seinen Unterlagen, brauchte aber kaum auf sie zurückzugreifen, als er über die Kampfstärke der arabischen Freischärler und ihre voraussichtliche Strategie berichtete.

»Ich rechne mit weniger als dreitausend Berufssoldaten in Abdul Kadars Miliz«, begann Gideon. »Die Hälfte von ihnen ist im Gebiet zwischen Ramle und Lydda stationiert. Das bedeutet, daß sie uns einen erbitterten Kampf um den Flugplatz liefern werden. Wir müssen gleich zu Anfang bereit sein, die Palmach einzusetzen. Wenn wir den Flugplatz nicht einnehmen, gibt es eine Katastrophe.«

Der Stabschef, ein dreißigjähriger Archäologe aus Jerusalem, war auch der Meinung, daß der Flughafen an strategischer Bedeutung höchstens von West-Jerusalem übertroffen werde.

Gideon fuhr fort: »Der Rest der Djihad-Kräfte liegt vor Jerusalem.

Wir dürfen aber nicht vergessen, daß Abdul Kadar bis zu zehntausend Café-Strategen zusätzlich für jede Aktion auftreiben kann. Alle besitzen irgendeine Waffe. Wenn er einen schwachen Punkt in unserer Verteidigungsstellung wittert, könnte er uns durch die bloße Überzahl überrennen. Er kann uns auf dreierlei Art Schaden zufügen. Zuerst könnte er auf den Straßen entlang des Bab el Wad tausend Mann gegen jede Kolonne einsetzen.«
»Um den Bab el Wad und die Hügel Judäas freizukämpfen«, erklärte Stabschef Jadin, »müßten wir eine ganze Palmach-Brigade einsetzen.«
»Vielleicht werden wir uns dazu entschließen müssen«, antwortete Gideon. »Abdul Kadars Strategie läuft auf die Blockade von West-Jerusalem hinaus. Außerdem will er unser Volk aushungern.«
»Es wäre ein tödlicher Schlag für den Jischuw«, konstatierte Ben-Gurion.
Jadin, der aus Jerusalem stammte, dessen Familie in der Stadt lebte und dessen Vater die Handschriften in Qumran, dem Trockenflußtal am Toten Meer, entdeckt hatte, war unnachgiebig. »Ich würde gern eine Brigade der Palmach von Latrun nach Jerusalem überstellen, aber es ist unmöglich. Vielleicht müssen wir uns an den Gedanken eines jüdischen Staates ohne Jerusalem gewöhnen.«
Es wurde so still, daß man eine Nadel hätte fallen hören können.
»Das darf nicht geschehen«, protestierte der alte Mann.
»Hoffentlich nicht«, sagte Jadin.
Ben-Gurion bedeutete Gideon fortzufahren. »Die vier gefährdetsten Siedlungen in Palästina sind die des Ezion-Blocks«, stellte er fest. Gemeint waren die vier Kibbuzim ultra-orthodoxer Juden, die fünfundzwanzig Kilometer südlich von Jerusalem in einem ansonsten rein arabischen Siedlungsgebiet lagen. »Dort kann uns Abdul Kadar abschlachten. Der Ezion-Block ist mein Haupteinwand gegen Plan D. Ich fürchte, wir müssen die Leute evakuieren.«
Mehrere Befehlshaber sprangen auf und widersprachen ihm. Die Debatte wurde hitziger.
»Ruhe, Ruhe! Laßt Gideon zu Ende sprechen.«
»West-Jerusalem ist sowieso unser größtes Problem«, fuhr Gideon fort. »Wie zum Teufel soll die Stadt auch noch den Ezion-Block versorgen?«
»Ich bin anderer Ansicht! Abdul Kadar kann den Block nicht einnehmen.«
»Dann schlage ich vor, daß du die erste Kolonne führst, die zu den

Kibbuzim durchzubrechen versucht«, erwiderte Gideon. »Angenommen, der Ezion-Block hält sich gegen die Freischärler und der Negev und Galiläa überstehen die erste Angriffsphase. Was dann? Was geschieht in der zweiten Phase, wenn die Arabische Legion den Jordan überschreitet und die Ägypter im Süden einmarschieren? Plan D ist undurchführbar!«

»Vergiß für den Augenblick Plan D. Ich will hören, was du von Kawakdschi hältst.«

Der alte Mann besaß einen unglaublichen Eigensinn. Gideon stieß einen tiefen Seufzer aus und zuckte die Schultern. »Kawakdschi hat eine Streitmacht von achttausend Mann auf die Beine gestellt; tausend Syrer, fünfhundert Libanesen, zweitausend Iraker, fünfhundert Jordanier, zweitausend Saudis und zweitausend Ägypter. Sie werden von Berufsoffizieren aus den stehenden Heeren dieser Länder zusammengehalten. Dazu kommen ein paar tausend Mann von der moslemischen Bruderschaft und mehrere hundert erstklassig ausgebildete Einheiten, zusammengesetzt aus englischen Deserteuren, Ex-Nazis und europäischen Söldnern. Kawakdschi wird ferner über Panzerfahrzeuge und ein halbes Dutzend Artillerie-Batterien verfügen.«

»Wie einsatzfähig sind sie?«

»Für ihre Aufgabe bestens geeignet. Ihre Strategie ist kein Geheimnis. Kawakdschi wird die Grenze überschreiten und versuchen, einige isolierte Siedlungen in Galiläa zu nehmen. Keine davon kann mit unserer Hilfe rechnen. Wenn Kawakdschi ein Dorf oder einen Kibbuz erobert, wird er ein Massaker veranstalten. Er glaubt, dadurch könne er die Juden in Galiläa in Panik versetzen und in die Flucht jagen.«

Der Leiter der Spionageabwehr nickte zustimmend.

»Während der Phase eins, in die wir jetzt eintreten«, fuhr Gideon fort, »werden die Engländer wohlwollend zusehen. Sie werden zulassen, daß Kawakdschis Arabische Befreiungsarmee unangefochten in Palästina eindringt und in einem Gebiet mit überwiegend arabischer Bevölkerung, wahrscheinlich in der Nähe von Nazareth, ihr Hauptquartier errichtet.«

»Willst du damit sagen, daß die Engländer untätig zusehen werden, wie Kawakdschi ein Blutbad anrichtet?«

»Jetzt kommen wir zur persönlichen Lageeinschätzung«, antwortete Gideon. »Meiner Ansicht nach werden die Engländer keinen Finger rühren. Kawakdschi wird freie Hand haben. Die Briten werden vielleicht das eine oder andere unternehmen, um ihre angebliche Überparteilichkeit zu dokumentieren, aber das ist nur Augenauswischerei. Selbst wenn es Kawakdschi nicht gelingen sollte, eine Siedlung zu erobern, wird er uns auf den Verbindungswegen ungeheuren Schaden zufügen.«

Wieder wurden die Schwächen von Plan D scharf kritisiert. Warum sollte man Kawakdschi so verlockende Angriffsziele wie kleine, isolierte Kibbuzim überlassen?

»Die Proklamation eines jüdischen Staates ist gefährlich«, erwiderte Ben-Gurion. »Krieg ist gefährlich. Aber nur wenn wir die Araber jeden Stück Boden teuer bezahlen lassen, können wir ihren Angriffsgeist brechen.«

Es war klar, daß der alte Mann nicht nachgeben würde. Der Leiter der Spionageabwehr faßte die Lage noch einmal zusammen. Für die Araber war der Nachschub unproblematisch, denn sie hatten die gesamte arabische Welt als Hinterland und konnten leicht Waffen über die Grenze bringen. Wenn die Saudis genügend Geldmittel zur Verfügung stellten, würde der Aufmarsch arabischer Waffen kein Ende nehmen. Der Jischuw hingegen mußte jede einzelne Kugel über das Meer herbeischaffen. Gemessen an den Vorteilen der arabischen Bevölkerung ergab sich für die Juden ein sehr trübes Situationsbild. Alles hing davon ab, wieviel Durchhaltevermögen die arabische Armee entwickelte.

Sie war zwar alles andere als modern, aber sie besaß Panzer, weittragende Geschütze, motorisierte Einheiten, Kampfflugzeuge, kurz alles, was den Juden fehlte.

Die Streitmacht, die die Haganah am meisten fürchtete, war Abdullahs Arabische Legion von zehntausend ausgebildeten Berufssoldaten mit moderner Ausrüstung unter dem Kommando eines erfahrenen Kaders englischer Offiziere.

Über Plan D wurde bis tief in die Nacht hinein diskutiert. Ben-Gurion setzte sich durch. Seine einzige Konzession bestand darin, in Regionen wie dem Ezion-Block Frauen und Kinder evakuieren zu lassen. Es war nach zwei Uhr morgens, als der Plan verabschiedet wurde. Jetzt war nur noch eine wichtige Frage offen. Wie sollte man sich zur arabischen Zivilbevölkerung stellen, die immer noch aus dem Land floh?

Alle wandten sich ratsuchend an den alten Mann. Er war der geistige Vater der noch ungeborenen Nation. Seine Philosophie würde ihre Haltung und ihre Normen bestimmen.

»Die Araber haben diesen Krieg gewollt«, sagte Ben-Gurion. »Aber wir haben dringliche Probleme zu lösen und können nicht endlos mit ihnen herumstreiten. Wir müssen diesen Krieg gewinnen und als lebensfähiger Staat daraus hervorgehen. Doch wir wären Narren, wenn wir unsere großen Projekte inmitten feindlicher Nachbarn zu verwirklichen hofften. Wir brauchen dazu Frieden, und wir müssen mit den Arabern zusammenleben, wenn unser Staat nicht zu einer belagerten Festung werden soll. Nie«, rief er und schlug mit der Faust auf den Tisch, »wird unsere Politik die Vertreibung der Araber aus Palästina anstreben. Dort, wo es für uns strategisch um Leben oder Tod geht, im Raum Ramle–Lydda, in Latrun und West-Jerusalem, werden wir mit allen uns zur Verfügung stehenden Mitteln gegen sie kämpfen. Wenn die Araber sich entschließen davonzulaufen, werden wir sie nicht auffordern zu bleiben. Wenn sie Palästina verlassen, werde ich sie nicht bitten zurückzukommen. Aber unter gar keinen Umständen werden wir einen Araber, der hierbleiben möchte, zur Auswanderung zwingen. Den Arabern wird es schwerfallen, eine Niederlage hinzunehmen. Ich bete dafür, daß sie ihre Brüder und Schwestern, die aus Palästina geflüchtet sind, ebenso behandeln werden, wie wir es mit unseren Brüdern und Schwestern tun. Ich hoffe, man wird ihnen die Möglichkeit zu einem menschenwürdigen Leben bieten. Aber ein Mann, der sein Heim während eines Krieges verläßt, den sein Volk begonnen hat, kann uns nicht für seine Zukunft verantwortlich machen. Es ist spät, Kameraden, und wir sind müde. Nur noch einen letzten Grundsatz: Wir müssen immer die Tür für Verhandlungen offenhalten. Eines Tages wird ein arabischer Führer durch diese Tür kommen, sich hinsetzen und mit uns sprechen. Gideon . . . ich merke, daß du meine Worte bezweifelst . . . aber wir werden sehen.«

IX

10. Januar 1948

Der Banias fließt vom Hermongebirge herab, überquert die syrische Grenze und bildet mit anderen Flüssen den Oberlauf des Jordan. In der Nähe befand sich der sechs Jahre alte Kibbuz Kfar Szold; er trug den Namen der Amerikanerin, die das Hadassah-Krankenhaus gegründet hatte.

Diesen Kibbuz wählte General Kawakdschi zu seinem ersten Angriffsziel. Er rückte mit drei Bataillonen an, darunter das Erste und Zweite Jarmuk, so genannt nach einer antiken Schlacht, in der die Araber das Byzantinische Reich besiegt hatten.
Bestrebt, einen ersten, schnellen Sieg melden zu können, plante Kawakdschi den Angriff nur flüchtig, und der Kibbuz erwies sich seiner Verteidigungsaufgabe mehr als gewachsen. Die Araber zogen sich eilig wieder hinter die syrische Grenze zurück.

1. Kommuniqué der Arabischen Befreiungsarmee

> Lob sei Allah, dem Mitleidsvollen, dem Barmherzigen. Am 10. Januar unternahmen kleine Einheiten der Bataillone Jarmuk und Hittim ein Übungsmanöver gegen Kfar Szold. Im Lauf der Übung stellte sich heraus, daß die Siedlung der Attacke nicht gewachsen war. Ich befahl den Totalangriff, doch im Gebiet stationierte englische Streitkräfte zwangen uns zum Rückzug. Der Sieg ist zum Greifen nahe.
>
> *F. Kawakdschi,* Feldmarschall
> Arabische Befreiungsarmee

Kawakdschi und sein Stab waren durch die Schlappe gereizt, und da sie einen raschen Erfolg brauchten, nahmen sie sich das ihrer Meinung nach schwächste Angriffsziel in Galiläa vor. Kawakdschi marschierte unter syrischer Rückendeckung auf die Golanhöhen und stieg unterhalb des Sees Genezareth, bei der Mündung des Jarmuk in den Jordan, wieder zu Tal. Sechzig Kilometer südlich von seinem ursprünglichen Ziel erreichte er die Felder von Tirat Zwi, der »Festung des Rabbi Zwi«. Der Kibbuz lag vollkommen isoliert an einer Sackgasse. Seine Bewohner waren orthodoxe Juden, unter denen sich nur hundertsechzig kampffähige Männer und Frauen befanden. Der Kibbuz besaß Gewehre und einen einzigen Zwei-Zoll-Mörser. An Verstärkung war nicht zu denken, und der Kibbuz konnte leicht aus dem Hinterhalt angegriffen werden.
Kawakdschi stellte sein Kommandozelt auf einem Hügel oberhalb des Kibbuz auf. Als er die Siedlung durch den Feldstecher musterte, bedauerte er, ihn nicht zum ersten Angriffsziel gewählt zu haben. Es war ein köstlicher, reifer Granatapfel, der ihm wie von selbst in die Hand fallen würde.
Wieder wurden die arabischen Freischärler von Ungeduld ergriffen.

Kawakdschi, der unter dem Zwang stand, seine erste Schlappe auszumerzen, zog tausend Mann zusammen, die den Kibbuz frontal in drei Wellen angreifen sollten.
Die Verteidigung sämtlicher Kibbuzim erfolgte nach festgelegtem Schema. Die Siedlungen waren kreisförmig angelegt, Kinderheim, Schule und Unterstände befanden sich in der Mitte. Jenseits der äußeren Gebäude verliefen Graben und Stacheldrahtverhau. Die Anlage ähnelte den Wagenburgen, die die ersten amerikanischen Einwanderer in der Prärie zum Schutz gegen die Angriffe der Indianer errichtet hatten. Die Felder von Tirat Zwi und den meisten anderen Kibbuzim wurden dem Feind kampflos überlassen, weil es nicht genug Menschen gab, um die Außenbezirke zu verteidigen.
Ein paar vorsichtige Offiziere rieten Kawakdschi, Patrouillen auszuschicken, den Kibbuz mit Granatwerfern und Artillerie sturmreif zu schießen und unter dem Sperrfeuer der Maschinengewehre vorzugehen. Wenn sie aufgehalten wurden, konnte die Verstärkung einen Flankenangriff starten. Dem General kam das aber zu kompliziert und langwierig vor. Er lechzte nach einem vorzeigbaren Sieg.
Bei Sonnenaufgang wurden die Freischärler mit Hornsignalen und Kampfgeschrei zum Angriff getrieben. Sie stürmten über frisch gepflügte Felder. Nach wenigen Augenblicken war keine geordnete Angriffsreihe mehr zu erkennen. Die Offiziere versuchten vergeblich, die Bewegung ihrer Männer zu lenken. Dann öffnete der Himmel seine Schleusen, und ein Wolkenbruch prasselte zur Erde. Die Felder verwandelten sich in einen einzigen Morast.
Die orthodoxen Juden von Tirat Zwi hielten außerordentlich diszipliniert ihr Feuer. Als die Angreifer die Umzäunung des Kibbuz erreichten, waren sie nur noch ein triefend nasser, schlammbedeckter Mob. Sie wurden kaltblütig abgeschossen, sobald sie den Stacheldrahtverhau erreichten. Die zweite Welle wurde durch den Mißerfolg ihrer Kameraden entmutigt, und die dritte gab auf, bevor sie die Hälfte des Schlachtfeldes überquert hatte.
Kawakdschi beobachtete von seinem Befehlsstand auf dem Hügel entsetzt die Katastrophe. Er und seine Offiziere sammelten ihre Streitkräfte zu einem neuen Angriff, doch der fiel zu kraftlos aus. Die Männer waren entmutigt.
Kawakdschi führte seine Truppen nach Palästina in die rein arabische Stadt Nablus, die sich nur eineinhalb Kilometer östlich des biblischen Sichem befindet. Die Engländer in der Gegend duldeten die Anwesenheit der Freischärler stillschweigend.

14. Kommuniqué der Arabischen Befreiungsarmee

25. Januar 1948

Lob sei Allah, dem Barmherzigen, dem Mitleidsvollen. Im Gebiet des Kibbuz Tirat Zwi führten kleine Einheiten ein abschließendes Manöver unter kriegsmäßigen Bedingungen durch. Die Übungen dienten dazu, unsere Truppen mit dem Gebrauch der Waffen und mit unserer Taktik vertraut zu machen. Das Manöver war ein beispielloser Erfolg. Wir führten mehrere Stunden lang Scheinangriffe auf den Kibbuz durch und wendeten dabei verschiedene Finten an, die wir in künftigen Kämpfen benutzen werden. Ich erkläre die Arabische Befreiungsarmee hiermit für bereit, viele jüdische Siedlungen auszulöschen. Der Sieg über die zionistischen Hunde ist uns gewiß.

F. Kawakdschi, Feldmarschall
Arabische Befreiungsarmee

Ungefähr zur gleichen Zeit trat Abdul Kadars Djihad-Armee in die Kampfhandlungen ein. Das Ziel war für niemanden eine Überraschung. Der Ezion-Block lag mitten im arabischen Gebiet im zerklüfteten Hügelland von Judäa auf halbem Weg zwischen Bethlehem und Hebron.

Abdul Kadar griff nicht offen an, sondern beschoß die Siedlungen aus sicherer Deckung. Sein Ziel war eine längerfristige Belagerung. Er wollte die Eingeschlossenen aushungern und zwingen, ihre Munition zu verschießen. Die Engländer hatten zugesagt, sich nicht einzumischen, und die Bergstraße zum Ezion-Block konnte leicht aus dem Hinterhalt überfallen werden.

Es gelang der Palmach, obwohl sie schon völlig überlastet war, drei Dutzend Mann abzustellen, die sich im Schutz der Dunkelheit auf den Weg zum Ezion-Block machten. Mit ihrer Ankunft verhärtete sich der jüdische Widerstand. Als die Belagerung andauerte, wurden die Vorräte gefährlich knapp. Das Oberkommando in Jerusalem hielt es für seine Pflicht, den Block entweder zu räumen oder eine Nachschubkolonne mit Vorräten hinzubringen.

Die Kolonne wurde zusammengestellt. Sobald sie Jerusalem verließ, befand sie sich in der Gefahrenzone, da jedes einzelne Haus in jedem einzelnen Dorf ein möglicher Standort für Heckenschützen und jede Kurve in dem unübersichtlichen Bergland ein möglicher Hinterhalt war. Die Kolonne erreichte den Block nie. Die vierzig Mann samt ihren gepanzerten Lastwagen wurden aufgerieben.

Abdul Kadar sondierte die äußere Befestigungslinie des Blocks und gelangte zu der Überzeugung, daß ein entscheidender Angriff mit einem Bajonettkampf Mann gegen Mann enden müsse. Da seine Leute immer mißmutiger und kraftloser wurden, zog er ab.
Sowohl Abdul Kadar als auch Kawakdschi hatten bei ihren ersten Angriffen versagt. Aber die Juden erlitten Verluste, die sie bei ihren geringen Reserven auf die Dauer nicht würden verkraften können. In Jerusalem begannen die Bombenattentate. Notdürftig als Araber verkleidete englische Deserteure beteiligten sich an etlichen dieser Anschläge. Eine Autobombe zerstörte das Hauptquartier der Jewish Agency, während eine andere die »Palestine Post« traf. Eine dritte Bombe wurde im Zentrum des jüdischen Geschäftsviertels gelegt und explodierte um die Mittagszeit inmitten einer Menschenmenge. Viele Zivilisten kamen dabei ums Leben.
Vergeltungsangriffe der Irgun und der Haganah zerstörten die arabischen Hauptquartiere in Jaffa und Jerusalem.
Es war die Zeit der Explosionen. Die Erde bebte, Glas ging in Scherben, und inmitten der herumfliegenden Trümmer ertönten Schreie und Sirenengeheul; sah man das Blut der verstümmelten Leichen, die in Säcke gesteckt und abtransportiert wurden.

Als die Engländer aus dem Tegart-Fort im arabischen Nazareth abzogen, marschierte Kawakdschi ein und machte es zu seinem Hauptquartier. Die Stadt war hauptsächlich von christlichen Arabern bewohnt, die entschlossen waren, sich von keiner Seite in die Kämpfe hineinziehen zu lassen. Da es Kawakdschi nicht gelang, Leute anzuwerben oder Unterstützung zu erhalten, hetzte er seine Männer zu einer Plünderungsorgie auf. Sie brachen in Kirchen ein und trugen Reliquien davon. Doch die christlichen Araber verspotteten Kawakdschi nur und forderten ihn auf, ihre Stadt zu verlassen und auf den Kriegsschauplatz zurückzukehren.
Auch jenseits der Grenze hatte Kawakdschi ernste Probleme. Seine ursprünglichen Förderer, die Finanzleute, arabische Organisationen und Regierungen verloren allmählich ihre Begeisterung. Er brauchte dringend einen Sieg, einen sichtbaren militärischen Erfolg. Diesmal wählte er ein lebenswichtiges strategisches Ziel, um seine Kritiker zum Schweigen zu bringen. Der Kibbuz Mischmar ha-Emek, der »Wachtposten des Tals«, erstreckte sich zu beiden Seiten der Straße Haifa–Tel Aviv. Wenn er erobert wurde, wäre der Jischuw praktisch in zwei Teile zerschnitten.

Im Kibbuz lag eine kleine Haganah-Einheit. Er verfügte außer über Gewehre nur über ein einziges leichtes Maschinengewehr und einen Mörser.
Kawakdschi bezog mit zwei Bataillonen von insgesamt zwölfhundert Mann Stellung auf den Höhen um Mischmar ha-Emek. Diesmal griff er in großem Stil mit einem Dutzend Feldgeschützen an. Obwohl seine Kanoniere nicht sehr zielsicher waren, erlitt der Kibbuz schwere Verluste, und das Granatfeuer wirkte entmutigend. Kawakdschi schickte vorsichtig operierende, disziplinierte Infanteriepatrouillen auf Kundschaft aus. Der Kibbuz schlug jede Patrouille zurück. Kawakdschi umzingelte ihn daraufhin und belegte ihn während der Nacht mit Artilleriefeuer.
Am nächsten Morgen waren die Engländer zum Handeln gezwungen. Sie kamen mit einer Parlamentärsflagge in den Kibbuz und machten sich erbötig, die Verwundeten, Frauen und Kinder zu evakuieren und wegen einer Kapitulation zu verhandeln. Die Kinder wurden fortgebracht, aber alle Erwachsenen blieben im Kibbuz.
Während das Sperrfeuer in der zweiten Nacht fortgesetzt wurde, schlich sich ein Bataillon der Haganah, das in der Gegend ausgebildet worden war, in den Kibbuz. Nach einem nächtlichen Gewaltmarsch traf kurz vor Tagesanbruch auch noch das Erste Palmach-Bataillon ein.
Als es hell wurde, schwieg die Artillerie, aber die Araber gingen heimlich aus verschiedenen Richtungen vor. Als sie die äußere Befestigungslinie erreichten und sich für die Attacke neu formierten, wurden sie von einem Angriff überrascht.
Zum erstenmal waren die Juden in Bataillonsstärke kampfbereit. Sie strömten aus dem Kibbuz und stürmten gegen den vollkommen überrumpelten Feind. Die Arabische Befreiungsarmee ergriff Hals über Kopf die Flucht, die Haganah und die Palmach folgten ihnen auf den Fersen. Kawakdschi versuchte verzweifelt, einen Waffenstillstand zu erreichen, aber seine Bemühungen waren vergebens. Die Juden ließen von ihrer Verfolgungsjagd erst ab, als sie das acht Kilometer entfernte Megiddo erreichten. Dort gruppierten sich Haganah und Palmach beim mutmaßlichen Schauplatz des mythischen Armageddon, von dem das Neue Testament berichtet. Hinter Megiddo liegt das Wadi Ara, das seit undenklichen Zeiten als Durchzugsweg für Invasionsarmeen dient. Als die Juden erneut angriffen, stoben Kawakdschis Jarmuk-Bataillone auseinander.

56. Kommuniqué der Arabischen Befreiungsarmee

14. April 1948

Lob sei Allah, dem Barmherzigen, dem Mitleidsvollen. Dies ist der Tag der Schande. Unsere Streitkräfte hätten Mischmar ha-Emek in Trümmer gelegt. Beim entscheidenden Angriff erkannten wir freilich einen furchtbaren Verrat. Im Dunkel der Nacht war ein englisches Regiment, verkleidet als Haganah-Kämpfer, in den Kibbuz geschlichen. Als wir ihre äußere Verteidigungslinie erreichten, feuerte die feindliche Artillerie aus über hundert Geschützrohren Tausende von Granaten in unsere Reihen. Achtzig versteckte Panzer, deren englische Kennzeichen übermalt worden waren, stießen gegen uns vor. Unsere mutigen Krieger brachten die Ungläubigen zum Stehen, wurden jedoch aus der Luft von englischen Kampfflugzeugen und Bombern angegriffen. Angesichts der an Zahl und Bewaffnung weit überlegenen feindlichen Kampfverbände blieb uns keine andere Wahl als der geordnete Rückzug. Meine Spione konnten in Erfahrung bringen, daß die Zionisten den Engländern für ihr Eingreifen hunderttausend Pfund bezahlten. Seid unbesorgt, meine Brüder, wir werden Rache nehmen. Man kann den Mut und die Aufopferung der Soldaten der Arabischen Befreiungsarmee nicht genug loben, die sich jetzt in sicheren Stellungen erholen. Wir werden mit Verstärkung wiederkommen, und unser Sieg wird nicht lange auf sich warten lassen.

F. Kawakdschi, Feldmarschall
Arabische Befreiungsarmee

Von da an schickte Kawakdschi in bitterem Ton gehaltene Kommuniqués in die Hauptstädte aller arabischen Staaten, in denen er sich über mangelnde Unterstützung, über massive Fahnenflucht seiner dahinschwindenden Miliz und über ausbleibende Geldmittel für seine Soldliste beschwerte. Er verkroch sich in den Bab el Wad, wo die Reste seiner Truppen sich mit Abdul Kadars Djihad-Armee vereinigten. Dort hoffte er auf einen erfolgreichen Kampf gegen die für Jerusalem bestimmten jüdischen Militärkolonnen.

Als die Engländer eine Niederlassung nach der anderen räumten, bemächtigten sich die feindlichen Mächte ihrer Polizeiforts. Der Jischuw erhielt die erste Ladung Waffen aus der Tschechoslowakei auf einer geheimen Luftlandebahn im Negev. Die Küstenblockade lokkerte sich, und ein polnisches Schiff mit schweren Waffen erreichte den jüdischen Hafen Tel Aviv. Sie wurden rasch an die Reserveeinheiten verteilt, die bisher mit Stöcken statt mit Gewehren, mit Steinen statt mit Granaten ausgebildet worden waren.
Dank der neuen Waffen konnte die Haganah in den Städten mit gemischter Einwohnerschaft entscheidende Maßnahmen treffen, wobei sie das Schwinden der arabischen Entschlußkraft konstatierte und die Panik bemerkte, die die arabische Bevölkerung erfaßt hatte.
Haifa: Die wichtigste Hafenstadt Palästinas erstreckt sich vom Mittelmeer bis zum Karmel-Gipfel und gemahnt von den Hügeln her ein wenig an San Francisco. Das arabische Viertel drängt sich rund um den Hafen, während der jüdische Bezirk sich auf den Hängen des Karmel befindet.
Da Haifa der Hauptversorgungshafen des Landes war, gab es unaufhörlich Kämpfe und Straßenschlachten in der Stadt. Die Araber waren gut organisiert und bewaffnet. Die Juden hatten eine Haganah-Einheit unter dem Befehl von Mosche Carmel stationiert, die als die Carmeli-Brigade bekannt wurde.
Eine Irgun-Bombe explodierte im arabischen Viertel der Stadt und provozierte einen arabischen Überfall auf die Ölraffinerie in der Nähe, bei dem vierzig Juden ermordet wurden. Während Greueltaten und Vergeltungsschläge aufeinanderfolgten, wurden feste Kampflinien bezogen, und jede Hoffnung auf eine friedliche Lösung verschwand.
Die Araber zogen in ihrem Stadtteil Freischärler und Söldner sowie Einheiten heimischer Miliz zusammen, bis sie zahlenmäßig die Übermacht besaßen.
Aber die Carmeli-Brigade lag in erhöhter Stellung. Als die Engländer abzuziehen begannen, schlug die Haganah mit der Operation Siccors zu. Der Angriff auf das arabische Viertel dauerte die ganze Nacht. Anschließend waren die arabischen Kräfte in vier Teile gespalten, und ihre Kampflust war erloschen. Die Engländer griffen ein und vermittelten einen Waffenstillstand.
Carmel traf mit dem arabischen Bürgermeister zusammen und nannte seine Forderungen. Er verlangte von den Arabern, ihre Waffen niederzulegen und alle nicht-palästinensischen und ausländischen Söld-

ner auszuliefern. Die Evakuierung der arabischen Zivilbevölkerung wurde nicht gefordert.
Der Bürgermeister ersuchte um Bedenkzeit und hielt mit Kawakdschis Oberkommandierendem in Haifa eine Besprechung ab. Der Offizier versicherte dem Bürgermeister, Kawakdschi sei bereits im Begriff, von Nablus aus eine Offensive gegen Haifa einzuleiten. Er bat den Bürgermeister dringend, die arabische Bevölkerung aus Haifa zu evakuieren, damit sie nicht in größere Kampfhandlungen verwickelt werde. Sobald die Juden vertrieben seien, könnten die Araber zurückkehren und auch den jüdischen Teil von Haifa in Besitz nehmen.
Die Araber und Juden von Haifa waren bisher meist gut miteinander ausgekommen. Es wurde viel Handel zwischen ihnen getrieben, und es gab zahlreiche nachbarliche Beziehungen. Eine Abordnung von Vertretern der jüdischen Volksgruppe in Haifa traf mit den arabischen Führern zusammen und versuchte, sie zum Bleiben zu überreden, wobei sie auf Ben-Gurions Politik hinwiesen.
Die Araber entschlossen sich zur Evakuierung. Die Engländer verlängerten den Waffenstillstand, und in den nächsten fünf Tagen machten sich fast hunderttausend Araber auf den Weg nach Akkon. Ein paar tausend entschlossen sich zu bleiben, und sie blieben ungeschoren.
Die arabische Bevölkerung von Haifa lief grundlos davon. Die Befürchtung, sie könnten vernichtet werden, war nur der Widerhall ihrer eigenen Absichten. Sie und ihre Führer hatten den Juden den Tod geschworen. Die Araber wurden von der Angst verzehrt, daß die Juden ihnen das Schicksal bereiten könnten, das sie den Juden zugedacht hatten. Ihre Führer machten sich ihre Angst zunutze und drängten sie zur Flucht, um den Weg für ihre Armeen frei zu machen.
Der Exodus von Haifa wiederholte sich in Safed und Tiberias, wo die arabische Bevölkerung sich nach kurzen Kämpfen aus dem Staub machte.
Die Araber hatten schon nach dem Teilungsbeschluß eine Massenflucht ihrer Führungsschicht aus Palästina erlebt. Es kam zu einer Bewegung, die sich nicht aufhalten ließ. Ohne daß sie bedroht wurden oder auch nur ein Schuß auf sie abgefeuert worden wäre, begaben sich die Araber zu Tausenden auf die Flucht. Die Ausreise vereinzelter Familien mündete in eine panische Massenflucht.

Das arabische Palästina hatte die erste Runde so gut wie verloren. Um seine militärische Lage zu retten, warf es sämtliche Kräfte in die Straßenschlacht und versuchte so, Jerusalem vom übrigen Jischuw abzuschneiden und die jüdische Bevölkerung auszuhungern. Wenn es in Jerusalem den Sieg errang, würde niemand mehr über die früheren arabischen Mißerfolge reden. Jerusalem war das Herz des Jischuw und für die Araber der Kopf der Schlange.
Diese entscheidende Schlacht war in Vorbereitung, da wurde der Jischuw bis ins Mark erschüttert, als die Arabische Legion ihr Versprechen brach und den Jordan überschritt. Nach einem mörderischen Kampf eroberte die Legion den belagerten Ezion-Block. Die meisten Überlebenden wurden abgeschlachtet; es wurden nur wenige Gefangene gemacht.
Die Araber stürmten aus Jerusalem und Hebron und Bethlehem herbei, um den Ezion-Block zu plündern und ihn dem Erdboden gleichzumachen; sie zerstörten seine Obstgärten und Felder und entweihten seine Synagogen. Am Vorabend der jüdischen Unabhängigkeitserklärung versuchte der Jischuw verzweifelt, den Mut aufzubringen, trotz dieses erschütternden Wortbruchs der Legion seine Freiheit zu proklamieren.

X

Die Schlinge um West-Jerusalem zog sich immer enger zusammen. Hunderttausend Juden lebten unter Blockadebedingungen. Die dünne, schwach pulsierende Lebensader durch den Bab el Wad wurde abgeklemmt, mit Gewalt geöffnet, wieder gesperrt.
In den Mauern der Altstadt weigerten sich zweitausend ultra-orthodoxe Juden aufzugeben, obwohl sie von fünfzigtausend Arabern umgeben und von ihrer eigenen Bevölkerungsgruppe abgeschnitten waren.
Der Nachschub mußte von der Küste durch ein dichtes System arabischer Bollwerke und dann in den leicht zu sperrenden Bab el Wad gebracht werden. Die Engländer zeigten wenig Neigung, auf der »Schlangenstraße« zu patrouillieren.
Als Vorbereitung auf die Belagerung hatten sich die Juden einen Überblick über alle Zisternen in ihrem Stadtteil verschafft. Wegen

der regelmäßig auftretenden Dürreperioden und der anhaltenden Wasserknappheit war seit langem Regenwasser auf den flachen Hausdächern aufgefangen und in unterirdische Betontanks geleitet worden. Fast jedes Haus besaß einen solchen Tank, aber sie waren seit längerer Zeit nicht mehr in Gebrauch, weil eine moderne Wasserleitung mit Pumpstationen vor der Küste errichtet worden war.
Man hatte die Zisternen mit Chemikalien versetzt, um das Wasser zu konservieren, und sie mit Betondeckeln versehen. Wenn man das Wasser auf 45 Liter pro Tag und Familie rationierte, enthielten die Zisternen einen Vorrat für etwa drei Monate.
Dieser Plan kam gerade rechtzeitig, denn die Araber sprengten die Rohre der Wasserleitung nach West-Jerusalem, und die Engländer lehnten es ab, ihre Wiederherstellung oder Bewachung zu übernehmen.
Jeden Tag öffneten Wasserwagen eine bestimmte Anzahl von Zisternen und verteilten das flüssige Gold. Jede Hausfrau stellte fünf Liter Notvorrat zum Trinken und Kochen beiseite. Der Rest wurde mehrfach verwendet: zuerst für die Körperpflege, dann für die Säuberung der notwendigsten Küchengeräte. Ein wenig wurde zum Zähneputzen abgezweigt, Wäsche kam an untergeordneter Stelle, und die letzte tägliche Verwendung diente dem einmaligen Spülen der Toilette. Für Duschen, Garten oder die öffentlichen sanitären Einrichtungen gab es kein Wasser. In den nächsten Monaten bedeckte eine Schicht Wüstenstaub die Straßen Jerusalems. Während die Juden langsam ausdörrten, nahm ihre Stadt ein todähnliches Aussehen an.
Es gab keinen Brennstoff, außer für Krankenhäuser, das Militär und Bäckereien. Kerzen ersetzten das elektrische Licht. Die Jerusalemer Hausfrauen kochten auf einer gemeinsamen Feuerstelle. In dem Gebiet hatte es nie viel Holz gegeben, und so rissen die Leute Holzgeländer und Fensterrahmen ab und zerhackten ihre Möbel, um Brennmaterial daraus zu machen.
Das einzig eßbare Gemüse war Löwenzahn. Die Ration wurde auf sechshundert Kalorien täglich herabgesetzt. Ein Behelfsflugplatz ermöglichte die Landung einer kleinen, einmotorigen Maschine, mit der die »Luftwaffe« des Jischuw täglich Transportflüge mit Babynahrung, Medikamenten für Notfälle und Handfeuerwaffen durchführte.
Strategisch befanden sich die Juden in einer unhaltbaren Lage. Die Umgebung war überwiegend von Arabern besiedelt. Die Haganah hatte in dem Bestreben, das ausgedehnte Stadtgebiet zu sichern, ihre

Truppen so weit zerstreut, daß ihre Verteidigungslinien überall Lükken aufwiesen. Das Arsenal bestand aus fünfhundert Gewehren, einschließlich der kleinen David-Granatwerfer, die in Safed so wirkungsvoll eingesetzt worden waren. Diese »Davidkas« wurden von einer Stelle zur anderen gebracht, um bei den Arabern den Eindruck zu erwecken, die Juden besäßen viel mehr solcher Geschütze.
Es wurde für die Juden notwendig, ihre Stellungen auszubauen. Der Haganah gelang es, den arabischen Vorort Katamon zu erobern, wodurch sie eine feindliche Enklave in ihrer Mitte beseitigte und ihre Verteidigungslinien begradigte. Andere Vorstöße der Haganah schlugen fehl. Der Angriff auf das hochgelegene Grab des Propheten Samuel, von wo aus man herankommende Kolonnen hätte beschützen können, wurde zurückgeschlagen. Auch der Angriff auf den Auguste-Viktoria-Komplex, der eine direkte Verbindung zu den isolierten jüdischen Instituten auf dem Skopus schaffen sollte, mißlang. Damit waren die Hebräische Universität, die Nationalbibliothek und das Hadassah-Krankenhaus von West-Jerusalem abgeschnitten. Um diese Institute zu erreichen, mußten die Kolonnen durch Feindesland fahren. Um die Institute funktionsfähig zu erhalten und um zu verhindern, daß die Gebäude geplündert wurden, erklärte sich der Jischuw schweren Herzens damit einverstanden, ihnen den Status einer entmilitarisierten Zone zuzuerkennen.
Beim ersten Versuch, die Blockade zu durchbrechen, griffen Haganah-Einheiten aus Tel Aviv Abdul Kadars Freischärler im Gebiet Lydda–Ramle an, sprengten ihr Hauptquartier in die Luft und befreiten die Straßen von Heckenschützen. Aber es war noch immer ein langer, blutiger Weg bis nach Jerusalem.

In letzter Zeit war Oberst Frederick Brompton mehrmals wöchentlich im Fort Latrun mit Gideon Asch zusammengetroffen. Beide übermittelten als Verbindungsmänner der Kommandostelle des anderen dringende Nachrichten. Brompton war für den Posten auserwählt worden, weil er als neutraler Bürokrat den Inbegriff englischer Unparteilichkeit verkörperte.
»Ein schlimmer Vorfall, diese Bombe, die ihr in Lydda gelegt habt«, sagte er. »Wir hören, ihr seid im Begriff, eine Palmach-Brigade aus dem Kibbuz Schemesch zu verlegen und sie entlang des Bab el Wad zu postieren. Sieht ganz so aus, als wolltet ihr versuchen, die Straße mit Gewalt zu öffnen.«
Gideon hob bedauernd die Arme.

»Es wird verdammt kostspielig werden, verdammt kostspielig«, sagte Brompton.
»Vielleicht könntet ihr euch entschließen, die Straße nicht nur zum Schein zu patrouillieren.«
Brompton machte dieselbe Unschuldsmiene wie zuvor Gideon.
»Also gut, Oberst, machen wir uns an die Arbeit. Wir haben zwei vorrangige Probleme. Erstens protestieren wir weiterhin dagegen, daß die Araber den Tempelberg mit Geschützen bestücken. Wir zählen jetzt bereits zwanzig Maschinengewehrnester und Granatwerferstellungen und einen Beobachterposten auf dem Dach des Felsendoms. Wenn jemand im Keller der Al-Aksa-Moschee eine Zigarette anzündet, sprengt er damit die ganze Stadt in die Luft.«
»Sie kennen sich doch aus, mein lieber Gideon. Die Araber haben nie Respekt vor den heiligen Stätten irgendeiner Glaubensgemeinschaft gezeigt, ihre eigene eingeschlossen.«
»Verdammt, Brompton! Wenn die Juden mit einer gut gezielten Granate den Felsendom oder die Al-Aksa-Moschee träfen, was Gott verhüten möge, würde uns die ganze Welt voll religiöser Empörung an die Gurgel springen.«
Brompton lachte.
»Ich wollte auch noch die Waffenverstecke in jedem Krankenhaus und jeder Schule in Ost-Jerusalem erwähnen«, fuhr Gideon fort.
»Sie werden jetzt die Araber weder zu Fair play noch zur Demokratie bekehren können, Gideon. Es gibt einige Dinge, die wir nicht tun, um das Mandat zu halten. Gott weiß, daß wir vielleicht das britische Empire aufs Spiel setzen, weil es für uns sogar im Krieg gewisse Grenzen gibt. Für die dagegen ist das alles nur ein Spiel. Jeden schmutzigen Vorteil, den sie uns voraushaben, werden sie wahrnehmen, und wir können dazu nur lächeln.«
Plötzlich verriet Brompton eine bei ihm ganz ungewöhnliche Nervosität. Gideon nahm an, der Mann habe ein schwerwiegendes Problem auf der Seele, auf das er noch nicht zu sprechen gekommen war.
»Was steht noch auf Ihrer Liste?« fragte Brompton.
»Die Wasserleitung. Ohne eure Hilfe können wir sie weder erneuern noch beschützen.«
Brompton war sichtlich verärgert.
Gideon stand auf. »Scheiße!«
»Setzen Sie sich, Gideon, setzen Sie sich bitte«, sagte Brompton mit gespielter Gelassenheit. »Ich habe Ihnen zur Zeit der Abstimmung über die Teilung gesagt, daß sich unsere Position von der einer regie-

renden zur neutralen Macht gewandelt hat. Sie glauben, daß wir proarabisch eingestellt seien. Es wird Sie vielleicht überraschen, aber die gesamte arabische Welt beschuldigt uns, pro-zionistisch zu sein. In Wirklichkeit sind die Sympathien in unserem Führungsstab genau geteilt.«
»Ich habe Sie nicht um einen Vortrag über englische Fairneß gebeten, sondern um Wasser für hunderttausend Menschen.«
»Wir können uns nicht an dem Neubau der Wasserleitung beteiligen. Wir ziehen unsere Streitkräfte sehr rasch aus dem Land ab. Wir haben weder genügend Arbeitskräfte noch eine Veranlassung, an diesem Wiederaufbau mitzuwirken. Es ist nicht mehr unsere Aufgabe, eine der beiden Seiten daran zu hindern, ihre Streitkräfte zu vermehren oder gegeneinander zu kämpfen. Nach unserem Abzug wird es zu einem totalen Krieg kommen. Wir haben in der Vergangenheit von Fall zu Fall versucht, die Zivilbevölkerung zu schützen. Wir haben arabischen Zivilisten bei ihrem Abzug aus Haifa und Tiberias Begleitschutz gegeben. Ihr habt ähnliche Evakuierungsangebote abgelehnt. Aber ich möchte betonen, daß wir nicht die Absicht haben, Kawakdschi oder die Palmach zu stoppen. Wir wollen alle Vergehen, zu denen es in der Vergangenheit gekommen ist, vergessen und dieses Land so schnell wie möglich verlassen.«
»Ohne euch die Hände schmutzig zu machen«, bemerkte Gideon.
»Ohne uns die Hände schmutzig zu machen.«
»Sie sind ein schlechter Pokerspieler. Was haben Sie wirklich auf dem Herzen?«
Brompton räusperte sich abwehrend. »Ich möchte Ihnen etwas sagen, was Sie vielleicht bereits wissen. Ihre Situation in Jerusalem ist unhaltbar. Der Ezion-Block ist erledigt. Die Juden in der Altstadt sind verloren. Vielleicht denkt die Jewish Agency aber, daß diese Verluste tragbar sind, was dann? Falls es euch gelingt, bis zum 15. Mai durchzuhalten, wenn wir abmarschieren, steht die Arabische Legion einen Tagesmarsch von Jerusalem entfernt. Zusammen mit den aus dem Süden einmarschierenden Ägyptern sowie den Syrern und Irakern aus dem Norden plant die Legion ein unerbittliches Zusammentreffen mit euch in Jerusalem. Gideon, Plan D ist gefährlich ... nein, reiner Selbstmord!«
Gideon erwähnte mit keinem Wort seinen eigenen heftigen Widerstand gegen Plan D. Zweifellos war die englische Führung seiner Meinung und fürchtete die Konsequenzen der Unnachgiebigkeit des Jischuw.

»Ich bin befugt, Sie im Namen der gesamten englischen Regierung vom Premierminister abwärts zu beschwören, die jüdische Bevölkerung aus Jerusalem zu evakuieren.«

»Woher kommen diese plötzlichen Gewissensbisse?«

»Geradeheraus, Gideon?«

»Geradeheraus.«

»Wenn ein Araber einmal in einer Schlacht die Oberhand gewinnt, kennt er nur ein Ziel, die totale Vernichtung des Gegners. Wir sind verpflichtet, Sie offiziell darauf hinzuweisen, daß West-Jerusalem evakuiert werden muß, weil wir nicht die Verantwortung für das Massaker von zwanzig-, dreißig-, vierzig-, achtzigtausend Zivilpersonen übernehmen wollen.«

»Fürchten Sie um uns, oder haben Sie nur Angst, vor der Welt mit blutbefleckten Händen dazustehen?«

»Wir sind, wie gesagt, gespalten. Aber wir verstecken jedenfalls keine Waffen in Kathedralen, und wir sind keine Nazis.«

»Ja, ich verstehe Sie.«

»Dann wissen Sie wohl auch, daß eine achtzigprozentige Chance für das größte Massaker eines Volkes seit über zweitausend Jahren besteht.«

»Das ist uns bewußt.«

»Um Himmels willen, Gideon, Sie müssen es Ben-Gurion klarmachen! Wie könnte er mit dem Bewußtsein weiterleben, daß er so etwas zugelassen hat? Wie könnte auch nur einer eurer Träume von einer eigenständigen Nation eine solche Katastrophe überleben?«

»Ich werde ihm Ihre Botschaft überbringen. Aber es gibt da ein Problem, wissen Sie; das gleiche, vor dem wir auch in Europa standen. Es gibt keinen Ort, wohin wir die Menschen evakuieren könnten. Oder ist Ihre Warnung mit der großherzigen Geste Seiner Majestät verbunden, hunderttausend oder gar eine halbe Million Juden aufzunehmen, falls es zum Endsieg der Araber kommt? Wir würden uns auch nicht darauf versteifen, nach England auszuwandern. Wie wäre es, wenn ihr uns nach Uganda, Indien oder Westindien schickt? Vielleicht könnt ihr auch die Amerikaner und Kanadier dazu überreden, uns Zuflucht zu gewähren? Und wie steht es mit dem Rest der scheinheiligen christlichen Demokratien? Ach, Oberst, Sie sind naiv. Wir Juden wissen, daß über unseren Untergang keine einzige Träne vergossen würde.«

Gideon stand auf und ging zur Tür.

»Gideon?«

»Ja, Brompton?«
»Ich persönlich bedauere das alles zutiefst.«
»Schon gut. Ein Jude zu sein, hat immer bedeutet, zu einem Volk zu gehören, das allein steht.«

Die Antwort des Jischuw erfolgte sofort. Ben-Gurion befahl, den Bab el Wad zu öffnen. Bis dahin hatte die Palmach nur in kleinen Gruppen operiert. Die jüdische Führung setzte nun die Operation Nachschon in Gang, die ihren Namen nach dem Mann trug, der als erster mit Moses ins Rote Meer sprang. Die Har-El-Brigade der Palmach erhielt den mörderischen Auftrag, den Bab el Wad so lange offenzuhalten, bis einige Versorgungskolonnen nach Jerusalem durchkamen. Zugleich begann der Jischuw heimlich Straßen zu bauen, um Latrun zu umgehen und hinter dem Bab el Wad vorzustoßen.
Die wichtigste strategische Position am Jerusalemer Ende der Straße nahm ein arabisches Dorf ein, das auf den Ruinen römischer Festungen und Kreuzfahrerkastelle stand; sein hochgelegener Standort ermöglichte die vollkommene Beherrschung der Straße. Hier war das Ausgangsgebiet für Überfälle auf jüdische Transportkolonnen.
Die Einheiten der Har-El-Brigade studierten die jahrelang von Gideon Asch gesammelten Informationen, teilten sich auf, durchquerten das heimtückische Gebiet bei Nacht, bemächtigten sich vieler Schlüsselpunkte entlang der Straße und vertrieben die arabischen Freischärler.
Zugleich arbeitete sich eine Kompanie von achtzig Har-El-Männern den steilen Hügel zum Kastell empor, ohne entdeckt zu werden. Ihnen gelang ein vollkommener Überraschungsangriff. Der Kampf war innerhalb von Minuten zu Ende, und die Dorfbewohner ergriffen die Flucht.
Während das Kastell sich vorübergehend in jüdischen Händen befand, erfolgten fieberhafte Operationen rund um die Uhr. Im ganzen jüdischen Palästina wurden Vorräte auf Lastwagen verladen. Bis zum 30. April hatten sich drei mächtige Versorgungskolonnen nach Jerusalem durchgeschlagen.
Die Nachricht von der Einnahme des Kastells wurde blitzartig von den arabischen Dörfern nach Jerusalem durchgegeben, wo man sie kaum glauben wollte. Die arabische Bevölkerung bis hinunter nach Tabah wurde von Rachegelüsten erfaßt. Obwohl Hadschi Ibrahim seinen Segen dazu verweigerte und ablehnte, sich daran zu beteili-

gen, folgten Dutzende seiner Leute dem Aufruf, das Kastell zurückzuerobern.

Als sich genügend Männer am Fuß des Hügels versammelt hatten, gingen sie zum Angriff über, wurden jedoch zurückgeschlagen. Ohne einen entschlossenen, erfahrenen Führer waren die Araber unfähig, einen Großangriff zu führen, und nach einigen auf gut Glück abgefeuerten Schüssen wanderten sie wieder in ihre Dörfer zurück.

Abdul Kadar Husseini geriet nun unter den Druck, das Kastell zurückzuerobern, das einer Einheit von neunzig Haganah-Reservisten aus Jerusalem übergeben worden war. Wenige Tage nach dem Verlust des Kastells sammelte Abdul Kadar eine Truppe von Djihad-Leuten, verteilte sie umsichtig und rückte vorsichtig und unter Feuerdeckung den Hügel hinauf. Er legte an sicheren Orten Stellungen an und belagerte die zahlenmäßig unterlegenen jüdischen Verteidiger.

Sie meldeten verzweifelt, daß ihr Munitionsvorrat fast völlig erschöpft sei. Sie konnten einem arabischen Angriff nicht standhalten. Zur selben Zeit hatte ein Schiff mit Waffen die englische Blockade durchbrochen. Seine Ladung wurde schnell gelöscht, und ein Lastwagen fuhr damit so weit wie möglich den Bab el Wad hinauf. Als er aus dem Hinterhalt von arabischen Truppen gestoppt wurde, lud ein Dutzend Palmach fünfzigtausend Schuß Munition aus und schlug einen Umweg durch die Hügel ein. Sie schlüpften durch Abdul Kadars Linien, als die Verteidiger praktisch bei ihrer letzten Kugel angelangt waren.

Abdul Kadar gab den Befehl zum Angriff und stellte sich selbst an die Spitze seiner Truppen. Sie wurden von unerwartetem Sperrfeuer empfangen, und das Feld war alsbald mit ihren Toten übersät. Die Freischärler zogen sich zurück, und die Haganah schickte eine Patrouille aus, um das Schlachtfeld abzusuchen. Sie entdeckte unter den toten Arabern die Leiche von Abdul Kadar Husseini.

Jedes arabische Dorf von Hebron bis Nablus schickte mit Taxis, Autobussen, Autos und Lastwagen Männer zum Kastell. Die Hälfte der Fellachen von Tabah befand sich in der Masse, die einer menschlichen Flutwelle gleich den Hügel hinaufstürmte.

Der jüdische Befehlshaber weckte seine müden Leute mit Fußtritten, warf ihnen Munitionsbehälter zu, feuerte, beschimpfte sie, schrie Befehle. Sie konnten einfach nicht rasch genug schießen, um den arabischen Angriff aufzuhalten, und zogen sich zurück.

Die Erregung, die zum Sturm der Araber geführt hatte, verwandelte sich in Schmerz, als sie die Leiche ihres gefallenen Führers fanden.

Sie schossen in die Luft, weinten und brüllten Flüche. Dann trugen sie den Märtyrer hinunter nach Jerusalem. Die Araber ließen nur eine Handvoll Männer zur Verteidigung des Kastells zurück, denn sie waren eigentlich gekommen, um Abdul Kadar zu finden. Die Haganah kehrte zurück, und diesmal hielt sie das Kastell.
Das Begräbnis von Abdul Kadar, dessen offener Kiefernsarg über den Köpfen Zehntausender Araber weitergetragen wurde, war ein elementares Schauspiel mohammedanischen Zorns und Kummers. Sie strömten durch das Damaskustor in die Altstadt von Jerusalem, verstopften jeden Zoll der engen Straßen und gewährten ihrem Feldherrn die höchste Ehre, indem sie ihn auf dem Haram Asch Scharif beim Felsendom bestatteten.
Als Schmerz und Wut sich gelegt hatten, wurden die Dorfbewohner von Tabah plötzlich nüchtern. Sie hatten sich in die Schlacht gestürzt und ihre friedliche Existenz aufgegeben. Ihr plötzlicher Impuls zu kämpfen wurde nun von tiefer Angst erstickt.
Das Kastell befand sich fest in jüdischer Hand, und das bisher neutrale Tabah war nun ein feindliches Dorf. Was sich in ganz Palästina ereignete, betraf nun auch seine Bewohner. Sie dachten angsterfüllt an den Moment, in dem die Engländer Latrun verlassen würden. Sie würden wehrlos einer starken, nur einen Steinwurf weit entfernten jüdischen Siedlung gegenüberstehen. Jeden Tag hörte man von arabischen Dörfern, ja sogar Städten, die geräumt wurden. Die Familien von Tabah verzagten und machten sich eine nach der anderen davon.
Hadschi Ibrahim konnte sich nicht mehr darauf beschränken nachzudenken. Die Leute verließen das Dorf, und er stand unter dem Druck der Freischärler, Beobachtungs- und Heckenschützenstellungen einzurichten. Von Fawzi Kabir war kein Geld eingetroffen. Der Augenblick rückte immer näher, in dem er den Befehl erhalten würde, Tabah zu verlassen. Die Last zermalmte ihn schier. Gab es denn keine Möglichkeit, diesen Krieg zu überstehen, ohne von der einen oder anderen Seite vernichtet zu werden?
Er zog seine besten Kleider an, wanderte den Hügel hinunter, überquerte die Landstraße, ging zum Wachtposten des Kibbuz Schemesch und verlangte Gideon Asch zu sprechen.

XI

April 1948

Man konnte Gideon Aschs Häuschen leicht von den anderen unterscheiden. Da er einer der wenigen noch übriggebliebenen Gründer des Kibbuz war, hatte man ihm einen eigenen Heißwasserspeicher auf dem Dach zugestanden. Es war ein spartanisches Häuschen mit nur zwei Räumen, einem kleinen Schlafzimmer und einem größeren Raum, der als Wohn- und Eßzimmer sowie als Büro diente. Die vielen Stunden, die er außerhalb des Kibbuz verbrachte, erlaubten ihm nicht oft, im gemeinsamen Speiseraum zu essen, deshalb hatten ihm die Mitglieder auch eine kleine Küchennische zugebilligt. Augenfälligster Beweis seiner Bedeutung waren zwei Telefone auf seinem Schreibtisch.

Gideon hob den Blick von dem Stoß von Papieren auf seinem Schreibtisch, als es an der Tür klopfte.

»Herein.«

Ein Wachtposten hielt die Tür offen, während Hadschi Ibrahim eintrat. Er verlangte, Ibrahim solle seine Arme heben, und begann ihn nach Waffen zu durchsuchen.

»Das ist nicht notwendig«, sagte Gideon.

Die beiden Männer hatten einander fast seit drei Jahren nicht mehr gesehen, und es trat verlegene Stille ein. Gideon stand auf und streckte die Hand aus. Als Ibrahim sie ergriff, umarmten sie einander und schlugen sich gegenseitig auf die Schulter. Gideon deutete auf den Stuhl vor seinem Schreibtisch.

»Geht es deinen Söhnen gut?«

Ibrahim nickte. Sie verstummten wieder. Ibrahim war beeindruckt von den Stößen von Büchern, die an jedem freien Platz und in jeder Ecke aufgestapelt waren.

»Ich habe mich oft gefragt, wie du lebst«, sagte Ibrahim. »Es gibt bei dir viele Bücher. Ich sehe sogar welche in arabischer Sprache. In wie vielen Sprachen kannst du lesen?«

Gideon zuckte die Schultern. »Fünf oder sechs.«

»Das ist sehr bemerkenswert. Ismael liest mir aus der ›Palestine Post‹ vor.«

Gideon spürte die Spannung, blieb jedoch geduldig, während der Araber versuchte, seine schwer in Worte zu fassenden Gedanken zu

ordnen. Gideon öffnete die oberste Schreibtischschublade, nahm eine Flasche Scotch heraus und schob ein Glas über den Tisch.
»Mit besten Grüßen von unseren englischen Beschützern.«
Ibrahim hob abwehrend die Hand. »Du weißt, dieses Zeug ist Gift für mich.«
»Vielleicht ein Glas Wein?«
Der Muchtar lehnte dankend ab. Gideon öffnete eine andere Schublade, kramte darin herum und fand einen Haschischstab, den er Ibrahim zuwarf. »Du rauchst. Ich werde trinken.«
»Die Wachtposten?«
»Die können Haschisch nicht von Pferdemist unterscheiden.«
Zwei Schluck Whisky und zwei Züge Haschisch; später legte sich die Spannung. Ibrahim stöhnte und ließ den Kopf in seine Hände sinken. »Es ist, als versuchte man, das Meer zu pflastern.«
»Was soll ich sagen? Wir wollen diesen Krieg nicht, Ibrahim.«
»Wenn ich doch ein Beduine wäre. Sie kennen alle Tricks, um zu überleben.« Nach einem weiteren Zug schweiften seine Gedanken ab. »Ich habe Rosch Pinna gesehen. Ich bin durchgefahren.«
»Auf deiner Reise nach Damaskus, wo du mit Fawzi Kabir, Kawakdschi und Abdul Kadar zusammengetroffen bist, der nicht mehr unter uns weilt. Sie haben dich bestimmt nicht kommen lassen, um dir eine reiche Ölernte zu wünschen.«
»Es ist so erniedrigend, zuschauen zu müssen, wie mein Volk davonläuft. Vielleicht können Juden Demütigungen leichter ertragen. Schließlich wurdet ihr schon an vielen Orten und zu vielen Zeiten gedemütigt. Für uns ist diese Schande vernichtend.«
»Worum handelt es sich eigentlich, Ibrahim?«
»Man will mich zwingen, Tabah zu evakuieren.«
»Das weiß ich.«
»Wenn meine Leute weggingen, und sei es nur für kurze Zeit, wird es mir gelingen, sie je wieder zurückzubringen?«
»Wenn wir den Kibbuz Schemesch aufgäben, würden uns dann die Araber erlauben, zurückzukommen?«
»Nein, natürlich nicht. Was rätst du mir, Gideon?«
»Es gehört nicht zu unserer Politik, die Araber aus Palästina zu vertreiben. Kein verantwortungsbewußter Mann unter uns macht sich Illusionen darüber, daß wir einen Staat errichten könnten, ohne in Frieden mit unseren Nachbarn zu leben. Gott weiß, daß wir uns und unsere Kinder nicht dazu verurteilen wollen, über Generationen hinweg Blut zu vergießen. Wir haben versucht, uns an jeden arabi-

schen Führer zu wenden. Aber sie sind alle zum Krieg entschlossen.«
»Kannst du mir verraten ... habt ihr auch mit arabischen Dörfern Vereinbarungen getroffen? Gibt es welche, die nicht abziehen werden?«
»Wir haben Vereinbarungen getroffen. Sogar mit Dörfern im Korridor von Jerusalem.«
»Was für Vereinbarungen?«
»Kämpft nicht gegen uns, und wir werden nicht gegen euch kämpfen. Ganz einfach. Du wirst bald erkennen, daß die Juden von Palästina eine bessere Zukunft für euch geplant haben als eure arabischen Brüder jenseits der Grenze.«
»Angenommen, ich bitte um eine gleiche Vereinbarung für Tabah?«
Gideon stand auf. »Ihr seid für uns ein feindliches Dorf geworden. Etwa drei Dutzend von euch stehen in der Djihad-Miliz. Über fünfzig haben an dem Angriff gegen das Kastell teilgenommen. Freischärler gehen in Tabah ein und aus. Mit anderen Worten, ihr seid aktiv an dem Versuch beteiligt, hunderttausend Menschen in Jerusalem auszuhungern. Ibrahim, ich werde keinen Angriff gegen Tabah vorschlagen, aber wenn es zum Krieg kommt, übernehmen Kräfte die Führung, die niemand mehr beherrschen kann.«
»Ich bin erledigt«, jammerte Ibrahim. »Die Araber zwingen mich, das Dorf zu räumen.«
»Ich weiß.«
»Tabah steht am Rand einer Panik. Wenn nur ein Schuß in die Luft abgefeuert wird, werden alle die Flucht ergreifen.«
Gideon musterte den verzweifelten Mann, der hilflos von der Sturmflut der Ereignisse mitgerissen wurde. Seit dem Weltkrieg hatte sich der Haß gegen die Juden in Tabah aufgestaut. Viele waren gegen Neutralität, andere waren zu eingeschüchtert, um sich dafür einzusetzen.
Ibrahim hob traurig die Hände und stand auf. Gideon kritzelte einige Zahlen auf ein Stück Papier und reichte es Ibrahim. »Unter diesen Telefonnummern kannst du mich erreichen. Wenn du persönlich in Schwierigkeiten kommst, werde ich versuchen, dir zu helfen.«
»Wenn wir beide uns hinsetzen und uns aussprechen könnten«, sinnierte Ibrahim geistesabwesend. »Wir beide könnten eine Lösung finden. Wir könnten Frieden schließen.«
»Wir werden immer dazu bereit sein, wenn ihr es seid.«

Ein Telefon klingelte. Gideon hörte eine aufgeregte Stimme etwas auf hebräisch stammeln. Gideon versprach, sofort zu kommen, und legte den Hörer auf. Dann warf er Ibrahim einen furchtbaren Blick zu.
»Die Irgun hat ein arabisches Dorf bei Jerusalem überfallen. Deir Jassin.«
»Was ist geschehen?«
»Es gab ein Massaker.«

Gideon Asch traf innerhalb einer Stunde in Deir Jassin ein. Er hatte Anweisungen, die Lage zu beurteilen. Das Dorf war abgeriegelt worden, und Oberst Brompton war zur Stelle. Gideon verließ sich auf die Schilderung des Engländers, denn sie stimmte mit den Einzelheiten überein, die er bereits kannte. Dann schickte er einen Adjutanten, einen jungen Palmach-Offizier, mit einem ersten Bericht zurück nach Jerusalem.
Später entledigte sich Gideon der gräßlichen Aufgabe, die Leichen persönlich zu untersuchen, mit den Verwundeten zu sprechen und das schreckliche Ereignis zu rekonstruieren.
Der Geruch von verbranntem Fleisch und beißendem Rauch war überwältigend, ebenso das unaufhörliche erstickte Weinen, das von wütenden, hysterischen Anfällen unterbrochen wurde. Er versuchte, ärztliche Hilfe anzubieten, doch die Verwundeten waren zu verängstigt. Das schrille Sirenengeheul von hin und her rasenden Ambulanzwagen zerrte an seinen Nerven. Er konnte sich nur mit Mühe auf den Beinen halten.
So was mußte ja einmal geschehen, dachte er. Nachdem die Haganah die Straße so lange offengehalten hatte, bis drei Kolonnen durchkamen, riegelten die Araber sie wieder ab. Von den arabischen Dörfern, die als Stützpunkte für Einsätze gegen die jüdischen Transporte benutzt wurden, war Deir Jassin am Rand von West-Jerusalem eines der feindseligsten gewesen. In dem Bestreben, ebenfalls einen Sieg zu erringen, um mit den Erfolgen der Haganah gleichzuziehen, hatte die Irgun hundert Mann zusammengezogen und war ausgezogen, das Dorf zu besetzen.
Aber der Spionagedienst der Irgun hatte versagt. Sie hatte angenommen, sie könnte die Bevölkerung ebenso in panische Flucht jagen wie im Kastell. Sie wußte nicht, daß ein großes Truppenkontingent der Djihad-Miliz gerade in Deir Jassin stationiert war. Als sie angriff, stieß sie auf heftigen Widerstand. Das vorgeblich leichte Ziel erwies

sich als harte Herausforderung, je mehr der Kampf sich verstärkte. Die Irgun, eine städtische Guerillatruppe, besaß für den Einsatz an der Front weder genügend Ausbildung noch Erfahrung. Sie ging nur langsam vor, und jedes gestürmte Haus wurde in die Luft gesprengt.

Als sich die arabische Miliz zurückzog, kam die Irgun mit den Dorfbewohnern in Berührung. Panik brach aus, als die Dorfleute versuchten, sich von der Miliz abzusetzen und zu flüchten, aber von der Miliz als Deckung benutzt wurden. Die Zivilisten gerieten in heftiges Kreuzfeuer und stoben in alle Richtungen davon. In diesem Augenblick brach die Disziplin der Irgun zusammen und verwandelte sich in wilde Raserei. Sie drängte nach und feuerte auf jeden, der sich bewegte.

Gideon beendete seine Inspektion, dann flüchtete er in ein leeres Haus und erbrach. Oberst Brompton kam in den Raum und schloß die Tür hinter sich, während Gideon sich um Fassung bemühte.

»Die endgültige Zählung ergibt über zweihundertfünfzig Tote«, sagte Brompton. »Die Hälfte davon sind Frauen und Kinder.«

Gideons Gesicht war schweißbedeckt. Er zog sein Hemd aus der Hose und wischte sich den Schweiß ab, dann bedeckte er das Gesicht mit der Hand. »Wir verurteilen dieses Blutbad öffentlich«, versprach er. »Die Haganah hat nichts damit zu tun.«

»Ja, aber ihr seid dennoch dafür verantwortlich, nicht wahr?«

Gideon nickte mit zusammengebissenen Zähnen. Er wußte, daß die Juden die Verantwortung trugen. Er hob seinen Armstumpf. »Das Getto von Bagdad. Schon mal davon gehört? Mein ganzes Leben lang habe ich Massaker mit ansehen müssen. Nur dieses hier ist anders. Das haben die Juden begangen. Löscht das die Tafel mit hundert arabischen Massakern?«

»Ist das alles, worüber Sie sich Gedanken machen, Abrechnung?«

»Natürlich nicht. Ein reiner Verteidigungsreflex. Ich habe unter den Arabern gelebt. Ich habe sie geliebt. Obwohl ich einen Großteil dieser Liebe verloren habe, glaube ich weiterhin daran, daß wir Seite an Seite etwas schaffen könnten ... Fortschritt ... eine Steigerung der Lebensqualität ... Achtung voreinander. Wir könnten ein Beispiel setzen, und wenn die anderen es sähen, würden sie kommen und mit uns über Frieden sprechen. Ich bin Jude, Oberst, und es quält mich, daß wir gezwungen wurden, so etwas zu tun, um zu überleben.«

»So wird also die Reinheit des zionistischen Traums von der häßlichen Wirklichkeit befleckt«, stellte Brompton fest. »Gräben ausheb-

ben, Sümpfe trockenlegen und am Lagerfeuer singen ist nicht das gleiche wie die Unabhängigkeit erklären. Solange ihr in euren Synagogen geblieben seid, gebetet und die Verfolgungen stillschweigend ertragen habt, konntet ihr euch hohe moralische Maßstäbe setzen. Aber ihr wollt euer Schicksal selbst gestalten, und das erfordert, daß ihr euch auch die Hände schmutzig macht.«
»Aber die Araber werden dieses Unglück über alle Maßen aufblähen.«
»Und sie werden es während der nächsten hundert Jahre machen. Das erste jüdische Massaker von Moslems! Ihr habt ihnen ein herrliches Schlagwort geliefert und eine ewige Fußnote in der Geschichte.«
»Gott weiß, daß wir so etwas nicht wollten.«
»Fairer Kampf, hm? Wenn ich nicht irre, habt ihr gepredigt, daß die Ereignisse einen überrollen, sobald der Kampf beginnt. Ihr hättet es verhindern können, Asch.«
»Wie?«
»Indem ihr die Irgun unter Kontrolle haltet. Es sind eure Leute. Ihr seid für sie verantwortlich.«
Gideon lehnte sich ans Fenster und blickte auf die Reihen von Leichen auf Tragbahren hinaus, die von Soldaten mit Gasmasken weggeschafft wurden. Er biß die Zähne zusammen, um den Schmerz zu unterdrücken.
»So werden all die Jahre des leidenschaftlichen Idealismus und der Träume von Gerechtigkeit einer strengen Prüfung unterzogen. Ihr habt uns eine Menge scheinheiliger Ratschläge erteilt. Ich werde das gleiche tun.«
Gideon wandte sich um und blickte Brompton ruhig an.
»Wenn Sie mit Ben-Gurion sprechen, sollten Sie ihm einschärfen, daß er die Irgun auflösen soll. Wenn ihr weiterhin eine kleine Privatarmee in eurer Mitte duldet, werdet ihr schließlich in die gleiche Anarchie geraten wie die arabische Welt. Lassen Sie die Irgun weiterbestehen, wie es die Iren mit der IRA getan haben, so verurteilen Sie sich selbst zu immerwährendem Chaos.«
»Das ist uns bewußt. Es ist nur eines von vielen Problemen.«
»Aber keines ist wichtiger«, antwortete Brompton. »Es kann nur mit einer zentralen Autorität gutgehen.«
Als Gideons Adjutant aus Jerusalem zurückkam, suchte er noch einmal Oberst Brompton auf.
»In Tel Aviv wird jetzt eine Pressekonferenz abgehalten«, sagte Gi-

deon. »Der Überfall auf Deir Jassin wird öffentlich verurteilt. Wir haben auch mit der Irgun Kontakt aufgenommen. Sie wiederholten ihre Erklärung, das Dorf sei die wichtigste Operationsbasis gegen jüdische Transporte gewesen. Sie behaupten auch, daß sie den Muchtar und die Dorfältesten sechsmal aufgefordert hätten, damit aufzuhören. Sie forderten die Araber weiterhin auf, die Zivilbevölkerung zu evakuieren, wenn sie Dörfer als militärische Basen verwendeten.«

»Das grenzt ja die alte Kampflinie ab.«

»Merkwürdig, nicht wahr, daß man uns Juden wieder einmal den dreckigen Job zuschanzt, den kein anderer will. Sie und all Ihre falschen Freunde in den Außenministerien, ihr kennt die Grausamkeit der Moslems. Aber ihr habt Angst, den Islam dem Licht der Öffentlichkeit auszusetzen und eurem Volk zu sagen: ›Seht, damit müssen wir leben‹. Nein, sollen es doch die Juden tun. Wir stehen wieder allein auf den Barrikaden und werden von unseren selbstgefälligen sogenannten Alliierten in den westlichen Demokratien beschimpft. Der Islam wird die Welt noch vor dem Ende dieses Jahrhunderts auf den Kopf stellen, und ihr solltet den Mut aufbringen, euch der Gefahr zu stellen. Man steht hier auf isoliertem Posten, Brompton, ganz allein!«

Frederick Brompton wich Gideon Aschs zornigem Blick aus. »Soll ich Sie nach Jerusalem zurückbringen?«

»Bitte.«

»Das erste Massaker ist immer das schlimmste, Asch.«

»Wenn Sie damit meinen, daß die Juden sich jemals damit abfinden werden, irren Sie sich. Wir werden unseren Mist nicht unter den Teppich kehren.«

»Sie mögen recht haben, aber ich fürchte, die Araber haben die nächsten Generationen mit der Hypothek der Blutrache belastet.«

Als Hadschi Ibrahim vom Kibbuz Schemesch zurückkehrte, hatte sich die Dorfbevölkerung schon auf dem Platz versammelt, und immer mehr Menschen strömten aus den umliegenden Dörfern herbei. Als sie ihren Muchtar sahen, erhob sich erleichtertes Geschrei.

»Hadschi Ibrahim! Es hat ein schreckliches Massaker gegeben!«

»Die Juden haben ganz Deir Jassin abgeschlachtet!«

»Tausende niedergemetzelt!«

»Sie haben die Säuglinge in Stücke gehauen!«

»Sie haben Greise in die Brunnen geworfen und sie ertränkt!«

»Sie haben schwangeren Frauen den Bauch aufgeschlitzt und ihre Leibesfrucht als Zielscheiben verwendet!«
»Als nächstes werden die Juden Tabah angreifen!«
Ibrahim berief eine Versammlung der Scheichs und Dorfältesten in der Karawanserei ein. Sie verlief chaotisch. Jeder jammerte, aber keiner machte einen brauchbaren Vorschlag. Man konnte die Angst sowohl sehen als auch riechen und fühlen. Ibrahim hatte einen einsamen Entschluß gefaßt. Er wollte einen letzten, verzweifelten Versuch machen, um das Dorf zu erhalten. Dazu mußte er allerdings Fawzi Kabirs Befehl mißachten, Tabah von der Djihad-Miliz befreien und Gideon das Versprechen abringen, das Dorf nicht anzugreifen. Er ordnete also an, daß alle zu ihren Häusern und Feldern zurückkehren sollten. Sie gehorchten widerstrebend.
Während Hadschi Ibrahim sich verzweifelt bemühte, das Unheil abzuwenden, gelang den Arabern ihre Rache für Deir Jassin. Eine Kolonne mit Sanitätern verließ West-Jerusalem, um das Anstaltspersonal im Hadassah-Krankenhaus auf dem Skopus abzulösen. Sie mußten das arabische Ost-Jerusalem auf einer von den Engländern kontrollierten Straße durchqueren. Keine hundert Meter von einem englischen Feldlager entfernt überfielen die Araber die unbewaffnete Kolonne am hellichten Tag und ermordeten siebenundsiebzig Ärzte und Schwestern. Die Engländer reagierten nicht auf den Überfall.
Die Juden flohen weder aus Jerusalem noch aus anderen Orten.
Der Überfall auf die Hadassah-Sanitätskolonne schien auf die aufgeputschte arabische Bevölkerung wie ein Bumerang zu wirken. Nachdem sie ihren Rachedurst gestillt hatte, fürchtete sie nun, die Juden würden Vergeltung üben, und ihre Angst wuchs zur Hysterie.
Obwohl Hadschi Ibrahim seinen Leuten befohlen hatte, sich nicht beirren zu lassen, begannen sie, sich heimlich aus dem Staub zu machen. Ein Dutzend Familien in einer Nacht, ein weiteres Dutzend in der folgenden. Er hatte die Situation nicht mehr unter Kontrolle.
Am dritten Morgen musterte er in der Moschee die Gesichter der verbliebenen Familien und wußte, daß er sie nicht mehr beisammenhalten konnte. Nach dem Gebet trat er vor sie hin und befahl allen, sich mit ihren Habseligkeiten auf dem Platz zu versammeln, um Tabah und das Ajialontal zu verlassen.

XII

Kann es ein schmerzlicheres Erlebnis für einen dreizehnjährigen Jungen geben, als den Anblick der Fellachen seines Dorfes, wie sie ihr Arbeitsgerät am Grab des Propheten niederlegen? Sie ließen es dort zurück, weil sich das Grab auf geheiligtem Boden befand und nur der verworfenste aller Schurken an einem solchen Ort etwas stehlen würde.

»Wir werden rechtzeitig zur Ernte wieder zurück sein. Das hat uns Kairo versprochen.«

»Ja, vielleicht schon in einer Woche.«

»Was soll man retten? Was zurücklassen? Was spielt es für eine Rolle, wenn man seine Felder und seine Hütte aufgibt?«

Mein Vater saß an seinem Tisch vor dem Café, beantwortete ruhig alle Fragen, erteilte Befehle und versuchte, einen Plan zu entwerfen.

Er nahm an, daß unsere Kolonne sehr langsam vorankommen werde, und rechnete damit, daß wir drei Tage bis Jaffa brauchen würden. Er schickte Männer unserer Sippe voraus, um ein passendes Feld oder ein Gehölz in der Nähe von Ramle zu finden, wo wir unser erstes Nachtlager aufschlagen konnten. Ich saß mit dem Dorfregister neben meinem Vater und rechnete aus, wie viele Menschen an dem Marsch teilnahmen. Ich kam auf etwas mehr als sechshundert noch nicht geflüchtete Einwohner.

Vater ordnete an, daß alle Esel- und Ochsenkarren auf den Dorfplatz gebracht und mit genügend Lebensmitteln für vier Tage beladen werden sollten. Alle Wertgegenstände sollten mitgenommen werden, denn man würde sie in Jaffa verkaufen können. Jede Familie durfte ein, zwei Ziegen oder Schafe mitnehmen, um sie entweder zu schlachten oder auf dem Markt in Jaffa zu verkaufen. Sonst durfte nur das unbedingt Notwendigste mitgeführt werden.

Effendi Kabir hatte das zugesagte Geld noch immer nicht geschickt. Die Dorfbewohner würden also alles bis auf das letzte Hemd verkaufen müssen, damit wir die Schiffsreise nach Gaza bezahlen konnten.

Die Frauen liefen zwischen ihren Häusern und den Karren hin und her, beluden die Wagen und weinten dabei bitterlich. Wenn auf den Karren kein Platz mehr war, füllten die Frauen ihre Habseligkeiten in Laken und Decken und knüpften sie so zusammen, daß sie sie auf dem Kopf tragen konnten.

»Alle Schußwaffen und die gesamte Munition müssen natürlich mitgenommen werden«, ordnete mein Vater an.
»Wieviel Wasser brauchen wir, Hadschi Ibrahim?«
»Zwei Krüge für jede Familie und genug, um je zwei Tiere zu tränken.«
»Werden die Juden das Dorf besetzen? Werden sie die Häuser in die Luft sprengen, nachdem sie alles geplündert haben?«
»Das werden wir erst wissen, wenn wir wieder zurückkommen«, antwortete Ibrahim.
»Werden sie sich am Friedhof vergreifen?«
»Das glaube ich nicht.«
»Was ist mit diesem Schmuck?«
»Nimm ihn mit, wenn man ihn verkaufen kann.«
»Hühner? Mitgifttruhen? Fotos? Samen?«
»Decken, nehmt viele Decken mit. Nachts wird es kalt sein.«
»Den Koran?«
»Einen für jede Familie.«
»Die Juden werden sicher alles vernichten, was auf unseren Feldern wächst.«
»Wenn die Djihad-Miliz nicht vor ihnen da ist.«
»Ich habe sechs Töchter. Wer wird sie beschützen?«
»Jede Sippe wird ihre eigenen Wächter bestimmen.«
Als sie dicht gedrängt auf dem Dorfplatz standen und Panik und Enttäuschung wuchsen, begannen die Männer zu fluchen und miteinander zu streiten, während die Frauen die ganze Arbeit besorgten. Wilde Gerüchte vom Massaker in Deir Jassin machten die Runde. Sie erzählten sich, daß alle alten Männer enthauptet, alle jungen kastriert und alle Frauen vergewaltigt worden seien.
Einige hatten Verwandte in Jaffa, aber die meisten würden eine Unterkunftsvermittlung brauchen. Ein Vetter meines Vaters war ein erfolgreicher Kaufmann in Jaffa, und wir waren auf ihn angewiesen. Ibrahim wollte vorausreisen, um Unterkünfte und ein Schiff aufzutreiben, hatte aber Bedenken, uns allein zu lassen.
Englische Jeeps vom Fort Latrun fuhren hin und her; manche boten Hilfe an, andere scherten sich um nichts. Sie würden die Straße bis Ramle freihalten, uns aber nicht weiter begleiten. In Gedanken wähnten wir tausend Mann der Djihad-Miliz in der Nähe, und unsere Besorgnis wuchs.
»Habt keine Angst, habt nur keine Angst. Wir werden zusammenbleiben«, versprach mein Vater.

Ich ging mit meiner Mutter noch einmal durch unser Haus. Ich hatte den Eindruck, es sei zum hundertstenmal. Wir taten es, um Abschied zu nehmen und zu weinen, aber auch, um zu sehen, ob nicht etwas Brauchbares zurückgeblieben sei, das sie auf unseren Karren laden konnte. Ich hatte es mir zur heiligen Pflicht gemacht, auf Nada achtzugeben. Wir durften schon lange nicht mehr miteinander spielen oder einander berühren, aber ich liebte sie noch immer, und sie liebte mich ebenfalls. Ich würde sie mit meinem Dolch gegen jedermann verteidigen.
Ich sah meinen Vater, wie er mit Onkel Faruk in den Laden ging, die Tür hinter sich schloß und hitzig mit ihm sprach. Ich schlüpfte zur Hintertür hinein und horchte.
»Uns werden vielleicht zwei oder drei leere Wagen übrigbleiben«, sagte Ibrahim. »Nimm die notwendigsten Waren von den Regalen. Verteile alles übrige an die, die noch Platz auf ihren Karren haben.«
»Du bist doch verrückt, Ibrahim«, widersprach Faruk. »Wir könnten fünfzehn oder zwanzig Karren füllen, wenn wir sie zur Verfügung hätten. Du befiehlst mir, fast alles den Juden zu überlassen? Wenn wir alle Regale ausräumten und die Waren, zusammen mit vierzig oder fünfzig Schafen, nach Jaffa mitnähmen, würde es uns das Geld bringen, das wir so dringend brauchen.«
»Erwartest du, daß Mohammed einen Engel vom Himmel schickt, der alles nach Jaffa fliegt?«
»Habe ich nicht seit zwanzig Jahren für den Abtransport unserer Ernte gesorgt?« jammerte Faruk. »Ich weiß, wo es Lastwagen gibt. Ich weiß, wo es Busse gibt. Es gibt einen Bus in Beit Jarash. Ich kann ihn organisieren. Gib mir fünfzehn Mann. Ich hole ihn mir aus Beit Jarash. Wir reißen die Sitze heraus, laden unser ganzes Warenlager hinein und nehmen auf dem restlichen Platz noch Schafe mit. Morgen mittag treffen wir mit dir auf der Straße zusammen.«
»Die Djihad-Leute werden den Bus in fünf Minuten beschlagnahmen.«
»Nicht, wenn fünfzehn bewaffnete Männer auf dem Dach sitzen.«
Der Plan erschien mir durchaus vernünftig, aber mein Vater mißtraute meinem Onkel. Ibrahim hatte fast tausend Pfund auf der Bank in Jaffa. Ein Teil davon war sein persönliches Eigentum, und der Rest war für die Dorfbewohner hinterlegt worden. Das Sparbuch hatte mein Vater Faruk anvertraut.
»Gib mir das Bankbuch«, forderte Ibrahim.

»Natürlich«, antwortete mein Onkel ein wenig beleidigt. Er schloß eine Schublade auf, suchte darin herum und reichte meinem Vater ein Sparbuch von Barclay's Bank. Mein Vater blätterte es bis zur letzten Seite durch, blinzelte und stellte befriedigt fest, daß die richtige Summe eingetragen war.
»Ich würde den Überfall gern persönlich anführen«, sagte Ibrahim, »aber wenn wir nicht bis Mittag von hier wegkommen, befürchte ich eine Panik. Die Leute würden ohne mich nicht viel weiter als bis zur Hauptstraße kommen. Nimm vier Mann von jeder Sippe, junge Leute ohne Familie. Amdjeb von unserer Sippe soll den Überfall planen und anführen. Es darf nichts danebengehen.«
»Du bist klug, Ibrahim. In Jaffa werden bestimmt viele Waren knapp werden. Wir könnten dort alles für ein Vermögen verkaufen.« Er machte sich auf den Weg, um die Gruppe für den Überfall zusammenzustellen. Plötzlich schien mein Vater einem Zusammenbruch nahe. Er lehnte sich an die Wand, stöhnte und begann leise zu weinen. Doch als er mich erblickte, hörte er auf.
»Es ist Irrsinn«, flüsterte er. »Wir müssen Tabah gar nicht verlassen, Ismael.«
»Warum tun wir es dann, Vater?«
»Du kannst einen verängstigten Hund nicht daran hindern, davonzulaufen, er fürchtet sogar die Stimme seines Herrn. Die dort draußen sind alle meine Kinder; sie sind unschuldig. Sie werden betrogen. Sie werden keine eigenen Entscheidungen treffen können. Sie werden verhungern und verdursten. Sie werden beraubt, und ihre Frauen werden vergewaltigt werden. Ich bin die einzige Stütze, die ihnen noch bleibt, ich muß sie beschützen.«
»Die Juden müssen wahre Wilde sein«, sagte ich.
»Vor den Juden fürchte ich mich nicht«, antwortete er merkwürdigerweise.
»Auch nicht nach Deir Jassin?«
»Auch nicht nach Deir Jassin. Männer mit Selbstachtung verlassen ihr Heim und ihre Felder nicht kampflos. Allah hat mich geschickt, um für meine Sippe zu sorgen.«
»Traust du Onkel Faruk?«
»Solange ich das Sparbuch in Händen habe.« Ebenso plötzlich, wie mein Vater schwach geworden war, richtete er sich jetzt wieder auf und streckte die Brust heraus. »Sattle el-Burak«, befahl er mir, »und führe ihn auf den Dorfplatz.«
Die Geschäftigkeit auf dem Platz hatte Staubwolken aufgewirbelt. Es

herrschte Verwirrung, und ständig ertönte Weinen und Fluchen. Ein Scheich stand auf einer niedrigen Steinmauer beim Brunnen und schrie: »Ist denn niemand da, der bleiben und kämpfen will?«
»Wir können nicht bleiben«, rief jemand. »Wenn wir bleiben, werden wir von den arabischen Armeen als Kollaborateure gehängt.«
Ich werde nie vergessen, wie mein Vater wie ein Heiliger zwischen ihnen umherging, ruhig jeden Karren überprüfte und Fragen beantwortete. Er wies die Männer an, die Wagen zu lenken und die Kinder auf die Habseligkeiten zu setzen. Die Frauen sollten zu Fuß folgen, ihre Bündel auf dem Kopf und die Babys in Tüchern auf den Hüften. Als ich ihm sein Pferd brachte, bestimmte mein Vater den Begleitschutz. Dann stieg er auf.
»Schaut nicht zurück«, befahl er, und der Zug setzte sich in Bewegung. Auf der Landstraße hielten mehrere Jeeps mit englischen Soldaten mit heulenden Sirenen den Verkehr an. Im Kibbuz Schemesch war keine Bewegung zu erkennen, als wir vorbeikamen.
Nach kurzer Zeit brachen mehrere Karren unter ihrer Last zusammen, und wir mußten haltmachen. Die Wagen, die nicht repariert werden konnten, wurden sofort in den Straßengraben geworfen. Ihre Ladung wurde auf die anderen Karren verteilt, die sie freilich kaum aufnehmen konnten. Immer wieder wichen wir in den Graben aus, weil der Bus- und Lastwagenverkehr uns von der Straße abdrängte. In der Ferne hörten wir in den Hügeln Gewehrfeuer, dann brach ein Sturm über uns herein.

Als die Dorfbewohner außer Sicht waren, stieg Faruk aus Tabah hinunter, überquerte die Landstraße, ging zum Tor des Kibbuz und verlangte Gideon Asch zu sprechen.
»Alle sind abgezogen außer mir und vierzehn Männern, die bereit waren zu bleiben, sowie einem halben Dutzend vertrauenswürdiger Familien, die sich versteckt halten. Wir beanspruchen Tabah als unser Land. Ich verfüge nicht über die erforderliche Macht, euch oder die Djihad zu hindern, das Dorf einzunehmen. Ich bin in eurer Hand.«
Gideon durchschaute Faruks Plan sofort. Die Haganah würde den höchsten Punkt des Dorfes als Beobachtungsposten benutzen und diese Stellung verteidigen. Wenn Dorfbewohner zurückblieben, würden die Juden den Ort unversehrt lassen. Falls sie siegten, konnte Faruk ganz Tabah für sich beanspruchen.
Wenn aber die regulären Armeen der Araber Ajialon eroberten,

würde Faruk auch den Kibbuz Schemesch für sich beanspruchen. So sieht also die arabische Brüderlichkeit aus, dachte Gideon.
»Ich verlege eine Abteilung der Palmach nach Tabah«, erklärte Gideon. »Sag deinen Leuten, daß niemand sie belästigen wird. Berichte mir von jeder Bewegung der Djihad-Armee.« Faruk verbeugte sich mehrmals eifrig und versicherte Gideon seiner Loyalität.
»Hat dein Bruder eine Ahnung davon, wie gründlich du ihn reingelegt hast?« fragte Gideon.
»Wie kannst du so etwas glauben, nachdem ich allein den Mut aufgebracht habe zu bleiben?«
»Ja . . . sicher . . . du kannst jetzt in die Moschee gehen und für die Seite beten, von der du das meiste zu erwarten hast.«
»Im Augenblick«, erwiderte Faruk hoheitsvoll, »bin ich der Muchtar von Tabah und werde alle Angelegenheiten des Dorfes regeln.«

XIII

Die weit auseinandergezogene Kolonne der halb kaputten, ratternden Karren, der brüllenden Esel und Ochsen, der Frauen, die riesige Bündel auf dem Kopf und Kinder in Tüchern auf den Hüften trugen, bewegte sich langsam auf Ramle zu. Es war ein zerstreuter Haufen, eine mürrisch dahintrottende Menge, die mein Vater da anführte. Angetan mit seinen besten Kleidern und auf einem herrlichen Hengst reitend, paßte er so gar nicht zu der schäbigen Flüchtlingsschar.
Wir erreichten den Stadtrand kurz vor Einbruch der Dunkelheit und wurden zu einem großen Feld mit einem Kaktuszaun getrieben, das von mürrischen Djihad-Milizen bewacht wurde. Es waren Araber wie wir, gewöhnliche Dorf- und Stadtbewohner, die im Alltag freundlich und warmherzig waren. Innerhalb der bewaffneten Truppe mit selbstherrlicher Autorität hatten sie sich rohe Umgangsformen angeeignet.
Das Pferd meines Vaters wurde mit neidischen Blicken gemustert, und ich konnte sehen, wie mein Vater die Wachen abschätzte. Tausende von Flüchtlingen aus anderen Dörfern befanden sich bereits auf dem Feld. Es war ein Schauplatz menschlichen Elends. Es gab weder Wasser noch sanitäre Einrichtungen.
Hadschi Ibrahim steckte eine Fläche ab und stellte Wachtposten auf, dann rief er die Scheichs zusammen.

»Sagt es weiter«, ordnete er an. »Eßt nicht mehr als ein paar Bissen. Wenn die anderen herausfinden, daß wir Lebensmittel bei uns haben, wird man sie uns rauben.«
Mein Vater war in Ramle gut bekannt. Viele Kaufleute schuldeten ihm einen Gefallen, und es war die beste Gelegenheit, diese Dankesschuld einzutreiben. Er vertraute Omar sein Pferd an und nahm mich, Jamil und Kamal mit in die Stadt, um Geld aufzutreiben.
Die Läden waren alle geschlossen, ihre Eisengitter heruntergelassen und mit Schlössern gesichert. Viele trugen Schilder mit der Aufschrift: »Waren nur gegen englische Pfund«. Im Suk, wo die Familie seit Jahrzehnten einen Verkaufsstand besessen hatte, beschränkte man sich darauf, unbrauchbaren Abfall zu verkaufen. Wer etwas besaß, hielt es offensichtlich zurück. Ibrahim durchstreifte die Nebengassen, wo flüsternd unter der Hand Geschäfte abgewickelt und Phantasiepreise verlangt wurden. Er versuchte es in Privatwohnungen. Aber jeder, der einmal mit Tabah Geschäfte gemacht hatte, hatte von unserer Evakuierung gehört und war nicht anzutreffen. Plötzlich besaß mein Vater keine Freunde mehr in Ramle.
Wir kehrten mit leeren Händen zu dem Feld zurück, wo mich Betäubung überkam. Die Kinder schrien vor Hunger, aber es war ausdrücklich befohlen worden, nicht zu zeigen, daß wir über größere Mengen Lebensmittel verfügten. Überall lauerten neugierige Augen.
Wir kauerten an der Landstraße vor einem kleinen Feuer. Fahrzeuge der Djihad jagten in der Dunkelheit hin und her. Soldaten feuerten sinnlos in die Luft. Mein Vater meinte, sie ballerten nur, weil der Lärm ihrer Waffen ihnen das Gefühl gebe, sie seien tapfere Krieger. Der große Flughafen von Palästina befand sich in der Nähe; um ihn würde bald eine heftige Schlacht entbrennen, deshalb machten sich die Djihad-Leute selbst Mut.
Das Feuer brannte langsam zu Asche nieder. Unheimliche Stille lag über dem Feld. Hadschi Ibrahim versuchte mit unbewegtem Gesicht, seine Lage zu ergründen. Wie immer hielt ich mich so nah neben ihm, wie ich konnte. Unsere Familie lag zusammengedrängt auf dem Boden und schlief unruhig. Mein Vater begann laut zu denken.
»Ich hätte auf Scheich Azziz hören sollen«, murmelte er vor sich hin. »Er hält seine Beduinen aus allen Parteien, Juden oder Arabern gleichermaßen, heraus. Sie werden überleben. Was wird geschehen, wenn wir sechshundert Menschen bei den Wahhabiten ankommen? Wie sollen wir uns in der Wüste versorgen? Sieh nur, wie weit es mit uns gekommen ist, Ismael.«

»Wir können immer noch umkehren«, meinte ich.
»Du kannst einen Wasserfall nicht dazu bringen, bergauf zu fließen, mein Sohn. Als Araber müssen wir den Preis für unseren unsinnigen Stolz bezahlen. Es wäre einfach gewesen, ein paar Haganah-Leute mit meiner Zustimmung nach Tabah zu lassen. Gideon hat wahrscheinlich nicht gelogen, als er sagte, die Juden seien eher unsere Brüder als die Djihad-Miliz. Dennoch müssen wir dafür beten, daß die arabischen Armeen die Juden vernichten.«
Er nickte, döste ein, erwachte und murmelte wieder vor sich hin.
»Es ist gut, daß Faruk mit dem Vieh und dem Warenlager nachkommt. Wir werden jeden Penny brauchen, den wir bekommen können. Wir müssen neues Land zum Siedeln finden. Vielleicht werde ich in Jaffa bleiben und einen Laden aufmachen. Ich bin es müde, Menschen zu führen. Zumindest wissen wir, daß die Juden Jaffa nie einnehmen können.«
»Du bist sehr müde, Vater. Schlaf, ich werde auf die Familie achten.«
»Ja, Ismael, ich werde jetzt schlafen ... ich werde schlafen.«
Die Verwirrung des ersten Tages wurde am zweiten durch einen frostigen Morgen verschlimmert. Die Menschen auf dem Feld hatten Hunger, aber der erste Befehl meines Vaters lautete, sie sollten nichts essen. Viele Familien berichteten, daß ihre Karren trotz der aufgestellten Wachen geplündert worden seien.
Hadschi Ibrahim ging zu einer Versammlung der Muchtars von einem halben Dutzend Dörfern, die aus den herumschwirrenden Gerüchten klug zu werden suchten. Jedes Dorf wollte anscheinend in eine andere Richtung ziehen, um zum nächsten verwandten Stamm auf arabischem Territorium zu gelangen. Niemand wußte, welche Route ungefährlich und welche Straßen durch Kämpfe unpassierbar geworden waren. Uns blieb nur eine Wahl: Jaffa. Dort lag unser Geld auf der Bank, und dort würde Onkel Faruk mit der Ladung Waren und Vieh zu uns stoßen.
Eine Sippe nach der anderen verließ das Feld, alle schienen aus Unsicherheit verschiedene Wege einzuschlagen. Es gab keine arabische Führung, die über die Straßenverhältnisse Ratschläge erteilt oder Lebensmittelrationen ausgegeben hätte. Die Engländer ließen sich gar nicht erst blicken.
»Wir müssen uns heute sehr beeilen. Wir müssen unbedingt Jaffa erreichen.«
Auf der Straße wurden wir wieder Teil einer Horde, die der Illusion von Sicherheit nachjagte. Gegen Ende der zweiten Nacht erreichten

wir den Stadtrand von Jaffa, und obwohl wir übermüdet waren, belebte der Anblick des Leuchtturms und der Minarette unsere Stimmung. Englische Truppen empfingen uns, und wir wurden in einem großen Park bei der russischen Kirche zusammengetrieben. Während mein Vater unser Gebiet abgrenzte, überlegte er, ob er es wagen konnte, einige Tiere für eine Mahlzeit zu schlachten. Ich merkte, daß er überaus besorgt war, weil Onkel Faruk nicht zu uns gestoßen war. Auf meine Fragen winkte er aber nur ab. »Du hast doch die verstopften Straßen und die Verwirrung gesehen. Vielleicht wird er ein wenig länger brauchen. Er wird bestimmt morgen früh in Jaffa eintreffen.«
In aller Frühe machte sich Ibrahim mit mir auf den Weg ins Zentrum von Jaffa zum Haus unseres Vetters Bassam el Bassam, dem Besitzer einer Handelsgesellschaft. Faruk hatte über zwanzig Jahre lang bei ihm Vorräte für unser Dorf eingekauft. Mein Vater hatte ihm mehrmals in schlechten Jahren Geld geliehen und ihm auf Kredit Ernteerträge gegeben, die Mr. Bassam exportierte. In unserer Welt, die auf dem Erweisen und Abgelten von Gefälligkeiten aufgebaut ist, war Bassam el Bassam uns viel schuldig, und das wußte er.
Obwohl er meinen Vater mit der üblichen Freundlichkeit begrüßte, merkte ich, daß er über unser Kommen nicht glücklich war. Hinter seinem kleinen Laden befanden sich ein Büro und ein Lagerhaus, das nach Gewürzen und Kaffee roch und von Bassam el Bassams persönlicher, aus sechs Mann bestehender Wache beschützt wurde.
Als der Kaffee gebracht wurde, versuchten die beiden, die Gerüchte auf ihren Wahrheitsgehalt zu prüfen und zu ergründen, wie es zu der plötzlichen Massenflucht der arabischen Bevölkerung gekommen sei.
»Ich weiß nicht, wo oder wie alles begonnen hat«, sagte Mr. Bassam. »Der Bürgermeister von Haifa trieb es am schlimmsten. Es war unbesonnen von ihm, hunderttausend unserer Leute aus der Stadt zu evakuieren.«
»Aber andernfalls hätte er sich den jüdischen Siegern unterwerfen müssen«, gab mein Vater zu bedenken.
Mr. Bassam hob die Hände. »Ich habe Vettern, die geblieben sind. Es geht ihnen viel besser als dir im Augenblick. Ich werde dir sagen, Hadschi Ibrahim, wann es wirklich begonnen hat. Es begann zwei Minuten nach der Abstimmung über die Teilung, als die reichen Palästinenser flohen, um ihre Schätze zu retten.«
»Wie steht's denn hier?«
»Es gibt in Jaffa siebzigtausend Araber oder gar mehr. Wir sind gut bewaffnet. Dennoch ist Jaffa wie ein Stück Fleisch, das man in Pita-

Brot gewickelt hat. Nördlich von uns liegt Tel Aviv und im Süden die jüdische Stadt Bat Jam.« Er beugte sich zu meinem Vater und flüsterte vertraulich: »Ich habe mit einem von der Haganah gesprochen, der ein guter Freund von mir ist. Die Juden sagen, sie haben nicht die Absicht, Jaffa anzugreifen. Das hat mir auch mein englischer Freund, Oberst Winthrop, bestätigt. Jaffa liegt außerhalb des jüdischen Staates, wie er nach der Teilung Palästinas geschaffen wurde, und die Engländer sind entschlossen, als letzte Amtshandlung dafür zu sorgen, daß die Stadt in arabischem Besitz bleibt.«

»Morgen früh muß ich als erstes zur Bank gehen«, sagte mein Vater. »Kommst du mit?«

»Selbstverständlich.«

»Und wenn Faruk kommt, werden wir eine große Zahl Waren und Vieh anzubieten haben; auch Familienschmuck. Wir wollen alles zu Geld machen und schnell ein Schiff nach Gaza nehmen.«

»Überlaß alles mir und sei versichert, mein Bruder, ich werde keine Provision nehmen! Ich werde deine Waren zu einem anständigen Preis kaufen und einen ehrlichen Händler für dein Vieh auftreiben. Eure persönlichen Besitztümer sollten besser auf dem freien Markt angeboten werden.«

»Ich hoffe, daß unser Aufenthalt in Jaffa nicht von langer Dauer sein wird«, sagte mein Vater. »Wie steht es mit der Möglichkeit, zu einem vernünftigen Preis ein Schiff nach Gaza zu mieten?«

Mr. Bassam überlegte laut: »Einige kleine griechische Schiffe sind an der Küste im Einsatz. Die meisten sind aus Zypern, und ich kenne viele Kapitäne persönlich. Aber man kann nicht vorsichtig genug sein. Du weißt ja, wie die Griechen sind. Sie lassen sich einen Vorschuß geben und sind wie vom Erdboden verschwunden. Andere lassen die Passagiere verhungern. Aber laß mich nur verhandeln, Hadschi Ibrahim.«

Mein Vater hatte nicht die Absicht, Bassam el Bassam für sich verhandeln zu lassen, aber ohne ihn würde das Geschäft wahrscheinlich gar nicht zustande kommen. »Wieviel wird es kosten?«

Über diese Frage geriet Mr. Bassam ins Schwitzen. Er sprach mit sich selbst, seine rechte Hand stritt mit der linken. »Über dreihundertfünfzig Pfund angesichts der vielen Leute, die du bei dir hast.«

»Das ist Halsabschneiderei! Gaza kann nicht mehr als zwei Tagereisen entfernt sein.«

»Es geht nicht um die Dauer der Reise, sondern um die Gefahren. Die Schiffseigner haben euch in der Hand. Es wäre besser, etwas mehr zu bezahlen und ein verläßliches Schiff zu bekommen. Ich habe mein Leben in diesem Hafen verbracht. Ich werde ein sicheres Boot ausfindig machen. Leider werde ich wohl einen Vorschuß geben müssen.«

»Wir werden diese Frage klären, wenn Faruk gekommen ist und ich auf der Bank war. Gibt es Unterkunftsmöglichkeit für uns?«

»Ich denke schon. Die Viertel, die Tel Aviv am nächsten liegen, sind verlassen worden. Zwar fallen dort ab und zu Schüsse, aber das Gebiet gilt als einigermaßen sicher. Ich habe zwei oder drei nahe beieinanderliegende Straßen ausgekundschaftet, die so gut wie leer sind. Ich rate dir, alles so schnell wie möglich gegen Barzahlung zu verkaufen. Schau dir mein Lagerhaus an. Es wurde beinahe geplündert. Vier oder fünf verschiedene Milizen laufen herum, die sich alles, was sie wollen, mit vorgehaltener Waffe holen. Es gibt keine Ordnung mehr. Unsere Polizei ist entweder hilflos oder sie nimmt Bakschisch.«

»Aber ein großer Teil unserer Habe besteht aus Lebensmitteln«, sagte Ibrahim.

»Verkauf sie. Die christlichen Kirchen haben sich zusammengetan und in St. Antonius eine Ausspeisung eingerichtet. Du kannst sicher sein, für deine Leute eine Mahlzeit täglich zu erhalten. Du selbst wirst mein geehrter Gast sein.«

Hadschi Ibrahim dankte Bassam el Bassam und versprach, dann und wann eine Mahlzeit bei ihm einzunehmen, aber er wolle so lange wie möglich mit seinen Leuten zusammenbleiben. Er sei jedoch dankbar, wenn Bassam sein Pferd im Stall einstellen würde.

»El-Burak kommt mit mir nach Gaza«, erklärte er.

Mein Vater und Mr. Bassam fanden einen quadratischen leerstehenden Häuserblock am nördlichen Stadtrand in einem Bezirk namens Manschjia. Es war ein armes Wohnviertel mit kleinen, baufälligen, eng aneinandergedrängten Häusern und schmutzigen, ungepflasterten Straßen. Hier standen die übelsten Bruchbuden, in denen Prostituierte, Schmuggler, Diebe und Bettler gelebt hatten. Die meisten Häuser rochen nach Urin und Kot und waren hoffnungslos verwahrlost. Aber es war doch besser, als im Freien zu nächtigen und unaufhörlich von neidischen Augen angestarrt zu werden. Anscheinend war mein Vater der einzige unter den Muchtars in Jaffa, der für seine Leute vorgesorgt hatte. Die meisten hatten alles stehen und liegen lassen und waren geflohen. Tausende um uns hatten absolut nichts und wurden in ihrer Verzweiflung von Stunde zu Stunde gefährlicher.

»Zwei Straßen weiter«, erklärte Mr. Bassam, »befindet sich ein freier Markt. Die Juden kommen noch immer von Tel Aviv herüber, um zu handeln. Das Geschäft blüht. Ihr werdet dort für euren Schmuck und eure persönliche Habe die besten Preise erzielen.«
Es war sehr spät, als wir zu unserem Lager im Park zurückkamen. Mein Vater befahl allen, bei Tagesanbruch zum Abmarsch bereit zu sein. Er erkundigte sich nach Faruk, doch man berichtete ihm, auf der Landstraße seien heftige Kämpfe ausgebrochen, und er sei wahrscheinlich aufgehalten worden.
Bei Morgengrauen zogen wir in den Manschjia-Bezirk. Wir steckten ein Wohngebiet ab, in dem wir eng beisammen hausen würden. Etwas weiter nördlich begann die jüdische Stadt Tel Aviv mit einem Viertel, das hauptsächlich von orientalischen Juden aus dem Jemen bewohnt wurde. Zwischen den beiden Städten lag früher eine Wohngegend, in der jüdisch-arabische Mischfamilien im Elend gelebt hatten. Das Gebiet war nun zum öden Niemandsland geworden.
Wir hatten keine Ahnung, wie lang wir in Jaffa bleiben würden. Wir konnten unser Vieh nicht mehr füttern, deshalb ordnete mein Vater an, es zusammenzutreiben, suchte die beiden gerissensten Händler unseres Dorfes aus und schickte sie auf den Markt, um die Tiere zu verkaufen. Den Frauen befahl er, ihre persönlichen Habseligkeiten auf den Markt zu bringen und zu Geld zu machen. Alle Frauen besaßen Erbstücke und Schmuck aus ihrer Mitgift, aber es war billiger Tand von geringem Wert. Das Geld mußte an meinen Vater abgeliefert werden. Gegen neun Uhr abends hatten alle ihre Verkäufe abgeschlossen und warfen den Erlös vor Ibrahim auf eine Decke. Ich zählte das Geld. Die Summe war enttäuschend niedrig; sie betrug nicht ganz zweihundert Pfund. Das war bei weitem nicht genug, um ein Schiff zu mieten, geschweige denn um uns in Gaza mit Lebensmitteln zu versorgen oder Land für eine vorübergehende Ansiedlung zu erstehen.
»Wir haben wenigstens einen Rückhalt«, sagte mein Vater und klopfte auf das Sparbuch unter seinem Umhang. »Es ist sehr wichtig, daß Faruk bald eintrifft. Die Waren und die Herde, die er mitbringt, werden uns Sicherheit erkaufen.«

Wir erhielten die Nachricht, die Kämpfe auf der Hauptstraße hätten aufgehört und der Verkehr von und nach Jaffa habe sich normalisiert. Mein Vater hatte es sehr eilig, zu Bassam el Bassam zurückzukehren, denn Onkel Faruk war sicherlich inzwischen angekommen und hatte sich bei ihm gemeldet. Wir erreichten die Handelsgesellschaft kurz

vor zehn. Zu dieser Stunde öffnete die Bank. Von Faruk fanden wir keine Nachricht vor.
»Es ist der reine Selbstmord draußen auf den Landstraßen«, sagte Mr. Bassam. »Aber Faruk ist schlau. Er wird schon durchkommen.«
»Es gibt kein Dorf ohne Misthaufen; ich kann den unseren riechen«, sagte mein Vater. »Es gefällt mir nicht.«
»Komm, wir gehen zur Bank. Wir werden uns nachher um Faruk Gedanken machen.«
Es war ein Glück, daß Mr. Bassam bei uns war, denn in der Bank spielten alle verrückt. Man hatte den Eindruck, daß zehntausend Menschen zugleich versuchten, ihr Geld abzuheben. Mr. Bassam kannte den Direktor, einen Engländer namens Howard, persönlich, und wir wurden durch die Menge in sein Privatbüro geführt.
Mr. Howard trug einen eleganten Anzug von westlichem Schnitt und wirkte vollkommen ruhig, so als berühre ihn das Chaos gar nicht.
»Sie kennen doch Hadschi Ibrahims Bruder, Faruk al-Sukari aus Tabah«, leitete Mr. Bassam das Gespräch ein.
»Ja, ich hatte das Vergnügen«, bestätigte der Bankier.
»Wir möchten unser Geld abheben«, sagte Hadschi Ibrahim. »Siebenhundertfünfzehn Pfund. Ein Teil davon ist mein Eigentum, ein Teil gehört den Dorfbewohnern.«
»Sie wissen doch, daß es überall Zweigstellen von Barclay's gibt, und es wäre meiner Ansicht nach vernünftiger, nicht alle Eier in einen Korb zu legen. Haben Sie Ihr Reiseziel schon festgelegt?«
»Gaza.«
»Wenn Sie jetzt nur einen Teil Ihres Geldes abheben, gerade so viel, daß Sie sicher in den Süden kommen, dann könnte ich Ihnen einen Kreditbrief geben, der Ihnen in Gaza ausbezahlt würde.«
»Ich verstehe nichts von solchen Dingen, Mr. Howard.«
»Mr. Howard ist nur auf die Sicherheit eures Geldes bedacht«, erklärte Mr. Bassam. »Ich versichere dir, daß es sich um ein durchaus ehrenwertes Geschäft handelt.«
»Ich schätze Ihr Interesse an meiner Sicherheit. Aber ich fühle mich besser, wenn ich das Geld in meiner Tasche spüre.«
»Wie Sie wünschen. Haben Sie Ihr Sparbuch bei sich, Hadschi Ibrahim?«
Mein Vater griff unter seinen Umhang, zog das Büchlein heraus, als sei es der Zauberschlüssel zu einem besseren Leben, und reichte es Mr. Howard über den Schreibtisch. Der runzelte die Stirn, als er das

Buch entgegennahm und durchblätterte. Mein Vater und ich spürten sofort, daß der Bankier äußerst unangenehm berührt war.
»Ist etwas nicht in Ordnung?« fragte mein Vater.
»Das Konto wurde aufgelöst.«
»Aber das ist nicht möglich! Die Eintragung auf der letzten Seite besagt, daß wir über siebenhundert Pfund auf Ihrer Bank haben.«
Mr. Howard räusperte sich und blickte meinen Vater mitleidig an. Ibrahim wurde blaß, als er erkannte, daß ihm eine Katastrophe bevorstand.
»Die letzte Abhebung wurde sehr geschickt ausradiert. Aber Sie sehen den Stempel hier auf der ersten Seite sowie den unter der letzten Einlage, und Sie bemerken auch, daß die untere Ecke des Büchleins abgeschnitten wurde.«
»Ich kann nicht lesen, was auf dem Stempel steht. Es ist Englisch.«
Mr. Howard reichte das Sparbuch Mr. Bassam. »Das Konto wurde aufgelöst, Hadschi Ibrahim«, bestätigte unser Vetter bekümmert. Mein Vater nahm ihm das Buch aus der Hand und reichte es mir. Ich konnte ihm nicht in die Augen sehen, als ich die Behauptung der beiden anderen bestätigte.
»Es tut mir schrecklich leid«, sagte der Bankier, »wirklich schrecklich leid.«
Auf dem Rückweg zur Handelsgesellschaft kochte mein Vater vor Wut, und in Mr. Bassams Büro explodierte er.
»Ich kehre noch heute abend nach Tabah zurück! Ein elender Hund wird ein großes Begräbnis bekommen!«
»Ich weiß, daß es einen schrecklichen Schlag für dich bedeutet, aber in der Gegend haben heftige Kämpfe stattgefunden.«
»Keine Sorge. Ich komme überall durch. Ich werde nicht ruhen, bis ich ihm meine Hände um den Hals legen kann. Ich werde ihm den Adamsapfel ausreißen!«
»Was ist, wenn dir etwas zustößt, Vater?« schrie ich. »Ohne dich sind wir verloren!«
»Ich muß ihn umbringen!«
»Du hast den Rest deines Lebens Zeit, die Rache besonnen zu planen«, sagte Mr. Bassam.
»Ich werde keine Nacht schlafen, bis ich mich gerächt habe!«
»Vater! Onkel Faruk muß doch fürchten, du könntest zurückkommen. Er wird sich bestimmt die nächsten Tage versteckt halten.«
»Was dein Sohn sagt, klingt durchaus vernünftig.«

Mein Vater war der einzige Mann in Tabah gewesen, den man manchmal mit Logik überzeugen konnte. Unsere letzte Hoffnung war, daß er sich auch diesmal überzeugen ließe. Ich wußte, daß wir von Mr. Bassam keine Hilfe mehr erwarten konnten, sobald mein Vater fortging. Wir konnten ohne ihn nicht auskommen. Es dauerte eine Stunde, bis sein hitziges Blut sich ein wenig abgekühlt hatte.
»Was kann ich unseren Leuten sagen«, stöhnte er, »wie soll's ich ihnen denn nur erklären?«

XIV

Die Haganah gab öffentlich bekannt, daß sie Jaffa nicht angreifen würde, sofern die Araber aufhörten, von ihren hohen Gebäuden aus Tel Aviv zu beschießen, und wenn sie die Überfälle auf die Straßen in und außerhalb der Stadt einstellten. Es herrschte Waffenstillstand, doch Jaffa blieb die Gräte in der Kehle des Juden, eine rein arabische Enklave im dicht besiedelten jüdischen Gebiet.
Mr. Bassam el Bassam vertraute meinem Vater an, er hoffe, die Araber von Jaffa würden sich mit der Teilung einverstanden erklären und sich das Schicksal ihrer Brüder in Haifa ersparen. Er baute darauf, daß durch ihre Zusage, Jaffa als arabische Stadt zu erhalten, das Prestige der Engländer auf dem Spiel stand.
Einige Tage nach unserer Ankunft beobachteten wir mit gemischten Gefühlen, daß Einheiten der Djihad-Armee und der Freischärler Kawakdschis in die Stadt eindrangen und hauptsächlich in Manschjia, dem Tel Aviv nächstgelegenen Bezirk, Quartier bezogen, wo auch wir wohnten.
Die Miliz machte sich sehr rasch unbeliebt. Sie beschlagnahmte alles, was sie brauchen konnte. Die Läden wurden aufgebrochen und geplündert, Männer, die ihr Eigentum verteidigen wollten, wurden verprügelt, Katzen und Hunde dienten als Zielscheiben, die Lagerhäuser im Hafen wurden gestürmt, und alle Lokale wurden zwangsweise geschlossen. Das Schlimmste war, daß die Milizen den Waffenstillstand mit den Juden brachen und Tel Aviv rund um die Uhr beschossen.
Eine Nacht folgte der anderen, und wir duckten uns und krallten uns am Fußboden unserer elenden Hütten fest, während die Kugeln durch die schwachen, keinen Schutz bietenden Mauern aus zerbrök-

keldem Mörtel schlugen. In der Dunkelheit versuchte mein Vater, Leute, die hysterisch nach ihm riefen, zu beruhigen.
Die Haganah reagierte mit einer Operation, die die arabischen Dörfer in der Umgebung von Jaffa leerfegte und die Stadt isolierte. Tel Aviv lag im Norden, Bat Jam im Süden, und eine Brigade der Haganah kontrollierte nun die Landstraße im Westen. Sie verstärkte ihre Feuerkraft aus Tel Aviv in unsere Richtung, und die Bewohner von Tabah erlitten ihre ersten Verluste. Eine ältere Frau und ein Kind wurden von Gewehrkugeln getroffen und schwer verwundet. Dann erhielten wir eine erschreckende Nachricht: eine Einheit der Irgun mit sechshundert Mann ging uns gegenüber in Stellung.
Mein Vater befahl unseren Männern, im Zentrum der Stadt sicherere Unterkünfte zu suchen, auch wenn wir nicht alle beisammenbleiben konnten. Jeder Mann sollte für seine eigene Familie verantwortlich sein. Unsere Männer, die nicht gewohnt waren, persönliche Verantwortung zu tragen, waren verängstigt. Solange wir beisammenblieben, hatten sie ein Gefühl der Sicherheit. Wenn das Dorf zerstreut wurde, bedeutete das den Verlust des Zusammengehörigkeitsgefühls. Solange man denken konnte, hatte Hadschi Ibrahim alle Entscheidungen getroffen. Dennoch mußten sie gehorchen, denn der Beschuß während der Nacht war unerträglich geworden. Niemand konnte mehr schlafen, Frauen jammerten und Kinder schrien, und das zerrüttete die Nerven der Männer. Die Kämpfe nahmen täglich an Grausamkeit zu.
Unsere Männer bekamen Weisung, ihre Familien sofort wegzubringen, aber noch am selben Abend mit Hadschi Ibrahim beim Uhrturm in der Stadtmitte zusammenzutreffen und uns ihren neuen Standort bekanntzugeben. Ein paar Wachen wurden zurückgelassen, um die Frauen zu beschützen, während die anderen sich zerstreuten. In unserer Familie erhielten Jamil und Omar den Auftrag, eine Unterkunft zu suchen, Kamal sollte als Wache zurückbleiben.
Mr. Bassam kam bald darauf mit einer erfreulichen Nachricht. Es waren schon so viele Leute aus Jaffa geflohen, daß nicht mehr alle Fluchtboote ausgelastet waren und Kapitäne im Hafen und beim Uhrturm Passagiere suchten. Mr. Bassam hatte ein passendes Boot für uns gefunden.
Nada und ich mußten mit Kanistern zu den Feuerhydranten, die ein paar Häuserblocks entfernt standen, und Wasser für die Familie holen, sobald sie aufgedreht wurden. Mein Vater ging mit Mr. Bassam weg, um mit dem Kapitän des Bootes zu verhandeln.

Nada und ich hatten auf dem Flohmarkt einige leere Olivenölkanister gefunden. Sie konnte den ihren graziös auf dem Kopf balancieren. Ich machte aus einer langen Stange ein Joch, so daß ich zwei Kanister auf den Schultern tragen konnte. Als wir zum Feuerhydranten kamen, war die Warteschlange schon sehr lang. Durch die Lücken, die entstanden waren, wo man Häuser dem Erdboden gleichgemacht hatte, konnten wir unsere Unterkunft sehen.
Plötzlich donnerten zwei Lastwagen mit Kawakdschis Soldaten am Hydranten vorbei, stießen uns beinahe nieder und hielten mit quietschenden Bremsen in unserer Straße. Die Miliz sprang von den Lastern, verteilte sich und brüllte Befehle, die ich aus dieser Entfernung nicht verstehen konnte. Schüsse fielen, und Frauen schrien.
Im nächsten Augenblick rannten die Männer, die zum Schutz der Frauen zurückgelassen worden waren, auf uns zu. Ich entdeckte Kamal, der sein Gewehr verloren hatte, und lief ihm nach. Ich warf mich schließlich auf ihn und riß ihn zu Boden. Er zitterte vor Angst.
»Sie haben unsere Straße abgeriegelt! Sie suchen nach Vater!«
Mir war klar, daß Kawakdschi für das Abbrennen der Felder vor neun Jahren Rache nehmen wollte, denn ich hatte die Geschichte jenes Kampfes jeden Abend daheim im Café gehört. Im Augenblick war Vater bei Mr. Bassam in Sicherheit. Kamal war vor Angst wie von Sinnen. Ich konnte ihm nicht die Aufgabe übertragen, Vater zu verständigen. Aber ich hatte Angst um meine Mutter, Ramiza, Fatima und ihr Baby.
Ich befahl Nada, sich in einem Unterstand zu verstecken. Sie klammerte sich an mich und bat mich, nicht zum Haus zurückzugehen. Ich mußte sie mit Gewalt wegstoßen. Ich hatte sie noch nie zuvor geschlagen, aber die Situation zwang mich zu raschem Handeln.
Ich war klein und flink, schlitterte und hetzte von einer Deckung zur nächsten. Ich erreichte die an unsere Straße angrenzende Gasse und blieb stehen, um Überblick zu gewinnen. Wenn es mir gelang, die Straße zu überqueren und auf ein Dach zu klettern, würde ich sehen, was sich in unserem Block abspielte, und auch zu unserer Unterkunft zurückschleichen können.
Ich lief über die Straße und erstarrte, als die Kugeln um meine Füße einschlugen. Ich kletterte durch eine Fensterhöhle in ein Haus und hastete auf das Dach, ehe mir jemand folgen konnte. Dann kroch ich auf dem Bauch vier Häuser weiter und wagte erst von dort wieder einen Blick auf die Straße.
Die Frauen und Kinder waren eingekreist worden und von einem

Dutzend Soldaten umringt, die sie mit gefälltem Bajonett vor sich herstießen. Ich erkannte an ihren Uniformen und an ihrer Aussprache, daß es Iraker waren. Andere Soldaten hatten die Straße an beiden Enden abgesperrt, und wieder andere gingen von Haus zu Haus und traten die Türen ein. Ich blickte verzweifelt auf die Gruppe von Frauen und Kindern. Hagar, Ramiza und Fatima waren nicht darunter!

Ich robbte vorsichtig auf dem Bauch über die Dächer, bis ich einen Blick auf unser Quartier werfen konnte. Es war von Soldaten abgeriegelt. Zwischen unserem und dem Nachbarhaus verlief ein schmaler Gang. Ich sprang vom Dach und rührte mich nicht, bis ich sicher war, daß man mich nicht bemerkt hatte. Dann hangelte ich mich zum Fenster hinauf.

Drinnen bot sich mir ein entsetzlicher Anblick! Acht oder zehn Soldaten und ein Offizier mit einer Pistole waren da. Hagar hatte die Arme um Ramiza und Fatima gelegt, die sich an sie drückten. Der Offizier zeigte auf eine häßliche Brandnarbe in seinem Gesicht. »Ein Andenken an Hadschi Ibrahim. Ich habe zehn Jahre auf Rache gewartet. Wo ist er?«

»Ich weiß es nicht«, antwortete meine Mutter leise.

Der Offizier feuerte die Pistole gegen ihre Füße ab. Hagar rührte sich nicht, während die beiden anderen wimmerten und sich noch enger an sie drängten. Er feuerte wieder und immer wieder, verhöhnte sie und drückte ihr die Pistole an den Kopf. Fatimas Kind kreischte!

»Ich weiß es nicht, ich weiß es nicht«, antwortete meine Mutter immer wieder.

»Auf die Knie, du alte Hure!«

Der Offizier hob angeekelt die Hand, und seine Soldaten feuerten ein Dutzend Schüsse in die Luft. Das Gesicht des Offiziers war schweißnaß. Er atmete heftig und keuchte, dann öffnete er seine Hose und nahm seinen Schwanz heraus.

»Zieht euch aus, ihr alle!«

»Tut, was er sagt«, befahl Hagar den beiden anderen. »Wehrt euch nicht.«

»Ich blute«, flüsterte Fatima.

»Es macht nichts. Füg dich ihnen. Wenn wir blaue Flecken bekommen, wird es später für uns nur noch schlimmer sein.«

Ich schloß die Augen, während meine Mutter ihr Kleid hochhob, und ich hörte, wie die Soldaten begeistert aufbrüllten. Die Frauen wurden zu Boden geworfen. Die Soldaten lachten und feuerten Schüsse ab, doch von den Frauen kam kein Laut. Ich fühlte mich wie der erbärmlichste Feigling, der je gelebt hat, denn ich zitterte vor Angst. Was konnte ich tun? Allah mußte verstehen! Ich konnte nichts tun! Nichts! Nichts! Nichts!

Ich hätte nicht wieder hinschauen dürfen, aber es war wie ein Zwang. Die drei Frauen lagen nackt auf dem Boden. Die Soldaten machten sich nicht einmal die Mühe, die Hosen auszuziehen, sondern ließen sie nur hinunter und warfen sich, grunzend wie die Schweine, über die Frauen, preßten ihre Brüste, leckten sie gierig, stießen, spritzten und rollten stöhnend zur Seite, während die anderen nachdrängten, die mit dem prallen Schwanz in der Hand gewartet hatten. Von Fatimas Beinen tropfte Blut.

Ich krümmte mich zusammen, schloß die Augen und hielt mir die Ohren zu. Feigling! Feigling! Feigling! Allah! Was kann ich tun! Denk nach, Ismael, denk nach! Wenn Vater zurückkommt, werden sie ihn zwingen, sich die schreckliche Szene anzusehen! Ich muß zu ihm laufen und ihn warnen! Nein! Ich darf meine Mutter nicht verlassen! Geh! Bleib!

Würden sie denn nie aufhören? Ibrahim, komm nicht zurück! Bitte, komm nicht zurück! Wie lange wird es noch dauern? Wie lange? Endlich wankten sie aus dem Haus. Ich zog meine Finger aus den Ohren und hörte, wie der Offizier seinen Leuten befahl, den Platz aus sicherem Versteck zu überwachen und die Frauen als Köder im Auge zu behalten.

Ich wußte, daß die Schande sich mir für immer in die Seele gebrannt hatte. Dennoch mußte ich mit dem schrecklichen Erlebnis fertig werden, um unser aller Leben zu retten. Ich zwang mich, für den Augenblick zu vergessen, was ich mit angesehen hatte, und kroch durchs Fenster hinein. Ramiza und Fatima lagen zusammengekrümmt auf dem Fußboden. Meine Mutter war benommen, dennoch tröstete sie die beiden. Sie wischte Fatima das Blut ab, dann nahm sie beide in die Arme und wiegte sie wie Kinder.

»Mutter«, flüsterte ich.

Als sie mich sah, riß sie entsetzt die Augen auf.

»Hab keine Angst, ich werde es Vater nie erzählen. Niemand wird es erfahren.«

»O Ismael«, weinte sie, »daß du deine Mutter in solcher Schande sehen mußt! Gib mir ein Messer! Ich muß mich töten!«

»Nein, Mutter!«

»Lauf, Ismael, lauf! Vergiß, was du gesehen hast. Lauf!«

»Weine nicht, Mutter. Es ist vorbei. Bitte, Mutter. Wir werden leben.«

»Ich will nicht mehr leben!«
Es hatte keinen Sinn. Mir war alles gleich. Ich sprang auf sie zu und schlug ihr ins Gesicht. Sie hörte auf zu weinen und starrte mich an.
»Wirst du mich jetzt endlich anhören?«
Sie antwortete nicht, und ich schlug sie wieder. Langsam schüttelte sie den Kopf, zum Zeichen, daß sie mich hörte.
»Rührt euch nicht, bis es dunkel wird. Reinigt euch. Nach Einbruch der Dunkelheit wird Tel Aviv uns wieder unter Beschuß nehmen. Die Wachen rauchen Haschisch. Sie werden nicht aufpassen. Wenn sie anfangen zu schießen, schleicht ihr einzeln hinaus und lauft zum Markt. Dort sammelt ihr euch und geht zum Uhrturm.«
Sie klammerte sich an mich und starrte mich an. Ihre Augen waren gerötet und ihr Gesicht tränenüberströmt. »O Ismael!«
»Hast du mich verstanden, Mutter?«
»Ja. Aber Ibrahim . . .«
»Er wird es nie erfahren. Niemals. Niemand wird es je erfahren.«
Sie berührte mein Gesicht mit zitternden Fingern. Ich ergriff ihre Hände, hielt sie fest und bat sie mit Blicken, mir zu gehorchen. Schließlich versprach sie es. Ich küßte sie und trocknete ihre Wangen.
»Macht euch wieder schön. Ich gehe zu Vater und werde ihn warnen, damit er nicht zurückkommt. Er wird nur erfahren, daß die Soldaten euch verhört haben.«
Ich lief davon. Hinter mir hörte ich Schüsse, konnte aber nicht feststellen, ob sie mir galten.
Ich fand Nada und Kamal und erzählte ihnen, daß die Soldaten die Frauen als Geiseln festhielten, um Vater eine Falle zu stellen. Ich trug ihnen auf zu bleiben, wo sie waren, und nach Jamil und Omar Ausschau zu halten. Wir alle würden später beim Uhrturm zusammenkommen. Ich beeilte mich, meinen Vater zu retten.

XV

Bassam el Bassam versicherte Hadschi Ibrahim, daß er seit fast zwanzig Jahren mit dem griechischen Zyprioten Harissiadis faire Geschäfte mache. Der Preis von vierhundert Pfund für eine Fahrt nach Beirut sei keineswegs überhöht. Hadschi Ibrahim erhob Einwände gegen das vorgeschlagene Ziel.
»Ich komme gerade von einer Fahrt nach Gaza zurück«, erzählte der

Grieche. »Ich führe nicht einmal für fünftausend wieder dorthin. In diesen Gewässern liegt die ägyptische Flotte. Sie schießen auf alles, was sich regt. Vor drei Tagen haben sie beinahe ein Flüchtlingsschiff versenkt. Ich habe fünf Fahrten nach Gaza und zurück durchgeführt, aber jetzt habe ich genug. Es ist zu gefährlich. Ich würde euch eigentlich nicht einmal nach Beirut bringen, aber es liegt zufällig auf meinem Heimweg nach Zypern.«
»Aber wir haben keine Verwandten in Beirut«, sagte Ibrahim.
»Die Küste dort ist sicherer, und ich mache euch einen anständigen Preis für sechshundert Leute. Ja oder nein?«
»Harissiadis bietet dir eine Chance«, versicherte Bassam.
Das Bündel Scheine in Ibrahims Tasche machte nicht so viel aus, wie er gehofft hatte. Er besaß nur hundertachtzig Pfund. Siebenhundert waren in der Barclay's Bank aus dem Fenster geflogen, und noch einmal die gleiche Summe hatte er durch Faruks weiteren Verrat eingebüßt. Ibrahim hob die Hände. »Es ist Wahnsinn! Ich weiß nicht, warum ich Tabah verlassen habe. Beirut. Was bedeutet mir Beirut? Wieviel Zeit habe ich, um das Geld aufzubringen?«
Man sah, daß der Grieche enttäuscht war. Ihm hatte man eingeredet, Hadschi Ibrahim verfüge über genügend Geld. »Der Waffenstillstand wurde gebrochen. Die Kämpfe nehmen zu. Wer weiß, ob es nicht zum Angriff auf Jaffa kommen wird? Weißt du es? Weiß es Bassam? Niemand weiß es. Aber gut, ich gehe das Risiko ein. Vierundzwanzig Stunden.«
»Morgen«, erklärte Hadschi Ibrahim, »wenn meine Leute an Bord sind, werde ich die Hälfte bezahlen, und den Rest, wenn wir in Beirut ankommen.«
Der Grieche schüttelte den Kopf.
Ibrahim nahm die Geldscheine aus der Tasche und legte sie auf den Tisch. »Das ist alles, was ich habe.«
»Wieviel ist es?«
»Nicht ganz zweihundert.«
Harissiadis zuckte mitleidig die Schultern. »Soll ich dir die Wahrheit sagen? Die Reise wird mich selbst fast dreihundertfünfzig kosten. Um eine Mannschaft für diese Fahrt zu bekommen, mußte ich doppelte und dreifache Prämien zahlen.« Er nahm einen Bleistift und kritzelte eifrig, biß sich auf die Lippe und seufzte. «Dreihundertfünfundzwanzig, und du kannst mir glauben, dabei setze ich noch zu.«
Hadschi Ibrahim nahm zwei eingewickelte Pakete aus seinem Mantel und legte sie auf den Tisch. Dann wickelte er aus dem einen Paket

eine Zehn-Pfund-Tafel Haschisch. Harissiadis zerdrückte ein Eckchen zwischen den Fingern, roch daran und hielt es an die Lippen.
»Zwanzig«, sagte er.
»Du bestiehlst ihn«, protestierte Mr. Bassam.
»Im Libanon schenken sie einem dieses Zeug. Ich kann es im Hafen von Athen für vielleicht dreißig verkaufen.«
»Zwanzig«, stimmte Ibrahim zu.
»Was hast du noch?« fragte der Grieche. Ibrahim zeigte auf das zweite Päckchen und öffnete es. Es enthielt Ibrahims kostbarsten Besitz, einen juwelengeschmückten Dolch, der etwa dreihundert Jahre alt war.
»Ich weiß ja nicht mal, ob er echt ist.«
»Es ist ein Schatz«, sagte Bassam, »der ein- oder zweihundert wert ist.«
Harissiadis musterte den Dolch. »Zwanzig, und da gehe ich noch ein Risiko ein.«
»Dafür kann ich ihn nicht hergeben«, widersprach Ibrahim. »Vielleicht behalte ich ihn. Ich habe ohnehin eine Verwendung für ihn im Sinn.«
»Das sind noch über hundert Pfund zuwenig«, sagte der Grieche.
Ibrahim stand auf, öffnete die Tür zum Lagerhaus und zeigte mit dem Kopf auf seinen Hengst. Der Grieche riß beim Anblick des Tiers die Augen auf.
»Ich kaufe ihn«, sagte Mr. Bassam schnell. »Ich gebe dir hundertfünfzig.«
»Hundertfünfzig für el-Burak?« fragte Ibrahim ungläubig.
»Fünfundzwanzig dazu. Die Zeiten sind schrecklich. Die Lage ist sehr schlecht«, stöhnte Bassam.
»Bezahle ihn«, verlangte Hadschi Ibrahim. Mr. Bassam el Bassam blätterte die Geldscheine von einer Rolle in der Größe einer Grapefruit herunter und gab Ibrahim seinen Anteil.
Sie bekräftigten das Geschäft durch Handschlag und setzten die Abfahrtszeit fest.
»Noch eins«, sagte Harissiadis. »Keine Gewehre, keine Handfeuerwaffen, keine Messer. Meine Mannschaft besteht aus ehrlichen Leuten. Ich bin ein ehrlicher Mann. Und versteckt keine Waffen unter den Röcken eurer Frauen. Wenn wir in Beirut anlegen, wird jeder genau untersucht. Die Behörden nehmen den Flüchtlingen alles weg, was von Wert ist. Ich kann dir verraten, daß die Ägypter jeden Neuankömmling in Gaza vollkommen ausgeplündert haben.«
»Ohne unsere Waffen sind wir wehrlos«, wandte Ibrahim ein.

»Wenn ihr Waffen mitnehmt und sie gefunden werden – und das werden sie –, dann kann ich Beirut nie mehr anlaufen. Ich bin auf Beirut angewiesen«, erklärte der Grieche. »Noch etwas. Ich kann Trinkwasser zur Verfügung stellen, aber ihr müßt euch selbst verpflegen.«
»Wir haben alles verkauft«, sagte Ibrahim. »Wir haben von der Ausspeisung der christlichen Kirche gelebt.« Er wandte sich an Bassam el Bassam. »Bei dem Preis, zu dem du mein Pferd bekommen hast, kannst du als mein Vetter getrost Getreide, Obst und Milch für die Kinder beisteuern.«
Hadschi Ibrahims Augen gaben Bassam zu verstehen, daß er womöglich als erster mit dem juwelenbesetzten Dolch Bekanntschaft machen könnte. »Aber natürlich«, beruhigte ihn Bassam. »Es wird mir ein Vergnügen sein, die Verpflegung zu liefern.«

Ich kam wenige Minuten, nachdem das Geschäft abgeschlossen worden war, zur Handelsgesellschaft. Keuchend stieß ich hervor, daß Kawakdschis Soldaten Vater suchten, erwähnte aber mit keinem Wort die Vergewaltigung, deren Zeuge ich gewesen war. Mit etwas Glück würde sich die Familie später beim Uhrturm versammeln.
Bassam schlug sich mit der Hand an die Stirn und fluchte. »Es wird nicht möglich sein, daß ihr an Bord dieses Schiffes geht.«
»Aber . . .«
»Der Hafen wird bewacht, sie werden dich finden.«
»Dann gehen wir zu Fuß.«
»Alle Straßen sind abgesperrt, Ibrahim.«
»Wir sitzen in der Falle«, flüsterte mein Vater.
»Laß die Dorfbewohner mit dem Schiff fahren. Die Iraker werden sie stundenlang durchsuchen, bevor sie sie an Bord lassen. Auf die Weise sind sie beschäftigt. Du mußt dich verstecken.«
»Ich kann meine Leute nicht allein lassen.«
»Kannst du mir eine andere Möglichkeit nennen?«
»Vater«, drängte ich. »Wir müssen tun, was Mr. Bassam vorschlägt.«
Ibrahim war am Ende, und er wußte es. Er hatte nicht einmal genügend Zeit für den Luxus, sein Los zu beklagen. Bassam führte ihn in den Keller eines Fischmarktes am Hafen, wo er für einige Stunden sicher war, und begab sich auf die Suche nach einem ständigen Zufluchtsort. Ich sollte später mit ihm zusammentreffen und Beobachtungen austauschen.

Durch Allahs Gnade fand sich die ganze Familie beim Uhrturm ein. Viele aus unserem Dorf waren schon unter der Menge. Ich gab ihnen Zeit, Ort und den Namen des Schiffes bekannt, und sie sagten alles weiter. Dann verschwanden sie und wichen geschickt den Späheraugen von Kawakdschis Soldaten aus.

Ich hatte die Große Moschee auf der anderen Seite der Straße überprüft. Viele Menschen hatten hier Zuflucht gefunden. Als unser Dorf sich zu zerstreuen begann, schickte ich meine Familie in die Moschee und befahl ihnen, sich in der Menge zu verteilen und auf mich zu warten. Der Platz war noch voller Menschen, aber als es dunkel wurde, zogen viele Soldaten in den Bezirk Manschjia ab, und das Gewehrfeuer zwischen den beiden Städten setzte wieder ein.

Es wurde spät. Ich bekam Angst. Gerade als ich im Begriff war, meinen Posten zu verlassen, erblickte ich Mr. Bassam. Er ging an mir vorbei, ich wartete nur ein wenig, dann folgte ich ihm. Er verschwand in einer engen Gasse, ich hinterher. Er duckte sich in den Schatten, und ich konnte ihn nicht sehen.

»Ismael.«

»Ja.«

»Ist deine Familie in Sicherheit?«

»Ja. Sie verstecken sich in der Moschee.«

»Gut. Ich habe deinen Vater in die Peterskirche hinter dem Leuchtturm gebracht. Weißt du, wo das ist?«

»Sicher.«

»Hol deine Familie. Geht zum Hintereingang. Bruder Henri ist ein christlicher Araber und ein guter Freund. Er ist bereit, euch Asyl zu gewähren.«

»Bist du in Sicherheit?« fragte ich.

»Ich weiß es nicht. Ich glaube, mein Haus und mein Geschäft werden überwacht. Vielleicht versuche ich, an Bord des Schiffes zu gehen. Ich bin nicht sicher.« Damit verschwand er.

Unsere gesamte Familie verfügte nur über zwei Mönchszellen, aber vom Fenster aus konnten wir den Hafen, das Meer und den Küstenstreifen bis Tel Aviv sehen. Am Spätnachmittag sahen wir Mr. Harissiadis' Schiff, die »Kleopatra«, in den Hafen tuckern.

Ich schlich mich aus der Kirche, den Hügel hinunter und am Leuchtturm vorbei zur Anlegestelle. Die Bewohner von Tabah saßen eng zusammengedrängt am Dock. Mindestens hundert von Kawakdschis Männern gingen zwischen ihnen umher; sie filzten sie, faßten sie grob an und suchten fieberhaft Hadschi Ibrahim. Als sie meinen Vater nicht finden konnten, kam es zu absichtlichen Verzögerungen von seiten der Hafenbehörden. Mr. Harissiadis erklärte immer wieder, er müsse ablegen.

Dann kam die Nachricht, daß an der Front zwischen Tel Aviv und Jaffa die Hölle los sei. Die Iraker wurden abberufen, und die Dorfbewohner strömten an Bord des Schiffes, wo sie jeden Zoll des Decks besetzten. Ich konnte unmöglich wagen, in letzter Minute den Versuch zu unternehmen, doch noch mit meiner Familie an Bord zu gehen, also waren wir endgültig in Jaffa gestrandet. Die »Kleopatra« legte ab. Ich lief den Hügel hinauf zur Kirche, während sie vom Ufer abstieß. Sie fuhr auf die offene See hinaus.

Ich kehrte in die Peterskirche zurück. Von unserem Fenster aus konnte die Familie sehen, wie Leuchtspurgeschosse zwischen beiden Fronten hin und her flitzten. Der erbitterte Kampf verriet, daß es sich nicht um das übliche nächtliche Heckenschützenfeuer handelte. Diesmal war eine regelrechte Schlacht im Gang.

Wir konnten die »Kleopatra« sehen, bis sie zusammen mit der Sonne am Horizont verschwand.

XVI

Die Irgun hatte auf eigene Faust einen Großangriff gegen den Manschjia-Bezirk in Jaffa geführt. Sie hatte weder das Einverständnis noch die Unterstützung der Haganah. Sie suchte vielmehr einen spektakulären Sieg zu erzwingen, um mit der Haganah gleichzuziehen. Ein bunter Haufen arabischer Milizen lag in sicherer Deckung und schlug einen Angriff nach dem anderen zurück. Die Irgun kämpfte verbissen, eroberte einige Häuser am Rand des Viertels, doch wieder wirkte sich ihr Mangel an militärischer Ausbildung und Führung ungünstig aus. Sie besaß weder einen genauen strategischen Plan noch die nötigen Mittel, um ihre Geländegewinne zu sichern, und bei Morgengrauen konnte sie nach Tel Aviv zurückgedrängt werden.

Um ihre peinliche Niederlage abzuwenden, wandte sich die Irgun an die Haganah um Hilfe. Während sich die Kämpfe in ganz Palästina zuspitzten, entstanden zwischen den beiden jüdischen Militärorganisationen immer mehr kleinliche Konflikte. Es konnte nicht mehr lange

dauern, bis es zwischen ihnen zu einer entscheidenden Kraftprobe darüber kam, wer im Jischuw die Macht in Händen hatte.
Nach einer kurzen Besprechung erklärte sich die Haganah bereit, der Irgun zu helfen, vorausgesetzt, sie sei einverstanden mit der Übernahme des Kommandos an der Jaffa-Front durch die Haganah. Die Irgun stimmte zu und griff mit Unterstützung der Haganah Manschjia erneut an.
Zugleich zog die Haganah die Linien rings um Jaffa enger zusammen. Ihr Ziel war es, den gesamten arabischen Widerstand zwischen Jaffa und Lydda zu brechen, um freie Bahn für einen Angriff auf den Flughafen zu schaffen, ohne arabische Verstärkung befürchten zu müssen.
Der jüdische Plan zur Eroberung Jaffas lag den Engländern schwer im Magen. Für sie war die Rettung der arabischen Stadt zu einer fixen Idee geworden. Obwohl sie aus Palästina gerade erst abgezogen waren, sandten sie dringenden Befehl aus, einige Einheiten aus Ägypten und Zypern sofort zurückzuschicken.
Die englische Führung stellte allerdings bald fest, daß die Juden Jaffa zur Strecke gebracht hatten und daß sie daran nichts ändern konnten. Nun machten sie es sich zur Aufgabe, mit Gewalt einen Korridor zu öffnen, durch den die Araber entkommen konnten. Es gab nur noch einen Fluchtweg über die südliche Ausfallstraße, die in das sichere Gebiet um Gaza führte. Doch die jüdische Stadt Bat Jam blockierte den Weg. Die Engländer belegten Bat Jam mit massivem Artilleriesperrfeuer, beschossen es aus der Luft mit Bordkanonen und stießen mit Panzerspitzen vor, um die Straße freizukämpfen. Es war, als öffne man eine Flasche unter Druck stehenden Mineralwassers. Die Araber brachen aus Jaffa aus und stürzten in planloser Flucht nach Süden. Die Haganah gewährte ihnen freien Abzug, vermied geschickt jede Kampfberührung mit den Engländern und verstärkte den Belagerungsring um Jaffa an den übrigen Fronten.

In unseren Mönchszellen im Kloster von St. Peter konnten wir nachts das Gewehrfeuer und die Einschläge der Geschosse beobachten. Am dritten Tag der Schlacht brachte uns Bruder Henri die niederschmetternde Nachricht, daß Bassam el Bassam verschwunden sei. Er wußte nicht, ob Bassam geflüchtet oder, weil er uns geholfen hatte, von den Freischärlern ermordet worden war.
Bruder Henri erzählte uns, daß die Engländer die Straße durch Bat Jam noch offenhielten, und schlug vor, wir sollten versuchen, uns in

den Strom der Flüchtlinge zu drängen. Mein Vater lehnte den Vorschlag ab und gebrauchte Bruder Henri gegenüber eine kleine Unwahrheit. Es gab nur zwei Wege aus Jaffa, die Straße nach Süden und den Hafen. Mein Vater behauptete, daß Kawakdschi an beiden Stellen Männer postiert habe, die nach ihm Ausschau hielten und jeden Flüchtling sehr gründlich überprüften.
Insgeheim war es meinem Vater lieber, weiter in der Peterskirche zu bleiben. Er hatte mir anvertraut, daß die Juden, sobald die Engländer endgültig abzogen, die Stadt erobern würden. Während er vor Kawakdschis Rache Angst hatte, befürchtete er kein Massaker von den Juden.
Mein Vater hoffte, daß die Juden Jaffa erobern und ihm die Möglichkeit geben würden, nach Tabah zurückzukehren, um mit Onkel Faruk abzurechnen. Er lebte nur noch dafür. Wenn die regulären arabischen Armeen die Juden später wieder besiegten, was machte das schon aus? Er würde dann bereits mit Faruk fertig sein.
Zwei Tage später kam Bruder Henri ganz aufgelöst zu uns. Kawakdschis Männer hatten um die Kirche Patrouillen durchgeführt und nach uns gefragt. Der Mönch erklärte uns zitternd, daß die Kirche uns nicht länger Asyl gewähren könne. Wir müßten fort.
Hadschi Ibrahim sah unsere letzte Hoffnung in Gideon Asch. Er hatte den Zettel mit den Telefonnummern aufbewahrt, den ihm Gideon gegeben hatte, aber Bruder Henri behauptete, daß alle Telefonleitungen aus Jaffa unterbrochen seien. Mein Vater und ich heckten einen verzweifelten Plan aus.
Am späten Nachmittag schlich ich aus der Peterskirche hinüber nach Manschjia und durch die engen Gassen zu den Frontlinien. Ich fühlte mich sicher, weil ein Junge, der auf der Straße herumlief, kaum auffallen würde. Außerdem gab es in der Jugendmiliz Jungen in meinem Alter, die schon mitkämpften.
Ich war ein richtiger Stadtstreicher geworden. Es war keine Kunst für mich, den Weg zum bestmöglichen Beobachtungspunkt ausfindig zu machen. Ich verfügte über Instinkt. Ein Gefühl sagte mir, daß der Flohmarkt zwischen den beiden Städten trotz des schweren Gewehrfeuers von beiden Seiten vielleicht noch abgehalten würde. Ich hatte recht.
Von einem Dach aus konnte ich deutlich sehen, daß der Markt voller Menschen war und daß sich keine Soldaten darunter befanden. Wer die Stadt verlassen wollte, verkaufte alles, was er nicht tragen konnte. Wie durch ein Wunder bewegte ich mich in einer Art Freihandelszo-

ne. Ich hatte Ramizas letztes Schmuckstück als Tauschobjekt bei mir und eine Nachricht, die ich in Englisch geschrieben hatte.
Ich ging an den Verkaufsbuden vorbei, lauschte aufmerksam und schätzte die Händler darauf ab, ob ich einem meine Nachricht anvertrauen könne. Aber ich fand keinen einzigen. Jeder würde versuchen, mich zu übervorteilen, weil ich noch so jung war. Sie würden Ramizas Armband stehlen und mich betrügen.
Ich trieb mich um einige jüdische Händler herum, aber mein Hebräisch war zu schlecht, und die meisten von ihnen sprachen kein Englisch. Denen aber, die es beherrschten, traute ich nicht. Es wäre Wahnsinn gewesen, mich an einen gewöhnlichen jüdischen Ladenbesitzer zu wenden. Was sollte ich tun?
Am Ende des Marktes war eine Öffnung im Zaun, durch die Leute ein und aus gingen. Auf der anderen Seite standen jüdische Soldaten, die die Papiere jedes einzelnen überprüften, der den Markt verließ. Das war die Gelegenheit. Meine einzige Chance.
Ich brauchte schrecklich lange, um meinen Mut zusammenzunehmen. Los, Ismael, sagte ich mir immer wieder, geh durch den Zaun. Ich näherte mich ihm langsam und befahl mir, keine Angst zu haben. Lauf nicht, sagte ich mir. Wenn ich laufe, werde ich erschossen. Such dir einen Erwachsenen, der auf die jüdische Seite geht, oder besser noch zwei oder drei, und schlüpfe hinter ihnen durch.
Da war sie! Meine Chance! Jetzt! Geh! Ich sprang auf die Ladeklappe vom Eselskarren eines jüdischen Händlers, als ob ich dazugehörte, und war auf der jüdischen Seite! Der Händler bemerkte nichts. Ganz langsam, Schritt für Schritt, kamen wir zum Wachtposten.
Dann packte mich eine Hand am Arm und riß mich von dem Karren. Ein jüdischer Soldat sah mich böse an. Ich glaubte, daß ich jetzt sterben müsse.
»Du kannst nicht hierherüber kommen!« sagte er auf hebräisch zu mir.
»Sprichst du Englisch?« fragte ich.
Er stieß mich weg und bedeutete mir, auf die andere Seite zurückzukehren. Ich ging wieder auf ihn zu. »Englisch!« schrie ich. »Englisch! Englisch!«
Durch Allahs Gnade hatte ich die Aufmerksamkeit eines anderen Soldaten erregt. »Was willst du, Junge?« fragte er auf englisch. Ich holte tief Luft, schloß die Augen, steckte die Hand in die Tasche, zog den Zettel heraus und reichte ihn dem Mann. Er entfaltete ihn neugierig, las stockend die Botschaft und kratzte sich am Kopf.

»Ich bin Ismael. Mein Vater ist Hadschi Ibrahim al-Sukari al-Wahhabi, der Muchtar von Tabah. Er ist ein sehr guter Freund von eurem großen Befehlshaber, Mr. Gideon Asch. Er hat uns gesagt, wir sollen ihn unter diesen Nummern anrufen, wenn wir in Schwierigkeiten geraten. Wir sitzen in der Falle. Würden Sie bitte Mr. Gideon Asch für uns anrufen? Danke.«

Inzwischen war ein Offizier neugierig zu uns getreten. Er las die Botschaft ebenfalls, und alle drei musterten mich.
»Es könnte natürlich auch ein Trick sein«, meinte einer.
»Was soll's? Wenn Asch diese Leute nicht kennt, wird er eben nicht kommen.«
»Bitte«, rief ich. »Bitte! Es ist kein Trick! Kawakdschi versucht meinen Vater zu töten.«
»Warte hier, Junge«, sagte der Offizier. Er ging in ein Haus, das als Befehlsstand verwendet wurde. Einen Augenblick später kam er mit einem anderen Offizier zurück. Er schien der Diensthabende zu sein. Er las die Botschaft und musterte mich verdutzt.
»Wir waren Nachbarn«, sagte ich. »Kibbuz Schemesch und Tabah. Nachbarn.«
»Also gut«, meinte der diensthabende Offizier. »Ich werde ihn heute abend anrufen. Komm morgen wieder.«
»Nein«, widersprach ich. »Ich kann nicht weggehen, ohne Mr. Gideon Asch gesprochen zu haben.«
»Hier kannst du jedenfalls nicht bleiben. Der Markt schließt in einer Stunde, und dann wird wieder geschossen.«
»Bitte«, rief ich, nahm das Armband und reichte es ihm. Der Offizier betrachtete es und gab es mir zurück.
»Steck es in deine Tasche«, sagte er, »und komm mit mir.«
Von diesem Augenblick an erlebte ich alles wie im Nebel. Wir gingen durch die Sperre beim Wachtposten, und der Offizier hielt mich an der Hand. Im nächsten Augenblick fuhren wir in einem klapprigen Wagen nach Tel Aviv. »Ich bin von der Irgun«, erklärte der Offizier.
Jetzt bin ich so gut wie tot.
»Ich bringe dich zum nächsten Befehlsstand der Haganah.«
Bald darauf kamen wir in eine armselige Gegend und blieben vor einer Häuserreihe stehen, in der es von Soldaten wimmelte. Ich hatte mich schutzlos und verloren gefühlt, aber nun verflog meine Furcht allmählich. Niemand bedrohte mich, befragte mich oder berührte

mich. Man betrachtete mich mit flüchtiger Neugierde. Vor allem der Irgun-Offizier schien sehr viel Mitgefühl mit mir zu haben.
In einem größeren Haus wurde ich zu einer Tür geführt, die von einem Soldaten bewacht wurde. Der Irgun-Offizier sprach mit dem Wachtposten, und er ließ uns eintreten. Der Haganah-Offizier hinterm Schreibtisch schien im Rang über allen anderen zu stehen. Er sprach arabisch mit mir, und nachdem ich ihm meine Geschichte erzählt hatte, führte er mich durch den Korridor in einen Raum, der bis auf ein paar Stühle vollkommen leer war, und befahl mir, mich zu setzen.
Der Haganah-Offizier stellte mir viele Fragen über die Namen meiner Familie und über Tabah und den Kibbuz Schemesch. Immer wieder fragte er mich, warum meine Familie nicht durch Bat Jam geflüchtet sei. Er war sehr mißtrauisch, und ich erkannte bald, daß es daran lag, daß ich kleiner arabischer Bauernjunge drei Sprachen sprechen konnte. Schließlich fragte er mich, ob ich ihm eine geheime Botschaft sagen könne, die nur Gideon Asch verstehen würde. Ich dachte lange darüber nach, denn es ging um unser Leben.
»Sagt Mr. Gideon Asch, daß ich ihn in der Nacht geholt habe, in der Ramizas Kind starb.«
»Ich weiß nicht, wie lange es dauern wird«, erklärte der Haganah-Offizier. »Du bleibst hier. Versuch nicht wegzulaufen.«
Bald darauf kam ein Soldat mit zusammengerolltem Bettzeug und etwas zu essen. Mir war es nicht aufgefallen, aber ich hatte nicht viel gegessen, seit wir Tabah verlassen hatten, und jetzt aß ich so schnell, daß mir übel wurde. Abermals kamen Soldaten ins Zimmer und musterten mich. Sie waren alle sehr freundlich, und bald war ich nicht mehr so mißtrauisch wie am Anfang. Obwohl schweres Gewehrfeuer durch die Nacht donnerte, war ich sehr müde. Ich wollte nicht schlafen oder in meiner Wachsamkeit nachlassen, aber es fiel mir schwer, die Augen offenzuhalten.

»Ismael.«
Ich schlug die Augen auf. Mr. Gideon Asch kniete neben mir. Ich hatte noch nie in meinem Leben so etwas getan, aber ich legte ihm die Arme um den Hals und weinte. Ich versuchte, in allen drei Sprachen zugleich zu reden, während ich schluchzte und an meinen Worten würgte. Er half mir, mich zu beruhigen, und ich erzählte ihm die ganze Geschichte.
Wir gingen zum Büro des Kommandanten: Die beiden sprachen lan-

ge miteinander, dann breiteten sie einen Stadtplan auf dem Tisch aus.
»Kannst du eine Karte lesen, Ismael?«
»Ich glaube schon.«
»Also gut. Hier sind die Peterskirche, die Große Moschee, der türkische Uhrturm.«
»Ja, ich verstehe.«
»Das Postamt, der breite Boulevard und die Emmanuel-Kirche.«
Ich nickte zum Zeichen, daß ich ihm folgen könne.
»Hinter der Kirche gehst du dreihundert Meter die Jaffa Road entlang bis hierher.« Er zeigte auf eine Stelle auf der Karte. »Auf der anderen Straßenseite mündet eine enge Gasse ein. Dort wird ein Lastwagen auf euch warten. Hast du eine Uhr?«
»Nein.«
Er nahm seine Armbanduhr ab und gab sie mir. »Warte da auf eurer Straßenseite bis halb neun Uhr abends. Ich werde mit einer Patrouille kommen und euch holen. Ich werde ›Tabah‹ rufen, und du wirst mir mit ›Kibbuz Schemesch‹ antworten.«
Ich wiederholte seine Instruktionen mehrmals.
»Hast du noch Fragen, Ismael?«
»Angenommen, es sind arabische Soldaten in der Nähe?«
Der Haganah-Kommandant mischte sich ein und sprach auf hebräisch mit Mr. Gideon Asch. Ich konnte nur dann und wann ein paar Worte verstehen. Er hatte Bedenken, weitere Informationen preiszugeben. Mr. Gideon Asch aber versicherte dem Offizier, daß man mir vertrauen könne.
»Wir haben erfahren, daß viele Städte der arabischen Miliz desertiert und ihre Linien voller Lücken sind. Wenn sie schießen, werden sie unsere Patrouille aufs Korn nehmen. Wir werden so lange und heftig zurückfeuern, bis wir sie vertreiben.«

Ich brauchte den Rest des Tages, um meine Familie zu sammeln, sie über Schleichwege ans Ziel zu führen und der Miliz auszuweichen. Als wir den vereinbarten Treffpunkt erreichten, hüpfte mein Herz vor Freude, denn ich sah den Lastwagen jenseits der Straße; der Rest war nicht schwierig.
Die Familie kauerte hinten im Wagen. Ich saß vorne zwischen Gideon Asch und meinem Vater. Ich war müde, und jedesmal, wenn ich eindöste, sah ich, wie meine Mutter, Stiefmutter und Schwägerin vergewaltigt wurden. Doch der Arm meines Vaters lag tröstend um mei-

ne Schultern. Immer wieder tätschelte er mich und nannte mich einen tapferen Soldaten. Er war stolz auf mich. Wenn ich wach war, hörte ich ihn mit Mr. Gideon Asch sprechen, während wir rasch Tel Aviv durchquerten und nach Norden weiterfuhren. Ich war so müde, daß ich nicht einmal über die jüdische Stadt staunen konnte.
»Ihr werdet die Grenze bei Tulkarm überschreiten. Ein Mann namens Said wird auf euch warten.«
»Sobald ich meine Familie in Sicherheit weiß, werde ich tausend Meilen durch geschmolzene Lava wandern, um mir Faruk vorzuknöpfen.«
»Du kannst nicht zurück nach Tabah«, widersprach Mr. Gideon Asch.
»Auch wenn es meinen Tod bedeutet, ich werde gehen!«
»Du hast jedenfalls etwas, wofür du leben kannst. Deine Racheträume werden dich noch lange am Leben erhalten. Von Tabah ist wenig übrig, Hadschi Ibrahim. Wir haben die Haganah dorthin verlegt, als ihr das Dorf geräumt habt. In der ersten Nacht hat die Djihad angegriffen und uns hinausgeworfen. Als wir wiederkamen, mußten wir die meisten Häuser sprengen. Es ist nur wenig übriggeblieben.«
»Mein Haus?«
»Faruk ist hineingezogen.«
Die Straße war bei einer Sperre vor dem arabisch besetzten Gebiet plötzlich zu Ende. Mr. Gideon Asch brachte uns zu einem nahe gelegenen Wäldchen und wartete bis zum Einbruch der Dunkelheit. Mein Vater erlaubte mir, mit ihm zu gehen, als er sich von Mr. Gideon Asch verabschiedete. Ibrahim wurde Geld in die Hand gedrückt. Er wollte es zurückweisen, konnte es aber nicht; wir waren vollkommen mittellos.
»Schade, daß wir keine Gelegenheit hatten, unsere Probleme zu lösen«, murmelte mein Vater wie im Traum.
»Ich weiß nicht so recht«, sagte Mr. Gideon Asch. »Du hast mich vor langer Zeit darauf aufmerksam gemacht, daß alles anders gekommen wäre, wenn sich die Absperrvorrichtung für das Wasser in eurer Hand statt in unserer befunden hätte.«
»Das stimmt«, gab mein Vater zu. »Ihr wäret verdurstet.«
Mr. Gideon Asch lachte.
»Da wir jetzt in verschiedene Welten gehen, sollst du mir noch sagen, wer dein Spitzel in Tabah war.«
»Ich hatte viele. Aber keinen besseren als deinen Bruder.«
»Er ist nicht mein Bruder«, sagte Hadschi Ibrahim. »Du bist mein Bruder.«

Plötzlich blinkte in der Dunkelheit eine Taschenlampe. Mr. Gideon Asch antwortete auf das Signal, und ich rief die Familie zusammen. Wir wurden Said kurz vorgestellt, dann sammelte sich die Familie hinter ihm.
»Paßt gut auf euch auf«, sagte Mr. Gideon Asch. »Ich habe auf der arabischen Seite außer Said noch viele Kontaktleute. Sie werden wissen, wie sie mich erreichen können. Schalom.«
»Schalom.«
Mein Vater und ich beeilten uns, um die Familie einzuholen.
Wir konnten schon in der Ferne die Lichter von Tulkarm sehen. Plötzlich blieb ich wie angewurzelt stehen. »Ich habe vergessen, Mr. Gideon Asch seine Armbanduhr zurückzugeben.«
»Nein, Ismael«, sagte mein Vater. »Er wollte, daß du sie behältst.«

Wenige Tage später wurde Jaffa von Haganah und Irgun eingenommen. Von den siebzigtausend arabischen Einwohnern waren nur dreitausend übriggeblieben, als der entscheidende Angriff erfolgte.
Am 14. Mai 1948 verlas David Ben-Gurion die Unabhängigkeitserklärung des Staates Israel. Unmittelbar darauf trat die gesamte arabische Welt zum Angriff an.

Teil 3
Qumran

I

Wir marschierten in scharfem Tempo nach Tulkarm. Unsere Anwesenheit machte Mr. Said nervös. Er entschuldigte sich damit, daß er nur ein verarmter Apothekergehilfe sei, der mit seiner Frau und fünf Kindern in einem Raum im Hause seines Vaters lebe. Er erklärte uns den Weg zur Stadtmitte, bat meinen Vater, sich nur in einem dringenden Notfall an ihn zu wenden, und verschwand.

Wir erreichten den Markt in wenigen Minuten. Doch er war bereits von Tausenden von obdachlosen Familien besetzt.

»Wir werden heute nacht in der Moschee Unterkunft finden«, sagte Ibrahim. »Morgen werden wir weitersehen.«

Er hatte voreilig gesprochen.

Die Menschenmenge war so groß, daß wir nicht einmal bis auf hundert Meter an die Moschee herankommen konnten. Auf dem Boden lagen trauernde Frauen, die versuchten, ihre Kinder einzuwiegen. Die Männer gingen im Kreis herum. Wir waren Teil einer namenlosen, gesichtslosen, verlorenen Menschenherde.

Ibrahim stand hilflos inmitten dieses Meers von Kummer. »Verlassen wir diesen Platz«, befahl er. Es war das erste Mal, daß er weder die Situation noch sich selbst in der Hand hatte.

Wir gingen weiter, bis das Gedränge nachließ, und suchten in den Straßen am Stadtrand nach einem gedeckten Schuppen, einem verlassenen Haus oder irgendeinem Verschlag mit einem schützenden Dach.

Dann traf uns die schreckliche Erkenntnis, daß die Häuser von Tulkarm vor uns verschlossen waren. Hühner und sonstiges Vieh waren aus den Höfen in Pferche getrieben worden, um vor Diebstahl sicher zu sein. Magere Hunde hielten mit gefletschten Zähnen und gesträubten Rückenhaaren Wache, wenn wir an ihrem Heim vorbeigingen. Wir wußten, daß hinter jedem verdunkelten Fenster ein Mann mit einem Gewehr unsere Bewegungen beobachtete.

Außerhalb der Stadt, wo die Felder begannen, schliefen viele Menschen im Straßengraben, während die Bauern durch ihre Felder streiften, um die Ernte zu beschützen. Etwa eine halbe Meile weiter kamen wir zu einer langen Steinmauer, die einen Olivenhain umgab. Niemand schien ihn zu bewachen, deshalb kletterten wir über die Mauer, drückten uns in ihren Schatten und versuchten unterzutauchen.

Ibrahim rief unsere Namen in der Reihenfolge auf, in der wir Wache stehen sollten. Er gab Omar seine Pistole und legte sich hin. In diesem Augenblick sah ich seine Augen. Sie waren glasig, so als sehe er plötzlich eine Vision der Hölle vor sich. Ich blieb wach und gab acht, denn sein Benehmen erschreckte mich. Er schien mich zu erkennen.

»Warum starrst du mich so an, Ismael?« fragte er leise.

»Wir haben hier keine Vettern«, antwortete ich.

»Aber wir befinden uns in unserem eigenen Land. Im Augenblick herrscht Verwirrung, weil der Krieg begonnen hat, aber wir sind unter unseren eigenen Leuten.«

»Sie haben uns ausgesperrt, Vater.«

»Nein, nein. Sie haben nur Angst. Die Juden stehen jenseits der Straße. Du wirst schon sehen. Morgen werden wir Nahrung und eine Unterkunft erhalten. Man wird ein Lager errichten.«

»Bist du sicher?«

»Ich habe nie einen Menschen von Tabah weggeschickt. Das sind unsere Brüder. Außerdem steht im Koran, daß wir füreinander sorgen müssen.«

»Bist du sicher, daß es im Koran steht?«

Es war, als hätte ich ihn geschlagen. Mein Vater war nicht nur über die Massen von Flüchtlingen bestürzt, sondern auch über den unfreundlichen Empfang in Ramle, Jaffa und Tulkarm. Die Tradition der Gastfreundschaft war tief in uns verwurzelt und in keinem Menschen mehr als in meinem Vater. Wir rühmten uns dieser Tugend ständig. Sie war unser Wesen, unsere Kultur, unsere Menschlichkeit. Schutz und Fürsorge für den Gast waren Teil unserer Männlichkeit.

»Versuch zu schlafen«, sagte er.

»Ja, Vater.«

Keiner von uns schlief, aber wir sprachen nicht mehr. Als sich seine Augen endlich schlossen und er zwischen seinen Frauen auf den Boden glitt, gestattete auch ich mir einzunicken.

Mein Schlaf war schwer und voller häßlicher Traumbilder. Oft wußte ich, daß ich in einem Olivenhain auf dem Boden lag, aber ich konnte nicht einmal einen Finger bewegen. Wir waren alle halbtot vor Erschöpfung, doch bei mir führte sie zu Alpträumen. Ich wußte, daß mein Vater, als er erkannte, daß die Legende von unserer Gastfreundschaft vielleicht nur ein Märchen war, einen der schrecklichsten Augenblicke seines Lebens durchmachen mußte. Dieser Schmerz drang in meinen Traum ein, und dazu kam die Szene, wie meine Mutter vergewaltigt wurde. Andere Träume waren ebenso schrecklich: etwa der Traum, daß Hadschi Ibrahim nicht mehr fähig sei, uns zu schützen und die Entscheidungen für uns zu treffen ... o Nacht, Nacht, geh zu Ende!

»Verschwindet von unserem Land!«

Ein Halbkreis knurrender Hunde und ihre mit Gewehren bewaffneten Herren rissen uns aus dem Schlaf und befahlen uns aufzustehen. Mein Vater war als erster auf den Beinen, während wir anderen uns zitternd an die Mauer drückten. Hadschi Ibrahim musterte die Bewaffneten verächtlich.

»Ihr seid keine Araber«, stieß er hervor. »Ihr seid nicht einmal Juden. Eure Arschlöcher liegen so nahe bei euren Mäulern, daß ich die Scheiße in eurem Atem riechen kann. Kommt, wir gehen.«

Wie durch ein Wunder fanden wir den letzten Baum im Tulkarm, der weder einer anderen Familie Obdach bot, noch einem feindlichen Besitzer gehörte. Wir sammelten uns darunter und warteten, bis uns mein Vater einen Plan unterbreitete.

Sämtliche Habseligkeiten außer Vaters Pistole und Dolch wurden zusammen mit dem Geld, das uns Gideon Asch gegeben hatte, auf eine Decke gelegt. Ich durfte Gideons Uhr behalten. Ohrringe und die Armbänder, an denen wir am meisten hingen, die uns teuer waren, landeten auf der Decke. Hadschi Ibrahims Silberschnalle, Kamals Ring, ein paar Stückchen Gold, die meine Mutter gehortet und immer wieder versteckt hatte, kamen dazu. Mein Vater nahm an, daß wir von dem Verkaufserlös ein paar Wochen würden leben können, und inzwischen würde er sich schon etwas einfallen lassen. Aber er konnte uns keine Fragen beantworten und erlaubte auch nicht, daß man welche stellte.

Hagar wurde auf den Markt in die Stadt geschickt, um ein Frühstück aus Feigen und Ziegenkäse sowie etwas Milch für Fatimas Kind aufzutreiben, denn ihre Milch war in der letzten Woche versiegt. Mein Vater blieb zum Schutz der Frauen zurück und befahl meinen Brüdern und mir, eine Behausung zu suchen, die wir mieten konnten. Normalerweise konnte man in einem Ort wie Tulkarm einen Raum für ein oder zwei Pfund im Monat bekommen. Nun verlangten sogar die Bauern in der Umgebung fünf Pfund für Hühnerschuppen und Kuhställe, und der Preis stieg, je näher wir dem Hauptplatz kamen.

Bei der Moschee war alles schwarz von Menschen, aus dem Lautsprecher des Minaretts dröhnte Marschmusik, die jeden Augenblick von einer Nachricht unterbrochen wurde.

»Die Arabische Legion hat den Jordan überschritten!
Die Iraker sind schon in Nablus!
Tel Aviv wurde von der ägyptischen Luftwaffe bombardiert!
Die Syrer sind von den Golanhöhen in Nord-Galiläa eingedrungen!
Der Libanon meldet Erfolge entlang seiner Südgrenze!«

Gerüchte von einem Sieg nach dem anderen beherrschten die Gespräche. Jede neue Nachricht über den Lautsprecher endete mit der Androhung des Schicksals, das die Juden erwarte.

Einerseits wurden meine Brüder und ich von der augenblicklichen Siegestrunkenheit mitgerissen. Anderseits zitterten wir vor Hunger und hatten Angst vor der fremden Umgebung und der Düsternis unserer Lage. Nach einer halben Stunde war es klar, daß die Miete für selbst die bescheidenste Unterkunft unsere Mittel bei weitem überstieg.

Am vierten Tag in Tulkarm war unsere Stimmung am Tiefpunkt angelangt. Wir hatten einen Baum, der uns einen gewissen Schutz bot, und gerade genug Geld, um dem Hungertod zu entgehen. Davon abgesehen wußten wir nicht, wohin wir uns wenden oder was wir tun sollten. Weder Regierungsbeamte noch Hilfsorganisationen waren in Erscheinung getreten, und niemand wußte, ob eine andere Stadt Hilfsmaßnahmen in die Wege geleitet hatte. Hadschi Ibrahim schien der Lage nicht gewachsen zu sein, und das vermehrte unsere Ängste.

Die Gerüchte flatterten ziellos umher wie die Blätter eines Baumes. Für unsere Armeen sah die Lage sehr gut aus. Sogar Vater, der Übertreibungen gegenüber immer skeptisch blieb, wurde wider Willen vom Siegestaumel mitgerissen. Er sagte, daß die arabischen Führer vielleicht doch die richtige Entscheidung getroffen hätten, als sie uns aufforderten, abzuziehen, um ihren Armeen freie Bahn zu schaffen. Unser Problem bestand einfach darin, so lange durchzuhalten, bis wir nach Tabah zurückkehren konnten.

Wir hatten die Umgebung durchstreift und besaßen nun ein behelfsmäßiges Zelt aus Häuten, Leinwand, Holz und Blech. Die Frauen hatten einen einfachen, aber brauchbaren Herd zusammengebaut. In dieser Zeit kamen meine Brüder und ich einander näher. Ich vertrug mich sogar mit Kamal.

Wir befanden uns in Samaria, am Westufer des Jordan.

Drei Städte, Tulkarm, Djennin und Nablus bildeten ein »Dreieck«, das rein arabisches Gebiet umschloß. Kawakdschis Befreiungsarmee marschierte langsam ein, aber wir fürchteten sie nicht mehr, denn wir hatten keinen Grund zu der Annahme, daß sie Ibrahim noch immer suchten.

Bald vereinigten sich Vorausabteilungen der regulären irakischen Armee mit Kawakdschis Leuten. Der strategische Plan lag auf der Hand. Von Tulkarm betrug die Entfernung zum Meer und zu einer jüdischen Stadt namens Natanya nur sechzehn Kilometer. Wenn Kawakdschi und die Iraker nach Natanya durchstoßen konnten, wären die Streitkräfte der Juden in zwei Hälften geteilt.

In unserer Nähe kam es zu Scharmützeln, aber merkwürdigerweise half uns das. Jedesmal, wenn ein Geplänkel ausbrach, liefen die Bauern entweder davon, oder sie versteckten sich. Meine Brüder und ich nutzten die Gelegenheit, um Obstgärten zu plündern, von den Feldern zu holen, was sich mitnehmen ließ, und verirrtes Vieh einzufangen. Wenn unsere Mägen voll waren, besserte sich auch unsere Stimmung.

Der siegreiche arabische Vormarsch ging weiter. Als die Iraker und Kawakdschi bereit waren, zum Meer durchzustoßen, hatten sie die Juden in ganz Palästina in die Verteidigung gedrängt.

Die Ägypter stießen in zwei Kolonnen vor. Gaza und Beersheba wurden genommen, und der Kibbuz Jad Mordekhaji wurde erobert.

Die Syrer eroberten den Kibbuz Mischmar Ha Jarden und drangen nach Zentralgaliläa vor.

Die Bataillone der Moslem-Bruderschaft unter ägyptischem Kommando stießen in Eilmärschen am Toten Meer entlang nach Jerusalem vor.

Die größten militärischen Erfolge errang die Jordanische Legion. Die vier Kibbuzim des Ezion-Blocks wurden erobert, ebenso das jüdische Viertel der Altstadt von Jerusalem. Und West-Jerusalem wurde angegriffen. Vor allem aber befand sich die Polizeifestung von Latrun in den Händen der Legion. Das bedeutete, daß unsere Leute nur noch drei Kilometer von Tabah entfernt standen.

Ebenso plötzlich, wie unser Siegesmarsch begonnen hatte, schien er freilich wieder zusammenzubrechen. Von Kibbuzim, die vorher als erobert gemeldet worden waren, wurde nun berichtet, daß sie energisch Widerstand leisteten. Der Durchbruch der Iraker nach Natanya erfolgte nie. Im Gegenteil, nun griffen die Juden das »Dreieck« an.

Als unsere Streitkräfte einen Waffenstillstand und ein Stillhalteabkommen schlossen, taten sie es nicht als siegreiche Armee.

An einem kalten Abend Mitte Juni versammelte uns Hadschi Ibrahim um das Feuer. »Wir ziehen morgen von hier ab«, verkündete er kurz und bündig.
»Aber warum, Vater?«
»Weil wir belogen und betrogen worden sind. Wenn wir uns mit diesem Waffenstillstand einverstanden erklärt haben, so geschah es, weil wir unser Ziel nicht erreicht haben. Unser Vorstoß zum Meer ist gescheitert. Es ist nur eine Frage von Tagen, bis die Juden Tulkarm angreifen.«
»Aber die Legion steht vor den Mauern der Altstadt.«
»Sie werden die Juden niemals aus Jerusalem vertreiben«, antwortete Ibrahim. »Denkt an meine Worte.«
Am Morgen brachen wir das Lager ab und machten uns auf den Weg. Diesmal ging es noch tiefer in arabisches Gebiet hinein, in die Berge von Samaria, nach Nablus. Wieder standen wir vor verschlossenen Türen.

II

Nablus, die größte Stadt von Samaria, liegt majestätisch wie eine Königin der Hügel inmitten des niedrigen Berglandes, das sich der Länge nach über halb Palästina hinzieht. Nablus hatte einst als biblische Stadt Sichem die Bundeslade beherbergt und hatte Josua, die Richter Israels und die Eroberer aus Rom gesehen. Nablus und seine vierzigtausend Einwohner genossen den Ruf, leicht reizbar zu sein und sichere Schmuggelwege aus Transjordanien angelegt zu haben.
Nach dem Abzug der Osmanen gehörte die Stadt zum Herrschaftsbereich des Bakschir-Stammes, einer gerissenen Bande politischer Opportunisten. Der derzeitige Bürgermeister, Clovis Bakschir, schien gemäßigt zu sein, eher gerissen als gewalttätig. Er war Lehrer gewesen und hatte den größten Teil seiner Ausbildung an der amerikanischen Universität von Beirut erhalten. In der arabischen Gesellschaft genossen Angehörige eines freien Berufsstandes ungeheure Achtung, und die Bakschirs schickten deshalb immer einen oder zwei mutmaßliche Thronfolger aufs College.
Die mißliche Lage der Flüchtlinge war hier um nichts besser als in Tulkarm. Man befand sich weiter im Landesinneren, das als sicheres

arabisches Gebiet galt, und es gab mehr Schlupfwinkel und Spalten in den Hügeln, die einen gewissen Schutz boten. Aber Nahrung, Medikamente und andere Bedarfsgüter waren nicht zu bekommen. Der Empfang war eisig.
Die Kasbah von Nablus, ein altes, abbruchreifes Viertel voll menschlichen Abschaums, war ebenso übervölkert wie die meisten Gettos, aber in jeder Kasbah konnte man Platz für noch einen oder gar für zwanzig finden. Hadschi Ibrahim konnte ein Flachdach für die hohe Summe von drei Pfund im Monat mieten. Aus verschiedenen Materialien wurde ein Zelt über den Köpfen der Familie errichtet.
Das Gebiet von Nablus wurde durch sechzehn natürliche Quellen bewässert, und ein Brunnen in der Mitte der Kasbah stillte eines unserer dringendsten Bedürfnisse, nämlich das nach frischem Wasser. Der Sommer stand bevor. Die Stadt lag beinahe neunhundert Meter hoch, und die Hitze war im allgemeinen erträglich. Aber wenn der heiße Wind über den Jordan wehte, konnte er Stahl zum Schmelzen bringen. Das Leben auf einem Dach in der Kasbah war gezeichnet von unangenehmen Geräuschen, schlechten Gerüchen und armseligen Erscheinungen.
Man konnte ein paar überaus primitive Tätigkeiten verrichten. Es bewarben sich nur wenig Leute darum, denn harte Arbeit war nicht gefragt. Man durfte zwar Hadschi Ibrahim keine niedrige Arbeit zumuten, aber er besaß ja vier kräftige Söhne.
Von den Flüchtlingen in Nablus und den umliegenden Hügeln starben jeden Tag einige an Hunger und Krankheit. An manchen Tagen gab es einen oder zwei Tote, an anderen ein Dutzend. Es wurde so lange nichts unternommen, bis der Gestank in die Wohnungen der Reichen drang. Schließlich übernahm die Stadtverwaltung die Aufgabe, die Leichen zu begraben. Das schuf eine Anzahl von Arbeitsplätzen. Es mußten Gruben gegraben, Leichen eingesammelt und durch eine Kalkschicht desinfiziert werden. Omar und Jamil genossen die zweifelhafte Ehre, unsere Familie am Leben zu erhalten, indem sie andere begruben.

Obwohl noch Leute gesucht wurden, war das Einsammeln von Leichen keine Arbeit für mich. Auch Betteln und Kaugummi verkaufen kam nicht in Frage. Aber ich war beinahe vierzehn und mußte meinen Beitrag leisten. Es gab in der Umgebung einige irakische Armeelager, und unter den Jungen in meinem Alter tobte ein verbissener Kampf um die Arbeit bei den Soldaten. Die meisten bettelten um Almosen.

Einige bekamen ein paar Pfund am Tag dafür, daß sie Botengänge erledigten oder Arbeiten übernahmen, mit denen die Soldaten betraut worden waren. Ein paar Glückliche machten sich bei einem Offizier unentbehrlich, putzten seine Schuhe und Schnallen und bedienten bei Tisch. Die höheren Offiziere hatten natürlich ihre Burschen, die ihnen alle Launen erfüllten. Manche vollkommen verzweifelten, aber hübschen Jungen verkauften ihre Körper an die Soldaten.

Im Gefolge von Armeen hat es immer Prostitution gegeben, und in Nablus wimmelte es von hungrigen Frauen. Zusätzlich zu den schon früher in der Kasbah ansässigen Huren gab es jetzt Hunderte von Frauen, die bereit waren, diesen letzten Schritt zu tun. Er mußte mit großer Vorsicht erfolgen, damit Ehemänner und Söhne nichts davon erfuhren. Am sichersten waren Witwen, Frauen, die im ersten oder zweiten Monat schwanger waren, und Ledige. Wenn eine entdeckt wurde, bedeutete das ihren sofortigen Tod. Die berufsmäßigen Zuhälter konnten eine Frau leicht erpressen, und man wich ihnen aus. Junge Burschen von einer anderen Sippe erwiesen sich als die geschicktesten und verläßlichsten Zuhälter. Ein schlauer Junge, der für zwei oder drei Frauen die Tore der Lager abklapperte, konnte seine Familie ernähren, ohne daß sie je erfuhr, wie er zu seinem Geld kam.

Die Neulinge gerieten mit den ortsansässigen Zuhältern und Prostituierten von Nablus in Konkurrenzkämpfe, und es kam jede Woche zu etlichen Morden. Wenn ein junger Zuhälter ermordet wurde, wurden ihm immer die Eier abgeschnitten. In anderen Fällen erfuhren Väter und Brüder, daß eine Mutter oder Schwester eine Hure war, und töteten sie auf der Stelle. Auch Diebe, Schmuggler und Rauschgiftsüchtige machten die Kasbah zu einer schrecklichen Gegend.

Die einfachen irakischen Soldaten waren sehr arm und für gewöhnlich äußerst beschränkt. Dennoch gelang es ihnen immer, Zigaretten, Waffen, ein Paar von einem Kameraden gestohlene Schuhe oder Nahrungsmittel vom Quartiermeister aufzutreiben, um eine Frau zu bezahlen. Bei den einfachen Soldaten war es kein schlechtes Geschäft, denn sie erledigten die Sache rasch im nächsten Gebüsch. Die Frauen gingen immer verschleiert, so daß sie später nicht identifiziert werden konnten, und wenn eine geschickt war, konnte sie in einer Stunde einen ganzen Zug bedienen.

Die irakischen Offiziere waren Halbgötter mit außergewöhnlichen Machtbefugnissen. Sie wurden von den ortsansässigen Prostituierten bedient, die für Getränke, duftende Öle, einen Raum mit gedämpfter Beleuchtung und Teppichen an den Wänden, die die Häßlichkeit der Kasbah verdeckten, für Radiomusik, Haschisch und ein gut gepolstertes Bett in einer dunklen Ecke sorgten.

Omar und Jamil sammelten Leichen ein, aber wir waren noch immer hungrig. Ich dachte allmählich daran, ein paar Mädchen als Huren für mich arbeiten zu lassen. Ich hatte meine tiefverwurzelten moralischen Grundsätze, was Frauenehre betraf, nicht verloren, aber Ehre und Hunger vertragen sich schlecht miteinander. Immer wieder dachte ich daran, ebenso wie an die Vergewaltigung der Frauen meiner Familie in Jaffa. Die Mädchen hatten mich sehr gern und forderten mich oft auf, für sie als Zuhälter zu fungieren.

Doch ich mußte immer an Nada denken. Nada sollte lieber verhungern, als sich einem Soldaten für Geld hingeben. Ich hatte von dem Augenblick an, als wir Tabah verließen, geschworen, sie zu beschützen. Sie war fünfzehn, hatte schon einen Busen und sah sehr anziehend aus. Ich ließ sie nicht einmal allein durch die Kasbah gehen. Um ihretwillen konnte ich für niemandes Schwester den Zuhälter spielen. Außerdem gab es ein entscheidendes Argument dagegen. Wenn Hadschi Ibrahim jemals erführe, daß ich als Zuhälter arbeitete, würde er mich zu Tode prügeln.

Wenn wir unsere Mahlzeit beendet hatten, knurrte uns oft noch der Magen, und ich dachte immer wieder daran, mich Omar und Jamil beim Beseitigen der Leichen anzuschließen, beschloß jedoch jedesmal, noch ein paar Tage zu warten. Ich trieb mich ständig in der Nähe des irakischen Lagers herum.

Wenn man Tag und Nacht auf der Straße nach einem Penny Ausschau hält, findet man früher oder später einen. Mein Glück fiel eines Tages vom Himmel. Viele Söhne der Flüchtlingsfamilien in der Kasbah trieben sich beim irakischen Quartiermeister herum und warteten darauf, daß Lastwagen abgeladen wurden. Der für das Abladen bestimmte Trupp zahlte uns ein oder zwei Pfund dafür, daß wir die Arbeit an seiner Stelle besorgten. Ein oder zwei Soldaten blieben als Beobachter zurück, damit wir nichts stehlen konnten, während die übrigen sich unter einem Baum schlafen legten oder in die Kasbah zu einer Hure gingen.

In dieser Jahreszeit regnete es in Nablus nie, doch ein plötzliches Gewitter hatte eines Tages die meisten Jungen in Deckung getrieben, so daß nur ein paar herumlungerten. Dank der Gnade des Propheten tauchte plötzlich eine Lastwagenkolonne auf, und wir alle bekamen

Arbeit. Die zum Abladen eingeteilten Soldaten verschwanden. Der verantwortliche Offizier war Hauptmann, und auch er begab sich nach Nablus. Die Soldaten, die uns beim Ausladen überwachen sollten, wurden durch den Regen bald in die Führerhäuser der Lastwagen getrieben und waren kurz darauf eingeschlafen.
Wir luden also die Lastwagen ab, ohne daß uns jemand dabei auf die Finger sah. Die einzige Frage war, wieviel wir für die Irakische Armee zurücklassen sollten. Ein Bandenführer trieb vier Esel zusammen, belud sie bis zur Grenze ihrer Tragfähigkeit und flüchtete mit seiner Beute.
Ich ging das größte Wagnis meines Lebens ein und blieb zurück. Als der Hauptmann zurückkam, preßte ich ein paar Krokodilstränen hervor, und dann erzählte ich ihm, daß ein Dutzend Maschinengewehre gestohlen worden seien. Zuerst bekam er einen Wutanfall und versuchte, die Namen der anderen Jungen aus mir herauszupressen. Ich machte ihm klar, daß er die Diebe innerhalb der Kasbah nie erwischen würde, selbst wenn ich die Namen gekannt hätte. Außerdem war er für alles verantwortlich, weil seine Soldaten das Ausladen hätten besorgen sollen. Der Hauptmann war nicht sehr klug. Er hieß Umrum und konnte den Hintern eines Maultiers nicht von einer Zitrone unterscheiden.
Offiziere wie Umrum waren für gewöhnlich Söhne reicher Familien, die ihnen den Rang in der Armee gekauft hatten. Wenn genug reiche Familien genug Söhne mit hohem Rang in der Armee besaßen, glaubten sie ihr Wohlergehen gesichert. Der Diebstahl schlug Hauptmann Umrum schwer auf den Magen. Nachdem sein Zorn verraucht war, begann er zu weinen, weil er sich erledigt glaubte. Da zeigte ich ihm einen Weg, wie wir die Ladeverzeichnisse frisieren könnten, damit es aussah, als fehle nichts.
Von da an aß meine Familie so gut wie keine andere in der Kasbah. Da Kamal genau wie ich lesen, schreiben und Bücher frisieren konnte, wurde auch er bei der irakischen Armee eingestellt.

Hadschi Ibrahim regte sich unaufhörlich über die Lage der Flüchtlinge auf. Ganz gleich, wie mittellos eine Familie, wie arm ein Bauer oder eine Witwe, wie abgerissen ein Bettler auch sein mochte, keiner hätte jemals in Tabah auf eine Mahlzeit verzichten müssen. Die schroffe Zurückweisung durch unsere arabischen Brüder brachte ihn beinahe um vor Kummer und Schmerz.
Omar und Jamil brachten jeden Abend von der Leichenbestattung

einen so argen Gestank mit, daß wir es kaum im selben Zelt mit ihnen aushielten. Oft war ihnen so übel, daß sie erbrachen. Dann schilderten sie die Vorfälle des Tages, ohne eine einzige gräßliche Einzelheit auszulassen – wie ein verfaulter Arm abgefallen oder eine Familie mit fünf Kindern tot in einem Keller gefunden worden war, oder Übelkeit erregende Geschichten von Maden, die in verwesenden Leichnamen wimmelten.
Mein Vater ließ seine Kleider von den Frauen ausbessern und ging zum Rathaus, um eine Vorsprache beim Bürgermeister Clovis Bakschir zu beantragen. Es war vergeblich. Das Rathaus war vom Morgen bis zum Abend mit Hunderten von Bittstellern vollgestopft.
In der Sunna steht geschrieben, daß selbst der niedrigste Mann im Reich das Recht hat, persönlich beim König vorzusprechen. Das war auch Tradition bei den Beduinen. Die Bakschirs von Nablus aber hatten die Sunna längst verbessert. Der Bittsteller wurde geschickt zu einem untergeordneten Beamten ohne Machtbefugnis abgeschoben, der seinen Posten nur deshalb innehatte, weil er großartig und berufsmäßig log. In Nablus hatten wir noch weniger Chancen als ein zweibeiniges Kamel. Sie wollten uns aus der Stadt rausdrängen. Punktum.
Als ich sah, wie mein Vater in seiner Enttäuschung zwischen Wutanfällen und Verzweiflungsausbrüchen schwankte, beschloß ich, die Angelegenheit selbst in die Hand zu nehmen. Ich stahl amtliches Briefpapier der Irakischen Armee von Hauptmann Umrums Schreibtisch und schrieb dem Bürgermeister einen Brief.

»Hochgeehrter und edler Bürgermeister Bakschir, ich und meine Truppen sind für die Eroberung von West-Jerusalem vorgesehen und werden unseren Auftrag vollenden, sobald der Waffenstillstand vorüber ist. Leider hatte ich noch nicht die Ehre, Euch persönlich einen Besuch abzustatten. Wie ich erfuhr, bleibe ich mit meinen Truppen in Nablus stationiert, bis die Ordnung wiederhergestellt ist. Ehe wir des Glücks eines persönlichen Zusammentreffens und lebenslanger Freundschaft teilhaftig werden, möchte ich Euch um einen kleinen Gefallen ersuchen.
Mein großer persönlicher Freund, Hadschi Ibrahim al-Sukari al-Wahhabi, Muchtar von Tabah und in seinem Stammesgebiet ein angesehener Mann, wurde durch unglückliche Kriegswirren nach Nablus verschlagen.
Da meine Truppen für unbestimmte Zeit in Eurer Stadt stationiert bleiben werden, halte ich meine Bitte durchaus für angebracht. Ich

wäre Euch ewig dankbar, wenn Ihr mit dem Muchtar zusammenträft. Er ist ein hervorragender Mann, der großes Interesse für die Gegenwart und Zukunft unseres Volkes hegt.
Hadschi Ibrahim erreicht Ihr über seinen Sohn Ismael, der in Eurem Vorzimmer ergebenst Eure Befehle erwartet.
Der Eure im Sieg.
Gepriesen sei Allah!

Oberst I. J. Hakkar
Adjutant, Nihawend-Brigade
Irakische Armee

Ich verzierte den Brief mit Siegeln und Bändern und begab mich ins Rathaus. Ich hatte den Namen des Obersten so gekritzelt, daß er unleserlich war. Die Nihawend-Brigade trug ihren Namen nach dem endgültigen Sieg der Araber über die Perser im siebten Jahrhundert. Ich wußte, daß sie sich im Gebiet von Jerusalem befand.
Ich bahnte mir den Weg durch die Menge im Vorzimmer des Bürgermeisters, und jedesmal, wenn mich jemand daran hindern wollte vorzugehen, hielt ich den Brief hoch, und alle wichen ehrfürchtig zurück. Der Bürgermeister hatte vier Beamte an vier Tischen sitzen, die die Wogen der Bittsteller schreiend in Schach hielten. Ich hielt einem von ihnen den Brief vors Gesicht. Er warf einen Blick auf den Umschlag, nahm mir das Schreiben aus der Hand und verschwand damit im Büro des Bürgermeisters. Gleich darauf kam er zurück und erklärte mir, mein Vater solle am nächsten Tag zu einer Besprechung ins Haus von Clovis Bakschir kommen.

III

Zuerst war mein Vater gekränkt, weil ich einen so schlauen Plan ausgeheckt hatte, um ihm eine Verabredung mit Bürgermeister Clovis Bakschir zu verschaffen. Natürlich mußte er sich mit der Existenz des angeblichen Briefschreibers, Oberst Hakkar, einverstanden erklären. Dann überlegte er sich alles noch einmal.
»Eine Lüge zur rechten Zeit und am rechten Ort kann ein Stück Poesie sein«, versicherte er mir.

Da Kamal und ich jetzt regelmäßig für den irakischen Hauptmann Umrum, diesen faulen, ahnungslosen Esel, arbeiteten, hatten wir immer genügend Zigaretten, die wir unter unseren Kleidern nach Hause schmuggelten. Die Reichen leben auf dem Goldstandard. Der Beduine lebt auf dem Miststandard. In der Kasbah lebten wir auf dem Tabakstandard, und der war besser als Gold. Unsere Zigarettenverkäufe brachten ein paar Pfund mehr in die Familienkasse. Wir bestanden darauf, daß sich Hadschi Ibrahim für sein Treffen mit dem Bürgermeister neue Kleider kaufte, damit ihm die Demütigung einer Vorsprache in abgerissener Kleidung erspart blieb.

»Nein«, sagte mein Vater herausfordernd. »Clovis Bakschir soll nur sehen, wie weit wir gesunken sind. Außerdem, solange ich meinen Dolch im Gürtel trage, bin ich gut gekleidet. Es tut mir leid, Ismael, daß du nicht mit mir kommen kannst.« Er tätschelte mir den Kopf und ging.

Für Ibrahim war die Zusammenkunft die Erneuerung eines alten Familienbandes. Der Hadschi hatte die Familie Bakschir während des Mufti-Aufstandes kennengelernt. Damals wurden die Bakschirs vor den Truppen des Muftis in Tabah versteckt und später zu den Wahhabiten gebracht, wo sie sicher waren. Clovis Bakschirs Begrüßung war freundlich und die Obstschale gut, wenn auch nicht überwältigend gefüllt.

Clovis Bakschir war ein kleiner, feingliedriger Mann, dessen Sprache seine Universitätsbildung verriet. Er war äußerlich ein Abbild vollkommener Ruhe und Gelassenheit. Einzig sein Kettenrauchen und die Nikotinflecken an den Fingern verrieten die Unruhe in seinem Innern.

»Natürlich ist es mir nicht möglich, jeden zu kennen, der sich derzeit in Nablus aufhält. Hätte ich gewußt, daß du hier bist . . .«

»Ich verstehe deine schwierige Lage vollkommen«, antwortete Ibrahim. »Niemand kann alles wissen.«

Sie begaben sich auf die kühle Veranda. Man konnte von hier aus die Stadt nicht sehen, denn die Villa befand sich in einem der seltenen Waldgebiete. Ein unterirdischer Bach trat in der Nähe aus dem Boden aus und bildete einen kühlen Wasserfall oberhalb des Hauses. Neben dem Wasserfall befand sich ein Café, der Treffpunkt der Bakschir-Sippe. In friedlichen Zeiten gab Clovis Bakschir am Bach seine Audienzen.

Hadschi Ibrahim war erstaunt und mißtrauisch, als er auf der Veranda einen zweiten Mann erblickte. Er bemerkte die steife Haltung des Mannes, sein sonnengebräuntes Gesicht, den makellos gestutzten, gepflegten Schnurrbart. Er trug einen westlichen Anzug aus erstklassigem Stoff, dazu die traditionelle arabische Kopfbedeckung.

»Mein guter Freund und Vertrauter, Mr. Farid Zyyad. Ich war sicher, daß deine Erfahrungen und Beobachtungen für ihn von großem Interesse sein würden.«

Als der Kaffee gereicht wurde, hatte Hadschi Ibrahim schon listig herausgefunden, was die Anwesenheit dieses unerwarteten Gastes bedeutete. Zyyad hielt sich unauffällig abseits und beteiligte sich nicht am Gespräch. Seine blankpolierten Schuhe, eine große Seltenheit in dieser Gegend, boten einen weiteren Anhaltspunkt. Wer immer der Fremde war, er gehörte zur Oberschicht.

Clovis Bakschir zündete die erste von vielen Zigaretten an, deren Rauch er gierig in langen, nachdenklichen Zügen einatmete und in dünnen Wolken ausstieß. Die Asche wurde nie abgestreift und fiel nie hinunter, sondern wurde quälend langsam länger und länger. »Ich werde natürlich mein möglichstes tun, um deinen Aufenthalt in Nablus angenehmer zu gestalten«, sagte der Bürgermeister.

Hadschi Ibrahim nickte. »Ich bin nicht der Mann, der jemanden an der Nase herumführt. Ich habe, abgesehen von meiner persönlichen Lage, ernste Anliegen vorzubringen.«

»Trotz der weiten Entfernung haben wir sogar in Nablus von Hadschi Ibrahims Aufrichtigkeit gehört«, erwiderte der Bürgermeister.

»Das Verhalten der Menschen kränkt mich bitterlich. Ich hätte nie gedacht, daß ich erleben muß, wie unsere große Tradition der Gastfreundschaft plötzlich nicht mehr in Ehren gehalten wird.«

»Ich auch nicht«, pflichtete Clovis Bakschir ihm bei.

»Wir sind keine Ausländer. Wir sind keine Türken. Wir sind keine Juden«, stellte Ibrahim anzüglich fest.

»Du mußt verstehen, daß diese Flüchtlingsinvasion wie ein Gewitter über uns hereingebrochen ist und uns beinahe ertränkt hat.«

»Flüchtlinge? Was meinst du mit ›Flüchtlinge‹?« fragte Ibrahim. »Mein Dorf liegt keine zwei Stunden von hier entfernt. Ich bin ein Palästinenser in meinem Heimatland unter meinem eigenen Volk. Ich bin kein Flüchtling!«

Clovis Bakschir blieb gelassen. »Vorübergehend Vertriebene, wollte ich natürlich sagen. Unschuldige Kriegsopfer.«

»Ich bin Palästinenser, und ich befinde mich in Palästina«, wiederholte Ibrahim.

»Ja, ja.«
»Ich wurde gezwungen, mein Dorf zu verlassen – und zwar nicht durch jüdisches Geschützfeuer. Monatelang sprach die gesamte arabische Welt wie ein Mann zu uns. Verlaßt eure Dörfer. Niemand vertrat eine andere Meinung.«
»Welche andere Meinung könnte es auch geben, solange dieses zionistische Geschwür in unserem Bauch wächst?« fragte Clovis.
»Wir haben Stühle, wir haben Tische, wir haben Kaffee, wir haben Männer. Männer können auf Stühlen sitzen, an Tischen Kaffee trinken und über die Möglichkeit, Frieden zu halten, sprechen. Ich habe mein halbes Leben in unmittelbarer Nähe einer jüdischen Siedlung verbracht und nur selten festgestellt, daß die Juden unvernünftig sind. Laß mich mit meiner wohlbekannten Aufrichtigkeit sagen, daß die Juden mir und meinen Leuten niemals das angetan haben, was uns in den letzten zwei Monaten von unseren eigenen Brüdern angetan wurde.«
»Zum Glück war dein Dorf nicht Deir Jassin.«
»Ja. Ich habe nicht zugelassen, daß Tabah willkürlich dazu benutzt wurde, uns in eine solche Vergeltungsaktion hineinzuziehen.«
»Vielleicht gab es zu Beginn verschiedene Ansichten«, gab Clovis Bakschir zu. »Die Stimmen der Mäßigung und des Friedens waren zu leise und zu schwach. Die fixe Idee, die Juden zu vernichten, überschwemmte jede Stadt und jedes Dorf in der arabischen Welt bis hinunter zum kleinsten Fellachen. Es war eine Flutwelle.«
Es trat so große Stille ein, daß das Geräusch des Wasserfalls in den Ohren der Männer dröhnte.
»Bürgermeister Bakschir. Die Art, wie wir behandelt wurden, hat mir den tiefsten Schmerz meines Lebens zugefügt. Keine Brotkruste, keine Decke, kein Becher Wasser wurde uns angeboten. Und Nablus ist da keine Ausnahme.«
»Ich bin mir dieses Problems ebenfalls schmerzlich bewußt, Hadschi Ibrahim. Das entspricht nicht dem üblichen Verhalten unseres Volkes. Eines Morgens, als wir erwachten, stellten wir plötzlich fest, daß sich unsere gesamte Bevölkerung auf der Flucht befand. Obwohl wir uns hier in sicherem arabischen Gebiet befinden, haben uns die Ereignisse überrollt. Zuerst kam Kawakdschi und plünderte unsere Felder. Danach behandelte uns die Irakische Armee sehr grob. Die Iraker haben ihre Armee hauptsächlich aus unseren Ernteerträgen und unseren Geschäften versorgt, ohne dafür zu bezahlen. ›Seid ihr patriotische Araber oder nicht?‹ wollten sie wissen. Unsere zahlenmäßig

schwache Polizei kann nicht mit ganzen Armeen fertig werden. Als dann die Flüchtlinge ... verzeih mir ... die Vertriebenen kamen ... in Massen ... und unser Land überfluteten, da gerieten alle in Panik.«
»Ich kann diese Entschuldigung nicht gelten lassen«, erwiderte Ibrahim. »Das Verhalten unserer Truppen war eine Schande für das arabische Volk. Ich war ein Vierteljahrhundert lang Muchtar von Tabah, und wir haben in dieser Zeit kein einziges Mal einen Fremden hungrig von unserer Schwelle weggeschickt.«
»Ihr seid aber nicht eines Morgens erwacht und habt festgestellt, daß auf eurem Dorfplatz fünfzigtausend Menschen wohnen. Die Katastrophe war einfach zu groß und trat zu plötzlich ein.«
»Was meinst du mit ›plötzlich‹? Wir haben diesen Krieg seit zehn Jahren geplant. Er ist nicht plötzlich gekommen. Seit dem Spruch der Vereinten Nationen sind Monate vergangen. Immer wieder wurde uns erklärt, daß wir unsere Dörfer verlassen müßten, um für unsere Armeen Platz zu machen. Die Führer, die darauf bestanden, daß wir wegziehen sollen, haben die verdammte Pflicht und Schuldigkeit, dafür zu sorgen, daß wir woanders aufgenommen, ernährt und untergebracht werden. Jede Armee hat einen Stab, der Vorbereitungen für den Krieg trifft. Wer hat für uns etwas vorbereitet? Keine einzige Zeltstadt, keine einzige Feldküche, nicht einmal ein Soldat auf der Landstraße, der uns Anweisungen hätte geben können.«
»Planung auf lange Sicht war niemals unsere Stärke«, antwortete Clovis Bakschir. »Und niemand hätte das Ausmaß der Katastrophe voraussehen können.« Bakschir legte den Zigarettenstummel vorsichtig in den Aschenbecher, weil er ihm beinahe die Finger verbrannte. Er zündete sich eine neue Zigarette an. »Es stimmt, wir waren nicht vorbereitet.«
»Wozu, in Allahs Namen, sind die Regierungen da, wenn sie nicht einmal für ihr eigenes Volk sorgen können?«
»Hadschi Ibrahim, es gibt in Palästina keine arabische Regierung. Die arabische Welt ist keine Vereinigung von Nationen, sondern eine Ansammlung von Stämmen. Ich bin seit zehn Jahren, als mein geliebter Bruder von den Räubern des Muftis ermordet wurde, Bürgermeister von Nablus. Sieh dir diese Landschaft an. Sie ist doch sehr schön, nicht wahr?«
»Worauf willst du hinaus?«
»Diese Landschaft wird verschandelt! Es ist eine Ansammlung von Häusern, die von Mauern umgeben sind. Meine Nachbarn werfen ihren Abfall über die Mauer, dann kommen sie zu mir und beklagen

sich, weil er nicht eingesammelt wurde. Sie sagen zu mir: Clovis Bakschir, warum läßt die Regierung den Abfall nicht einsammeln? Ich sage ihnen, das kostet Geld, aber wenn ihr Steuern bezahlt, wird der Abfall eingesammelt werden. Hadschi Ibrahim, hast du in Tabah Steuern erhoben, um gepflasterte Straßen oder eine Schule oder ein Krankenhaus oder Elektrizität zu bekommen? Hast du je versucht, ein Komitee zu bilden, um Verbesserungen für Tabah durchzusetzen? Ich fürchte, daß unser Volk nicht weiß, wie man sich an einer Gemeinschaft beteiligt. Eine Regierung ist für sie eine mystische Erweiterung des Islam, ein Geschenk, das vom Himmel fällt. Sie wollen, daß die Obrigkeit für sie sorgt, ohne zu begreifen, daß sie nur die Regierung bekommen können, für die sie bereit sind zu bezahlen.«
»Warum diese Predigt, Bürgermeister Bakschir?«
»Um dich daran zu erinnern, daß sich das palästinensische Volk nie selbst regiert oder auch nur den Versuch unternommen hat, sich selbst zu regieren. Tausend Jahre lang waren wir damit einverstanden, Leute außerhalb von Palästina alle Entscheidungen für uns treffen zu lassen. Es war gar nicht möglich, daß eine Behörde in Palästina uns auf diesen Krieg vorbereiten konnte. Glaubst du, der Mufti hätte für Kriegsopfer Nahrung und Unterkunft bereitgestellt?«
»Hadschi Ibrahim!« Farid Zyyad stand auf und trat ins Sonnenlicht. »Was hältst du von der militärischen Lage?«
Dieser Zyyad ist nicht ohne Grund anwesend, und es wird sich gleich herausstellen, was er will. Ich halte ihn für einen Jordanier. Die Bakschirs haben gegen den Mufti gekämpft, und sie sind Todfeinde geblieben. Bestimmt schließt sich Clovis Bakschir König Abdullah an. Obwohl die Front aus Kawakdschi-Milizen und den Irakern gebildet wird, sickern Abteilungen der Arabischen Legion aus Jordanien ein. Aus welchem Grund? Bestimmt, um später Ansprüche auf die Westbank erheben zu können. Zweifellos verfügen die Jordanier über eine Liste von Muchtars, Bürgermeistern und prominenten Palästinensern, die Feinde des Muftis waren. Mein Name müßte auf einer solchen Liste stehen.
»Was ich von dem Krieg halte? Ich bin kein Soldat«, parierte Ibrahim. »Außerdem bin ich seit fast zwei Monaten auf der Flucht.«
»Aber du hast ein Vierteljahrhundert lang ein strategisch wichtiges Dorf und den größten Teil von Ajialon beherrscht«, unterbrach ihn Zyyad. »Deine Bescheidenheit ist fehl am Platz.«
»Vielleicht wäre es besser, mir zu sagen, was du von der Lage hältst, Zyyad.«

»Ja, natürlich. Das ist aber nur meine persönliche Ansicht«, schränkte Zyyad ein und hielt den Standardvortrag über die politische Linie der Araber. »Während des Waffenstillstandes haben sich die arabischen Armeen in ihre endgültigen Angriffsstellungen begeben. Die Legion wird die Juden aus West-Jerusalem vertreiben, während die Iraker und die Kawakdschi-Miliz zum Meer durchstoßen werden, um die jüdischen Streitkräfte in zwei Hälften zu spalten. Einen Monat nach Ablauf des Waffenstillstandes wird alles zu Ende sein.«

Warum stellt er mich auf die Probe? Dieser Mann weiß, daß seine Geschichte ein Märchen ist. Wie soll ich mich verhalten?

»Wir haben nicht mehr Aussichten auf Erfolg als ein kleiner Furz in einem großen Sturm«, erklärte Ibrahim, worauf die beiden anderen fieberhaft nach ihren Zigaretten griffen. »Wenn an deinen Worten etwas Wahres wäre, hätte man sie nicht auf den Mist geworfen.«

»Mist?«

»Der Waffenstillstand ist Mist. Siegreiche Armeen sind nie mit einem Waffenstillstand einverstanden. Unsere Armeen haben sich verausgabt. Wenn wir die Juden nicht mit unseren ersten Schlägen vernichtet haben, werden wir sie nie vernichten. Wir hätten fünfzig oder sechzig jüdische Siedlungen überrennen oder wenigstens eine größere jüdische Stadt erobern müssen. Wir haben sie, außer an ein paar abseits gelegenen Orten, nicht vertreiben können. Jetzt wird jüdische Artillerie in den Kampf geworfen, und wenn ich mich nicht irre, greifen sie das ›Dreieck‹ an. Die Juden haben alte deutsche Kampfflugzeuge aufgetrieben. Wir winken nicht mehr, wenn wir ein Flugzeug am Himmel sehen; wir laufen zum nächsten Graben. Wenn der Waffenstillstand abläuft, werden die Juden die Offensive ergreifen und vielleicht sogar Nablus erreichen.«

»Für einen Mann, der nichts von militärischen Belangen versteht, äußerst du sehr interessante Ansichten«, sagte Bakschir.

»Die Juden schlafen nicht auf den Feldern. Das tun wir. Sie sind zu Hause und verteidigen ihre Siedlungen, wie wir es hätten tun sollen. Die Juden werden nicht davonlaufen. Die Juden werden sich nicht ergeben. Sie werden bis zum letzten Mann kämpfen, nicht nur im Rundfunk und in den Zeitungen, sondern auf dem Schlachtfeld. Du bist Soldat, Zyyad. Wieviel Mann wollen wir bei dem Versuch opfern, Tel Aviv, Haifa und Jerusalem zu erobern? Eine Million? Oder zwei? Welche der arabischen Armeen wird zu einem solchen Opfer bereit sein? Und wenn sie sich dafür hergeben, wer wird die Ausdauer besitzen, es bis zum Ende durchzustehen?«

»Was veranlaßt dich zu der Annahme, daß ich Soldat bin?«
»Dein gerader Rücken. Dein Akzent ist jordanisch mit englischem Einschlag. Du bist von den Engländern ausgebildet worden. Du bist ein geborener Beduine. Du hast eine Tätowierung auf dem Handrükken, an der ich das erkenne. Das und deine auffallenden Schuhe weisen darauf hin, daß du Offizier in der Arabischen Legion bist. Jeder in der Kasbah weiß, daß Bürgermeister Bakschir heimlich mit König Abdullah in Verbindung steht. Warum also diese Geheimniskrämerei?«
»Du nimmst uns die Freude an der Sache«, schmollte Clovis Bakschir.
Falls Zyyad Sinn für Humor besaß, ließ er es sich nicht anmerken. »Ich bin Oberst Farid Zyyad von der Arabischen Legion«, erklärte er steif. »Ich bin in einer persönlichen Mission König Abdullahs hier. Deine Ansicht, daß der Krieg für uns zu Ende sein könnte, hat nicht wenige Anhänger. Sicherlich bist du dir darüber klar, daß von allen arabischen Ländern nur Jordanien palästinensisches Gebiet erhalten wird. Wir haben das Polizeifort von Latrun erobert. Es liegt drei Kilometer von Tabah entfernt. Ein Vorstoß, der Ramle und Lydda zurückerobert, und ihr seid wieder in eurem Dorf.«
Bin ich hierhergekommen, um mir diese Scheiße anzuhören?
»Sieh mich an, Oberst Zyyad! Ich bin nackt. Tausend Diebe können einen Toten nicht berauben. Was du mir einreden willst, ist der grausamste Schwindel von allen. Eure Legion ist unsere beste Armee, aber eure Linie ist so gespannt, daß eine Feder sie durchbrechen könnte. Ihr verlaßt Latrun nicht, und du weißt es.« Zyyad wollte etwas sagen, doch Ibrahim ließ ihn nicht zu Wort kommen. »Du weißt, daß es den Juden gelungen ist, durch die Berge eine Straße nach Jerusalem zu bauen, die Latrun umgeht. Wenn ihr eure letzten Reserven in das ›Dreieck‹ verlegt, um es für Abdullah zu beanspruchen, werden eure Linien noch schwächer. Die Arabische Legion könnte kein weiteres Bataillon aufstellen, selbst wenn die Hälfte der Rekruten Kamele wären. Dieser Krieg muß hier und jetzt ein Ende nehmen.«
Der Oberst und der Bürgermeister starrten einander verdutzt an.
»Also, meine Brüder, was wollt ihr von mir?«
Zyyad nickte Clovis Bakschir zu. »Hadschi Ibrahim«, begann der Bürgermeister, »König Abdullah ist kein fanatischer Judenhasser. Ich kann dir versichern, daß er gegen seinen Willen in diesen Krieg hineingezogen wurde.«

»Und ich kann dir garantieren, daß die arabischen Staaten Abdullah nie erlauben werden, mit den Juden Frieden zu schließen«, erwiderte Ibrahim.
»Der Frieden wird rechtzeitig kommen«, fuhr Bakschir fort. »Auch wir glauben, daß der Krieg nicht weitergehen wird. Palästina ist eine reife Frucht, die man nur zu pflücken braucht. Wir wollen nicht über den Jordan zurückgedrängt werden, weil wir den Krieg fortsetzen. Wichtig ist, daß die in arabischer Hand befindlichen Landesteile uns erhalten bleiben. Du hast verlangt, daß wir uns selbst regieren. Wir können es nicht! Unsere einzige palästinensische Lösung ist der Mufti, und seine Leute sammeln sich schon in Gaza. Mit Unterstützung der Ägypter können sie auf die Westbank als palästinensischen Staat Anspruch erheben.«
»Beim Barte des Propheten! Das haben uns die Vereinten Nationen schon angeboten! Warum zum Teufel führen wir dann diesen Krieg? Warum schlafen unsere Leute auf den Feldern?«
»Wir ruhten nicht, bis unsere Armeen versuchten, den jüdischen Staat zu vernichten. Sie siegten aber nicht. Jetzt bleibt uns nur noch die Wahl zwischen Abdullah und dem Mufti.«
»Das Palästina-Mandat ist nichts als ein Fetzen Papier«, warf Oberst Zyyad ein. »Ich habe mich mein Leben lang als Palästinenser betrachtet. Die meisten Leute in Amman sehen sich als Palästinenser. Als die Engländer den Staat Jordanien schufen, gaben sie damit nur einem Teil von Palästina einen neuen Namen. Wir sind das gleiche Volk mit der gleichen Vergangenheit. Jetzt weht König Abdullahs Fahne über dem Felsendom in Ost-Jerusalem, und wenn wir die Westbank einnehmen, wird aus unserem kleinen Land ein großes.«
Es ist kein Geheimnis, meine lieben Brüder, daß König Abdullah vor Ehrgeiz schäumt. Er träumt von einem Groß-Palästina, einem Groß-Syrien . . . Allah allein weiß, von was für einer großen arabischen Nation er träumt.
»In Kairo würde man das vielleicht nicht gern sehen«, sagte Hadschi Ibrahim laut.
»Wir müssen anerkennen, daß Jordanien immer ein Teil Palästinas war«, mischte sich Clovis Bakschir ein. »Das wird uns einen traditionellen Herrscher und seine Armee bescheren. Vor allem gibt es uns die Möglichkeit, die Rückkehr des Muftis zu verhindern.«
»Laß mich genau so offen reden wie du, Hadschi Ibrahim«, sagte Oberst Zyyad. »Du bist in der Lage, uns zu helfen. König Abdullah wird bald erklären, daß Jordanien allen durch den Krieg vertriebenen

Palästinensern offensteht. Wir werden die Menschen von den Feldern holen und dafür sorgen, daß sie ernährt werden. Du mit deinem Ansehen könntest Tausende von Vertriebenen dazu überreden, ihrer Not ein Ende zu bereiten, indem sie die Allenby-Brücke überqueren und nach Amman kommen. Es ist noch nicht öffentlich bekannt, aber Jordanien wird auch erklären, daß es jedem Palästinenser, der das wünscht, automatisch die jordanische Staatsbürgerschaft verleiht.«

Wie menschenfreundlich. Der kleine König herrscht über einen verarmten, unfruchtbaren Beduinenstaat, der sich nicht selbst ernähren kann. Wenn die Engländer abziehen und ihre Subventionen wegfallen, wird es ein Volk von Bettlern sein. Ohne das Geld der syrischen, ägyptischen und saudischen Staatskassen kann es nicht überleben. Abdullah versucht nun, seine Bevölkerungszahl künstlich hochzutreiben, und will uns benutzen, um auf Gebiete Anspruch zu erheben, die ihm nicht gehören. Der König furzt mehr, als sein Arsch aushält. In einem Jahr ist er tot, von seinen arabischen Brüdern ermordet.

»Wir haben einflußreiche Stellungen für die Palästinenser vorgesehen, die jetzt mit uns zusammenarbeiten«, versprach Zyyad. »Wenn ich dich als unseren Anhänger nennen kann, ist jede Position für dich erreichbar, sogar ein Ministerposten.«

Der Mann sagt nichts darüber, daß wir in unsere Häuser und auf unsere Felder zurückkehren können. Wir sind nur Schachfiguren, die Abdullahs Ehrgeiz dienen sollen. Alles, was er will, sind Kollaborateure.

»Wie verträgt sich meine Freundschaft zu Gideon Asch mit deinen Überlegungen?« fragte der Hadschi geradeheraus.

Wieder war Oberst Zyyad über Ibrahims Offenheit verblüfft. »Wie ich schon sagte, raubt die Vorstellung eines jüdischen Staates neben dem seinen Abdullah nicht den Schlaf. Wir werden natürlich nicht in der Lage sein, ihn öffentlich anzuerkennen oder einen Friedensvertrag mit ihm zu schließen. Wir wollen jedoch mit den Juden unauffällig Kontakt halten. Wir können sogar, wenn genügend Zeit vergangen ist, einen Frieden mit ihnen ins Auge fassen.«

»Wenn dieser Krieg zu Ende ist, Oberst Zyyad, haben die Araber sicherlich die größte Demütigung in unserer Geschichte erlitten. Unsere Gesellschaft und unsere Religion befehlen uns, ewig gegen die Juden zu kämpfen.«

»Warum konzentrieren wir uns nicht darauf, was hier und jetzt das Beste für unser Volk ist, und warten ab, wie sich die Zukunft ent-

wickelt?« schlug Clovis Bakschir vor. »Wir haben jetzt Gelegenheit, das Leiden unserer Brüder zu lindern.«
Hadschi Ibrahim hörte zu, stellte Fragen und ließ erkennen, daß er sich mit dem Plan anfreundete. Das Treffen ging zu Ende. Oberst Zyyad nahm an, daß er zwei oder drei Wochen brauchen würde, um seine Arbeit an der Westbank zu Ende zu führen, nach Amman zurückzukehren und mit genauen Weisungen für Hadschi Ibrahim wiederzukommen. Er verabschiedete sich.
Clovis Bakschir schlug sich an die Stirn, als ob ihm plötzlich etwas einfiele. »Wie dumm von mir«, rief er. »Ich hatte ganz vergessen, daß mein Bruder eine kleine Villa in der Nähe besitzt. Er ist nach der Abstimmung über die Teilung nach Europa gereist . . . um seine Bildung zu vervollständigen. Ich biete sie dir, deinen Söhnen und deiner Familie an.«
Schließlich schrieb Clovis Bakschir einen Brief auf amtlichem Papier, der Hadschi Ibrahim Zutritt zum Lagerhaus des Roten Halbmondes gewährte, wo er sich Nahrungsmittel, Decken, Kleidung, Medikamente und was er sonst benötigte, holen konnte.
»Ich bin überwältigt«, sagte Ibrahim, »aber ich glaubte, daß es in Nablus keine Notstandsvorräte gäbe.«
Clovis Bakschir hob mit Unschuldsmiene die Hände. »In unserer Lage kommt das Militär an erster Stelle.«

IV

Heute Zwiebeln, morgen Honig. Da lebten wir also am Donnerstag noch in der erbärmlichen Kasbah von Nablus, und am Freitag zogen wir in eine Villa ein. Keiner von uns, außer unserem Vater, hatte jemals ein so schönes Haus betreten. Die Frauen gluckten den ganzen Tag vor Freude, während sie ihre Arbeit verrichteten. Nicht einmal Hagar, die nie mehr gelächelt hatte, seit Ramiza in unser Haus gekommen war, konnte ihre Freude verbergen.
Der Besitzer des Hauses war Clovis Bakschirs jüngerer Bruder, der unmittelbar nach dem Teilungsbeschluß der Vereinten Nationen aus dem Land geflüchtet war. Er war Ingenieur und besaß ein kleines Büro voller Bücher in arabischer und englischer Sprache, die mich schnell vom ersten ins zweite Paradies beförderten. Und dann ent-

deckte ich ein drittes: Es gab in Nablus ein Gymnasium! Ich mußte nur den richtigen Augenblick abwarten, um es meinem Vater beizubringen.
Eine Woche, nachdem wir eingezogen waren, rief mich Hadschi Ibrahim am Abend auf die Veranda hinaus, um mit mir zu sprechen. Mein Vater schien trotz der Wendung in unserem Schicksal nicht glücklich zu sein.
»Ich habe dir viele Fragen zu stellen, Ismael«, begann er.
Es machte mich stolz, daß ein so großer Mann wie mein Vater mich um Rat fragte. Ich dachte insgeheim an meinen Aufstieg ins dritte Paradies, den Eintritt ins Gymnasium, und hoffte auf eine gute Gelegenheit, darüber zu sprechen.
»Bist du imstande auszurechnen, wie viele Kanister Olivenöl unsere Familie in einem Jahr verbraucht?«
Seine Frage kam unerwartet. »Vielleicht«, antwortete ich automatisch.
»Ich will keine solche Antwort hören«, sagte Ibrahim. »Man hört eine Million Mal am Tag ›vielleicht‹! Wir leben mit zuviel ›vielleicht‹. Ich will ein klares Ja oder Nein.«
»Wenn ich es mit Hagar bespreche . . .«
»Kannst du andere Mengen ausrechnen – Bohnen, Reis, eben nicht verderbliche Nahrungsmittel?«
»Für ein Jahr?« fragte ich.
»Für ein Jahr.«
»Alles, was wir für ein Jahr zum Essen brauchen würden und das nicht verdirbt?«
»Ja.«
»Vielleicht.«
»Ja oder nein«, forderte mein Vater lauter. In mir erwachte Besorgnis. Ich ahnte, worauf er hinauswollte. Ich erinnerte mich an die großen Gefäße und Säcke sowie die Kisten mit Nahrungsmitteln in Tabah. »Ja«, antwortete ich unsicher.
»Kannst du berechnen, wie viele Gallonen Petroleum wir zum Kochen, für Beleuchtung und zum Heizen brauchen würden?«
»Ich kann es nicht genau berechnen, aber ich kann nahe herankommen.« Ich versuchte, mir Spielraum zu lassen.
»Gut, gut. Sag mir jetzt, Ismael, kannst du überlegen, was wir sonst noch alles brauchen würden, zum Beispiel Schlafmatten, Kochgeräte, Decken, Seife, Streichhölzer . . . alles, was es in unserem Haus in Tabah gibt. Waren, die der verfluchte Hund Faruk im Geschäft in

Tabah hatte. Ich spucke bei der Erwähnung seines Namens aus. Nicht Dinge, die wir gern hätten, sondern was wir brauchen. Nicht Stoff für neue Kleider, sondern Nadel und Zwirn, um die alten auszubessern.«
»Vielleicht«, murmelte ich.
Ibrahim funkelte mich an.
»Das sind wirklich schwierige Fragen.«
»Ich werde dir dabei helfen. Das Hauptproblem ist, ob all das, zusammen mit der Familie, in einem Armeelastwagen untergebracht werden kann.«
Ich spürte, wie das Blut aus meinen Adern wich. Warum sollten wir einen Ort wie diesen verlassen? Hatten wir nicht genug gelitten? Doch man zweifelt die Weisheit seines Vaters nicht an. »Ich kann erst antworten, wenn ich viele Stunden gerechnet habe.«
»Du mußt bis zum nächsten Sabbat fertig sein.«
Vier Tage! Es war verrückt! In unserer Welt gibt niemand gern eine ablehnende oder enttäuschende Antwort, und es hatte keinen Sinn, Hadschi Ibrahim zu widersprechen. Ich nickte wie betäubt.
»Wie lange wird es dauern, bis Kamal lernt, so einen Lastwagen zu fahren?«
»Wir können schon ein wenig Autofahren. Da der Waffenstillstand bald zu Ende geht, kommen viele Militärkolonnen mit Versorgungsmitteln aus Bagdad. Wenn sie eintreffen, wollen die Soldaten, die die Laster fahren, entweder schlafen oder in die Kasbah gehen. Sie überlassen es oft Kamal und mir, die Wagen zu entladen. Wir nehmen dazu die Jungen, die sich beim Tor herumtreiben, und bezahlen sie mit Zigaretten. Ich und Kamal können die Wagen zu den Laderampen fahren und sie dann im Hof parken.«
»Und dieser Hauptmann Umrum?«
»Der ist selten da, und wenn er weggeht, verschwinden die Soldaten, die bei ihm sind, gewöhnlich auch. Er ist verrückt nach Frauen. Ich weiß nicht, was du vorhast, Vater, aber etliche Waren, die du erwähnt hast, gibt es in unserem Lagerhaus nicht.«
Mein Vater gab mir einen Brief und sagte, ich solle ihn lesen. Es war eine auf dem Papier des Bürgermeisters Clovis Bakschir geschriebene Anweisung, Hadschi Ibrahim alles, was er vom Lagerhaus des Roten Halbmondes brauche, auszuhändigen. Dort gab es alles, was er benötigte. Mit einem solchen Brief gab es für uns keinerlei Probleme.
»Ist das alles?«
»Nein. Wir brauchen ein Maschinengewehr, vier Gewehre und viele

tausend Schuß Munition; und das allerwichtigste: irakische Uniformen für Jamil, Omar und Kamal.«
»Die Uniformen kann ich beschaffen, die Gewehre aber nicht.« Ich wagte ihn zu enttäuschen. »Das Lagerhaus mit den Waffen liegt nicht in Hauptmann Umrums Bereich und wird rund um die Uhr scharf bewacht.«
»Wir müssen vielleicht ohne das Maschinengewehr auskommen«, murmelte er. »Es wird kein Problem sein, die Gewehre zu beschaffen. In der Kasbah wimmelt es von Deserteuren Kawakdschis und der Iraker. Sie alle verkaufen ihre Waffen auf dem schwarzen Markt. Wir brauchen Berge von Zigaretten, mit denen wir Tauschhandel treiben können.«
»Tabak ist möglich«, beschwichtigte ich ihn. »Warum müssen wir denn überhaupt fort?« platzte ich heraus. »Warum können wir nicht bleiben?«
»Was glaubst du, Ismael, warum wir diese Villa bekommen haben?«
»Weil du ein großer, angesehener Muchtar bist.«
»Die Felder, die Schluchten, die Hügel ringsum sind voller großer, angesehener Muchtars. Du hast mir oft über Abdullah vorgelesen. Du weißt, wer das ist.«
»Der haschemitische König von Jordanien.«
»Und als gebildeter Junge weißt du, wer die Haschemiten sind.«
»Die Haschemiten gehören zu der gleichen Sippe wie Mohammed. Sie kommen aus Arabien, aus dem Hedschas. Sie waren die Wächter der heiligen Stätten in Mekka.«
»Das stimmt. Sie sind eine Sippe von Moschee-Wächtern. Es ist ein Knochen, den man diesen Hunden zugeworfen hat. Keiner von ihnen war jemals mehr als ein kleiner Emir, und auch diese Titel waren nur ehrenamtlich. Wir sind *sayyids.* Auch wir sind mit Mohammed verwandt und seine direkten Nachkommen. Glaube mir, Ismael, du hast mehr Anspruch, König von Jordanien zu sein, als Abdullah. Bis vor drei Monaten gab es keine haschemitische Dynastie, nur eine lange Reihe von Moschee-Wächtern. Die Erhebung zum König war eine Erfindung des britischen Außenministeriums, das auch Jordanien erfunden hat. Sie sind nicht königlicher als eine Herde Esel am Brunnen.«
Er faltete die Hände, die Perlen an seiner Gebetsschnur waren in Bewegung, und er sagte etliche der neunundneunzig Namen Allahs auf; dann wurde er nachdenklich. »Wir müssen fort von hier, denn

sobald wir Abdullah als unseren Herrn anerkennen, sind wir für immer seine Hunde. Wenn ich in Nablus bleiben will, muß ich bereit sein, unsere Leute von den Feldern weg und über die Allenby-Brücke nach Amman zu locken. Abdullah braucht uns, um sein sogenanntes Königreich zu bevölkern. Wohin locke ich unser Volk, in ein Land, in dem Milch und Honig fließt? Ich bin nicht Moses, und Jordanien ist nicht unser Gelobtes Land. Es ist ein Königreich voll Kamelscheiße und Sand, so arm, daß es nicht einmal bei der Krönung seines Königs einen zusätzlichen Gast zu ernähren vermochte. Die Allenby-Brücke ist eine Sackgasse. Sobald wir sie überschreiten, können wir nie mehr zurück.«
»Ich denke, ich verstehe.« Ich wäre beinahe in Tränen ausgebrochen.
»Du *mußt* verstehen! Wenn wir in den letzten Monaten etwas unter Tränen gelernt haben, dann ist es die Tatsache, daß unser Hang zur Brüderlichkeit und Gastfreundschaft schön und gut ist, solange unsere Reben voll Trauben hängen und Friede herrscht. Wenn aber unser Volk von Angst erfüllt ist, schlägt man uns die Tür des Mitleids vor der Nase zu. Welcher Narr kann glauben, daß es in dem unfruchtbaren Land jenseits des Jordan besser sein würde? Abdullah ist nicht mein König, und er ist auch nicht dein König. Er hat mehr Feinde in der arabischen Welt als jeder andere, glaube mir, sie sind nicht zu zählen!«
Mein Vater sank in sich zusammen, und sein Gesicht war schmerzverzerrt. Die Gebetsperlen in seinen Händen bewegten sich nicht mehr. Er stöhnte: »Tabah. Tabah. Wir müssen zu dem zurückkehren, was wir kennen und lieben. Wir müssen unser Land wieder für uns beanspruchen, unsere Leute finden und sie nach Hause führen. Diese Idioten hier werden einander bis in alle Ewigkeit abschlachten, weil sie herausfinden wollen, wer der Herrscher von Palästina ist.« Dann blickte mich mein Vater an, seine Augen waren voll Trauer. »Ich würde schon morgen nach Tabah zurückkehren, selbst wenn die Juden an der Macht sein sollten.«
Es war das erste Mal, daß mein Vater mir seine Meinung so offen und ehrlich anvertraute, und ich vergaß diesen Augenblick nie. »Ich arbeite schon einen Plan aus«, sagte ich.
Er legte mir die Hand auf die Schulter. »Ich weiß, daß ich mich auf dich verlassen kann. Wir vergeuden viel zuviel Zeit mit Verschwörungen und wenden viel zuwenig Zeit darauf zu planen.«
»Ich werde dich nicht enttäuschen«, versprach ich. »Wohin gehen wir?«

»Für unsere Flucht brauchen wir die Hilfe deines erfundenen Freundes, Oberst Hakkar. Du mußt auf irakischem Briefpapier eine Anweisung schreiben, mit der wir durch alle Linien und Straßensperren kommen. Wenn deine Brüder als irakische Soldaten verkleidet sind, könnten wir es schaffen.«
»Ich begreife allmählich.«
»Als ich ungefähr in deinem Alter war, wütete eine schreckliche Seuche in Tabah. Ich wurde zu den Wahhabiten geschickt. Zur gleichen Zeit wurde Faruk, möge Allah ihn mit Blindheit schlagen, von Christen aufgenommen und lernte bei ihnen lesen. Unsere Sippe verließ im Sommer das Gebiet von Beersheba und wanderte am Toten Meer entlang. Auf halbem Weg gibt es eine alte jüdische Festung namens Massada. Nördlich davon liegt ein Gebiet, in dem es Hunderte, vielleicht Tausende von Höhlen gibt, große, kleine, verborgene und unzugänglich in den Klippen liegende. Diese Höhlen sind seit undenklichen Zeiten Zufluchtsort der Schmuggler, religiöser Führer und besiegter Armeen. Im Sommer sind sie kühl. Manche sind so groß wie ein Haus. Die meisten von ihnen liegen nur tausend Schritt vom Toten Meer landeinwärts.«
»Können wir mit einem Lastwagen nahe genug hinfahren?«
»Nur einen Teil der Strecke. Den Rest des Weges müssen wir alles tragen. Wir werden viel Seile brauchen, um die Vorräte auf dem Rücken festzubinden. Wenn wir den Wagen ausgeladen haben, wird mich Kamal nach Ost-Jerusalem bringen. Es wird nicht schwierig sein, ein überzähliges Armeefahrzeug loszuwerden.«
»Wie steht es mit frischem Wasser?« fragte ich, denn ich wußte, daß das Tote Meer sehr salzhaltig ist.
»Du denkst an alles«, lobte mein Vater. »Es gibt eine herrliche Oase mit einer Quelle, sie heißt En Gedi, in der König David sich vor dem Zorn Sauls versteckte. Es gibt allerdings auch einen Kibbuz in der Nähe, und ich bin nicht sicher, ob er sich in arabischen oder in jüdischen Händen befindet.«
»Aber wissen nicht auch andere von diesen Höhlen?«
»Vielleicht. Aber niemand zieht sich dorthin zurück, ohne Vorräte mitzuführen, und wer außer uns kann das tun? Ich mache mir nur Sorgen wegen der Beduinen. Sie werden unsere erste Mahlzeit in hundert Meilen Entfernung riechen. Deshalb müssen wir Waffen haben.«
»Ich bitte dich, Vater, da wir doch viele Monate in einer Höhle leben werden, daß ich Bücher mitnehmen darf.«

»Bücher? Wirst du dich denn niemals ändern? Die Villa, in der wir so angenehm wohnen, gehört einem gelehrten Mann, der geflüchtet ist. Bediene dich, solange es Platz im Lastwagen gibt. Aber beschwindle mich nicht, indem du die Zahlen unserer notwendigen Güter veränderst. Wir brauchen Nahrung dringender als Bücher.«
»Ich verspreche dir, ich werde dich nicht beschwindeln«, log ich. »Wann weihen wir Kamal, Omar und Jamil in unseren Plan ein?«
»Zwei Minuten vor der Ausführung.«

Die nötigen Vorräte auszurechnen, war eine Aufgabe, die mir viel Kopfzerbrechen verursachte. Ich schlief bei Tag und Nacht immer nur kurze Phasen. Das Schöne daran war, daß ich die ganze Zeit mit meinem Vater zusammenarbeitete. Meine Brüder beobachteten mißtrauisch unsere langen, einsamen Gespräche.
Während ich eine Liste unseres Bedarfs zusammenstellte, machte ich alles Nötige entweder im Lagerhaus des irakischen Quartiermeisters oder in dem des Roten Halbmondes ausfindig. Ich zeichnete einen Plan mit der genauen Lage von Nahrungsmitteln, Brennstoff, Seilen und allem, was sonst noch auf der Liste stand. Wenn es Zeit zum Aufbruch war, würden wir nicht durch blindes Herumsuchen in den Lagerhäusern aufgehalten werden.
Ich brachte meinem Vater mehrere Dutzend Stangen Zigaretten, und er trieb an einem einzigen Tag nicht nur ein Maschinengewehr, sondern noch zwei Gewehre, zwei Maschinenpistolen, Munition, Handgranaten und Dynamit auf.
Ich arbeitete einen einfachen Plan aus. Am Tag des Aufbruchs mußte Hauptmann Umrum vom Lager weggelockt werden. Ich kannte einen Jungen, der für eine besonders schöne Frau den Zuhälter machte, und traf mit ihm eine günstige Vereinbarung. Dann erzählte ich Hauptmann Umrum, daß ich dieses wunderbare Geschöpf gesehen habe und wisse, sie sei zu haben. Natürlich schluckte Umrum, der Idiot, den Köder und drängte darauf, daß ich sie ihm besorgen solle. Ich versicherte ihm, daß ich mich eifrig bemühen würde, sie ihm für einen ganzen Tag zu beschaffen, aber sie sei sehr beliebt, und es würde schwierig sein. Ihm lief das Wasser im Mund zusammen, während ich ihn hinhielt.
Ich fälschte die Anforderungslisten so geschickt, daß sie bei jeder Armee der Überprüfung standgehalten hätten, ganz zu schweigen von diesen blöden Irakern. Ich setzte auch einen Brief von Oberst Hakkar auf, mit dem wir die Linien passieren konnten.

Eine Einzelheit beunruhigte mich jedoch sehr. Ich hatte mir eine neue Militärkarte besorgt und festgestellt, daß wir hinter Jericho in tückisches Gelände geraten würden, auf dem es keine Straße gab, sondern nur eine von Kamelkarawanen benutzte Piste. Wenn wir plötzlich auf Sand oder Wasser stießen, konnte es das Ende unserer Reise bedeuten. Der Lastwagen war der schwache Punkt unseres Plans. Ich wollte es Hadschi Ibrahim zunächst nicht erzählen, weil es immer leichter war, schlechte Nachrichten zu verschweigen, als sie zu überbringen. Je mehr ich jedoch nachdachte, desto klarer wurde mir, daß wir uns in Gefahr begaben. Als er mir erzählte, daß der jordanische Oberst Zyyad in zwei Tagen nach Nablus kommen würde, mußte ich mich Hadschi Ibrahim mit pochendem Herzen stellen. Meine Augen waren durch die Arbeit gerötet, und ich konnte nur verschwommen denken, aber vor allem fürchtete ich mich davor, ihn zu enttäuschen.

»Vater«, krächzte ich, »ich muß dir gegenüber aufrichtig sein, sehr aufrichtig. Weder ich noch Kamal sind fähig, durch diese Berge nach Jericho zu fahren, und noch viel weniger in die Wüste. Die Hälfte der irakischen Fahrzeuge sind dauernd in Reparatur. Sie werden schlecht instand gehalten und kommen alle nach der langen Fahrt von Bagdad nach Nablus. Dazu kommen noch die schlechten Straßen, so daß kaum Möglichkeit besteht, zu den Höhlen zu gelangen, ohne unterwegs steckenzubleiben. Weder Kamal noch ich haben eine Ahnung davon, was sich unter der Kühlerhaube eines Lastwagens befindet.«

Ich war froh, daß mein Vater die Nachricht gelassen aufnahm. Ihm war sofort klar, daß wir so gut wie tot wären, wenn wir unterwegs liegenblieben. Es wimmelte ringsum von Soldaten und verzweifelten Menschen, und mit all unseren Vorräten würden wir bei einer Panne innerhalb einer Stunde umgebracht werden. Er wurde blaß.

»Ich habe eine Idee«, sagte ich.

»Beim Barte des Propheten, sprich!«

»Es gibt einen Jungen, der in der Garage in meinem Lager arbeitet. Er heißt Sabri Salama und ist sechzehn Jahre alt. Er ist ein Zauberer mit den Lastwagen und versteht es, sie instand zu setzen. Er kann Teile von einem zusammengebrochenen Wagen nehmen und damit andere Laster reparieren. Er ist auch ein erstklassiger Fahrer. In seiner Heimatstadt hat es eine Schlacht gegeben, und er wurde während der Kämpfe von seiner Familie getrennt. Er war nicht dort, als die Juden zuschlugen, und er konnte nicht mehr zurückkehren. Er ist davon überzeugt, daß seine Familie nach Gaza gezogen ist. Er will um jeden

Preis aus Nablus fort. Ich weiß, daß er mit uns kommen wird, wenn wir ihn darum bitten.«
Das Gesicht meines Vaters zeigte alle erdenklichen Ausdrucksformen von Mißtrauen. »Er kann nicht von Nablus nach Gaza gelangen, es sei denn, er besäße Flügel. Als guter Mechaniker kann er während des ganzen Krieges überall wie ein Fürst leben.«
»Sabri hat mir anvertraut, daß ...«
»Was?«
»Daß ihn ein irakischer Offizier genommen ... ihn dazu zwingt ... sein Geliebter zu sein.«
Mein Vater versetzte mir eine Ohrfeige. Sie hätte noch mehr geschmerzt, wäre ich nicht auf den Schlag vorbereitet gewesen. »Es ist nicht seine Schuld. Er wurde durch schmerzhafte Folter dazu gezwungen.«
Hadschi Ibrahim zügelte seinen Zorn. »Wie hat er seinen Beruf gelernt?«
»Sein Vater besaß eine Garage und fünf Lastwagen, mit denen er die Ernte von den Dörfern in der Umgebung nach Jaffa transportierte.«
»Wie heißt sein Heimatort?«
»Beit Ballas.«
»Beit Ballas! Eine Stadt von Dieben! Eine Höhle der Halsabschneider des Muftis!«
Jetzt war es mir gleichgültig, ob mein Vater mich zu Tode prügelte. Ich konnte meine Familie nicht ins Verderben rennen lassen, indem ich die Gefahr verschwieg.
»Vater, jetzt schlägst du einem unschuldigen Bruder die Tür vor der Nase zu, genau wie uns die Türen vor der Nase zugeschlagen wurden.«
Er ohrfeigte mich so heftig, daß ich dachte, mein Kopf würde davonrollen. Ich wollte ihn anschreien, er solle den gottverdammten Lastwagen selbst fahren, aber ich blieb nur stehen und wartete.
»Bring diesen Sabri her. Ich werde mit ihm reden.«

Es war ein Glück, daß mein Vater sich von der Vernunft statt von seinem Stolz leiten ließ. Sabri Salama erwies sich nicht nur als ausgezeichneter Fahrer, sondern verhalf uns auch dazu, daß unser Vorhaben gelang. Wir entschlossen uns, frühmorgens loszufahren statt abends, denn die Nacht hat Augen, die uns beobachten, die aber wir nicht sehen können. Wenn es eine Panne gab, würde man sie bei Tageslicht viel besser beheben können.

Wir hatten einen instand gesetzten Lastwagen im Auge, doch er wurde uns vor der Nase weggeschnappt. Wir mußten mit einem vorliebnehmen, der soeben die mörderische Fahrt von Bagdad hinter sich gebracht hatte. Als der Lastwagen beladen war, mußten wir uns so eng zusammendrängen, daß ein Rülpser katastrophale Folgen gehabt hätte. Zwischen Nablus und Jericho, auf einer Entfernung von achtzig Kilometern, blieben wir insgesamt viermal liegen. Bei jedem Aufenthalt wurden wir nervös und stellten eine Wache auf, während Sabri unter den Lastwagen kroch. Zum Glück schien er jedesmal die Lösung und die erforderlichen Ersatzteile zu haben. Sein Können war sagenhaft.
Unterhalb von Jericho fuhren wir über eine halsbrecherische Piste am Toten Meer entlang. Mein Vater wärmte seine Erinnerungen auf.
»Wir sind in der Nähe, wir sind in der Nähe. Haltet nach den Ruinen Ausschau.«
»Dort«, rief Omar.
Wir hatten Qumran erreicht, das jetzt nur noch ein Trümmerhaufen war. Die Blicke meines Vaters schweiften forschend über die abschreckenden Klippen und Felsschluchten landeinwärts. Er beschloß, in das erste Wadi hineinzufahren und das trockene Flußbett als Ersatz für eine Straße zu nutzen. Wir fuhren im Schrittempo. Nach kaum achthundert Metern kam unsere Fahrt zum Stillstand. Der Motor war abgestorben. Wir waren durch das Gerüttel wie betäubt und erstickt durch Staub und Hitze.
Es wurde rasch dunkel. Wir würden auf das Tageslicht warten müssen, um ein sicheres Versteck auszuforschen. Ich war erst zwölf Jahre alt, aber ich war schon ein arabischer General.

V

Wir standen bei Sonnenaufgang auf. Sabri machte sich sofort an die Arbeit und reparierte den Lastwagen. Das Fahrzeug war in sehr schlechtem Zustand.
Jamil blieb zurück, um die Vorräte, die Frauen und Sabri zu bewachen. Die vier übrigen Männer – ich wage mich selbst in der Rückschau kühn als Mann zu bezeichnen – kletterten auf der Suche nach

einer geeigneten Höhle einen steilen Abhang hinauf. Für mich war es ein großer Tag: Ich durfte zum erstenmal ein Gewehr tragen.
Zwei-, dreihundert Meter weiter oben wurde das Wadi flacher und mündete in einem Hochplateau. Wir drangen in die Schlucht mit ihren großen, viele hundert Meter hohen Felsen ein, die zu beiden Seiten emporragten. Etwa fünfhundert Meter landeinwärts fanden wir den Einstieg zu einer zweiten Schlucht und teilten uns in zwei Gruppen. Ich blieb bei meinem Vater, während Omar und Kamal die Abzweigung nahmen.
Ich hatte die Uhr, die Gideon Asch mir geschenkt hatte, und Kamal hatte eine mit freundlicher Genehmigung der Iraker. Ich schlug einen Zeitvergleich vor, aber Ibrahim hatte kein Vertrauen zu Uhren. Er zeigte auf die Sonne und befahl uns, sobald sie im Zenit stehe, zur Abzweigung zurückzukehren und zu berichten, was wir entdeckt hatten.
Einen Kilometer weiter fanden mein Vater und ich Höhlen, aber keine war für uns geeignet. Die meisten befanden sich mehrere hundert Meter über uns in den Felsen, was den Zugang überaus schwierig oder gar unmöglich machte. Wir gelangten zu einer weiteren Abzweigung. Mein Vater ging im Hauptbett des Wadis weiter, während ich in eine kleine Schlucht eindrang, die eine Sackgasse zu sein schien. Es war ein Fehler, daß wir uns trennten. Als ich mich dem scheinbaren Talschluß näherte, öffnete er sich plötzlich in eine andere Schlucht, und als ich versuchte zurückzugehen, erkannte ich, daß ich mich in einem Labyrinth befand.
Die Sonne brannte herunter, und die Wände der Schlucht schienen mich immer enger einzuschließen. Ich nippte an meiner Feldflasche und redete mir gut zu, um nicht in Panik zu geraten. Nach einer Stunde wurde mir klar, daß ich nur im Kreis herumstolperte und den Weg ins Freie nicht finden konnte.
Vielleicht hatte ich mich zu vorschnell für einen Mann gehalten, denn nun fühlte ich mich wie ein kleiner Junge. Gerate nicht in Panik, sagte ich mir immer wieder. Die Sonne stand im Westen. Ich begann zu schreien und zu pfeifen, doch meine Stimme verhöhnte mich in Form von Echos, die von den Felswänden zurückhallten.
Die Felsen waren so hoch, daß die Sonne schon vor dem Abend dahinter verschwand. Die Hitze ließ nach. Weitere verzweifelte Rufe brachten als Antwort wieder nur das Echo meiner Stimme. Ich glitt zu Boden, legte das Gesicht in beide Hände und wollte weinen. Als ich noch einmal aufblickte, glaubte ich die Öffnung einer Höhle zu sehen,

die sich nur etwa fünfzehn Meter weiter oben im Felsen befand. Ich lief durch die Schlucht, um einen besseren Standpunkt zu finden. Ja! Über mir befand sich eine sehr große Höhle! Ich wollte unbedingt derjenige sein, der sie entdeckte, und meine Angst war verflogen.

Es war eine mühsame Kletterei, aber meine Hände und Füße waren wie Klauen. Ich arbeitete mich wie eine Spinne nach oben. Ein vertrauter Geruch drang mir in die Nase. Es war Leichengestank. Ich hing am Felsen, unschlüssig, ob ich hinauf- oder hinunterklettern sollte.

Los, Ismael, ermahnte ich mich, klettere hinauf! Ich erreichte einen kleinen Sims bei der Öffnung. Ich hatte wieder Angst, richtige Angst. Meine Hand zitterte, als ich meine Taschenlampe anknipste und zum Eingang trat. Der Lichtstrahl enthüllte eine riesige Höhle, die viel größer war als unser Haus. Korridore führten von dem Hauptraum weg. Ich wagte nicht, weiter vorzudringen, denn ich hatte mich schon in der Schlucht verirrt und wollte meine Lage nicht verschlimmern, indem ich auch noch im Innern der Höhle meinen Weg verlor.

Plötzlich geriet ich in Panik. Flügelschlagen und entsetzliches Gekreisch ertönten, und eine Schar schwarzer Vögel stürzte sich auf mich. Ich schrie auf, als ein halbes Dutzend Geier aufflogen, mich beinahe vom Sims stießen, kreisten und wütend auf mich herabstießen. Ich drückte mich mit dem Rücken an die Wand und feuerte mein Gewehr ab. Ich traf keinen, aber der Schuß verscheuchte sie alle.

Ich unterdrückte den Drang zu fliehen, kroch zum Eingang und entdeckte die Leichen von vier Frauen, etlichen kleinen Kindern und einem Mann. Sie waren von den Beduinen bis auf die Haut ausgeplündert worden. Milliarden dieser scheußlichen kleinen Maden verschlangen sie.

Ich rang nach Atem und stöhnte so laut, daß es mich erschreckte. Ich hörte unheimliche Geräusche in der Höhle. Hatten mich vielleicht die Beduinen die ganze Zeit beobachtet? Mir wurde klar, daß ich in ein Gebiet eingedrungen war, das den widerlichen kleinen Maden und den schnellfüßigen Beduinen gehörte. Aber die Höhle war so groß und so nahe beim Talboden, daß ich sie weiter erforschte. Ich erblickte Kot und nahm an, ich würde bald auf die Tiere stoßen, von denen er stammte. Zweifellos Fledermäuse.

Ich ging zum Sims zurück. Von hier aus war der Eingang zur Schlucht einzusehen und konnte leicht bewacht werden. Über dem

Sims ragte ein senkrechter Felsen annähernd dreihundert Meter empor. Nicht einmal ein Beduine konnte von dem höchsten Punkt herunterklettern, ohne dabei entdeckt zu werden.
Wie sollte ich aber zu dem Lastwagen zurückkommen und am Morgen diese Höhle wiederfinden? Konnten wir uns von unseren Nasen leiten lassen? Wenn ich die Leichen aus der Höhle warf, würden wir sie finden, indem wir die Geier beobachteten? Es war widerlich, aber ich ging wieder hinein, zog die Leichen über den Sims und sah zu, wie die Geier ihr Festmahl fortsetzten.
Da! An der Kante! Sie hatten eine Strickleiter angefertigt. Ich zog an ihr, um zu sehen, ob sie vermodert sei, doch sie schien zu halten, und ich wußte, daß ich es versuchen mußte. Ich hastete hinunter.
Es wurde dunkel. Sollte ich jetzt hier bleiben und Vater, Omar und Kamal am Morgen nach mir suchen lassen? Ich feuerte noch einen Schuß auf die Geier ab und hoffte, daß mein Vater ihn hören würde. Ich verfehlte sie wieder, aber sie zerstreuten sich. Ich kam auf die Idee, einen Stein zu nehmen und an den Wänden Markierungen anzubringen, die uns zu der Höhle zurückführen würden.
Die Nacht brach erschreckend rasch herein. Ich konnte nicht weitergehen. Ich drückte mich in eine Felsspalte, lud das Gewehr und versuchte, die Dunkelheit mit den Blicken zu durchdringen.
Alle möglichen Geräusche erschreckten mich, fallende Steine, ein Schakal, der schrie, als er meine Anwesenheit bemerkte, das spöttische Gekrächz von Vögeln, die in mir schon ihre nächste Mahlzeit sahen.
Ich blieb wach, bis ich meinen Kopf nicht mehr geradehalten konnte, und fuhr bei jedem neuen, unheimlichen Geräusch in die Höhe.
»Ismael! Ismael! Ismael!«
Ich schlug mit klopfendem Herzen und trockenem Mund die Augen auf.
»Ismael! Ismael! Ismael!«
Lichter und Schatten huschten über die Wände der Schlucht, und zehn Milliarden Sterne standen über mir. Einen Augenblick lang wußte ich nicht, wo ich mich befand, und als es mir klarwurde, schlug mich Maschnun, der Teufel, der die Menschen verrückt macht, in seinen Bann.
»Ismael! Ismael! Ismael!« hallte es durch die Schlucht. Es war Allah, der mich zu sich rief. Nein! Nein! Es war die Stimme meines Vaters!
»Vater! Vater! Vater!«

O Gott, bitte, flehte ich.
»Ismael!«
»Vater!«
»Ismael!«
»Vater!«
Wir konnten trotz des Mondlichtes nicht zueinander finden, aber wir schafften es, daß sich unsere Stimmen einander immer mehr näherten. »Kannst du mich verstehen?« rief er.
»Ja!«
»Bleib, wo du bist! Rühr dich nicht vom Fleck! Am Morgen werde ich dich finden! Wir können einander die ganze Nacht zurufen!«
»Bist du mit Kamal und Omar zusammen?«
»Nein, aber wir können einander hören! Fürchte dich nicht, mein Sohn. Allah wird dich beschützen!«
Mir wäre es in diesem Moment lieber gewesen, meinen Vater statt Allah bei mir zu haben, doch plötzlich empfand ich keine Angst mehr. Der Mond stand über mir und beleuchtete die Wände. Beim Anblick der Sterne über mir fühlte ich mich plötzlich wieder im Paradies. Ich war ein Beduine! Wie ein Beduine schlief ich zusammengekauert im Sitzen, hielt beide Ohren und ein Auge offen. Die ganze Nacht hindurch flößte mir mein Vater mit seinen Rufen Mut ein.

Bei Morgengrauen sah ich meinen Vater und meine Brüder auf mich zukommen. Ich war von seltsamen Gefühlen bewegt. Ich wollte, daß sie mich retteten, aber ich hatte gelernt, keine Angst zu zeigen, und ich hatte die Wüste bei Nacht erlebt und wünschte mir mehr solche Gelegenheiten. Ich ging auf sie zu und versuchte, mich unbekümmert zu geben, plapperte jedoch infolge meiner großen Erregung ununterbrochen, während ich sie zu der Höhle führte. Sie war leicht zu finden, denn eine große Zahl von Geiern war dort versammelt.
Wir kletterten die Strickleiter empor und gingen in die Höhle. Mein Vater prüfte sie genau auf ihre Verteidigungsmöglichkeiten.
»Sie ist ideal! Hoffentlich beenden die Geier ihre Arbeit schnell und führen die Beduinen nicht wieder hierher!«
»Wer waren diese Leute?« fragte Kamal.
»Das weiß nur Allah. Es hat nur einen Mann unter ihnen gegeben. Der Rest sind Frauen und Kinder. Wahrscheinlich wurde der Mann als Wache zurückgelassen, während die anderen Vorräte holen wollten. Sie haben sich sicher auf dem Rückweg verirrt, und die Frauen und Kinder sind verhungert.«

Ibrahim hatte recht, denn wir fanden in den folgenden Tagen die Leichen von drei Männern, die sich in einer trügerischen Felsspalte verirrt hatten. Von ihrer Kleidung oder von den Vorräten, die sie vermutlich bei sich gehabt hatten, war nichts mehr übrig. Die Beduinen hatten sie zuerst erwischt, und die Geier wenig später.
Wir fanden das Hauptbett des Wadis wieder und markierten sorgfältig die Wände der Schlucht, um den Weg zur Höhle wiederzufinden. Bei Einbruch der Dämmerung erreichten wir den Lastwagen. Zwar durften die Frauen uns nicht umarmen, doch standen sie weinend vor uns, denn sie waren überzeugt gewesen, daß wir uns verirrt hätten und umgekommen seien.
Mein Herz wurde schwer, als ich den Laster sah. Sabri hatte hundert Einzelteile auf Decken auf dem Boden verstreut.
»Alles ist mit Staub und Sand verschmutzt. Jedes einzelne Teil muß gereinigt werden, bevor ich sie wieder zusammensetzen kann.«
»Wird er fahren?«
»Der Kühler ist leck. Es ist kein Wasser mehr drin.«
»Wenn wir diesen Lastwagen nicht von hier wegbringen und ihn verkaufen, geraten wir in eine sehr gefährliche Lage«, sagte Ibrahim.
Er war durch die vielen Teile, die vor ihm am Boden lagen, vollkommen verwirrt und nahm an, daß man sie nicht wieder zusammensetzen und schon gar nicht den Wagen in Gang bringen könnte.
Wir arbeiteten einen Plan aus, um den Wagen abwechselnd zu bewachen. Sabri sollte durchgehend arbeiten, denn wir befanden uns jetzt in einem Wettlauf mit der Zeit. Die übrigen würden die Vorräte abladen. Eine Person konnte nicht mehr als fünfundzwanzig bis fünfzig Pfund Waren pro Marsch tragen, denn man mußte steil emporklettern, und die Hitze war quälend. Wir befürchteten, daß die Markierungen an den Wänden unzureichend seien. Eine natürlich entstandene, falsche Markierung konnte uns leicht in die Irre führen.
»Als ich sehr jung war, bevor mein Vater die Garage erbte, war ich Hirte«, erzählte Sabri. »Ich führte die Herde auf die Winterweide in den Bab el Wad. Ich markierte den Rückweg zu meiner Höhle, indem ich in kurzen Abständen kleine Steinpyramiden aufhäufte.«
Die Idee war ausgezeichnet, aber ich ärgerte mich darüber. Sabri war erst vor wenigen Tagen in unser Leben getreten, fand aber schon Lösungen für die meisten unserer Probleme. Ja noch schlimmer, er hatte mehrere Winter in einer Höhle verbracht. Er würde noch mehr Antworten auf unsere Fragen wissen. Als ich lesen und schreiben lernte, hatte ich Kamal aus dem Feld geschlagen und Jamil und Omar

überflügelt. Es hatte niemanden mehr gegeben, der mir die Aufmerksamkeit meines Vaters streitig machen konnte, aber Sabri stellte jetzt eine Bedrohung für meine Stellung dar. Ich wußte nicht, wie ich mich gegen ihn behaupten sollte, denn wir brauchten ihn.

Bei unserem ersten Transportmarsch brachten wir die Vorräte kaum ans Ziel und stellten fest, daß der Weg noch anstrengender war, als wir angenommen hatten. Unsere erste Aufgabe bestand darin, die Höhle zu reinigen. Wir verteilten Petroleum und zündeten es an. Wir brachten nicht nur die Maden um, sondern vertrieben auch die Fledermäuse, die sich weiter drinnen in der Höhle aufhielten. Als das Feuer erloschen war und der Rauch sich verzogen hatte, bastelten wir Schlingen und Flaschenzüge, um die Vorräte hinaufzuziehen. Vater ließ uns abwechselnd die Höhle bewachen. Da die Frauen nicht Wache stehen konnten, waren sie immer mit der Transportkarawane unterwegs. Mehr als zweimal am Tag hin und zurück brachten wir nicht zustande. Binnen weniger Tage verringerte sich unser Wasservorrat, der in Zwanzig Liter-Kanistern aufbewahrt wurde, beträchtlich.

Wir durchstreiften die Ruinen der ehemaligen Klostersiedlung, obwohl wir wußten, daß sie jahrhundertelang von den Beduinen durchstöbert worden waren, und hofften wider besseres Wissen, eine Quelle zu finden. Die Wasserversorgungsanlagen, die sich während der Winterregenfälle füllten, waren längst zerstört. Alle Zisternen waren gesprungen, wahrscheinlich durch die vielen Erdbeben, die das Gebiet bis in unsere Zeit heimsuchten.

Ibrahim war der Ansicht, daß wir selbst eine Zisterne bauen oder eine andere Möglichkeit finden sollten, im Winter, der einzigen Zeit, in der hier Regen fiel, Wasser zu speichern. Während der Regenzeit floß das Wasser von den hohen Klippen nach unten und füllte die engen Schluchten. Da es keine Stelle gab, an der es in den felsigen Boden eindringen konnte, staute es sich und bahnte sich einen Weg zu einem breiteren Wadi. Wenn sich das Wasser aus einem halben Dutzend Schluchten in ein einziges Wadi ergoß, so entstand eine Flutwelle, die ins Tote Meer mündete. Ibrahim erinnerte sich, daß er als Junge einmal fast von diesen Wassermassen mitgerissen worden und darin ertrunken wäre.

Aber jetzt war Hochsommer. Es würde monatelang keinen Regen geben, und wir verfügten nur über einen Wasservorrat für eine Woche oder höchstens zehn Tage. Unser Marsch vom Lastwagen zur Höhle und zurück war Sklavenarbeit, und wir beherrschten uns mit

Mühe, um unser Wasser nicht auszutrinken. Das Entladen des Lastwagens dauerte eine volle Woche. Während dieser Zeit hatte Sabri ihn beinahe wieder zusammengebaut.
Sabri hatte eine schlechte Nachricht für uns: der Kühler hatte viele undichte Stellen, das ganze Wasser war ausgelaufen, die Batterie war kaputt und die Reservebatterie nicht aufgeladen. Auch wenn er Ersatzteile besorgte, war nicht sicher, ob der Wagen wieder in Gang gesetzt werden konnte.
Inzwischen war die Höhle von den Frauen wohnlich gemacht worden. Wenn sie einmal die fünfzehn Meter hohe Leiter hinaufgestiegen waren, ließen sie sich nur noch selten unten sehen. In der Höhle war es kühl, und sie bot Zuflucht vor der Hitze. Wir fanden etliche Korridore, die vom Hauptraum ausgingen und jedem von uns die Möglichkeit boten, allein zu sein, obwohl das gleichbedeutend mit völliger Finsternis war. Wir durften unsere Taschenlampen nur benutzen, um von der Haupthöhle weg und zu ihr zurückzugehen. Ich entdeckte einen Tunnel, der zu einem anderen Eingang führte. Von dort konnte ich zu einem Sims hinaufklettern, von dem aus ich das ganze Nordende des Toten Meeres überblickte. Ich beanspruchte den Platz für mich und Sabri, worüber sich meine Brüder ärgerten. Wenn sie ihren eigenen Sims haben wollten, mußten sie eben genauso suchen wie ich.
Am anderen Ende des Hauptraumes drang ein Lichtstrahl ein. Wir konnten mit einer Hacke einen Kamin aushöhlen, der ins Freie führte. Er löste viele unserer Probleme. Wir konnten unter dem Kamin ein Feuer unterhalten, das die Haupthöhle beleuchtete und zugleich Wärme zum Kochen lieferte. Um für das Feuer keinen kostbaren Brennstoff zu vergeuden, war es unsere tägliche Pflicht, in den Wadis Holz zu suchen. Die Flutwellen im Winter ermöglichten verschiedenen Büschen das Wachstum. Wir sammelten Zweige von wilden Himbeeren, Christusdorn, Pimpinelle, Wüstentamarisken und Majoran, um das Feuer zu unterhalten. Als wir auf einen üppigen Terebinthenbaum stießen, war unser Brennholzproblem gelöst.
Zuerst versuchten wir, die großen Wüstenhasen zu schießen, die uns dauernd über den Weg liefen. Wir waren aber alle sehr schlechte Schützen, und die Kaninchen waren für uns zu schnell. Es war auch gefährlich, denn Jamil wurde von einem Querschläger verletzt. Wieder wußte Sabri eine Lösung. Er konnte Kaninchenschlingen legen und die Tiere mit einer Handvoll Getreide anlocken. Bald hatten wir reichlich Kaninchenfleisch zur Aufbesserung unserer Kost.

Wir besaßen nur noch für vier Tage Wasser, als Sabri den Wagen endlich zusammengebaut hatte.
»Ich muß nach Jerusalem und einen neuen Kühler besorgen. Ich brauche auch ein paar Schläuche, eine Batterie und andere Ersatzteile«, erklärte er.
Das würde einen Tagesmarsch nach Jericho und einen zweiten Tag erfordern, um mit dem Bus nach Jerusalem zu gelangen. Sabri kannte das Viertel mit Garagen und Werkstätten in Ost-Jerusalem recht gut, weil er oft dort gewesen war, als sein Vater noch die fünf Lastwagen hatte.
Wir mußten Sabri unseren letzten Penny mitgeben. Und wenn er damit davonlief, was dann? Wir hatten Nahrungsmittel und Vorräte im Wert von vielen tausend Pfund bei uns. Wenn Sabri nun mit einer Bande von Halsabschneidern zurückkam, um uns abzuschlachten und alles mitzunehmen? Wir konnten uns den Luxus des Mißtrauens nicht leisten. Es blieb uns nichts anderes übrig, als Sabri das Geld zu geben. Während wir ihm nachsahen, als er in Richtung Jericho verschwand, fragten wir uns, ob wir ihn jemals wiedersehen würden.
Am dritten Tag nach Sabris Abschied war ich an der Reihe, den Lastwagen zu bewachen. Ich las im Schatten des Fahrzeugs, blickte jedoch immer wieder auf und musterte blinzelnd den Pfad, der am Meer entlangführte. Ich betete darum, daß Sabri zurückkommen möge. Ebensooft hielt ich mit unserem Feldstecher in alle Richtungen nach Fremden Ausschau.
Unsere Lage in der Höhle war beinahe hoffnungslos. Wir hatten kaum noch Wasser. Im Lastwagen stand ein einziger Kanister, doch wir durften ihn nicht anrühren, denn wir brauchten ihn, um den Kühler zu füllen, falls Sabri jemals zurückkam. Morgen würde Hadschi Ibrahim eine Entscheidung treffen müssen. Wir würden die Höhle verlassen und unser Glück in Jericho versuchen. Unsere einzige Alternative bestand darin, die Allenby-Brücke zu überqueren und Jordanier zu werden.
Während ich den Horizont nach Lebenszeichen absuchte, fiel mein Blick auf einen winzigen grünen Punkt dicht am Ufer. Er lag zwei oder drei Kilometer südlich von mir. Vater hatte uns ermahnt, nicht nach Süden zu gehen, damit wir nicht jüdischen Truppen oder Beduinen begegneten. Ich konzentrierte mich auf den grünen Punkt, bis er vor meinen Augen verschwamm, dann stieg ich höher hinauf und blickte wieder hin. In der Wüste gibt es grausame Luftspiege-

lungen, aber ich hätte schwören können, daß die grüne Linie nicht verschwinden würde.
Als die Sonne den Mittagsstand erreichte, kam Omar, um mich abzulösen.
»Ich gehe ein paar Kilometer nach Süden«, sagte ich zu ihm.
»Hat dich die Hitze verrückt gemacht?«
»Dort unten ist was.«
»Was?«
»Ich weiß es nicht. Ich will es herausfinden. Wenn ich in die Höhle zurückgehe und Vater um Erlaubnis frage, kann ich erst morgen hin. Morgen wird es vielleicht zu spät sein, wenn Sabri nicht zurückkommt und den Wagen startet.«
»Aber du darfst nicht gegen Vaters Verbot verstoßen.«
»Wenn wir zu Fuß nach Jericho gehen müssen, werden es einige von uns in der Sonnenhitze vielleicht nicht schaffen. Fatimas Kind wird sicher sterben.«
Omar, der sich nie darüber beklagt hatte, daß er im Basar arbeiten oder im Café bedienen mußte, war nicht bereit, die Schuld mit mir zu teilen. »Du kannst gehen«, sagte er, »aber es ist dein Entschluß und deine Verantwortung.«
Ich ging auf den grünen Fleck zu und betete jede Sure aus dem Koran, mit der man Allahs Hilfe herabfleht. Jede Nacht hatte ich von Wasserfällen, Flüssen und Regen geträumt. Im Traum stand ich nackt in einem Regenguß, und Wasser floß in meinen Mund.
Nahe am Meer, drei Kilometer unterhalb des Lastwagens, wurde der grüne Streifen immer deutlicher. Dann hörte ich es, bevor ich es sah: Wasser!
Ich zwang mich, nicht zu laufen. Sei vorsichtig, Ismael. Hüte dich, Ismael. Ich sah mich nach Juden und Beduinen um. Es herrschte vollkommene Stille. Ich bemerkte keine Bewegung. Ich betete darum, daß mich niemand beobachtete. Näher ... näher ... Dann sah ich, was ich gehört hatte! Dicht am Ufer des Meeres strömte Wasser aus einem Felsen und füllte zwei große Becken, die sich ins Meer ergossen.
Ich kroch auf Händen und Knien zu einem Becken, überzeugt, daß jeden Augenblick ein Schuß fallen und mich töten würde. Ich saß ein paar Augenblicke neben dem Becken, um wieder Mut zu fassen. Dann konnte ich es nicht länger aushalten. Ich wagte, meine Hand einzutauchen, und führte sie langsam an die Lippen.
»Süßwasser!«

Ich stand auf und begann vor Freude zu schreien, dabei vergaß ich, daß vielleicht in diesem Augenblick schon jemand auf mich zielte. Ich warf mich schreiend in das Becken, lachte und weinte zugleich, dann lief ich ohne anzuhalten zum Wagen zurück. Die Bauchschmerzen, die ich vom viel zu schnellen Trinken hatte, konnten mich nicht aufhalten.
»Wasser! Wasser! Wasser! Wasser!«
Ich muß mich benommen haben wie ein Verrückter, denn Omar schüttelte mich. Ich versuchte zu sprechen, doch meine Worte überschlugen sich. Dann wurde ich beinahe wirklich irrsinnig. Hatte ich tatsächlich Wasser gesehen? Es getrunken? War ich darin geschwommen? Oder war es nur eine Täuschung der Wüste, die man erlebt, bevor man stirbt? War ich verrückt, oder sah ich wirklich einen winzigen Punkt im Norden?
Ich riß Omar das Fernglas aus der Hand und stand wie angewurzelt da, während der Punkt immer größer wurde. Ja, dort kam ein Mensch den Weg von Jericho herunter! Ich wartete wie eine Salzsäule, bis das Bild deutlich wurde. Es war Sabri, er hatte einen Kühler auf den Rücken geschnallt und trug in jeder Hand ein Paket.
Ich lief zur Höhle zurück und sprudelte die Neuigkeit heraus! Kamal wurde als Wache zurückgelassen, während wir einer nach dem anderen – sogar Mutter – über die Leiter hinunterkletterten. Der Wasserkanister wurde mit dem Flaschenzug heruntergelassen, und wir gingen zum Lastwagen.
Sabri war erschöpft, machte sich aber sofort an die Arbeit, um den Kühler, Schläuche, Batterie und Riemen auszuwechseln. Unser letzter Wasserkanister wurde in den Kühler gefüllt. Als Sabri in die Fahrerkabine kletterte, rief mein Vater: »Allah sei uns gnädig!«
Wir schlossen alle die Augen und beteten gemeinsam. Er drehte den Zündschlüssel. Nichts! Die Frauen begannen zu jammern, während Sabri die Kühlerhaube öffnete und an den Drähten herumspielte, dann wieder in die Kabine kletterte. Nichts!
»Es liegt an der Zündung. Ich werde länger vorglühen.«
Pop ... pop ... pop ... pop ... pop ... pop ... pop ... rrrr ... rrrr ... rrrums. Das schönste Geräusch, das ich je gehört hatte!
Um den Lastwagen herum führten wir einen Freudentanz auf. Wahnsinn! Männer und Frauen tanzten gemeinsam, und niemand scherte sich darum. Wir schnalzten vor Freude mit der Zunge. Kriegsgeschrei! Alle außer meinem Vater weinten. Die Männer umarmten und küßten Sabri. Dann fiel ihnen ein, daß ich Wasser gefunden hatte, und auch ich wurde umarmt.

Ibrahim zog Sabri zum Laster. »Ich fahre los, um diesen Klapperkasten zu verkaufen! In zwei Tagen kommen wir mit Eseln zurück!«

»Warte, Vater, warte!« schrie ich. »Fahren wir doch zuerst zu den Quellen und füllen unsere Wasserkanister!«

Er schlug sich an die Stirn. »Natürlich! Alles auf den Wagen!«

Ich kletterte in die Kabine neben meinen Vater und Sabri. »Vater, solltest du nicht zuerst nach Jericho fahren und die restlichen Zigaretten gegen Korn für die Esel eintauschen, solange wir noch einen Lastwagen haben, um es zu befördern?«

Er schlug sich wieder an die Stirn. »Zuviel Segen Allahs auf einmal! Ja, zuerst fahren wir nach Jericho und holen Korn.«

»Wer wird das Kommando führen, Vater, während du fort bist?«

Er blickte mich verschmitzt an. »Du bist viel zu jung und viel zu ehrgeizig«, meinte er. »Andererseits bist du am besten dafür geeignet. Du wirst das Kommando führen. Ich werde es den übrigen mitteilen, bevor ich wegfahre.«

Als wir zu den Quellen kamen, hüpfte mein Herz vor Freude. Alle tranken, bis sie nah am Platzen waren, dann füllten wir die Kanister. Mein Vater schickte die Frauen unter das Verdeck des Lastwagens, während die Männer sich auszogen und in das Becken tauchten. Es war unser erstes Bad seit über zwei Wochen. Als wir gereinigt waren, warteten wir im Wagen, während die Frauen badeten.

»Ich muß mit dir sprechen«, hörte ich Hagar zu Ibrahim sagen.

»Ja?«

»Statt zwei Eseln werden wir nur einen brauchen, da wir ja jetzt die Quelle haben.«

»Aber zwei Esel werden doppelt soviel Wasser befördern, und wir werden nur halb so oft hingehen müssen.«

»Warum sollten wir zwei Esel füttern, wenn einer die Arbeit besorgen kann?« beharrte meine Mutter.

»Wir können uns zwei Esel leisten. Wir werden sie immer brauchen. Wir können sie auch wieder verkaufen.«

»Wenn wir Dung für das Feuer bräuchten, wäre ich einverstanden. Aber wir haben genügend Brennholz, also brauchen wir ihren Dung nicht.«

»Sehe ich aus wie ein Mann, der sich mit einem Esel zufrieden gibt, wenn er sich zwei leisten kann?«

»Vor zwei Stunden konnten wir uns gar nichts leisten. Treiben wir Allah nicht in Zorn, wenn wir zwei Esel kaufen?«

»Und wenn sich ein Esel das Bein bricht?«

»Ich habe nie gesehen, daß sich ein Esel das Bein gebrochen hat.«
»Sie werden einander Gesellschaft leisten.«
»Wir haben genügend Esel in der Familie, die ihm Gesellschaft leisten können.«
Meinem Vater wurde allmählich klar, daß Hagar ihre guten Gründe hatte. »Also nur ein Esel«, entschied er.
»Ein Esel und eine Milchziege.«
»Warum brauchen wir eine Ziege? Ist Fatimas Milch nichts wert?«
»Fatimas Milch ist versiegt.«
»Das wird jetzt besser werden, nachdem wir Wasser gefunden haben.«
»Sie ist wieder schwanger.«
»Aber für schwangere Frauen braucht man keine Ziege.«
»Es gibt zwei schwangere Frauen. Auch Ramiza bekommt ein Kind«, sagte Hagar und kletterte auf den Lastwagen.

VI

Jericho, eine der ältesten Städte der Menschheit, hat eine glorreiche Vergangenheit, die nur von Jerusalem übertroffen wird. Als Osttor zur heiligen Stadt hat Jericho viele Könige, Schein-Könige und deren Heere gesehen. Den Augen Jerusalems entzogen, war Jericho von alters her eine Brutstätte für Verschwörungen und Mordkomplotte und die erste Raststation für besiegte Krieger, die in die Wüste flohen.
Jericho, die am tiefsten gelegene Stadt der Welt und eine der ausgedörrtesten, verfiel unter der glühenden Sonne in Lethargie und degenerierte zu einem verschlafenen Dörfchen von wenigen tausend Seelen.
In diesen Tagen ging es dort turbulenter zu, als Hadschi Ibrahim erwartet hatte. Wo immer man auf den Straßen und in den Rinnsteinen oder auf den Feldern hinblickte, überall schliefen Menschen. Es gab Tausende und Abertausende, die verwirrt und verzweifelt waren. Die nahe gelegene Allenby-Brücke lockte sie, den Jordan zu überschreiten. Manche gingen, manche blieben. Die Allenby war eine Brücke in eine sehr unsichere Zukunft, vielleicht führte sie über einen Fluß ohne Wiederkehr.

Die Nachrichten vom Kriegsschauplatz waren beunruhigend, aber das überraschte Ibrahim nicht. Ein zweiter Waffenstillstand war in Kraft getreten, aber in Wirklichkeit waren die arabischen Armeen überall zum Stehen gebracht worden. Das Schlimmste war, daß sich die Ägypter im Negev auf dem Rückzug befanden.
Nur die Arabische Legion Jordaniens hatte einen gewissen Erfolg zu verzeichnen. Sie hielt das Polizeifort von Latrun, Ost-Jerusalem und Gebiete mit größeren arabischen Siedlungen an der Westbank besetzt. Während manche Menschen in Jericho ihre Hoffnung mit Gerüchten und Illusionen nährten, wußte Hadschi Ibrahim, daß keine Aussicht auf einen arabischen Sieg bestand. Es war ihm klar, daß die Arabische Legion die Sicherheit von Fort Latrun nie für einen Angriff aufgeben würde. Abdullah würde sich im Augenblick gern damit zufrieden geben, seine Eroberungen halten zu können. Schließlich war sein Streit mit den Juden eher eine Übung in islamischem Nepotismus als echter Haß gewesen. Er war wegen seiner von den Engländern ausgebildeten Arabischen Legion in den Krieg hineingezogen worden. Warum sollte er nicht ruhig in Latrun sitzenbleiben und die Westbank für sich beanspruchen? Aber das bedeutete, daß Tabah für immer innerhalb der Grenzen des neuen Staates Israel liegen würde.

Nachdem Ibrahim und Sabri mit einer Ladung Futter für einen Esel und eine Ziege in die Höhle zurückgekehrt waren, fuhren sie nach Ost-Jerusalem, um den Lastwagen zu verkaufen. Sie fuhren am Garten von Gethsemane vorbei bis zum Rockefeller Museum.
Von dort schlängelte sich die Wadi-el-Joz-Straße in eine tief eingeschnittene Rinne hinunter, die bergauf zu der entmilitarisierten Zone auf dem Skopus führte. Die Straße war wegen ihres Schwarzmarkts, ihrer Prostituierten und der käuflichen Messerhelden berüchtigt. Hier war eine Kolonne mit jüdischen Ärzten und Krankenschwestern, die zum Hadassah-Krankenhaus unterwegs war, überfallen und niedergemetzelt worden.
Hadschi Ibrahim war in der Straße sofort argwöhnisch, sie roch nach Gefahr. Wenn er den Lastwagen verkaufte und danach eine größere Geldsumme bei sich trug, würde er den Ort vielleicht niemals lebend verlassen. Er befahl Sabri kehrtzumachen und zurückzufahren, dann parkten sie in einer Seitenstraße im Kidrontal in der Nähe von Absaloms Grab.
»Geh zurück zur Wadi-el-Joz-Straße, und bring die Käufer einzeln

hierher, sag ihnen aber nicht, wohin du sie führst, sonst könnten dir ein Dutzend Vettern folgen«, sagte Ibrahim. Mein Vater wußte, daß die ersten Interessenten höchstwahrscheinlich nur darauf aus waren, ihn für den wirklichen Käufer weichzumachen. Ihre Aufgabe bestand darin, den Preis zu drücken, indem sie das Fahrzeug schlechtmachten. Sabri kam mit einem syrischen Offizier zurück, einem Deserteur, der ein blühendes Geschäft mit Waffen aufgezogen hatte, die er von anderen Deserteuren kaufte. Ein beträchtlicher Teil seines Arsenals war zu den Juden geschmuggelt worden, die den gegenüberliegenden Stadtteil verteidigten.

»Dieser Motor sieht aus, als würde man in einem Sturm in einen Eselshintern schauen«, erklärte er.

»Ein so bescheidenes Transportmittel ist sicherlich eines so edlen Mannes nicht würdig«, erwiderte Ibrahim.

Ungeachtet des schlechten Zustandes des Lastwagens machte der Syrer ein beleidigend niedriges Angebot.

»Ich würde einer Prostituierten für ihr Lächeln mehr geben.«

Als der Syrer gekränkt abzog, befahl Ibrahim Sabri, das Fahrzeug zu einem neuen Standort beim Löwentor der Altstadtmauer zu bringen. Der zweite Interessent war aussichtsreicher, fand Ibrahim, denn ihm flossen die herabsetzenden Bemerkungen in Strömen von den Lippen, und er zählte zwanzig wirkliche oder eingebildete Fehler an dem Lastwagen auf.

»Dieses Fahrzeug hat man in Scheiße gerollt«, schloß er. »Es ist, abgesehen von Ersatzteilen, wertlos.«

Ibrahim ließ Sabri zu einer dritten Stelle beim Grab der Jungfrau fahren. Er wußte, daß inzwischen alle Händler entlang des Wadi-el-Joz darüber informiert waren, daß Hadschi Ibrahim ein kaltblütiger Händler sei.

Der fünfte Interessent aus einer »alten palästinensischen Familie« zeigte sich überaus entsetzt darüber, daß man ihm einen gestohlenen Wagen zum Kauf anbot. Er war, wie er selbst erklärte, ein anständiger Mann mit einer großen Familie, der nicht riskieren würde, wegen des Ankaufs gestohlener Güter eingesperrt zu werden. Dennoch ... in den ungewöhnlichen Zeiten ...

Ibrahim war klar, daß er der eigentliche Käufer war, ein Mann, der Dutzende von Fahrzeugen, die allen möglichen Armeen gehört hatten, gekauft und weiterverkauft hatte. Er stand auch mit den Beduinen in Geschäftsverbindung, die verlassene Fahrzeuge in der Wüste aufstöberten und sie ausschlachteten.

Sie unternahmen eine Probefahrt. Sabris Reparaturen waren großartig. Nun ging der Mann dazu über, sich auf seine Armut zu berufen, und dann feilschten sie noch eine Stunde lang herum. Schließlich einigte man sich auf ein annehmbares Angebot von fast dreihundert englischen Pfund, nachdem Ibrahim abgelehnt hatte, gegen arabische Währung zu verkaufen. Dann folgte eine Reihe von Freundschaftsbezeugungen zum Zeichen, daß der Abschluß endgültig sei. Für Ibrahim war es ein unverhoffter Glücksfall. Er konnte in Jericho einen Esel und eine Ziege kaufen, und es blieb ihm noch genug Geld, um seine Höhle über Monate zu versorgen.
Nachdem der Käufer den Wagen weggefahren hatte, vergewisserte sich Ibrahim, daß niemand ihm folgte, und begab sich mit Sabri zur Hauptstraße, die Suleiman Road, die entlang der Mauer zur Bushaltestelle führte.
»Du hast sehr gut für mich gearbeitet«, lobte Ibrahim Sabri und gab ihm eine Fünf-Pfund-Note. »Mach dir einen schönen Abend in der Stadt. Wir treffen uns morgen in Jericho auf dem Markt.«
Sabri verstand, daß ihm immer noch kein volles Vertrauen entgegengebracht wurde. Ibrahim wollte mit dem vielen Geld Sabri nicht an seiner Seite haben, der ihn möglicherweise an Räuber verraten würde. Ibrahim wußte, daß alle »Interessenten« bezahlt worden waren, und er fragte sich, ob Sabri gleichfalls eine Provision bekommen hatte.
Sabri steckte die Beleidigung mit einem Lächeln weg, mimte Überraschung über das Geschenk von fünf Pfund und verschwand, um zu feiern.

Der Bab el Wad war noch immer heiß umkämpft und für den normalen Busverkehr gesperrt. Ibrahim fuhr zuerst nach Norden zur Stadt Ramallah und nahm einen Bus, der über eine Parallelstraße innerhalb des arabischen Territoriums verkehrte. Die Endstation des Busses befand sich etwa anderthalb Kilometer vor Fort Latrun beim Außenlager der Arabischen Legion. Viele Bauern und Händler aus der Umgebung hatten an der Straße einen Basar errichtet, um mit den Truppen Geschäfte zu machen. Wenige hundert Meter weiter unten an der Straße zum Fort sperrte ein Wachtposten den Durchgang für alle mit Ausnahme der Soldaten. Ibrahim ging geradewegs auf die Wachtposten zu.
»Halt! Hier kannst du nicht weitergehen.«
Ibrahim zog den großartig gefälschten Passierschein vom angeblichen

Oberst Hakkar heraus und reichte ihn dem Wachtposten. Der konnte weder lesen noch schreiben. Zwei andere ebenfalls schreibunkundige Wachtposten betrachteten das Papier nachdenklich, einer versuchte es verkehrt herum zu lesen, dann rief er einen Offizier herbei. Der war gebührend beeindruckt.
Eine halbe Stunde später hatte sich Ibrahim durch die verschiedenen Sicherheitssperren bis zu den Türen des Forts vorgearbeitet.
»Was willst du?« fragte der diensthabende Offizier.
»Ich bin Ibrahim al-Sukari al-Wahhabi, der Muchtar von Tabah. Ich möchte aufs Dach gehen, damit ich mein Dorf sehen kann.«
»Hier ist militärische Sicherheitszone. Du hast hier nichts zu suchen.«
»Ich möchte auf das Dach gehen und mein Dorf sehen.«
»Das ist unmöglich. Verschwinde, bevor ich dich festnehmen lasse.«
»Ich werde erst fortgehen, wenn ich mein Dorf gesehen habe. Ich verlange, mit dem kommandierenden Offizier zu sprechen.«
Der Streit wurde immer hitziger, und nur Ibrahims kühnes Auftreten bewahrte ihn vor ernsten Unannehmlichkeiten. Während die heftigen Worte durch die Betonräume hallten, erregten sie die Aufmerksamkeit des rangältesten englischen Offiziers, Oberstleutnant Chester Bagleys.
»Was gibt es da?« fragte Bagley.
»Dieser Mann behauptet, der Muchtar des Dorfes unten an der Straße zu sein. Er will vom Dach aus auf sein Dorf sehen.«
Bagley betrachtete Ibrahim prüfend. In diesen Tagen trugen alle Einheimischen Lumpen, das war kein Hinweis auf die wirkliche Stellung eines Mannes. Ibrahims würdevolle Haltung ließ darauf schließen, daß er einmal ein Mann von Ansehen gewesen war. Er las Ibrahims Brief aufmerksam.
»Komm mit mir«, forderte er ihn auf und führte ihn in sein Büro am Ende des Korridors.
Er bot Ibrahim einen Stuhl an, untersuchte weiter den Brief und stopfte dabei seine Pfeife. »Hast du noch andere Papiere?«
»Wer hat heutzutage schon Papiere?«
»Dieser Brief ist eine Fälschung.«
»Natürlich. Aber ohne ihn wären ich und meine Familie schon seit Wochen nicht mehr am Leben.«
Ganz schön gerissen, dachte Bagley. »Wir haben zwei blutige Schlachten um dieses Fort geführt, und es kann noch zu weiteren

kommen. Woher soll ich wissen, ob du nicht aufs Dach gehen willst, um unsere Stellungen auszukundschaften?«
»Du meinst, ich bin ein Spion?«
»Es dürfte dir wirklich schwerfallen, das Gegenteil zu beweisen.«
»Herr ...«
»Bagley, Chester Bagley.«
»Mr. Bagley, ich müßte doch der dümmste Spion der Welt sein, nicht?«
»Oder der schlaueste.«
»Ja, was du sagst, hat seine Berechtigung, hat durchaus seine Berechtigung. Es gibt etliche Dörfer, die mit dem Wagen in wenigen Minuten erreicht werden können. Jedes von ihnen wird bestätigen, daß ich Hadschi Ibrahim al-Sukari al-Wahhabi bin.«
»Mein Lieber, wir befinden uns mitten im Krieg ...«
»Ich kenne jeden Graben und jede Feuerstellung um Latrun, ebenso alle Namen eurer Einheiten. Ich könnte dir auf fünf Geschosse genau angeben, wie groß euer Arsenal ist. Die Juden wissen es übrigens ebenfalls. Hier geht es nicht um Zahlen oder Geheimhaltung. Ihr habt einfach eine zu große Streitmacht hier liegen, als daß die Juden sich gegen sie behaupten könnten. Es gibt kein Geheimnis um Latrun.«
Einen Augenblick war Chester Bagley über die erfrischende, beispiellose Offenheit des Arabers sprachlos. Er zündete seine Pfeife an, um Zeit zu gewinnen.
»Herr, ich sehne mich danach, Tabah zu sehen, und diese Sehnsucht verzehrt mich. Allah allein weiß, ob ich jemals wieder Gelegenheit dazu haben werde. Ich bin kein Mann, der bittet, Herr, also bitte, zwing mich nicht zu bitten.«
»Du bist ein wenig verrückt, mit dieser ... lächerlichen Fälschung hierherzukommen. Man hätte dich ohne weiteres aufhängen oder erschießen können.«
»Zeugt das nicht für das Ausmaß meiner Sehnsucht?«
»Du bist verrückt«, wiederholte Bagley. Er gab Ibrahim den Brief zurück. »Heb diesen Wisch gut auf, aber zeig ihn um Gottes willen niemandem, der lesen kann. Komm mit mir, Hadschi Ibrahim.«
Bagley klopfte mit dem Pfeifenkopf an die anstoßende Tür und trat ein. Hinter dem Schreibtisch des Kommandanten saß der jordanische Oberst Dschalud. Ibrahim erkannte sofort, daß er von Beduinen abstammte. Er war über seine Jahre hinaus gealtert und von der Sonne gegerbt, so daß man kaum sagen konnte, wo seine Haut endete

und das Khaki seiner Uniform anfing. Er war nicht durch Protektion Oberst in der Arabischen Legion geworden. Der Hochmut und die Grausamkeit des Mannes waren in seinen vom grellen Licht der Wüste verengten Augen erkennbar. Sein pomadisiertes Haar glänzte, und der große Schnurrbart diente zur Unterstreichung seiner Männlichkeit. In der Zusammenarbeit zwischen den Engländern und der Legion hatte der Araber offiziell einen höheren Rang als sein englischer »Ratgeber«. In Wirklichkeit schmiß der Engländer den Laden. Die Tatsache, daß Latrun zwei verzweifelte, blutige Angriffe der Juden abgewehrt hatte, wies darauf hin, daß Oberstleutnant Bagley die Verteidigungsstellungen geplant und errichtet und wahrscheinlich auch die Schlachten befehligt hatte.
Bagley sprach betont sanft, als er Ibrahims Bitte vorbrachte.
»Das kann ich nicht bewilligen«, fauchte Dschalud. »Das ist kein Besuchstag im Felsendom. Laß diesen Mann einsperren und schick mir die Idioten, die ihn ins Fort gelassen haben.«
»Es tut nicht gut, wenn wir die Bevölkerung unnötig verärgern, während die Krise noch im Gang ist. Hadschi Ibrahims Identität und Bekanntheitsgrad können leicht nachgewiesen werden. Der Mann war über ein Vierteljahrhundert Muchtar von Tabah. Es wäre eine anständige Geste.«
»Anständige Geste? Er ist in eine geheime militärische Anlage eingedrungen. Schaff ihn hinaus, bevor er in ernstliche Schwierigkeiten gerät.«
»Ich übernehme die Verantwortung«, erklärte Bagley entschieden.
Ibrahim gefiel dieser Wortwechsel zwischen den beiden. Sichtlich war Bagley, trotz seines niedrigeren Ranges, der wirkliche Befehlshaber des Forts. Oberst Dschalud wollte sich nicht gefährden und schon gar nicht riskieren, selbst die Verantwortung für die Verteidigung zu übernehmen. Er erhob weitere Einwände. Als Bagley beharrlich blieb, wob Oberst Dschalud ein Spinnennetz zu seiner Verteidigung, um jedem künftigen Vorwurf zu entgehen.
Als das Gespräch zu Ende war, betrachtete Dschalud Ibrahim, als wolle er ihn mit Blicken ausziehen. Männer in Lumpen verbargen oft ihren wahren Reichtum. Ibrahim hatte die Möglichkeit einer Leibesvisitation in Betracht gezogen. Er hatte sein Geld in einem Feld in der Nähe der Bushaltestelle versteckt, bevor er ins Fort ging. Das einzig Wertvolle an ihm war sein juwelenbesetzter Dolch. Dschaluds Augen hielten auf ihrer Wanderschaft inne und starrten auf die Waffe.
»Es ist ein außergewöhnliches Verlangen«, stellte Dschalud fest. »Ich

gehe ein großes Risiko ein. Dein Anliegen muß also für dich ebenso wichtig sein wie für mich. Eine Geste ist die andere wert.«
Ich hätte den verdammten Dolch auch verstecken sollen, dachte Ibrahim.
»Ich habe nichts, womit ich deine Geste erwidern könnte«, sagte Ibrahim. »Allah weiß, man kann keinem Nackten etwas ausziehen.«
»Vielleicht täuschen mich meine Augen«, antwortete Dschalud, ohne seinen Blick von dem Dolch zu wenden.
»Er ist meine Ehre.«
»Nur Männer mit Goldfäden in ihren Kleidern haben eine Ehre.«
Die Beleidigung war wie ein Schlag ins Gesicht. »Diesen Preis kann ich nicht bezahlen«, sagte Ibrahim.
»Ich könnte ihn dir natürlich wegnehmen, dann hättest du keine Ehre mehr. Wo war deine Ehre bei der Verteidigung deines Dorfes? Hinaus mit dir, solange du noch deine Zunge und deine Fingernägel besitzt.«
»Oberst Dschalud, ich werde darauf bestehen, daß Sie diesem Mann gestatten, sein Dorf zu sehen.«
Dschalud lehnte sich zurück und legte den Arm auf die Rücklehne des Stuhls, über der sein Koppel mit der Pistole hing. »Das scheint heute mein Drecktag zu sein. Laß den Hund aufs Dach steigen und sein Dorf anbellen. Er hat fünf Minuten Zeit.« Mit einer Handbewegung, die »gnädige« Entlassung andeutete, wandte sich Dschalud wieder den Papieren auf seinem Schreibtisch zu.
Ibrahim spuckte auf den Fußboden, und der Speichel rann über die Stiefelspitze des Obersten. Als Ibrahim zur Tür ging, sprang Dschalud auf. »Die Fotze deiner Mutter ist eine Oase für Kamele!«
Ibrahim kehrte zu Dschaluds Schreibtisch zurück und legte die Finger an den Griff des Dolches. Er zog ihn schneller aus der Scheide, als einer der beiden anderen nach seiner Pistole greifen konnte. Die Spitze bohrte sich so heftig in den Schreibtisch des Obersten, daß das Holz splitterte. Ibrahims Finger lagen auf der Schreibtischkante, seine Augen bohrten sich in die Dschaluds.
»Nimm ihn dir«, forderte Ibrahim ihn heraus.
Dschaluds Blick wanderte blitzschnell zu Chester Bagley, der leise lächelte. Bagley bedrängte ihn immer mit seinen sanften, hartnäckigen »Ersuchen«. Das waren aber keine Ersuche mehr, sondern Befehle! Er schäumte vor Wut darüber, daß die Engländer den Oberbefehl über seine Truppen besaßen. Anderseits wollte er keinesfalls das

Fort ohne Bagley verteidigen. Nun besaß der Engländer ein unfehlbares Mittel, um ihn zu erpressen. Er, der große Oberst Dschalud, war von einem Bauern eingeschüchtert worden. Wenn Bagley wollte, konnte er Dschalud verletzen und demütigen.
Der Oberst versuchte, den Mut aufzubringen, nach dem Dolch in der Tischplatte zu greifen, doch er brachte es nicht fertig. Er sank in seinem Stuhl zusammen.
»Komm mit, Ibrahim«, sagte Bagley, zog den Dolch heraus und gab ihn meinem Vater zurück. »Ich werde dich persönlich aufs Dach und dann zurück zu deinem Bus begleiten.«
Oberst Dschaluds Hand griff mit drohender Gebärde nach dem Telefon, doch der Engländer nahm ihm den Hörer ruhig aus der Hand und legte ihn auf die Gabel zurück. Als er mit Ibrahim das Büro verließ, drehte Bagley sich an der Tür um und starrte Dschalud an, der wie betäubt dasaß.
»Warum zum Teufel müßt ihr Araber aus allem ein blutiges Drama machen?« Er schlug die Tür hinter sich zu.

VII

Ich bin Ismael.
Du lachst und du sagst,
Wer ist dieser dumme, kleine Bauernjunge?
Doch bevor du vor Lachen vergehst . . . denk daran,
Ich war im Garten Eden.
Ich habe Herrlichkeiten gesehen,
Die du in all deinen Lebensjahren
Und in all deiner Weisheit
Nie kennenlernen wirst.

Es ist vollkommen still.
Nichts Lebendes regt sich,
Nur ein Tropfen Morgentau
Und eine Schlange, die aus ihrem Nest gleitet,
Um sich in den warmen Strahlen zu sonnen.

Still, so still, so vollkommen still.
Aber du bist nie allein.

Die Geschöpfe der Nacht, die Fledermäuse und Eulen,
Haben uns verlassen.
Und über uns ziehen
Die Weißkopfgeier, der Bussard,
Der Falke und der Schlangenadler
Ihre majestätischen Kreise.
Sie gleiten auf aufsteigenden Wellen siedender Luft,
Dann ein Kreischen, und geschlagen
Ist der ahnungslose Hase oder die Echse.

Wenn die morgendliche Kühle
Den unbarmherzigen Pfeilen verzehrender Hitze weicht,
Geh ich zu unseren Quellen,
Aus denen kaltes, reines Wasser sprudelt,
Und ich sehe den Zug kleiner Füchse
Und wilder Esel und Ziegen
Und den stolzen Steinbock,
Wie sie glücklich schlürfen das kühlende Naß.

Der Schakal und die Hyäne
Schleichen um uns herum,
Schrecken uns mit blutrünstigem Gekicher und Geheul.
Ich ziehe mich zurück.
Eine Gazelle huscht vorbei, schneller als eine Sternschnuppe.

Nicht einmal in der Mittagsglut,
Wenn alles Leben erstirbt,
Bin ich allein.
Der Gecko, die Eidechse und das Chamäleon
Sind meine guten Freunde geworden.
Ich rufe sie beim Namen,
Während sie unsere Höhle von Tausendfüßlern befreien.

Ich habe gesehen, wie sich der Mittagshorizont
jenseits des Jordans plötzlich verdunkelt,
Während ein leises, fernes Summen zum Dröhnen wird
Und eine geschlossene Mauer von Heuschrecken,
Rächenden Armeen gleich,

Über das Meer stürmt
Und sich auf das Felsengebirge stürzt.
Du bist niemals allein.

Abends klettere ich sehr hoch über der Höhle
Zu einem Sims, der mein Sims ist.
Von dort kann ich den Berg Nebo sehen,
Jenseits des Toten Meeres,
Den Ort, wo Moses auf das Gelobte Land hinabblickte,
Ehe er starb.
Der matte Himmel wird hell,
Das Wasser färbt sich azurblau.
Und Purpur fließt durch das Geäder der öden Berge.
Sie alle verschmelzen miteinander
In plötzlich aufflammendem Farbenspiel
Wie eine Hymne an die sinkende Sonne.

Es ist jetzt dunkler als dunkel,
Doch jede Nacht
Entzünden sich, uns zum Spott,
Zehn Milliarden Sterne, vor deren Helligkeit
Unsre künstlichen Lichter verblassen.
Sie stellen Fragen, über die wir nur nachsinnen können.
In manchen Nächten zähle ich hundert Kometen,
Die von Unendlichkeit zu Unendlichkeit eilen.
Jetzt bin ich ewig wie sie.
Ich bin die Wüste.
Ich bin der Beduine.
Hältst du mich immer noch für einen dummen, kleinen Bauernjungen?

Du wirst nie meine Höhle oder meinen Sims sehen,
Aber vergiß nicht,
Die Größten unserer Ahnen wußten von meiner Höhle
Und saßen auf meinem Sims
Und betrachteten die Kuppel der Sterne.
Welche Schätze verbargen die Essener tief in meiner Höhle?
Welche besiegten hebräischen Rebellen flüchteten hierher?
Ich sitze auf dem Thron, auf dem König David saß,
Als er vor Saul floh.

Ich sitze, wo Jesus saß,
Als er in die Wüste ging.

Ich weiß von Dingen, die du niemals erfahren wirst,
Und wenn ich ins Paradies eingehe,
Wird Allah mir sicher gestatten, zu dieser Höhle und zu diesem Sims zurückzukehren
Für immer.

Wir Araber sind ein unendlich geduldiges Volk. Zähle dazu unseren angeborenen Mangel an Ehrgeiz, und du wirst verstehen, daß unser Leben in der Höhle sich zu einem recht angenehmen Aufenthalt gestaltete. Zumindest war es am Anfang so. Wir besaßen ein Lager von Nahrungsmitteln, das für etliche Monate ausreichte; dazu Brennholz, Wasser und Kleingetier und Vögel zur Belebung unserer Kost.

Es gab Routinearbeiten wie Holzsammeln, Jagen, Wachestehen und den täglichen Marsch zu den Quellen. Wir bauten eine Reihe von abfallenden Steindämmen. Wenn sich einer füllte, floß er in einen tiefer gelegenen über, und der wieder in den nächsten. Das aufgestaute Wasser sammelte sich schließlich in einer großen Zisterne, die aus dem Fels ausgehöhlt worden war und in der das Wasser unbegrenzt frisch blieb.

Wir waren meistens auf angenehme Art untätig. Oft zogen wir uns zu unseren Beobachtungsposten oder privaten Nischen zurück, wenn die Mittagshitze das Arbeiten unmöglich machte, und starrten einfach stundenlang hinaus auf das Tote Meer und die Wüste.

Ich lernte meine Brüder besser kennen. Kamal hegte Haß gegen mich, weil ich ihm seinen angestammten Platz in der Familienrangordnung weggenommen hatte. Aber es fehlte ihm an Einfällen und Mut, mich zu bekämpfen. Kamal hatte so viel Wissen erworben, wie ihm möglich war, und war zu Mittelmäßigkeit verurteilt. Er war Mitte zwanzig, besaß keinerlei Ehrgeiz und war damit zufrieden, ewig in der Höhle dahinzuvegetieren, wenn das Allahs Wille sein sollte. Er war auch keineswegs Herr in seiner Familie. Insgeheim führte Fatima das Regiment. Ich mochte Fatima sehr. Sie brachte uns zum Lachen und war eine ebenso tüchtige Hausfrau wie Hagar.

Drei von unseren vier Frauen wurden praktisch zu Gefangenen der Höhle. Es war nicht leicht, über die Strickleiter am Eingang zu klettern. Meine Mutter mußte mit dem Flaschenzug hinauf- und hinuntergelassen werden. Einmal riß das Seil, und sie fiel aus einer Höhe von drei Metern hinunter. Zum Glück landete sie auf ihrem gut gepolsterten Gesäß. Da Fatima und Ramiza schwanger waren, verließen sie die Höhle nicht mehr. Es machte ihnen nichts aus, denn arabische Frauen gehen auch zu normalen Zeiten selten außer Haus und dann nur zum Dorfbrunnen oder zum gemeinsamen Backofen. Außerhalb des Dorfes können sie sich nur in Begleitung eines männlichen Familienmitglieds bewegen. So will es die Sunna, unsere Tradition.

Meine Brüder machten sich wegen Ramizas Schwangerschaft Sorgen, denn sie befürchteten, daß ein männliches Kind die Rangordnung der Familie umstoßen könnte. Ich machte mir deswegen keine Gedanken. Wir lebten in einer Höhle, fern von der Menschheit, und was konnte uns ein neuer Halbbruder schon wegnehmen?
Ich war eher wegen Sabri besorgt. Ich hatte ihn sehr gern. Er war überaus gescheit und hatte ausgezeichnete Einfälle, aber ich war froh, daß er nicht mein wirklicher Bruder war, und ich wünschte mir, er wäre nicht ganz so klug.
Wir verfügten über so viel freie Zeit, daß Omar und Jamil mich oft auf meinem Sims besuchten, und ich unterrichtete sie im Lesen und Schreiben. Hadschi Ibrahim spottete zuerst über diesen Unterricht, da er jedoch keinen wirklichen Grund hatte, etwas dagegen einzuwenden, erlaubte er, daß ihre Schulstunden weitergingen. Dabei lernte ich sie besser kennen.
Omar war bald zwanzig. Er hatte gelernt, in unserem Stand Waren zu verkaufen und im Café und im Laden zu arbeiten. Er war sehr zufrieden damit, ein Diener zu sein. Indem er Botengänge erledigte, zusätzlich Wache stand und eigens zum Brunnen ging, heimste er Lob von uns allen ein und errang gelegentlich Vaters Aufmerksamkeit. Das schien ihm als Lohn zu genügen. Er war einfach, lernte langsam und war dazu bestimmt, sein Leben lang unscheinbar zu bleiben. Er stellte keine Bedrohung für meinen Rang innerhalb der Familie dar.
Bei Jamil, der im Alter zwischen Omar und mir lag, war es etwas anderes. Er war immer das düstere Element in der Familie gewesen, für uns alle ein Rätsel. Er war der am wenigsten gesprächige, am wenigsten freundliche und der einsamste. Jamil war durch sein Alter und seine Stellung als Jüngster in der Familie dazu verurteilt, Schäfer und später Bauer zu werden, denn als für mich die Zeit gekommen war, die Schafe zu hüten, hatte ich mich davor gedrückt, da ich in

Ramle zur Schule ging. Ich glaube, Jamil nahm mir das insgeheim übel. Wir stritten nie, aber er konnte sehr mürrisch und in sich gekehrt sein.
Er lernte doppelt so schnell Lesen und Schreiben wie Omar. Wir hatten nicht gewußt, daß er so aufgeweckt war. Er war nach mir der klügste. Jamil war der einzig Ruhelose in der Höhle, und zu dieser Zeit geriet er oft grundlos in Wut. Ich sah in ihm keinen ernsthaften Rivalen, obwohl er um so öfter mit mir stritt, je mehr er lernte.

Nada bedauerte ich am meisten. Drei Frauen befanden sich die ganze Zeit über in der Höhle, aber sie brauchten sie nicht. Sie war gesund und konnte mühelos die Leiter hinauf- und hinuntersteigen, deshalb nahm ich sie mit, sooft ich konnte, wenn wir Fallen aufstellten und an der Zisterne arbeiteten.
Ihre Hauptaufgabe bestand darin, zweimal wöchentlich zu den Quellen zu gehen, um unsere Kleider – oder was davon übrig war – zu waschen. Ich richtete es so ein, daß ich sie immer zu den Quellen begleitete.
Wir nannten unseren Esel Absalom. Ich ritt auf ihm die lange Strecke durch die Schlucht, während Nada hinter mir herging, wie es der Brauch war. Wenn wir außer Sichtweite unseres Wachtpostens gelangten, forderte ich sie auf, sich hinter mich auf Absalom zu setzen. Sie mußte die Arme um mich legen, um sich im Gleichgewicht zu halten. Ich muß zugeben, daß es mich erregte, wenn ich ihre Brüste in meinem Rücken spürte. Vielleicht hätte ich mich deswegen schämen sollen, aber ich war nicht der erste arabische Junge, der durch den – wenn auch noch so unschuldigen – Körperkontakt mit seiner Schwester eine Erektion bekam.
Es war tollkühn von mir, es mir einzugestehen, und ich hätte es ihr nie erzählen oder zeigen können, aber ich liebte Nada mehr als meine Brüder. Genaugenommen liebte ich auch Sabri mehr als Kamal, Omar und Jamil. Sabri und ich hatten viel mehr gemeinsam. Wir verbrachten einen beträchtlichen Teil unserer Zeit miteinander und schliefen in einem abgetrennten kleinen Raum.
Man stelle sich vor, wie überrascht ich war, als mir klarwurde, daß Sabri und Nada einander gewisse Blicke zuwarfen und einander im Vorbeigehen leicht berührten. Es gibt eine Art, wie ein arabisches Mädchen einen Mann ansieht, die nur eines bedeuten kann.
Zuerst kränkte es mich erstaunlicherweise, daß ein anderer Junge Nada diesen Blick entlocken konnte. Aber warum nicht? Sie war in

dem Alter, in dem ein Mädchen erregt werden kann, und außer Sabri gab es niemanden bei uns, der sie hätte erregen können. Dennoch empfand ich es als schmerzlich. Mir wäre es lieber gewesen, wenn ihr Sabri nicht gefallen hätte, so wie es mir lieber gewesen wäre, wenn Sabri nicht so klug gewesen wäre. Obwohl ich ihn mochte, traute ich Sabri nicht über den Weg. Er gehörte nicht zur Familie und war nicht wirklich verpflichtet, Nadas Ehre zu schützen. Ich nahm an, daß er bereit wäre, sie zu küssen, sich mit ihr herumzuwälzen oder sogar Schlimmeres. Zum Glück lebten wir sehr nah beieinander, und wenn sie sich außerhalb der Höhle aufhielten, achtete ich darauf, daß sie nie zusammen weggingen. Einer meiner Brüder oder ich lagen immer auf der Lauer. Die Frauen kicherten darüber, flüsterten hinter unseren Rücken und nahmen es nicht so ernst wie wir.

Hadschi Ibrahims Lieblingsplatz war unser Wachtposten, eine tiefe, in einer herrlich schattigen Nische gelegene Spalte im Felsen. Von da hatten wir einen idealen Blick auf den einzigen Zugang zur Schlucht, so daß niemand herein oder hinaus konnte, ohne unmittelbar unter unserem Maschinengewehr durchzugehen.
Mehrmals kamen jordanische Patrouillen auf einige hundert Meter Entfernung heran, ohne jedoch das verwinkelte Labyrinth der Schlucht zu betreten. Wir fürchteten vor allem die Beduinen, und zwar am meisten nachts. Wir fühlten, daß ihre unsichtbaren Augen die ganze Zeit auf uns gerichtet waren. Wieder wußte Sabri eine Lösung. Wir stellten jede Nacht einige einfache Minenfallen auf, zu denen wir Handgranaten verwendeten. Sobald jemand den Versuch unternahm, unsere Nebenschlucht zu betreten, würde er über einen der Dutzend Drähte stolpern und eine Explosion auslösen.
Die Beduinen warteten, bis Neumond war und sie einen Sandsturm als Deckung benutzen konnten. Wir spürten den bevorstehenden Überfall und bereiteten uns darauf vor. Als jemand über einen Draht stolperte und die Handgranate explodierte, hallte der Krach in den Hohlräumen der Felsen wider wie die Salve einer Artilleriebatterie. Wir eröffneten ein fürchterliches Sperrfeuer, und sie zogen sich schnell in die Berge zurück. Bei Morgengrauen fanden wir keine Spur mehr von ihnen.
Als nächstes fürchteten wir, daß sie versuchen würden, uns zu erwischen, wenn wir die Schlucht verließen, um zu den Quellen oder nach Jericho zu gehen, deshalb marschierten wir paarweise, und einer von uns trug immer eine automatische Waffe.

Hadschi Ibrahim war davon überzeugt, daß es nur eine Frage der Zeit sei, bis sie uns belagern, sich hinter den umliegenden Felsen verstekken und versuchen würden, uns einzeln abzuknallen. Er bereitete sich auf diese Möglichkeit vor, indem er einen zweiten Wachtposten näher am Meer aufstellte, damit wir tagsüber kilometerweit jede Bewegung beobachten konnten. Die Augen der Beduinen wurden zu unserem ersten drohenden Schatten im Paradies.

Der zweite Schatten war mein immer wiederkehrender Alptraum. Ich war außerstande, die Szene zu vergessen, als meine Mutter und die anderen Frauen in Jaffa vergewaltigt worden waren. Ich war Allah dankbar, daß Nada damals verschont geblieben war und daß sie nichts davon wußte. Mehr als einmal erwachte ich nachts, den Tränen oder einem Wutanfall nahe, mit heftigem Herzklopfen, in Schweiß gebadet. Ich konnte die Augen dieser Iraker nicht aus meinem Gedächtnis löschen. Ich würde einen von ihnen wiedertreffen. Ich wußte es.

Abgesehen von dem Schrecken war das Schlimmste, daß wir dieses Unglück lebenslänglich vor meinem Vater geheimhalten mußten. Das verlieh mir ehrfurchtgebietende Macht über die drei Frauen und zwang sie zu einem Bündnis mit mir. Sie vertrauten mir zwar, aber wer durch ein solches Geheimnis Macht über andere besitzt, wird zwangsläufig beargwöhnt.

Mein Vater und ich hüteten ferner das Geheimnis, daß Sabri mit einem irakischen Offizier eine homosexuelle Beziehung unterhalten hatte.

Ich zweifelte nicht daran, daß Sabri und Nada Geheimnisse vor uns hatten. Wir konnten sie nicht die ganze Zeit überwachen, ganz gleich, wie sehr wir uns auch bemühten. Mitunter sahen wir Nada allein einen Pfad hinuntergehen, und zehn Minuten später kam Sabri denselben Weg entlang. Die beiden verrieten sich durch ihr vielsagendes Schweigen.

Auch die Frauen hatten Geheimnisse. Das erkannte man daran, daß ihr Geplauder verstummte, wenn ein Mann die Höhle betrat.

Wahrscheinlich hatten auch meine Brüder ihre Geheimnisse, denn sie unterhielten sich oft abseits, wobei sie meist Vermutungen darüber anstellten, welche Stellung sie innerhalb der verschiedenen Verbindungen einnahmen.

Die Geheimnisse aller bildeten ein leicht zu erschütterndes Gleichgewicht unausgesprochener Erpressungen.

Wenn es ein Problem gab, das nur von meinem Vater gelöst werden konnte, war es für gewöhnlich meine Aufgabe, mich als Sprecher der anderen an ihn zu wenden. Ich wartete meist, bis ich spürte, daß Ibrahim sich in zugänglicher Stimmung befand, und dann setzte ich mich beim Maschinengewehrposten zu ihm.
Manchmal saßen wir eine volle Stunde nebeneinander, ohne zu sprechen. Ich war immer darauf bedacht, seine Meditation nicht zu unterbrechen. Dann pflegte er durch eine Gebärde zu zeigen, daß er meine Anwesenheit zur Kenntnis genommen habe.
»Ich rieche die Beduinen.« Ibrahim schien mit sich selbst zu sprechen. »Es ist vernünftig, daß wir nachts zwei Mann in vorgeschobener Stellung liegen haben und einer von ihnen ständig die Runde macht.«
Unser gemächliches Leben wurde durch diese Einrichtung belastet. Ich wartete darauf, daß Vater weitersprach.
»Ich werde Tag und Nacht hierbleiben«, sagte Ibrahim. »Falls sie unseren vorgeschobenen Posten abknallen, muß ich die Frauen beschützen.«
»Das ist eine ausgezeichnete Idee, Vater.«
»Es ist keine ausgezeichnete Idee. In Wirklichkeit verfügen wir über keinen Schutz außer Allahs Willen.«
Es dauerte lange, bis ich wieder den Mund öffnete. »Ich spreche nur nach reiflicher Überlegung.«
»Überlegung führt zu listigen Schlüssen.«
»Wir sind hier glücklich und zufrieden. Aber wir leben jetzt seit mehreren Monaten in der Höhle, und gewisse Schwierigkeiten werden erkennbar, die wir nicht vorhergesehen haben.«
»Du sprichst Worte, die auf mehrere Möglichkeiten hinweisen.«
»Ich spreche von der Verteidigung. Wir können aber auch einen anderen Gesprächsstoff finden«, fügte ich eilig hinzu.
»Ja, das könnten wir und bis zum Einbruch der Nacht weiterreden, aber danach hätten wir keine andere Wahl, als zum ersten Thema zurückzukehren.«
»Es ist nicht meine Aufgabe, mich zu den Fähigkeiten unserer Leute zu äußern, wenn wir dich als unseren Führer haben.«
»Aber man kann die gleiche Situation von mehreren Standpunkten aus sehen, je nach den Umständen.«
»Unsere Umstände haben eine gewisse mathematische Unausgewogenheit.«
»Was könnte das sein?«
»Bisher waren wir in einer angenehmen Lage, indem die Aufgaben

der Männer regelmäßig wechselten – Wache stehen, nach Jericho und zu den Quellen gehen, Fallen stellen, Brennholz sammeln und an der Zisterne arbeiten. Das hat wunderbar geklappt – bis jetzt.«

»Du erwähntest eine Unausgewogenheit.«

»Zwei zusätzliche Wachen in der Nacht, die am Ufer des Meeres auf Streife gehen. Verzeih mir, Vater. Wenn ich spreche, vergesse ich mich oft, und meine ehrliche Meinung tritt zutage. Kamal ist als Wachtposten in der Nacht dort unten wertlos. Omar ist fragwürdig. Also bleiben nur Sabri, Jamil und ich übrig.«

»Du, als der jüngste, fällst Urteile über deine Brüder?«

»Ich bitte dich, die Ehrlichkeit, die mich überkam, nicht zu hart zu beurteilen. Ich wiederhole nur, was du schon weißt.«

»Nachdem du mir meine Vorrechte entzogen hast . . .«

»O nein, Vater. Ohne dich sind wir nackt. Aber manchmal brauchte sogar der Prophet einen Hinweis.«

»Was du beobachtet hast, weist auf verschiedene Umstände hin, auf die ich vielleicht aufmerksam gemacht werden sollte.«

»Kamal ist in der Nacht in Fatimas liebenden Armen besser aufgehoben. Ich habe ihn vor der Gefahr davonlaufen sehen.«

»Wo?«

»In Jaffa. Als er zurückgelassen wurde, um die Frauen zu verteidigen, floh er. Zum Glück ist den Frauen nichts zugestoßen.«

»Das hatte ich geargwöhnt. Es macht mich traurig, das zu hören.«

»Wenn er nachts dort unten am Meer wachen soll, könnten wir ebensogut Absalom oder die Ziege hinschicken. Sie würden wenigstens laut Lärm schlagen.«

»Und Omar?«

»Mangelnder Mut ist bestimmt nicht Omars Fehler. Nur Dummheit. Er kann nicht auf sich gestellt in der Dunkelheit handeln. Ich habe zweimal dort unten mit ihm Wache gehalten und die Nacht damit verbracht, ihn bis zum Morgengrauen zu suchen.«

»Jamil und Sabri?«

»Sie sind ausgezeichnet.«

»Ich wußte nicht, daß du soviel von Jamil hältst.«

»Er ist mein Bruder. Ich liebe ihn.«

»Aber Kamal und Omar sind auch deine Brüder.«

»Ich habe Jamils Vorzüge schätzen gelernt. Er brennt darauf zu kämpfen.«

»Ich werde mir alles überlegen, was du gesagt hast, und vielleicht werde ich es euch dreien überlassen, die Außenposten zu stellen.«

»Aber das bringt mich wieder auf die Unausgewogenheit und die Ehrlichkeit, die mich übermannt hat. Wir brauchen zwei gute Wachtposten unten am Meer.«
»Du erwartest doch nicht, daß Hadschi Ibrahim diesen äußerst wichtigen Kommandoposten verläßt.«
»Ein solcher Gedanke ist mir nie in den Sinn gekommen.«
»Dann gibt es keine Möglichkeit, die Unausgewogenheit zu beheben.«
»Mir schwebt eine Lösung vor.«
»Versuchst du, gemeinsam mit mir zu überlegen, oder mich zu überreden?«
»Ich versuche nur, die Unausgewogenheit zu beheben. Wir sollten die Aufgaben, die Kamal und Omar tagsüber erledigen, auf die Arbeiten erweitern, die sie bewältigen können. Wie du weißt, Vater, dürfen wir keinen von beiden nach Jericho schicken, denn sie haben ihre Aufgaben dort schon verpfuscht. Die Informationen, mit denen sie zurückkommen, sind selten brauchbar, und sie könnten ungewollt sogar unseren Aufenthalt verraten. Sie müssen Brennholz suchen, Fallen stellen, zu den Quellen gehen und ähnliche Arbeiten erledigen. Man darf ihnen keine Aufgaben stellen, bei denen sie selbständig einen Entschluß fassen müssen.«
»Wenn deine Worte bei mir Gehör finden, dann werden wir mit drei Wachtposten in der Nacht auskommen müssen.«
»Das wird eine Last sein, die wir . . . rein rechnerisch gesehen . . . nicht tragen müßten.«
»Ismael, versuche nicht, mich mit deiner Bildung zu belehren. Wir haben sechs Männer. Ich muß auf dem Kommandoposten bleiben, und deiner Ansicht nach sind zwei von den anderen wertlos. Es bleiben also noch drei Mann. Sind das nicht zusammen sechs?«
Ich schloß die Augen, atmete tief ein, wie ich es so oft aus Angst getan hatte, und sagte: »Wir haben eine gesunde, tüchtige Frau, die fast nichts zu tun hat.«
»Ich verstehe nicht, was du meinst.«
»Vater«, sagte ich unsicher, »ich habe Nada beigebracht, mit einem Gewehr zu schießen. Sie kann es mit jedem hier aufnehmen . . . natürlich außer mit dir.«
»Und du läßt sie auch hinter dir auf Absalom reiten und lehrst sie insgeheim Lesen und Schreiben.«
Beim heiligen Namen des Propheten! Ich würde gleich mit einem Schlag, einem Fußtritt oder einem Stoß vom Gesims fünfzehn Meter

tief hinuntergeschleudert werden! Ich schloß die Augen und wartete auf den Stoß. Ich war so darauf bedacht gewesen, es geheimzuhalten!

»Sabri würde bestimmt gern mit Nada Nachtwache stehen.«

»O nein!« schrie ich, sprang auf und war ganz Verteidiger der Familienehre. »Ich habe nur an mich und Jamil gedacht!«

»Setz dich!« befahl mein Vater mit unheilvoller Sanftheit. »Was du mit Nada versuchst, ist nicht möglich. Es wird für sie nur zu einem Leben voll Verwirrung führen.«

»Aber unser altes Leben ist vorbei, Vater.«

»Dann müssen wir darauf warten, daß es neu ersteht, und inzwischen dürfen wir das, was wir wissen, nicht aufgeben. Was würde es Nada nützen, lesen und schreiben zu können?«

»Wenn wir von hier fortgehen ... nach den Jahren, die es vielleicht dauern wird, bis wir nach Tabah zurückkehren ... Allah allein weiß es. Vielleicht wird sie eine Arbeit annehmen müssen.«

»Niemals.«

»Aber vielleicht macht es sie glücklich, lesen und schreiben zu können ...«

»Sie wird mit dem Mann glücklich sein, mit dem ich sie verheirate.«

»Die Zeiten haben sich geändert, Vater!«

»Manches ändert sich nie, Ismael. Laß die Frauen auf dem Weg vor dir gehen, und du wirst für den Rest deines Lebens ihren Wind ins Gesicht bekommen.«

In diesem Punkt war er unnachgiebig und befahl mir kategorisch, Nada nicht mehr zu unterrichten. Ich wollte gehen.

»Setz dich«, befahl mein Vater. Er blickte auf die Wüste hinaus und behandelte mich so unpersönlich, als sei ich ein Stein. »Wir müssen Sabri überwachen. Er kommt aus einer Stadt skrupelloser Diebe. Eine Familie kann viele männliche Kinder, aber nur einen Sohn haben. Du bekommst jetzt die erste Lektion über enge Freundschaften. Um der Sohn zu sein, der auf den Vater folgt, mußt du lernen, was jeder Mann in deiner Umgebung wirklich ist ... wer dein getreuer Sklave sein wird ... wer beide Seiten gegeneinander ausspielen wird ... und vor allem, wer gefährlich ist. Wenige Führer überleben ihre Mörder. Wenn du hundert Freunde hast, wirf neunundneunzig hinaus und hüte dich vor dem hundertsten. Wenn er tatsächlich dein Mörder ist, iß ihn zu Mittag, ehe er dich am Abend verzehrt.«

Ich muß ausgesehen haben wie ein Idiot. Mein Mund war zu trocken, um zu antworten.

»Mein Sohn, du hast nach der Führung gestrebt, seit du gehen konntest.«
»Ich bin dumm«, platzte ich heraus.
»Eine Kombination von vielen Dummheiten kann dazu führen, daß man ein angesehener Mann wird, wenn man aus seinen Dummheiten lernt. Das Gleichgewicht von Mann und Frau ist wie das Gleichgewicht des Lebens in der Wüste ... sehr zerbrechlich. Spiel nicht damit. Was Sabri betrifft ...«
»Ich schäme mich«, flüsterte ich.
»Ich erkannte Sabri von der ersten Minute an. Glaubst du wirklich, daß er gezwungen wurde, mit einem irakischen Offizier zu schlafen, Tag und Nacht mit ihm zu leben?«
»Er war am Verhungern.«
»Ein Junge, der ein geschickter Automechaniker ist, verhungert in Nablus? Vielleicht hat er die Not geprüft, und im Vergleich dazu waren die Annehmlichkeiten, die die Irakische Armee zu bieten hatte, groß.«
»Warum ist er dann mit uns gekommen?« fragte ich.
Ibrahim zuckte die Schultern. »Vielleicht hatte er genug von seinem irakischen Freund, vielleicht hatte der Iraker genug von ihm. Vielleicht war es ein Streit unter Verliebten. Vielleicht hatte sich Sabri zu viele Waren aus dem Lagerhaus der Iraker angeeignet und war in Gefahr, erwischt zu werden. Wer weiß? Er nützt jede Gelegenheit aus. Vielleicht war die Möglichkeit, mit uns zu kommen, der beste Weg, Unannehmlichkeiten in Nablus zu entgehen.«
Überraschte es mich wirklich? Wie oft am Tag fühlte ich mich unbehaglich, weil Sabri mich allzu lange umarmte, mich im Vorübergehen berührte, mir die Hand drückte, mich schmachtend ansah? Wie oft erwachte ich in der Nacht und stellte fest, daß Sabri »zufällig« im Schlaf schief im Bett lag und seinen Körper an den meinen preßte, so daß ich seinen steifen Schwanz spürte, während er listig darauf wartete, daß ich den ersten Annäherungsversuch machte?
Was aber ging zwischen ihm und Nada vor?
Ich schämte mich meiner Dummheit. Natürlich trieb Sabri ein Spiel. Er konnte jeden mit seiner liebenswürdigen Art herumkriegen und allen einreden, daß er ihr Freund sei; was ihn nicht daran hindern würde, die Schwester eines Freundes zu schänden. Ich mußte lernen, die Menschen besser einzuschätzen.
Hadschi Ibrahim starrte unverwandt hinaus auf die Wüste. Wie weise er war. Wie naiv und dumm war ich gewesen.

»Wir müssen ihn äußerst sorgfältig beobachten. Die besten Verräter sind Menschen wie Sabri, weil sie dein Vertrauen erringen können. Wenn er deine Schwester berührt, werde ich ihn zum Tode verurteilen. Du, Ismael, der du nach der Führung strebst, wirst deine erste praktische Lehre erhalten. Du wirst Sabri beseitigen – im geheimen – mit einem Dolchstoß.«

VIII

Eine Stelle oberhalb von meinem Sims forderte mich ständig heraus. Etliche hundert Meter höher befand sich der Einstieg zu einer zweiten Höhle. Natürlich gab es in der Umgebung von Qumran viele Höhlen. Wir erforschten von Zeit zu Zeit die leicht zugänglichen unter ihnen. Andere waren einfach nicht erreichbar, außer durch geübte Kletterer mit geeigneter Ausrüstung.

Die Öffnung über mir befand sich in einer steilen Felswand, aber ich hatte gelernt, daß man ein Ziel auf vielen Wegen erreichen kann. Man entdeckt kleine Tritte und Griffe, lernt kleine Sprünge zu machen und Seile zu verwenden. Viele Stunden und Tage lang beobachtete ich durch das Fernglas die Bewegungen der Bergziegen. Das Klettern wurde für mich zur äußersten Herausforderung. In den anderen Höhlen hatten wir keine Gegenstände von Wert gefunden, doch ich stellte mir vor, daß diese mit Schätzen gefüllt sei. Es wurde zu einer fixen Idee, die mich nicht mehr losließ.

Eines Morgens rekelte ich mich mit Nada auf meinem Sims, als Sabri sich zu uns gesellte. Trotz der harten Worte meines Vaters fühlte ich mich in der Gesellschaft der beiden wohl. Außerdem würden wir nichts Unrechtes tun, sondern nur miteinander sprechen.

Bald blickten wir drei zur oberen Höhle hinauf und überlegten, wie man sie erreichen könne.

»Ich glaube, ich habe eine Möglichkeit entdeckt«, erklärte ich.

»Es ist kein unlösbares Problem«, pflichtete Sabri mir bei.

»Dann versuchen wir es doch«, schlug Nada aufgeregt vor.

Sabri zuckte die Schultern. »Heute ist es zu heiß.«

Ich war wirklich froh, daß er es zuerst gesagt hatte; nicht daß ich etwa Angst gehabt hätte ... jedenfalls nicht allzusehr. Aber es war eine ungeheuer steile Wand.

»Vielleicht morgen«, sagte ich.
»Ja, vielleicht morgen«, stimmte Sabri zu.
»Warte mal«, rief ich, »morgen geht es nicht. Ich muß Wache stehen. Wie wäre es mit übermorgen?«
»Übermorgen kann ich wieder nicht«, sagte Sabri. »Da muß ich zu den Quellen gehen.«
»Und am Tag darauf bin wieder ich nicht frei.«
»Nächste Woche.«
»Ja, nächste Woche.«
Nada sprang auf und lachte uns aus. »Ihr habt Angst!« rief sie. »Ihr habt beide Angst.«
»Keine Spur!« widersprachen wir einstimmig.
»Dann gehen wir jetzt!« Damit kletterte sie die Felsen hinauf wie eine Bergziege. »Kommt!« rief sie spöttisch zu uns zurück.
Natürlich konnten weder Sabri noch ich eine solche Frechheit von einem weiblichen Wesen dulden. Wir standen unsicher auf und streckten die Brust heraus.
»Ich werde Kletterausrüstung holen«, sagte ich. In Wirklichkeit hoffte ich, daß sie, wenn ich zurückkam, die Idee aufgegeben haben würde. Ich legte den Weg zu unserer Höhle sehr langsam zurück. Ich rollte ein langes Seil auf und legte es mir über die Schultern, füllte eine Feldflasche mit Wasser, nahm eine Taschenlampe und ging dann noch langsamer zurück, als ich gekommen war.
Ach Scheiße! Nada hatte die Kletterei nicht nur nicht aufgegeben, sie befand sich sogar schon gute sechzig Meter oberhalb des Simses, lachte und hänselte Sabri, der nur langsam vorankam und sich ungeschickt an den Felsen festklammerte. Ich bat meine Beine, nicht mehr zu zittern, sprach ein Gebet zu Allah und begann den Aufstieg. Es war entsetzlich! Ich heftete den Blick starr auf meine Hände. Als mein Fuß abrutschte, beging ich jedoch den Fehler, nach unten zu schauen: Der Felsen fiel unter mir mindestens eine Million Meter ab!
Ich hätte am liebsten geschrien, daß ich aufhören wolle, denn mir fiel ein, daß wir auch wieder hinunterklettern mußten. Aber natürlich mußte ich darauf warten, daß jemand anderer vor mir aufgab, und ich hatte das gräßliche Gefühl, daß dieser jemand nicht Nada sein würde. Jedesmal, wenn ich ihr schwarzes Kleid flüchtig erblickte, sah ich, daß sie mit unglaublicher Behendigkeit, ohne die geringste Furcht, hinaufstieg.
»Kommt doch!« rief sie immer wieder. »Hier oben ist es wunderschön!«

Allah sei Dank, dort war eine kleine ebene Stelle, an der sie haltmachten, um auszuruhen. Ich betete, daß sie es sich überlegen möchten, denn ich war nahe daran, in die Hose zu pinkeln. Als ich sie erreichte, stand Nada oberhalb von Sabri und sprach ihm Mut zu. Er war vor Angst erstarrt, unfähig, sich nach oben, nach unten oder zur Seite zu bewegen. Er konnte nicht einmal mehr sprechen.
»Pfff!« stieß ich hervor. Ich war überglücklich, weil Sabri als erster aufgegeben hatte. »Es hat keinen Sinn, weiterzuklettern«, erklärte ich. »Mach dir jetzt keine Sorgen mehr, Sabri. Es ist keine Schande. Wir werden dir mit dem Seil beim Abstieg helfen.« Ich legte ihm den Arm um die Schultern, strahlte vor Mitleid und verbarg, daß ich zitterte. Sabri hatte Glück, in mir einen so verständnisvollen Freund zu haben.
»Pech. Wir werden es wieder versuchen. Nicht wahr, Sabri?«
Er stieß ein leises Piepsen aus, wie ein Küken, das soeben aus dem Ei geschlüpft ist. Als ich aufblickte, war Nada wieder verschwunden. Oh! Ich kam äußerst vorsichtig auf die Beine und drückte mich, so weit vom Rand des Simses entfernt wie möglich, an den Felsen, beging aber dabei den Fehler, wieder hinunterzublicken. O Gott!
»Nada!« schrie ich. »Komm zurück! Das ist ein Befehl!«
»Hierherauf, Ismael! Hier ist eine große Spalte, der wir folgen können. Ab hier ist es viel leichter!«
Ich schaute hinauf. Ich schaute hinunter. In beiden Richtungen lauerte der Tod.
»Sabri, komm, laß uns weitergehen. Nada hat einen Weg gefunden.«
»Ich k-k-k-kann nicht«, stotterte er.
Es war vollkommen zwecklos, ihn dazu zu zwingen. Er war gelähmt, von Kopf bis Fuß steif wie ein Brett. »Dann bleibe hier und rühr dich nicht vom Fleck. Wir kommen bald zurück. In Ordnung?«
Es gelang ihm zu nicken.
Das Klettern fiel mir leichter, denn ich konnte unmöglich noch mehr Angst bekommen, als ich ohnehin schon hatte. Dann wurde ich geradezu tollkühn, als der Höhleneingang näher kam. Nada zeigte nicht die geringste Angst. Sie mußte verrückt sein. Ich war noch nie auf ein Mädchen angewiesen gewesen, aber noch nie hatte sich etwas so gut angefühlt wie ihre Hand, die mich über den Felsrand zog.
»Macht das nicht Spaß?« keuchte sie.
»Es war ganz leicht«, log ich.
Wir standen Hand in Hand vor der Öffnung. Man nähert sich dem

Eingang einer Höhle immer auf die gleiche Weise ... vorsichtig. Ich knipste die Taschenlampe an und wies Nada an, vor mir hineinzugehen. Sie ging behutsam auf Zehenspitzen und wartete darauf, daß Fledermäuse herausflögen, aber es kamen keine. Ich folgte ihr und suchte den riesigen Raum mit dem Lichtstrahl ab.
Nada schrie auf und warf sich in meine Arme. »Dort! In der Ecke. Ein Haufen Menschenknochen.«
»Schon gut«, krächzte ich. »Sie sind tot.«
Dann sahen wir etwas noch Traurigeres. In einem riesigen zerbrochenen Gefäß befand sich das Skelett eines kleinen Kindes mit einem Krug und ein paar Getreidekörnern neben seinem Kopf.
»Ich möchte wissen, wer sie waren«, überlegte sie laut.
Wir stöberten herum und fanden weitere Kinderknochen auf einer Art steinernem Altar, auf dem noch Feuerspuren zu erkennen waren. Wir wußten nicht, was all das bedeutete, aber unsere Kühnheit wuchs von Minute zu Minute, und wir wagten weiter vorzudringen. Wir erkundeten noch drei Räume, und jeder enthielt Zeugnisse früheren Lebens. Es gab Dutzende kleiner Töpfe, von denen die meisten zerbrochen waren, eine Sandale, eine Haarflechte, Getreidekörner, Stoffreste, Körbe, einen steinernen Küchenherd und allerlei Geräte.
Meine Taschenlampe leuchtete bereits schwächer, ein Anzeichen dafür, daß die Batterien erschöpft waren. »Es gibt hier nichts von Wert«, stellte ich enttäuscht fest. »Wir sollten lieber wieder ins Freie gehen.«
»Warte! Dort hinten«, rief Nada und zeigte auf eine Öffnung. Sie führte zu einem so niedrigen Raum, daß sie auf Händen und Füßen hineinkriechen mußte.
»Komm schon, Nada. Wenn die Lampe erlöscht, kommen wir in Schwierigkeiten.«
Ich war zornig, weil sie nicht auf mich hörte, aber es blieb mir nichts anderes übrig, als hinter ihr herzukriechen. »Es ist zu niedrig«, beschwerte ich mich. »Hier konnte niemand leben.«
»Aber sie konnten da drinnen etwas verstecken.«
Wir kamen zum Ende des Stollens. Es war so eng, daß es uns schwerfiel, uns umzudrehen. Ich leuchtete umher, aber wir konnten nur einen Haufen Stöcke sehen.
»Hier ist nichts«, erklärte ich.
»Jemand muß diese Stöcke hierhergebracht haben«, widersprach sie.
»Na und?«
»Warte! Hör doch.«

»Ich hör' nichts.«
»Dort, wo du an die Wand gestreift bist.«
»Nur ein paar Steine, die ins Rutschen gekommen sind. Ich kehre nicht noch einmal um.«
»Ismael! Leuchte hierher. Was ist das?«
Ich konnte nur einen kleinen Korb erkennen, der zusammen mit einigen Steinen aus einer Spalte geglitten war. Nada hob einen Stock auf und stocherte in der Ritze herum. Es war, als sei eine Klappe aufgegangen. Gegenstände fielen heraus! Viele! Sechs oder mehr! Der Raum war so eng, daß wir fast auf dem Bauch lagen. Wir konnten nicht untersuchen, was wir entdeckt hatten. Ich richtete mich brummend auf, nahm einen Stock, stieß ihn in das Loch und erweiterte es, bis meine Hand hineinpaßte. Ich griff hinein und zog drei Metallgegenstände heraus. Meine Taschenlampe leuchtete wieder schwächer.
»Nimm, was du tragen kannst. Ich bring' den Rest. Machen wir, daß wir herauskommen!«
Wir kehrten gerade rechtzeitig in die Haupthalle zurück. Als wir ins Licht des Höhleneingangs traten, erlosch die Taschenlampe. Wir legten die Gegenstände hin und starrten sie an. Es waren schöne Arbeiten aus Kupfer mit allerlei kunstvollen Windungen und Verzierungen. Eine war mit Steinbockköpfen verziert, eine andere, die wie eine Krone aussah, trug einen Ring aus Vögeln. Zwei elfenbeinerne Gegenstände waren gekrümmt und wiesen viele Löcher auf.
»Was ist das, Ismael?«
»Ich weiß es nicht, aber ich glaube, sie sind sehr wertvoll.«
»Wir haben nichts, worin wir sie hinuntertragen könnten«, gab sie zu bedenken. »Verstecken wir sie und holen wir sie mit Körben.«
»Nein, sie könnten gefunden und gestohlen werden.« Ich zog mein Hemd aus. Ich konnte die Hälfte der Funde darin einwickeln. Was sollten wir tun? Allah, hilf mir nachdenken! »Also gut, Nada, wir nehmen auch dein Hemd«, entschied ich.
Sie zog es ohne zu zögern aus und trug nur noch ihre bis zu den Knöcheln reichende Hose, um ihre Blöße zu bedecken. »Ich werde versuchen, nicht hinzusehen«, versprach ich ritterlich, »und wenn ich es irrtümlich doch tue, schwöre ich, daß ich das Geheimnis bis an mein Lebensende bewahren werde.«
»Es macht nichts, du bist mein Bruder. Außerdem sind die Schätze wichtiger.«
Als wir Sabri erreichten, hatte er seine Selbstbeherrschung einiger-

maßen wiedergefunden. Unser Glücksgefühl trug dazu bei, daß uns der Abstieg leichter fiel. Als wir uns auf den Weg machten, fiel mir ein, daß wir Ibrahim erklären mußten, wie wir zu dem Fund kamen. Mir war klar, daß wir eine kleine Lüge erfinden und gemeinsam einen Eid darauf schwören mußten. Zum erstenmal in meinem Leben schämte ich mich vor einer Frau.

»Nada, wir können Vater nicht erzählen, daß du mit Sabri und mir herumgeklettert bist. Ich könnte behaupten, daß ich allein dort oben war, aber er würde merken, daß ich so viel nicht allein hinuntergebracht haben kann. Wir werden sagen, daß Sabri und ich oben waren.«

Ihre großen, strahlenden Augen waren schmerzerfüllt. Sabri blickte zu Boden. Er konnte ihr nicht in die Augen sehen, und ich auch nicht.

»Du kennst doch Vater«, murmelte ich. »Er könnte Sabri und mich zu Tode prügeln. Er könnte dir etwas antun.«

Wir müssen eine halbe Stunde schweigend dort gesessen haben, ehe Nada meine Hand ergriff. Dann ergriff sie kühn auch die von Sabri.

»Du hast recht, Ismael. Du und Sabri, ihr habt diesen Fund gemacht. Ich war nicht dort.«

IX

Du kannst dich für einen Beduinen halten, glauben, daß du einer bist, und versuchen, wie einer zu leben. Ein paar Menschen dieses Schlages, die man Wüstenfüchse nennt, schaffen es, einige Zeit so zu überleben, aber wenn du nicht hier geboren bist, wird dich die Wüste schließlich ausdörren.

Ein paar Monate vor meinem dreizehnten Geburtstag verlor das Paradies seinen Glanz.

Zuerst kamen die Stürme. Der Himmel wurde schwarz. Anfangs konnten wir nicht unterscheiden, ob es sich um Heuschrecken oder Sand handelte. Ein glühend heißer Gegenwind von der Wüste zum Meer, der Hamsin, peitschte über uns hinweg. Man kann sich nur möglichst nahe am Boden hinkauern, dem Wind den Rücken zuwenden und liegenbleiben, manchmal stundenlang. Man kann sich in dem Wind nicht bewegen. Man darf nicht die Augen öffnen. Der Sand dringt in die Kleider, reizt die Haut und erschwert das Atmen.

Ganz gleich, wie sehr wir uns auch bemühten, die Höhle abzudichten, der Sand drang überall hinein – in unsere Vorräte, unsere Waffen, unser Petroleum. Der Sand verfilzte unser Haar. Dauernd spuckten wir ihn aus, aber wir hatten immer Sand zwischen den Zähnen und in den Nasen, und obwohl wir uns bemühten, die Höhle reinzuhalten, gab es ständig Sand in unseren Speisen, unter unseren Fingernägeln und in den Poren unserer Haut.
Im Gefolge der Sandstürme kamen die kleinen Läuse. Sie bohrten sich in unsere Augenbrauen und in unsere Körperhaare. Wir begossen einander mit Petroleum und wuschen uns in den Quellen, aber unser Seifenvorrat ging zu Ende, und um die Läuse zu vertilgen, mußten wir mit Petroleumverätzungen auf der Haut leben.
Wir brauchten Tage, um unsere Waffen nach einem Sturm zu zerlegen und zu reinigen, und wir waren gezwungen, unsere Vorräte rascher aufzubrauchen, als wir wollten. Talg, Petroleum, Öl, Seife und einige Nahrungsmittel begannen auszugehen, und es war unmöglich, sie in Jericho zu beschaffen. Dort herrschte Mangel an allem, die Bevölkerung war hundertfach angewachsen, und der unvermeidliche, mörderische Schwarzmarkt blühte. Die Horden, die nach Jericho geströmt waren, besaßen bald kein Geld und keinen Schmuck mehr. In der Höhle hatten wir den Punkt erreicht, an dem wir die verbrauchten Vorräte nicht mehr ersetzen konnten. In zwei Monaten oder früher würden wir auf dem trockenen sitzen . . . am Ende sein.
Das Schlimmste neben den Stürmen und unseren dahinschwindenden Vorräten war die Tatsache, daß unsere Widerstandskraft geschwächt wurde. Ramiza und Fatima ging es in der Schwangerschaft elend, sie erbrachen unaufhörlich und weinten hysterisch. Die übrigen wurden gereizt und stritten grundlos. Mitunter brausten wir so schnell auf, daß wir versucht waren, mit unseren verschiedenen Geheimnissen herauszuplatzen, um unsere Meinung durchzusetzen und der Person, auf die wir es im Augenblick abgesehen hatten, Schmerz zuzufügen. Selbstverständlich gaben wir unsere Geheimnisse nicht preis, sondern vergruben sie noch tiefer in uns.
Dann kam das Wasser. Der erste Winterregen und die Flutwelle zerstörten unsere Staudämme, sprengten die Zisterne und vernichteten damit die Arbeit eines ganzen Frühjahrs und Sommers. Das wenige Wasser, das wir sammelten, war schmutzig und schlammig, zum Trinken ungeeignet und auch sonst kaum zu verwenden.
Sprünge im Felsen ließen Wasserbäche in die Höhle dringen. Bei einem starken Gewitter wateten wir knöcheltief im Wasser. Es war

unmöglich, die Löcher zu verstopfen, ständig war alles feucht, und unser Getreide wurde vom Brand befallen.
Auch die Feuchtigkeit brachte Ungeziefer mit sich, das in unsere Nahrungsmittel gelangte und uns durch den Lärm, den es verursachte, wach hielt; außerdem liefen die Tiere über unsere Körper hinweg und verscheuchten unseren Schlaf. Die Sohlen unserer Schuhe waren durchlöchert. Unsere Füße hatten Hornhaut bekommen, weil wir in den Felsen herumkletterten, aber sie waren jetzt aufgerissen und bluteten von zackigen, messerscharfen Felskanten. Es gab keine Medikamente, nicht einmal Heilkräuter, um die ständigen Husten-, Ruhr- und Fieberanfälle zu bekämpfen. Unsere Kleider waren so zerschlissen, daß sie uns wenig Schutz gegen Sonne und Hitze gewährten.
Wir warteten ständig auf Hadschi Ibrahims Befehl, unser Quartier aufzugeben und abzuziehen, denn das erschien uns als das kleinere Übel. Obwohl Vater unser Anführer war, hatte unsere Willenskraft sehr gelitten. Das Selbstvertrauen und der Familienstolz, die wir uns noch erhalten hatten, brachen zusammen und verwandelten sich in Angst, Hoffnungslosigkeit und Mißtrauen.

Was Hadschi Ibrahim zu Fall brachte, waren die unaufhörlichen schlechten Nachrichten aus Jericho. Der zweite Waffenstillstand war zu Ende gegangen. Rasch danach wurde das Flaggschiff der ägyptischen Marine versenkt, dann eroberten die Juden Beersheba, verjagten die Ägypter aus dem Negev und drangen sogar in den Sinai vor. Was von Kawakdschi und der Befreiungsarmee noch übrig war, wurde über die Grenzen getrieben. Syrien war erledigt – in Galiläa isoliert –, und der Libanon hatte nie eine wesentliche Rolle gespielt.
Obwohl die Juden auch bei zwei weiteren Angriffen Latrun nicht nehmen konnten, hatten sie eine Umgehungsstraße nach Jerusalem gebaut und ihren Teil der Stadt entsetzt.
Als sich die Katastrophe für die Araber abzeichnete, kam die Stunde der Stammesrache.
Clovis Bakschir, der Bürgermeister von Nablus, wurde von einem bewaffneten Banditen des Muftis an seinem Schreibtisch ermordet, weil er Abdullah unterstützt hatte.
Abdullah schlug zurück, indem er ein halbes Dutzend Mufti-freundlicher Muchtars von Sonderkommandos der Legion beseitigen ließ und Dutzende von Sympathisanten in der Westbank aushob und sie in Amman ins Gefängnis warf.
Als alle großen Pläne, die Juden zu vernichten, zusammenbrachen,

begannen Geheimabkommen und ihre düsteren Hintergründe eins nach dem anderen an die Öffentlichkeit zu dringen.
Das erste Geheimabkommen, das ruchbar wurde, war von den Saudis ins Leben gerufen worden, die eine sehr lange gemeinsame Grenze mit Jordanien hatten. Die Saudis standen auch seit langem in Blutfehde mit Abdullah. Sie waren es, die Abdullah und seine Haschemitenfamilie aus Arabien verjagt hatten. So etwas konnte niemals vergessen werden. Die Saudis zitterten bei dem Gedanken, daß Abdullah mächtig werden könne, denn dann würde er bald Rache nehmen.
Da es für die arabischen Siege immer wesentlich gewesen war, Abdullahs Arabische Legion zur Seite zu haben, hatten die Saudis die Ägypter, Iraker und Syrer bezahlt, damit sie Abdullah zur Teilnahme am Krieg verlockten. Sie wollten die Westbank von der Legion erobern lassen, dann Abdullah ermorden, sein Königreich auflösen und es unter sich aufteilen. Es gelang Abdullah jedoch geschickt, den Mördern zu entgehen, während seine Truppen ihre Bodengewinne an der Westbank sicherten.
Ein zweiter Plan wurde von den Ägyptern finanziert, die den Gazastreifen besetzt hatten. Sie brachten den Mufti nach Gaza, wo er und seine Gefolgsleute eine »Gesamtpalästinensische Regierung« errichteten. In Wirklichkeit sahen die Ägypter im Gazastreifen nicht einen Teil Palästinas, sondern ein unter militärischer Verwaltung stehendes Gebiet.
Als nächstes wurden einige von Abdullahs Abmachungen bekannt. Es stellte sich heraus, daß Kawakdschi die ganze Zeit eine Kreatur Abdullahs gewesen war. Kawakdschi verriet viele Gefolgsleute des Muftis, mit denen er offiziell gemeinsam das Kommando führte. Diese Männer erlitten ein grausames Schicksal. Als Gegenleistung dafür sollte Kawakdschi zum ersten Gouverneur der Westbank von Palästina ernannt werden und sie im Auftrag von Abdullah regieren.
Inzwischen kam es wegen des verlorenen Krieges in Ägypten, dem Irak und Syrien zu Blutvergießen, Verhaftungen und Morden zwischen Ministern und Generälen. Überall wankten Regierungen.
Unser schlimmster Sturm tobte unmittelbar nach Neujahr 1949. Die plötzliche Flutwelle war so gewaltig, daß das Wasser die Wadis verließ und an einem Dutzend Stellen in unsere Höhle eindrang. Wir waren beinahe bereit aufzugeben. Kamal lief eines Nachts vor Angst Amok, die Schwangeren waren vollkommen durcheinander, Jamil und Omar prügelten sich, und sogar Hagar, die Frau mit den eisernen Nerven, war von der Anspannung gezeichnet.

Eines Tages kam ich von einer Reise nach Jericho zurück und suchte sofort meinen Vater auf, der sich wie immer hinter dem Maschinengewehr verschanzt hatte. Er war in Lumpen und völlig durchnäßt.
»Vater«, rief ich, »es ist vorbei. Es gibt einen Feuereinstellungsbefehl, aber diesmal spricht man von endgültigem Waffenstillstand.«
Ibrahim wandte sich mir zu, sein Gesicht war naß vom Regen, so daß ich nicht erkennen konnte, ob er weinte.
»Müssen wir jetzt mit Abdullah gehen, Vater?«
Er lachte ironisch, tragisch. »Nein«, flüsterte er. »Keiner von denen, die uns gezwungen haben wegzuziehen, wird dieser Katastrophe die Stirn bieten. Sie werden fünfzig Jahre brauchen, um so weit zu kommen. Eingestehen, daß die Juden den Krieg gewonnen haben? So weit kommen sie nicht, niemals. Wir können nicht warten, Ismael. Sollen sie doch einander zerreißen, sich gegenseitig die Knochen brechen. Sie werden nichts erreichen. Fluch über sie für das, was sie uns angetan haben. Wir haben eine Aufgabe. Wir kehren nach Tabah zurück. Denk nur an unsere Rückkehr nach Tabah. Denk nur an Tabah . . .«

X

Januar 1949

Gideon Asch genoß seine Zusammenarbeit mit Oberst Farid Zyyad vom jordanischen Geheimdienst. Der vom englischen Militärreglement geprägte Sandhurst-Absolvent hatte etliche Gewohnheiten abgeschafft, die ansonsten Besprechungen zwischen Arabern und Nichtarabern zur Qual machten. Zyyad kam ohne Umschweife zur Sache, versuchte nicht, eine mittelmäßige Idee durch einen Wortschwall aufzuwerten, und beschränkte die Verwendung von Schlagworten auf ein Minimum.
Das wenig bekannte Dorf Talal war der Schauplatz ihrer geheimen Zusammenkünfte. Es lag nicht weit von der Frontlinie bei Ramallah, seine Felder reichten zum Teil ins jüdisch besetzte Gebiet hinüber. Die Kämpfe waren eingestellt worden, es herrschte gewissermaßen Waffenruhe, die es den Bauern ermöglichte, über die Frontlinie hin und her zu wechseln, um ihre Felder zu bebauen.
Hin und wieder kam ein Trupp Jordanier und wies die Dorfbewohner an, die Felder zu verlassen und in ihren Häusern zu bleiben. Kurz

darauf rollte das Fahrzeug, in dem Zyyad saß, durchs Dorf und parkte bei einem aufgelassenen Beobachtungsstand.
Einige Augenblicke später näherte sich von der jüdischen Seite eine Gestalt und blinkte mit einer Signallampe. Auf das Antwortzeichen hin kam Gideon herüber und betrat den Beobachtungsstand.
Eine Flasche Whisky von so erlesener Qualität, wie Gideon ihn zur Zeit nur bei seinen Begegnungen mit Zyyad zu Gesicht bekam, stand schon auf dem Tisch. Als Gideon eintrat, füllte Zyyad die Gläser.
»Auf unsere englischen Berater.«
Gideon hob das Glas. »Es ist gerade beschlossen worden, Zyyad. Die Waffenstillstandsgespräche finden auf Rhodos statt. Ralph Bunche selbst hat sich bereit erklärt zu vermitteln. In einer Stunde wird man Abdullah in Amman davon verständigen.«
»Dann wird Jordanien zum erstenmal offiziell in Gespräche mit euch eintreten.«
»Nein, das werden die Ägypter tun.«
»Sie haben versprochen, daß *wir* zuerst verhandeln werden.«
»Ich habe versprochen, diesen Weg vorzuschlagen. Ich habe es versucht. Ich konnte mich nicht durchsetzen.«
»Das ist doch widersinnig! Die ägyptische Armee ist vernichtend geschlagen. Wir halten Gebiete besetzt. Ihr müßt zuerst mit uns sprechen.«
»Leider halten die Großmächte Ägypten noch immer für die bedeutendste arabische Nation.«
»Sie haben gekämpft wie Weiber!«
Gideon zuckte die Schultern.
»Wann beginnt die Konferenz?« fragte Zyyad.
»In ungefähr einer Woche oder in zehn Tagen. Ich glaube, der dreizehnte Januar wurde als Termin genannt.«
Oberst Zyyad drehte sein Glas in der Hand, trank und brummte: »Wie lange könnt ihr die Feuereinstellung mit den Ägyptern hinhalten?«
»Nicht sehr lange.« Gideon wußte, daß er in den Negev fliegen und den Befehl persönlich erteilen sollte.
»Die Ägypter stehen kurz vor dem Zusammenbruch. Zwei Tage noch – höchstens drei –, und sie überlassen euch den Gazastreifen mit der Hälfte ihrer Armee als Gefangenen.«
»Wir beanspruchen den Gazastreifen nicht.«
»Treiben Sie keine arabischen Spielchen mit mir.« Zyyad wirkte verärgert. »Jordanien braucht den Gazastreifen und einen Zugang zum Meer durch israelisches Gebiet.«

»Ihr Herren in Amman macht also schon Pläne für die Zukunft.«
»Das Königreich besitzt einen einzigen Zugang zum Meer in Akaba. Ägypten kann uns den jederzeit versperren. Wir dürfen keiner Willkür ausgesetzt sein. Wir müssen einen Hafen in Gaza haben.«
»Daran hätten die Engländer denken sollen, als sie den Schlamassel im östlichen Palästina anrichteten, Zyyad. Übrigens, bringen Sie nicht Verbündete und Feinde durcheinander?«
»Wollen Sie, daß ich es ausspreche? Also gut, ich werde es sagen: Ägypten ist eher unser Feind als Israel. Sie wissen, warum wir Gaza brauchen. Wir wissen, was ihr dafür haben wollt, und wir sind bereit, darüber zu verhandeln.«
»Wenn ihr von uns verlangt, daß wir den Gazastreifen für euch erobern und halten, dann werden wir dafür einen Friedensvertrag fordern. Keine Waffenruhe, keinen Waffenstillstand, sondern einen Friedensvertrag. Aber Abdullah ist nicht mächtig genug, um einen solchen Vertrag abzuschließen, selbst wenn er es wollte.«
Eine Zusammenarbeit mit dem neuen jüdischen Staat auf der Basis gegenseitiger territorialer Abhängigkeit war für Abdullah sehr verlockend. Wirtschaftlich würde er aus der Zusammenarbeit mit den Juden nur Nutzen ziehen. Als »stille« Teilhaber würden Israel und Jordanien erreichen, daß Ägypten, der Irak und Syrien sich einen neuerlichen Angriff reiflich überlegten. Die Feindschaft zwischen den Juden und Abdullah war ohnehin künstlich erzwungen.
Ein Friedensvertrag? Ein ungemein kühner Gedanke. Aber er würde Abdullahs Todesurteil bedeuten. Abdullah würde zum Nichtaraber, zum Paria, zum Aussätzigen erklärt werden. Selbst seine eigene Legion würde sich womöglich gegen ihn wenden. Nein, ein solch kühner Schritt war undurchführbar.
Zyyad zog einen Umschlag mit dem königlichen Wappen hervor, der jedoch unverschlossen war. »Lesen Sie, bitte, dann werde ich ihn versiegeln.«

Ehrenwerter David Ben-Gurion,
Premierminister von Israel,
Hochgeschätzter Freund und Gegner!
Wir haben einen schweren und blutigen Krieg ausgetragen, der nicht immer in unser beider Interesse lag und nicht immer mit voller Überzeugung geführt wurde. Leider hat er viele ungelöste Fragen aufgeworfen. Da es über den gleichen Tatbestand mehrere Wahrheiten geben kann und die Gesichtspunkte von Staat zu Staat ver-

schieden sind, wird eine stillschweigende Zusammenarbeit zwischen uns in Zukunft unumgänglich sein.
Wie Sie vielleicht ahnen, haben wir nicht immer vollkommen freie Hand, daher müssen wir uns in Geduld üben. Die Geduld wird sich schließlich durchsetzen. Unausgesprochene Worte und ungeschriebene Abmachungen können jedoch wirkungsvoller sein als eine bedeutungslose Waffenstillstandsurkunde. Solch eine Abmachung könnte uns eine lange Periode des Friedens und Wachstums sichern. Daher beschwöre ich Sie, die Eroberung des Gazastreifens abzuschließen, um einen gemeinsamen Feind auszuschalten, und uns in Zukunft die Kontrolle über dieses Gebiet einzuräumen. Das würde meine Annexion der Westbank sichern und unser beider Koexistenz gewährleisten.
Schenken Sie den Gazastreifen dem Teufel! Aber überlassen Sie ihn um Himmels willen nicht den Ägyptern!

Mit aufrichtiger Bewunderung
verbleibe ich
Abdullah

Gideon stieg auf dem kleinen Behelfsflugplatz beim Kreuzkloster in West-Jerusalem in die wartende Piper Cub.
»Nach Tel Aviv?« fragte der Pilot.
»Nein. Zum vorgeschobenen Befehlsstand an der Südfront.«
»Wo zum Teufel ist denn der?«
Gideon nahm seine Karte zur Hand und malte einen kleinen Kreis um ein unbenanntes Gitternetz, einige Meilen von El Arish entfernt. »Dort gibt es einen Landeplatz. Haben Sie eine Frequenz zugeteilt bekommen?«
»Ja, aber der Sender ist ziemlich schwach.«
»Dann werden wir uns die genaue Position durchgeben lassen, wenn wir nahe genug sind.«
Die Maschine kreiste dreimal über Jerusalem, um Höhe zu gewinnen, und flog den Korridor mit seinen tiefen Schluchten zu beiden Seiten entlang. Als das Land unter ihnen flach wurde, bogen sie zum Negev ab. Die Vorboten eines Sandsturms begannen das kleine Flugzeug zu schütteln. Gideon, der zu Pferd keine Angst kannte, wurde blaß. Der Pilot lachte. Er hatte bei viel schlechterem Wetter Munition und Nahrungsmittel mit Fallschirmen über isolierten Kibbuzim abgeworfen. »Halten Sie sich am Sitz fest, Gideon. Es wird ein wenig unruhig werden.«

Das Ende des Krieges führte eine seit langem bestehende philosophische Meinungsverschiedenheit zwischen Ben-Gurion und seinen Generälen auf ihren Höhepunkt. Obwohl B. G. ein Pionier der ersten Stunde war, der die Sümpfe Palästinas schon kurz nach der Jahrhundertwende kennengelernt hatte, war einiges in seinem Wesen vom polnischen Getto geprägt.
Ben-Gurion besaß das instinktive jüdische Mißtrauen dem Militär gegenüber, das für ihn ein Sinnbild der Unterdrückung war. Einerseits traute er den kämpferischen Qualitäten der Juden nicht ganz. Anderseits fürchtete er ein großes stehendes Heer im Land. Zwischen ihm und den jungen Leuten der Palmach, der Haganah sowie der israelischen Verteidigungstruppen klaffte ein Generationskonflikt. Viele der neuen Militärs waren der Ansicht, daß der alte Mann den Höhepunkt seiner Laufbahn erreicht habe, als er Israels Unabhängigkeitserklärung proklamierte. Er hatte sich schon frühzeitig den Führern der Palmach und der Haganah entfremdet, indem er eher eine politische Lösung als eine Entscheidung durch die Waffen anstrebte. Er hielt an der alten Theorie fest, daß ein kleines Land sich nicht ohne die Unterstützung einer Großmacht auf einen Krieg einlassen solle. Da dieser Weg für Israel nicht möglich war, befürwortete er die politische Lösung. Er lag sich ständig mit seinen Offizieren in den Haaren, die größere Kampfverbände und mehr Geld für Waffen verlangten. Die Kriegspartei war überzeugt, daß der neue Staat eine schlagkräftige jüdische Armee brauche, um seine Grenzen zu sichern.
Die Opposition wurde durch Yigal Allon verkörpert, den man den größten jüdischen General seit Josua und Joab nannte. Wie Gideon Asch war auch Allon in Galiläa zur Welt gekommen, war ein Kibbuznik der ersten Stunde und wurde als junger Palmach-Offizier von seinen Männern vergöttert. Allon verfügte über viele Talente. Er war eine Mischung aus Vermittler, Planer, energischem Befehlshaber und Erzieher, vor allem aber ein rechtschaffener, engagierter Mensch. Gleich den anderen Führern der israelischen Armee, IDF, kannte auch er seine Männer besser als die meisten Generäle der meisten Armeen der Welt. Er war der erste Befehlshaber der Palmach geworden, der erste Befehlshaber von Einheiten in Divisionsgröße, der Gründer der neuen Armee. Er war erst dreißig Jahre alt, galt allgemein als der künftige Stabschef, wenn nicht gar Premierminister.
Man war der Ansicht, Yigal Allon solle weiter die entscheidende Mittelfront befehligen, zu der Tel Aviv und Jerusalem gehörten. Vielleicht glänzte sein Stern zu hell, jedenfalls »verbannte« ihn Ben-

Gurion an die Südfront in der Wüste. Allon stellte keinen ernsthaften politischen Rivalen dar, aber er gehörte zu der neuen Generation von Juden, mit der sich B. G. trotz seines langen Aufenthaltes in Palästina nicht recht verstand und in deren Gesellschaft er sich nicht wohl fühlte.

Sie fanden die Landebahn mit Hilfe eines schwachen Funksignals. Sobald das Flugzeug aufgesetzt hatte, wurde Gideon in eine kleine Oase gebracht, von der aus man El Arish mit dem Fernglas sehen konnte. Yigal Allon und Gideon begrüßten einander mit herzlichen Umarmungen, die kaum weniger kräftig waren als stählerne Greifer.

Als Allon Gideon die Stellungen seiner Armee zeigte, bot er ein Bild der Enttäuschung. El Arish liegt am Übergang des Gazastreifens in die Sinaiwüste. Im Lauf der Geschichte haben Hunderte von Schlachten bei El Arish stattgefunden, geführt von den Streitwagen der Philister bis hin zu den englischen Panzern. Eine Eisenbahnlinie verläuft am Meer entlang zum Suezkanal und weiter nach Kairo.

»Mein Spionagedienst berichtet, daß ein Zug mit zwanzig Waggons eingetroffen sei. Das ägyptische Offizierskorps beabsichtigt, heute nacht zu flüchten. Ich habe die Bahngleise so weit aufreißen lassen, daß der Zug nicht vor morgen abfahren kann. Aber wir haben El Arish erkundet, Gideon. Sie haben keine Truppen mehr dort. Ich kann die Stadt mit zwei Bataillonen nehmen und so den gesamten Gazastreifen abriegeln.«

Gideon wollte ihm schon den Feuereinstellungsbefehl mitteilen, tat es dann aber doch nicht.

»Seit zwei Tagen ersuche ich um eine Zusammenkunft mit B. G., um die Erlaubnis zum Angriff zu erbitten. Er antwortet nur mit Schweigen. Kann ich sie jetzt zur Strecke bringen?« fragte Allon.

Gideon antwortete nicht. Allon hatte das Recht, seine Pläne B. G., dem Kabinett, den Generalstabschefs und dem Einsatzleiter vorzutragen.

»Wenn du mir versprichst, daß du nicht angreifst, garantiere ich dir für morgen früh ein Treffen mit B. G.«, sagte Gideon.

»Angenommen, der Befehl zur Feuereinstellung kommt?«

»Mit meinem Flugzeug ist er nicht gekommen«, log Gideon. »Yigal, zeig dich zwölf Stunden lang nicht im Hauptquartier. Wenn du persönlich nie den Befehl erhalten hast, kannst du ihn auch nicht befolgen, stimmt's? Sei jetzt kein Querkopf. Tu, was ich dir sage. Ich werde versuchen, den Alten weichzuklopfen ...«

David Ben-Gurion war ein Mann von kleiner Statur. Sein übergroßer Kopf war von einem Kranz schlohweißen Haares umrahmt, was ihm das Aussehen eines Cherubs verlieh. Als Gideon eintraf, zeigte sich Ben-Gurion äußerst verdrossen. Er hatte einen ganzen Tag mit dem fieberhaften Bemühen verbracht, die Feuereinstellung zu erreichen. Alles war in Ordnung, ausgenommen die Front der Ägypter, von wo noch Kämpfe gemeldet wurden und wo ein hitziger junger Kommandeur, Yigal Allon, seine Meinung zur Lage anbringen wollte. Gideons Anblick verlieh B. G. für einen Augenblick Auftrieb.

»Hast du mit Allon gesprochen?« begrüßte er ihn gespannt.

»Ich habe vor ungefähr zwei Stunden mit ihm gesprochen.«

»Dann hat er Gott sei Dank den Feuereinstellungsbefehl erhalten.«

»Von mir nicht«, sagte Gideon.

Der alte Mann erbleichte und sah Gideon ungläubig an.

»Yigal hat zwei Tage lang versucht, dich zu erreichen. Du hast ihn absichtlich nicht vorgelassen. Er ist dein Befehlshaber an der Südfront. Er hat das Recht, mit dir und dem Kabinett zu sprechen.«

»Wer zum Teufel glaubst du, daß du bist, Gideon? Willst du der erste Jude sein, der wegen Gehorsamsverweigerung hingerichtet wird? Hast du eine Ahnung, wie ernst die Lage geworden ist?«

»Yigal hat das Recht, mit dir zu sprechen«, wiederholte Gideon.

»Worüber? Über die Erlaubnis, die Ägypter zu vernichten? Im Gazastreifen befinden sich auch eine Viertelmillion Flüchtlinge. Wir haben nicht einmal genug Brot, um unsere eigenen Soldaten zu verpflegen. Was sollen wir mit den ihren tun?«

Gideon nahm einen Bleistift und brach ihn in der Mitte entzwei. »Wir haben die Ägypter in der Falle, sie sind erledigt.«

»Ich lasse dich erschießen! Ich lasse Yigal erschießen!«

»Dann erschieß mich eben. Ich trete zurück«, brüllte Gideon und wollte das Büro verlassen.

»Komm zurück, komm zurück. Setz dich«, forderte Ben-Gurion ihn auf und senkte seine Stimme zu einem einlenkenden, aber drohenden Brummen. »Wann hast du Yigal verlassen?«

»Ich bin um drei, kurz vor dem Sandsturm, rausgeflogen.«

»Weißt du auch, wer mit dem Sandsturm vierzig Minuten später eingeflogen ist? Nein? Gut, ich werde es dir sagen. Die Engländer geben uns deutlich zu verstehen, daß wir die Ägypter nicht vernichten dürfen. Zusätzlich zu mehreren Schlachtschiffen, die aus Zypern ausgelaufen sind, sind fünf Spitfires als Warnung über unsere Linien hinweggeflogen.«

»Englische Spitfires? Gegen uns?«

»Englische Spitfires. Hör weiter! Wir haben sie im Nahkampf abgeschossen. Zur Zeit versuchen wir, die Piloten zu finden. Eine

halbe Stunde nach dem Abschuß rief mich der amerikanische Botschafter an und teilte mir mit, daß wir keinen einzigen Penny Finanzhilfe erhalten, falls wir nicht sofort das Feuer einstellen. Hast du eine Ahnung, Gideon, wie bankrott wir sind?«
Gideon knallte die Faust auf den Tisch. »Diese Scheißkerle!« schrie er. »Warum zerreißen sich alle ihre Ärsche, um die Ägypter zu retten! Wo zum Teufel waren sie, als Jerusalem ausgehungert wurde? Wo? Ich bin froh, daß wir wenigstens ihre verdammten Flugzeuge abgeschossen haben – richtig froh!«
Der alte Mann wartete, bis Gideon sich beruhigt hatte. »Nu«, fragte er dann, »was soll ich deiner Meinung nach tun?«
»Da hast du Petroleum, das du ins Feuer gießen kannst«, sagte Gideon und schob Abdullahs Brief über den Schreibtisch. Ben-Gurion las ihn und breitete hilflos die Arme aus. »Dieser Abdullah ist ein verdammter Hund. Hunderte unserer Soldaten sind bei dem Versuch, Latrun zu erobern, gefallen, und jetzt erzählt er uns, wir sollen den Gazastreifen nehmen und für ihn halten! So eine Chuzpe!«
»Überleg mal, B. G. Wenn wir Gaza einnehmen, wird uns Abdullah dafür Latrun und das jüdische Viertel der Altstadt geben. Wenn wir in Rhodos zu verhandeln beginnen, wird das ein wertvolles Faustpfand sein. Die Ägypter werden uns alles zugestehen, damit wir ihre Armee entkommen lassen.«
Ben-Gurion schüttelte seinen großen Kopf mit dem weißen Haarkranz. »Möglicherweise werden wir zehn, zwanzig Jahre brauchen, um Frieden zu schließen. Unser erster Friedensvertrag muß mit Ägypten geschlossen werden. Wenn das nicht gelingt, wird sich kein anderer arabischer Staat anschließen. Wenn wir sie jetzt weiter demütigen, kann es fünfzig Jahre dauern, ehe sie bereit sein werden, über einen Friedensschluß zu sprechen.«
»Demütigen, daß ich nicht lache! Sie werden nur über Frieden verhandeln, wenn sie keine andere Wahl haben. Sie werden einen Friedensvertrag nur so lange einhalten, wie er ihren Zwecken dient. Ich kann dir sagen, wie dankbar die Ägypter sein werden, wenn wir ihnen den Gazastreifen überlassen. Sie werden ihn zu einer Guerillabasis ausbauen und tausend Angriffe gegen uns unternehmen. Wir werden mit Blut dafür bezahlen, wenn wir ihnen Gaza geben ... mit Blut für den Rest unseres Lebens.«
Ben Gurion stand auf, trat ans Fenster und starrte auf die Grünfläche draußen. »Ich werde sofort mit Yigal sprechen.«
»Du meinst wegen der Feuereinstellung.«

»Genau das meine ich.« Er kehrte zu seinem Schreibtisch zurück. »Kamerad, wir haben diesen Traum ins Leben gerufen und wider alle Vernunft gehofft, daß wir ein winziges Fleckchen eines Staates schaffen könnten. Wir haben viel mehr erreicht, als wir jemals für möglich hielten. Wir haben einen lebensfähigen Staat. Mittellos, mit schrecklich ungünstigen Grenzen, aber lebensfähig. Wenn wir uns mit einem schwachen Monarchen wie Abdullah verbünden, der eine Zielscheibe für Mörder ist, werden wir in eine endlose Reihe von Kleinkriegen verwickelt werden.«

»Aber du wirst diese Kriege nicht verhindern, indem du den Gazastreifen aufgibst. Du wirst die Ägypter nur ermutigen. Sie verlassen sich auf unsere Nachgiebigkeit, und sie werden sie ausnutzen.«

»Das hat man mir schon gesagt. Wir können nur so lange Krieg führen, wie wir im Recht sind. Das muß unsere Maxime sein. Wir müssen unsere Energie in andere Projekte investieren. Wir müssen die Juden aus diesen verdammten Lagern in Zypern herausholen. Wir müssen unsere überlebenden Brüder und Schwestern in Europa finden und sie heimführen. Wir müssen die jüdischen Gemeinden aus den arabischen Ländern aussiedeln, bevor sie alle abgeschlachtet werden. Wir müssen eine Handelsmarine, eine nationale Fluglinie gründen und die Wüste wieder zum Leben erwecken. Die Welt muß unsere Wissenschaftler, Künstler und Akademiker anerkennen. Der jüdische Staat hat zu viele vorrangige Aufgaben, um das arabische Spiel mitzumachen.«

»Jedesmal, wenn sie uns in Zukunft vom Gazastreifen aus überfallen, denk daran, B. G., daß du dich zum Narren gemacht hast, nur um den Stolz einer Bande dekadenter ägyptischer Schlächter zu schonen.«

»Dann finde uns neue Nachbarn. Vielleicht wird es sehr lange dauern, aber Israel hat eine große, eine einzigartige Mission in der Welt. Wir vertreten die Interessen der westlichen Demokratien ... ja, auch die der Engländer, die uns mit Waffen bedrohen, und die der Amerikaner, die uns mit wirtschaftlichen Repressalien in die Knie zwingen wollen. Eines Tages werden sie von den Arabern angewidert sein und erkennen, daß ohne Israel ihre eigene Existenz bedroht ist.«

»Wie lange, o Gott, wird es dauern, bis dein naiver Traum wahr wird? Wie lange, bis eine christliche Nation ihr Schicksal in die Hände der Juden legt? Ich stehe auf Yigals Seite.« Damit verließ Gideon den Raum.

Teil 4

Jericho

I

Spätwinter 1949

Mein Vater rief mich nach der dritten Feuereinstellung eines Tages zu sich. »Wir können nicht länger hierbleiben. Wir müssen nach Jericho übersiedeln. Es ist Allahs Wille.«

Allah hatte diese Entscheidung für uns fast zu spät getroffen.

Das Leben in der Höhle war zu einer vollkommenen Katastrophe geworden. Ungeziefer und Regen verringerten schnell unsere Vorräte. Die Haupthöhle war an zwölf Stellen undicht, so daß uns Feuchtigkeit und Kälte unaufhörlich bis ins Mark und der Geruch von Schimmel in die Nasenlöcher drangen. Wir mußten ein größeres Feuer unterhalten, um die Dumpfheit zu bekämpfen, aber mitunter fand das Wasser den Weg durch unseren Kamin, rann ins Feuer und verwandelte die Höhle in eine Räucherkammer. Wir waren mehrmals während eines Gewitters gezwungen, ins Freie zu laufen, um nicht zu ersticken.

In den Tunnels, die zu unseren persönlichen Nischen führten, stand Wasser, so daß man nicht durchkam und wir alle in der Haupthöhle leben und schlafen mußten.

Während eines Gewitters stolperte Ramiza, glitt aus, stürzte über scharfkantige Felsen, wurde böse zugerichtet und erlitt eine Fehlgeburt. Unter unseren derzeitigen Lebensbedingungen wäre es schwierig gewesen, ein Baby am Leben zu erhalten. Nach Kamal war Ramiza die schwächste von allen und vermehrte dadurch unsere Schwierigkeiten. Wir zeigten uns über den Verlust bekümmert, aber die Traurigkeit hielt nicht lange an.

Weitere Katastrophen traten ein, aber ein wesentlicher Umstand zeigte uns, daß es Zeit war, die Höhle zu verlassen. Wir wurden hungrig.

Eine unserer Hauptsorgen war das Schicksal unseres kostbaren geheimen Waffenlagers. Schußwaffen waren immer eine gesuchte Handelsware, und wenn wir in ernsthafte Geldschwierigkeiten gerieten, konnten wir hier ein Gewehr, dort eine Pistole verkaufen. Anderseits verzichtet ein Mann wie Hadschi Ibrahim nicht ohne weiteres auf seine Waffen.

Ich erhielt den Auftrag, in der Nähe von Jericho einen geeigneten Lagerplatz für die Waffen ausfindig zu machen. Überall auf den unfruchtbaren Berghängen um die Stadt wuchsen Zeltlager aus dem Boden. Landeinwärts erhob sich eine Kette steiler Felsen, die denen um unsere Höhle ähnelten.

Auf dem Gipfel eines dieser Felsen, nur ein paar Kilometer von der Stadt entfernt, stand das griechisch-orthodoxe St-Georgs-Kloster. Niemand versteht es besser als griechische Mönche, sich vor der Welt zurückzuziehen. Der Hauptpfad zum Kloster zweigte von der Straße nach Jerusalem ab und war sogar zu Fuß nur schwer zu erklimmen. Von Jericho aus war das Kloster überhaupt nicht zu sehen. Ich hatte den Eindruck, daß ich ein vollkommen sicheres Versteck finden würde, wenn ich die Felsen unterhalb des Klosters erkundete.

Es war unmöglich, eine Grube auszuheben, um die Waffen zu vergraben, denn der Wüstenboden war größtenteils so hart, daß nicht einmal die Toten begraben, sondern nur mit Steinhaufen bedeckt wurden. Wenn ich versucht hätte, ein Loch zu graben, hätten es die Beduinen sofort entdeckt.

Alle Überlegungen liefen darauf hinaus, eine den Blicken entzogene Nische oder kleine Höhle zu finden, die unser Esel Absalom erreichen konnte. Allein konnte ich die Aufgabe nicht bewältigen, deshalb überlegten Vater und ich, wer der Vertrauenswürdigste sei. Ich persönlich war für Nada, wagte aber nicht, das Thema noch einmal anzuschneiden. Offensichtlich wäre Sabri der geeignete Mann gewesen, aber wir trauten ihm nie ganz. Wir einigten uns schließlich auf Jamil.

An den nächsten Tagen verließen Jamil und ich Qumran mitten in der Nacht, so daß wir im Dunkeln an Jericho und den Lagern vorbeikamen und bei Morgengrauen schon in den Felsen unterhalb des Klosters waren. Ich war niedergeschlagen, als ich erfuhr, daß der Gipfel, auf dem das Kloster stand, Berg der Versuchung hieß. Die Christen glaubten, daß Jesus dort vierzig Tage in der Wildnis verbracht und mit dem Teufel gekämpft habe. Ich aber war davon überzeugt, daß unsere Höhle bei Qumran die wirkliche Höhle von Jesus und David sei. Die Christen und die Juden irrten oft, wenn es um historische Stätten, besonders um Gräber von Heiligen und Propheten, ging. Sie wußten nicht, wo Moses und Samuel begraben lagen, bis Mohammed die Botschaft Allahs empfing und die Stelle offenbarte. Christliche Pilger hatten jahrhundertelang viele falsche Orte aufgesucht.

Wir mußten die Felsen vorsichtig erklettern, denn es gab in der Umgebung des Klosters viele Beobachtungsposten. Die Monate in Qumran hatten uns gelehrt, wie man Wadis und schmalen Schluchten folgte. Jamil und ich nutzten diese Kenntnisse, um wie der Farbe des Gesteins angepaßte Eidechsen ungesehen herumzuklettern. Am vierten Tag rief mich Jamil zu einer Spalte von etwa einem halben Meter Höhe. Sie sah vielversprechend aus. Es gab weder einen Weg noch

einen Pfad in der Nähe, sie konnte vom Kloster nicht eingesehen werden, und wir konnten unseren Esel Absalom zu ihr hinaufbringen. Wir zwängten uns hinein. Die Öffnung war zu klein, um alle unsere Waffen aufzunehmen, aber die Spalte ging in einen schmalen, ungefähr einen halben Meter breiten Tunnel über. Er führte uns zu einer zweiten Spalte, die eine etwas größere Öffnung hatte. Wir untersuchten sie auf undichte Stellen, fanden aber keine.
In dieser Nacht beluden wir Absalom für den ersten von vier Transporten, die erforderlich waren, um das gesamte Waffenarsenal zu verlegen. Wir gelangten wieder vor Tagesanbruch an die richtige Stelle, dann arbeiteten wir viele Stunden, krochen zwischen erster und zweiter Spalte hin und her und hatten dabei nur wenige Zentimeter Raum um uns.

Als das Versteck gesichert war, holten wir alles, was noch von Wert war, aus der Höhle bei Qumran. Die meisten Vorräte wurden auf den Rücken der Männer oder in großen Bündeln, die die Frauen auf dem Kopf balancierten, weggebracht. Sogar Fatima, die ihr zweijähriges Kind auf die Hüfte gebunden hatte und im sechsten Monat schwanger war, trug eine Last. Absalom wurde nur leicht beladen, damit mein Vater auf ihm reiten konnte. Er wirkte nicht ganz so vornehm wie im Sattel von el-Burak. Wir folgten ihm in einer schäbigen, armseligen Reihe geistig abgestumpfter Wesen. Unsere Schuhsohlen waren mit Zeitungspapier ausgestopft. Omar und Kamal mußten ihre Füße in Lumpen wickeln. Nach einer Meile bluteten die Füße von allen, ausgenommen die von Vater. Ich bewunderte Fatima, die trotz ihres Zustandes so kräftig wirkte wie ein Mann, und Nada, die hochaufgerichtet wie eine Königin dahinschritt. Hagar hatte ihre Fülle verloren, ihre Haut wirkte schlaff, und sie war sehr schwach. Nachdem sie zum zweitenmal ohnmächtig geworden war, ließ Vater sie gnädigerweise immer wieder für eine Weile auf Absalom reiten.

In der Umgebung von Jericho entstanden zwei große Zeltstädte. Im Norden lagen die Ruinen des alten Jericho und die Quelle Ein es-Sultan, deren Wasser eine Oase hatte entstehen lassen, die die Gründung Jerichos vor fast zehntausend Jahren ermöglichte. Die Quelle lieferte jetzt Wasser für Tausende von Vertriebenen. Auch weiter nördlich neben der Landstraße entstanden Lager.
Südlich von Jericho, in Akbat Dschabar, erstreckte sich ein Zeltlager über die unfruchtbaren Hügel bis zum Fuß des Berges der Versu-

chung. Da dieses unserem Waffenversteck näher lag, entschlossen wir uns, dorthin zu ziehen.
Niemand fühlte sich verantwortlich, und nichts war organisiert. Zehntausende von Menschen irrten ziellos herum. Es gab keine Toiletten, Küchen oder Sanitätszelte. Sporadisch kamen Lastwagen des Roten Halbmonds aus Amman. Die mit der Verteilung von Zelten, Nahrungsmitteln, Decken und Medikamenten Beauftragten hatten eine haarsträubende Bürokratie ins Leben gerufen, die schon jetzt von Schwarzhändlern beherrscht wurde. Nahrungsmittel wurden uns zugeworfen, als wären wir eine Schar Hühner. Um Wasser zu bekommen, mußte man fast den ganzen Tag Schlange stehen und auf einen Wasserwagen warten, der manchmal gar nicht kam und oft schon leer war, obwohl noch die halbe Schlange wartete. In den ersten zwei Wochen schliefen wir auf dem Boden und mußten zwei schwere Regengüsse ertragen.
Endlich kam eine Kolonne mit Vorräten aus Damaskus. Wir mußten uns längs der Straße aufstellen und den Wagen zujubeln, während ein Filmteam ihre Ankunft aufnahm. Bevor etwas verteilt wurde, mußten wir uns drei Stunden lang Reden darüber anhören, daß uns die Zionisten in diese Lage gebracht hätten und daß unsere arabischen Brüder uns zu Hilfe eilten. Kinder wurden um die Lastwagen mit Lebensmitteln verteilt, und auf ein Zeichen des Kameramannes mußten wir alle die Arme hochheben und schreien wie Bettler.
Es gelang uns, Schlafmatten und zwei Sechs-Mann-Armeezelte zu ergattern. Wir entdeckten, daß die Hilfsgüter aus keinem arabischen Land kamen, sondern Geschenke aus aller Welt waren, die durch das Internationale Rote Kreuz verschickt wurden.
Nun kam das eigentliche Problem auf uns zu. Die meisten Vertriebenen waren gemeinsam mit ihrem Dorf oder Stamm oder ihrer Sippe geflohen. Das begehrteste Gebiet in Akbat Dschabar war das Jericho am nächsten gelegene. Da keine Obrigkeit leitend eingriff, tobten territoriale Streitigkeiten. Die Gruppen mit den meisten Männern besaßen die Macht, die besten Gebiete für sich zu beanspruchen. Wir waren nur eine kleine Familie und von unserer Sippe abgeschnitten. Wenn Allah ihr geholfen hatte, befand sie sich im Libanon. Es gab noch andere versprengte Familien wie die unsere, und Hadschi Ibrahim machte sich rasch daran, sie zu finden und unter seiner Führung zusammenzuschließen. Sie hatten ihn als den Muchtar von Tabah gekannt, und nun wuchs sein Ansehen, als unsere Flucht in die Höhle bei Qumran bekannt wurde. Er steckte für seine neue Gefolgschaft

ein Stück Land ab. Unser Gebiet wurde Tabah genannt, so wie auch die anderen Stämme ihre Abschnitte nach ihren ehemaligen Dörfern benannten.
Zuerst versuchten wir, Häuser aus Schlammziegeln zu bauen, aber infolge der Regenfälle trockneten die Ziegel nicht ordentlich, und jedesmal, wenn es regnete, lösten sich unsere elenden Hütten wieder auf. Wir mußten also in den Zelten bleiben.
In einem Zelt schlief Hadschi Ibrahim mit Hagar und Ramiza. Das andere wurde durch Stoffvorhänge in drei Abteile geteilt. Omar, Jamil, Sabri und ich bewohnten eines, Fatima, Kamal und ihre Tochter das zweite, und Nada hatte einen winzigen Raum für sich allein. Wenn nachts alle auf dem Boden lagen, konnte man sich nur bewegen, wenn man über die anderen hinwegstieg.
Ein Beduinenzelt ist aus Tierhäuten und Pelzen gefertigt und kann das schlechteste Wetter überstehen. Unsere Zelte stammten aus Italien, waren aus dünner Leinwand und für unsere Zwecke ungeeignet. Sie waren so undicht, daß wir bei Regen ebensogut in einem wasserführenden Wadi hätten liegen können. Als die Regenfälle aufhörten, durchlöcherten die Sandstürme die Leinwand wie Schrotkugeln, und im Lauf des Sommers verrotteten die kläglichen Reste der Zelte in der Sonne.
Im ersten Jahr entging niemand der Ruhr. Cholera und Typhus grassierten in Akbat Dschabar wie der Tod mit geschwungener Sense. Viele Kinder gingen heim zu Allah, auch Fatimas Töchterchen, das am Husten starb. Nur ein Arzt aus Jericho und einer, der aus Jaffa geflüchtet war, sowie ein halbes Dutzend Krankenschwestern sollten mit den Epidemien fertig werden. Sie mußten über fünfzigtausend Menschen in fünf Lagern vor der Stadt betreuen. Es gab ein wenig Impfstoff, aber bei weitem nicht genug für uns alle, und so wurden nur die stärksten Sippen und die, die die höchsten Bestechungsgelder zahlten, geimpft.

Als der Sommer kam, übertrafen die Hitzequalen jedes frühere Elend. Das Thermometer fiel selten unter dreißig Grad und erreichte oft fünfundfünfzig, wenn der Wüstenwind wehte. Wenn man die Fliegen in Akbat Dschabar zählte, kam man auf eine Population von vielen Milliarden. Offene Wunden und offene Kloaken waren ihre Lebensgrundlage, und sie waren eine Plage, die nur von den großen, blutrünstigen Moskitos übertroffen wurde. Wir bauten ein Häuschen aus Schlammziegeln, das uns ein wenig mehr Raum bot als die Zelte,

aber trotzdem verfügte niemand über ein Privatleben. In Akbat Dschabar wuchs kein Baum, und die einzigen Spielplätze waren die breiten Abwässergraben, die durch das Lager zum Toten Meer liefen.
Im Koran werden viele Visionen der Hölle beschrieben. Wenn man sie alle zusammenfaßte, würde die Hölle sicherlich so aussehen wie Akbat Dschabar. Mich erschütterte besonders die Art, mit der die meisten Leute auf diese Hölle reagierten. Uns wurde gesagt, daß wir als gute Moslems unser Schicksal als Allahs Willen hinnehmen müßten. Die mangelnde Bereitschaft, etwas gegen unsere schlimme Lage zu unternehmen, machte Akbat Dschabar zu einem Lager lebender Leichname. Mein Vater hatte uns geführt, mein Vater hatte für uns gekämpft, mein Vater besaß seinen Stolz. Bei Allahs heiligem Namen, die meisten anderen waren nichtswürdige Hunde.
Ach, sie beklagten sich sehr wohl. Vom Morgen bis zum Abend wurde kaum über etwas anderes gesprochen als über das Unrecht der Verbannung. Immer wieder wurden nebelhafte Vorstellungen von Rückkehr laut. Dieses Gefasel steckte voller kindischer Vorstellungen. Der Krieg war zu Ende, und wir hörten, daß die Zustände in den Lagern um Amman um nichts besser seien als die in Akbat Dschabar. Wir erhielten wenig Hilfe von außerhalb, und was kam, stammte selten aus arabischen Ländern.
Es war ein Alptraum, dessen entsetzlichster Aspekt darin bestand, daß es überall in der Westbank solche Lager gab. Wir waren Palästinenser in Palästina, aber unser eigenes Volk rührte keinen Finger, um uns zu helfen. Statt dessen behandelte man uns wie Aussätzige.
Hadschi Ibrahim war mit seiner Gefolgschaft von mehreren tausend Versprengten einer der Führer in Akbat Dschabar geworden. Er und vier oder fünf andere alte Muchtars versuchten verzweifelt, unserem Volk ein Gefühl für Würde einzuflößen.
Unter uns befanden sich Handwerker. Es gab Zimmerleute, Kupferschmiede, Schuhmacher, Weber. Auch ein paar Lehrer und Kaufleute waren dabei. Doch wir taten nichts. Wir pflanzten keinen einzigen Baum, keine einzige Blume. Wir eröffneten keine Schule. Wir sorgten nicht für Ordnung. Wir suchten kein fruchtbares Land, um es zu bebauen. Wir unternahmen keinen Versuch, ein Gewerbe zu gründen. Wir beseitigten nicht einmal unseren eigenen Müll.
Wir moderten und beklagten uns darüber. Wir gaben den Juden die Schuld. Wir gaben uns vollkommen dem Selbstmitleid hin. Wir war-

teten darauf, daß die Welt, die uns unserer Ansicht nach alles schuldete, uns rettete, denn wir waren unfähig, uns selbst zu retten.
Mein Vater führte den Großteil der Tage und die Hälfte der Nächte Beratungen durch. Jeder Versuch, den er und seine wenigen Verbündeten unternahmen, um das Lager zu organisieren und es verantwortungsbewußt zu leiten, ging in hitzigen Streitereien über Stammesrechte unter. Der Haupteinwand lautete, wir dürften nichts unternehmen, da die Juden und die Welt dann fälschlicherweise annehmen würden, daß wir uns mit der Verbannung abgefunden hätten. Solange wir nichts taten, konnten wir die Welt weiterhin anjammern, und die arabischen Führer konnten weiterhin flammende Reden gegen den jüdischen Staat halten.
Hundertmal kam Ibrahim, über unsere Teilnahmslosigkeit und unseren Mangel an Würde fluchend und verzweifelt, in unsere Hütte zurück. Als einige Lager in Grenznähe verlegt wurden, war ihm klar, daß dies geschah, damit die Vertriebenen Tag und Nacht zu ihrem gestohlenen Land hinüberblickten und ihren Haß schürten.
Eines Abends nach einem besonders erbitterten Streit mit den übrigen Scheichs und Muchtars gingen Vater und ich zusammen zum Berg der Versuchung, von wo wir auf die Ansammlung von Lehmhütten hinunterblicken konnten.
»Ismael, wir sind verraten und verkauft«, flüsterte er. »Wir sind Gefangene in unserem eigenen Land. Weißt du, wer schließlich die Macht in diesen Lagern an sich reißen wird? Die stärksten Mörder. Allah allein weiß, in welche Katastrophe sie uns noch führen werden. Unser Haß gegen die Juden wird uns den Weg dazu verstellen, wieder anständige Menschen zu werden.«
Er legte mir die Hand auf die Schulter. »Ismael, du und ich, wir werden jeden Tag nach Jericho gehen. Wir werden uns umhören und wir werden Ausschau halten. Irgendwo in dieser Stadt steht jemand mit den Juden in Verbindung und weiß, wie man Gideon erreichen kann. Vielleicht gibt es eine Möglichkeit, sich mit den Juden zu einigen und nach Tabah zurückzukehren, sonst werden wir alle an diesem schrecklichen Ort sterben.«

II

Jericho gehört zu den ältesten Städten der Welt – es besteht an die zehntausend Jahre. Die befestigte Stadt läßt sich neuntausend Jahre zurückverfolgen. Jericho war fast immer arabisch. In jener Zeit hieß das Volk freilich noch Kananiter. Das Land Kanaan wurde uns zum erstenmal gestohlen, als Josua es vor über dreitausend Jahren eroberte.
Ich bin froh darüber, daß Mohammed und der Koran alle früheren falschen Berichte richtigstellten, die die Juden mit ihrer sogenannten Bibel, einer erwiesenen Fälschung, über Jericho lieferten. König David, der auf die Juden böse war, weil sie nicht an ihn glaubten, schrieb seinen berühmten 23. Psalm über das Wadi von Jericho, das er »das Tal des Todesschattens« nannte. David wurde ein Moslem-Heiliger und Prophet. Dank seiner prophetischen Gabe hat er wohl Visionen von Akbat Dschabar und den anderen Lagern um Jericho gehabt und ihnen deshalb diesen Beinamen gegeben.
Marcus Antonius schenkte Jericho der Königin Kleopatra. Jesus kannte die Stadt gut, denn er wanderte in der nahen Wildnis umher. Er machte in den Straßen von Jericho einen blinden Bettler wieder sehend.
Herodes, ein arabischer König, der über die Juden herrschte, besaß in Jericho ein Lustschloß und heiße Bäder, in denen er mehrere Verwandte ertränkte, weil sie seine Herrschaft bedrohten.
Es war eine sehr berühmte Stadt, die aber während unseres Aufenthaltes sehr verwahrlost wirkte.

Wir mußten Absalom verkaufen, weil wir ihn nicht mehr füttern konnten. Er war ein sehr guter Esel gewesen und mein Freund geworden. Ich hatte oft mit ihm gesprochen, wenn wir von der Höhle zu unserer Quelle oder nach Jericho gingen. Viele Bauern behandeln ihre Esel sehr schlecht, deshalb vergewisserte ich mich, daß Absalom einen guten Herrn bekam. Nada weinte, als er verkauft wurde. Ich verbarg natürlich meine Tränen.
Hadschi Ibrahim und ich gingen jeden Tag von Akbat Dschabar nach Jericho und versuchten überall, Hinweise darüber aufzuschnappen, wer über die Waffenstillstandsgrenzen hinweg mit den Juden Geschäfte trieb. Wir gingen in alle Cafés, in den Suk, in alle Kioske und Läden und sahen uns bei den Straßenhändlern um. Wir unterhielten uns mit den Bettlern, die oft im geheimen mit Rauschgift handelten.

Wir horchten uns an der Autobushaltestelle um, im Büro des Roten Halbmondes, bei der Allenby-Brücke, in den jordanischen Militärlagern und sogar in den Moscheen.
Sobald wir das Gefühl hatten, auf einen Agenten der Juden gestoßen zu sein, mußten wir äußerst vorsichtig vorgehen, wenn wir uns an ihn heranmachten. In unserer Welt brauchen zwei Männer oft zehn Minuten, um einander nur guten Tag zu sagen. Wenn die Begegnung keinen besonderen Zweck hat, dreschen sie eine halbe Stunde lang Phrasen, worauf eine weitere zehnminütige Unterhaltung folgt, um die Begegnung höflich zu beenden, so daß niemand sich beleidigt fühlt. Es war ein mühsames Unterfangen, und nach einem Monat erfolgloser Sucharbeit waren wir vollkommen niedergeschlagen.
Eines Abends kehrte ich spät aus Jericho zurück und berichtete meinem Vater, daß ich wieder nichts Neues erfahren hätte. Er hob verzweifelt die Arme und drehte mir den Rücken zu. Ich war wütend vor Enttäuschung. Verbindung zu den Juden aufzunehmen, war für meinen Vater zu einer fixen Idee geworden. Es schmerzte mich tief, daß ich ihm dabei nicht helfen konnte.
Es gab aber auch noch andere Gründe, weshalb ich Erfolg haben mußte. Sabri hatte sich einen Platz im Herzen meines Vaters erorbert. Dank seiner großen Geschicklichkeit als Automechaniker gehörte er zu den wenigen, die in Jericho Arbeit finden konnten. Wenn er meinem Vater jede Woche seinen Lohn aushändigte, streichelte Ibrahim oft seinen Kopf und sagte ihm, was für ein großartiger Bursche er sei.
Auch Jamil profilierte sich immer stärker. Er trieb sich den ganzen Tag mit einer Bande von Jugendlichen herum, die keinen anderen Gesprächsstoff kannten als Rache. Zu ihren prahlerischen Drohungen wurden sie von den älteren Männern ermutigt, die ihnen von Schlachten, die nie stattgefunden, und von Mutproben, die sie nie bestanden hatten, erzählten. Bisher achtete Hadschi Ibrahim nicht auf die Stimmen der Rache, aber wenn er Tag und Nacht dieses Gerede anhören mußte, wußte nur Allah, wann er seine Gesinnung ändern würde.
Wenn die Nacht über das Tal hereinbrach, ging ich durch das Lager zum Fuß des Berges der Versuchung, um von den Menschenmassen wegzukommen. Ich kletterte die Felsen hinauf, damit ich nicht auf Akbat Dschabar hinunterblicken mußte. Dann und wann träumte ich davon, daß ich wieder auf meinem Sims in der Höhe säße, wie zu der Zeit, bevor all das Elend begonnen hatte.

Auf dem Berg der Versuchung war der Himmel immer überschattet von den Lichtern in den Lagern und in der Stadt. Doch dort konnte ich meditieren, wie Ibrahim es am Grab des Propheten in Tabah getan hatte. Eines Nachts dachte ich angestrengt über unser Problem nach, während ich mich zwischen die Felsen kauerte. Nach einer Weile schlief ich ein.

Ich erwachte vom Klang einer Hirtenflöte. Es war weder Tag noch Nacht, aber rings um mich glühte ein seltsam sanftes Licht – blau, violett und gelb –, das wellenförmig von den Felsen auszugehen schien. Ich ging der Musik nach und fand hinter dem nächsten Steinblock einen dicklichen kleinen Mann mit einer Glatze und einem silberweißen Haarkranz.
»Guten Abend«, grüßte ich höflich. »Möge Gott unsere Begegnung segnen.«
»Das hat er bereits, Ismael.« Er legte seine Flöte weg.
»Wieso kennst du meinen Namen?«
»Weil ich ein Heiliger und Prophet bin«, antwortete er. Oh, nun bekam ich es mit der Angst! »Du hast von der Offenbarung gehört, nicht wahr?«
Mein Mund stieß bebend ein Wort hervor, das wie ein Ja klang. »Wer ... bist du?« krächzte ich.
»Ich bin Jesus.«
Mein erster Gedanke war zu fliehen, doch eine seltsame Macht hielt mich zurück.
»Hab keine Angst, mein kleiner Freund.« Wer immer er war, er schien ein freundlicher Mann zu sein, und ich hatte das Gefühl, mich nicht in Gefahr zu befinden.
»Du siehst gar nicht aus wie auf den Bildern«, erdreistete ich mich zu sagen.
»Götzenbilder«, fuhr er mich an. »Sehe ich groß und rothaarig aus und trage ich einen Bart?«
»Nein.«
»Wenn das der Fall wäre, wäre ich sicherlich nicht Jesus. Ich weiß nicht, wie die Gerüchte über mein Äußeres entstanden sind. Und ich weiß auch nicht, warum ein Mann mit meinem Aussehen nicht ebenso heilig sein kann wie diese Götzenbilder.«
Plötzlich verschwand er.
»Wo bist du?« rief ich.
»Hier!« hallten die Echos wie verrückt zwischen den Felswänden.

Zufällig blickte ich an mir hinunter. Meine Lumpen waren fort! Ich trug ein Gewand aus feinem schwarzweißem, mit Gold eingefaßtem Leinen und eine Brustplatte mit Juwelen.
»Hier«, rief die Stimme. »Hier!«
Plötzlich erhob ich mich von der Erde. Ich spürte eine schaukelnde Bewegung unter mir, blickte hinunter und sah, daß ich auf einem herrlichen riesigen Tier saß und daß wir über dem Berg der Versuchung schwebten. Das Tier galoppierte in gewaltigen Sprüngen durch die Luft und schnaubte geräuschlos blaue Blitze aus seinen Nüstern.
Es drehte den Kopf zu mir, sah mich an und lächelte. Es war Absalom! Aber es war auch wieder nicht Absalom. Es hatte die Farbe von glattem Honig und trug eine Decke aus dem gleichen herrlichen Stoff wie meine Kleider. Ich war sicher, daß es Absalom sei, aber sein Gesicht erinnerte mich an Nada, und seine großen Hufe waren mit Diamanten bedeckt. Es trug keinen Sattel, also klammerte ich mich an seiner Mähne fest, die zu glänzenden, langen Zöpfen geflochten war.
»Hier ... hier ... hier ...« rief die Stimme, während wir in Hundert-Meilen-Sprüngen emporstiegen.
Ich fühlte mich allmählich auf Absaloms Rücken vollkommen sicher, während wir uns tollkühn in einen Gürtel von Kometen mit langen Schweifen stürzten. Während sie auf uns zuschossen, konnte ich sehen, daß jeder das Gesicht eines moslemischen Heiligen trug, aber sie sahen seltsamerweise gleichzeitig wie viele von den alten Männern aus, die in Tabah gestorben waren. Als wir die Kometen hinter uns gelassen hatten, gelangten wir in einen Bereich, wo Flächenblitze tobten und flakkerten.
Dann erreichten wir ein Meer, das so glatt war wie Nadas Haut, und Absalom lief ohne Schwierigkeiten auf dem Wasser. Dann durchquerten wir große, hundert Meter hohe Höhlen, deren Eiszapfen mit Silberstaub bedeckt waren. Jenseits der Höhlen ritten wir in tiefer Finsternis weiter. Der Wind trug den Duft von Myrrhe herbei.
»Du kannst jetzt absteigen, Ismael.«
Ich gehorchte ohne Zögern, und da stand ich mitten im Universum. Absalom war verschwunden, doch ich fürchtete mich nicht. Vor mir erschien ein Pfad, gepflastert mit großen Alabasterplatten, dem ich in einen Olivenhain folgte. Staunend sah ich, daß die Stämme aus Elfenbein und die Blätter aus funkelnden Rubinen waren und die Früchte wie Katzenaugen glitzerten.
Die Flöte lockte mich von dem Pfad zu einem donnernden Wasserfall, der sich in einen Teich aus Wein ergoß. Dahinter lag eine große, weite

Wiese, die von einem weichen Teppich aus vielfarbigen Rosenblättern und dem zartesten Gras bedeckt war, das ich je gespürt hatte. Jesus saß inmitten der Rosenblätter.
»Wo sind wir?« fragte ich.
»Im ersten Paradies«, antwortete Jesus. »Weiter kann ich nicht gehen.«
»Aber du kannst doch sicherlich im Himmel überallhin gehen!«
»Leider erst, wenn Allah endgültig über meinen Fall entschieden hat. Als ich eintraf, versicherte mir Allah, daß meine Anhänger und ich die ausschließliche Nutzung des Himmels innehätten. Es störte mich, daß ich alle vertreiben sollte, die die Erde bewohnt hatten und vor meiner Geburt gestorben waren. Es beunruhigte mich zutiefst, daß ich die Juden hinauswerfen sollte. Ich war ja selbst ein jüdischer Rabbi, weißt du. Aber eine ganze Religion war nach mir benannt worden, und Allah hatte meinen Anhängern den Himmel gegeben, denn in der gesamten Menschheit kannten sie allein die Wahrheit. Wir konnten den ganzen Weg bis zum siebenten Paradies hinaufwandern, bis er kam.«
»Wen meinst du?«
»Mohammed.«
»Du kennst Mohammed?«
»Und ob. Bis er kam, galt ich als Sohn Allahs. Mohammed erhob jahrhundertelang Einwände dagegen, und ich wurde schließlich zu einem Heiligen und Propheten degradiert.«
»Was bist du wirklich, Jesus? Ein Jude, ein Christ oder ein Moslem?«
»Ich bin ein Rechtgläubiger. Jetzt genießt der Islam die ausschließliche Nutzung des Himmels, weißt du.«
»Aber warum kannst du nicht weiter gehen als bis ins erste Paradies?«
»Ich weigere mich noch immer, mich der Forderung Mohammeds anzuschließen, alle Ungläubigen müßten bei lebendigem Leib verbrannt werden. Es ist mir gelungen, Allah davon zu überzeugen, daß die Ungläubigen im Himmel bleiben sollten, zumindest im ersten Paradies. Aber Mohammed ist wirklich hartnäckig. Er besteht darauf, daß alle Andersgläubigen verbrannt werden müssen.«
»Wissen die Christen, daß du in Wirklichkeit ein Moslem bist?«
»Sie würden sich weigern, es zu glauben, zumindest bis Allah die endgültige Entscheidung trifft. Ich will Allah nicht belästigen, denn er muß sich schließlich um siebenhundertvierundfünfzig Billion-Trillio-

nen andere Planeten kümmern, ganz zu schweigen von all den Sonnen und den verrückten Kometen.«
»Aber wenn es nur einen wahren Himmel gibt, wohin kommen die Leute von all diesen anderen Planeten?«
»Sie haben alle ihre sieben Himmel. Je eine Reihe Himmel pro Planet, das ist die Regel. Aber ich bin gekommen, um dir bei deinem Problem zu helfen, Ismael«, unterbrach er sich. »Du wirst bald die goldene Leiter sehen. Steig empor, und du wirst die Antwort finden.«
»Aber das ist ein unlösbares Rätsel«, widersprach ich.
»Alles hier oben ist ein Rätsel. Wenn wir nicht in Rätseln sprächen, würde uns niemand verstehen.«
Unmittelbar hinter ihm erschien die mächtige goldene Leiter. Nun erschrak ich. »O Jesus«, rief ich, »hilf mir! Was ist die Wahrheit über den Himmel?«
»Die Wahrheit ist, daß Allah eins ist. Er ist das Gute und auch das Böse. Er hat in euch alle das gleiche Maß von beidem gepflanzt. Du hast deinen Geist erhalten, um den Krieg in deinem Inneren zu führen, und nur du selbst bist der Richter. Halte deine Seele fest. Verlier sie nicht. Finde deine eigene Antwort, und du wirst frei sein.«
»Das ist das furchtbarste Rätsel von allen!«
»Eines Tages wirst du es verstehen. Steig jetzt hinauf, Ismael. Um eine Antwort auf deine Fragen zu finden, mußt du zu einer Höhe emporklettern, die du einstmals erreicht hast, und du wirst sie erfahren.«
»Aber ... aber ...«
»Keine weiteren Fragen. Nütze deinen Verstand. Ich muß jetzt gehen. Ich habe noch eine weite Reise vor mir, und ich habe kein Pferd.«
Zuerst war es Euphorie, ein Wunder, die goldene Leiter hinaufzuklettern. Aber während ich emporstieg, wurde mein Körper bei jeder neuen Sprosse schwerer, und meine Füße traten unsicherer. Ich glitt aus! Die Leiter war verschwunden. Ich erklomm einen Felsen – einen entsetzlich steilen Felsen –, ich strengte mich an, schwitzte, packte zu und stöhnte vor Furcht. Ich fiel erschöpft, blutend und weinend auf einen Sims.
Vor mir befand sich eine seltsame Tür. Als ich nach ihr griff, ging sie auf. Ich befand mich in einem Raum, der so groß war wie ein Königspalast, doch er war leer bis auf einen kleinen alten Topf mit der Aufschrift: »Asche der Vergangenheit«.
In diesem Augenblick begann ich zu stürzen. Ich fiel, und all die seltsamen Erscheinungen und Gerüche und Geräusche, die ich gespürt und gehört hatte, wurden durcheinandergewürfelt und verhöhnten mich. Der Planet Erde kam in Sicht. Ich fiel schneller, immer schneller. Die

Lichter von Akbat Dschabar tauchten als ferne Fünkchen auf, die immer größer wurden. Ich würde in eine Million Stücke zerschellen. Tiefer ... tiefer ... tiefer ... O Allah, hilf mir!

Ein Sonnenstrahl öffnete mir die Augen. Ich wußte es! Ich wußte es! Ich rannte den Berg der Versuchung hinunter nach Akbat Dschabar, stürzte vor Eile und schlug mir Hände und Knie auf. Atemlos lief ich in unsere Hütte, packte Hadschi Ibrahim an der Hand und zog ihn ins Freie.
»Vater«, flüsterte ich ihm ins Ohr. »Ich weiß, wie wir mit den Juden Verbindung aufnehmen können!«

III

Ich konnte Hadschi Ibrahim nicht gut von meiner Reise in das erste Paradies erzählen. Die Familie hätte mir geglaubt und mich entsetzlich darum beneidet, daß Jesus mich persönlich besucht hatte.
In seiner Zeit als Muchtar von Tabah hatte mein Vater an seinem Tisch im Café viele seltsame Geschichten gehört. Wir spotten nicht über Geschichten, die ins Reich der Phantasie gehören. Uns fällt es nämlich oft schwer zu entscheiden, wo die Phantasie endet und die Wirklichkeit beginnt. Einzig mein Vater zweifelte für gewöhnlich diese Geschichten an, aber nie dem Erzähler gegenüber, denn das hätte diesen beleidigt.
Ich war sicher, daß meine Reise tatsächlich stattgefunden und ein verwirrendes Rätsel gelöst hatte. Doch ich wollte vermeiden, in Ibrahims Augen einfältig zu erscheinen. Ich beschloß, das Problem mit Logik anzugehen, denn er war einer der wenigen Männer unter uns, die darauf eingehen konnten.
»Schau!« rief ich und zeigte auf die andere Straßenseite, wo ein Schild unter einem Fenster im ersten Stock befestigt war. Auf dem Schild stand: »Dr. Nuri Mudhil, Archäologe«.
»Im Namen des Propheten, willst du mir sagen, was mit dir los ist?« fragte Ibrahim.
»Erinnerst du dich an Tabah, wo die Kinder sich unten an der Landstraße herumtrieben? Was taten sie?«
»Sie haben gebettelt.«

»Was noch?«
»Sie verkauften Getränke und Lebensmittel.«
»Und was noch?«
»Der Sohn hat seinem Vater keine Rätsel aufzugeben. Umgekehrt ist es üblich.«
»Was wurde noch verkauft?«
»Pfeilspitzen, Topfscherben.«
»Wer hat sie gekauft?«
Ibrahim ging auf mein Spiel ein. »Meist kauften sie die Juden.«
»Allah vergebe mir, wenn ich meine schreckliche Unüberlegtheit erwähne, als ich gegen deinen Willen den Kibbuz Schemesch betrat, aber ich muß dir erzählen, was ich dort sah. Die Juden haben ein ganzes Museum mit Altertümern eingerichtet. Wir Kinder in Tabah wußten, daß die Juden von uns alles kauften, was alt war. Ich habe gehört, daß viele andere Kibbuzim gleichfalls eigene Museen unterhalten. Die Juden sind versessen auf Museen.«
Das Gesicht meines Vaters hellte sich auf. Ich sprach aufgeregt weiter. »Erinnerst du dich, daß ein- oder zweimal im Jahr jemand eine ganze Vase oder Urne entdeckte? Wir brachten sie immer nach Jerusalem, weil die Händler in der Altstadt bessere Preise bezahlten. Ich habe Gegenstände, die wir der Familie Barakat verkauften, schließlich im Museum von Schemesch gesehen. Erinnerst du dich, daß ich dir kurz vor dem Krieg aus der ›Palestine Post‹ vorlas, die Juden hätten für einige bei Qumran gefundene Schriftrollen Zehntausende von Pfund bezahlt?«
»Aha«, sagte Vater.
»Entlang des Toten Meeres gibt es Hunderte von Höhlen, und es gibt auch viele auf der Jordanseite. Die Wüste ist voller Hügel, die antike Städte bedecken. Ist es nicht logisch, daß die Beduinen diese Gegend durchstöbert haben? Ist es nicht logisch, daß er ihnen ihre Funde abkauft?« Ich zeigte auf Dr. Nuri Mudhils Schild. »Und ist es nicht logisch, daß er sie an die Juden weiterverkauft?«
Ich konnte sehen, daß meine Überlegungen ihm einleuchteten. »Du könntest recht haben«, sagte er.
Mein Herz klopfte, als ich unter meinen Umhang griff und einen der Gegenstände herauszog, die Nada und ich in den Felsen über unserer Höhle gefunden hatten. Es war ein etwa dreißig Zentimeter langer Metallstab mit geschnitzten Steinbockköpfen an beiden Enden. Ibrahim wickelte ihn aus, dann packte er ihn wieder ein.
»Was hast du noch gefunden?« fragte er.

»Es wäre besser, wenn wir den Rest vorläufig zurückbehalten.«
»Du denkst, Ismael.«
»Wenn du mit ihm verhandelst, geh weg, ohne zu verkaufen, ganz gleich, was er bietet.«
»Willst du *mir* beibringen, wie man handelt?«
»Natürlich nicht. Ich bin nur ein unerfahrenes Kind. Bedenke nur eines. Hör dir sein Angebot an und gib ihm zu verstehen, daß du noch andere ähnliche Dinge besitzt.«
»Das war genau mein Plan!« Ibrahim überquerte die Straße allein und bedeutete mir, ich solle warten.

Hadschi Ibrahim stieg über eine Treppe mit abblätterndem Verputz in den ersten Stock. Dort befanden sich vier Büros. Sie gehörten dem einzigen Arzt, dem einzigen Rechtsanwalt und einem Spediteur von Jericho, der Getreide von der Westbank zum Jordan beförderte. An der Tür des vierten Büros stand der Name Dr. Nuri Mudhil. Ibrahim klopfte und trat ein.
Der Raum war groß, und überall lagen Bücher und Papiere herum. An zwei Wänden standen lange Bänke, auf denen verschiedene Gegenstände gebürstet und gereinigt wurden. Auf einer Bank wurden zerbrochene Tonscherben zu einer großen Schüssel zusammengefügt. Auf einer anderen lagen Zeichnungen und Maßangaben von Antiquitäten. Die Wände waren mit Zeugnissen, Dokumenten und Fotos bedeckt, die einen verkrümmten, kleinen Mann an Ausgrabungsstellen oder bei einem Bankett oder Universitätsvortrag zeigten. Hadschi Ibrahim konnte die Dokumente nicht lesen, aber er betrachtete die Fotografien genau. Auf fast allen befand sich Nuri Mudhil unter Menschen aus dem Westen, von denen viele Juden zu sein schienen. Wie klug von Ismael, dachte er, darauf zu kommen, daß dieser Mann möglicherweise laufend Geschäfte mit den Juden macht.
Die Tür zu einem kleinen Büroraum ging auf. Dr. Nuri Mudhil hatte ein verkrümmtes Bein und stützte sich auf eine Krücke, die in seiner linken Achselhöhle eingeklemmt war. Sein rechter Arm war verkrüppelt.
»Ich begrüße Sie herzlich an diesem gesegneten Tag«, sagte Dr. Mudhil. »Es beschirme Euch die Gnade und Mildtätigkeit des barmherzigen Allah, des Allmächtigen Jehova, welcher der eine und einzige unsichtbare Gott ist und wahrlich der einzige Gott der sieben Himmel über diesem unseren dahintreibenden Planeten mit seiner

gesamten vielfältigen und interessanten Fauna und Flora sowie über all den anderen himmlischen Sternbildern rund um unsere Erde.«

»Allah ist der Mächtigste. Alle Dankbarkeit, Ehrfurcht und Lob gelten Ihm. Ich bin glücklich, daß ich an diesem Tag in Euer Büro mit seinen unendlichen Wundern geführt worden bin«, antwortete Hadschi Ibrahim.

»Gibt es etwas in meinem bescheidenen Raum, das die Augen einer so edlen Persönlichkeit wie der Euren erfreut?«

»Alles hier weist auf einen Mann von ungewöhnlichen Fähigkeiten hin, dem großer Segen zuteil wurde, also ist alles bemerkenswert.«

»Wie ich sehe, ist Euer Auge scharf und Eure Zunge die eines Mannes, der viele Suren des Korans auswendig gelernt hat.«

»Der Koran, seine heiligsten Worte und seine gepriesene Botschaft! Dieses gesegnete Buch hat mich immer zu Tränen gerührt und die Ehrfurcht vor dem Allmächtigen in mir geweckt.«

»Ja«, fuhr Nuri Mudhil fort, »er ist wirklich ein gewaltiges, mächtiges Wunder für alle rechtschaffenen Menschen, die auf diesem Planeten leben.«

In diesem Augenblick trat der Kaffeeverkäufer, der sich immer in der Nähe aufhielt, mit einem Tablett ein, auf dem eine Kaffeekanne, Tassen und ein Teller mit klebrigen Süßigkeiten standen.

»Wie ist Euer gesegneter Name?«

»Ich bin Ibrahim, der vorübergehend unter den Unglücklichen in Akbat Dschabar wohnt.«

»Wie kann ich Euch behilflich sein?«

»Bei meinen Wanderungen in der Verbannung bin ich auf ein paar alte Gegenstände gestoßen, die für Euch von Interesse sein könnten.«

»Euer Besuch ehrt mich, Ibrahim.« Nuri Mudhil führte Ibrahim in sein Privatbüro, hinkte hinter seinen Schreibtisch und bot seinem Gast einen Stuhl an. Sie nippten an ihrem Kaffee und zündeten Zigaretten an. Ibrahim bemerkte, daß es keine palästinensische Marke war. Der Tabak war von erstklassiger syrischer Qualität.

Als alle Begrüßungsformalitäten erledigt waren, wickelte Ibrahim den Stab aus und legte ihn dem Archäologen vor. Nuri Mudhil kniff die Augen zusammen, und sein Gesicht zeigte Neugierde. Er knipste eine helle Lampe auf seinem Schreibtisch an, untersuchte das Stück mit einem Vergrößerungsglas und gab ein langgezogenes »Hmmm« von sich.

»Es ist nötig, daß ich einige Fragen stelle«, erklärte er.
»Dann interessiert es Euch?«
»Ja, natürlich. Sagt mir, Ibrahim, habt Ihr es gekauft oder gefunden?«
Ibrahim erwog die Frage sorgfältig. Sie erschien ihm harmlos. »Gefunden«, antwortete er.
»Ich will Euch nicht nach der genauen Lage der Fundstelle fragen, aber der Fundort und die Geschichte der Entdeckung des Stabes stehen in direkter Beziehung zu seinem Wert.«
Aha, er will mir eine Falle stellen, dachte Ibrahim. »Er wurde ungefähr hier in unserer Nachbarschaft entdeckt.«
»War das alles, was Ihr gefunden habt?«
»Nein, es waren mehrere Stücke.«
»Ein Dutzend?«
»Vielleicht.«
Dr. Mudhil legte den Stab und sein Vergrößerungsglas auf den Tisch.
»Wollen wir auf alle Höflichkeitsformen verzichten und uns Wochen unnötiger Gespräche und Debatten ersparen?«
»Auf alle Fälle«, stimmte Ibrahim zu. »Es ist immer mein oberster Grundsatz, gleich zur Sache zu kommen.«
»Ihr seid Hadschi Ibrahim al-Sukari al-Wahhabi, nicht wahr?«
»Eure Worte haben viele Schichten der Vorsicht durchdrungen. Ich bin Hadschi Ibrahim. Woher wißt Ihr das?«
»Eure Taten in Qumran sind in gewissen Kreisen nicht unbemerkt geblieben, ebensowenig wie Eure Ankunft in Jericho. Darf ich annehmen, daß der Fund aus den Höhlen bei Qumran stammt?«
Ibrahim antwortete nicht.
»Hadschi Ibrahim«, begann Nuri Mudhil mit ungeheurer Geduld in der Stimme, »Ihr seid in vieler Hinsicht ein großer Mann, aber auf dem Gebiet der Archäologie seid Ihr ein Kind. Die Händler sind notorische Diebe. Ich werde Euch geradeheraus und ohne Umschweife sagen, daß Ihr etwas sehr Ungewöhnliches und vielleicht wirklich Wertvolles gefunden habt.«
Die Offenheit des Mannes erschütterte Ibrahims Abwehrhaltung. Ist es möglich, daß er *nicht* versucht, mich hereinzulegen?
»Ich habe nicht die Absicht, mich aufzuplustern wie ein Pfau, aber ich habe den Ruf, ein redlicher Mann zu sein. Ich habe die Achtung, die man mir zollt, nicht erworben, indem ich die Beduinen betrog. Mein hervorragender Freund, Euer Onkel, der große Scheich Walid Azziz,

Allah segne seinen Namen, hat oft auf dem Stuhl gesessen, auf dem Ihr jetzt sitzt.«

»Möge Gott mir verzeihen, daß ich das Wort eines Mannes von Eurem Ansehen in Frage stelle, aber bedient sich Walid Azziz, möge Allah seine Wege leiten, nicht eines Händlers in Beersheba für die Funde seines Stammes?«

»*Händler,* ja. Es gibt Händler in Beersheba, in Gaza, in Ost-Jerusalem. Aber ich bin der einzige Professor für Archäologie in ganz Palästina. Walid Azziz verkauft die gewöhnlichen Keramiken an seinen Händler in Beersheba. Er kennt den Wert eines Topfes oder einer Öllampe genauso gut wie jeder andere. Wenn Walid Azziz aber eines der seltenen Stücke aus Elfenbein, Metall, aus feinem Glas oder einen alten Beduinenschmuck findet, kommt er zu mir. Verstehst du, ich bin befugt, und ich kann direkt mit einer Anzahl von Käufern verhandeln, die mir vollkommenes Vertrauen schenken.«

Mudhil öffnete eine Schreibtischlade, nahm vier kleine Skarabäen aus Ton heraus und legte sie vor Ibrahim auf den Tisch. »Von Taamira-Beduinen. Wundervoll, nicht wahr? Die gleichen Männer versuchten in Eure Festung in Qumran einzudringen und wurden für ihre Mühe beinahe von Euch getötet.«

Hadschi Ibrahim nahm einen Skarabäus in die Hand und betrachtete ihn genau. »Was würde der einbringen?«

»Hundert, hundertfünfzig.«

»So viel? Man muß Euch um Eure zahlungskräftigen Kunden beneiden.«

Der Archäologe wickelte drei der Skarabäen sorgfältig ein. Als Ibrahim ihm den letzten reichte, zerfiel er in seinen Händen zu Staub.

»Schade ... schade«, bedauerte Mudhil. Ibrahim versuchte sich verblüfft zu entschuldigen, doch Mudhil tat die Angelegenheit mit einem Schulterzucken ab. »Macht Euch keine Sorgen. Antiquitäten sind eben so empfindlich. Zum Glück haben die Männer, die mir diese Käfer brachten, schon selbst erlebt, daß Gegenstände in ihren Händen zu Staub zerfielen. Niemand muß deswegen traurig sein.«

»Meint Ihr, daß Ihr einen Käufer dafür habt?« erkundigte sich Ibrahim und zeigte auf seinen geheimnisvollen Metallstab.

»Ich habe Käufer, vorausgesetzt, es ist das, wonach es aussieht.«

»Und wonach sieht es aus?«

»Wir nennen es ein Eichmaß. Ein Zierstück – wahrscheinlich steckte ein Holzstab in dem hohlen Ende. Das Ungewöhnliche daran ist, daß er in dieser Gegend nicht gebräuchlich war. Meines Wissens wurde in

Palästina noch nie ein solcher Fund gemacht. Im allgemeinen kommen als Herkunftsland Iran und auch Irak in Frage. Um den Stab zu verkaufen, mußt du beweisen, daß dieser und auch die anderen Funde aus der Umgebung von Qumran stammen.«
Hadschi Ibrahim begriff, daß er tatsächlich ein Kind in einem mörderischen Spiel war. Er hatte offensichtlich keine andere Wahl, als dem Rat des Professors zu folgen.
»Ich muß den Stab für ein paar Wochen behalten«, erklärte Mudhil.
»Aber ... aber warum?«
»Um seine Echtheit zu beweisen.«
»Aber Ihr seid doch selbst Professor. Ihr wißt sicherlich, worum es sich handelt.«
»Ich weiß, was es möglicherweise sein könnte. Die Archäologie gibt uns mehr Rätsel auf als der Koran. Wir müssen ihn prüfen, um sein genaues Alter und seinen Ursprung zu bestimmen.«
»Wie ist das möglich?«
»Was totes Metall zu sein scheint, ist mit allen möglichen lebenden Organismen angefüllt. Sie sind wie Straßenkarten. Wir können das Alter des Objekts auf einige hundert Jahre genau bestimmen. Wenn der Stab sich als das herausstellt, was er zu sein scheint, könnte er über sechstausend Jahre alt sein. Mich beschäftigt vor allem die Frage, woher er stammt. Er ist aus Kupfer, wir müssen also den Gehalt an Arsen und anderen chemischen Stoffen analysieren. Das wird uns einen Anhaltspunkt dafür geben, aus welcher Mine das Metall stammt.«
Ibrahim blinzelte verwundert. Wichtiger als der Wert des Gegenstandes war die fast sichere Annahme, daß Nuri Mudhils Abnehmer Juden waren. Er hatte bis jetzt von keinem Araber gehört, der sein Geld in Antiquitäten anlegte. Ismael hatte wunderbar kalkuliert.
»Wenn ich Euch das Ding für eine Woche überlasse, bin ich ganz nackt«, sagte Ibrahim.
»Ihr habt doch noch ein Dutzend davon. Es steht absolut fest, daß ein Käufer sicherlich alle erwerben wird. Mohammed könnte keine bessere Garantie anbieten.«
Ibrahims Plan, den Archäologen zu übertölpeln, war zerronnen. Im Geist erwog er Listen und Gegenlisten. Wenn Mudhil ihm in einer Woche sagte, daß der gesamte Fund aus Fälschungen bestehe und wertlos sei, was dann? Wie sollte er es überprüfen? Wäre es nicht besser, sich direkt an einen Händler in Ost-Jerusalem zu wenden und

sein Glück zu versuchen? Doch halt! Mudhil hatte zugegeben, daß der Stab vielleicht wertvoll sei.
»Ihr könnt ihn natürlich für eine Woche haben«, stimmte Ibrahim zu.
»Ihr habt eine kluge Entscheidung getroffen.« Nuri Mudhil stand auf, stützte sich auf seine Krücke und führte Ibrahim zur Tür, ohne sich auf eine langatmige Verabschiedung einzulassen.
»Ich muß sofort nach Jerusalem«, sagte Mudhil. »Das ist sehr aufregend.«

IV

Mehrere Wochen vergingen, ohne daß Nuri Mudhil von sich hören ließ. Mein Vater, der endlose Parabeln zum Preise der Geduld aufsagen konnte, erlebte zum erstenmal, daß ihn die seine beinahe verließ. Seine Angst vor einer Verschwörung wuchs. Er erwartete einen Überfall der Jordanier, die in seine Hütte eindringen und die übrigen Schätze rauben würden. Ich erhielt den Auftrag, sie außer Haus zu bringen und in unserem Waffenversteck zu verbergen. Als unser Vater schließlich die Mitteilung erhielt, er solle den Archäologen aufsuchen, ging er mit tiefer Besorgnis nach Jericho.

»Ah, tretet ein, Hadschi Ibrahim! Möge Allah unsere Begegnung segnen!«
»Möge Allah, unser göttliches Licht, all Eure Tage segnen, Professor. Eure plötzliche Mitteilung hat mich überrascht. Ich erwartete nicht, so bald von Euch zu hören.«
Der Kupferstab lag auf Mudhils Schreibtisch, während die beiden Männer über ihrem Kaffee nicht recht mit der Sprache heraus wollten und um den heißen Brei herumschlichen. Hadschi Ibrahim horchte aufmerksam auf jedes Wort Mudhils, um eine Anspielung, einen verborgenen Sinn zu entdecken; zu hören, was nicht gesagt wurde; zwischen den Zeilen zu lesen. Zugleich hielt er seine Bedenken im Zaum und ließ äußerlich nichts als Geduld und Achtung erkennen.
Mudhil hob das Kunstwerk mit den beiden Steinbockköpfen in die Höhe. »Das hat eine Menge Aufsehen erregt. Jedenfalls wirft es mehr Fragen auf, als es beantwortet.«

»Fragen, die sicherlich so bedeutende Kenner wie Euch und Eure Kollegen, wer immer sie sein mögen, nicht überfordern.«
»Um die Fragen zu beantworten, brauchen wir Eure volle, uneingeschränkte Unterstützung«, erklärte der Archäologe. »Die Geheimnisse sind ohnehin schwer zu ergründen. Wir brauchen alle Tatsachen, die wir erhalten können.«
»Ja, natürlich«, bestätigte Ibrahim. »Gibt es einen Käufer?«
»Einen ausgezeichneten sogar.«
»Ah, dann hat Allah diesen Tag gesegnet.«
Mudhil hob warnend den Finger. »Vorausgesetzt, Ihr laßt zu, daß der Käufer den gesamten Schatz untersucht.«
»Alle Stücke?«
»Ja.«
»Ihr wollt vermutlich, daß ich sie Euch übergebe.«
»Der Käufer befindet sich nicht in Jericho, und es wäre für ihn schwierig, hierherzukommen. Aber auch wenn es ihm möglich wäre, könnten die Untersuchungen nicht in Jericho durchgeführt werden.«
Während Ibrahim noch überlegte, hob Mudhil den Stab. »Wir können jetzt von der Annahme ausgehen, daß der Fund aus einer sehr, sehr frühen Periode stammt. Es ist eine überaus exquisite Arbeit, besonders für ihre Entstehungszeit. Seht Euch den geschwungenen Griff, den Hohlraum innen, die Steinbockköpfe an ... zeitlose Kunst. Muß das nicht von einem hochzivilisierten Volk geschaffen worden sein? Wir besitzen wenige oder fast gar keine verbürgten Nachrichten über die Existenz eines solchen Volkes in Palästina zur Zeit des Chalkolithikums.«
»Verzeiht mir, ich verstehe nicht, von welcher Zeit Ihr sprecht.«
»Nun, nennen wir sie die Kupferzeit, eine Ära von etwa tausend Jahren zwischen Stein- und Bronzezeit. Wir haben eine Reihe von Gegenständen aus der Steinzeit ausgegraben, Schädel, Pfeilspitzen, eine vortrefflich erhaltene Ackerbausiedlung, aber nichts aus dem Zeitalter, das darauf folgte. Und seht Euch an, womit wir es hier zu tun haben: hervorragendes, sechs- oder siebentausend Jahre altes Kunsthandwerk! Die Kupferminen in Timna wurden erst dreitausend Jahre, nachdem dieser Gegenstand hergestellt worden sein muß, erschlossen. Wer waren seine Schöpfer? Wie sind sie nach Palästina gekommen? Nur durch eine Untersuchung des gesamten Schatzes können wir Hinweise darauf erhalten.«
»Und auch auf den Wert der Stücke?«
Nuri Mudhil hatte die unangenehme Angewohnheit, seinem Zuhörer

direkt in die Augen zu blicken, wenn er etwas Wichtiges sagte. Sein Blick war so machtvoll, daß Hadschi Ibrahim Mühe hatte, ihn zu erwidern. »Als Museumsstück ist der Stab unbezahlbar. Ansonsten ist er wertlos.«
»Dieses Rätsel ist zu schwierig, als daß ich es lösen könnte.«
»Es gibt reiche Antiquitätenhändler. Aber reiche Archäologen gibt es nicht. Ein Beduine wäre nie imstande, durch den Verkauf seiner Funde reich zu werden. In der arabischen Welt haben wir sehr wenig Wert darauf gelegt, die Zeugen unserer Vergangenheit zu erhalten. Von Ägypten bis zum Irak wurden zu allen Zeiten unsere Kultstätten geplündert, vor allem von unseren eigenen Leuten. In Jordanien gibt es ein Ministerium für Altertümer, aber weder eine Universität noch Museen. Das Ministerium hat hauptsächlich die Aufgabe, Ausländer für Grabungen in Jordanien zu interessieren. Sie bringen fast alle Funde außer Landes. Ihr könnt das alte Ägypten in London entdecken, für gewöhnlich in unbeleuchteten Kellerräumen oder in unterirdischen Gewölben. Versteht Ihr, Hadschi Ibrahim, der Archäologe arbeitet nur aus Freude an seinem Beruf, damit sein Name in einem Buch über seine Entdeckungen erscheint; um der Erregung willen, die Rätsel der Vergangenheit zu lösen. Er behält nichts von den Funden für sich selbst, ganz gleich, welchen Wert sie besitzen. Alles gehört dem Gönner, der die Grabungen finanziert. Wenn eine Ausgrabung einen besonders wertvollen Schatz zutage fördert, bekommt der Archäologe vielleicht ein paar Stücke als Geschenk, um sein Heim damit zu schmücken. Der Rest wird an Händler verkauft.«
»Habe ich richtig verstanden, Professor Mudhil, daß ich mich Eurer Meinung nach besser direkt an einen Händler wenden sollte?«
»Ich würde es ungern sehen, daß ein so bedeutender Fund auf dem Schwarzmarkt oder im Haus eines egoistischen Privatsammlers landet, der einer ganzen Nation ihr historisches Erbe raubt.«
»Wollt Ihr mir wirklich einreden, daß kein Archäologe etwas von seinen Funden für sich behält?«
Mudhil lachte. »Es wäre unerhört! Vielleicht bin ich deshalb der einzige arabische Archäologe in Palästina. Wer so etwas täte, würde sofort sein Ansehen in der akademischen Welt verlieren. Wir wollen diesen wertvollen Fund nicht verlieren. Wenn Ihr aber ein Vermögen erwerben möchtet, dann bringt Euren Fund zu den Händlern nach Ost-Jerusalem. Ich werde Euch mehrere Adressen nennen. Feilscht mit ihnen, und möge Allah Euch beschützen.«

Hadschi Ibrahim hob Einhalt gebietend die Hand. »Laßt mich die Weisheit Eurer Worte überdenken. Könnt Ihr mir ungefähr sagen, welchen Preis die Käufer zahlen würden?«
»Wie viele Stücke besitzt Ihr insgesamt?«
»Zehn.«
»Alle von der gleichen Qualität?«
»Soviel ich gesehen habe, schon.«
Nuri Mudhil zuckte die Schultern. »Ich bin kein Fachmann für die Epoche, aber ich nehme an, es könnten mehrere tausend Dollar sein.«
Ibrahims bebende Brust wurde durch seine Gewänder verborgen. »Aber ich habe doch das Recht zu erfahren, wer diese Käufer sind, oder? Ich möchte wissen, ob meine Schätze in die richtigen Hände kommen.«
»Hadschi Ibrahim, ich denke, daß Euer erster Besuch bei mir kein Zufall war. Die Geschichte, wie Ihr mit der Hälfte der Vorräte des irakischen Quartiermeisters aus Nablus geflüchtet seid, ist in den Cafés eine Legende. Eure Flucht aus Qumran ist Anlaß für viele Vermutungen. Man könnte annehmen, daß Ihr von Abdullah und den Jordaniern nicht sehr begeistert seid.«
»Politik! Was verstehe ich schon von Politik?«
»Eure Bescheidenheit ist übertrieben. Werdet Ihr mir den Rest der Sammlung zur Prüfung geben oder nicht?«
Ibrahim wischte sich den Schweiß vom Gesicht. »Ihr habt mir selbst gesagt, daß es mein Schutz war, die anderen neun Fundstücke zurückzuhalten. Jetzt ratet Ihr mir, mich von ihnen zu trennen. Wer garantiert mir dann einen fairen Preis? Wie soll ich wissen – Allah vergebe mir alle Zweifel, die ich habe –, aber angenommen, sie gehen alle verloren?«
»Wollen wir zur Sache kommen?« fragte Nuri Mudhil.
»Aber natürlich. Offenheit ist die größte Tugend.«
»Gideon Asch verspricht Euch einen anständigen Preis.«

V

Professor Doktor Nuri Mudhil war der bedeutendste Araber, den ich jemals kennengelernt habe – außer meinem Vater. Ibrahim hatte mich ermahnt, all seine Fragen ehrlich zu beantworten. Es war ein beängstigendes Ansinnen.
Ich hob den Sack, der die neun anderen Stücke enthielt, auf eine seiner langen Bänke, band ihn auf und legte die Gegenstände nebeneinander hin. Mudhil hinkte heran. Er stützte sich schwer auf seine rücke. In der freien Hand hielt er ein Vergrößerungsglas. Er setzte sich mühsam auf einen Stuhl und beugte sich vor, bis sein Gesicht beinahe die Kleinodien berührte.
»In Allahs Namen, diese Sachen sind wirklich außergewöhnlich«, rief er.
Zusätzlich zu einem zweiten doppelköpfigen Steinbockmaß, wie er schon gesehen hatte, lagen da zwei einfache Eichmaße und ein drittes mit einem Adler darauf. Ferner gab es zwei elfenbeinerne Mondsicheln, in die Löcher gebohrt waren. Professor Mudhil nahm an, daß es sich um Zeremoniensicheln handele. Der siebente Gegenstand sah aus wie ein kupfernes Füllhorn mit stark gekrümmtem Stiel. Den achten Gegenstand nannte er eine Keule. Das letzte Stück rührte ihn beinahe zu Tränen. Es war ein großer, massiver Reif, der aussah wie eine Krone und oben mit vielen Vogelköpfen verziert war. Während er ihn untersuchte, Notizen machte und Maß nahm, sah ich mich in seinem mit Wunderdingen angefüllten Arbeitsraum um. Nach den Fotos und Zeugnissen zu schließen, hatte er an vielen Orten von höchster Bedeutung außerhalb Palästinas Vorträge gehalten. Seine einfache Kleidung und sein bescheidenes Auftreten wirkten bei einem Mann von solchem Ansehen entwaffnend. Nachdem Professor Mudhil die erste Untersuchung abgeschlossen hatte, bat er uns in sein Privatbüro.
»Ismael ist bereit, alle Fragen wahrheitsgemäß zu beantworten«, erklärte Hadschi Ibrahim. »Dieser Junge ist klüger als seine dreizehn Jahre. Er ist mein Vertrauter und lügt selten. Er weiß alles, auch daß ich Gideon Asch suche. Ismael ist dann auf die Idee gekommen, daß Ihr als Archäologe vielleicht Verbindung mit den Juden haben könntet.«
»Du bist dir über die Wichtigkeit unseres Geheimnisses im klaren, Ismael?« fragte der Professor.
»Ja, Herr«, antwortete ich.

»Die Juden sind tatsächlich sehr interessierte Erforscher ihrer Vergangenheit. Sie haben eine außerordentlich starke Beziehung zur Geschichte.«
Er breitete Luftbildkarten und Fotos der Wadis und Klippen von Qumran aus. »Wir müssen diese Karten genau studieren und sehen, ob wir die Höhle, in der ihr gelebt habt, und auch diejenige, in der du den Schatz gefunden hast, ausfindig machen können.«
Ich fühlte mich überaus wichtig, aber dann wurde ich klein und häßlich, als ich die Karten und Fotos ansah. Ich war vollkommen verwirrt. Als Professor Mudhil sie mir erläuterte, legte sich meine Unsicherheit.
»Hier«, zeigte ich versuchsweise.
Mein Vater blickte hin, verstand nichts und nickte vorsichtig.
»Du hast also oberhalb von eurer Höhle eine Öffnung gesehen und konntest der Versuchung nicht widerstehen, hinaufzuklettern?«
»Ja, Herr.«
»Du bist allein hinaufgestiegen?«
»Er ging mit einem Jungen namens Sabri, den wir in Nablus in unsere Familie aufgenommen hatten. Sabri arbeitet jetzt in Jericho, aber ich kann ein Treffen mit ihm vereinbaren«, schlug Ibrahim vor. »Antworte dem Professor. Ihr seid zusammen hinaufgestiegen«, drängte er mich.
»Sabri hat mich nicht den ganzen Anstieg begleitet. Er bekam Angst und gab auf.«
»Du hast den Rest des Weges allein zurückgelegt?« fragte der Professor.
»Nein, Herr. Ich habe es dir nicht erzählt, Vater, weil ich Angst hatte, du würdest böse sein, aber ich stieg mit Nada hinauf. Nada war es auch, die den Schatz fand.« Ich versuchte, Hadschi Ibrahim anzusehen, und wußte, daß er mich nur deshalb nicht auf der Stelle verprügelte, weil Professor Mudhil anwesend war. Der Zorn in seinen Augen verriet mir jedoch, daß mich später eine sehr schlimme Strafe erwartete. Natürlich erwähnte ich nicht, daß Nada ihr Hemd ausgezogen hatte.
»Bring deine Schwester hierher«, verlangte der Archäologe.
»Das ist nicht möglich«, entgegnete mein Vater scharf.
Ich hätte doch lügen sollen. Sabri hätte meine Schilderung bestätigt. Es war verrückt von mir, Vater von Nada zu erzählen.
Professor Doktor Mudhil blickte verständnisvoll von mir zu meinem Vater. »Fahren wir fort.«

Nach seinen Anweisungen fertigte ich eine grobe Skizze der Schatzhöhle an, kennzeichnete die drei Räume und die geheime Spalte. Er notierte alles, was ich sagte.
»Waren dort auch Skelette?«
»Ja, sie waren das erste, das wir sahen. Sie haben uns erschreckt.«
Die Tatsache, daß wir Kinderknochen in einem großen Krug gefunden hatten, war für Professor Mudhil ein Hinweis darauf, daß die Menschen, die das Baby begraben hatten, an einen Gott oder an mehrere Götter glaubten. Das Kind war für seine Reise in den Himmel in das Gefäß gesteckt worden. Die Knochen neben dem ausgebrannten Steinaltar ließen ihn vermuten, daß Kinder geopfert worden seien.
Er stellte mir viele Fragen über die Stoffe, die Getreidekörner, Feuerspuren und andere Gegenstände.
»Es gab auch viele Töpfe, zerbrochene und unversehrte. Wir nahmen sie nicht mit, weil der Abstieg über den Felsen sehr schwierig war und wir befürchteten, sie würden hinunterfallen und zerbrechen.«
Professor Mudhil murmelte vor sich hin, daß die Beduinen wahrscheinlich inzwischen die Höhle geplündert hätten. Er notierte sich, daß er mit dem Scheich der Taamira-Beduinen Verbindung aufnehmen müsse, der in diesem Gebiet nach Altertümern suchte. Die Beduinen verstanden es, Gewebe und Topfscherben aufzuspüren. Der Professor erklärte mir Gesteinsschichten und Felsformationen.
»Wir haben Beweise dafür, daß die Höhlen zwischen Jericho und Massada von Bar Kochba benutzt wurden, einem hebräischen Revolutionär, der nicht lange nach Jesus lebte. Sein Aufstand gegen Rom führte zur ersten Vertreibung der Juden aus Israel. Wahrscheinlich stammen einige Gesteinsschichten aus der Zeit Bar Kochbas und manche vielleicht sogar aus der Zeit der Essener, die mit Jesus und Johannes dem Täufer in Verbindung standen.«
Er erklärte mir die geologischen Gegebenheiten, um zu beweisen, daß die Krieger Bar Kochbas mit ihren Familien in der Höhle gelebt haben konnten, ohne den Schatz zu entdecken.
»Ja, das ist durchaus möglich«, sagte ich. »Die Stücke lagen gut versteckt tief in einer Spalte im kleinsten Raum, der nur etwas über einen Meter hoch ist. Der Schatz konnte nur gefunden werden, wenn man danach grub. Nada entdeckte ihn, weil eine Hülle verrottet war und die Steine rundum weggerutscht waren.«
Er befragte mich über die Holzstöcke, die herumlagen. Für Professor Mudhil waren sie ein Hinweis darauf, daß der Schatz absichtlich von

seinen unbekannten Besitzern versteckt worden sei. In prähistorischen Zeiten wurden Stöcke als Werkzeuge zum Graben verwendet. Holzstöcke oder Körner, erklärte er, blieben oft wegen mangelnder Feuchtigkeit in tiefen Höhlen erhalten.
Er setzte seine Befragung den halben Vormittag lang fort. Schließlich legte er den Bleistift weg und rieb sich die Augen. »Das Rätsel wird noch größer. Hier muß ich dir etwas zeigen.« Er klemmte die Krücke geschickt unter seinen Arm, hinkte in den Arbeitsraum und ergriff das Eichmaß mit den beiden Steinbockköpfen.
»Proben des Kupfers enthalten Arsen, was darauf hinweist, daß es aus den Kupferminen in Armenien stammt. Armenien verfügt über eine Zivilisation, die ebenso alt ist wie die in Jericho und im Fruchtbaren Halbmond. Armenien war das erste christliche Land. Eichmaße wie dieses wurden auch im benachbarten Iran gefunden. Armenien kann als Herkunftsland nicht ausgeschlossen werden.
Aber sieh dir einmal diese Krone an. Man erkennt mit bloßem Auge, daß das Kupfer viel reiner ist und dem ähnelt, das aus den Bergwerken nicht weit von Palästina gewonnen wird.« Er hob die beiden Stücke hoch – die Krone und den Stab. Diese beiden Stücke stammen nicht aus der gleichen Mine, ja nicht einmal aus dem gleichen Gebiet. Dennoch wird sich meines Erachtens herausstellen, daß alle acht Kupfergegenstände im Chalkolithikum gefertigt wurden. Und nun wird das Rätsel wirklich spannend.« Er hob die beiden gebogenen Elfenbeinstücke hoch. »Das ist Elfenbein von Flußpferden. Diese Tiere findet man aber erst im Oberen Niltal. Die Menschen haben damals keine großen Entfernungen zurückgelegt. Sie ließen sich in fruchtbaren Tälern nieder und lebten in kleinen landwirtschaftlichen Gemeinden. Sie besaßen keine Schiffe. Das Kamel war noch nicht gezähmt, ebensowenig wie das Pferd. Wie war es möglich, daß drei Gegenstände aus weit voneinander entfernten Gebieten vor sechs- bis siebentausend Jahren in dieser Höhle zusammenkamen?«
»Ich weiß es! Ich weiß es!« rief ich. »Allah sandte seine Engel herunter, und sie flogen alles in die Höhle.«
»Diese Erklärung ist ebenso gut wie die, mit der ich aufzuwarten habe«, meinte Professor Mudhil, »aber möglicherweise wird die Wissenschaft sie nicht akzeptieren.«
Ach, ich war so begierig, von diesem großen Mann zu lernen. »Ich werde Sie zu der Höhle führen«, bot ich ihm an. »Wenn ich den Schatz den Juden verkaufe, wird Abdullah mir dann gestatten, eine Expedition nach Qumran zu unternehmen? Ach, der König hat gar

keine solchen Vorrechte. Aber die Juden kontrollieren noch die Hälfte des Gebietes, und sie werden sicher daran interessiert sein, die Höhle zu erforschen.«

Er streckte seinen verkümmerten Arm aus und tätschelte meinen Kopf. »Ich merke, daß du gern an einer Ausgrabung teilnehmen möchtest.«

»O ja, Herr.«

»Ich begann schon als Junge mit Grabungen«, erzählte er. »Ich verrate dir ein kleines Geheimnis, Ismael. Ich glaube, ich kenne eine Mauer aus der Jungsteinzeit in den Ruinen von Jericho. Ich habe mit Dr. Kathleen Kenyon deswegen korrespondiert, möge Allah ihre Wege segnen. Sie lebt in London und hat viel Interesse gezeigt. Leider wird sie zwei oder drei Jahre brauchen, um genug Geld für eine Expedition aufzutreiben.«

»Kathleen? Der Name einer christlichen Frau?« fragte mein Vater scharf.

»Ja, eine Frau«, antwortete Nuri Mudhil und sah meinen Vater herausfordernd an. »Sie ist die größte Archäologin Palästinas und der Bibel, die keine Jüdin ist.«

Die nun folgende peinliche Stille war für uns alle sehr unbehaglich. Mein Vater wurde zornig. Juden! Frauen! Einerseits suchte er den Kontakt mit den Juden. Anderseits mißfiel ihm die Tatsache, daß kein arabisches Land den Schatz kaufen würde. Und was die Archäologin betraf, die ging Hadschi Ibrahim vollkommen gegen den Strich.

»Wo wird der Fund hinkommen?« fragte mein Vater plötzlich.

»In die Hebräische Universität, wo er hingehört.«

»Gibt es kein arabisches Museum oder einen arabischen Gönner, der die Sachen kaufen würde? Das sind doch arabische Funde. Was ist mit dem Rockefeller-Museum in Ost-Jerusalem?«

»Arabische Mäzene, soweit es sie überhaupt gibt, überweisen kleine Spenden an Waisenhäuser und investieren in große Diamanten. Die islamischen Museen von Kairo bis Bagdad sind Schlachtfelder. Ich habe unschätzbare, tausend Jahre alte Korane im Rockefeller Museum gesehen, wo sie von den Würmern zerfressen werden. Eine der schönsten Sammlungen islamischer Kunst befindet sich in einem jüdischen Museum in West-Jerusalem.«

»Die Juden versuchen nur, uns zu demütigen«, antwortete Hadschi Ibrahim.

»Dieser Handel mit den Juden gefällt Euch nicht«, stellte Professor

Mudhil fest. »Und ich gefalle Euch vermutlich noch weniger, weil ich mit ihnen zusammenarbeite.«
Die verlegene Stille war lähmend geworden, während Hadschi Ibrahim mit seinem Schuldgefühl kämpfte und mit der Angst, als Verräter gebrandmarkt zu werden.
»Es ist sehr schwierig, mit den Juden in dieser haßgeschwängerten Atmosphäre zu verhandeln, die wir um uns geschaffen haben«, sagte Nuri Mudhil. Dann breitete der verkrüppelte Mann die Arme aus und stand so aufrecht da, wie es ihm mit seinem kranken Körper möglich war. »Laßt mich von diesem Geschöpf erzählen, Hadschi Ibrahim, das Ihr vor Euch seht, damit Ihr Euch nicht länger wundert.«
»Ich hatte nicht die Absicht, Euch zu beleidigen«, entschuldigte sich mein Vater heiser.
»Ich wurde so geboren, wie Ihr mich seht. Vater und Mutter waren Vetter und Base, und das ist das Ergebnis. Ehen zwischen nahen Verwandten sind in der ganzen arabischen Welt eine Plage. Sie haben uns eine Million verkrüppelter Kinder beschert. Habt ihr auch Krüppel in eurem Dorf, Hadschi Ibrahim?«
Wir hatten tatsächlich welche. Mein Vater preßte die Lippen zusammen.
»Ihr kamt zu mir, um Verbindung mit den Juden aufzunehmen«, fuhr Mudhil fort. »Jetzt tut Ihr scheinheilig. Warum seid Ihr zu mir gekommen? Um diesem Jungen ein besseres Leben zu ermöglichen. Ihr wißt, wenn wir unseren Führern folgen, werdet Ihr nach einem elenden Leben in diesem jämmerlichen Lager eines elenden Todes sterben. Oder seid Ihr gekommen, weil Ihr anderer Meinung seid als der syrische Premierminister, der letzte Woche erklärt hat, es sei besser, alle palästinensischen Flüchtlinge ausrotten zu lassen, als auch nur einen Zoll unseres Landes aufzugeben? Wir würden, meinte er, durch den Tod einer halben Million Palästinenser wenigstens Märtyrer schaffen, was unseren Haß tausend Jahre lang auf dem Siedepunkt erhalten könne.«
Er drehte sich um und hinkte in sein Büro zurück, wo er keuchend auf den Stuhl hinter seinem Schreibtisch sank. Mein Vater und ich folgten ihm vorsichtig. »Setzt Euch!« befahl er. »Du auch, Ismael. Ich war der mittlere von insgesamt neun Söhnen.« Seine Stimme klang, als spräche er mit sich selbst. »Mein Vater handelte mit Ziegen und Schafen. Mit vier Jahren brachte er mich auf die Allenby-Brücke, damit ich bettelte. Sei stolz, sagte er. Betteln ist ein ehrenwerter Beruf, und wenn du dich abstoßend genug herrichtest, kann kein

Moslem an dir vorbeigehen, ohne dir ein Almosen zu geben. Mildtätigkeit ist ein Grundgebot des Islam. Wenn die Autobusse zur Kontrolle an der Brücke anhielten, stürzten ich und ein Dutzend anderer mißgestalteter Bettler heran und schrien nach Bakschisch. Mein Gesicht war von abstoßenden Wunden bedeckt, und deshalb waren meine Einnahmen beträchtlich.

Als ich neun war, hatte ich nur gelernt, an der Allenby-Brücke zu betteln. In dem Jahr kam der große Dr. Farber nach Jericho, um Ausgrabungen zu machen. Ich trieb mich in seiner Nähe herum und versuchte mich nützlich zu machen, aber ich war so krank, daß ich ins Krankenhaus mußte. Als mein Vater erfuhr, daß mich Dr. Farber ins Hadassah-Krankenhaus gebracht hatte, holte er mich fort, prügelte mich bewußtlos und warnte mich davor, die Brücke je wieder zu verlassen. Da kaufte mich Dr. Farber für hundert Pfund; er mußte sich das Geld dazu borgen.

Er nahm mich in sein Haus, pflegte mich gesund und lehrte mich Lesen und Schreiben ...« Er brach ab und kämpfte mit den Tränen.

»Es tut mir sehr leid, Euch beleidigt zu haben«, wiederholte mein Vater.

»Nein, hört Euch den Rest meiner Geschichte an. Als die Ausgrabungen für diese Saison eingestellt wurden, schlug ich vor, dort zu bleiben und die Fundstellen zu bewachen. Ich grub allein weiter. Den ganzen Sommer lang grub ich, bis meine Hände bluteten. Ich, Nuri, fand einen Schädel aus der Jungsteinzeit, der bedeutendste Fund der Ausgrabung! Wißt Ihr, was es für mich bedeutete, als ich ihn Dr. Farber übergeben konnte? Sieh dir das an«, rief er und wies auf das Diplom über seinem Schreibtisch. »Das ist von der Hebräischen Universität – und jetzt kannst du deinen Dreck nehmen und ihn an die Diebe verhökern!«

Mein Vater bedeutete mir hinauszugehen, und ich gehorchte.

»Was soll ich sagen?« fragte Ibrahim hilflos.

»Wir sind Menschen, die in Haß, Verzweiflung und Finsternis leben«, sagte Mudhil. »Die Juden bieten uns eine Brücke, um aus der Finsternis herauszufinden.«

Ibrahim sank in einen Stuhl, zu erschöpft, um weiter zu streiten. »Man kann Ismael vertrauen«, murmelte er. »Er bewahrt ein Geheimnis besser als alle Menschen, die ich kenne. Er hat sogar Geheimnisse vor mir. Ihr werdet durch ihn nie in Gefahr geraten. Nehmt die Stücke und erzielt den bestmöglichen Preis.«

»Nur unter der Bedingung, daß Ismael nicht dafür bestraft wird, seine Schwester mitgenommen zu haben. Sie hatte den Mut weiterzuklettern, als ein anderer Junge aus Angst aufgab. Sie hat der kunstliebenden Menschheit einen großen Dienst erwiesen. Schwört, bei der Ehre Eures Vaters, daß Ihr sie nicht strafen werdet.«
Ibrahim stieß eine Reihe von Seufzern aus, die von wilder Entschlossenheit in tiefe Resignation übergingen. »Ich werde diesmal meinem Sohn seine Unüberlegtheit verzeihen«, versprach er schließlich. »Was hört Ihr von Gideon Asch?«
»Es wird Konferenzen zwischen Abdullah und den Palästinensern geben. Man weiß, wie Ihr über ihn denkt. Im Augenblick wird er gegen angesehene Palästinenser wie Euch nichts unternehmen. Er will nämlich unbedingt den Eindruck erwecken, als wollten die Palästinenser ihn haben und nicht umgekehrt. Er ist in der gleichen Lage wie ein Goldfisch, der einen Hai schlucken will. Hört meinen Rat! Ihr solltet als Delegierter an diesen Besprechungen teilnehmen. Es gibt noch andere Männer, die denken wie Ihr. Die müßt Ihr finden.«
Ibrahim hörte zu und überlegte einige Zeit. »Ich habe nur noch einen Wunsch in meinem Leben. Ich will nach Tabah zurückkehren und meine Leute dort wiedervereinigen. Sie stecken irgendwo im Libanon. Ich kann aber weder allein noch an der Spitze meiner Leute nach Tabah zurückkehren. Ich werde die Sache der Araber nicht verraten; ob sie nun recht oder unrecht haben, ich kann es nicht. Ich darf nur an der Spitze vieler tausend Palästinenser nach Tabah zurückkehren, als Vorhut der Wiederansiedlung unseres Volkes auf seinem rechtmäßigen Besitz.«
»Ich werde Euch das wichtigste Geheimnis Eures Lebens enthüllen. Ihr allein werdet bei diesen Konferenzen wissen, daß Ben-Gurion und die Juden sich mit der sofortigen Rückkehr von hunderttausend Arabern einverstanden erklären, während die Gesamtzahl der Heimkehrer im Rahmen eines Friedensvertrages ausgehandelt werden soll.«
»Hunderttausend«, flüsterte Ibrahim überrascht.
»Hunderttausend für den Anfang.«

VI

Wir waren Gefangene der Jordanier. Es ist nun unumgänglich, daß ich kurz von König Abdullah und seinen wahnwitzigen Ambitionen berichte.

Er entstammte dem Haschemitengeschlecht in Mekka. Haschim, der Ahnherr der Familie, war der Urgroßvater Mohammeds, und die Haschemiten hatten großen Anteil an der frühen Verbreitung des Islam.

Als aber der Islam sein geistiges Zentrum von Arabien erst nach Damaskus und dann nach Bagdad verlegte, verblaßte der Glanz der Haschemiten allmählich, sie wurden unbedeutende Beamte, Verwalter der heiligen Stätten in Mekka und Medina. Jahrhunderte verstrichen.

Das Oberhaupt der Haschemiten, bekannt als Scharif von Mekka, verbündete sich im Ersten Weltkrieg mit den Engländern gegen das Osmanische Reich. Er hatte gehofft, König einer Großarabischen Nation zu werden. Statt dessen wurde er mit ein paar Brocken abgespeist; schließlich vertrieben ihn seine Erzrivalen, die Saudis, aus Arabien, und er verbrachte den Rest seines Lebens im Exil.

Sein Sohn Abdullah erhielt den Status eines Marionettenherrschers über Ost-Palästina, ein eingeschlossenes Wüstengebiet in Transjordanien. Der einzige Zweck dieses »Nationalgebiets« bestand darin, den Engländern als Militärbasis zu dienen.

Das Emirat Transjordanien war ein armseliges, unfruchtbares Land, das größtenteils von Beduinenstämmen bewohnt wurde. Sie lebten von ihren Kamelen, die ihre Bedürfnisse an Nahrung, Unterkunft und Kleidung deckten. Sie tranken Kamelmilch und aßen Kamelfleisch. Sie lebten in Zelten aus Kamelhaut und trugen aus Kamelhaaren gewebte Kleidung. Sie heizten mit Kameldung, und ihr Transportmittel waren Kamelrücken. Diese reizbaren, häßlichen, stinkenden Tiere waren wie keine zweite Rasse fähig, in der Wüste zu überleben. Das Leben in Transjordanien war primitiv, hart und von unaufhörlichen Stammeskriegen gekennzeichnet. Die übrigen arabischen Führer haßten Abdullah, weil er vollkommen von seinen englischen Herren abhängig war.

Ein kluger Engländer, John Bagot Glubb, formte die Arabische Legion um und vereinte die bis dahin verfeindeten Stämme unter einer einzigen, Abdullah getreuen Fahne. Er schuf eine dem König ergebene Streitmacht, indem er moderne Waffen und Kriegstechnik mit prunkvollen Uniformen und Pomp verbrämte, was auf die Beduinen Eindruck machte. Die Arabische Legion wurde die einzige schlagkräftige Streitmacht in der arabischen Welt, was den Neid auf Abdullah nur noch verstärkte.

Transjordanien, das spätere Königreich Jordanien, vegetierte als gottverlassenes, glühendheißes, armseliges Land mit weniger als einer halben Million mutloser Einwohner dahin. Es war ein Land ohne kulturelle Einrichtungen, Literatur, Universität oder annehmbare medizinische Betreuung.

Abdullah erwies sich als ebenso geduldig wie ehrgeizig. Er stellte die Legion im Zweiten Weltkrieg den Engländern zur Verfügung, war also der einzige arabische Führer, der sich den Alliierten anschloß, und er benutzte deren Sieg als Ausgangsbasis für die Erfüllung seiner langgehegten Wünsche.

Worin bestanden nun Abdullahs Ziele? Sie waren die gleichen wie die seines Vaters und seines Bruders Feisal: Herrscher einer Groß-arabischen Nation zu sein, zu der Syrien, der Irak, der Libanon, Palästina und Saudi-Arabien gehören sollten. Seine Träume waren weitgespannt und lagen offen zutage.

Hadschi Ibrahim, mein Vater, sagte oft, daß Abdullah sich selbst der ärgste Feind sei, weil er seine Zunge nicht im Zaum halten könne. Abdullah prahlte offen, daß es kein Jordanien und kein Palästina, sondern nur ein Groß-Syrien gebe, und daß die Haschemiten dazu bestimmt seien, es zu regieren.

Obwohl die Arabische Liga, unser Völkerbund, vor Wut über die Kühnheit des kleinen Königs in seiner lächerlichen Hauptstadt Amman schäumte, konnte sie nichts gegen ihn unternehmen, denn er hielt sich hinter dem Rücken des britischen Löwen verborgen.

Alle haßten Abdullah. Die Ägypter, die sich für das Herz und für die Elite der arabischen Welt hielten; die Saudis, die zitterten, wenn sie an die Rache dachten, die Abdullah für die Vertreibung der Haschemiten aus Arabien nehmen würde; die Syrer, deren Land Abdullah in Besitz nehmen wollte; der Mufti, der Palästina als seinen eigenen Machtbereich beanspruchte. Sie alle schmiedeten Pläne für seine Ermordung.

Abdullah war der einzige unter den arabischen Führern, der siegreich und mit Gebietsgewinnen aus dem Krieg gegen die Juden hervorging, und seine Fahne flatterte über Ost-Jerusalem und dem Felsendom. Außerdem gewann er durch die Flucht der Palästinenser einen Bevölkerungszuwachs, der doppelt so groß war wie die Einwohnerzahl sei-

nes Königreichs: eine halbe Million Palästinenser in der Westbank und eine halbe Million, die über die Allenby-Brücke nach Jordanien hinüberwechselte.
Die meisten waren ungebildete, mittellose Bauern. Aber es gab auch viele tausend gebildete Palästinenser, genau die Leute, die in der Gesellschaft Jordaniens bisher gefehlt hatten. Sie brachten dem rückständigen Land einen plötzlichen Aufschwung in Erziehung und Handel und öffneten das Tor zur modernen Welt.
Abdullah ergriff die Gelegenheit, bürgerte die Flüchtlinge ein und gestand ihnen Bewegungsfreiheit zu. Viele Angehörige der palästinensischen Elite erhielten hohe Stellungen in der jordanischen Regierung, um die stillschweigende Einverleibung der Westbank zu legitimieren. Da die Hälfte der Parlamentsmitglieder aus Palästinensern bestand, erweckte Abdullah nach außen den Anschein einer konstitutionellen Regierung. Das war jedoch nur ein Trick, denn der König behielt das Recht, jeden Parlamentarier zu ernennen und zu entlassen, Gesetze zu verabschieden und das Parlament aufzulösen, wann immer er wollte.
Die Arabische Liga, die offizielle Vereinigung der arabischen Nationen, verurteilte den Annexionsversuch und erklärte feierlich, daß sie ihn nie anerkennen würde. Damit war Abdullah in einem Meer feindlicher Nachbarn isoliert.
Abdullahs langjähriger Feind, der Mufti von Jerusalem, war in den Gazastreifen geflohen, wo er versuchte, die Ansprüche des Königs anzufechten. Aber die glorreichen Tage des Muftis waren vorüber.
Es stellte sich heraus, daß der Mufti während des Zweiten Weltkriegs als Agent der Nazis Polen besucht hatte, um dort die Vernichtungslager zu besichtigen. Da er glaubte, daß die Eroberung Palästinas durch die Deutschen unvermeidlich sei, hatte er Hitler einen Plan zur Errichtung von Gaskammern im Dotantal, nördlich von Nablus, unterbreitet. Dort wollte er die Juden aus sämtlichen Ländern, die die Deutschen im Nahen Osten erobern würden, vernichten.
Nur Ägypten erkannte den Anspruch des Muftis auf Palästina an, aber seine Unterstützung war schwach und halbherzig. In Wirklichkeit hatte der Mufti keinen Wert mehr für die arabische Sache. Hadschi Amin al-Husseini beendete sein Leben als geehrter Mann in arabischen Orten, aber sein politischer Stern war längst untergegangen.
Auch viele Palästinenser erhoben scharfen Protest gegen Abdullahs Annexionspläne. Der König war empört, als er erfuhr, daß sich nicht

ganz Palästina unter die haschemitische Fahne scharte. Aber er hatte ein sehr dickes Fell. Er machte sich daran, seinen Anspruch auf die Westbank abzusichern, wobei er darauf bedacht war, sich nicht die Feindschaft wichtiger Männer der Opposition zuzuziehen. Zugleich sorgte er dafür, daß die Flüchtlinge keine Bewegung gegen ihn auf die Beine stellen konnten.

Abdullahs Agenten und Anhänger infiltrierten die Städte der Westbank und die Flüchtlingslager und brachten die Männer durch Erpressung, Bestechung und Zusicherung politischer Vorteile dazu, sich ihnen anzuschließen.

Die Flüchtlingslager auf jordanischer Seite, die wie Satelliten um Amman angeordnet waren, gerieten leicht unter Abdullahs Einfluß. Er schaltete die Opposition in diesen Lagern durch heimliche Verhaftungen, ja sogar Morde aus.

An der Westbank hielt er zahlreiche Konferenzen und kleinere Versammlungen ab, um seine Stellung zu festigen. Schließlich fühlte er sich stark genug, um Jordanien mit der Westbank zu vereinigen, und berief in Amman eine große Versammlung mit dem unausgesprochenen Ziel ein, sich die Krone von Groß-Palästina anbieten zu lassen und damit den ersten Schritt in Richtung eines großsyrischen Reiches zu tun.

Mein Vater beobachtete diese Bestrebungen sehr genau. Er nahm an vielen Versammlungen teil, verhielt sich aber zurückhaltend. Er stand ständig mit Professor Nuri Mudhil in Verbindung. Als die große Versammlung in Amman einberufen wurde, wußte er, daß er teilnehmen und dort seine Ansichten vertreten mußte, auch wenn ihm dafür das Gefängnis oder der Tod drohte.

VII

Anfang 1950

Die Römer nannten es Philadelphia. Nach Amman, in die Hauptstadt der Ammoniter, schickte König David seinen Hauptmann Uria, damit er den sicheren Tod auf dem Schlachtfeld fände und der König Urias Frau, die wunderschöne Batseba, heiraten könne. Wie das alte Sodom war Amman wegen seines schamlosen Hedonismus und seiner

Verderbtheit berüchtigt, was den Zorn der Propheten Amos und Jeremias erregte. Ihre Prophezeiungen über Ammans Zerstörung erfüllten sich nur teilweise. Amman wurde nie zerstört. Es gab einfach nichts, was des Zerstörens wert gewesen wäre. Die Stadt erstreckte sich über die sprichwörtlichen sieben Hügel. Als bedeutungslose Zwischenstation an der Königlichen Straße, der großen Handelsstraße zwischen dem Roten Meer und Damaskus, döste Amman fast zweitausend Jahre in der Sonne dahin, ohne viel Berührung mit der Außenwelt.

Dann trat Abdullah mit seinen Ambitionen auf den Plan, und die Beduinen wurden durch die Engländer in der Arabischen Legion vereinigt. Amman hob das windumwehte, staubverkrustete Haupt und wandelte sich von der Hauptstadt des Nichts zu einem neuen Brennpunkt arabischer Intrigen.

Man kann sich nicht vorstellen, wie begeistert ich war und wie geehrt ich mich fühlte, als mein Vater mir mitteilte, ich dürfe ihn zu der Großen Demokratischen Einigungskonferenz nach Amman begleiten! Die arabische Welt scheint von einer Konferenz zur nächsten zu eilen, aber ich hatte noch nie an einer teilgenommen, und nun gar an einer demokratischen!

Wochenlang tobten in Akbat Dschabar und den vier übrigen Lagern um Jericho lebhafte Diskussionen. Jordanische Agenten überschwemmten uns mit Propagandamaterial und ihren Überredungskünsten. Es würden über tausend Delegierte, je zur Hälfte Männer von der Westbank und Palästinenser, die jetzt in Jordanien lebten, zusammenkommen.

Wenn man zählen konnte, merkte man, daß Abdullah 50 Prozent der Konferenzteilnehmer in der Tasche hatte, bevor er begann, in der Westbank Delegierte auszuwählen. Die reichen Palästinenser, die in Amman lebten, und jene, die in den fünfzig Lagern jenseits des Flusses untergebracht waren, standen auf Abdullahs Seite, und niemand zweifelte daran, wie sie abstimmen würden.

Jeden Tag wurden unter den Bürgermeistern, Muchtars, Scheichs, Geistlichen und prominenten Palästinensern aus der Westbank neue Delegierte benannt. Auch die waren überwiegend Abdullahs Leute. Eine sorgfältig ausgesuchte, kleine und kontrollierbare Opposition wurde zugelassen, um der Welt zu »beweisen«, daß die Zusammensetzung der Konferenz durch und durch demokratisch sein würde.

Hadschi Ibrahim gehörte zu dieser Opposition und machte sich mit

einer Gruppe von Delegierten aus Akbat Dschabar und den übrigen Lagern um Jericho auf den Weg, um an der Konferenz teilzunehmen. Obwohl in den Lagern über fünfzigtausend Menschen lebten, wurden ihnen nur armselige zwanzig Delegierte zugestanden.
Es wurde erbittert um die Sitze gekämpft. Zuerst unternahm man den Versuch, Wahlen abzuhalten, aber niemand wußte, wie man sie durchführt, und kaum einer hatte Vertrauen zu dem System. Die Auswahl der Delegierten erfolgte gemäß dem traditionellen Machtkampf, bei dem die stärksten Stammesführer und jene, die die besten Bündnisse abschließen konnten, die Sitze zugeteilt erhielten.
Trotz des Drucks der Jordanier wurde mein Vater, der große Hadschi Ibrahim al-Sukari al-Wahhabi, zum Anführer der Delegation von Jericho ernannt.
Da die Hälfte der Delegierten von Anfang an für Abdullah war, machten sich die jordanischen Agenten daran, nun die andere Hälfte zu bearbeiten. Man versprach ihnen Zusatzverpflegung, Bargeld und später Posten in der Regierung. Als die Agenten mit ihrer Kampagne fertig waren, konnte Hadschi Ibrahim nur noch auf ein Dutzend Männer zählen, die gegen die Einverleibung der Westbank waren. Die Zahl verringerte sich weiter, als zwei der lautesten Abdullah-feindlichen Delegierten ermordet und zwei andere nach Amman gebracht und wegen Schmuggelei vor Gericht gestellt wurden. Die Anklagen waren durchsichtig, denn dieses Verbrechen wurde allgemein begangen, besonders aber von den jordanischen Truppen und ihren Lagerverwaltern.
Als mein Vater versuchte, seine verlorenen Delegierten zu ersetzen, teilte man ihm mit, daß die Listen bereits abgeschlossen seien.
Die Bedeutung der Delegierten wurde durch ihre Beförderungsmittel auf der Reise nach Amman und durch das ihnen zugeteilte Quartier sichtbar gemacht. Die wichtigsten Anhänger Abdullahs wurden in Privatwagen abgeholt und in Villen, Hotelsuiten oder -zimmer eingewiesen. Alle, die wie Vater in Lagern lebten, wurden in Autobussen über den Fluß gebracht und im Zeltlager des Schneller-Lagers, zehn Kilometer außerhalb von Amman, einquartiert. Obwohl Schneller und Akbat Dschabar die gleiche Bevölkerungszahl hatten, entsandte Schneller hundert Delegierte. Es war unübersehbar, daß gewisse Umstände der Konferenz alles andere als demokratisch waren.
Obwohl wir bewußt herabsetzend als Delegierte zweiter Klasse behandelt wurden, war ich von der Reise begeistert. Die Fahrt über

die Allenby-Brücke durch Salt und Suweilih in das nächtliche Amman erlebte ich wie einen vorbeigleitenden Traum.
Mein Vater und ich teilten uns ein kleines Zelt. Nachdem wir uns eingerichtet und gegessen hatten, rief er mich zu sich und forderte mich auf, ihm die Tagesordnung vorzulesen.
»Du mußt das alles für dich behalten«, mahnte er.
»Das werde ich tun, Vater.«
»Zuerst sieh dir das Lager hier an. Abdullahs wichtigstes Argument bei den Vertriebenen ist, die Lager in Jordanien seien viel besser als die in der Westbank. Ich brauche eine wahrheitsgetreue Schilderung der Zustände. Er hat auch behauptet, daß die Vertriebenen hier Posten bekommen und Schulen besuchen können. Was ist daran wahr?«
»Ich verstehe.«
»Du mußt herumgehen und weitere Männer von meiner Gesinnung suchen. Aber vorsichtig, vorsichtig. Tritt nicht mit ihnen direkt in Verbindung, sondern berichte erst mir, wer sie sind.«
»Ja, Vater.«
»Und schließlich das Wichtigste, Ismael: Sei auf der Hut vor Heimtücke.«

Als ich am nächsten Morgen erwachte, freute ich mich darauf, nach Amman zu gehen. Aber noch nie wurde ich so enttäuscht. Neben Jerusalem verblaßte Amman vollkommen. Ich konnte den Standpunkt meines Vaters verstehen, der die Frage stellte, wer wen annektieren solle.
Im Zentrum der Stadt, die nicht viel größer war als Ramle oder Lydda, stand ein unscheinbarer, kleiner Brunnen, eingezwängt zwischen der Moschee auf einer Seite und dem römischen Amphitheater auf der anderen. In der Nähe befand sich das Hotel Philadelphia, das Hauptquartier der Konferenz. Quer über die Straße war ein großes Transparent gespannt mit derAufschrift: »Willkommen zur Großen Demokratischen Einigungskonferenz: Palästina und Jordanien sind eins.«
Kleine Girlanden waren im Zentrum zur Begrüßung aufgehängt, aber die Anwesenheit der Arabischen Legion war nicht zu übersehen. Sie trugen ihre berühmten rot-weiß gepunkteten Kopfbedeckungen, alle hatten mächtige Schnurrbärte, trugen bis zu den Knöcheln reichende Reitkleidung in Braun und Rot, und ihr Gesichtsausdruck war sehr kriegerisch. Unter die Legionäre mischten sich die königstreuen Be-

duinen. Hunderte von Angehörigen des Stammes der Beni Sakhr in goldbesetzten Gewändern in Hellblau und Weiß mit Patronengurten über der Schulter befanden sich auf den Straßen. Die Beni Sakhr waren als die wildesten unter den kämpferischen Beduinen bekannt, und ihre Anwesenheit bei der Legion zeugte davon, daß man in Jordanien Abdullah nicht unterschätzen durfte. Auf jeden Delegierten kamen ungefähr zehn bewaffnete Jordanier.
Mein Vater und ich gingen zum Hotel Philadelphia, wo er Ausweispapiere erhielt und einem Komitee zugeteilt wurde. Die meisten Komitees hatten keinerlei Bedeutung und waren nur erfunden worden, um den Delegierten das Gefühl von Wichtigkeit zu verleihen. Die erste Tat meines Vaters bestand darin, daß er leidenschaftlich einen Platz im Komitee für Islamische Werte zurückwies.
Wir wurden in ein Nebenzimmer abgeschoben, wo Oberst Zyyad mit grimmigem Gesicht hinter einem Schreibtisch saß.
»Ah, Hadschi Ibrahim, wie ich sehe, hast du den Weg von Qumran hierher zurückgefunden«, begrüßte er ihn in sarkastischem Tonfall.
Mein Vater zuckte mit keiner Wimper.
Ich hatte ein Gefühl, als ob meine Knie vor Angst umknickten. Ich sah mich schon in einem entsetzlichen jordanischen Gefängnis enden. Oberst Zyyad klopfte auf den Schreibtisch, als versuche er, eine Meldung in Morsezeichen abzusetzen.
»Du bist ein Narr, ein schrecklicher Narr«, sagte der Oberst.
Ich sah, daß ihm mehrere Lösungen durch den Kopf gingen, und ich muß offenbar laut gebetet haben, denn mein Vater schüttelte mich, damit ich schwieg.
»Das ist eine demokratische Konferenz«, erklärte Zyyad. »Ich werde dich einem anderen Komitee zuteilen.« Er blätterte in seinen Papieren, fand, was er suchte, schrieb den Namen meines Vaters auf und kritzelte einen Befehl dazu. »Du wirst im Komitee für Flüchtlinge mitarbeiten«, bestimmte er.
»Ich erhebe Einspruch gegen das Wort ›Flüchtlinge‹«, widersprach mein Vater.
»Dann besprich das mit deinem Komitee ... und danke Allah, daß wir ein demokratisches Volk sind.«
Mein Vater war durch den Umstand gerettet worden, daß Abdullah keine Unruhen oder Splittergruppen bei der Konferenz wünschte, und in diesem Stadium war es nicht schwer, uns zu beruhigen. Ich zitterte jedoch noch immer, als wir uns alle im Hof der Großen Mo-

schee versammelten, wo der Mufti von Amman, der moslemische Führer des Landes, die Konferenz eröffnete.
Nach den Gebeten sprach der Mufti die 67. Sure, die von der Bestrafung der Ungläubigen handelt.

Fürwahr, wir haben den untersten Himmel
mit Lampen geschmückt, und wir haben ihn
zu einem Mittel zur Vertreibung der Teufel gemacht;
und für sie haben wir die Strafe
des flammenden Feuers bereitet.
Und für jene, die nicht an ihren Herrn glauben,
ist die Strafe der Hölle – und eine üble Bestimmung ist das.
Wenn sie hineingeworfen werden, dann werden sie
sie brüllen hören, indes sie aufschäumt.
Fast möchte sie bersten vor Wut. Sooft
eine Schar hineingeworfen wird, werden ihre Wächter
sie fragen: »Ist denn kein Warner zu euch gekommen?«
Sie werden sprechen: »Doch, sicherlich,
es kam ein Warner, aber wir
schalten (ihn) einen Lügner und sprachen:
›Allah hat niemanden herabgesendet,
Ihr seid bloß in schwerem Irrtum.‹«
Sie werden sprechen: »Hätten wir nur zugehört
oder Verstand gehabt, wir wären nicht unter
den Bewohnern des flammenden Feuers gewesen.«
So werden sie ihre Sünden bekennen, doch fern
sind die Bewohner des flammenden Feuers (der Gnade).

Nach einer blutrünstigen Predigt über die Verbrennung der Juden flehte der Mufti Allah um seinen Segen an und erbat die göttliche Lenkung der Delegierten.
Als die Gebete zu Ende waren, gingen wir in das römische Amphitheater und hörten uns eine dreistündige Begrüßungsansprache des Bürgermeisters von Hebron, einer Stadt in der Westbank, an. Er war Abdullahs eifrigster Anhänger in Palästina. Die erste Stunde seiner Rede war der Rache an den Juden gewidmet, während der zweite Teil dem Ruhm des Islam und der Herrlichkeit der arabischen Einheit und Brüderlichkeit galt. Auf den Bürgermeister von Hebron folgte ein halbes Dutzend weiterer Eröffnungsredner, von denen jeder uns einen besonderen Gesichtspunkt der geplanten Annexion einhämmerte. Ein einziger Sprecher der Opposition wurde nach wenigen Augen-

blicken von den übrigen demokratisch zum Schweigen gebracht. Das versetzte Hadschi Ibrahim und die Handvoll Andersgesinnter in Wut, und sie begannen Lärm zu machen und Propagandasprüche gegen Abdullah zu schreien. Sie wurden durch einen Trupp Legionäre zur Räson gebracht, die das Amphitheater umstellt hatten. Niemand wurde verletzt, und die Versammlung nahm ihren Fortgang.

Als die Eröffnungssitzung zu Ende war, wurden wir zum Dschabal al-Qual'ah geführt, dem beherrschenden Hügel, auf dem einst die römische Zitadelle stand. Die Ruinen des Herkulestempels standen in dem großen Hof, in dem man uns die Nachmittagsmahlzeit servierte. Mein Vater fand, daß Abdullah es verstände, seine Gäste mit englischem Geld zu bewirten. Von diesem herrlichen Aussichtspunkt aus konnten wir den Haschemija-Palast des Königs sowie die umliegenden Hügel sehen.

Jetzt war es an der Zeit, vorsichtig Verbindungen aufzunehmen. Als wir uns vor der Mahlzeit an einem Brunnen die Hände wuschen, sah ich einen Delegierten in der traditionellen Tracht der Wüstensöhne, der sich zu meinem Vater durcharbeitete. Ich trat näher, um ihr Gespräch mit anzuhören.

»Ich bin Scheich Achmed Tadschi«, flüsterte der Mann. »Meine Leute und ich leben im Hebron-Lager.«

Mein Vater stellte sich gleichfalls leise vor.

»Ich weiß, wer du bist«, sagte Scheich Tadschi. »Ich habe heute deine Auftritte im Hotel Philadelphia und im Amphitheater miterlebt. Du bist verrückt, vollkommen verrückt.«

Der Scheich übergab meinem Vater einen Gegenstand, der wie ein Talisman aus schwarzem Stein aussah. Vater steckte ihn rasch ein.

»Wir sollten uns nach dieser Konferenz treffen«, flüsterte Scheich Tadschi. »Wenn ich den Talisman mit einer Nachricht von dir erhalte, werde ich zu dir kommen.«

Vater nickte, und so rasch die beiden Männer zusammengekommen waren, entfernten sie sich wieder in entgegengesetzte Richtungen. Ich sagte meinem Vater, ich hätte den Namen des Mannes verstanden, und ging weg, um Erkundigungen über ihn einzuholen.

An diesem Abend wurden wir in den Haschemija-Palast gebracht, um dem König vorgestellt zu werden. Da ich noch nie einen Palast betreten oder einen wirklichen König gesehen hatte, war ich sehr beeindruckt. Sowohl Vater als ich waren gut gekleidet, da wir uns von

jedem in unserem Bezirk von Akbat Dschabar, der noch etwas Anständiges zum Anziehen besaß, etwas geborgt hatten. Viele der Delegierten kamen jedoch in Lumpen. Die Schlange bewegte sich langsam in den Thronsaal.
Meine Knie zitterten an diesem Tag zum zweitenmal. Abdullah hatte jedenfalls eine ansehnliche Residenz. Es war das einzige schöne Gebäude, das ich außer dem römischen Amphitheater und der Zitadelle gesehen hatte. Obwohl der Palast nicht so prächtig war wie die Bauten, die ich während meiner Reise ins Paradies gesehen hatte, war er Abdullah und Jordanien durchaus angemessen.
Und nun stand ich vor dem König. Ich war eigentlich enttäuscht. Sein Thron war nur ein großer, mit goldener Farbe bemalter Stuhl auf einer Plattform. Er war herabgestiegen, um die lange Reihe der Delegierten zu begrüßen, und war von seiner Leibgarde umgeben, russischen Moslems, die vor Jahrhunderten hierhergezogen waren. Sie trugen Pelzmützen mit einer silbernen Kopie der Krone des Königs und wirkten wie die Kosaken, die ich auf Bildern gesehen hatte. Ratgeber in westlichen Anzügen mit arabischer Kopfbedeckung standen neben dem König und flüsterten ihm ins Ohr, während die Delegierten einzeln an ihm vorbeigingen.
Abdullah war sehr klein, und sein Gewand war nicht reich verziert, aber er trug die glänzendsten schwarzen Schuhe, die ich je gesehen hatte. Er zeigte sich sehr vergnügt, und das überraschte mich, weil ich erwartet hatte, daß er so finster dreinsehen würde wie Oberst Zyyad, der in seiner Nähe stand. Der Oberst flüsterte dem König etwas zu, als wir uns näherten. Abdullah lächelte ungewöhnlich strahlend, umarmte meinen Vater und küßte ihn auf beide Wangen, dann tätschelte er meinen Kopf, obwohl ich beinahe ebenso groß war wie er.
»Willkommen, willkommen, willkommen in meinem bescheidenen Königreich, Hadschi Ibrahim! Möge mein Land dir wie deine Heimat erscheinen. Wir sind durch deine Anwesenheit geehrt. Möge Allahs Weisheit dich während der nächsten Tage leiten.«
»Euer Majestät, es gibt keine Worte, die die Ekstase dieses Augenblicks wiedergeben könnten«, antwortete mein Vater.
»Was immer du jetzt oder später erhoffst, sei dir gewährt.« Der König wandte sich mir zu. »Wie heißt du, mein Sohn?«
»Ich bin Ismael«, verkündete ich.
Wir bekamen einen leichten Stups, um die Reihe nicht aufzuhalten, und landeten draußen in dem größten Zelt, das ich je gesehen hatte; es faßte die ganze Delegation. Es war nicht schwer herauszufinden,

wer ein Flüchtling war und wer zu den vornehmen, reichen Palästinensern gehörte, doch Lumpen und Goldfäden mischten sich scheinbar brüderlich.
Das anschließende Fest war noch großartiger als jene Gelage, die mein Vater veranstaltet hatte, als er noch Muchtar von Tabah war. Viele von uns hatten so köstliche Speisen schon lange nicht mehr genossen. Wir aßen, bis unsere Bäuche geschwollen waren und uns richtig übel wurde, doch wir aßen weiter. Musik und Tänzerinnen verstärkten die Stimmung von Freundschaft und Einigkeit. Die Diener steckten uns Haschisch zu, damit unsere seligen Gefühle länger anhielten.
Nach dem Fest wohnten wir Kamelrennen, Reitkunstdarbietungen und Falknervorführungen bei, dann folgten wieder Musik und Tanz. Wir hörten später im Radio, daß der König Amman in aller Stille verlassen hatte, weil er den Verlauf der Konferenz nicht durch seine Anwesenheit beeinflussen oder den demokratischen Charakter des Treffens beeinträchtigen wollte.

Am nächsten Tag begab sich mein Vater zu seinem Komitee, das als Schreiorgie begann und ebenso endete, weil er versuchte, die Tagesordnungspunkte zu erweitern und nicht nur Resolutionen zu bestätigen, die schon vorher abgefaßt worden waren. Er erhob Einspruch gegen die Verwendung des Wortes »Flüchtling«, wurde jedoch niedergebrüllt. Ich verließ die Versammlung bald, um die Auskünfte einzuholen, die er verlangt hatte.
Am Abend berichtete ich meinem Vater, was ich erfahren hatte. Scheich Tadschi war der Führer eines teilweise nomadisierenden Stammes, der in dem Gebiet nördlich des Golfes von Akaba und des Grenzpostens von Eilat gelebt hatte. Zu Beginn des Krieges gegen die Juden hatten die Ägypter seine Leute aus militärischen Gründen aus ihrer Heimat vertrieben, und sie waren nach Hebron geflohen. Gegen Kriegsende hatten die Juden den Negev besetzt, weshalb Scheich Tadschi sich fragte, wozu er eigentlich weggezogen war. Andere Beduinen waren geblieben und von den Juden nicht behelligt worden oder hatten sogar mit ihnen zusammengearbeitet, ihnen Führer durch die Wüste und Informationen zur Verfügung gestellt.
Während Scheich Tadschi seinen Fehler bereute, geriet er im Lager Hebron in eine unhaltbare Situation. Der Bürgermeister der Stadt war ein treuer Anhänger Abdullahs und hatte das Lager in ein Bollwerk des Königs in der Westbank verwandelt.

Mein Vater zeigte mir den kleinen Talisman, den Tadschi ihm gegeben hatte, einen schwarzen, seltsam geschnitzten Jaspis-Anhänger. Die Beduinen trugen solche Talismane, um Dschinnen abzuwehren.
»Dieser Stein wird Scheich Tadschi zu uns bringen«, erklärte mein Vater. »Was hast du über das Lager erfahren?«
Ich räusperte mich bedeutsam. »Den Leuten im Schneller-Camp und in allen anderen Lagern um Amman geht es viel schlechter als uns in Akbat Dschabar«, berichtete ich. »Ein Grundsatz entscheidet hier über Leben und Tod. Abdullah hat alle angesehenen alten Muchtars angeworben und ihnen sowie ihren Familien Posten beim Roten Halbmond gegeben. Wer gegen den König ist, bekommt nichts zu essen, hat keine Möglichkeit, sich zu beschweren. Es hat viele Morde und Verhaftungen gegeben, wobei alle Andersdenkenden ausgeschaltet wurden.«
»So habe ich es mir vorgestellt.«
»Das gleiche gilt für die Stellen in Amman. Nur wer für Abdullah eintritt, kann in der Stadt Arbeit finden. Man hat mir erzählt, daß alle Lager in Jordanien so geführt werden.«

Am dritten Abend konnte ich Vater berichten, daß ich einen weiteren entschiedenen Gegner des Königs entdeckt hatte, der aber im Gegensatz zu Ibrahim seine Meinung für sich behielt.
»Er heißt Charles Maan. Er war Lehrer am Gymnasium in Haifa. Er nimmt im Ramallah-Komitee eine Führungsposition ein.«
»Ich habe von ihm gehört. Die Ramallah-Gruppe ist stark. Kann man ihm trauen?«
»Ja, bis auf einen Umstand.«
»Ah, und der wäre?«
»Er ist Christ, und du weißt, was für Lügen die Christen über Jesus verbreitet haben, den sie ihren Gott und Erlöser nennen.«
»Ist das alles?«
»Ja, Vater.«
»Unsinn«, sagte mein Vater, was mich gehörig erschreckte. »Die Christen und die Moslems haben in Palästina über Jahrhunderte ohne ernstliche Schwierigkeiten miteinander gelebt. Die religiösen Kämpfe hier sind libanesischer Wahnsinn. Wir haben uns bis zum Erscheinen des Muftis sogar mit den Juden vertragen.« Hadschi Ibrahims Enthüllung verwirrte mich.
Charles Maan befand sich ebenfalls im Schneller-Camp, nur ein paar Straßenzüge von uns entfernt.

»Bleib in der Nähe seines Zeltes und beobachte ihn, ohne daß du gesehen wirst«, befahl mein Vater. »Wenn er allein ist, nähere dich ihm sehr vorsichtig und stelle dich vor. Sprich mit ihm oder überreich ihm einen Brief. Sag ihm, ich würde gerne mit ihm zusammenkommen.«
»Wo, Vater?«
Wir überlegten beide einen Moment. »Bei der Senkgrube«, sagte er schließlich.
Ich wartete über zwei Stunden in der Nähe von Charles Maans Zelt, aber unaufhörlich kamen und gingen Delegierte. Ich beschloß, ihm einen Brief zu schreiben. Als die Reihe der Besucher endlich abriß, trat ich rasch ein und überreichte ihm einen gefalteten Zettel.
Maan war älter als mein Vater und hatte Tränensäcke unter den Augen. Seine Finger waren voller gelber Tabakflecken.

> Ich bin Ismael, der Sohn von Hadschi Ibrahim al-Sukari al Wahhabi. Mein Vater möchte Euch um zwei Uhr morgens bei der Senkgrube treffen.

Als er meine Botschaft gelesen hatte, riß er das Papier in Stücke und nickte mir zu. Die Senkgrube befand sich in einer langgestreckten Wellblechbaracke, die über einem Graben mit fließendem Wasser stand, der das offene Abwasser in eine Reihe von Sammelgruben leitete. Kurz vor zwei Uhr morgens verließen Vater und ich unter großen Vorsichtsmaßnahmen unser Zelt. Es war sehr finster und vollkommen ruhig, und wir hofften, daß es so bleiben würde. Wir warteten im Schatten, bis die müde, gebeugte Gestalt von Charles Maan in seinem abgetragenen westlichen Anzug den Weg entlangkam. Er sah sich um und trat ein. Ibrahim folgte ihm, während ich mich vor dem Eingang postierte, um sie zu warnen, falls jemand kam. Die beiden standen über dem Graben und taten, als urinierten sie.
»Wir müssen uns auf der anderen Seite treffen«, sagte Vater.
»Einverstanden«, antwortete Charles Maan.
»Kennst du Scheich Tadschi im Hebron-Lager?«
»Ja, er ist sehr verläßlich. Ein guter Mann.«
»Ich werde ihn mitbringen«, sagte Vater.
»Einverstanden.«
»Wie nehmen wir Verbindung auf?« fragte Vater.
»Wenn ihr bereit seid, schick deinen Sohn Ismael nach Ramallah. Ich bin im Lager Birah. Ich habe dort eine kleine Schule eingerichtet. Er wird mich ohne Schwierigkeiten finden.«

»Unser Treffen sollte sorgfältig geheimgehalten werden.«
»Ich weiß einen sicheren Ort in der Altstadt von Jerusalem. Kennst du das Kloster der Schwestern Zions?«
»Nein.«
»Du betrittst die Altstadt durch das Löwentor. Das Kloster liegt auf der Via Dolorosa beim Ecce-Homo-Bogen zwischen der zweiten und dritten Kreuzwegstation. Frage nach Schwester Maria Amalia. Sie leitet die Schule und wird wissen, wann ich dich erwarte.«
»Ich möchte dich nicht beleidigen, aber sie ist eine Frau. Ist sie vollkommen vertrauenswürdig?«
»Sie ist meine Tochter«, antwortete Charles Maan.
»Es kommt jemand«, flüsterte ich.
Mein Vater brachte rasch seine Kleider in Ordnung, während Maan seine Hose zuknöpfte. »In ein paar Wochen«, sagte Ibrahim und ging schnell mit mir fort.

Am Nachmittag des letzten Konferenztages marschierten die Vorsitzenden der Komitees im römischen Amphitheater auf und legten ihre Beschlüsse allen Delegierten zur Billigung vor.
Die Resolutionen rollten wie Köpfe unter dem Beil des Henkers.
Beschlossen. Was durch Blut genommen wurde, soll durch Blut zurückgewonnen werden.
Beschlossen. Ungläubige verfälschen die islamischen Werte und sind daher nicht würdig, in islamischen Ländern zu leben.
Beschlossen. Alle Araber bilden eine einzige Nation. Sie waren noch nie so einig.
Beschlossen. Araber, die im zionistischen Gebiet blieben, begingen eine ungeheure Sünde. Arabern, die Pässe des zionistischen Gebietes besitzen, wird der Zutritt zu allen arabischen Ländern verboten.
Beschlossen. Araber, die im zionistischen Gebiet blieben, sind aussätzig in ihrem Wesen, und es ist ihnen verboten, den Haddsch nach Mekka zu unternehmen.
Beschlossen. Araber, die im zionistischen Gebiet blieben, sind verderbt und nicht würdig, in der Al-Aksa-Moschee und im Felsendom zu beten. Zu beiden ist ihnen der Zutritt verwehrt.
Beschlossen. Araber, die im zionistischen Gebiet blieben, sind Verräter und können sich nicht wieder mit ihren verbannten Familien vereinigen oder sie besuchen.
Die Geistlichkeit und die Komitees über Fragen des Islam brachten

zwei Dutzend Entschlüsse durch, wobei die nur gelegentliche Opposition rasch niedergestimmt wurde.
Bis zum Abend waren über hundert Resolutionen verabschiedet worden, die den ewigen Krieg gegen die Juden festsetzten. Dann führten die letzten drei großen Komitees die Konferenz zu ihrem vorherbestimmten Höhepunkt.
Das Komitee für Flüchtlingsfragen, dem mein Vater zugeteilt worden war, erstattete einen begeisterten Bericht darüber, wie gut die Lager in Jordanien im Gegensatz zu denen in der Westbank geführt seien. Sie wollten den Eindruck schaffen, das Leben unter dem nationalen Banner Jordaniens sei für alle viel besser. Vater und ich wußten inzwischen, daß Jordanien seine Versprechungen bezüglich Arbeitsplätze, Grunderwerb oder Wiedereingliederung ins Berufsleben nicht gehalten hatte. Die einzigen Palästinenser, denen es gutging, waren jene, die zu den Jordaniern übergingen. Ansonsten herrschte auf beiden Seiten des Flusses die gleiche Not.
Dann erstattete das wichtige Komitee zur Beratung der Waffenstillstandslinie Bericht. Bei Kriegsende war die zickzackförmige Feuereinstellungslinie zu einer halb anerkannten Grenze geworden, denn die Truppen hielten ihre Stellungen und bildeten willkürlich eine gemeinsame Grenze von fast fünfhundert Kilometer Länge. Hunderttausende von Dunam arabischer Felder lagen nun auf der zionistischen Seite. Eine jordanische Grenzkommission war eingesetzt worden, um soviel Land wie möglich zurückzuholen.
Der Bericht des Komitees behauptete, sämtliche Forderungen seien zugunsten der Flüchtlinge entschieden worden, die wieder auf ihren Besitz zurückkehren könnten. Individuelle Forderungen sowie solche von Gruppen oder Dörfern würden berücksichtigt werden, sobald die Vereinigung der Westbank mit Jordanien beschlossen sei.
»Abdullah lügt in seinen Bart«, murmelte mein Vater. »Er hat keinen Zoll des umstrittenen Gebietes wiedererlangt.«
Als Vater sich erhob, um gegen den Bericht Einspruch zu erheben, rückten die neben ihm sitzenden Männer von ihm ab, und die Legionäre kamen näher. Mein Mund wurde trocken. Jetzt konnte uns nur die arabische Tradition des Gastrechts retten! Da geschah ein Wunder! Zufällig saß Charles Maan in unserer Nähe und lenkte Vaters Aufmerksamkeit auf sich. Ibrahim gewann seine Beherrschung wieder und setzte sich schweigend hin.
Der Schlußbericht des Komitees für demokratische Einheit brachte die große Enttäuschung. Das jordanische Parlament hatte ein Gesetz

über den nationalen Zusammenschluß verabschiedet. Abdullahs Lakaien brachen im Chor in Jubelrufe aus. Darauf folgte eine demokratische Abstimmung, in der die Konferenz die Gründung von »Groß-Palästina« mit 970 gegen 20 Stimmen befürwortete.
Zum Abschluß wurde uns mitgeteilt, daß eine Konferenz über Forderungen und Rechte der Flüchtlinge nach Zürich einberufen worden sei. Das Flüchtlingsproblem würde einer Internationalen Schiedskommission der blockfreien Staaten vorgetragen werden. Jordanien würde eine Delegation entsenden, um alle Interessen der Flüchtlinge wahrzunehmen. Ich ergriff die Hand meines Vaters, der vor Zorn zitterte. Mit aller Kraft, die ich aufbringen konnte, zog ich ihn aus dem Amphitheater.
Wir verließen Amman mit einem bitteren Geschmack im Mund.

VIII

Volle Abwässerkanäle und Berge faulenden Mülls begünstigen die Vermehrung von Fliegen und Moskitos, und ihr Gestank ist unerträglich. Wenn man sich dazu die vollkommene Teilnahmslosigkeit und das ständige Sticheln verbitterter, wirklichkeitsfremder Männer vorstellt, die vorgeben, den anderen jenen Stolz und Mut einzuflößen, die sie selbst nie besessen haben, versteht man, wie es zur Gründung der Rächenden Leoparden kam. Mein Bruder Jamil war einer ihrer Anführer. Sie trugen keine Uniformen. Unser Erbe war die äußerste Armut, und so wiesen sie sich durch Stirnbänder aus grell orangefarbenem Stoff aus.
In dem Ein es-Sultan-Lager bei Elisas Quelle hießen sie die Befreienden Haie. In dem Beduinenlager an der Überlandstraße nannten sie sich die Wüstenwölfe, und in dem kleinen Lager Nuweihmeh weiter nördlich erhielt die Schwarze-Mai-Bande ihren Namen von dem schrecklichen Datum, an dem die Juden ihre Unabhängigkeit erklärt hatten. Alle Banden wurden durch träge, verkommene ältere Männer und durch fanatische Ägypter aus der Moslem-Bruderschaft aufgestachelt.
In Akbat Dschabar wuchs die Angst vor den Rächenden Leoparden. Sie schlichen herum und warben Jungen wie mich. Tritt uns bei, oder du wirst zusammengeschlagen. Dank Jamil konnte ich ihnen entkom-

men. Er wollte mich wahrscheinlich nicht dabeihaben, weil er befürchtete, ich könne ihm die Führung streitig machen.
Nachts stiegen die Banden auf den Berg der Versuchung, wo sie an Neulingen sonderbare Zeremonien vornahmen, darunter auch einen Aderlaß. Sie hatten geheime Zeichen und schworen einen Racheeid, in dem sie den Juden versprachen, sie zu zerstückeln, ihnen die Schädel einzuschlagen und heiße Schürhaken in ihre Augen zu bohren. »Blut, Därme, Eingeweide, Eier, Tod!« hörten wir sie in der bleiernen Nachtluft auf dem Berg singen. Sie erprobten ihren Mut mit Stöcken im Zweikampf, sprangen von hohen Simsen, liefen an einer Reihe von Steine werfenden Genossen vorbei, sprangen über Feuer, bissen lebenden Hühnern die Köpfe ab und erwürgten Katzen mit bloßen Händen. Ihre Wunschträume von Tapferkeit und Männlichkeit wurden jeden Tag von früh bis abends verwirklicht, um ihre Langeweile zu vertreiben.
Hadschi Ibrahim und die übrigen erfahrenen Muchtare und Scheichs sahen in diesen Banden eine wachsende Bedrohung ihres Einflusses, aber sie konnten sie nur vorsichtig zügeln, denn sie hatten keine Alternative anzubieten. Es gab keine Schulen oder sportliche Veranstaltungen, kein Kino, nur leiernde Radios. Die einzigen Vorträge, die sie hörten, handelten von der Bruderschaft und verherrlichten Märtyrertum und Tod.
»Ihr seid die großen, jungen Soldaten Allahs, die sich anschicken, Märtyrer der Rache zu werden!«
Rache hörten sie in Jericho.
Rache hörten sie in den schmutzigen kleinen Cafés im Lager.
Rache hörten sie daheim.
Und sie wurden gefährlich. Keiner von ihnen arbeitete oder versuchte, Arbeit zu bekommen, nicht einmal während der Erntezeit, wenn Landarbeiter gebraucht wurden. Ihre Mütter und Schwestern brachten die Ernte ein. Statt dessen begannen sie, sich als »Beschützer« der Felder an die Bauern zu verdingen.
Wenn ein Mann in einem Lager einen Streit mit einem Leoparden hatte, mußte er damit rechnen, daß seine Hütte aufgebrochen, geplündert und sein ältester Sohn zusammengeschlagen würde. Bei der Allenby-Brücke trieben sich zahlreiche Rächende Leoparden herum, weil dort immer eine Reihe von Lastern auf die jordanische Zollkontrolle wartete. Wenn ein Fahrer einschlief oder seinen Wagen verließ, plünderten ihn die Leoparden.
Sie und andere Banden wurden ein wesentlicher Faktor auf dem

blühenden Schwarzmarkt. Sie bewerkstelligten eine stillschweigende Zusammenarbeit mit der unfähigen und bestechlichen, jordanisch kontrollierten Lagerpolizei. Ungestört durchstreiften die Leoparden Jericho und erpreßten Händler, die ihnen von den Polizisten genannt worden waren. Sie überfielen außerdem Vorratslager des Roten Halbmondes und raubten sie aus.

Wenn die Banden es gar zu arg trieben, führte die Arabische Legion eine Razzia durch und brachte etliche Jungen ins Gefängnis nach Amman, aber das führte immer zu einem Aufstand der empörten Eltern.

Bei Jamil sammelten sich alle möglichen Gegenstände an: batteriebetriebene Radios, eine Armbanduhr, neue Schuhe, Schmucksachen für Mädchen, Haschisch und Lebensmittel, die unserer breiigen Kost so sehr fehlten. Vater stellte ihm keine Fragen, aber wir beide machten uns allmählich Sorgen um unser Waffenversteck. Wir befürchteten, daß Jamil unsere Gewehre verkaufen oder, noch schlimmer, sie den Leoparden überlassen könne.

Als wir uns stillschweigend mit der Tatsache abfanden, daß Jamil ein Dieb geworden war, wurde er kühner. Er hatte Geld in der Tasche, Geschenke für seine Mutter, Tabak für seinen Vater, Essen für den Familientisch. Er bekam bald das Gefühl, für die Familie unentbehrlich zu sein, und vielleicht bildete er sich sogar ein, er sei Hadschi Ibrahim gleichgestellt.

Seine Frechheit erreichte ihren Höhepunkt, als die Leoparden in das Haus eines Freundes unseres Vaters im Tabah-Sektor des Lagers einbrachen. Als ich Jamil mittags unsere Straße heraufkommen sah, wußte ich nicht, daß Ibrahim alle Familienangehörigen aus dem Haus geschickt hatte.

»Warte, Jamil«, rief ich ihm zu. »Du solltest dich in acht nehmen. Vater ist wegen des Überfalls auf Daoud al-Hamden sehr aufgebracht.«

»Na und?«

Ich hatte nie von meiner Schwester, meiner Mutter oder meinen Brüdern ein Wort gehört, das die Befehlsgewalt unseres Vaters in Frage gestellt hätte. Ich fragte mich, ob Jamil verrückt geworden sei. Ich ergriff ihn am Arm, um ihn zurückzuhalten, doch er riß sich los.

»Vaters Tage sind vorbei«, fuhr er mich an. »Er und alle anderen alten Männer hier sind erledigt. Eine neue Ordnung bricht an.«

Ich blinzelte ungläubig, doch dann fiel mir plötzlich auf, daß der achtzehnjährige Jamil ebenso groß wie Vater und sehr kräftig war.

»Du redest Unsinn, Jamil.«
»Wirklich? Vater haben wir dieses dreckige Leben zu verdanken. Warum ist er nicht zu Hause geblieben und hat für unser Land gekämpft? Wer soll es zurückgewinnen? Meine Freunde und ich sind dazu berufen, unsere Ehre wiederherzustellen, und es ist Zeit, daß ich dafür entsprechend geachtet werde.«
Ich wollte zu Vater laufen und ihn warnen, aber Jamil war schneller. Ich folgte ihm vorsichtig, als er das Haus betrat. Ibrahim saß auf dem einzigen brauchbaren Stuhl und spielte mit seinen Gebetsperlen, als Jamil eintrat. Ich beobachtete vom Eingang aus, wie Jamil die schreckliche Sünde beging, nicht hinzuknien und Vaters Hand zu küssen.
»Wo ist das Essen?« fragte Jamil.
Ibrahim stand langsam auf und trat vor Jamil hin. Seine Faust schlug so schnell zu, daß ich sie kaum sah. Jamil wurde auf den Lehmboden geschleudert und blieb mit entsetztem Gesichtsausdruck liegen. Blut sickerte aus seinem Mund.
»Jamil, mein Sohn«, sagte Vater sehr sanft, »du gehst jetzt hinaus, kommst zurück und zeigst mir, daß du Achtung vor deinem Vater hast.«
Jamil erhob sich. Dann blickte er wütend auf. »Ich gehöre dir nicht mehr!« schrie er.
Ibrahim versetzte ihm einen Tritt in die Rippen, der ihn an die Wand schleuderte, wo ein halbes Dutzend Schlammziegel zerbrachen.
»Jamil, mein Sohn«, wiederholte Vater freundlich, »geh hinaus, komm wieder herein und zeig mir, daß du Achtung vor deinem Vater hast.«
Jamil rappelte sich mühsam an der Wand hoch, bis er leicht zusammengekrümmt auf den Füßen stand, preßte eine Hand gegen die Rippen und die andere auf seinen blutigen Mund. Er ging mit einem lauten Fluch auf Vater los und schlug ihn ins Gesicht! Das war das Schrecklichste, was ich je erlebt hatte! Ich stürzte ins Haus, um Ibrahim beizuspringen, doch er schob mich weg.
»Mein kleiner Rächender Leopard wünscht also einen kleinen Wettkampf. Gut! Gut!« Vater breitete die Arme aus und schlug mit den Handkanten auf Jamils Ohren. Jamil schrie auf, brach zusammen und blieb zitternd liegen.
»Jamil, mein Sohn«, sagte Vater wieder, ohne die Stimme zu erheben, »geh hinaus, komm wieder herein und zeig mir, daß du Achtung vor deinem Vater hast.«

»Nnnein«, krächzte Jamil.
Ibrahim trat ihn in den Magen. Jamils Körper verdrehte sich grotesk. Vater stellte Jamil den Fuß auf die Brust und wiederholte den Befehl noch einmal.
»Hör auf, Vater, sonst tötest du ihn noch!« schrie ich.
»Nein, nein«, widersprach Vater. »Ich bringe ihm nur Achtung bei. Hast du es jetzt gelernt, Jamil?«
»Nicht mehr«, keuchte er.
»Was nicht mehr?«
»Ich gebe auf.« Jamil nahm all seine Kräfte zusammen, kroch auf allen vieren zum Ausgang, machte an der Tür kehrt, schleppte sich zu Vaters Füßen, langte hinauf, ergriff seine Hand und küßte sie.
»Jetzt hör mir sehr gut zu, mein lieber kleiner Rächender Leopard. Was ich soeben für deine Erziehung getan habe, ist nur ein kleiner Tropfen aus einem Meer, das über dich hereinbrechen wird, wenn jemals im Tabah-Sektor wieder jemand überfallen wird. Ist das klar?«
»Ja, Vater«, wimmerte er.
»Nun, Jamil, solltest du auch nur eine einzige von unseren Waffen anrühren, werde ich dich ebenso töten, wie ihr mutigen Märtyrer der Rache kleine Küken umbringt. Ich werde dir mit meinen Zähnen die Kehle aufreißen. Jetzt gehst du zu Daoud al-Hamden, bringst zurück, was ihm geraubt wurde, und bittest ihn um Verzeihung.«
Vater packte Jamil am Genick und warf ihn hinaus.

Jamil war klug genug zu erkennen, daß sein großer Tag noch nicht gekommen war und daß die Rächenden Leoparden nicht die Stelle der althergebrachten Autorität einnehmen konnten, ohne ihr eigenes Blut zu vergießen. Er pflegte seine Verletzungen, machte eine Wendung um 180 Grad, wurde der »Beschützer« des Tabah-Sektors und schmeichelte sich bei den Flüchtlingsfamilien als der brave Sohn von Hadschi Ibrahim ein.
Innerlich hatte sich Jamil jedoch für immer verändert.
Von nun an trug sein Gesicht einen fanatischen Ausdruck, in seinen Augen lag ein Glitzern, das abgrundtiefen Haß verriet. Er stand immer dicht vor einem Ausbruch von Gewalttätigkeit. Er war ein bißchen verrückt, aber nicht so verrückt, daß er Vater offen getrotzt hätte. Jamil war vielmehr bestrebt, vor Vater auf dem Bauch zu kriechen, um ihm seinen Wert zu beweisen.

Ein paar Wochen nach dem Kampf zwischen Vater und Jamil erhielten wir die Nachricht, daß König Abdullah zur Vereinigung der Westbank mit Jordanien eine Feier angesetzt habe. Dieses Fest war dem König durch die entschiedene Stellungnahme der Arabischen Liga aufgezwungen worden, die die Annexion auf das schärfste verurteilt hatte.
Die Minister des Königs hatten erwartet, daß die westlichen Nationen die Annexion anerkennen würden. Abdullah beteuerte seine Unschuld. Bei Allah, er habe die Palästinenser zu nichts gezwungen. Seine Minister behaupteten, daß die Einigungskonferenz der demokratische Ausdruck der Wünsche der Palästinenser gewesen sei.
Die Anerkennung, die Jordanien suchte, wurde ihm von England und Pakistan zuteil. Die Engländer waren immer noch Abdullahs Herren und hatten die Arabische Legion über ihre Subventionen und durch ihre Offiziere in der Hand. Obwohl sie Abdullahs ehrgeizigen Plänen gegenüber mißtrauisch waren, zwang sie ihre enge Verbindung mit dem kleinen König, bei dem Verwirrspiel mitzumachen. Daß weder die arabische noch die übrige Welt seine Erwerbung anerkannten, brachte Abdullah nicht von seinen Plänen ab. Seiner Ansicht nach hatte ein mit solcher Erleuchtung begabter Herrscher wie er Anspruch darauf, seinen göttlichen Auftrag zur Bildung eines Syrischen Großreiches weiterzuverfolgen. Die Schwächen gewöhnlicher Sterblicher konnten einen König nicht an der Erfüllung seiner ihm von Allah befohlenen großen Taten hindern. Er glaubte wirklich, daß sich das palästinensische Volk unter seinem Banner vereinen und die übrige Welt blamieren würde, und er wollte beweisen, daß sein Schritt im Sinne des Volkes erfolgt sei.
Abdullahs englische Berater schlugen ihm vor, in der Westbank eine Volksabstimmung abzuhalten, um die Entscheidung der Einigungskonferenz zu bestätigen. Abdullah gefiel der Gedanke einer Abstimmung nicht, die er nicht durch sein Veto aufheben konnte. Er glaubte zwar schon, daß sich die Palästinenser mit überwältigender Mehrheit für ihn entscheiden würden. Aber er traute dem Abstimmungserfolg nicht so ganz. Als Monarch genoß er das Vorrecht, das Volk vor sich selbst zu beschützen, falls es sich irrte.
Abdullah hielt Paraden in den größeren Städten der Westbank ab. Er versammelte all seine Anhänger und Stellvertreter, um zu gewährleisten, daß die Palästinenser in begeisterte Jubelrufe für ihn ausbrächen.
Die Allenby-Brücke donnerte und bog sich unter den Hufen seines

Beduinen-Kamelkorps und der Pferde der Wüstenpolizei. Die Legion strömte in gepanzerten Mannschaftstransportwagen und Panzern über den Fluß. Die Infanterieverbände und die Musikkapellen wurden in Lastwagen hinübertransportiert. Sie verteilten sich in Bataillonsstärke in Hebron, Bethlehem, Jericho, Nablus und Ramallah.
Abdullah mied Ost-Jerusalem aus Angst vor einer militärischen Reaktion der Juden. Abdullah hatte die Bestimmungen der Waffenruhe nicht eingehalten und verweigerte den Juden weiterhin den Zutritt zur Klagemauer, ihrer heiligsten Stätte. Er wollte aber die Juden nicht so sehr herausfordern, daß sie ihn vertrieben.
An dem großen Festtag wurden alle Menschen aus den Lagern und Städten in die Hauptstraßen getrieben, in denen Banner, Fahnen und Girlanden unsere Retter, die allmächtigen Jordanier, begrüßten.
Vater kochte vor Wut, während wir nach Jericho gingen, ich hielt mich wie gewöhnlich zu seiner Rechten, einen Schritt hinter ihm. Wir stiegen auf das Dach von Professor Mudhils Haus, von dem aus wir einen ausgezeichneten Blick auf die Prozession hatten.
Die Parade wurde von der eleganten Musikkapelle des Königs angeführt, die für uns Konzerte gegeben hatte, als wir in Amman waren. Der »Colonel Bogey«-Marsch klang höchst unpassend im alten Jericho. Gepanzerten Transportfahrzeugen mit Soldaten der Legion folgten Artilleriebatterien und ein Panzerbataillon, die die Häuser erschütterten und die Marschmusik mit ihrem lauten Dröhnen übertönten. Über uns brausten Flugzeuge in Dreierformation im Tiefflug hinweg.
Nun konnten wir die Schreie der von der Wüstenpolizei gerittenen Kamele hören, die die weiten Sandgebiete Jordaniens an seiner Grenze zu Saudi-Arabien durchstreiften. Die Männer schaukelten hochmütig auf ihren hohen Sitzen. So schnell wie man »Allah ist groß« sagen kann, füllte sich die Straße vor dem Kamelkorps mit Dutzenden von Jugendlichen, die die orangefarbenen Binden der Rächenden Leoparden um den Kopf trugen. Im nächsten Augenblick schleuderten sie einen Steinhagel auf die Kamele und ihre Reiter und tauchten dann in der Menge unter.
Ein Kamel fiel auf die Knie, warf seinen Reiter ab, und andere gingen erschrocken durch. Sie fielen in Galopp, stürmten in die Menge, rannten schreiende Zuschauer um und trampelten die Verkaufsstände der Händler nieder. Geschrei ertönte, Schüsse fielen. Die Menge zerstreute sich in Panik, während die Jordanier sich wütend wieder sammelten und sich auf den Hinterhalt stürzten. Soldaten sprangen

aus ihren Fahrzeugen und schlugen mit ihren Gewehrkolben jeden nieder, der in ihre Nähe kam. Weitere Schüsse krachten. Auf der Straße brach eine Frau zusammen und blieb reglos liegen.
An diesem Abend drängten wir uns um das Radio, stellten Ost-Jerusalem und Amman ein, aber der Vorfall wurde mit keinem Wort erwähnt. Wir versuchten es mit Radio Damaskus und Kairo, erfuhren aber nur, daß über die gesamte Westbank Nachrichtensperre verhängt worden sei.
Am nächsten Morgen stand keine Meldung in den Zeitungen, aber wir erfuhren im Lauf des Tages, daß die jordanischen Truppen auch in Ramallah und Nablus mit Steinen beworfen und bei den Unruhen sechs Menschen getötet worden seien.
Im Lager wurde hitzig diskutiert, während viele der eifrigsten Anhänger Abdullahs sich nach neuen Bündnispartnern umzusehen begannen. Ein unaufhörlicher Pilgerstrom ergoß sich in unsere Hütte, ein Scheich nach dem anderen gelobte meinem Vater Treue. Er nahm ihre Huldigung mit gut verhülltem Zynismus entgegen.
Nur Jamils Augen sprachen davon, daß seine Leute die wahre Generation der Befreiung darstelle. Gut, Vater, sagten seine Augen, rühme dich des Sieges, aber vergiß nicht, wer den Schlag geführt hat.
Als die Kriecher gegangen waren, zog Vater mich aufgeregt beiseite. »Nun ist für uns die Zeit gekommen, unser Schicksal selbst in die Hand zu nehmen«, erklärte er mit einer Kraft, die ich seit der Verbannung nicht mehr an ihm bemerkt hatte. »Morgen fährst du mit dem Autobus nach Ramallah zum Lager Birah, wo du Charles Maan findest. Er setzt einen Zeitpunkt fest, an dem wir ihn heimlich im Kloster der Schwestern Zions treffen können. Dann fährst du nach Hebron und suchst Scheich Tadschi auf.«
Vater übergab mir den schwarzen Jaspisanhänger, damit ich mich bei Maan ausweisen könne. Ich wiederholte seine Anweisungen und versicherte Vater, ich würde meinen Auftrag zuverlässig ausführen.
Seltsam, was mir von diesem Tag am deutlichsten in Erinnerung blieb, ist nicht der Überfall in Jericho, sondern der Spott in Jamils Augen.

IX

Das Kloster der Schwestern Zions steht auf den Ruinen der alten römischen Antonia-Festung, einem Schauplatz der grausamen Leiden Christi. In einem Kellerraum, in dem Jesus nach der Überlieferung von den römischen Soldaten gefoltert und verspottet worden war, schloß Schwester Maria Amalia die Tür hinter den drei Männern, die mit wenigen Minuten Abstand ins Kloster geschlüpft waren.

Sie begrüßten einander, dann setzten sie sich um einen Brettertisch.

»Es steht außer Frage, meine Brüder, Abdullah hat Schiffbruch erlitten«, begann Hadschi Ibrahim.

»Der alte Haschemit ist verwundet, aber noch nicht tot«, sagte Charles Maan und zündete sich eine Zigarette an.

»Dann wollen wir ihm den Rest geben«, forderte der graubärtige Scheich.

»Was sollten wir deiner Meinung nach tun?« fragte Ibrahim.

»Ihn ermorden«, antwortete Tadschi.

»Ich habe nichts gegen seine Ermordung einzuwenden«, erklärte Ibrahim. »Das wird uns aber nicht dazu verhelfen, unsere Ziele zu erreichen. Im Gegenteil, es wird den Appetit sämtlicher Aasgeier von Bagdad bis Marokko anregen, die nur darauf warten, sich auf Palästina zu stürzen.«

»Hadschi Ibrahim hat recht«, stimmte Maan zu. »Abdullahs Ermordung würde unsere Unterdrückung nur verstärken. Wir haben die Legion zur Ader gelassen, und sie wartet ungeduldig darauf, uns niederzuschlagen. Nach Abdullahs Tod würde man Hebron mit unserem Blut rot färben können.«

»Vielleicht ist Mord keine gute Lösung«, sinnierte Tadschi. »Aber Abdullah hat einen Schlag bekommen, sein Vormarsch wurde aufgehalten. Wir müssen ihm auf den Fersen bleiben. Warum erklären wir nicht einfach unsere Unabhängigkeit?«

»Unabhängigkeit? Das klingt gut«, sagte Ibrahim.

Beide wandten sich Charles Maan zu, der seine Zigarette aufgeraucht hatte und mit dem glimmenden Stummel geschickt die nächste anzündete. »Man hat uns die Unabhängigkeit bereits angeboten, und wir haben abgelehnt.«

»Wer hat uns denn die Unabhängigkeit angeboten?« fragte der Scheich herausfordernd und fuchtelte mit seinen Händen in der Luft herum.

»Die Vereinten Nationen. Vielleicht hätten wir das Angebot annehmen und davonlaufen sollen. Aber wir sind nur gelaufen. Der Mufti und Abdullah haben beide versucht, Palästina in den Griff zu bekommen, der eine mit Hilfe der Ägypter und der andere mit Hilfe der Engländer. Beiden ist es mißlungen. Wer hilft uns? Wer sind wir? Wir sind drei verarmte Flüchtlinge, die mit dem Gespenst Jesu in einem Keller sitzen. Unsere palästinensischen Brüder, die keine Flüchtlinge sind, würden gegen uns kämpfen. Und glaubt ihr, daß die Arabische Legion vor Angst tot umfällt, weil wir unsere Unabhängigkeit erklären?«
»Dann müssen wir einen ewigen Kampf führen«, sagte Tadschi impulsiv.
»Kampf womit?« fragte Charles Maan zynisch. »Wir verfügen über keine Organisation. Wen vertreten wir? Wer wird uns unterstützen? Die Amerikaner unterstützen die Juden. Die Engländer unterstützen Abdullah. Wer wird uns anerkennen? Madagaskar? Albanien? Die Äußere Mongolei?«
Der alte Beduine war durch Charles Maans knappe Feststellung verwirrt. Er blickte Hadschi Ibrahim hilfesuchend an.
Ibrahim schätzte seine Verbündeten ab. Maan war ein logisch denkender, gebildeter Mann, der über die in der arabischen Politik erforderliche Gewandtheit verfügte und den sie daher dringend brauchten. Scheich Tadschi mußte gelenkt werden, aber in seinem Herzen brannte das Feuer, das die Triebkraft der Menschheit ist.
»Wer sonst hat das Recht, die Unabhängigkeit zu erklären, wenn nicht wir?« stichelte Ibrahim.
»Du verstehst also meinen Standpunkt«, warf der Scheich hastig ein.
»Natürlich verstehe ich deinen Standpunkt. Aber andererseits zeigt auch unser hervorragender Freund Charles einen wichtigen Gesichtspunkt auf.«
»Welchen?«
»Unsere Unabhängigkeitserklärung würde soviel Wirkung erzielen wie ein Flüstern inmitten eines Sandsturms in der Wüste.«
»Brüder, Brüder, Brüder«, besänftigte sie der Lehrer, »unsere Geschichte straft uns Lügen, wenn wir behaupten, daß wir fähig seien, uns selbst zu regieren. Seit der Zeit der Hebräer wurde Palästina von allen möglichen Völkern beherrscht, nur nicht von Palästinensern.« Er hob die Hand, spreizte die Finger und zählte ab, während er weitersprach. »Zuerst Rom, dann die byzantinischen Christen, dann

Arabien, die Kreuzfahrer, Saladin, die Mamelucken aus Ägypten, die Türken, die Engländer, und dann wieder die Juden. All unsere Entscheidungen wurden von außerhalb getroffen, genau wie die Entscheidung, die uns zu einem Volk machte, das die Welt um Erbarmen bittet. Die Unabhängigkeit ist ein Traum, aber wir haben uns nie die Mühe gemacht, ihn zu träumen.«

Scheich Achmed Tadschi zupfte an seinem Bart, während Ibrahim seinen Schnurrbart mit den Fingerspitzen zwirbelte. Es klopfte an die Tür. Charles Maan stand auf, nahm von seiner Tochter ein Tablett mit Kaffee in Empfang und schloß die Tür wieder. Dann schenkte er ein.

»Warum ist ein Mann mit deiner Weisheit aus Haifa geflohen?« fragte Ibrahim Charles Maan.

»Glaubst du, ihr Moslems habt den Judenhaß für euch gepachtet? Ich war zu überheblich, um mich mit einem Juden zusammenzusetzen und zu verhandeln. Wieder frage ich dich, wer wird uns anerkennen, unsere Rechte, unsere Ansprüche? Bei dieser Katastrophe werden sich nur die Juden hinsetzen und mit uns reden. Warum können wir uns nicht dazu durchringen, dieses für uns so schreckliche Wort *Israel* auszusprechen?«

Sie nippten an ihrem Kaffee. Der Raum füllte sich mit Tabakrauch.

»Ich habe zuviel gesagt. Ich fürchte, ich habe dich beleidigt, Achmed Tadschi«, entschuldigte sich Maan.

»Nein, nein, nein«, antwortete dieser. »Es ist schwer für uns, diese bittere Frucht zu essen und zu verdauen.«

»Die größte Lüge war die, daß die Juden jeden umbringen würden, der nicht flüchtete. Was geschah mit unseren Brüdern, die geblieben sind . . . in . . . Israel? Wurden sie ins Meer geworfen, wie wir geschworen haben, daß wir es mit den Juden tun würden? Wurden sie aufgefressen? Wurden sie auf einem Altar geopfert? Wer waren die Narren, die Flüchtlinge oder diejenigen, die geblieben sind?«

»Ich floh, weil diese Hurensöhne von Ägyptern mich vertrieben, um ihrer Armee Bewegungsfreiheit zu verschaffen. Und du, Hadschi?«

»Mein älterer Bruder herrscht über mein Dorf. Ich wurde durch List zur Flucht veranlaßt, aber nicht von den Juden. Wir sind drei Narren, die zugeben, daß wir Narren sind. Wir befinden uns aber in Gesellschaft von einer halben Million Narren, die ihren Fehler nie zugeben werden.«

Scheich Tadschi atmete schwer und stoßweise. Er schloß die Augen,

und seine Stimme zitterte vor Erregung. »Ich will nicht in diesem Lager sterben«, flüsterte er. »Was soll ich tun, Charles Maan?«
»Wir müssen schrittweise vorgehen. Zuerst bilden wir ein Komitee, das nachweist, daß wir Flüchtlinge eine eigene Stimme besitzen.«
»Ha!« rief Tadschi. »Wann wirst du ein Komitee von Arabern dazu bringen, sich über irgend etwas zu einigen?«
»Laß Charles weitersprechen«, sagte Ibrahim.
»Wir sind das Komitee, wir drei«, antwortete Maan.
»Das ist der erste Vorschlag, der vernünftig klingt«, sagte der Scheich.
»Und wir berufen einen demokratischen Konvent aller Flüchtlinge aus der Westbank ein«, fuhr Maan fort.
»Demokratischer Konvent! Wir haben eben erst in Amman an einem teilgenommen«, bemerkte Ibrahim sarkastisch.
»Laß Charles weitersprechen«, sagte der Scheich.
Charles Maan zündete sich eine neue Zigarette an. »Sind wir drei uns einig, daß das Leben in einem jüdischen Staat dem im Lager vorzuziehen ist und daß wir die Demütigung ertragen können, unter den Juden zu leben, ohne in diesen irrsinnigen Rachefeldzug hineingerissen zu werden?«
»Ich pflichte dir bei, daß keine Lage schlimmer sein kann als unsere jetzige«, sagte Ibrahim.
»Ich will nicht in diesem Lager sterben«, wiederholte Tadschi.
»Weiß einer von euch, ob die Juden verhandeln oder sich weigern würden, sich mit uns an einen Tisch zu setzen?« fragte Maan.
Ibrahim und der Scheich schwiegen. Ibrahim wußte, daß die Juden bereit waren, auf der Stelle hunderttausend Flüchtlinge zurückzunehmen. Er fragte sich, ob Charles Maan über die gleiche Information verfüge und mit wem Tadschi in Verbindung stand. Alle drei fragten sich dasselbe über die anderen.
»Habt ihr etwas erfahren?« gab Ibrahim die Frage zurück.
»Ja«, antwortete Maan, »ich habe Grund zu der Annahme, daß wir mit den Juden eine günstigere Vereinbarung treffen könnten als mit den Ägyptern und den Syrern, von Abdullah ganz zu schweigen.«
»Wie zuverlässig ist diese Information?« bohrte Ibrahim mißtrauisch nach.
»Ich habe Verbindung zu meinen Verwandten in Haifa. Sie haben schon mit jüdischen Banken gesprochen. Die Tür für Verhandlungen steht offen.«
»Gibt es Zahlen?« erkundigte sich Ibrahim.

»Nein«, antwortete Maan geradeheraus. Ibrahim stellte fest, daß Maan offensichtlich nichts von den Hunderttausend wußte.
»Und du, Achmed Tadschi?« fragte Ibrahim.
»Ich habe von deinem Onkel, dem großen Scheich Walid Azziz, gehört, der jetzt unbehindert im Negev umherzieht. Er hat mich wissen lassen, daß die Juden nichts dagegen hätten, wenn ich und mein Stamm auf unser Land zurückkehrten, vorausgesetzt, daß wir keine Schwierigkeiten machen.«
»Wie steht es mit dir, Hadschi?« fragte Maan.
»Ich glaube, daß wir alle das gleiche erfahren haben. Meiner Ansicht nach werden sie mit uns verhandeln.«
»Wir müssen uns allerdings darüber klar sein, daß wir mit der Empörung der Araber rechnen müssen. Man wird uns als Verräter brandmarken«, sagte Maan.
»Das ist nicht so schlimm, wie in diesem verfluchten Lager zu sterben«, erklärte Tadschi.
»Das finde ich auch«, fügte Ibrahim hinzu.
»Dann müssen wir folgendes tun. Wir halten einen Konvent der Flüchtlinge der Westbank ab. Ohne die Reichen, die sich davongemacht haben; ohne diejenigen, die ihre Seele an Abdullah verkauften. Wir müssen eine Resolution durchbringen, wonach wir mit den Juden über eine Rückkehr verhandeln wollen, und wir müssen eine Abordnung zur Internationalen Schiedskommission in Zürich entsenden.«
»Jetzt bist du der Träumer«, erklärte Tadschi. »Wie sollen wir fünfhundert Flüchtlinge dazu bringen, sich auf eine solche Resolution zu einigen?«
»Indem wir die richtigen Leute einladen«, erwiderte Charles Maan. »Ich kann in jedem Lager nördlich von Ramallah bestimmen, wer zu dem Konvent kommt.«
Tadschi strich sich mehrmals nachdenklich über seinen weißen Bart und kniff die Augen zusammen. Er drehte die Hand unschlüssig hin und her. »Wenn ich Geld besäße, um es zu verteilen, wäre es kein Problem.«
»Scheich Tadschi, du mußt jedem Abgeordneten versprechen, daß er und seine Familie die ersten sein werden, die heimkehren. Glaub mir, sie werden schneller zurücklaufen, als sie geflüchtet sind.«
»Das hat etwas für sich.« Tadschi überdachte seine Verbindungen.
»Hadschi?«
»Die Lager um Jericho sind merkwürdig. Dort haben sich alle Ent-

wurzelten, die zersplitterten Stämme, die Reste von Dorfgemeinden versammelt. Es ist überhaupt keine Einigkeit zu erzielen. Ich werde einfach eine Liste von Abgeordneten aufstellen und dafür sorgen, daß sich keine Opposition bildet.«
»Wie?«
»Bei uns lungern Jugendbanden herum, die jedermann fürchtet. Die kann ich einsetzen.«
»Das klingt gut«, sagte Maan. »Haltet den Zeitpunkt geheim, damit die Jordanier nicht Wind davon bekommen. Wir werden den Konvent erst ein oder zwei Tage, bevor er stattfindet, ankündigen. Wir bringen alle Resolutionen an einem einzigen Tag durch und vertagen uns dann, bevor die Jordanier erfahren, was ihnen blüht.«
»Ja, das ist gut«, stimmte Hadschi Ibrahim zu.
»Wir werden die Versammlung in Hebron abhalten«, schlug Tadschi vor.
»Hebron wäre falsch«, widersprach Charles Maan. »Dein Lager liegt isoliert im Süden mitten in Abdullahs Hochburg in der Westbank. Warum sollen wir uns in die Höhle des Löwen begeben?«
»Charles hat recht«, bestätigte Ibrahim. »Hebron ist eine Falle, die nur darauf wartet zuzuschnappen. Jericho liegt zu nahe bei der Allenby-Brücke. Deine Leute in Ramallah sind am besten organisiert. Wie wäre es also mit Ramallah?«
»Ramallah? Das liegt ja kaum in Palästina«, rief Tadschi.
»Brüder«, sagte Charles Maan sehr bestimmt, denn er hatte über das Problem bereits nachgedacht. »Ich schlage Bethlehem vor.«
»Bethlehem?«
»Bethlehem?«
»Bethlehem.«
Der Scheich legte mit einer schwungvollen Geste die Hand aufs Herz, zum Zeichen seiner Aufrichtigkeit. »Für dich, mein Bruder Charles, ist Bethlehem eine göttliche, heilige Stadt. Aber abgesehen von dem einzigen Tag der Reinheit im Jahr hatte Bethlehem immer schon den Ruf, die schlimmsten Huren in Palästina zu beherbergen.«
»Wie kannst du so etwas Schreckliches sagen?« fuhr Ibrahim ihn an.
»Aber er spricht die Wahrheit«, beschwichtigte Maan. »Die Huren von Bethlehem sind nicht wegzuleugnen. Zum Glück sind sie nur in Palästina bekannt. Für die Außenwelt, an die wir uns wenden müssen, bezeichnet der Name Bethlehem eine heilige Stätte, die jeder-

mann vertraut ist. Ich versichere euch, daß die ausländische Presse aufhorchen wird.«
Tadschi zupfte an seinem Bart und überlegte reiflich. Er sah Ibrahim an, der zustimmend nickte. »So sei es! Heute in einem Monat in Bethlehem. Nun wollen wir zurückkehren, unsere Delegierten sorgfältig auswählen und dann die Versammlung abhalten.«
Charles Maan streckte die Hand aus, um den Beschluß zu bekräftigen. Scheich Tadschi ergriff sie, dann legte Hadschi Ibrahim die seine darauf. Alle drei legten schließlich ihre freie Hand oben auf und schüttelten sechs Hände im Takt, und zum erstenmal seit Monaten brachen sie in befreiendes Gelächter aus.

X

Hadschi Ibrahim und seine Verbündeten machten sich wie eine Fata Morgana in der Wüste an ihre Aufgabe, die Delegierten auszusuchen. Keinem war eine bestimmte Anzahl von Abgeordneten vorgeschrieben. Sie sollten nur Männer auswählen, die bereit waren, für den »Rückführungsbeschluß« des Konvents zu stimmen.
Mein Vater ließ Jamil kommen und gab ihm den Auftrag, mit den Rächenden Leoparden dafür zu sorgen, daß sich nach der Bekanntgabe von Vaters Delegiertenliste keine Opposition bildete. Jamil lechzte danach, sich zu betätigen. Es kam wirklich zu mündlichen Einwendungen, und jeder Kritiker bekam von den Leoparden eine unmißverständliche Warnung: ein totes Tier – eine Katze, eine Ratte, ein Hund oder eine Schlange – wurde an den Türpfosten genagelt.
Als siebenhundert vereidigte Delegierte bereitstanden, berief Charles Maan eine Pressekonferenz in Ost-Jerusalem ein, wo die westliche und die arabische Presse Vertretungen unterhielten. Maan gab eine kurze Erklärung ab, daß in zwei Tagen ein Konvent der Flüchtlinge aus der Westbank mit siebenhundert demokratisch ermittelten Delegierten in Bethlehem zusammentreten würde. Er lehnte es ab, die Namen der Delegierten öffentlich bekanntzugeben.
Die Jordanier waren überrumpelt worden. Sie hatten sich noch nicht von den Tumulten erholt, mit denen man ihre Parade empfangen hatte. Außerdem war es ihnen nicht gelungen, eine weltweite Anerkennung ihrer Annexion zu erreichen, und so waren sie vorüberge-

hend eingeschüchtert. Als die Presse jordanische Minister in Amman befragte, blieb ihnen nichts anderes übrig, als zu erklären, daß sie nichts gegen eine Versammlung der Flüchtlinge einzuwenden hätten.

Trotz aller Vorsichtsmaßnahmen hatten sich einige von Abdullahs Anhängern unter die Delegierten geschmuggelt.

Vater betraute Jamil mit der Aufgabe, die Leoparden und ihnen gleichgesinnte Banden aus anderen Lagern zum Ordnerdienst in der Versammlungshalle einzuteilen. Draußen sollten sie den Krippenplatz abriegeln und für Sicherheit sorgen. Als wir nach Bethlehem fuhren, lag ein unheilschwangerer Geruch in der Luft.

Als wir uns der Stadt näherten, sahen wir Soldaten der Arabischen Legion unmittelbar neben der Landstraße, die sich zwischen steilen Terrassen hindurchwand. Delegierte trafen in schrottreifen Fahrzeugen ein. Als wir den Krippenplatz erreichten, wimmelte er von Rächenden Leoparden und anderen jugendlichen Banden. Aber die Hausdächer waren von Mitgliedern der Arabischen Legion besetzt, die sich sehr deutlich zeigten.

Auf dem Schäferfeld war ein dürftiges Lager errichtet worden. Die Flüchtlinge kamen mit ihren Gebetsteppichen und Zelten und brachten Essen und Getränk mit. Es war wirklich eine Versammlung der Armen.

Wie Jericho hatte auch Bethlehem glorreichere Tage erlebt. Das Zentrum des Ortes bildeten die Geburtskirche und die Geburtsgrotte. Der Platz war von Geschäften umgeben, die Autobusladungen von Pilgern versorgten. Es gab aus Olivenholz geschnitzte Kruzifixe, christliche Symbole und Bethlehemer Spitzen- und Stickereiarbeiten. Auf dem Markt drängte sich unter den wachsamen Augen der Arabischen Legion ein Bataillon von Händlern, Bettlern und Schleppern zwischen die Pilger und die Rächenden Leoparden.

Auf der gegenüberliegenden Seite des Platzes stand »Der Morgenstern«, ein altes, abbruchreifes, ehemaliges Kino, in dem der Konvent stattfinden sollte. Vater war der Ansicht, daß das Kino vor einem Angriff der Jordanier sicher sei, weil so viele ausländische Reporter anwesend waren. Obwohl das Gebäude aus Stein gebaut war, schien das Innere leicht entzündlich, und Vater war davon überzeugt, daß mehr als einem jordanischen Beamten der Gedanke durch den Kopf gegangen war, uns bei lebendigem Leib zu verbrennen. Als die Delegierten hineingingen, mußte jeder seinen Gebetsteppich auseinanderrollen, und die Sicherheitsgruppen durchsuch-

ten sie nach Bomben, Sprengstoff, Maschinenpistolen und anderen gefährlichen Waffen.
Das Kino füllte sich, während Techniker an der schadhaften Verstärkeranlage arbeiteten. Als sie schließlich funktionierte, hallten die Geräusche von den Steinwänden so laut zurück, daß ich mir die Ohren zuhalten mußte. Der Putz blätterte ab, und es herrschte ein übler Geruch, der durchaus zu einem Flüchtlingstreffen paßte. Während die Führer hinter einem langen Tisch auf der Bühne Platz nahmen, zog mich mein Vater beiseite.
»Such dir einen Platz im Kino, wo du dich ganz klein machen kannst. Vielleicht wird es zum Kampf kommen. Wenn das geschieht, versuche nicht, zu mir zu gelangen, sondern kehre nach Akbat Dschabar zurück und beschütze die Frauen.«
Ich fand eine schmale Steintreppe hinter einer Tür und tastete mich durch einen Korridor zu einem kleinen Raum hinauf. Ich war ein paarmal in Ramle im Kino gewesen und erkannte an Größe und Form, daß ich mich im früheren Vorführraum befand. Durch kleine Luken konnte ich die ganze Halle unter mir überblicken. Es gab auch ein Fenster, das auf den Krippenplatz hinausging. Dort konnte ich Jamil und seine »Truppen« sehen. Ich wußte, daß der neue Same des Hasses, der in den Lagern gesät worden war, in Bethlehem durch diese Banden repräsentiert wurde. Es war nicht schwer vorauszusagen, wie die Zukunft aussehen würde, wenn Vater keinen Erfolg hatte.
»Hört, o Brüder«, begann Scheich Achmed Tadschi, der beeindrukkend in geborgter, wallender Kleidung erschienen war, »wir sind hier in demokratischer Brüderlichkeit versammelt, weil wir wissen, daß der Wolf den einzelnen frißt und daß man mit einer Hand keinen Beifall klatschen kann. Die Rache ist heilig, und der Haß ist edel. Doch die Vergeltung, nach der wir uns sehnen, muß aufgeschoben werden. Wir werden nicht in unser Land zurückkehren, nur weil die Juden bereit sind, uns zurückzunehmen. Nein, das würde uns nicht verlocken. Wir werden nicht zurückkehren, weil sie uns Schulen und Krankenhäuser bauen. Wir werden uns durch so plumpe Bestechungsversuche nicht täuschen lassen. Wir werden nur zurückkehren, damit wir stillschweigend für den Augenblick der Rache arbeiten können. Wir werden den Feind täuschen, bis unsere Kraft zu unüberwindlicher Größe angewachsen ist. Dann werden wir ihn mit einem glühenden Schürhaken blenden.«
Scheich Tadschi war groß in Form. Er sprach nicht, um Gründe zu

liefern, sondern um zu überreden, und die Kraft seiner Worte konnte nur an ihrer Menge gemessen werden.
»Geduld trocknet Meere aus und trägt Gebirge ab. Allah ist mit dem Geduldigen. Geduld ist der Schlüssel zur Rettung. Wir, die Opfer, müssen unsere große Leidenschaft unterdrücken, bis wir wieder auf unserem heiligen Boden Wurzeln geschlagen haben. Dann, und erst dann, werden wir große Taten vollbringen. Laßt uns also zurückkehren und unter den Schakalen hausen, bis wir bereit sind, loszuschlagen.«
Seine Stimme schmetterte Worte ohne tieferen Sinn in die Menge, und er sprach nur, um die Stimmung anzuheizen . . .
»Wir waren die Opfer eines großen Unglücks, und wenn das Unglück einen Menschen erniedrigt, tritt ihm jeder auf die Füße, und der Hochmut der Übeltäter wächst wie ein Berg. Wir wälzen uns im Staub. Unsere Mägen sind leer. Bei jeder kleinen Mahlzeit gibt es großen Streit. Bei jedem Bissen plagt uns die Sorge. Die Armut macht uns reizbar.
Zeigt die Zähne, o meine Brüder, und alle werden euch fürchten. Sie kauen uns, aber sie können uns nicht schlucken. Wir wissen, was jeder von uns fühlt, denn wir sind eine Gemeinschaft von Brüdern, und nichts ist dem Stamm des Baumes näher als seine Rinde. Das Schicksal, das euch getroffen hat, hat auch mich getroffen. Keiner von uns ist vor einem unglücklichen Geschick sicher. Wenn für uns die Zeit kommt zu weinen, wird sich zeigen, daß es weniger glückliche Brüder gibt, die verblendet waren. Wenn die Zeit für uns kommt zu laufen, haben andere keine Beine. Wir, die wir die Süße des Lebens gekostet haben, müssen auch seine Bitterkeit kosten. Doch immer folgt auf Schmerz Freude, wie der Vogel dem Wind folgt. Die Trauer ist nur durch einen Zeitraum von der Freude getrennt. Und die Zeit ist gekommen, die Seite umzublättern. Aber vergeßt nicht, meine Brüder, wenn wir nicht die Bitterkeit gekostet hätten, wie würden wir die Süße zu würdigen wissen?«
Es war äußerst schwierig, Scheich Tadschis Wortschwall zu folgen, der keinen tieferen Sinn und keinen Inhalt hatte, der sich in Phantasien verlor, Gefühle weckte und dämpfte. Dennoch wurde seine Rede mit großer Begeisterung aufgenommen.
Charles Maan trat ans Rednerpult, ein vollkommener Gegensatz zu seinem Vorredner. Sein westlicher Anzug war zerknittert, und auch seine kleine, magere Gestalt wirkte so. Er brachte einen viele Seiten langen Bericht mit, schlug ihn mit seinen nikotingebräunten Fingern

auf und las ihn leidenschaftslos vor, aber so schneidend, als habe er statt einer Zunge ein Rasiermesser. Sein Vortrag war eine nüchterne Darlegung der Gründe, die uns in die Fremde getrieben hatten. Solche Worte waren noch nie vor einer arabischen Zuhörerschaft gesprochen worden. Charles Maan hatte als christlicher Lehrer die Gelassenheit, unruhige Männer auf ihren Sitzen festzunageln, wo sie mit offenem Mund schwiegen.
»Die Führer der arabischen Welt trifft die Hauptverantwortung für unser Los«, erklärte er. »Sie sind schuld und die reichen Palästinenser, die flüchteten, bevor ein Schuß abgefeuert wurde. All diese und der Mufti, der versuchte, uns mit Terror und Mord zu beherrschen, bilden eine unheilige Dreieinigkeit. Sie erzählten uns: ›Brüder, wir arbeiten für euer Wohl, und der Sieg steht vor der Tür.‹ Das war die erste von vielen Lügen, die unser Leben zerstört haben.«
Zustimmendes Gemurmel drang zum Vorführraum hinauf. Wahrscheinlich waren alle, bis zum letzten Delegierten, durch den Mut von Charles Maan beeindruckt.
»Das Massaker von Deir Jassin wurde ebenso hochgespielt wie die falschen Berichte über jüdische Greueltaten. Welcher Mann hier wird mir heimlich ins Ohr flüstern, daß seine Frau wirklich geschändet und sein Kind in einen Brunnen geworfen und ertränkt wurde? Das waren Lügen, die von falschen Zungen zu falschen Ohren gesprochen wurden.
Jeder von uns weigerte sich vorzutreten und mit den Juden über den Frieden zu sprechen. Es ist ein Frieden, den jetzt hundertfünfzigtausend unserer Brüder genießen, die in Israel geblieben sind. Das Wohlergehen eurer Vettern und meiner Vettern im jüdischen Staat straft die heimtückische Propaganda der arabischen Führer Lügen, die behaupten, daß jeder, der zurückbliebe, von den Juden ermordet würde.«
Einige Männer überwanden ihre Angst und erhoben sich.
»Charles Maan spricht die Wahrheit.«
»Wir sind verraten worden!«
»Tod den Lügnern in Damaskus!«
Der kleine Lehrer ersuchte mit erhobener Hand um Stille. »Wir wurden aufgehetzt, in einen Krieg geschickt, für den wir nicht gerüstet waren und den wir nicht wollten. Er vernichtete die Felder, schuf Arbeitslosigkeit, den Schwarzmarkt, brachte den Hunger und zwang uns schließlich zur Flucht. Sobald unsere edlen Armeen die Grenze Israels überschritten und seine Siedlungen angriffen und plünderten,

bestand für die Juden keinerlei Verpflichtung mehr, eine feindselige arabische Bevölkerung zu beschützen. Glaubt einer von euch, wir hätten die Juden nicht ausgerottet, wenn wir den Krieg gewonnen hätten?«

Das Gemurmel der Zuhörer schwoll an.

»Was haben uns die Juden angetan im Vergleich zu dem, was uns die Araber angetan haben? In den syrischen Flüchtlingslagern kennt man keine sanitären Einrichtungen, bekommt man keine Kleidung, und die Nahrung stammt ausschließlich von internationalen Wohltätigkeitsorganisationen. Kein Palästinenser kann in Syrien das Lager verlassen, in dem er wohnt. Hunderte unserer Männer wurden ohne Anklagen und ohne Gerichtsverhandlung in syrische Gefängnisse geworfen. Ihre Versuche, sich zu organisieren, wurden brutal unterdrückt.

Die Libanesen nahmen unsere reichsten Bürger auf, die sich mit Dollars Ansehen erkauften. Aber ihre Lager sind um nichts besser als die elenden Rattenzuchtanstalten, in denen wir hausen. Wißt ihr, wo ihr Spendenzuteilungen bekommen könnt? Sie werden in den Straßen von Beirut verkauft. Die Libanesen sind sehr großzügig. Sie erlauben unseren Leuten zu arbeiten. Ihr könnt sehen, wie unsere Kinder Straßen kehren, Toiletten reinigen, hausieren gehen, in Cafés Geschirr spülen. Aber in Schulen werdet ihr sie nicht finden, denn es ist verboten, palästinensische Kinder zu unterrichten. O ja, die großzügigen Libanesen gestatten unseren Leuten, die Lager zu verlassen und Wohnungen zu mieten, für die sie von uns doppelt so hohe Mieten verlangen wie von ihren eigenen Bürgern. In vielen libanesischen Lagern ist das Trinkwasser verdorben, und unsere Leute geben oft den letzten Penny her, um frisches Wasser zu kaufen. Hört, Brüder, das libanesische Flüchtlingskomitee hat diese Erklärung herausgegeben.« Er hielt sie hoch. »Wir geben dem Mufti von Jerusalem und den Führern der arabischen Nationen die Schuld an unserem Elend! Nicht den Juden, sondern den Arabern! Lest es, meine Brüder. Lest es und weint. Muß ich von Jordanien sprechen, meine Brüder? Kennt ihr nicht aus eigenem Erleben die Bitterkeit dieser Geschichte?«

»Tod dem Abdullah!«

»Tod der Arabischen Legion!«

»Seid vorsichtig«, mahnte Charles Maan, »seid vorsichtig! Abdullah hat seine Ohren überall. Ohren, die abgeschnitten und in Essig eingelegt werden sollten.« Seine Worte fielen wie Hammerschläge. »Jetzt komme ich zu unseren palästinensischen Brüdern in der Westbank.

Sie vor allem haben uns in diese Lager gezwungen. Die Mieten für die verfügbaren Häuser wurden um das Fünffache erhöht. Wir können nicht einmal unsere Toten begraben, ohne eine Grabsteuer zu entrichten. Obwohl der Rote Halbmond allein für diese Lager sorgt, müssen wir den benachbarten Städten Gemeindeabgaben bezahlen. Es gibt weder Arbeit noch Unterricht, und was uns nicht von unserem eigenen Volk angetan wird, das besorgen die Jordanier.«
»Tod unseren Brüdern!«
»Ich bin noch nicht fertig, denn wir müssen noch über die Schlimmsten von allen sprechen. Im Vergleich zu den Lagern im Gazastreifen, die unter der Kontrolle der allmächtigen Ägypter stehen, leben wir im Paradies. Wißt ihr, was es für einen Flüchtling bedeutet, eine Reiseerlaubnis von Gaza nach Ägypten zu bekommen? Zuerst muß er ein halbes Dutzend Beamte bestechen, damit sie seine Ausweispapiere ausstellen. Dann muß man an der Grenze unerschwingliche Zollgebühren bezahlen oder sein Hab und Gut den Ägyptern überlassen. Unsere Männer wurden mitten in der Nacht aus den Lagern geschleppt und gezwungen, in der ägyptischen Armee zu dienen. Sie wurden flüchtig ausgebildet und vollkommen unvorbereitet in die Schlacht getrieben. Wir wissen nicht einmal annähernd, wie viele unserer Landsleute in Gefängnisse geworfen und zu Tode gefoltert wurden. Jeden Tag gibt es über hundert Todesfälle durch Tuberkulose und Ruhr, Typhus und Cholera. Und was geschah, als wir versuchten, uns im Gazastreifen zu organisieren? Der Mufti von Jerusalem schickte auf Befehl der Ägypter seine Mörder in das Lager. Wenn ein Mann ins Gefängnis kommt, müssen seine Frau und seine Töchter, seine Schwestern und seine Mutter den Besuch ägyptischer Soldaten erwarten, die sie vergewaltigen und schänden!«
»Charles Maan lügt!«
»Tod dem Charles Maan!«
Die am Boden befestigten Stühle wurden herausgerissen und auf das Podium geschleudert. »Aha, da kommen schon die Kettenhunde Abdullahs, genau aufs Stichwort!«
Die Rächenden Leoparden drängten herein und zogen ihre selbstgebastelten Schlagstöcke hervor, aber die Hölle war ausgebrochen, und ein Massensturm auf die Ausgänge setzte ein.
In diesem Augenblick zog mein Vater, der unsterbliche Hadschi Ibrahim al-Sukari al-Wahhabi, Charles Maan vom Rednerpult, nahm seinen Platz ein, zog eine riesige Pistole und schoß unmittelbar vor dem Mikrophon in die Luft. Es klang, als würden mindestens ein Dutzend

Kanonen abgefeuert, und der Widerhall von den Steinmauern zerriß mir fast das Trommelfell. Alle duckten sich und gingen in Dekkung.
»Entfernt die Verräter, dann werden wir weitermachen«, sagte mein Vater beruhigend. Sein Befehl wurde freilich erst befolgt, nachdem er noch einige Schüsse abgefeuert hatte. »Bitte, meine Brüder, wir sind mit unserer Arbeit noch nicht fertig. Das ist ein demokratischer Konvent. Kehrt auf eure Plätze zurück.« Der letzte Pistolenschuß jagte alle zurück auf ihre Sitze, und es trat wieder Ordnung ein.
»Wir haben gesündigt«, schrie mein Vater. »Nach vierzehn Jahrhunderten des Hasses haben wir vorsätzlich und aus Anmaßung einen Krieg angezettelt, von dem wir glaubten, wir könnten ihn nicht verlieren. Wir haben nicht unser Land verteidigt!
Keinen von uns hat das strahlende Sonnenlicht der Gastfreundschaft der arabischen Führer geblendet, und das gilt doppelt für unsere Brüder in der Westbank.«
»Kaif«, sagte mein Vater, und sein Ton wurde sanft. »Das ist ein Wort von tiefer Bedeutung für uns. Es heißt: tu nichts, sag nichts, denk nichts. Wir täuschen uns selbst, indem wir sagen, *kaif* sei die vollkommene Form der Geduld. In Wirklichkeit ist *kaif* eine Philosophie der Untätigkeit, des Dahindämmerns, ohne die Welt der Phantasie zu verlassen. Wir begeben uns in *kaif,* einen halbwachen Zustand, um die Wirklichkeit unseres Leidens zu fliehen. Wir sind Männer, deren Geist in Kästen gesperrt ist. Hier lege ich die Schlüssel vor euch hin. Wir haben in der Feuerprobe des Krieges versagt – aber wagen wir es, wieder zu versagen? Man hat uns gesagt, es sei nicht notwendig, unsere Kinder zu unterrichten, denn das Leben werde ihr Lehrmeister sein. Könnt ihr sehen, was das Leben unsere Kinder lehrt?«
Hadschi Ibrahim hatte sie in seinen Bann geschlagen und ließ sie nicht mehr los. Ich hatte ihn nie so sprechen gehört. Es muß das Ergebnis von hundert Stunden der Meditation gewesen sein, und die Zuhörer blickten auf das Podium, als lauschten sie einem Propheten.
»In unserer Traumwelt würden wir nur zu gern glauben, wir seien so erhaben, daß tausend Leitern zusammen unsere Köpfe nicht erreichen können. Wir halten uns für edle Männer, die eher Hungers sterben, als um Hilfe bitten würden. Wir glauben, daß unsere Linke unsere Rechte nicht braucht, daß es besser ist, ehrenvoll zu sterben als in Erniedrigung zu leben. Wir reden uns ein, daß der Kopf, der

keinen Stolz besitzt, verdient, abgeschlagen zu werden. Wenn wir all das glauben, warum finden wir uns dann mit dem Leben räudiger Hunde in diesen erbärmlichen Lagern ab?
Die Zeit des *kaif* ist vorbei, meine Brüder. Wir müssen einen reißenden Fluß durchwaten. Wir können unser Schicksal nicht länger Dieben anvertrauen, die uns im Stich gelassen und bestohlen haben. Wir dürfen uns nicht länger durch falsche Rachegesänge einlullen lassen. Wir müssen die Stärke aufbringen zuzugeben, daß wir einen schrecklichen Fehler begangen haben. Nur ein solches Bekenntnis wird uns aus unseren Kästen befreien und uns ermöglichen, den Weg zu beschreiten, der uns in unsere Häuser und auf unser Land zurückführt. Sonst wird man uns jahrzehntelang mit falschen Versprechungen abspeisen, bis unsere Bärte weiß und unsere Mägen und Herzen so ranzig werden, daß nicht einmal die Geier mehr Lust haben, auf unseren Knochen herumzuhacken.
Die Juden sind 1948 nicht davongelaufen, und sie werden es auch in Zukunft nicht tun. Der schöne Traum von einer neuen arabischen Invasion ist ein entsetzlicher Selbstbetrug. Es wird unmöglich sein, ein verzweifeltes Volk ins Meer zu werfen, ohne uns selbst dabei zu vernichten. Wir müssen den Juden mit dem ehrlichen Wunsch nach Frieden gegenübertreten, dann werden wir die Welt auf unserer Seite haben. Wir können uns nicht länger den Luxus leisten, das Töten eines Juden als größte Freude in unserem Leben zu betrachten. Wir müssen Vertrauen erwecken, dann können wir mit den Juden fertig werden. Wir müssen mit den Juden ein ehrliches Gespräch beginnen und das Verständnis des Westens erobern.«
Als mein Vater mit seiner Rede zu Ende war, kam nur schwacher Applaus. Während die Zuhörer langsam den Ernst seiner Worte und seinen Aufruf erfaßten, wußte ich, daß er versuchte, gegen den Strom eines jahrhundertealten, starren Hasses zu schwimmen. Ich bekam Angst, daß ein Hitzkopf ihn ermorden könne. Dann wich meine Furcht dem Stolz. O Hadschi Ibrahim, wie überaus großartig, wie mutig! Welcher andere Mann zwischen Wüste und Meer würde es wagen, vor seine Brüder zu treten und solche Worte zu sprechen?
»Wir müssen jetzt über die Resolution dieses Konvents abstimmen«, sagte Charles Maan. »Ich werde sie euch vorlesen: Dieser Konvent besteht aus Delegierten, die wahrhaft die Flüchtlinge der Westbank, die Hauptleidtragenden dieses Krieges, vertreten. Wir verleihen unserer Überzeugung Ausdruck, daß wir gleichberechtigt über unser Schicksal mitentscheiden sollten. Wir verlangen hiermit, über die

Rückkehr in unsere Heimat und die Freigabe unseres Besitzes zu verhandeln, unabhängig davon, wer Palästina beherrscht. Wir erklären uns bereit, uns mit den Vertretern des Staates Israel zu Gesprächen an einen Tisch zu setzen, um unser Exil zu beenden. Wir wählen eine Delegation, die unsere Anliegen vor der Internationalen Schiedskommission vertreten soll, die in diesem Sommer in Zürich zusammentreten wird. Diese Delegation bilden Hadschi Ibrahim al-Sukari al-Wahhabi, Charles Maan und Scheich Achmed Tadschi.«
Die Abstimmung wurde nicht zum Höhepunkt der Veranstaltung. Wichtig war, daß die Führer den Konvent zusammengehalten, offene Worte gesprochen, Vorurteile abgebaut und die Resolution durchgebracht hatten, und das alles innerhalb eines Tages. Die Delegierten marschierten zu dem Tisch auf der Bühne und nahmen ihre Wahlkugeln entgegen: weiß zur Zustimmung, schwarz zur Ablehnung. Die vor dem Konvent gegebenen Versprechen wurden eingehalten.
Bei der Wahl legten die Delegierten auch einen Spesenbeitrag für den Konvent und für die Reise der Delegation nach Zürich in eine große Schachtel. Ich wartete im Vorführraum, während das Geld gezählt wurde und die Delegierten die Halle verließen. Ich konnte hören, wie enttäuscht man über die magere Summe war.
»Wieviel wird die Reise kosten?« hörte ich über das Mikrophon, das nicht abgeschaltet worden war.
»Es hängt ganz davon ab, wie lange das Treffen in Zürich dauert. Sicher viele tausend Dollar«, vermutete mein Vater.
»Meine Flugkarte wird von einer katholischen Wohlfahrtseinrichtung bezahlt, die mir auch in Zürich Unterkunft verschafft«, sagte Charles Maan. »Aber ich kann nicht allein reisen.«
»Wir sind am Ende«, stöhnte Scheich Tadschi. »Wir stecken bis zum Hals in Schulden.«
»Allah wird für uns sorgen«, sagte Vater.
»Ich halte es für möglich, daß Allah uns nicht hört«, antwortete Tadschi.
»Vielleicht kann ich Allah helfen, uns beizustehen«, meinte Vater. »Ich weiß von Geheimgeldern, also verzweifelt nicht.«
Ich wollte schon den Vorführraum verlassen, als die Luft plötzlich von Pfiffen, militärischen Befehlen und dem Trampeln von Stiefeln erfüllt war, die schnell über den Platz liefen. Ich rannte zum Fenster. Die Arabische Legion stürzte sich von allen vier Seiten auf die Rächenden Leoparden, die entgegenkommenderweise besondere

Armbinden trugen, packte sie, schlug sie mit Knüppeln zusammen und schleppte sie fort. Ich sah, wie mein Bruder Jamil von vier jordanischen Soldaten weggetragen und in einen Lastwagen geworfen wurde, der vor der Geburtskirche parkte. Vater, Scheich Tadschi und Charles Maan stürzten aus dem Kino. Ein halbes Dutzend Soldaten der Legion richteten ihre Waffen auf sie und führten sie ab.

XI

Die Operation war reibungslos verlaufen. Die Räumung des Krippenplatzes hatte Oberst Farid Zyyad zweiundfünfzig Rächende Leoparden eingebracht. Zwischen die Flüchtlinge und ihren Plan, in Zürich Aufsehen zu erregen, war geschickt ein Keil getrieben worden. Ein Soldat betrat das Büro des Obersten und meldete, daß Hadschi Ibrahim im Polizeifort eingetroffen sei.

Farid Zyyad knöpfte seinen mit Bändern und Orden geschmückten Uniformrock zu. Er betrachtete sich im Spiegel, befeuchtete seine weißen Zähne mit der Zunge und zog sich hinter seinen Schreibtisch zurück.

»Schickt ihn herein.«

Als Hadschi Ibrahim eintrat, erhob sich Oberst Zyyad – eine ungewöhnliche Geste –, bot seinem Gegner einen Stuhl an und bestellte Kaffee. Ibrahim wußte sofort, daß man ihm Zuckerbrot und Peitsche bot.

»Wo sind Scheich Tadschi und Charles Maan?« fragte Ibrahim.

»Sie wurden mit unseren Entschuldigungen freigelassen.«

»Mein Sohn Jamil?«

»Er befindet sich zusammen mit anderen Jungen in Gewahrsam.« Farid Zyyad warf einen Blick auf ein Papier auf seinem Schreibtisch. »Es sind zweiundfünfzig.«

»Das ist ungeheuerlich! Wollt ihr einen Aufstand in den Flüchtlingslagern entfachen?«

»Ich bezweifle, daß ein solcher stattfinden wird, es sei denn, du stiftest ihn an. Aber das wirst du kaum, solange sich diese Jungen in Haft befinden.«

»In sicherem Gewahrsam?«

»In sicherem Gewahrsam.«

»Du bist dir darüber klar, daß die ausländische Presse nach diesem Vorfall nicht freundlich über Seine Majestät berichten wird?«
»Ich beglückwünsche euch drei zu dem Geschick, mit dem ihr dieses Treffen und die Presse manipuliert habt, aber an dem Spiel nehmen zwei Parteien teil. Wir haben die Situation in einer Pressemitteilung klargestellt.« Er reichte Ibrahim ein Blatt Papier.
»Ich kann nicht Englisch.«
»Dann werde ich es dir vorlesen: ›Die heutige Razzia ist der Höhepunkt von monatelangen Untersuchungen der Mißstände, die König Abdullah und die jordanischen Behörden beunruhigt haben. Ermutigt durch verbrecherische Elemente haben Banden von Jugendlichen in den Flüchtlingslagern ein Terrorregime aufgebaut. Zu den Verbrechen dieser Banden gehören Schwarzmarkthandel, Diebstähle in großem Ausmaß, Erpressung und Nötigung.‹«
»Ist die ausländische Presse darüber informiert, daß jede dieser Anklagen gegen fast alle jordanischen Beamten in der Westbank erhoben werden kann und daß eure Arabische Legion an diesen Umtrieben beteiligt ist, ja sie ermutigt hat?«
Zyyad ging zu seinem Schreibtisch zurück und hob die Hand. »Darüber wollte ich mit dir sprechen, Hadschi Ibrahim. Ich erinnere mich an unsere erste Zusammenkunft in Nablus im Haus des verstorbenen Clovis Bakschir, möge Allah seinen edlen Geist zu sich nehmen. Ich stellte damals fest, daß du ein überaus intelligenter Mann bist. Du hast mich in drei Fällen überlistet, doch ich bin dir deshalb nicht böse. Aber nun hast du deine Einstellung so deutlich gemacht, daß ich es nicht länger dulden kann.«
»Die jungen Leute werden also als Geisel festgehalten, damit wir unsere Zungen hüten sollen und unsere Bestrebungen einstellen.«
»Du übertreibst bei der Wahl deiner Worte. Ja, sie werden in Gewahrsam bleiben. Wir werden sie weiterhin über ihre Tätigkeit verhören. Zu gegebener Zeit könnte es zu einer Gerichtsverhandlung kommen oder auch nicht.« Zyyad zuckte unschuldig die Schultern.
»Je nachdem, was in Zürich beschlossen wird«, ergänzte Ibrahim.
»So ist das Leben. Schon jetzt, nach wenigen Stunden, bieten uns einige von ihnen freiwillig Informationen an ... zu der annehmbaren Bedingung, daß sie uns über die Taten der anderen informieren, wenn wir die Anzeige gegen sie fallenlassen.«
Zyyads Taktik war klar. Was sollte Ibrahim tun? Sollte er brüllen und toben? Ihm klarmachen, daß es überall Aufstände geben wür-

de? Oder sich zur Ruhe zwingen und zuhören? Zyyad wollte etwas von ihm. Er würde es schon erfahren.

»Du hast meine volle Aufmerksamkeit«, sagte Ibrahim.

»Gut.« Zyyad lächelte schwach. Er riß ein Päckchen Zigaretten auf, bot Ibrahim eine an und gab ihm Feuer.

»Du erinnerst dich an unser Gespräch in Nablus, Hadschi?«

»In allen Einzelheiten.«

»Dann weißt du auch, daß ich dir damals anvertraute, Abdullah sei keiner eurer typischen islamischen Fanatiker, was die Juden betrifft. Er trat beinahe gegen seinen Willen in den Krieg ein, hauptsächlich um der arabischen Einheit willen. All seine Äußerungen in letzter Zeit sind für die Öffentlichkeit bestimmt, um der Welt zu zeigen, daß die arabischen Führer eine geschlossene Front bilden. Kannst du mir soweit folgen?«

»Sagen wir, im Augenblick akzeptiere ich deine Erklärung.«

»Gut. Jeder versteht also die Lage des anderen. Wir haben keine Freude daran, euch weiterhin in den Lagern zu halten. Wir haben mehr getan als jeder andere arabische Staat. Wir boten euch sofort die jordanische Staatsbürgerschaft, volle Bewegungsfreiheit, Arbeit und Beamtenposten an.«

»Und Unterdrückung«, ergänzte Ibrahim.

»Ja, natürlich Unterdrückung. Wir können nicht zulassen, daß mehr als eine halbe Million Menschen unkontrolliert wie eine Flutwelle über uns hereinbrechen und Verwirrung stiften.«

»Wir haben Rechte.«

»Sicherlich. Soweit der König sie euch zugesteht.«

»Ihr seid nicht glücklich darüber, daß wir nicht auf die Knie gefallen sind und Abdullah als unseren Retter betrachten«, konterte Ibrahim.

»Offen gestanden kümmert uns das im Augenblick wenig; ebenso wenig wie eure Rechte. Wir haben bei den Palästinensern erreicht, was wir wollen. Die übrigen von euch werden klein beigeben, sobald sie mit den Tatsachen konfrontiert werden. Laß mich mit der Offenheit zu dir sprechen, für die du berühmt bist. Im Grunde sind wir der Meinung, daß die Palästinenser nicht das Feuer der Rebellion im Herzen tragen. Du und deine Brüder, ihr seid erstaunlich leicht zu beherrschen, und als Kämpfer wart ihr nie einen Penny wert. Wir glauben nicht, daß ihr dreizehn Jahrhunderte auslöschen könnt.«

Ibrahim beherrschte sich. »Wir wurden in unserer Freiheit noch nie so beschränkt. Was diese jungen Burschen, die Leoparden und die

Haie, anstellen, ist vielleicht nur eine Warnung, daß die nächste Generation der Palästinenser von anderer Art sein wird. Schließlich glaubten wir früher alle, daß die Juden ein passiver Haufen sind, auf dem man ohne weiteres herumtrampeln kann. Es wächst eine neue Generation heran. Ich glaube, das ist eine Lektion, nach der ihr euch besser richten solltet.«
»Wir haben nicht die Absicht, diese Jungen verwildern zu lassen. Wir werden ihnen schöne Uniformen anziehen, ihre fehlgeleiteten Energien in Judenhaß umfunktionieren und sie zu disziplinierten Guerillaaktionen gegen die Juden anleiten. Es wird unseren arabischen Brüdern beweisen, daß wir Schulter an Schulter mit ihnen kämpfen, nicht wahr? Was die überwiegende Mehrzahl der Palästinenser betrifft, so sind sie, glaube ich, bereit, in den Lagern zu verschimmeln. Sie besitzen keinen Kampfgeist und schon gar keine Würde. Es sind Jammerlappen und Bettler.«
Ibrahim stand auf und beugte sich über Zyyads Schreibtisch, doch er blieb stumm. Er blinzelte und sank langsam auf seinen Stuhl zurück. Es war entsetzlich, solche Wahrheiten zu hören. Deshalb wurden sie nie ausgesprochen.
»Gut«, sagte Zyyad. »Wir erkennen den chronischen Zustand des Patienten.«
»Ich höre deine Worte«, krächzte Ibrahim.
»Warum müssen wir weiterhin Feinde bleiben? Wenn wir unsere Ziele zurückschrauben, wirst du sehen, daß es Möglichkeiten gibt, uns zu einigen. Nein, ich versuche keineswegs, dich zu bestechen. Ich weiß noch von Nablus her, daß das zwecklos ist. Du bist ein Mann von Prinzipien. Das ist selten. Ich mache dir ein vernünftiges Angebot.«
»Ich habe vernünftige Ohren.«
»Gut, Allah segnet diese Begegnung.« Zyyad öffnete die unterste Lade, nahm eine Flasche Whisky heraus und bot Ibrahim ein Glas an.
»Nein danke, das würde mir die Eingeweide verbrennen«, lehnte er automatisch ab, doch dann überlegte er es sich: »Vielleicht ein wenig, ganz wenig.«
»Nichts wird König Abdullah auf seinem Marsch in ein Großsyrisches Reich aufhalten – gar nichts. Weder scharfe Worte der arabischen Führer noch die Flüchtlinge, noch die Juden. Es ist Bestimmung, göttliche Bestimmung. Aber wir beide können die Juden brauchen, also sollten wir es auch tun.«
»Wenn der König seine Bestimmung erfüllen sollte«, sagte Ibrahim

und bemühte sich, keinen Spott heraushören zu lassen, »wird er dabei den jüdischen Staat vernichten?«
»Er wird ihn seinem Reich einverleiben.«
»Einverleiben?«
»Ja, als eine Provinz von Groß-Syrien.«
»Wissen die Juden davon?«
»Sie werden es rechtzeitig erfahren. Gib ihnen ein Jahrzehnt in der Isolierung, und die Erkenntnis wird in ihnen reifen, daß ihre Zukunft als loyale Provinz unter Abdullah gesichert ist.«
»Im Namen des Propheten, damit werden sie sich niemals einverstanden erklären. Juden und Araber als Verbündete?«
»Nicht als Verbündete, sondern die Juden als Untertanen. Aber was ist daran so ungewöhnlich? In alten Zeiten lebten in Jordanien die Gibeoniter, und Gibeon war eine Provinz Israels. Am Hof König Davids lebten Moabiter und Hethiter, und die Schloßwache stellten die Philister. Unter Salomon dienten Kelten und Rheinländer!«
Farid Zyyads Stimme war plötzlich laut und schrill geworden, wild rollte er die Augen. Hadschi Ibrahim starrte den Mann ungläubig an. Dann erkannte er die schreckliche Wahrheit: Oberst Zyyad, Beduine, der unter den Engländern gedient hatte, sah sich schon als befehlshabenden General der jüdischen Provinz! In diesem Augenblick erkannte Ibrahim den ganzen Wahnsinn arabischer Politik.
»Ich muß annehmen«, fuhr Zyyad fort, »daß du Kontakt zu Gideon Asch hast, seit du die Höhle verlassen hast. Bevor du es leugnest, möchte ich bemerken, daß du heute in Bethlehem nicht so gesprochen hättest, wenn du nicht irgendeinen Rückhalt, eine Abmachung in der Tasche hättest.«
»Ich bestätige diese Behauptung nicht, aber ich stelle sie auch nicht in Abrede.«
»Durchaus fair.«
»Sprich bitte weiter, ich bin ganz Ohr.«
»Was wollt ihr Flüchtlinge? In eure Dörfer zurückkehren? Also einigt euch mit den Juden in Zürich. Führt tausend, fünfzigtausend, zweihunderttausend wieder zurück. Wir wollen die Belastung dieser Lage ohnehin nicht. Die Juden werden euch unterbringen, ernähren und unterrichten. Das ist ihre Schwäche. Und wenn die Zeit für Groß-Syrien reif ist, werden viele Tausende unserer Brüder an Ort und Stelle sein, um eine friedliche Machtübernahme in Israel zu erzwingen. Doch zu welcher Handlungsweise du dich auch entschließt, du mußt es unauffällig machen. Die Öffentlichkeit soll nichts davon wis-

sen. Brecht eure Lager langsam ab und macht euch schweigend auf den Weg. In der Öffentlichkeit muß Jordanien natürlich weiterhin dieses Vorgehen brandmarken. Wir werden eure Delegation in Zürich tadeln, denn wir müssen den Anschein arabischer Einheit aufrechterhalten.«
»Was wollt ihr dafür?«
»Gebt euren Widerstand gegen König Abdullah auf, laßt Charles Maan keine großen Sprüche vor der ausländischen Presse schwingen, und vor allem haltet eure Absprache mit den Juden geheim. Ist das nicht ein vernünftiges Angebot?«
»Ich muß darüber nachdenken. Ich muß mit meinen Freunden darüber sprechen. Was ist mit den Jungen, die ihr gefangenhaltet?«
»Bist noch immer im Rausch der Offenheit?« fragte Zyyad.
»Sprich offen.«
»Falls ihr in Zürich Ärger macht, werden einige dieser Jungen nicht lange genug leben, um einen Schnurrbart zu bekommen.«
»Ich möchte meinen Sohn sehen«, flüsterte Ibrahim.
»Aber natürlich, bitte benütze mein Büro. Ich werde ihn zu dir bringen lassen.«
Als Farid Zyyad hinausging, hatte er sein Urteil gefällt: Hadschi Ibrahim schien bereit, den Verlust seines Sohnes Jamil hinzunehmen. Für seinen anderen Sohn, den kleinen Ismael, würde er Berge versetzen. Sobald Hadschi Ibrahim nach Zürich abgereist war, würde er auch Ismael in Gewahrsam nehmen – zur Sicherheit.

Jamil schien durch seine Haft, wo er wie ein Führer behandelt wurde, ein höheres Selbstbewußtsein erlangt zu haben.
»Ich werde bald nach Zürich reisen, Jamil«, sagte sein Vater. »Die Jordanier werden dich weiterhin als Geisel festhalten. Vergiß nicht, daß sie keine englischen Gesetze haben, wie wir sie in Palästina hatten. Gesetz ist hier der Wille des Königs, und sie können dich für alles anklagen, was ihnen einfällt. Vor einem jordanischen Militärgericht hast du keine Aussicht. Ich bitte dich dringend, deine Jungen ruhig zu halten. Die Jordanier kochen Finger. Hast du verstanden?«
Jamil blickte ihn sonderbar an. »Mach dir keine Sorgen um mich, Vater. Du tust in Zürich, was getan werden muß, ganz gleich, was aus mir wird.«
»Mir scheint, du findest Gefallen an deiner Rolle.«
»Gefallen? Ich weiß nicht. Es spielt keine Rolle, ob ich am Leben bleibe oder sterbe.«

»Komm, komm, kein Mensch will sterben.«
»Ich und alle meine Freunde werden früher oder später für den Kampf, den ihr uns aufgezwungen habt, sterben müssen. Was können wir sonst tun als sterben? Wir können nirgendwohin gehen, wir können nichts unternehmen; man hämmert uns immer wieder ein, an nichts anderes zu denken als an Rache und Rückkehr.«
»Ich versuche, ein besseres Leben für euch zu erreichen.«
Jamil brach in irres Lachen aus, warf den Kopf zurück und sprudelte unsinniges Zeug hervor: »Es macht dir nichts aus, wenn ich sterbe, Vater. Es würde dir sogar in den Kram passen, wenn ich ein Märtyrer würde.«
»Halt den Mund!«
»Dann schlag mich doch wieder zusammen.«
»Du bist mein Sohn, Jamil. Ich versuche, alles zu tun, um dich hier herauszuholen.«
»Wozu? Mach dir nicht die Mühe. Ich bin nicht dein Sohn. Du hast nur einen Sohn. Ismael. Stimmt das nicht, Vater?«
Ibrahim schlug ihn ins Gesicht. Jamil stand auf. »Ich habe dich einmal geschlagen, Vater, und ich spüre noch immer die Begeisterung dieses Augenblicks. Aufseher! Bring mich in meine Zelle zurück!«

Wenige Tage, nachdem Vater nach Akbat Dschabar zurückgekehrt war, brachte er mich nach Jericho in das Büro von Professor Nuri Mudhil.
»Ich habe achttausend Dollar für deine Schätze erhalten«, sagte der Archäologe. »Hier sind die Flugkarten für dich und Scheich Tadschi. Wir hielten es für besser, wenn du nicht wieder nach Amman fährst. Du wirst also mit einem kleinen Flugzeug von Ost-Jerusalem nach Zypern und von dort weiter nach Zürich fliegen. Ich habe schon viele Antiquitäten aus Ost-Jerusalem herausgeflogen und kenne die Leute auf dem Flughafen gut. Die Flugtickets und die Aufmerksamkeiten für wichtige Beamte haben über zweitausendachthundert Dollar gekostet. Hier sind die Reisepapiere. Die Visa sind angeheftet.«
»Aber es sind keine Pässe«, stellte ich fest.
Mudhil schüttelte den Kopf. »Es gibt keine palästinensische Nation. Es gibt nur Jordanien, und Jordanien stellt euch keinen Paß aus. Ihr müßt mit diesen Papieren reisen.«
Vater betrachtete eines der Dokumente und reichte es mir. »Was steht da?«

»Es besagt, daß du staatenlos bist. Das ist ein für dreißig Tage gültiges Visum für die Schweiz.«
»Leider mußte ich für jedes dieser Dokumente tausend Dollar ausgeben«, sagte Nuri Mudhil und rieb den Zeigefinger am Daumen. »Bakschisch. Wir hätten dir kostenlos israelische Papiere beschaffen können, aber dann hättet ihr niemals das Beglaubigungsschreiben für eure Delegation in Zürich erhalten. Die Araber hätten eure Anerkennung verhindert.«
»Wieviel bleibt von dem Geld übrig?« fragte mich Ibrahim.
»Dreitausendzweihundert Dollar.«
»Abzüglich weiterer fünfhundert. Es ist nämlich verboten, Bargeld bei sich zu tragen. Ich mußte dein Geld durch die Wohlfahrtseinrichtung der Kirche überweisen lassen, und dazu war es notwendig, einem Priester im Amt des Erzbischofs fünfhundert Dollar zu zahlen. Es bleiben also, abzüglich der Kosten für neue Kleider für dich und Scheich Tadschi, für jeden von euch ungefähr tausend Dollar für Unterkunft und Verpflegung.«
»Aber das zwingt mich, meine Familie ohne einen Penny zurückzulassen. Wenn sie allein von den Hilfsgütern des Roten Halbmondes leben müssen, können sie glatt verhungern. Und was geschieht, wenn mir in der Schweiz das Geld ausgeht?«
Nuri Mudhil öffnete seinen Schreibtisch und nahm ein Bündel jordanischer Banknoten heraus. »Ich gebe dir ein privates Darlehen für den Unterhalt deiner Familie. Wegen der Rückzahlung brauchst du dir keine Sorgen zu machen. Was deinen Aufenthalt in Zürich betrifft, wird dir Gideon Asch aushelfen, falls dir das Geld ausgeht.«
»Bettler, wir sind Bettler«, sagte Vater und nahm das Geld, die Flugtickets und die Papiere entgegen.
»Es tut mir sehr leid, Hadschi. Es war alles, was ich für dich tun konnte.«
»Nein, nein, mein Freund, du hast schon zuviel für mich getan.« Dann wandte sich Vater mit einem merkwürdigen Ausdruck in den Augen an mich. »Ismael, du wirst jetzt draußen warten. Ich möchte allein ein Wort mit dem Professor sprechen.«

Sie sprachen lange miteinander. Ich weiß nicht, wie lange, denn wenn ich in Professor Mudhils Arbeitszimmer umhergehen durfte, das mit so vielen wunderbaren Dingen angefüllt war, fühlte ich mich wie im siebenten Himmel und vergaß die Zeit. Auf einer Bank lag die komplizierte Zeichnung eines byzantinischen Mosaiks, das er entdeckt hatte. Ich studierte sie aufmerksam. Endlich ging die Tür zum Büro auf, ich wurde aufgefordert, hereinzukommen und mich zu setzen.

»Du verläßt mit Dr. Mudhil die Stadt«, erklärte mein Vater kurz und bündig. »Und zwar sofort.«

»Ich verstehe dich nicht.«

»Während ich weg bin, ist es besser, wenn du dich nicht in Akbat Dschabar aufhältst.«

»Aber warum, Vater?«

»Weil dein Leben in Gefahr ist!«

»Es wäre feige von mir, mich zu verstecken!«

»Nicht feige, sondern klug.«

»Wer wird die Frauen verteidigen?«

»Sie haben Sabri, Omar und Kamal. Die Frauen werden in Sicherheit sein.«

»Sabri muß arbeiten, und Kamal ist wertlos. Omar kann die Aufgabe nicht allein bewältigen.«

»Er wird es müssen«, sagte mein Vater.

»Und wohin gehe ich?«

»Du wirst den Jordan überqueren«, sagte Nuri Mudhil. »Tief in der Wüste, an der irakischen Grenze, wirst du bei meinen vertrauten Freunden, den al-Sirhan Beduinen, bleiben. Du kannst viele von meinen Büchern mitnehmen.«

Ich begann zu weinen, dann spürte ich etwas Merkwürdiges, Wunderbares. Mein Vater beugte sich über mich und legte mir voll Zuneigung die Hände auf die Schultern.

»Was ist mit Jamil?« schluchzte ich schließlich.

»Ich lasse mich von diesen Hunden in Amman nicht erpressen. Jamils Schicksal liegt in Allahs Hand. Allah hat mir auferlegt, die schreckliche Entscheidung zu treffen, welcher meiner Söhne überleben soll.«

Ich blickte ihn an.

»Ich habe diese Entscheidung getroffen, Ismael.«

XII

Fawzi Effendi Kabir ruhte in einem umgebauten Bootshaus im vornehmen Züricher Vorort Zollikon auf einem romantisch verspielten Sofa. Von diesem »Thron« führten vier Stufen hinunter in einen

kreisförmigen Raum, der ringsum mit Spiegeln verkleidet und raffiniert beleuchtet war.
In Kabirs Reichweite befand sich eine Schalttafel. Ihm stand eine Musikpalette zur Verfügung, die von der Atonalität Hindemiths und Bartóks über schrillen Strawinsky, erhabenen Beethoven, gedämpften Mozart, schwülen, drängenden, pochenden Bolero, Wagners Walkürenritt, *Hot-* oder *Cool*-Jazz und sentimentale französische Chansons bis hin zu den vertrauten, klagenden Dissonanzen des Orients reichte.
Ein Mischpult steuerte eine ungeheure Auswahl von Lichteffekten, etwa zweihunderttausend Kombinationen, die von wirbelnden, aufreizenden, kleinen achteckigen Punkten bis zu plötzlich grell aufzuckenden Blitzen reichten.
Ein Knopfdruck konnte eine Fülle von Spezialeffekten über die Zecher ergießen: verführerisch duftender tropischer Dunst, salbende Öle, Nebel, lebende Schlangen, Rosenblätter, Tauben und gelegentlich, wenn alles funktionierte, konnte man von der Decke Trapeze oder Seile herunterlassen, an denen Zwerge herabglitten.
Eine Bedienungsanlage ließ das Sofa des Effendis rotieren, so daß er jeden Teil des Raumes unter sich beobachten konnte. Außerdem ließ sich sein Sofa mittels einer Hydraulik verstellen.
Es gab im Bootshaus eine großzügig ausgestattete Bar mit Büffet; ein beheiztes Schwimmbecken mit einem Wasserfall; einen Umkleideraum mit Kostümen, die von griechischen Togen bis zu Lederanzügen reichten; eine Palette stimulierenden Spielzeugs, das von Tierhäuten über Peitschen, Masken, Ketten und künstliche Penisse bis zu Folterwerkzeugen und Utensilien für Masochisten reichte. Die Auswahl an Drogen war gleichfalls umfangreich: libanesisches Haschisch, Heroin, reines Kokain, Halluzinogene, Aufputschmittel.
Das Bootshaus war von einem Team der besten Filmtechniker und Innendekorateure des Kontinents für etwas mehr als zwei Millionen Dollar umgebaut worden.
Fawzi Kabir begab sich nur selten hinunter auf die Matten, mit denen der kreisförmige Raum ausgelegt war, und wenn er auf seinem Thron weiblichen Besuch bekam, hielt sich seine Beteiligung am Liebesspiel in Grenzen, denn der aufgedunsene Effendi stand ständig unter Drogeneinfluß und war impotent. Dennoch war seine lustvolle Phantasie grenzenlos, und es gab unendlich viele Spiele, die er als Zuschauer genoß. Der Anblick fremden Schmerzes und fremder Lust verschaffte ihm wilde Ausbrüche orgiastischer Wollust.

Die Huren in Zürich waren ebenso bieder wie ihr Land, und ihre Zahl war begrenzt. Der Effendi zog deutsche Männer und Frauen vor. In Orgien waren sie Meister. Ursula reiste nach München, das sie genau kannte und wo sie immer neue Akteure auftrieb.
Um alle Matten zu bevölkern, brauchte man ungefähr ein Dutzend Paare, deren Spiegelbilder sie ins Unendliche vervielfachten. Zeitweise spielte ein Streichquartett, wozu ein Schauspieler Gedichte vorlas. Muskulöse, mit Kakaobutter eingeriebene Männer und aufregende Mädchen mit pantherhaften Bewegungen erbrachten paarweise oder in Gruppen erstaunliche Meisterleistungen. Das Motto der Feste variierte, ganz nach Ursulas Phantasie, sie dauerten oft hundert Stunden und endeten für gewöhnlich mit einem Wettbewerb um den Supermann oder die Superfrau. Der Sieger erhielt ein Diamantarmband, eine goldene Uhr oder ein Auto.
Die Huren aus Deutschland wurden von den Arabern magisch angezogen. Es mußten ja nicht nur die hohen, einflußreichen Potentaten des Islam befriedigt werden. Die Araber reisten für gewöhnlich mit zahlreichem Gefolge, es gab also genügend Verdienstmöglichkeiten, bis zum letzten Diener hinunter. Sie bezahlten bar, ohne zu handeln. Die Huren und ihre Zuhälter verdienten ihren Lohn redlich, denn sie wurden oft roh und grausam behandelt.
Ursula überzeugte Kabir davon, daß er nicht an seinen Geldbeutel denken durfte, wenn er exquisite Orgien genießen wollte. Mitwirkende, Speisen, Beförderungsmittel, Unterbringung, Getränke, Kostüme, Drogen, Einzeldarsteller und Geschenke konnten die Kosten einer Party auf über hunderttausend Dollar hinauftreiben.
Diesmal brach für die Partygäste der dritte Morgen an, und der Effendi drohte zusammenzubrechen. Er hatte sich hemmungslos volllaufen lassen, Gesichter und Körper mit Bergen saftiger, purpurfarbener Trauben beworfen, von seinem Thron uriniert, Kanister mit flüssiger Körperschminke ausgeleert, bis er zusammenbrach, weil Schlaftabletten und Kokain in seinem Körper miteinander kämpften.
Ursula stieg zu seinem Sofa hinauf, wo er unzusammenhängende Worte vor sich hin stöhnte, und zerbrach eine Kapsel vor seiner Nase. Er zuckte zusammen, kam undeutlich murmelnd zu sich, stemmte sich auf alle viere, wobei sein Bauch fast den Boden berührte, und erbrach.
»Wach auf, Fawzi!« Sie mußte die dröhnende Musik übertönen.
Er murmelte einen unverständlichen Protest und erbrach wieder. Sie hielt ihm eine zweite Ammoniakkapsel unter die Nase, dann begoß sie ihn mit eiskaltem Wasser.

Er blickte schweißtriefend zu ihr auf, seine Augen rollten wie Kugellager auf einem polierten Fußboden, und er fiel aufs Gesicht. Sie schlug ihn kräftig auf die Hinterbacken. »Wach auf!«
Zecher mit Karnevalsmasken vorm Gesicht grölten am Fuß der Treppe vor Vergnügen.
»Laß mich in Frieden, du Miststück!«
Kabir tastete nach seinem Sofa, glitt jedoch auf dem Öl und der Nässe unter seinem Körper aus, rutschte auf die Matte hinunter, blieb auf dem Rücken liegen und verlangte in weinerlichem Tonfall, man solle ihn allein lassen. Die betrunkenen Gäste bewarfen ihn mit Trauben und reifen Pflaumen und bespritzten ihn mit Kirschwasser, bis Ursula sie verjagte.
Er atmete keuchend.
»Prinz Ali Rahman hat angerufen«, sagte sie. »Ich habe ihn auf eine halbe Stunde vertröstet.«
»Der Prinz! O Allah!« stöhnte Kabir. Er versuchte unsicher, auf die Beine zu kommen, glitt jedoch wieder zu Boden. »Ich kann nicht . . . o Allah . . . wieviel Uhr ist es?«
»Vier Uhr morgens.«
»O Allah! Der Prinz! Nein! Kein Ammoniak mehr. Mein Kopf zerspringt.«
»Erbrich noch einmal«, rief sie und befahl zwei Bedienten, kaltes Wasser und Schwämme zu bringen und ihn zu reinigen. Während sie sich um ihn bemühten, dämpfte Ursula die Musik zu einer einschmeichelnden, schwebenden Melodie und stellte das Licht auf einen angenehmen Pastellton. Die Partygäste schliefen paarweise, zu dritt oder zu viert eng umschlungen. Andere krochen weg, um sich zu waschen.
Kabir wurde aufgesetzt, fiel aber wieder um und blieb liegen. Ursula strich über seinen Specknacken.
»Es war ein schönes Fest«, brabbelte er.
»Ja, Fawzi, eine wunderbare Party.« Sie streichelte ihn mit den Spitzen ihrer sorgfältig gefeilten und lackierten Krallen. »Eine wunderbare Party.«
»Laß den Arzt kommen. Mir ist übel. Ich brauche eine Spritze.«
»Er ist schon auf dem Weg.«

Innerhalb einer Stunde war der Effendi so weit ernüchtert, daß er Prinz Ali Rahmans Anruf erwidern konnte. Die Stimme am anderen Ende der Leitung schrie Obszönitäten, was bedeutete, daß Ali Rah-

man wütend war. Kabir wartete geduldig, bis sich sein Zorn gelegt hatte, und wiederholte zwischendurch beruhigend: »Ja, mein Prinz«, und: »Nein, mein Prinz«.
»Hast du die Morgenzeitungen gelesen?« fragte Rahman.
»Nein, mein Prinz. Ich stehe für gewöhnlich nicht um fünf Uhr morgens auf und lese die Zeitung.«
Der Fürst las ihm wutschnaubend vor, daß eine dreiköpfige Delegation von Flüchtlingen aus der Westbank in Zürich eingetroffen sei und um Beglaubigungsschreiben für die Schlichtungskonferenz nachgesucht habe. Die drei hatten in einer Pressekonferenz bekanntgegeben, daß König Abdullah zweiundfünfzig junge Flüchtlinge als Geiseln in einem Gefängnis in Amman festhalte.
»Wer sind diese Störenfriede, Euer Hoheit? Wie heißen sie?«
»Einer ist Beduine, Scheich Achmed Tadschi. Der zweite ist Charles Maan, dieser Ungläubige, von dem wir schon gehört haben, und der dritte ist Hadschi Ibrahim al-Sukari al-Wahhabi.«
»Ich kenne sie alle«, antwortete Kabir.
»Sie müssen unverzüglich ermordet werden«, schrie der Prinz.
»Nein, das geht in der Schweiz nicht. Hör zu, gib mir eine Stunde Zeit, ich komme zu dir.«

Prinz Ali Rahman trug einen seidenen Morgenrock. Sein langes, schmales Gesicht war geprägt von einer gekrümmten Nase, die dem Schnabel eines Wüstenfalken glich. Obwohl Prinz Rahman in der direkten Nachfolge weit unten rangierte, war er an einem Königshof mit Hunderten von Prinzen in die oberste Riege der Macht aufgestiegen.
Ali Rahman war von stolzer Herkunft. Er war noch neben seinem Großvater, dem großen Ibn Saud, geritten, der um die Jahrhundertwende in den Krieg zog, um die arabische Halbinsel zu erobern. Ibn Saud hatte das Gebiet von den Türken befreit, ein englisches Protektorat überlebt und seine Erzrivalen, die Haschemiten, vertrieben. Ibn Saud rief einen Staat aus, den er nach seiner Familie benannte. Anfang der dreißiger Jahre hatte er zusammen mit den Amerikanern Ölbohrungen begonnen, deren Erträge allmählich Milliarden von Dollar in die leere Schatztruhe regnen ließen.
Ali Rahman wurde damit betraut, das Vermögen zu investieren. Er besaß keine Erfahrung im internationalen Finanzwesen, verfügte jedoch über angeborenen Scharfsinn.
Fawzi Kabir hatte seit langem eine Operationsbasis in der Schweiz

und hatte während des Krieges große Geschicklichkeit im schwierigen Waffenhandel, im Weißwaschen von Geld oder im Anlegen von Geheimkonten gezeigt. Als ein hochrangiger Prinz bei einer zwölfstündigen Pechsträhne fast eine halbe Million Dollar an den Spieltischen von Monte Carlo verlor, seine Schuld nicht einlösen konnte und in Gefahr geriet, verhaftet zu werden, bekam Kabir den mißratenen Fürstensohn gegen Kaution frei. Dadurch fiel er Rahman auf.

Kabir vermochte eine vollständige Palette finanzieller Dienstleistungen, vorteilhafter Investitionen oder Darlehen mit hoher Verzinsung anzubieten und konnte Millionen unauffällig beiseite bringen. Er erzielte ungeheure Gewinne für die Saudis und riesige Provisionen für sich, ehe er nach Zürich übersiedelte, ins Zentrum für Geheimkonten. Der Effendi mußte nur noch hinter dem Schreibtisch seiner Villa in Zollikon sitzen und die zahllosen Bittsteller, die Waffenschieber, Rauschgifthändler oder ins Schwimmen geratene Kleinstaaten mit Mineralvorkommen, einschätzen.

Die königliche Familie hatte sich entschlossen, ihre jungen Erbprinzen auf amerikanische und englische Universitäten zu schicken. Derzeit hielten sich fünfzig von ihnen samt Begleitung in Europa auf. Kabir kontrollierte ihre Zuwendungen, bezahlte ihre Spielschulden, ihre Hotelrechnungen, ihre Schmuck- und Autokäufe und ihren Bedarf an europäischen Frauen. Er sorgte dafür, daß ihre Exzesse nicht in die Zeitungen kamen, und bewahrte die königliche Familie vor zahlreichen Demütigungen.

Als die Vereinten Nationen eine Schlichtungskonferenz einberiefen, um alle nach dem Krieg noch ausstehenden arabischen Ansprüche vorzulegen, setzte Kabir sich bei der Wahl des Tagungsortes durch. Die Konferenz wurde in Zürich abgehalten und Kabir zum Leiter einer palästinensischen Delegation ernannt. Prinz Rahman mietete eine riesige Villa am Zürichberg, und die beiden taten sich zusammen, um die Konferenz zu manipulieren. Ein neues Kapitel in der politischen Praxis der Saudis hatte begonnen: der Einsatz der gewaltigen Gewinne aus dem Ölgeschäft für die Erpressung und Bestechung von Verbündeten. Der Prinz glaubte, wenn es ihm gelänge, den raffgierigen Sinn Fawzi Kabirs zu lenken, könne er die ganze arabische Welt kontrollieren oder sie zumindest nach den Launen der Saudis manipulieren.

Kabirs erster Schritt bestand darin, von allen arabischen Staaten und deren Delegationen eine schriftliche Einverständniserklärung zu beschaffen, aufgrund derer keiner von ihnen auf eigene Faust mit den Juden verhandeln oder einen Vertrag mit ihnen unterzeichnen konnte. Die Saudis hatten sich, mit Ausnahme des Alibi-Einsatzes einer einzigen Einheit, nicht am Krieg beteiligt. Auch mit dem Flüchtlingsproblem beschäftigten sie sich nicht. Ihr Ziel war es, die Ehre der Moslems und Araber von der Beleidigung reinzuwaschen, die die Juden ihrer Männlichkeit zugefügt hatten, und die Führung innerhalb der arabischen Welt zu erringen. Die geschlossene arabische Front, die mit ihrer Hilfe geschaffen worden war, wurde nun durch die Ankunft von drei schäbigen Delegierten aufgebrochen, die die Flüchtlinge der Westbank vertraten.

»Warum können wir diese Hunde nicht ermorden?« fragte Ali Rahman.

Fawzi Kabir rutschte an den Stuhlrand, bis sein Bauch auf seinen Beinen ruhte. Er lehnte die angebotene Obstschüssel höflich ab, da ihm ihr Anblick an diesem Morgen nichts als Unbehagen bereitete.

»Ich will es einmal so formulieren: Wir sind Gäste der Schweizer. Wir befinden uns gewissermaßen in ihrem Zelt. Sie haben es sich zur Maxime gemacht, nicht in die Kriege anderer hineingezogen zu werden, damit sie deren Geld betreuen können. Sie werden Ausländern nicht gestatten, einander auf ihren Straßen zu erschießen. Darin sind sie unerbittlich.«

»Dann schaffen wir unser Geld anderswohin!«

»Wenn das so einfach wäre, Euer Hoheit. Die Schweizer haben sich einen ausgezeichneten Ruf erworben, weil sie Geld äußerst sorgfältig betreuen. Es ist nirgends so sicher wie hier. Wir können nachts ruhig schlafen. Das ist die Schweizer Kultur. Wenn wir in Zürich herumschießen, stellen sie sich gar nicht die Frage, ob sie uns hinauswerfen sollen. Sie tun es. Außerdem würde die Ermordung der Flüchtlinge uns in der Presse ein schlechtes Bild verschaffen, mein Prinz.«

»Ich kann nicht verstehen, daß es eine so idiotische Presse gibt, die nicht von einer königlichen Familie oder der Regierung gelenkt wird.«

»Ich gebe zu, daß es ein schreckliches System ist, aber im Westen ist die Presse ein Machtfaktor. Sie kann aus einer Fliege einen Elefanten machen, und das würde letzten Endes unserer edlen Sache schaden.«

»Ein Angehöriger des Königshauses, der keine Rechte hat«, brummte Rahman.

»Ja. Die Einstellung des Westens ist sehr merkwürdig«, pflichtete Kabir ihm bei.
»Wenn wir diese Hunde von Flüchtlingen nicht auf die althergebrachte Weise loswerden können, dann kaufen wir sie eben. Sie werden gewiß nicht so teuer sein wie die anderen Delegationen.«
»Wieder eine seltsame Situation, mein Prinz. Weder Charles Maan noch Hadschi Ibrahim sind bestechlich.«
»Was? Das kann ich nicht glauben!«
»Ich weiß, aber sie sind sehr kranke, fanatische Männer. Wir können wahrscheinlich Scheich Tadschi gewinnen. Es ist eine gute Idee, ihn von den beiden anderen abzusplittern. Es würde ihre Delegation ungeheuer schwächen. Eine glänzende Idee, mein Fürst.«
»Dann wirst du mit ihm verhandeln, Kabir.«
»Unverzüglich, Euer Hoheit. Aber Tadschi könnte die Forderung stellen, daß sein Stamm die Erlaubnis erhält, sich wiederanzusiedeln, möglicherweise in Saudi-Arabien.«
»Das ärgert mich, und mein Großvater wird es nie gestatten. Unser goldener Grundsatz heißt, es darf keine Wiederansiedlung von Flüchtlingen geben.«
»Ja, mein Prinz, keine Wiederansiedlung. Dann muß ich freie Hand haben, Tadschi ein verlockendes Angebot zu machen. Man könnte ihn zum Sonderberater Seiner Majestät Ibn Saud in Flüchtlingsangelegenheiten ernennen.«
»Wieviel?«
»Wie wichtig ist es, daß wir sie auseinanderbringen?«
»Hunderttausend?« Ali Rahman begann mit einem verhältnismäßig niedrigen Betrag. »Dollar«, fügte er rasch hinzu.
»Hunderttausend . . . Pfund«, erwiderte Kabir.
Der Prinz fragte sich, wieviel Fawzi Kabir davon für die eigene Tasche abzweigen würde. Aber das spielte keine Rolle, wenn die Investition sich lohnte, war es eine Bagatelle. Er bedeutete Kabir fortzufahren.
»Und den beiden anderen«, fuhr Kabir fort, »stellen wir Beglaubigungsschreiben aus.«
»Bist du wahnsinnig?«
»Bitte, laß mich zu Ende sprechen. Die Regel der Versammlung bestimmt, daß kleine Komitees, die aus allen Delegationen gebildet werden, sich darüber einigen müssen, welche Anträge wir der Internationalen Schlichtungskommission vorlegen. Charles Maan und Hadschi Ibrahim werden in diesen Komitees überstimmt werden. Sol-

len sie doch bis in alle Ewigkeit darüber streiten, wie viele Haare es auf dem Hals eines Kamels gibt.«

»Das könnte gefährlich werden. Sie könnten sich mit anderen zusammentun.«

»Hoheit, du bist der Enkel des großen Ibn Saud, den ich nur selten in meinen Gebeten vergesse; Allah segne seinen unsterblichen Namen. Wie lauten unsere Grundsätze? Kein Frieden mit den Juden. Keine Verhandlungen mit den Juden. Keine Anerkennung der Juden. Keine Rückkehr der Flüchtlinge in das zionistische Staatsgebilde. Keine Wiederansiedlung der Flüchtlinge in arabischen Ländern. Alle übrigen Delegierten sind damit einverstanden. Wir bilden eine geschlossene Front. Diese kleinen Eindringlinge werden daran nichts ändern. Also lassen wir sie in einer Tretmühle laufen. Wir reden. Eine Woche, einen Monat, sechs Monate. Sie werden bald aufgeben.«

Ali Rahman nahm eine majestätische Haltung ein und überlegte. Kabir kannte die seltsamen Bräuche des Westens, einer Welt, in der er noch immer ein Außenseiter war. Kabirs Marschroute für die Komitees würde tatsächlich die fünf Grundsätze retten, und sein Großvater hatte ihm aufgetragen, das um jeden Preis zu erreichen.

»Wieviel Geld verteilen wir an die anderen Delegationen?«

»Ein paar tausend hier, ein paar tausend dort. Generäle und Minister in Schlüsselpositionen kriegen ein bißchen mehr. Genug, um zu gewährleisten, daß sie unsere Wünsche berücksichtigen.«

»Was ist mit dem Nigger?«

Kabir räusperte sich. »Bitte verwende diese Bezeichnung nicht in der Öffentlichkeit, mein Prinz. Dr. Ralph Bunche ist ein sehr angesehener Mann, trotz seiner unglücklichen Abstammung.«

»Können wir an ihn rankommen?« Ali Rahman rieb Daumen und Zeigefinger aneinander.

»Wir haben ihn sorgfältig bespitzelt. Er nimmt keine Geschenke an. Er ist jedoch naiv. Wir werden ihn zu Fall bringen.« Kabir fuhr sich mit der Zunge nervös über die Lippen und sagte zögernd: »Dein unsterblicher Großvater, er sei gelobt, hat dir sicherlich die Weisungen erteilt, um die ich ersucht habe . . .«

»Was meinst du?«

»Unsere langfristigen Pläne, Syrien und Ägypten nach der Konferenz einzubinden.«

Ali Rahman zog an seinen langen Fingern, streichelte seinen Spitzbart und nickte. »Sag den Ägyptern und den Syrern, daß sie aus der

Staatskasse der Saudis eine Million Dollar täglich für Waffenkäufe erhalten werden.«

»Das wollten sie hören, mein Prinz.« Kabir konnte kaum seine innere Erregung unterdrücken. »Und die andere Angelegenheit ...«

»Welche andere Angelegenheit?«

»Nun, die westliche Presse ist, wie gesagt, sehr einflußreich. Der Westen kauft unser Öl. Wir sollten eine Geste machen, die die Presse für uns einnimmt, eine Stiftung für die Flüchtlingshilfe. Das wird hier sehr gut ankommen.«

»Nein!« unterbrach ihn Ali Rahman. »Wir wollen uns nicht damit befassen. Die Flüchtlinge haben ihre Lage selbst verschuldet.«

»Aber die Vereinten Nationen haben dieses zionistische Ungeheuer geschaffen.«

»Genau! Die Vereinten Nationen sind daher für die Flüchtlinge verantwortlich. Es ist keine arabische Angelegenheit, sondern eine der ganzen Welt. Wenn wir den Flüchtlingen das Leben zu angenehm machen, werden sie sich damit zufriedengeben, in den Lagern zu sitzen und zu verfaulen. Wir müssen ihren Rachedurst wachhalten.«

»Ich habe eine Idee.« Kabir tat, als handle es sich um einen plötzlichen Einfall. »Angenommen, wir würden der westlichen Presse eine Reihe von Plänen für die Wiederansiedlung der Flüchtlinge in arabischen Ländern vorlegen?«

»Was!«

»Ich flehe dich an, laß mich aussprechen. Bedenke, wie wichtig es für uns ist, die Sympathien des Westens zu gewinnen. Sagen wir, Ägypten gibt bekannt, es plane, die Flüchtlinge, die sich jetzt im Gazastreifen befinden, für immer auf die Sinaihalbinsel zu übersiedeln. Libyen wird sich bereit erklären, weitere Palästinenser aufzunehmen. Syrien gibt eine Wiederansiedlung der Flüchtlinge aus Syrien und Libanon am Euphrat bekannt.«

»Deine Zunge, Kabir, schreit danach, ausgerissen zu werden!«

»Nein, nein, mein Fürst. Bitte, hör mich an. Nach diesen Erklärungen verkündet das große Königshaus der Saudis, daß es eine Million Dollar täglich spenden wird, um die Wiederansiedlung zu finanzieren.«

Ali Rahmans Gesicht war rot angelaufen, doch er begann zu ahnen, daß Kabirs Gedankengänge überaus klug waren.

»Alle diese Erklärungen sind nur für den Westen bestimmt. Wir beweisen damit, daß wir nicht unnachgiebig sind. Wir beweisen, daß wir human handeln. Die Zeit vergeht. Diese Konferenz ist vorbei. Noch mehr Zeit vergeht. Die Pläne für die Wiederansiedlung verblassen am Horizont wie ein Sonnenuntergang in der Wüste. Die Million pro Tag wurde nie für Flüchtlinge ausgegeben, sondern dient den Waffenkäufen. Wir aber werden hier in Zürich einen großen Propagandasieg erringen.«

Die Empörung verflüchtigte sich, und die Köstlichkeit des Plans trat zutage. Prinz Ali Rahman produzierte nun listig wie ein Wüstenfuchs verblüffende Ideen.

»Ich werde mit meinem Großvater und dem Kronprinzen darüber sprechen. Als Männer der Wüste werden sie den Wert dieses Planes erkennen.«

»Inzwischen werde ich alle Delegationen unter Kontrolle bringen, glaube mir. Und ziehen wir die Libanesen hinzu.«

»Wozu? Sie sind nur billige Händler und Ungläubige.«

»Ah, aber wenn es um fortschrittliches Denken geht, werden sie nur von dem erleuchteten Haus der Saudis übertroffen. Soeben entdecken die Fürsten von Kuweit und Oman die großartigen Alternativen zur Schweiz. Beirut wird zu Paris, zu Mekka, zu den sieben Paradiesen, alles in einem. Und trotz der großen Zahl von Christen, die dort leben, sind es unsere Leute. Eine freundliche Geste für die Libanesen.«

»Halte sie in Grenzen, Kabir.«

»Ein Almosen.«

»Also gut, aber bevor ich den Plan meinem Großvater unterbreite, müssen die Außenminister von Ägypten, Syrien . . . und dem Libanon gemeinsam in diesem Zimmer erscheinen, damit ich sicher bin, daß unser Einvernehmen vollkommen ist.«

Fawzi Kabir zog rasch und tief die Luft ein, biß sich auf die Lippe und schüttelte den Kopf. »Du verlangst das Unmögliche, mein Fürst.«

»Wir bezahlen ihre Rechnungen. Sie werden hier erscheinen.«

»Ich flehe Euer Edelste Hoheit an, laß mich vertraulich mit ihnen sprechen.«

»Warum kann ich nicht mit allen gemeinsam verhandeln?«

»War ich dir gegenüber nicht immer ehrlich?« fragte Kabir.

»Ich will sie gemeinsam hier sehen, heute, jetzt, in dieser Minute!«

Kabir seufzte aufrichtig. »Ich bitte dich, mich anzuhören. Keine der hier anwesenden Delegationen ist bereit, in Gegenwart einer anderen eine Verpflichtung einzugehen. Die Syrer trauen den Ägyptern nicht. Die Libanesen trauen nur dem Geld. Kein Mensch traut Jordanien. Die verschiedenen Delegationen der Palästinenser stehen unter der Kontrolle ihrer Gastländer. Sie streiten wild in geschlossenen Komitees, und genau das wollen wir. Wenn sie jedoch vor der Schlichtungskonferenz in der Öffentlichkeit erscheinen, halten alle den Mund, denn einer fürchtet den anderen. Jeder mißtraut allen anderen, und jeder manövriert gegen jeden. Möge Allah uns helfen, aber einige von ihnen versuchen sogar, Geheimabkommen mit den Juden zu schließen. Wir können sie nicht zusammen in den gleichen Raum bringen, mein Prinz. Vertraue mir. Verstehst du, das einzige, was uns wirklich zusammenhält, ist der Haß auf die Juden.«

Allmählich verstand Fürst Rahman die Winkelzüge in Kabirs Geist und Denken. Bis jetzt war eine hervorragende, überaus delikate Arbeit geleistet worden. Die Konferenz mußte mit kriegerischen Drohungen gegen die Juden enden. Doch manipulierte er Kabir, oder manipulierte Kabir ihn? Wenn jede arabische Delegation das gleiche Ziel anstrebte, warum warfen die Saudis dann Millionen an Bestechungsgeldern hinaus? Die Antwort darauf kannte er nur zu gut: Weil die Saudis genügend Geld besitzen, um es auszugeben. Wirf keinen Kameldreck in die Maschinerie, sagte sich Ali Rahman. Nur keinen Mißerfolg vor Ibn Saud.

Der Prinz sah sich mißtrauisch um, dann beugte er sich vor. »Was hast du wegen Abdullahs Ermordung unternommen?«

Kabir nahm eine Traube aus der Schüssel. »Sehr heikel. Abdullah versteht es, seit drei Jahrzehnten zu überleben. Sein Palast ist von einer Wache der Arabischen Legion umgeben. Abdullah verteilt englische Pfund wie Zuckerwerk, um sich ihre Treue zu sichern. Der Palast ist abgedichtet. Drinnen hat er eine persönliche Leibgarde von fanatischen Tscherkessen.«

»Nicht einmal Moslems«, höhnte Ali Rahman. »Sie sind Russen.«

Kabir machte eine Geste, als wasche er sich die Hände. »Wir haben noch nicht den Mann mit der Hand am Dolchgriff gefunden. Aber wir haben Fortschritte gemacht. Ich habe hier in Zürich Kontakt mit einem maßgebenden jordanischen Minister aufgenommen, der die Tagesordnung des Königs im voraus kennt. Er wird mitmachen. Es wird einiges kosten, aber er wird mitmachen. Wenn er nach Amman zurückkehrt, kann er uns mitteilen, wo und wann Abdullah außerhalb des Palastes auftauchen wird. Dann können wir ihn schnappen. Sobald wir eine Woche im voraus wissen, daß Abdullah nach Hebron oder Nablus oder Ost-Jerusalem kommt, können wir ein Mitglied der Moslem-Bruderschaft aus Ägypten oder einen Killer des Muftis kommen lassen. Wir verfügen über eine Liste von Männern, die kurzfristig verfügbar sind. Niemand kann Abdullah allzu nahe kommen, ein

Messer wird also nichts nützen. Nicht einmal ein Scharfschütze in einiger Entfernung darf hoffen, lebend davonzukommen. Deshalb brauchen wir einen Fanatiker, der bereit ist, zum Märtyrer zu werden. Eine Maschinenpistole aus einer dichtgedrängten Menge auf kurze Distanz. Aber wir müssen Geduld haben, mein Prinz.«
Sie gingen zu einer Reihe unerheblicher finanzieller Diskussionen über. Prinz Rahmans Lieblingsenkel hatte sich die Aufnahme in die Sorbonne erkauft und in der Umgebung von Paris eine Villa mit vierzig Räumen erworben. Ali Rahman fluchte und tobte, erklärte sich jedoch bereit, die Rechnung zu begleichen. Der Junge war eine wichtige Hilfe bei seinen eigenen Ambitionen am Königshof, und schließlich sollte er ja etwas lernen. Darin war Ibn Saud großzügig, aber fünfzig Prinzen im Westen brauchten sogar mehr als die Million Dollar am Tag, die Ägyptern und Syrern versprochen worden war.
Die Wirkung der Spritze begann nachzulassen, und Fawzi Kabir schwitzte. Er betete darum, bald entlassen zu werden.
»Noch eins, Kabir.«
»Ja, mein Prinz?«
»Was geschieht, wenn dieser Maan oder Hadschi Ibrahim auf eigene Faust mit den Juden sprechen?«
»Die Juden machen der Schlichtungskonferenz alle möglichen Vorschläge. Deshalb müssen wir auch den Eindruck erwecken, konzessionsbereit zu sein. Aber Maan und Hadschi Ibrahim können keinen gültigen Vertrag ohne die Zustimmung aller arabischen Delegationen abschließen. Wir werden in der arabischen Presse und im arabischen Rundfunk eine möglichst heftige Kampagne entfesseln, in der wir diese beiden so deutlich als Verräter brandmarken, daß sie im Speichel ihres eigenen Volkes ertrinken werden.«

XIII

Frühherbst 1950

Tick, tack, tick, tack, bong, bong, bong, bong, bong, schlug die riesige Uhr im Turm der St.-Peters-Kirche.
Bong, bong, bong, bong, bong, erwiderte die Predigerkirche gleich darauf.

Hadschi Ibrahim trat aus der spärlich beleuchteten Kongreßhalle ins strahlende Licht des Spätnachmittags. Die Luft war kühl, der Herbst kündigte sich an. Charles Maan hatte Ibrahim einen gebrauchten Mantel besorgt, der zu seinem einzigen, ebenfalls gebrauchten Anzug paßte. Durch die Kälte fühlte er sich noch mehr von Palästina abgesondert. An die Fremdartigkeit Zürichs hatte er sich etwas gewöhnt. Er freute sich schon auf sein Abendritual, einen Spaziergang von der Konferenz zu seinem Zimmer in einer Pension auf der anderen Seite des Flusses, bei der Universität.

»Glauben Sie, daß Sie bald nach Hause fahren werden?« hatte der Hausbesitzer neulich taktvoll gefragt. Das Wintersemester begann, und die Studenten suchten Unterkünfte. Wenn Ibrahim mitten im Semester wegfuhr, würden sie sein Zimmer vielleicht erst im Frühling vermieten können.

Zuerst hatte er abends Schokolade auf seinem Kissen gefunden, und Frau Müller hatte ein Paar alte Pantoffeln und einen gebrauchten Bademantel für ihn aufgetrieben. Sie hatte die Pantoffeln jeden Abend auf ein sauberes weißes Handtuch ans Fußende seines Bettes gestellt. Die herbstliche Kühle hatte auch vom Wirt und seiner Frau Besitz ergriffen, und ihre Besorgnis schlug sich in Ibrahims wachsendem Überdruß nieder.

»Palästina ist ein Problem, das nur durch die Großarabische Nation gelöst werden kann. Wir verstehen nicht, warum diese sogenannte Delegation der Westbank-Flüchtlinge überhaupt hier ist. Unsere geflohenen Brüder werden von den rechtmäßigen arabischen Mächten mehr als ausreichend vertreten«, erklärte ein Minister nach dem anderen, um die Rolle Hadschi Ibrahims herunterzuspielen.

Tick, tack, tick, tack, tick, tack.

Ibrahim haßte allmählich die lächerlich hohen Decken und die polierten Täfelungen der Konferenzräume. Vierzig Sitzungen. Vierzig vergeudete Tage. Worte, die rasch und heftig wie Blitze eines Sommergewitters über den großen Mahagonitisch geschleudert wurden. Redner gaben regelmäßig wie Schweizer Präzisionsuhren vorgefertigte Propaganda von sich.

Bong. Ägypten beansprucht aus Sicherheitsgründen den südlichen Negev. Jordanien erhebt Einspruch.

Bong, bong. Syrien beansprucht West-Galiläa als integrierenden Bestandteil seiner osmanischen Geschichte. Der Libanon erhebt Einspruch.

Bong, bong, bong. Jordanien verlangt, daß seine Annexion der Westbank ratifiziert wird. Alle erheben Einspruch.
Bong, bong, bong, bong. Der Libanon fordert die Annexion von Ost-Galiläa. Syrien erhebt Einspruch.
Bong, bong, bong, bong, bong ... demokratischer Dialog ... parlamentarisches Verfahren ... Punkt der Tagesordnung ... Anweisungen von meiner Regierung ... Bruderschaft ... Einigung ... Protokoll ... ausbaufähige Überlegungen ... der Unterausschuß des Unterausschusses benötigt weiteres Material zu den Unterlagen ...
Worte zischen wie Rapiere, schwirren, klirren aneinander. Ausbrüche von Zorn und Abscheu prallen von den erhabenen Höhen der Konferenzräume zurück, die Urteilskraft wird abgestumpft und getrübt. Man müßte vernünftige Schlußfolgerungen ziehen, aber sie gehen in einem vielstimmigen Echo unter. Die Ägypter fassen bestimmte Dinge auf ihre Art auf. Die Syrer hören aus gutgemeinten Worten etwas anderes heraus. Die Iraker hören überhaupt nichts.

Man kann nicht sagen, daß sie gemeine Lügner sind, dachte Ibrahim, während die Stunden quälend langsam verrannen. Sie sind von Natur aus Lügner, ehrliche Lügner. Ideen, die aus Strömen von Worten auftauchen, sind so inhaltslos wie eine Wüste ohne Oase.
Jetzt ändert es sich, denn wir sind nicht mehr in dem engen Kreis des Komitees, sondern vor der Öffentlichkeit, in der Internationalen Schlichtungskonferenz, und plötzlich sind die Münder verstummt.
»Ist Ihr Komitee zu einem Beschluß darüber gelangt, wie die Grenzen des palästinensischen Staates verlaufen sollen?« fragte Dr. Bunche.
»Wir haben noch einige Meinungsverschiedenheiten zu bereinigen.«
»Ich habe Sie tausendmal ersucht, einzeln vor diese Kommission zu treten und Ihre persönlichen Auffassungen vorzubringen.«
»Aber das können wir nicht tun. Wir haben einen Einigkeitspakt unterzeichnet.«
»Hat Ihr Komitee einen einheitlichen Standpunkt über den Status von Jerusalem erzielt?«
»Wir arbeiten daran.«
»Dr. Bunche, wir sind in einem Sumpf von Worten festgefahren!« rief Ibrahim angewidert.
»Wir befinden uns nicht im Dschungel«, antwortete der ägyptische Delegierte. »Wir müssen uns an die Regeln der ordnungsgemäßen

Debatte halten. Zwing uns nicht, deine Beglaubigungsschreiben zu überprüfen, Hadschi Ibrahim.«
»Ihr habt also keinen gemeinsamen Standpunkt in dieser Frage?« drängte Dr. Bunche.
»Wir arbeiten im Komitee daran.«

»Die Internationale Schlichtungskonferenz wird zur Ordnung gerufen«, sagte Dr. Bunche. »Ich habe Sie ersucht, Ihre Kommentare zu den vom Staate Israel vorgebrachten Vorschlägen abzugeben; Israel hat sich bereit erklärt, über die Repatriierung getrennter Familien zu verhandeln, und einer Anfangszahl von hunderttausend Personen zugestimmt. Der Staat Israel hat nichts dagegen einzuwenden, Entschädigungen für aufgegebenen arabischen Grundbesitz zu bezahlen, der vor Ausbruch des Krieges bebaut war. Israel hat sich bereit erklärt, eingefrorene Konten sowie die in israelischen Banken deponierten Wertpapiere und -gegenstände freizugeben. Welchen Standpunkt nimmt Ihr Komitee zu diesen Vorschlägen ein?«
»Um es gleich klarzustellen, Dr. Bunche: Wir erkennen die Existenz der zionistischen Gemeinschaft nicht an. Wir können nicht mit jemandem reden, dessen Existenz wir nicht anerkennen.«
Ah, aber einzeln sprechen sie mit den Juden, an geheimen Orten in ganz Zürich!
»Wie sollen diese Probleme ohne direkte Verhandlungen zwischen den Beteiligten gelöst werden?«
»Wir können nicht mit jemandem sprechen, der kein Gesicht besitzt. Entweder akzeptiert die zionistische Gemeinschaft unsere Forderungen, oder es wird ewigen Krieg geben.«
»Wie lauten Ihre Forderungen?«
Schweigen.
Tick, tack, tick, tack, bong, bong, bong.
»Ich wünsche über eine Rücksiedlung zu verhandeln!« antwortete Ibrahim.
»Das halte ich für einen Fortschritt«, sagte Dr. Bunche.
Alle Delegierten waren aufgesprungen. »Das ist eine Beleidigung für alle rechtmäßigen arabischen Regierungen! Sie gestehen diesen Eindringlingen Rechte zu, die ihnen nicht zukommen. Wir verlangen, daß ihre Beglaubigungsschreiben widerrufen werden.«
»Aber ich habe euren verdammten Einigkeitspakt nicht mitunterzeichnet!«
»Wir haben bereits die Beglaubigungsschreiben jeder der hier anwe-

senden Delegationen anerkannt«, erklärte Dr. Bunche, »und wir werden keine widerrufen. Die Flüchtlinge der Westbank haben volles Anrecht darauf, an dieser Konferenz teilzunehmen.«
»Seht ihr! Er steht auf der Seite der Zionisten und Verräter!«
Hadschi Ibrahim verschränkte die Hände hinter dem Rücken und schlenderte zu der Brücke, unter der die Limmat mächtig aus dem Zürichsee strömt. Einst hatte an dieser Stelle ein römisches Kastell gestanden. Lenin und Einstein, Jung und Joyce, Goethe und Wagner waren einmal den gleichen Weg gegangen. Davon wußte Hadschi Ibrahim freilich nichts.
Man hätte annehmen können, daß Zürich eine Stadt großer Denker und Patrioten sei, doch meist kamen solche Männer nur auf der Durchreise vorbei. Zürich ist nicht Paris, nur ein angenehmer Zufluchtsort für Vertriebene, ein Asyl für Ernüchterte.
Die Speisen erwärmten seinen hungrigen Bauch angenehm. Selbst in einer Studentenpension gab es große Berge von Kartoffeln und Rindfleisch. Ibrahim flehte Allah an, ihm zu verzeihen, aber er konnte sich nicht enthalten, die dicken Schinkenscheiben zu genießen, ein Verstoß gegen die Regeln seiner Religion. Schüsseln mit Klößen gab es, Strudel, Koteletts, Bratwürste und vielschichtige Torten.
Das nachmittägliche Blasmusikkonzert am Ufer der Limmat trug die Klänge eines Straußwalzers an die Ohren älterer Spaziergänger und Zuhörer, deren Gesichter jedoch starr waren wie aus Beton. Lachende und Liebende sah man selten.
Die Straßenbahnen fuhren wie auf Luftpolstern, und die Menschen bewegten sich im dichten Verkehr mit erstaunlicher Präzision. Keine Hupen grölten, denn jeder war geduldig. Es roch nicht nach Gewürzen, es gab keine Diskussionen zwischen Käufern und Verkäufern. Die Preise waren festgesetzt. Alles war ordentlich: die Geranien in den Töpfen, die gestutzten Bäume, die glänzend gestrichenen Bänke, die blitzsauberen Markisen der Cafés, die Abfalltonnen und die fünfstöckigen Gebäude mit ihren glatten Vorderfronten, die beide Ufer des Flusses säumten. Boote glitten lautlos vorüber, man hörte kaum mehr als das Flattern der Schweizer Fahne. Sogar die Enten schwammen in geschlossener Formation vorbei.
Hier war alles ausgewogen. Keine Elendsviertel, keine Schlösser. Jeder Grashalm war in Ordnung. Das Land war wie ein Juwel aus einem Schmuckkästchen.
Ibrahim erreichte die Münsterbrücke, die zweite in einer Reihe von fünfzehn, die die beiden Ufer des Flusses verbinden. Diesseits und

jenseits der Brücke überragen die Türme zweier großer Kirchen die niedrigen Häuser. Die St.-Peters-Kirche mit ihrer mächtigen Uhr steht am Rand der befestigten Altstadt. Gegenüber erhebt sich das Großmünster. Die Kirchen wirken wie gegnerische Festungen, die bereit sind, Regimenter mit Morgensternen, Spießen und Hellebarden auszuspeien, damit sie mitten auf der Brücke um ihren Besitz kämpfen.

Ibrahim setzte sich in einem vertrauten Café an einen vertrauten Tisch und bestellte seinen täglichen Kaffee bei einem mitfühlenden Kellner, der sich jeden Tag für eine Stunde seiner annahm. Scheich Tadschi, der heute keine Komiteesitzung hatte, war entgegen der Absprache nicht da. Der Scheich war drei Tage hintereinander nicht erschienen. Er war auch am gestrigen Abend nicht in ihre Pension gekommen. Achmed Tadschi hatte in seiner Beduinenkleidung und mit seinen dahinplätschernden Weisheiten in Zürich Aufsehen erregt. Er hatte sein Stammlokal im sogenannten Niederdorf gefunden, einem gutgeführten Vergnügungsviertel.

Dort hatte Fawzi Kabir ihn aufgestöbert. Es war nur eine kurze Fahrt im Rolls-Royce von der gediegenen Schlichtheit der Pension in der Universitätsstraße zu der Villa in Zollikon.

Der Sohn der Wüste, der einen Großteil seiner Philosophie auf Parabeln gründete, die die Geduld priesen, hatte seine Langmut nach der fünfzehnten Sitzung seines Komitees verloren. Und wer konnte ihn deshalb tadeln? Ibrahim sah, wie er abzugleiten begann, konnte ihn aber nicht halten. Für Ibrahim war Palästina ein bohrender Schmerz, ein Stachel im Fleisch, ein immerwährender Hunger. Für Scheich Tadschi hüllte sich Palästina in Nebel und wurde immer verschwommener, während ihm Phantasievorstellungen ins Ohr geflüstert wurden, denen er sich allmählich zuneigte.

Eines Tages trug Tadschi eine goldene Uhr. Er und Ibrahim stritten, zogen ihre Dolche, weinten, fluchten und wurden beinahe ausgewiesen. Danach wurde das Gespräch zwischen ihnen förmlicher. In der nächsten Woche trug der Scheich einen Maßanzug und gab an einem Abend mehrere hundert Dollar aus.

Jeden Tag, wenn sie die Kongreßhalle verließen, warteten Reihen von Limousinen auf die Delegierten. Ibrahim schöpfte Verdacht und folgte dem Scheich in die Beethovenstraße zu einem wartenden Rolls-Royce. Nun war es nur noch eine Frage der Zeit, wann ihr zerbrechliches Bündnis splittern würde. Tadschis Verrat würde einen harten Schlag bedeuten. Ibrahim bat Allah um die Weisheit, seinen Verbündeten aufzurütteln, und jetzt war die Zeit dafür gekommen.

Der Hadschi sah sich bedrückt um, während sein Kellner und neuer Freund Franz ein Tablett auf den Tisch stellte. Franz zauberte verschiedene Kuchen hervor, die nicht bestellt waren, die er jedoch immer aus den vom Vortag zurückgebliebenen Stücken für Ibrahim aussuchte. Ibrahim lächelte dankbar, und Franz blinzelte verschämt, der anständige Christ, der fromme Mann mit den Kuchenresten. Sie sprachen äußerst höflich in arabisch-deutsch-englischem Kauderwelsch miteinander.

Er wartete und knabberte. Tick, tack, tick, tack, bong, bong, bong, bong, bong, bong. Sechs Uhr. Charles Maan müßte jetzt eintreffen.

Ibrahim betrachtete die Frauen mit den steifen großen Hüten und den steifen hohen Frisuren sowie die Männer mit den steifen Kragen und steifen Hüten, immer schwarz gekleidet, und gewöhnlich mit einem Spazierstock in der Hand, mit dem sie einen monotonen Rhythmus auf das Pflaster klopften.

Können Menschen so zufrieden sein, daß ihr Benehmen gelassen wird und sie sich in eine Norm fügen, die weder Zorn noch Protest kennt? Sogar das Geschäft mit der Liebe im Niederdorf war emotionslos und streng geregelt. Könnte er für immer an so einem Ort leben? Was könnte er tun? Vielleicht malerische Gewänder beschaffen und ein exotischer Portier werden? Nein, nicht einmal das war möglich. Man mußte ein arbeitsames Leben führen – ein unangenehmer Gedanke –, um zum Portier befördert zu werden. Und arabische Kleidung wäre zu auffallend. Warum schrie nie jemand einen anderen an?

Das Budget war erschöpft, doch er leistete sich den Luxus einer zweiten Tasse Kaffee. Der Schweizer Kaffee war gut, sogar ein bißchen aromatisch, doch er erweckte nicht die gleichen Gefühle wie arabischer Kaffee. Er aß den Kuchen auf. Charles Maan war immer noch nicht da.

Charles war ein treuer Verbündeter und Freund. Er kannte keine Tricks, keine schmutzigen Geschäfte. Welcher Idee hatten sie gedient? Ohne sie wäre die Konferenz zu einer vollkommenen Farce geworden. Sie hatten die größeren arabischen Delegationen zu allen möglichen Ausweichmanövern und öffentlichen Versprechungen gezwungen und sie gelegentlich in Schwierigkeiten gebracht. Dafür aber wurden sie gehaßt.

Während die Konferenz in ihrer Sinnlosigkeit weiterging, war Charles immer mehr mit den christlichen Institutionen ins Gespräch gekommen. Die Christen befanden sich außerhalb des Einflußbereichs der Araber, und sie konnten sie weder behindern noch unter Druck setzen oder umgehen. Es gab keine Statistiken über die Flüchtlinge. doch man nahm an, daß die Christen ungefähr zehn Prozent der Lagerinsassen ausmachten und die besten Aussichten hatten, gerettet zu werden. Charles schöpfte mit Ibrahims Segen die den Christen offenstehenden Möglichkeiten bis ins kleinste aus.

Ein Beobachter des Vatikans, Monsignore Grenelli, befand sich seit der zweiten Konferenzwoche in Zürich und teilte Charles vertraulich mit, daß er einen Bericht in seinem Sinn an die tonangebenden Mächte geschickt habe.

Der Unterzeichnete hat den Eindruck gewonnen, daß alle arabischen Delegationen, mit Ausnahme der Vertreter der Flüchtlinge aus der Westbank, den Plan verfolgen, die Geflohenen in ihren Lagern festzuhalten, um sie gegen die Juden aufzuhetzen. Sie haben alle humanen Lösungen zugunsten der Verewigung des Konfliktes mit Israel verworfen.

Israel hat aufrichtige Bereitschaft gezeigt, alle strittigen Gesichtspunkte zu besprechen, doch die arabischen Staaten weigern sich, mit den Juden zusammenzukommen, obwohl bekannt ist, daß zahlreiche geheime Treffen stattfinden ... Jedem arabischen Führer, der sich bereit zeigt, öffentlich mit Israel zu verhandeln, steht der sichere Tod von der Hand aller anderen Araber bevor.

...empfehle ich nachdrücklich, daß wir über verschiedene Hilfs- und Wohltätigkeitsorganisationen intervenieren, um unsere christlichen Brüder und Schwestern aus diesen Lagern zu retten.

Der Bericht lag bereits einen Monat in Rom, als Monsignore Grenelli plötzlich zu Besprechungen zurückbeordert wurde. Charles wußte nicht, wann der Monsignore zurückkommen würde. Gelegentlich deutete eine Nachricht oder eine verschlüsselte Botschaft an, daß im Vatikan ein Entschluß reife.

Um halb sieben blickte Franz Ibrahim an und zuckte verständnisvoll die Schultern. Heute abend kam also kein getreuer Verbündeter. Es wurde schon recht kühl. Ibrahim verließ das Café, zog den Mantel eng um sich, ging am Großmünster vorbei, stapfte durch die Kirchgasse und stieg die Stufen zu dem steilen Hügel empor, auf dem die Universität einen überwältigenden Ausblick auf die majestätischen Berge, den See und die Stadt bot.

Er wollte nicht in die Pension gehen. Er war unter den Studenten ein gerngesehener, seltsamer Kauz geworden, und er mochte die meisten von ihnen, doch an diesem Abend konnte er weder Rindfleisch mit

Kartoffeln noch das lärmende Geratter einer Sprache ertragen, von der er nur gelegentlich einige Worte verstand. Er wollte sich auch nicht mit dem deutschen Kauderwelsch im Wohnzimmer quälen und später unter der völligen Einsamkeit seiner Mansarde leiden.

Da kam er auf die Idee, Emma Dorfmann anzurufen. Emma war eine rundliche Witwe, die einen kleinen Laden bei der Universität besaß, in dem sie Schreibwaren, Illustrierte, Tabak und Zigaretten verkaufte. Sie und ihr verstorbener Mann hatten mehrere Jahre in Kairo gelebt. Er war damals Vorarbeiter einer Schweizer Firma, die im Nahen Osten Fabriken errichtete. Ibrahim wurde durch ihre arabischen Brocken angezogen, und der Rest ergab sich von selbst. Sie hatte eine saubere, kleine Wohnung über dem Laden, die adrett mit Deckchen und Stickereien geschmückt war. Emma besaß wenig weibliche Reize. Im allgemeinen begnügte sie sich mit ein paar Späßen mit den Studenten, beschäftigte sich mit dem Kirchenchor ihrer verwitweten Mutter und ihren verwitweten Schwestern. Ibrahim wurde als unerwartete Abwechslung betrachtet, der gelegentlich auf angenehme Weise ihr Leben bereicherte.

Emma machte viel Aufhebens um ihn, wenn er sie ein- oder zweimal die Woche besuchte, füllte seinen stets leeren Magen etwas abwechslungsreicher, als es in der Pension der Fall war, und erwies sich als gefühlvolle, angenehme Bettgenossin. Ihre großen Hinterbacken, die man tätscheln oder in die man beißen konnte, versetzten Ibrahim in Leidenschaft, und ihre übergroßen Brüste lullten ihn ein. Für eine dicke Schweizer Witwe war sie eigentlich gar nicht so langweilig, und außerdem hielt sie ihn von den Prostituierten fern, für die er ohnehin kein Geld besaß.

Ein wichtiger Teil ihrer Freundschaft bestand darin, daß ihr an Ibrahims Liebe viel mehr gelegen war als ihm an der ihren, daher konnte er mit ihrer ständigen Ergebenheit rechnen.

Ibrahim stand an der Ecke Schmelzberg- und Sternwartstraße und blickte zu Müllers Pension hinüber. Einer plötzlichen Regung folgend, drehte er sich um und ging zur Universität zurück. Beim Eingang befand sich eine Reihe von Telefonzellen.

»Hallo, hier Dorfmann.«

»Ich bin es, Emma, Ibrahim.«

»Oh, ich freue mich, deine Stimme zu hören. Geht es dir gut?«

Ibrahim stieß den längsten Seufzer seines Lebens aus. »Ich möchte zu dir kommen.«

»Du meine Güte, warum hast du nicht früher angerufen, Ibrahim? Da

du gestern hier warst, habe ich nicht erwartet, daß du so bald wieder anrufen würdest. Meine Mutter und meine Schwester sind von Sellenbüren herübergekommen. Willst du morgen kommen?«
»Vielleicht.«
»Ibrahim, geht es dir wirklich gut?«
»Alles in Ordnung.«
»Es tut mir so leid, Ibrahim.«
Er kniff die Augen zusammen, biß die Zähne aufeinander und hätte fast eine Träne vergossen. »Ich bin sehr einsam.« Er konnte sich nicht mehr beherrschen. »Ich brauche dich.«
Solche Worte hatte sie von ihm noch nie gehört. Er hatte weder zu ihr noch zu einem anderen Menschen je so gesprochen. »Ibrahim, laß mir eine Stunde Zeit, um sie loszuwerden, dann komm schnell zu mir.«
»Danke, Emma.«

Ibrahim ließ sich hätscheln, und das machte Emma glücklich. Er schmiegte sich an sie und seufzte wiederholt, und sie tröstete ihn, ohne Fragen zu stellen. Schließlich fiel er schnarchend in tiefen Schlaf.
Das Klingeln des Telefons weckte ihn.
»Es ist für dich«, sagte Emma.
»Verzeih mir, daß ich heute nicht gekommen bin, und verzeih mir auch den Anruf zu so später Stunde. Hast du heute abend Zeitung gelesen oder Radio gehört?« fragte Charles Maan.
»Nein.«
»Tadschi ist zum Feind übergegangen.«
Ibrahim warf die Decken zurück und setzte sich verwirrt auf.
»Wo ist dieser Hurensohn?«
»Schon außer Landes. Er erschien mit Fawzi Kabir und Prinz Rahman auf dem Flughafen und teilte der Presse mit, daß die Saudis ihn zu ihrem Berater in Flüchtlingsangelegenheiten ernannt haben. Er läßt seinen Stamm, seine Familie, uns alle im Stich. Er behauptete, du und ich hätten einen zersetzenden Einfluß auf die Konferenz ausgeübt. Er ist mit Rahmans Privatmaschine abgeflogen.«
»Was bedeutet das für uns, Charles?«
»Es bedeutet, daß du beginnen solltest, an deine Sicherheit zu denken.«
»Ich bleibe hier!« schrie Ibrahim. »Ich bleibe hier, bis sie mich hinauswerfen oder mich umbringen!«

XIV

Der Hadschi tobte. Nach Achmed Tadschis Verrat schlug er mit der Faust auf sämtliche Tische in den Konferenzräumen. Er verlangte Antworten auf peinliche Fragen. Er sprach mit gleichgesinnten Reportern und stellte die Aufrichtigkeit zahlreicher Delegierter in Frage. Er hielt an der Universität in einem zum Bersten vollen Saal vor Studenten und Professoren einen Vortrag, in dem er die vorsätzliche Torpedierung der Konferenz durch die arabischen Delegationen anprangerte und das verbotene Wort »Israel« aussprach. Er trat allein vor die Internationale Schlichtungskonferenz und verlangte ein Mandat, um direkt über die Rückkehr der ersten hunderttausend Flüchtlinge und die Freigabe ihres Vermögens zu verhandeln.
Als Ibrahim seinen Ein-Mann-Kreuzzug startete, vereinigten sich die arabischen Delegationen zu einem wütenden Gegenangriff, indem sie nicht nur die Politik des Mannes, sondern auch seinen Charakter in Zweifel zogen. Stand Ibrahim im Sold der Zionisten? Frönte er abwegigen sexuellen Praktiken? War er geistig gesund?
Der Herbst in Zürich wurde immer kälter.
Der Regen prasselte auf das schräge Fenster der Dachkammer. Ibrahim erhob sich von seinem Gebetsteppich und starrte hinunter auf die naßglänzende, leere Straße. Dann streckte er sich auf dem Bett aus und stöhnte. Es klopfte an der Tür.
»Ja, herein.«
Charles Maan trat ein und leerte den Inhalt einer Papiertüte auf den kleinen, quadratischen Tisch. Zum Vorschein kamen Salami, Brot, Käse, ein paar Kuchen, billiger Wein. »Schau, zwei Orangen, sogar echte Jaffa-Orangen!«
»Dann sind wir reich.« Ibrahim setzte sich auf.
Sie schälten die Orangen und aßen. Ibrahim bemerkte, daß Charles niedergeschlagen war, denn sein Gesicht wirkte noch länger als gewöhnlich.
»Nun, Charles?«
»Sieht man es mir von weitem an?« fragte Maan.
»Du würdest einen sehr schlechten Kamelhändler abgeben.«
»Monsignore Grenelli ist gestern abend aus Rom zurückgekommen.«
Ibrahim unterdrückte die Angst, die ihn durchzuckte. Er spielte mit dem Korken der Weinflasche und befahl sich, stark zu sein. »Hat er gute Neuigkeiten mitgebracht?«

Charles Maan nickte. »Ich wurde aufgefordert, auf Einladung des Papstes in den Vatikan zu kommen.«
»Des Papstes. Oho! Das ist großartig. Und du weißt, was der Papst will?«
»Ja.«
»Dann verrate es mir, Charles.«
»Ich soll einen Plan für den Abtransport, die Wiederansiedlung und Wiedereingliederung aller christlichen Araber in den Lagern ausarbeiten.«
»Aber das ist doch wunderbar!« Ibrahim schenkte den Wein ein, und es gelang ihm, das Zittern seiner Hand zu unterdrücken. »Das wird auch für mich von Vorteil sein. Ich kann es vor der Internationalen Schlichtungskommission erwähnen und von Ägypten und Syrien das gleiche verlangen. Verstehst du, sie haben bis jetzt nur unter der Hand versprochen, daß sie unsere Leute wiederansiedeln werden. Das Beispiel des Vatikans wird sie dazu zwingen, sich vor der Internationalen Schlichtungskommission mit der Rückführung einverstanden zu erklären. In einem richtigen Vertrag.«
»Aber, Ibrahim, du weißt doch, daß deren Verträge nur so lange eingehalten werden, wie es den Leuten paßt. Keine arabische Nation betrachtet sich durch einen Vertrag als gebunden.«
»Aber er ist eine Waffe. Er zwingt sie zum erstenmal, Farbe zu bekennen.«
Charles nahm Ibrahim das Weinglas aus der Hand. »Der Papst hat allerdings eine Bedingung gestellt. Er will sich nicht in unsere Angelegenheit hineinziehen lassen, wenn das zu einem offenen Kampf mit der arabischen Welt führt. Alles muß unter der Hand abgewickelt werden.«
»Da hast du deinen beschissenen Vatikan! Alles geheim!«
Charles bot ihm eine Zigarette an, die er ablehnte. »Genügt es nicht, daß sie gewillt sind, überhaupt zu helfen? Du weißt verdammt gut, daß kein Papst den Islam offen herausfordern kann. Was willst du, Hadschi, weitere hundert Jahre Krieg wie zur Zeit der Kreuzzüge?«
»Natürlich nicht. Es ist sehr vernünftig.« Ibrahim beruhigte sich. »Haben die Juden an dieser Lösung mitgewirkt?«
»Sie sind bereit, in aller Stille eingefrorene Konten freizugeben.«
»Lassen sie die Christen zurück nach Israel?«
»Nicht ohne Anerkennung ihres Staates oder einen formellen Vertrag.«

»Ich verstehe. Welche arabischen Länder haben sich bereit erklärt, Christen aufzunehmen?«
»Keines«, antwortete Charles Maan.
»Wie kann die Umsiedlung dann funktionieren?«
»Wir werden uns anderwärts in der Welt umsehen. Es gehört zu meiner Aufgabe, ein Gebiet zu finden, in das wir die Flüchtlinge bringen können. Amerika wird sicherlich einige aufnehmen. Ich weiß, daß zum Beispiel in Honduras Händler gebraucht werden. Wer weiß? Dreißig-, vierzigtausend ... wir werden ein neues Zuhause für sie finden.«
»Du wirst mit deiner Arbeit beginnen, wenn die Konferenz vorbei ist?«
»Die Konferenz ist vorbei, Hadschi. In Wirklichkeit hat sie nie begonnen. Es war nie mehr als ein politisches Spektakel, ein Spiel.«
»Wann reist du ab, Charles?«
»Wenn du mir deinen Segen gibst.«
»Du bist nur deshalb hierhergekommen, nicht wahr? Nur um die Christen herauszuholen. Dann hau ab!«
»Ich will deinen Segen, Ibrahim.«
»Nimm meinen Segen und erstick daran!«
»Deinen Segen will ich, Ibrahim.«
Der Hadschi sank auf dem knarrenden kleinen Holzstuhl zusammen und rang die Hände. Sie zitterten, als er an seinem Wein nippte und um eine Zigarette bat. »Ich habe in meinem Leben zwei Söhne und zwei Töchter begraben. Jamil sitzt in einem jordanischen Gefängnis und wird vielleicht für meine Teilnahme an der Konferenz sterben müssen. Dennoch habe ich nicht eine Träne geweint. Natürlich freue ich mich für dich, Charles.«
»Ibrahim, du solltest deine Abreise ins Auge fassen. Für dich hat es keinen Sinn mehr, in Zürich zu bleiben.«
»Ich werde bleiben! Ich werde niemals aufgeben. Irgendwann wird mir jemand zuhören.«
»Es ist vorbei, fahr zurück.«
»Wohin? Nach Akbat Dschabar?«
»Nach Israel.«
»Daran habe ich in vielen Nächten gedacht, Charles. Ich habe um die Kraft gebetet, mich dazu zu entschließen. Doch es ist mir nicht möglich. Es würde mich quälen, all die Tage, die ich noch zu leben habe: Hadschi Ibrahim, der Verräter!«
»Verräter an wem?«

»An mir.«
»Deine arabischen Brüder haben dich auf Lebenszeit eingesperrt. Diese Lager werden sich in Irrenhäuser verwandeln. Ibrahim, wir wissen beide, daß man mit den Juden leichter verhandeln kann und daß sie fair sind. Aber wenn du glaubst, daß sie abziehen, weil wir sie beleidigen oder sie zu demütigen versuchen, dann irrst du dich. Die Bäume in Israel werden wachsen, aber in Akbat Dschabar werden sie verdorren.«
»Du hast mich um meinen Segen gebeten, Charles«, sagte Ibrahim rauh. »Du sollst ihn haben. Ich bin dir gegenüber vollkommen ehrlich. Ich gebe dir die Erlaubnis zu gehen. Du warst für mich mehr als ein Bruder. Jetzt aber geh, bitte. Bleib nicht, sieh nicht zu, wie ich weine.«
»Du hast dich geweigert, mit Gideon Asch zusammenzutreffen«, entgegnete Maan. »Ich bitte dich, denk darüber nach. Ich gebe dir den Namen eines Schweizer Fabrikanten. Er wohnt nur zwanzig Zugminuten von Zürich entfernt. Er ist Jude, aber ein ehrenwerter Mann. Er hat die meisten geheimen Zusammenkünfte zwischen Asch und den arabischen Delegationen vereinbart.« Charles kritzelte einen Namen und eine Telefonnummer auf einen Zettel und schob ihn unter die Weinflasche. Er klopfte Ibrahim auf den Rücken und ging.
Der Hadschi begrub das Gesicht in den Händen und weinte.

XV

Goethe hat hier gespeist. Man könnte dieses Ereignis als Anfang und Ende von Bülachs Geschichte bezeichnen. Das schwerste Verbrechen der letzten Monate hatte darin bestanden, daß jemand dabei ertappt wurde, wie er einen Zigarettenstummel auf den Gehsteig warf. Bülach ist so unbedeutend, daß es in Schweizer Reiseführern selten erwähnt wird, besitzt aber eine vorzügliche Lage zwischen dem Züricher Flughafen Kloten und Schaffhausen und dient als Orientierungshilfe für ankommende Flugzeuge.
Ibrahim war mit der Eisenbahn zwanzig Minuten lang durch eine makellose Kulturlandschaft gefahren. Er stieg in Bülach aus, sah sich um und wurde sofort erkannt.
»Hadschi Ibrahim?«

»Ja.«
»Mein Name ist Schloßberg«, sagte sein Kontaktmann, reichte ihm die Hand und führte ihn zu einem wartenden Auto. Schloßberg, einer der beiden in Bülach ansässigen Juden, besaß eine kleine, aber hervorragend geführte Fabrik, in der die winzigen Edelsteine geschnitten und geschliffen wurden, die in Schweizer Uhren eingesetzt werden.
Der Wagen fuhr durch die gut erhaltene Altstadt, ein aus sechs mal sechs Blöcken bestehendes Oval, das ursprünglich von einer Mauer umgeben war, die jene feudale Ordnung sicherte, die sich im Laufe der Jahrhunderte zu dem berühmten Schweizer Neutralitätssinn entwickelt hatte.
Schloßberg hielt vor seinem prunkvollen Haus am bewaldeten Brüder-Knoll-Berg, führte Ibrahim in die Bibliothek und schloß die Tür hinter ihm.
Gideon Asch saß hinter Schloßbergs Schreibtisch. »Du niederträchtiger Dreckskerl«, schimpfte er zornig. »Warum hast du dich nicht früher mit mir in Verbindung gesetzt?« Er sprang auf, wandte Ibrahim den Rücken zu und starrte auf die Hügel hinaus.
Ibrahim trat zu ihm, und sie blickten zusammen aus dem Fenster. Schließlich wandten sie sich einander zu und umarmten sich heftig und wortlos. Schloßberg brachte Whisky.
»Nur einen Tropfen«, wehrte Ibrahim ab.
»Was zum Teufel hast du dir gedacht?« fragte Gideon. »Vor drei Monaten hätte ich eine Abmachung ausarbeiten können, einen Handel, irgend etwas. Aber jetzt sitzt du wirklich in der Scheiße.«
»Israel ebenso.«
»Ich bin aber lieber in Tel Aviv als in Akbat Dschabar.«
»Wär ich auch, wenn ich Jude wäre.«
Plötzlich sah man Gideon sein Alter an. Er leerte sein Glas und schenkte sich ein zweites ein.
»Wir waren natürlich Narren«, gab Ibrahim zu. »Aber wir brachten sehr viel Hoffnung mit, als wir nach Zürich kamen. Schließlich befanden wir uns nicht in Amman, sondern in einem westlichen Land, in einer Demokratie. Hier unter den Augen der Welt würden sich unsere Delegationen sicherlich zivilisiert und vernünftig verhalten, dachten wir. Bestimmt würde die Presse Sympathie für mein Volk zeigen. Ich war naiv wie ein Kind. Wen kümmert es? Nun ja, vielleicht kümmert es die Juden. Du weißt ja, was wir sagen: Die Juden sind liberal. Nützen wir sie aus.«
»Ihr glaubt auch, ihr könnt uns so weit demütigen, daß wir aufgeben.

Dazu wird es nie kommen. Wir wurden schließlich schon oft gedemütigt.«
Ibrahim erbleichte. Doch es hatte keinen Sinn, mit Gideon zu streiten. »Wenn ich zu Anfang zu dir gekommen wäre, wäre das Ergebnis das gleiche gewesen wie jetzt. Humanität war das letzte, worauf Syrer und Ägypter bedacht waren. An erster Stelle stand die Verewigung des Hasses, und damit haben sie Erfolg gehabt.«
»Ja. Sie werden diese Scharade fortsetzen, bis das tote Pferd noch tausendmal zu Tode geprügelt wurde. Und dann kommt noch eine Konferenz, und immer wieder eine. Dann noch ein Krieg und wieder einer. Und du, mein Bruder, wirst noch in Akbat Dschabar sitzen.«
»Was sollen wir anderes tun, Gideon?«
»Rebellieren. Aber vom arabischen Volk ist noch nie eine Revolution ausgegangen, nur Staatsstreiche, heilige Kriege und Morde. Warum könnt ihr nur unter einem Militärstiefel oder fanatischen Heiligen leben?«
Ibrahim leerte sein Glas in einem Zug, überhörte Gideons Zorn, wurde rot, hustete und verlangte noch einen Whisky. »Hast du von meinem Sohn Ismael gehört?« fragte er schließlich.
»Nein. Es ist für Nuri Mudhil fast unmöglich, mit mir Verbindung aufzunehmen. Zu viele Boten verfälschen die Nachrichten und könnten auch Mudhil in Gefahr bringen.«
»Ich verstehe.«
»Ich nehme an, daß Ismael in Sicherheit ist. Leider kann ich von Jamil nicht das gleiche sagen. Ich stehe mit Oberst Zyyad in Verbindung. Er brennt darauf, mit dir abzurechnen.«
»Vor Zyyad habe ich keine Angst. Mit ihm werde ich fertig.«
»Natürlich, solange du Ansehen und Bedeutung hattest, sind die Jordanier mit dir vorsichtig umgegangen. Aber unterschätze Zyyads Brutalität nicht. Er kann nach außen hin ein zivilisiertes Gesicht zeigen und englische Manieren. Aber Mitleid darfst du von ihm nicht erwarten. Du wirst daheim nicht mehr der einflußreiche Führer sein, der du warst, als du abgereist bist. Darauf rechnet er. Ich sorge mich um Jamil.«
»Das wußte ich, als ich Palästina verließ.«
»Es gibt noch ein paar Zugeständnisse, die die Jordanier von mir wollen. Ich werde versuchen, für dich und deine Familie ein Abkommen auszuhandeln. Ich werde mir etwas einfallen lassen.«
»Ich will keine Schande über den Mut meines Sohnes bringen.«
»Mut wozu, Ibrahim? Als Terrorist aufzuwachsen? Nimm an, Ismael

säße in diesem Gefängnis? Würdest du für ihn ein Abkommen treffen?«
»Lieber würde ich Ismael sterben lassen«, antwortete Ibrahim, ohne zu zögern.
Gideons Gesicht wurde plötzlich rot vor Zorn. Seine Faust krachte auf die Schreibtischplatte. Er war zu erregt, um zu sprechen.
»Ich bin nicht gekommen, um mit dir zu streiten, Gideon. Du hast immer gefunden, daß der Araber in einer Phantasiewelt lebt. Aber lebst nicht du im größten aller Phantasiereiche? Glaubst du, ihr werdet die gesamte arabische Welt bezwingen?«
Gideon war durch die Monate der Enttäuschung schwach und müde geworden. Er griff wieder nach der Flasche.
»Ich werde dir verraten, was dein Ben-Gurion befürchtet«, fuhr Ibrahim fort. »Er befürchtet, daß Israel sich in eine morgenländische Nation verwandeln wird, die genauso handelt wie wir.«
»O nein«, knurrte Gideon, »so weit wird es nie kommen, denn für uns ist der Frieden etwas Wertvolles, genau wie die Liebe.« Er sprang auf und ging auf und ab wie ein Gefangener. »Ich kam nach Zürich und glaubte, daß ein Jota Wahrheit und Vernunft in diese engstirnigen Gehirne Einlaß finden könne, die ihr in euren Köpfen tragt.« Er beugte sich dicht zu Ibrahim. »Was sind das für eine Gesellschaft, Religion und Kultur, die einen derart glühenden Haß entwickeln können; die für ihren Haß leben? Laß deinen Sohn sterben. Sei stolz, Hadschi Ibrahim!«
Sie standen zitternd voreinander, zwei Gladiatoren vor dem Kampf.
»Nur zu«, reizte Gideon, »zieh deinen Dolch. Das ist alles, was du verstehst.«
Ibrahim wandte sich ab. »Ich weiß nicht, ob wir einander jemals wiedersehen werden. Ich wollte nicht, daß es so weit kommt.« Dann trat er auf Gideon zu und hob die Arme. »Siehst du denn nicht, daß ich geschlagen bin?« rief er verzweifelt. »Wenn ich die Grenze nach Israel überschreite, wird mein Herz tot sein.«
»Ich weiß ... ich weiß es, Ibrahim«, flüsterte Gideon.
»Gideon, mein Bruder, ich bin geschlagen.« Er weinte.
Gideon umarmte ihn, dann sank er auf einen Stuhl und vergrub das Gesicht in seinen Händen.
»Wenn es nach dir und mir gegangen wäre, Gideon, dann hätten wir Frieden geschlossen, nicht wahr?«
Gideon schüttelte den Kopf. »Nur wenn du uns nicht den Wasserhahn hättest zudrehen können.«

Verzweifeltes Schweigen folgte.
»Jetzt kann mir nur Allah Frieden geben«, murmelte Ibrahim.
Gideon hörte, wie die Tür zur Bibliothek geschlossen wurde. Der Hadschi war für immer gegangen.

XVI

Die farbenfreudigen, unter Sonnenschirmen im Freien stehenden Tische am Ufer der Limmat wurden angesichts des nahenden Winters weggeräumt. Obwohl sich Ibrahim seinen täglichen Kaffee nicht mehr leisten konnte, war er im Café immer noch willkommen. Franz begrüßte ihn freundlich, fand einen ruhigen Ecktisch für ihn und brachte ihm Kaffee, Süßigkeiten und einen Teller Suppe, wenn das Wetter draußen besonders unfreundlich war.
»Hadschi Ibrahim?«
»Ja, Franz.«
»Im Direktionsbüro ist ein Anruf für Sie.«
»Für mich?«
»Es ist eine Dame. Sie verlangte mich und fragte: ›Sind Sie der Kellner, der jeden Tag einen arabischen Herrn bedient?‹ Sie sagte, sie ist eine alte Freundin, die Sie aus Damaskus kennen.«
»Wo kann ich den Anruf entgegennehmen?«
Franz führte ihn in ein kleines Büro und verschwand diskret.
»Hallo?«
»Hallo. Ist dort Hadschi Ibrahim?«
»Ja.«
»Weißt du, wer hier spricht?«
»Es ist eine warme Stimme an einem sehr kalten Ort«, antwortete er.
»Es tut mir leid, daß ich mich auf so mysteriöse Art an dich wenden mußte. Aber du verstehst das sicherlich.«
»Ja.«
»Es gibt etwas überaus Wichtiges, worüber ich mit dir sprechen muß. Können wir uns treffen?«
Ibrahim wurde wachsam. »Vielleicht.«
»Kennst du die Bahnhofstraße?«
»Ich sehe mir dort manchmal Dinge in den Schaufenstern an, die ich mir nicht leisten kann.«

»Das ist die Straße! Dort befindet sich ein Laden, ‚Madame Hildegard', wo man Perlen- und Gobelintaschen bekommt. Ich rufe von dort an. Kannst du herkommen, ohne daß dir jemand folgt?«
Ibrahim antwortete nicht.
»Ich weiß, was du annimmst. Ich kann dir aber versichern, daß du dich nicht in Gefahr begibst. Ich habe im Lauf der Jahre hier viele heimliche Verabredungen gehabt. Hildegard ist meine Freundin. Wir haben einander viele Gefälligkeiten erwiesen, ohne Fragen zu stellen.«
»Gut, ich bin bald dort«, versprach Ibrahim nach einer weiteren Pause.
»Nimm den Dienstboteneingang. Hildegard hat hinten einen kleinen Vorführraum für bevorzugte Kunden. Sie wird auf dein Klingeln warten.«
Die Bahnhofstraße, einer der teuersten Einkaufsboulevards der Welt, trägt eine elegante Uniform gepflegter Häuser aus dem neunzehnten Jahrhundert. Die in ihnen untergebrachten Geschäfte enthalten alle nur erdenklichen Luxuswaren.
Ibrahim fand Madame Hildegards Geschäft, überwand einen letzten Rest von Mißtrauen und drückte auf die Klingel. Die Tür ging auf. Er schätzte die Frau vor ihm auf annähernd fünfzig. Sie war parfümiert, trug eine schöne Bluse, war elegant frisiert und sichtlich an feinen Umgang gewöhnt.
»Ursula erwartet Sie«, sagte die Frau und führte ihn in den Vorführraum. Er trat ein und sah sich um. Ursula stand im Schatten und trug einen Hut mit Schleier.
»Hier führt Hildegard die Handtaschen mit den edelsteinbesetzten Schnallen vor.«
»Bist du es wirklich, Ursula?«
»Verzeih mir, daß ich dich nicht herzlicher begrüße. Du wirst bald merken, daß ich krank bin.« Sie trat einen Schritt vor und ließ sich in einen Sessel gleiten, hielt sich aber noch immer im Schatten. Ibrahim trat näher und setzte sich ihr gegenüber. Durch den Schleier konnte er erkennen, daß ihr Gesicht blaß und aufgedunsen war. »Ich bin rauschgiftsüchtig.« Ihre Offenheit überraschte ihn. »Ich bin nicht mehr die Ursula, die du in Damaskus gekannt hast.«
»Ich würde immer noch gern mit dir schlafen.«
Sie stieß ein kurzes Lachen aus. »Du bist ein Schmeichler.«
»Es ist keine Lüge.«
»Können wir zur Sache kommen?«

»Ja, bitte sag mir, warum du mich angerufen hast.«
»Fawzi Kabir will dich ermorden lassen.«
»Das ist zwar keine Neuigkeit, aber erzähle mir mehr darüber.«
»Prinz Ali Rahman hat Kabir in der Tasche.«
»Das habe ich gehört.«
»Als die Konferenz eröffnet wurde, sprachen sie davon, euch drei zu beseitigen. Damals hat Kabir es dem Prinzen ausgeredet. Er hielt einen Mordanschlag hier in der Schweiz für zu gefährlich. Da Scheich Tadschi und Charles Maan nun aus dem Weg sind, haben sie sich die Sache noch einmal durch den Kopf gehen lassen. Du bist ihnen äußerst lästig. Sie sind sicher, daß sie sich den Mord an dir erlauben können.«
»Wie wollen sie mich umbringen?«
»Sie haben dich beschatten lassen. Sowohl in deiner Pension wie bei deiner Freundin. Du mußt sehr enge Gassen entlanggehen auf dem Weg zu ihr. Sie haben beobachtet, daß du Frau Dorfmann oft mitten in der Nacht verläßt. Sie planen, dich auf der Gasse überfallen zu lassen . . .«
»Mit dem Messer?«
»Nein, sie wollen auf der Straße keine Spuren hinterlassen. Die Schweizer haben zuviel von ihrem Geld in Verwahrung. Kabir hat einen Leibwächter, der die schmutzige Arbeit für ihn erledigt. Er ist Iraner und heißt Sultan. Sie nennen ihn aber nur den Perser. Er war früher Ringer im Schwergewicht, bringt dreihundert Pfund auf die Waage! Er ist sehr gemein, in bester körperlicher Verfassung. Er wird sich mit einem Würgegriff auf dich stürzen, während ein zweiter Leibwächter dich mit einem Totschläger bewußtlos schlägt. Sie werden dich im Wagen zu Kabirs Bootshaus bei seiner Villa bringen. Dort wollen sie dich erledigen und im See versenken. Es soll nach einem Unfall aussehen.«
Ibrahim brummte und streichelte seinen Schnurrbart, dann lachte er herzlich. »Es geschieht nicht oft, daß ein Mann eine so lebhafte Schilderung seiner Ermordung hört. Ich bin mit einer guten Pistole bewaffnet. Ich nehme an, daß der Perser nicht kugelfest ist.«
»Glaube mir, Kabir und Rahman verfügen über zu viele Möglichkeiten, mit dir fertig zu werden. Auf die eine oder andere Weise werden sie dich erledigen.«
»Jedenfalls werden sie mich nicht dazu bringen, daß ich aus Zürich flüchte. Ich danke dir aufrichtig für deine Warnung. Jetzt muß ich nachdenken.«

Ursula streckte die Hand aus und ergriff die seine. »Wenn du Rache willst, die will ich auch.«
»Sage mir warum, Ursula.«
»Ach, das ist eine lange Geschichte. Aber du hast ein Recht, sie zu erfahren. Ich habe mich aus freiem Willen mit Kabir eingelassen, aber ich war sehr jung. Trotz meines Berufes war ich noch recht naiv. Ich sah über eine Scheußlichkeit nach der anderen hinweg. Ich unternahm nichts, um diesem Leben Schluß zu machen ... das Geld, die Geschenke waren so leicht erworben; zu leicht für eine Hure, um aufzugeben. Doch ich lernte, daß es auch für mich noch eine Grenze gibt, die ich nicht überschreiten kann. Es gibt noch Dinge auf dieser Welt, die mich mit Ekel erfüllen.«
»Es ist gut, wenn man sich diese Schranke bewahrt.«
»Kabir ist der Vater des Teufels. Ich habe seine Roheit immer mehr verabscheut. Männliche Prostituierte, weibliche Prostituierte! Er bezahlt ihnen genug, damit sie sich von ihm erniedrigen lassen. Er läßt es sie mit Tieren, mit Schweinen, Hunden und Pferden, tun.« Sie hielt einen kurzen Augenblick inne, dann fuhr sie mit zitternder Stimme fort:
»Wenn wir in Damaskus sind ... Es sind die Kinder! Ich habe unberührte Knaben und Mädchen gesehen, neun oder zehn Jahre alt, die beinahe geschlachtet wurden. Wenn du sehen willst, was er getan hat, ich zeige es dir!«
Sie hob den Schleier und hielt ihr Gesicht ins Licht. Es hatte eine gespenstische kreidige Farbe. Ihre Augen waren stumpf. Sie hatte einen tiefen, purpurroten Fleck auf einer Wange. »Sieh dir das gut an, Hadschi, das ist eine Brandwunde von einer Zigarette. Ich habe auch auf dem Körper Narben. Aber die schlimmsten hat meine Seele davongetragen. Er begann zu fürchten, daß ich ihn verlassen würde, ich, die ich den Großteil seiner Unterhaltungen plane. Ich wurde gezwungen, mir Heroin spritzen zu lassen. Wie du siehst, bin ich süchtig geworden.«
»Ich wußte nicht, daß es noch etwas gibt, was mich erschüttern kann«, murmelte Ibrahim leise.
»Ich habe die Chance, gesund zu werden, wenn ich von ihm loskomme. Es gibt Kliniken, die mich heilen können. Willst du Rache nehmen, Ibrahim?«
»Hast du einen Plan, Ursula?«
»Ja.«
»Dann hast du auch einen Partner.«

Der riesige Perser knipste die Lampen im Bootshaus an und durchsuchte es. Es war sauber. Er stützte seinen Herrn und half ihm hinein. Kabirs Gehirn war von Drogen benebelt. Er wurde zu seinem Sofa geführt, während Ursula sich an der Lichtorgel zu schaffen machte und Musik ertönen ließ.
»Wann kommen sie?« fragte Kabir undeutlich. »Schau dir dieses verdammte Sofa an. Ich habe den Schweizer Hunden zehntausend Dollar dafür bezahlt, daß sie es reparieren. Aber es bewegt sich weder nach oben noch nach unten, und es dreht sich auch nicht.« Er schlug auf die Schalterkonsole ein.
»Sie müssen noch die Kabel überprüfen«, erklärte sie.
»Es sind alles Diebe.«
»Reg dich nicht auf, mein Lieber. Für diese Vorführung wirst du das Sofa nicht brauchen.«
»Was wird es denn? Du hast mir etwas Verrücktes, Einmaliges versprochen.«
»Sie werden bald hiersein, und dann wirst du es selbst sehen. Es ist anders als alles, was hier jemals über die Bühne ging. Dieses Paar ist unbeschreiblich originell.« Ursula bedeutete dem Perser, daß er seinen Wachtposten einnehmen solle.
»Ich habe Hunger«, sagte der Perser wie auf ein Stichwort. Ursula hatte sich auf seinen Appetit verlassen, und nun war sie erleichtert.
»Es wird heute abend nur ein Zwei-Personen-Stück geben«, meinte sie. »Ich habe keinen Küchenchef bestellt.«
»Aber ich bin am Verhungern«, wiederholte der Perser beharrlich.
»Ich bringe dir aus der Küche eine Platte zu deinem Wachtposten.«
Sultan grinste breit und entblößte eine Reihe blitzender Goldplomben. Seine massige Gestalt bewegte sich durch einen Korridor zum Steg, wo ein großes Schnellboot und ein halbes Dutzend Segelboote vertäut lagen. Die angrenzende Wachstube war klein, jedoch mit den neuesten Sicherheitsgeräten ausgestattet. Kameras erfaßten alle Räume des Bootshauses. Ihre Bilder konnten auf einem halben Dutzend Monitoren in der Wachstube überprüft werden. Sultan konnte sowohl seinen dösenden Herrn als auch Ursula in der Küche beobachten.
Sie richtete ein Tablett mit vier gehäuften Tellern her, um seinen bodenlosen Magen zu füllen. Die Speisen waren stark gewürzt, um

die Prise Zyankali zu überdecken, die sie beifügte, während ihr Rükken der Kamera die Sicht auf ihre Hände verstellte. Sie brachte ihm das Tablett. »Das sollte dir für eine Weile genügen.«
»Ursula«, flüsterte der Perser vertraulich, »was hast du heute laufen?«
»Etwas Einmaliges, das du noch nie zu Gesicht bekommen hast«, versicherte sie ihm. »Behalte den Monitor im Auge.«
Er verschlang ein Lammkotelett, dann ein zweites. »Du wirst mich doch nicht schmachten lassen«, zwinkerte er.
»Wenn der Effendi wie gewöhnlich umkippt, wird es kein Problem sein, dich am Vergnügen teilhaben zu lassen. Überlaß es nur mir, Sultan. Sorge ich nicht immer dafür, daß du was zu naschen hast?«
»Du bist eine wahre Freundin, Ursula.«
Sie lächelte, kehrte in den mit Spiegeln ausgekleideten Hauptraum zurück und drehte die Musik lauter, gerade noch rechtzeitig, um den entsetzlichen Schrei aus der Wachstube zu übertönen. Sie wagte es, einen Blick in den Korridor zu werfen, wo der mörderisch wütende Sultan mit weitaufgerissenen Augen auf sie zutaumelte, Er schrie, faßte sich an die Kehle, sank auf die Knie, kroch vorwärts, streckte die Arme aus . . . und stürzte der Länge nach hin. Sie näherte sich ihm entsetzt und vorsichtig. Eine qualvolle halbe Minute verstrich. Er zuckte krampfartig, dann lag er still.
Ursula schloß ruhig die Tür.
»Was war das für ein Lärm?« murmelte Kabir von dem Sofa her.
»Ich habe nichts gehört, Liebling.«
»Ich dachte, es sei vielleicht schon unsere Vorführung.«
»Sie werden bald zur Stelle sein. Warum nehmen wir nicht zusammen etwas, das uns schöne Träume bringt, und wenn du die Augen wieder aufschlägst, wird alles bereit sein.«
»Du bist gut zu mir, Ursula, so gut.«
Sie öffnete ein samtgefüttertes Lederetui, in dem sich »seine« und »ihre« Nadel befanden. Die seine war mit Dilaudid gefüllt, genug, um ihn außer Gefecht zu setzen, bis Ibrahim kam. Sie stieß ihm die Nadel geschickt in den Arm, und er schlief sofort ein.

Ein Trauermarsch erfüllte das Bootshaus. Ursula hatte die Lichter so eingestellt, daß sie in Milliarden Fünkchen herumwirbelten. Sie zerbrach eine Ammoniakkapsel unter Fawzi Kabirs Nase. Er kam stöhnend zu sich, dann preßte er zum Schutz vor dem wirbelnden Leuchten die Lider zusammen. Er versuchte, sich die Ohren zuzuhalten, um

die Musik auszuschließen, konnte aber die Hände nicht bewegen. Sie waren hinter seinem Rücken mit Handschellen gefesselt.
»Ursula!« schrie er.
»Ich bin hier«, sagte sie vom Fußende des Sofas. »Bist du jetzt ganz wach, mein Lieber?«
»Meine Hände sind gefesselt!«
»Das gehört zu dem Spiel. Hab Vertrauen zu mir.«
Er versuchte sich aufzurichten, aber vergebens, denn auch seine Füße waren gefesselt. »Ich mag das nicht! Nimm mir die Fesseln ab!«
»Du wirst damit alles verderben. Die Spieler sind jetzt hier. Es sind insgesamt drei. Du bist einer, und auch ich spiele mit. Überrascht dich das?«
Kabir keuchte und bekam einen Schweißausbruch, während Lärm und Licht ihm unvermindert zusetzten. Er spürte eine Hand auf seinem nackten Rücken. »Und ich bin der dritte«, sagte eine Stimme.
Kabir verdrehte vergebens seinen dicken Hals. Er konnte niemanden erkennen.
»Rate, wer ich bin«, verlangte die Stimme.
»Mir gefällt das alles ganz und gar nicht!« schrie Kabir.
»Aber Liebster, wir haben uns doch so viel Mühe gegeben«, flüsterte Ursula.
Er wurde auf den Rücken gewälzt. Ein Mann mit einer Teufelsmaske beugte sich über ihn. Er nahm die Larve langsam ab. Dem Effendi quollen die Augen aus dem Kopf. Sein dicker Leib glänzte vor Angstschweiß.
»Sultan! Sultan!« schrie er.
»Ach, er kann dich leider nicht hören, mein Liebster«, bedauerte Ursula. »Er ist mausetot und wartet in deinem Schnellboot darauf, daß du ihm Gesellschaft leistest.« Sie drehte die Musik noch lauter.
Ibrahim setzte sich rittlings auf Kabir, und sein Dolch fuhr aus der Scheide.
»Sprechen! Laß uns sprechen«, flehte Kabir.
»Ja, sprich doch«, forderte Ibrahim ihn auf.
»Geld. So viel Gold, daß du darin schwimmen kannst. Millionen! Millionen!«
Ibrahim hockte sich auf den Rand des Sofas, setzte die Spitze des Dolches an Kabirs Halsschlagader und verstärkte den Druck ein wenig. »Wie viele Millionen stellst du dir vor?«

»Millionen, Millionen. Fünf, zehn ... mehr ...«
»Wenn ich aber dein Geld nehme, würde es die Polizei auf meine Spur lenken.«
»Nein, nein, nein. Ich besorge dir das Geld. In bar. Ich rufe an und lasse es hierherbringen.«
»Hörst du das, Ursula? Er will mir Geld geben.«
»Er lügt. Er hat Losungsworte mit seinem Bankier vereinbart.«
»Ich lüge nicht! Ich benutze keine Tricks! Ich bin ein ehrlicher Mensch!«
Ibrahim schlug ihm mit dem Handrücken hart ins Gesicht, packte ihn an den kurzen Haarlocken im Nacken, riß seinen Kopf in die Höhe und blickte in seine schreckgeweiteten Augen. Kabir weinte und stammelte unzusammenhängende Worte. Ein leises Lächeln huschte über die Lippen des Hadschis. Er war in großer Versuchung, die Todesangst des Effendis zu verlängern. Was sollte er tun? Ihn mit Schläuchen und Peitschen schlagen? Ibrahim spürte, wie er bei der Vorstellung zitterte. Die Musik donnerte, und die Lampen schleuderten wilde Lichtblitze. O Allah, wie ich das genieße, dachte Ibrahim.
Er winkte Ursula, die Lautstärke zu dämpfen. »Gut. Jetzt werden wir seine letzten Herzschläge hören können.« Die Musik verstummte. Furchteinflößende Stille trat ein. Kein Geräusch war zu hören außer dem heftigen Atmen der drei und Kabirs gelegentlichem Wimmern.
»Als ich unter den Beduinen lebte, habe ich zugeschaut, wie mein Onkel, der große Walid Azziz, an einem Jungen Rache nahm, der seine Lieblingstocher beschlafen hatte. Wenn man es richtig macht, erstickt das Opfer ohne Schmutz zu machen an seinem eigenen Blut, und man kann hören, wie die Luft seinen Körper verläßt.«
»Partner ... du bist in allem ein vollwertiger Partner ... nimm dir alles ... ich will nichts ... nichts ... Millionen ...«
Die Dolchspitze glitt über Kabirs Adamsapfel zur Halsgrube hinab, wo die Schlüsselbeine zusammentreffen und die Luftröhre eine ganz leichte Erhöhung bildet. Ibrahim stieß den Dolch mit abwärts gerichteter Bewegung in Kabirs Kehle.
»Ich gestehe alles ... Erbarmen ...«
»Jedesmal, wenn du den Mund aufmachst, dringt die Klinge ein wenig tiefer ein, so.«
Eine kleine Lache Blut sickerte über die Brust des Effendis. Ibrahim hielt den Dolch einige Augenblicke in der gleichen Stellung und

schwelgte in Kabirs Todeskampf. Ursula kam und spie Kabir an. Die Klinge drang noch tiefer ein.
»Du genießt es zu sehr, Ibrahim.«
»Ja, in der Tat.«
»Ich will keine solche Bestie sein wie er. Erledige ihn.«
»Bald ... bald ...«
Ein leichtes Zischen war zu hören, als die Luft aus der durchstochenen Kehle strömte. Die Blutpfütze wuchs, und das Zischen verwandelte sich in ein Gurgeln. Ibrahim drückte die Klinge weiter hinein und hielt wieder an. Nun strömte das Blut stoßweise heraus.
»Mach endlich Schluß.«
»Nur noch ein bißchen. Schau, das Leben beginnt ihn zu verlassen.«
Kabir versuchte zu sprechen, doch aus seinem Mund quoll Blut.
»Du machst alles schmutzig!« kreischte Ursula.
»Ja!« schrie der Hadschi, während er den Dolch herauszog und ihm dem Effendi bis ans Heft ins Herz stieß.
Keuchend zog er den Dolch wieder heraus. Ursula lehnte sich an ihn und schloß die Augen.
»Jetzt wollen wir einander lieben, Ursula!«
»Du bist verrückt!«
»Ja, ich bin verrückt! Zieh dich aus.«
Er stieß Kabirs Leiche vom Sofa und die Stufen hinunter. Er warf Ursula auf das Sofa und stürzte sich auf sie. Es war ein tausendfacher Irrsinn, gemischt aus Schmerz und Glück in tausend Himmeln und Höllen.
Ibrahim wickelte Kabir in Plastikbahnen, während Ursula die Blutspuren beseitigte. Sie zogen die Leiche zum Landesteg und warfen sie in das Schnellboot neben den vergifteten Perser. Während er einen Anker an Kabirs Beinen festband, schob sie Sultans Tablett mit den Speiseresten in einen Sack, um sie mit ihren Opfern in den See zu werfen. Einen Augenblick später fuhren sie aufs offene Wasser hinaus.

Ursula und Ibrahim blieben in Zürich, als ob nichts geschehen wäre. Man wußte, daß Effendi Kabir oft für Tage, ja sogar Wochen ohne weitere Erklärung verschwand. Zwei Wochen lang vermißte ihn niemand, und alle nahmen an, daß er nach Saudi-Arabien abgereist sei. Als sein Verschwinden offenkundig wurde, war es unmöglich, ein Verbrechen festzustellen. Es gab keine Leiche und keine Zeugen. Routine-Untersuchungen wurden durchgeführt, doch der abschlie-

ßende Polizeibericht besagte, daß der Effendi und sein Leibwächter ohne plausible Erklärung verschwunden seien. Für die Schweizer war damit der Fall erledigt.
Als der erste Schnee fiel, ging die Schlichtungskonferenz unverrichteter Dinge auseinander. An einem bitterkalten Dezembertag begleiteten Frau Dorfmann und Franz Hadschi Ibrahim zum Flughafen.
Ursula blieb noch einige Wochen in Zürich, dann verließ sie unauffällig das Land und begab sich dorthin, wo ihr Vermögen lagerte, das sie Kabir im Lauf der Jahre abgeluchst hatte.

XVII

Während die Konferenz in Zürich tagte, hatte Oberst Farid Zyyad Geständnisse von fast allen Rächenden Leoparden bekommen, die auf dem Krippenplatz festgenommen worden waren. Die Jungen, die sich kooperativ zeigten, durften ihre Gefängnisstrafen gegen einen »freiwilligen« Dienst in einer Sondereinheit der Fedajin, bei den sogenannten Friedenskämpfern, eintauschen und wurden für künftige Guerillaeinsätze gegen Israel ausgebildet.
Die wenigen, die nach Wochen der Befragung und Folterung nicht zusammenbrachen, wurden zu langjährigen Gefängnisstrafen verurteilt. Farid Zyyad schlug ihnen die Zähne aus und prügelte sie grausam. Er hatte aber noch zwei Lieblingsformen der Züchtigung. Beide waren Schöpfungen der Wüste und der Wüstenhitze.
Das Opfer wurde im einen Fall auf einen Tisch gefesselt und mit einem nassen Tuch bedeckt. Dann wurde es von den Füßen bis zur Brust mit einem heißen Eisen geplättet. Indem man die Temperatur des Eisens regelte, nahmen die Verbrennungen und Infektionen bei jedem Plätten nur geringfügig zu.
Zyyads zweite Lieblingsform der Folter war den hartnäckigsten unter den Rebellen vorbehalten. Sie wurden in eine schwere Decke gewickelt, gefesselt und in die Mittagssonne gelegt. Wenn einer durch die Hitze so entkräftet war, daß er das Bewußtsein verlor, wurde er so lange wiederbelebt, bis er genügend Kraft besaß, um wieder in die Decke gewickelt zu werden.
Jamil hatte alles durchgemacht. Er besaß keine Zähne mehr, hatte eine Unmenge von Quetschungen, war ein dutzendmal geplättet wor-

den, bis sein Körper von Eiterbeulen bedeckt war. Er war immer wieder in die Decke gewickelt worden.

Etwa zur gleichen Zeit, als Ibrahim in Athen das Flugzeug wechselte, wurde Jamil von zwei Wächtern vor Zyyad geschleppt. Der Junge litt entsetzliche Qualen, war aber noch bei Bewußtsein.

»Du dreckige, verfaulte kleine Bestie, ich muß nicht mehr mit dir spielen. Weißt du, was ich mit dir tun werde, Jamil? Ich werde dich deinem Vater als Geschenk überreichen.«

Jamil wurde zu einem geheimen, umfriedeten und von allen Gefangenen gefürchteten Hof in einer entfernten Ecke des Gefängnisses gebracht, wo ein Wärter mehrere Dutzend Katzen hielt. Jamil wurde zusammen mit sechs Katzen in einen großen Leinensack gesteckt, und der Sack wurde zugenäht.

Wenn Farid Zyyad mit einem Stock auf den Sack schlug, wurden die Katzen rasend. Er schlug immer wieder zu, bis Jamils Schreie nicht mehr zu hören waren.

Die Katzen hatten ihn mit ihren Krallen bis auf die Knochen zerfetzt. Gesicht, Augen, Geschlechtsteile waren weggerissen. Übrig blieb ein blutdurchtränkter Klumpen Fleisch, der unkenntlich war. Der Sarg, in den man die Leiche legte, wurde versiegelt, und am nächsten Tag wurde bekanntgegeben, daß Jamil an einer geheimen Mission gegen die Juden teilgenommen habe. Er sei auf eine Landmine getreten. Sein Körper sei so entstellt, daß er nicht in einem offenen Sarg aufgebahrt werden könne. Als Hadschi Ibrahim in Amman landete, wurde ihm der Sarg in einer feierlichen militärischen Zeremonie übergeben, wie sie Helden vorbehalten war.

Für einen Augenblick vergaß man in Akbat Dschabar, daß Hadschi Ibrahim als Verräter, als jüdischer Spion und als Mann, der sich für mehrere Dunam Orangenhaine verkauft habe, gebrandmarkt worden war.

Jamils Begräbnis wurde zu einem Treffen von fünfzigtausend schreienden und weinenden Flüchtlingen, die sich auf der Straße zur Moschee in Jericho drängten und den Sarg über ihren Köpfen weiterreichten. Hagar weinte und brach inmitten der Trauergemeinde zusammen. Von diesem Tag an wurde sie Umm Jamil, Jamils Mutter, genannt, ein Ehrentitel, den sie sich durch seinen Heldentod erworben hatte.

Hunderte von Plakaten mit Jamils Foto wurden geschwenkt und dazu Transparente mit Schlagworten der jungen »Revolution«. Während Jamil auf einem Ehrenplatz im Hof der Moschee zur letzten Ruhe

gebettet wurde, feuerten die ehemaligen Leoparden, die jetzt zu Freiheitskämpfern geworden waren, Salven über seinem Grab ab, und die Priester schworen den Zionisten Rache, die den Jungen auf dem Gewissen hatten.
Der erste Märtyrer der Palästinenser war geschaffen.

Teil 5

Nada

I

Während mein Vater sich in Zürich aufhielt, lebte ich bei den al-Sirhan-Beduinen. In der östlichen Wüste von Jordanien, die an den Irak und an Saudi-Arabien grenzt, gab es auf hundertfünfzig Kilometer Entfernung in jeder Richtung kein Zeichen einer Zivilisation. Ich war dank Professor Mudhils Ansehen von Scheich al-Baqui, dem Oberhaupt einer großen Sippe, aufgenommen worden und wurde behandelt wie sein Sohn. Scheich al-Baqui und seine Söhne lehrten mich Reiten, Falkenjagd, Spurenlesen und Überleben in der Wüste. Jeder Tag begann mit dem Zerstampfen der Kaffeebohnen, das einen neuen Überlebenskampf, der unser Leben beherrschte, einleitete.

Bis ich zu den al-Sirhans kam, war ich ein Träumer gewesen. Ganz gleich, wohin mich das Schicksal verschlagen hatte – nach Jaffa, Qumran oder Akbat Dschabar –, ich träumte, daß alles besser werden würde, daß ich eines Tages in einem schönen Haus in Tabah oder sogar an einer großen Universität in Kairo oder Damaskus landen würde. Die Wüste und die Beduinen lehrten mich, daß gewisse Dinge im Leben endgültig sind.

In der unbarmherzigen Hitze und der unvorstellbaren Armut überlebte man leichter, wenn man Schatten suchte, Fata Morganen sah und der Phantasie gestattete, vom Geist Besitz zu ergreifen. Bei den Beduinen erkannte ich, warum die Araber die Unbarmherzigkeit des Lebens passiv hinnehmen. Alles ist durch das Kismet vorherbestimmt, und man kann nichts dagegen tun, sondern muß die Bitterkeit des Erdendaseins hinnehmen und sich auf den Trost der Reise ins Paradies freuen.

Die al-Sirhans erhoben keinen Anspruch auf eine gleichberechtigte Gesellschaft.

Man kam zur Welt, lebte und starb, eingeschlossen in ein starres Kastensystem. Man blieb von der Geburt bis zum Tod ohne Protest an seinem Platz. Innerhalb dieser eisern festgefügten Gesellschaft wurden wenige Hochzeiten zwischen Familien verschiedenen Ranges geschlossen.

Scheich al-Baquis Gesicht und Körper waren wie eine Straßenkarte aus Narben, die für seine Männlichkeit und Führerqualitäten zeugten. Er hielt sich ein halbes Dutzend Sklavenjungen. Die Sklaverei war verboten, aber die al-Sirhans lebten außerhalb der Reichweite der geltenden Gesetze. Drei seiner Sklaven hüteten seine Schafe, und der vierte war sein Kammerdiener. Die beiden übrigen waren kastriert

worden und bewachten seine Frauen und seinen Harem von Nebenfrauen. Zwei Sklaven waren von Familien innerhalb der Sippe gekauft und die anderen bei Überfällen gefangengenommen worden.
Ich traf zu einer Zeit ein, als Scheich al-Baqui nach acht blutigen Jahren der Fehde mit einem feindlichen Stamm Frieden schloß. Der Kampf hatte begonnen, als der Liebhaber eines Mädchens der al-Sirhans seine Angebetete gewaltsam entführt und über die Grenze zu einem Stamm in Saudi-Arabien gebracht hatte. Es war erst zum Frieden gekommen, nachdem das Leben der Frau geopfert worden war, um die Ehre der al-Sirhans wiederherzustellen. Ein großes Fest der Verbrüderung zwischen den ehemaligen Feinden fand statt.
Hier schienen zwar alle nur an Sex zu denken, aber man wurde auf Schritt und Tritt durch Verbote gehemmt. Die Frauen waren noch versklavter als in Tabah. Sie arbeiteten schwerer und besorgten alle niedrigen Arbeiten. Während sehr alte Frauen mit den Männern am Feuer sitzen durften und mit Achtung behandelt wurden, hatten die anderen wenig Freude. Weinen war ihre einzige Möglichkeit, Erregung abzureagieren. Mir fiel auf, daß die Beduinenfrauen überaus liebevoll zueinander waren, und ich vermutete, das sei ein geheimer Ausweg für sie, Vergnügen zu finden.
Hier wurde das Gesetz nicht immer vom Koran bestimmt, sondern von den harten Erfordernissen des Lebens. Männer dürfen töten, aber sie müssen es von Angesicht zu Angesicht tun. Männer dürfen stehlen, aber nicht innerhalb der eigenen Familie.
Vergewaltigung ist kein Verbrechen, wenn es sich um eine Frau von einem feindlichen Stamm handelt. Lügen und Betrügen sind durchaus erlaubt, solange es dem Angehörigen eines anderen Stammes widerfährt.
Es gab strenge Gesetze, die Rache erforderten. Bestraft wurde oft durch Amputation eines Gliedes. Das Leben war erbarmungslos. Der Kampf ums Überleben führte zur Grausamkeit.
Die Wüste ist ein böser Herr, aber sie ist ausschließlicher Besitz der Beduinen, und wenn man die Wüste betritt, ist man ihrer Willkür preisgegeben. Für diejenigen, die gegen ihre Regeln verstoßen, gibt es kein Erbarmen.
Ich ließ es mir eine Warnung sein, hielt mich von Streitigkeiten fern und erwarb mir eine gewisse Achtung, weil ich der einzige in der Sippe war, der lesen und schreiben konnte.
Das Vergnügen kam abends am Feuer, wenn man Kaffee trank und von einem Überfall oder von persönlichem Heldentum erzählte. Die

Derwisch-Familie der Sippe gesellte sich zu uns und bannte durch ihre magischen Kräfte die bösen Geister mit einem Tanz. Sie drehten sich in Trance, gingen barfuß durch die heiße Asche des Feuers und brachen zusammen. Sie hatten wieder einmal ihre Zauberkräfte unter Beweis gestellt.

Alles geschah ungeheuer langsam. Das ununterbrochene Wiederauflebenlassen der Vergangenheit bot uns einen Freiraum und half uns, mit der Härte des täglichen Lebens fertig zu werden.

Wenn die Sonne majestätisch aufging, saß ich immer noch allein mit Scheich al-Baqui am Feuer.

»Reichtum und Besitz sind Güter, die Allah ungerecht verteilt hat«, belehrte er mich. »Wir haben viele Todesfälle, aber das ist in der Wüste nichts Ungewöhnliches. Wir sind vor allem frei, Ismael. Der Bauer ist Sklave seines Bodens. Der Mensch in der Stadt ist Sklave des Geldes und der Maschinen. Das sind schlechte Gesellschaftsformen. Der Beduine braucht sie nicht.«

Vielleicht.

Ein Großteil des Stammeseinkommens bestand aus den Geldern, die er als »Beschützer« der transarabischen Pipeline bezog, die durch sein Gebiet führte. Als uns die Saudis einen neuen Vertrag mit geringerer Schutzgebühr anboten, war es an der Zeit, ihnen einen Denkzettel zu geben. Ich sollte gerade an meinem ersten Überfall teilnehmen und ein Stück der Rohrleitung zerstören, als ich nach Akbat Dschabar zurückbeordert wurde.

Ich kann nicht sagen, daß mir der Abschied schwerfiel, denn ich sehnte mich danach, den Hadschi und Nada wiederzusehen. Doch ich war weiser geworden und wußte nun, daß Araber und Fatalismus untrennbar miteinander verbunden sind.

II

Ich kehrte nach Akbat Dschabar zurück, wo ich erfuhr, daß Jamil im Tod einen Sieg über mich errungen hatte, der ihm im Leben nie gelungen wäre. Er war ein Märtyrer geworden. Das mißfiel mir sehr. Ich hatte mein Leben lang fleißig danach gestrebt, der Lieblingssohn meines Vaters zu werden. Ich galt als der klügste, der mutigste seiner Söhne und sollte Hadschi Ibrahims Nachfolger werden. Ich hatte meinen ältesten Bruder Kamal überholt und Omar beiseite geschoben. Ich war das Licht in meines Vaters Leben. Daran hatte sich nun einiges geändert. In den Cafés von Akbat Dschabar hingen überall Fotos von Jamil, unmittelbar neben denen der großen arabischen Führer.

Die Jordanier rekrutierten Mitglieder der Rächenden Leoparden und anderer Banden in Guerillaeinheiten, die die Grenze überschreiten und die Juden überfallen sollten. Sie gaben den Zionisten die Schuld an Jamils Ermordung und verliehen ihm zu Ehren einem Fedajin-Bataillon seinen Namen.

Meine Eltern, die sich sein Leben lang kaum um ihn gekümmert hatten, versanken in Trauer um ihn. Jamils Foto wurde der Mittelpunkt unserer Hütte. Blumen, die unser Heim in Tabah nie geschmückt hatten, wurden in kleinen Vasen neben seinem Bild aufgestellt, und davor brannten Gedenkkerzen.

Hagar ließ sich stolz Umm Jamil, die Mutter Jamils, nennen. Am merkwürdigsten war das Verhalten meines Vaters. In seine Seele hatte sich ein Schuldgefühl eingeschlichen, eine Regung, die Ibrahim nie zuvor belastet hatte. Er hatte Jamil geschlagen. Er war an Jamils Ermordung mitschuldig. Nun grämte er sich deswegen. Ich hatte eine dunkle Ahnung, daß er sich einreden wollte, es seien wirklich die Juden gewesen, die seinen Sohn umgebracht hatten.

Plötzlich war ich Jamils jüngerer Bruder. Alle tätschelten meinen Kopf. War ich denn nicht stolz darauf?

Ihr sagt, daß Ismael grausam war. Zeigte er kein Mitleid für seinen ermordeten Bruder? Gebt euch nicht länger einer Täuschung über mich hin. Vielleicht war ich in den Augen aller nur ein Junge, aber ich war sehr schlau und sehr stark, und ihr hättet euch nicht mit mir anlegen wollen. Ich lernte jetzt, daß das Leben nicht so wichtig ist wie Märtyrertum.

Ich mußte meine Stellung zurückgewinnen.

Um die Wahrheit zu sagen, hatte mir Nada am meisten gefehlt, und ich hatte mich am meisten nach ihr gesehnt, als ich bei den al-Sirhan-Beduinen lebte. Wir sind von der fixen Idee besessen, daß wir die Tugend der Frau verteidigen müssen. Wir tun es nicht für die Frau, sondern für den Stolz und die Ehre des Mannes. Ich liebte Nada auf andere Art. Ich liebte sie um ihrer selbst willen. Es war keine geschlechtliche Anziehung. Ich liebte sie, weil sie gut war und mir immer Freude bereitete.

Ich liebte Nadas von Neugierde erfüllte Augen. Wenn wir allein bei-

sammen waren, nahmen diese Augen manchmal einen schalkhaften Ausdruck an. Ich liebte es, ihr zuzusehen, wenn sie sich an der Quelle wusch und ihr langes, dichtes braunes Haar flocht. Ich liebte den Schwung ihrer Hüften, wenn sie ging. Ich liebte ihre weißen Zähne, wenn sie ihren Kopf zurückwarf und lachte.
Ich wollte eines Tages ein Mädchen wie Nada heiraten. Bis es soweit war, war die wichtigste Aufgabe in meinem Leben, ihre Tugend zu beschützen. Ich liebte also meine Schwester, und ich trauerte nicht um meinen Bruder. Ich bin wenigstens kein Heuchler wie meine Eltern. Hagar konnte ich verstehen. Aber Hadschi Ibrahims Verhalten war mir unbegreiflich, und ich betete darum, daß er sein Schuldgefühl ablegen möge.
In meiner übermäßig großen Sorge um Nada entdeckte ich sehr schnell, daß während meiner Abwesenheit etwas zwischen ihr und Sabri passiert war. Normalerweise hätte Ibrahim es auch gewittert, aber er war seit seiner Rückkehr aus Zürich nicht mehr der gleiche. Das Feuer in ihm war niedergebrannt. In Europa mußte er etwas Schreckliches erlebt haben. Der Tod Jamils hatte seinen seelischen Kummer verschlimmert.
Möglicherweise wußten Hagar, Ramiza und Fatima von Nadas Beziehung zu Sabri. Die Frauen behalten viele Geheimnisse für sich. In Akbat Dschabar stritten die Frauen der Sippen genau wie in Tabah, und ihre Ausdrücke konnten so unflätig sein wie Dreck. Doch es gab eine Grenze, die die Frauen nie überschritten. Da ihre Treue ihr Leben bedeutete, klatschten sie ihren Männern gegenüber nicht über andere Frauen.
Daß Sabri Salama in unser Leben getreten war, schien auf den ersten Blick ein Segen. Ohne Sabris Geschicklichkeit und Scharfsinn wären wir alle vermutlich schon längst tot.
Vater hatte unser Geld aus dem Erlös der Antiquitäten für seine Reise nach Europa ausgegeben. Wir besaßen zwar noch unser Waffenversteck, auf das wir zurückgreifen konnten, aber unser tägliches Leben hing von Sabris Lohn und seinen Nebengeschäften ab. Er beklagte sich nie darüber, daß er Vater seinen ganzen Verdienst abliefern mußte.
Zuerst fühlte ich mich in meiner Stellung bedroht. Sabri würde in Ibrahims Gunst zu hoch steigen. Aber das ging vorbei. Sabri hatte seine eigene Familie in Gaza und sprach dauernd davon, wieder zu ihr zu stoßen. Zum Glück hatte ihn Ibrahims ursprüngliches Mißtrauen von unserem intimsten Kreis ausgeschlossen.

Ich hatte noch seine intimen Beziehungen zu dem irakischen Offizier in Erinnerung. Zeitweise hatte er mir körperliches Unbehagen bereitet. In seinem Verhalten war inzwischen jedoch wirklich nichts mehr, was uns Grund zur Sorge gegeben hätte.
Trotzdem machte ich mir Sorgen wegen seiner Beziehung zu Nada. Da Ibrahim das Verhältnis anscheinend nicht beachtete, beschloß ich, mich näher damit zu beschäftigen.
Sabri arbeitete in einer großen Garage in Jericho. Das Gebäude war früher einmal ein Lagerhaus gewesen, von dem die Ernten der Westbank nach Jordanien und Saudi-Arabien verfrachtet wurden. Während des Krieges war das Lager aufgelassen und dann als Garage für den ständigen Strom von Fahrzeugen verwendet worden, die die Allenby-Brücke von und nach Amman überquerten.
Wo immer Güter befördert werden, macht man auch zweifelhafte Geschäfte. Sabri versorgte uns sehr gut. Es gab einen kleinen Raum hinter der Garage, in dem er und ein anderer Mechaniker oft schliefen und sich als Nachtwächter abwechselten. Niemand konnte ihm übelnehmen, daß er nicht in unsere überfüllte Hütte in Akbat Dschabar zurückkommen wollte. Das Lager war schmutzig, und jede Nacht stritten die Familien und schrien oft die ganze Nacht hindurch.
Ich bemerkte, daß Nada an den Tagen, an denen Sabri in Jericho blieb, meist vor Sonnenuntergang aus dem Haus schlüpfte. Man brauchte kein Prophet zu sein, um sich den Grund dafür vorzustellen.
Eines Abends wartete ich fünfzehn Minuten, nachdem sie gegangen war, dann ging auch ich in die Stadt. Die Garage war bei Nacht geschlossen. Ich ging zur Rückseite und versuchte die Tür zu öffnen. Sie war abgeschlossen. Ich versuchte es an mehreren Fenstern, aber sie waren alle schmutzverklebt.
Schließlich kletterte ich auf das Dach. Zwei Falltüren waren mit einem Vorhängeschloß versehen. Mit einem Stock gelang es mir, die rostigen Angeln aufzustemmen.
Ich ließ mich auf einen Laster fallen, erholte mich ein paar Sekunden von dem Sturz und schlich vorsichtig zu Sabris Zimmer.
Durch die Tür hörte ich Geräusche. Ich versuchte die Klinke langsam niederzudrücken. Sie gab nach. Dann riß ich die Tür auf.
Sie lagen nebeneinander auf seiner Matte auf dem Fußboden. Allah sei Dank, sie waren angezogen! Sie hatten die Arme umeinander geschlungen, ihre Geschlechtsteile waren zwar bedeckt, doch sie drückten sich aneinander und bewegten sich rhythmisch. Er hielt mit

einer Hand ihre Brust umspannt, während ihre Hände seinen Rücken streichelten. Sie keuchten und stöhnten wie beim wirklichen Liebesakt. Nada erblickte mich zuerst und schrie auf, als ich mich auf Sabri stürzte.

»Ich bring' dich um!« brüllte ich.

Ich war kleiner als Sabri, aber durch das Leben in der Wüste abgehärtet, und ich kannte keine Furcht. Ich war über ihm und schlug ihm wütend mit den Fäusten ins Gesicht.

Sabri war überrascht, er konnte sich nur, so gut es ging, verteidigen. Mein Überfall hatte ihn betäubt. Ich schlug immer wieder auf ihn ein und verfluchte ihn dabei. Aus seinen Lippen und seiner Nase drang Blut. Ich legte ihm die Hände um den Hals und würgte ihn.

Etwas Schreckliches krachte auf meinen Kopf. Alles drehte sich um mich, und mir wurde schwarz vor den Augen. Als ich wieder zu mir kam und vom Boden hochblickte, sah ich Nada über mir stehen. Sie hielt einen Schraubenschlüssel in der Hand.

»Hör auf!« schrie sie.

Ich zitterte von dem heftigen Schlag und spürte, daß ich am Hinterkopf blutete. Ich war schwach, keuchte, lag auf dem Bauch und versuchte meine Kräfte für einen Angriff zu sammeln. Mein Blick wurde klar. Sabri war in einer Ecke zusammengesunken, hatte das Gesicht in den Händen vergraben und weinte.

»Ibrahim wird mich umbringen«, jammerte er immer wieder.

Ich stützte mich auf den Ellbogen. Nada hielt mir den Schraubenschlüssel vors Gesicht und drohte, mich wieder zu schlagen. »Nein«, bat ich, »nicht . . . nicht . . .«

Ihre Hand mit dem Schraubenschlüssel öffnete sich. Die Waffe fiel zu Boden, und sie sank neben mir in die Knie. »Es tut mir leid«, schluchzte sie.

Nadas Gesicht verzog sich vor Kummer, und sie brach in unbeherrschtes Weinen aus. Sie warf sich auf den Boden, kratzte mit den Nägeln daran und erstickte beinahe an ihren Tränen.

»Verdammte Scheiße«, stöhnte ich.

Wir weinten alle drei. Schließlich stand sie auf, wankte aus dem Raum und kam mit einem Eimer Wasser und einigen Lumpen zurück. Sie wusch das Blut von meinem Kopf, dann legte sie die Arme um mich und wiegte mich, als wäre ich ihre Puppe. Nach einiger Zeit kroch sie zu Sabri hinüber und säuberte auch sein Gesicht. Wir verfielen in scheinbar endloses Schweigen. Nada sah mich mit flehenden Blicken an. Sie bat um ihr Leben.

»Ich weiß nicht, was ich tun soll«, sagte ich.
»Bitte laß uns nicht umbringen«, flehte sie. »Wir konnten uns nicht länger beherrschen. Wir haben es wirklich nicht getan. Wir haben nur gespielt. Laß uns nicht umbringen.«
»Allah, hilf mir«, murmelte ich.
»Ismael«, begann Sabri. »Du mußt mir glauben, ich wäre nicht bis zum Letzten gegangen. Ich achte Nada. Ich liebe Nada. Was können wir tun? Wir sind beinahe verrückt geworden. Wir haben uns überlegt, ob wir zu Ibrahim gehen und ihn um die Erlaubnis bitten sollen zu heiraten. Wir sind mittellos. Ich habe kein Geld. Du weißt, daß er nie einwilligen würde ... das weißt du.«
Nada kam wieder zu mir. »Als ich spürte, daß wir uns nicht länger beherrschen können, wollte ich, daß Sabri uns verläßt und seine Eltern in Gaza sucht.«
»Ich wollte fort, um eure Familie nicht zu entehren«, ergänzte Sabri. »Aber wie kann ich das tun? Ich habe kein Geld und keine Papiere.«
Ich sah ein, wie verzweifelt ihre Lage war.
»Wirst du uns schonen, Ismael?« flehte sie, ergriff meine Hände und küßte sie.
Ich beging den Fehler, ihr in die Augen zu sehen. »Ich werde es nicht erzählen. Aber Sabri muß fortgehen.«
Sie warfen sich beide in meine Arme, und ich drückte sie an mich. Wieder weinten wir gemeinsam. Dann setzten wir uns zusammen, wie wir es auf dem Felsensims getan hatten, als wir den Schatz gefunden hatten. Wir reichten einander die Hände und legten ein Gelübde ab. Aber der Schwur löste Sabris Problem nicht.
»Ich möchte Nadas wegen hierbleiben, aber es ist mir klar, daß ich ihr Schande bringe«, sagte er. »Ich habe deinem Vater jeden Penny gegeben, den ich verdient habe. Ich habe nichts für mich behalten. Es wird über tausend Dollar kosten, den richtigen Beamten für die Ausstellung der Reisepapiere zu bestechen. Um meine Eltern zu finden, muß ich nach Jordanien, dann durch Syrien in den Libanon und von dort ein Schiff nach Gaza nehmen. Meine Reise wird ebenso viel kosten wie meine Papiere. Ich werde wahnsinnig!«
Ich betete. Ich spürte, wie Nada meine Hand drückte, ich erinnerte mich an den Augenblick, als sie meine Hand ergriffen und mich über die Felskante in die Schatzhöhle gezogen hatte. Ich wußte, was ich zu tun hatte.
»Ich weiß, wo ich das Geld für euch auftreiben kann.«

»Zweitausend Dollar?«
»Ja. Du erinnerst dich doch sicherlich an unsere Gewehre. Jamil und ich haben sie auf dem Berg der Versuchung versteckt. Ich werde sie verkaufen.«
»Aber wenn Vater herausfindet, daß sie weg sind, wird er dich totschlagen.«
Ich war jetzt ganz Herr der Lage. »Sabri muß Ibrahim einen Brief schreiben. Darin muß stehen, daß Jamil, bevor er starb, von den Waffen geprahlt und dir erzählt hat, wo sie versteckt sind. Ibrahim wird das glauben, weil er immer den Verdacht hegte, daß Jamil das Versteck ausplaudern würde. Wenn ich die Waffen morgen hole, kannst du einen Käufer dafür finden?«
»Ja«, flüsterte Sabri.
»Es ist gefährlich für dich, Ismael«, protestierte Nada.
»Wir haben viele Geheimnisse«, erklärte ich. »Wir werden auch dieses noch bewahren.«
»Aber, Ismael . . .« begann Sabri.
Ich unterbrach ihn. »Das werden wir tun. Schreib mir noch heute abend den Brief.«
Ich stand auf, verließ den Raum und wartete in der Garage. Ich blickte nicht zurück. Sie hatten einander viel zu sagen.
Endlich kamen sie heraus. Sabri umarmte mich noch einmal und versuchte zu sprechen, aber es gelang ihm nicht. Er entwand sich meinen Armen, kehrte in sein Zimmer zurück und schloß die Tür hinter sich.
Nada betastete die Beule auf meinem Kopf. »Die Wunde blutet nicht mehr.«
»Mach dir keine Sorgen, es ist nicht allzu schlimm.«
Wir befanden uns bald auf der Straße nach Akbat Dschabar. Als wir das Lager erblickten, blieben wir in der Dunkelheit Hand in Hand stehen und starrten auf die jämmerlichen Schlammziegelhütten. Dann stiegen wir auf den Berg der Versuchung und betrachteten die Sterne.
»Frag mich nicht, wie ich es erfahren habe«, sagte sie nach einiger Zeit. »Aber ich weiß, was Mutter und Fatima und Ramiza in Jaffa zugestoßen ist.«
»Aber . . .«
»Es ist zu viel für dich, ein so schreckliches Geheimnis allein zu tragen. Ich will es mit dir teilen. Das wollte ich schon lange. Ich wußte, daß du durch dein Schweigen ein wunderbarer Mann werden würdest.«

Eine schwere Last war von meinen Schultern genommen.
»Ich liebe dich, Ismael. Ich liebe dich mehr als Sabri, aber auf andere Weise.«
»Das darfst du nicht sagen.«
»Du bist ein besserer Mann als Vater, denn du kannst mehr lieben als hassen.«
»Ich verehre Vater. Ich wollte immer so sein wie er.«
»Du bist anders als dein Vater und als sie alle, sogar anders als Sabri.« Sie lächelte mir im Mondschein zu, ihre weißen Zähne blitzten wie Sterne. »Ich liebe dich, weil du nicht töten kannst, was du liebst.«

III

Juli 1951

Die Ermordung von Charles Maan war ein Schlag, von dem sich mein Vater nie mehr erholte.
Der Plan, die Christen wiederanzusiedeln, hatte bald die Ohren der feindselig eingestellten arabischen Führer erreicht. Um einmütigen Haß zu beweisen, mußten die Christen gemeinsam mit ihren mohammedanischen Brüdern in den Lagern gehalten werden. Charles Maans Tod war als mahnende Botschaft gedacht.
Er war nach einer Versammlung in Ost-Jerusalem entführt worden. Seine Leiche wurde einige Tage später auf einem Müllplatz bei Ramallah gefunden. Die Mörder hatten ein acht Zentimeter langes Rohr in seinen Mastdarm getrieben, mehrere verseuchte Ratten in das Rohr geschoben und sie mit Gewalt in Maans Eingeweide hinaufgedrängt. Seine Beine waren eng zusammengebunden, so daß die Ratten nicht herausschlüpfen konnten.
Ich hatte meinen Vater noch nie so bestürzt gesehen wie bei der Nachricht von Maans Tod. Als ich ihn zum Begräbnis begleitete, mußte ich ihn stützen. Maan wurde in einer Gruft in Bethanien außerhalb von Jerusalem an der Straße nach Jericho begraben. Dort hatte Jesus Lazarus von den Toten auferweckt. Charles Maan wurde keines solchen Wunders teilhaftig.
Als einzigen Hoffnungsschimmer erfuhren wir nach seinem Tod von

seiner Tochter, Schwester Maria Amelia, daß einige christliche arabische Priester gelobt hätten, seine Arbeit fortzusetzen und ihre Leute aus den Lagern herauszuholen.
Es war ein unmenschlich heißer Tag. Ein entkräftender, launischer Wind wehte von der Wüste her. Während der Totenmesse wurde mein Vater beinahe ohnmächtig. Er war zu benommen, um gleich nach Akbat Dschabar zurückzufahren. Schwester Maria Amelia schlug vor, wir sollten in einer Herberge übernachten. Nach einer Nacht des Kummers hatte sich Ibrahim wieder erholt.
Es war Freitag, der mohammedanische Feiertag. Vater war der Ansicht, wir sollten die Al-Aksa-Moschee aufsuchen und für Charles Maans Seele beten. Die Stadt war zu dieser Zeit durch einen Streifen Niemandsland geteilt, der wie eine klaffende Wunde entlang dem Jaffa-Tor verlief. Die Menschen auf beiden Seiten konnten einander beobachten, mitunter sogar fast berühren.
Trotz des Kummers, den es ihm bereitete, konnte mein Vater sich nicht enthalten, die Stufen zur Mauer an der Zitadelle emporzusteigen. Von dort konnte man über das Niemandsland zum jüdischen Jerusalem mit den Wahrzeichen des King David Hotels und des YMCA-Turms blicken und hinter der Stadt den Bab el Wad erahnen. Tabah war nur eine halbe Stunde entfernt.
»Komm, Vater«, redete ich ihm zu. »Das hat keinen Sinn.«
Er ließ sich von mir die Stufen hinunterführen. Bald darauf mischten wir uns unter die Andächtigen in ihren weißen Gewändern, die durch das Jaffa- und das Damaskustor in die Altstadt strömten. Die engen Straßen quollen über vor Fußgängern, die zum Haram Asch Scharif drängten.
Bald erhob sich die goldene Kuppel des Felsendoms über uns, während wir unter Tausenden von Gläubigen zu dem gewaltigen Platz hinaufstiegen. Wir mußten warten, bis wir die Fußwaschung am Brunnen vornehmen konnten, dann rückten wir langsam zur Al-Aksa vor, der Moschee, die zu Ehren der Rückkehr Mohammeds von Mekka erbaut worden war.
Tausende von Schuhpaaren standen ordentlich ausgerichtet am Eingang. Wir drängten uns zur Tür und konnten nun den Koranvorleser im Innern hören. In diesem Augenblick entstand Unruhe auf dem Platz. König Abdullah und sein Enkel Hussein waren auf dem Haram Asch Scharif erschienen und begaben sich zur Moschee.
Wir befanden uns an einer Stelle, von wo wir sie vorbeigehen sehen konnten. Der Anblick seines Enkels überwältigte mich, er war unge-

fähr in meinem Alter. Ich sah im Geist den Palast in Amman vor mir. Wußte der junge Hussein überhaupt, daß es uns gab? Was hatte ihm sein Großvater über uns erzählt? Wie wunderbar mußte das Leben für ihn sein.
Die Leibwache des Königs bahnte eine enge Gasse durch die Menge, doch die Menschen drängten heran, versuchten ihn zu sehen und zu berühren. Abdullah, der sich in den Schmeicheleien sonnte, rief seiner Leibwache immer wieder zu, sie solle ihn nicht einschließen, damit er mit seinen Untertanen sprechen könne. Als er sich ungezwungen bewegte, plauderte und Hände schüttelte, fiel mir ein, daß seine Sicherheit ernstlich gefährdet war. Bald befanden sich Abdullah und Hussein praktisch allein in dem Meer aufgeregten Volkes.
Mein Herz klopfte vor Aufregung, als sie unmittelbar an Vater und mir vorbeigingen. Sie befanden sich beinahe in unserer Reichweite. Als sie den Eingang erreichten, drehte sich der König um und winkte der Menge zu. In diesem Augenblick trat ein Mann aus dem Schatten im Innern der Moschee, hob eine Pistole, zielte auf den Kopf des Königs und feuerte.
Ich sah, wie die Kugel in seinen Hinterkopf eindrang und durch ein Auge austrat, während er zusammenbrach und auf den Boden aufschlug. Sein Turban rollte von seinem Kopf.
Chaos!
»Unser Herr wurde erschossen!«
Die verwirrte Garde stürzte vor und feuerte. Der Vorleser in der Moschee hatte die Schüsse nicht gehört, und seine Stimme erfüllte weiterhin über die Lautsprecher das Gebäude. Der Mörder feuerte wild weiter, seine Kugeln prallten von dem Marmorboden ab. Vater und ich wichen zurück, als die königliche Leibgarde den Mörder vor unseren Füßen tötete.
»Der König ist tot!«
Ich sah den jungen Hussein, der benommen auf dem Boden lag, aber am Leben war.
Impulsiv streckte ich die Hand nach ihm aus. Ibrahim packte mich, riß mich an sich und flüsterte mir ins Ohr. »Geh ganz, ganz langsam rückwärts. Laß dich nicht hineinziehen. Fang nicht an zu laufen. Wir werden einfach verschwinden.«

Abdullah war von einem Palästinenser, einem Mietling des Muftis, getötet worden, und dieser Mord löste bei seinen Beduinen eine heftige Reaktion aus. Er hatte sie vereinigt und drei Jahrzehnte über sie geherrscht, und sie blieben ihm fanatisch ergeben. Von wildem Drang nach Vergeltung an den Flüchtlingen auf der jordanischen Seite des Flusses beseelt, stürmten die Beduinen aus ihren Lagern in der Wüste herbei. Ein Dutzend Palästinenser wurden festgenommen und vor den Toren der Flüchtlingslager gehängt.

Die Leichen wurden am nächsten Tag abgeschnitten, nach Amman gebracht und von galoppierenden Pferden durch die Stadt geschleift. Arme und Beine wurden abgeschlagen und der tobenden Menge zugeworfen. Die Rümpfe der Leichen wurden mit Füßen getreten, bespuckt und mit Messern zerfetzt.

Doch damit waren die Rachegelüste noch immer nicht befriedigt. Die Beduinen sammelten sich, um die Lager zu stürmen. Schließlich überzeugte der jordanische Premierminister, ein Palästinenser, die Legion davon, daß sie ein Massaker verhindern müsse. Widerwillig umringte sie die größeren Lager und die Städte Amman, Es-Salt, Suweilih und Madaba, um die Palästinenser zu beschützen.

Als der König auf einem Hügel außerhalb Ammans zur ewigen Ruhe gebettet wurde, bemerkte ein Journalist aus Kairo, daß die arabische Welt in den letzten sechs Jahren bei ihrem unbeholfenen Versuch, sich selbst zu regieren, eine beträchtliche Anzahl ihrer Anführer beseitigt habe. Außer Abdullah waren es Imam Jahia, der Herrscher von Jemen, der ermordet wurde, sowie Präsident Husni az Ziam von Syrien und Premierminister Achmed Maher Pascha von Ägypten, dem im Amt und im Tod Premierminister Nokrashi Pascha folgte, sowie Premierminister Muhsen al Barazi von Syrien und der Premierminister des Libanon, der bei einem Staatsbesuch in Jordanien von einem vorbeifahrenden Wagen aus mit Kugeln durchsiebt wurde. Ferner wurden ermordet der Oberkommandierende der syrischen Armee, Sami el Hennawi, und Scheich Hassan al-Banna, der Führer der Moslem-Bruderschaft in Ägypten, sowie Minister Amin Osman von Ägypten und eine Reihe von Ministern, Richtern, Polizeichefs und hohen Militärs. Ganz zu schweigen von Dutzenden von mißglückten Anschlägen.

Im Irak fanden vier Staatsstreiche statt.

Jordanien schien den Premierminister scheinbar allmonatlich auszuwechseln.

Der degenerierte und korrupte ägyptische König wurde durch eine Offiziersrevolte abgesetzt und floh an die Riviera.

Abdullahs Sohn, Emir Talal, bestieg den jordanischen Thron. Zwei Jahrzehnte lang hatte er sein Leben in Langeweile und Verbitterung

im Schatten seines selbstherrlichen Vaters verbracht. Als er gekrönt wurde, priesen ihn die anderen arabischen Führer als Feind seines verstorbenen Vaters und als Patrioten, der der englischen Vorherrschaft im Land ein Ende setzen würde.
Leider war König Talal geistesgestört. Er hatte die Hälfte seiner Jugend in europäischen Privatsanatorien verbracht und war aus einer Anstalt in der Schweiz nach Jordanien geholt worden, um Anspruch auf den Thron zu erheben. Talals Regierungszeit war kurz. Der König, den die Engländer und die Legion auf den Thron gehoben hatten, war offensichtlich unfähig zu regieren.
Talal wurde durch ein Geheimabkommen zwischen den Militärs und dem Parlament abgesetzt und außer Landes geschafft. Er verbrachte den Rest seines Lebens in der Verbannung, zuerst in Ägypten und dann in einer einsamen Villa in der Türkei.
Talals ältester Sohn Hussein wurde zum König gekrönt, und man ernannte einen Regenten für ihn. Der junge Hussein war bei der Al-Aksa-Moschee dem Tode entgangen, weil die für ihn bestimmte Kugel des Mörders von den Orden auf der Brust des Fünfzehnjährigen abgeprallt war.

IV

Bei Abdullahs Tod war die Zeit reif für eine Rebellion. Als Reaktion auf die jordanische Unterdrückung brachen in allen Lagern der Westbank Unruhen aus. Die Aufstände waren schmutzig und oft blutig, hatten aber kein wirkliches Ziel außer dem Gefühl der Erleichterung, das nach den Tumulten eintrat.
Wir brauchten eine Stimme, die uns vereinigte. Ich hatte fest damit gerechnet, daß Hadschi Ibrahim vortreten, uns zusammenschließen und uns ein Ziel und eine Richtung weisen würde. Statt dessen hielt er sich versteckt und entging unversehrt und unbemerkt der jordanischen Reaktion. Mein mutiger, edler Vater, der Gegenstand meiner Verehrung, war zum Schweigen gebracht worden. Das Feuer in seinem Herzen war zu Asche niedergebrannt. Für mich war es ein schrecklicher Schlag, eine furchtbare Enttäuschung.
Während die Arabische Legion zuschlug und die Andersdenkenden ausschaltete, sorgten der Hadschi und die übrigen alten Führer für

sich und retteten ihre Haut. Ich begann sie wegen ihres unaufhörlichen Gejammers über die Verbannung zu hassen. Was immer sie an Stolz und Würde besessen haben mochten, war verschwunden. Ihnen war Unrecht geschehen, sie hatten Anspruch auf Mitgefühl und gaben sich damit zufrieden, in Untätigkeit von Almosen zu leben.
Dann kamen die Vereinten Nationen und übernahmen die Lager, Verwalter mit blauen Augen und goldblondem Haar. Sie würden künftig die Entscheidungen für uns treffen.
Die Jordanier waren nicht mehr hinter meinem Vater her, denn er hatte bewiesen, daß er resigniert hatte. Ibrahim besaß noch immer das Ansehen der Vergangenheit und den neuen Glorienschein durch Jamils Märtyrertum. So ergatterte er eine Stellung bei den Vereinten Nationen als Leiter eines Komitees, das im Gebiet von Jericho Industrie ansiedeln und die Landwirtschaft fördern sollte. Er verschaffte Kamal eine Anstellung im Depot der UNRWA für medizinisches Material. Das war genau das Richtige für Kamal. Er hatte wenig zu tun, konnte in einem ruhigen Zimmerchen dösen, während ihm ein Assistent Kaffee brachte und die anfallende Arbeit erledigte. Kamal, der in meinen Augen nie ein großes Licht gewesen war, schien mir nun völlig heruntergekommen.
Fatima, Kamals Frau, die früher lebhaft und unterhaltsam gewesen war, wurde in Akbat Dschabar vollkommen apathisch. Die beiden machten sich kaum noch die Mühe, die Fliegen zu verjagen. Kamal würde alt werden, Vaters Generation im Café ablösen, an einer Wasserpfeife saugen, phantasievolle Geschichten von der riesigen Villa erzählen, in der er in Tabah gelebt hatte, und seine Kinder zu den Fedajin schicken, damit sie seinen Besitz von den zionistischen Hunden wiedererlangten.

Omar überraschte uns. Er verbrachte die meiste Zeit in Jericho und belästigte die Ladenbesitzer, bis der Inhaber eines Gemischtwarenladens ihn endlich anstellte. Omar erweiterte bald sein Betätigungsfeld, braute Kaffee und verkaufte den Fahrern der an der Allenby-Brücke wartenden Fahrzeuge Süßwaren. Er besorgte Botengänge für die Lastwagenfahrer und erfand schließlich einen Posten beim Postamt für sich.
Der Postdienst in einem Flüchtlingslager ist eine schwierige Angelegenheit. Es gab bei uns keine Zustellung. Wenn jemand einen Brief erwartete, schickte er ein Kind zum Postamt, wo es in der Schlange viele Stunden auf einen Brief warten mußte, der meist gar nicht vor-

lag. Omar richtete eine Zustellroute ein, berechnete einen halben Penny pro Brief und einen Penny für ein Paket. Der Dienst war schwierig, denn die Hütten waren nicht numeriert, und er mußte den Wohnsitz jeder Familie, jeder Sippe und jedes Stammes im Kopf haben.
Hadschi Ibrahims Stellung bei der UNRWA verschaffte der Familie Vorteile und Vergünstigungen. Da sowohl Kamal als auch Omar verdienten, besserte sich unsere Lebenshaltung. Dadurch wurde dem ständigen Vorwurf, daß »Sabri unsere Gewehre verkauft hat und mit dem Geld durchgebrannt ist«, der Stachel genommen. Die Einhaltung unseres Schwurs war für Nada und mich zu einer Frage von Leben und Tod geworden.

Was aber gab es für mich zu tun? Ich haßte die Untätigkeit. Heimlich erteilte ich Nada weiterhin auf dem Berg der Versuchung Unterricht. Ich half Omar bei der Postzustellung. Ich trieb mich bei Professor Mudhil herum, aber er hatte in dieser Zeit wenig zu tun, außer Abhandlungen vorzubereiten, die zu schwierig waren, als daß ich mich daran hätte beteiligen können.
Ich betete inbrünstig zu Allah, daß sich ein Glücksfall für mich ergeben möge – und Allah erhörte mich! Können Sie sich vorstellen, wie aufgeregt, wie begeistert, wie außer mir vor Freude ich war, als ich erfuhr, daß eine Knabenschule in Akbat Dschabar eröffnet wurde? Es gab dort nur Platz für dreihundert Schüler. Obwohl es Tausende von Jungen im schulpflichtigen Alter gab, wußte ich, daß ich aufgenommen werden würde. Tatsächlich waren die Schüler ausschließlich Söhne ehemaliger Muchtars, Scheichs und jetziger UNRWA-Angestellter.
Jeder arabische Staat führte bevorzugte Palästinenser in seinen Lohnlisten, angeblich, um den geflüchteten Brüdern zu helfen. In Wirklichkeit arbeiteten sie für die Interessen des Gastlandes. Dr. Mohammed K. Mohammed war ein bekannter Arzt, der vor dem Krieg mit den oberen Zehntausend aus Jaffa geflohen war. Da es so wenige Akademiker bei uns gab, neigten wir dazu, Ärzte, Zahnärzte, Rechtsanwälte und Lehrer besonders zu verehren. Die Ehrerbietung, die ihnen zuteil wurde, stand in keinem Verhältnis zu ihren tatsächlichen Leistungen.
Dr. Mohammed K. Mohammed war ein durchtriebener Politiker. Er benutzte seinen Ruf als Arzt als Sprungbrett, um die Gesellschaft für palästinensische Flüchtlingshilfe in Kairo zu gründen. Er bekam

Wind von dem Staatsstreich, durch den die Regierung gestürzt wurde, und bot sich und seine Organisation den neuen Machthabern an. Die Militärjunta erwartete sich von ihm Vorteile, stellte ihn in die vorderste Front der politischen Auseinandersetzungen und behauptete, daß er der wahre Führer der Vertriebenen sei.

Trotz der katastrophalen Niederlagen im Krieg gegen die Juden blieb Ägypten der mächtigste arabische Staat. Sein Haupteinflußgebiet auf die Palästinenser befand sich im Gazastreifen, einem von Ägypten kontrollierten schmalen Landstrich, in dem sich über hunderttausend Flüchtlinge aufhielten. Ägypten lag, genau wie Syrien und der Irak, auf der Lauer, um in das Gebiet des ermordeten Königs Abdullah an der Westbank einzudringen.

Als ein amerikanischer Philanthrop in Jericho eine Schule für Flüchtlingsjungen einrichtete, stand Dr. Mohammed K. Mohammed an der Spitze derer, die seine finanzielle Zuwendung beanspruchten. Er hatte seine Gesellschaft zu einer Unterorganisation der UNRWA gemacht, um Geldmittel für sich abzuzweigen. Hier bot sich Ägypten Gelegenheit, Fuß zu fassen.

Nördlich der Überlandstraße wurde auf halbem Weg zwischen unserem und dem Lager in Ein es-Sultan ein zweistöckiges Gebäude errichtet. Die Schule erhielt den Namen Wadi Bakkah, nach einem eindrucksvollen arabischen Sieg über die Westgoten im Jahre 711.

Es war ein offenes Geheimnis, daß Dr. Mohammed bisexuell veranlagt war. Er hatte eine Frau und eine große Familie, die in einer Villa in Alexandria lebten, befand sich jedoch für gewöhnlich in Gesellschaft junger Männer.

Mein Volk spricht nicht über Männer, die mit anderen Männern verkehren. Männer dürfen in der Öffentlichkeit Zuneigung zueinander zeigen, einander küssen und Hand in Hand gehen, aber wir geben nicht zu, daß es zu Intimitäten kommt. Jeder Anschein von Homosexualität muß unterdrückt werden. Warum? Es gibt überall Mohammed K. Mohammeds.

Dr. Mohammed K. Mohammed war ein imposanter Mann mit einem strengen Gesicht, einem Schnurrbart und einem eleganten Anzug westlichen Zuschnitts. Er war ungefähr fünfzig Jahre alt, mittelgroß, glühte vor Begeisterung, und seine Sprache war blumig. Die Wadi-Bakkah-Schule war für ihn ein persönlicher Erfolg, und er eröffnete sie mit großem Aufwand.

Es herrschte Mangel an ausgebildeten Lehrern, aber der Doktor hatte auch daran gedacht. Mitglieder der ägyptischen Moslem-Bruder-

schaft waren als palästinensische Flüchtlinge verkleidet in die Lager an der Westbank eingeschleust worden. Die meisten hatten eine gewisse Erfahrung als Religionslehrer, sie waren gebildet und kannten den Koran, der die Basis unserer Erziehung darstellt.
Ich wurde gemeinsam mit neun Jungen, die auch gelegentlich als Lehrer eingesetzt wurden, in die Oberstufe aufgenommen. Dr. Mohammed kam und ging, und der Klatsch hielt sich in Grenzen. Der Lehrplan war eine andere Sache. Obwohl der Koran in Fragen, die die Juden betrafen, eine eindeutige Haltung einnimmt, mußte man meinen alten Schulmeister in Ramle, Mr. Salmi, im Vergleich mit den Lehrern der Moslem-Bruderschaft als gemäßigt bezeichnen.
Im Geschichts- und Geographieunterricht wurden keine Landkarten verwendet, auf denen Israel erschien. Schon das Wort »Israel« hatte im Mund meiner Lehrer einen verächtlichen Beiklang. Wir lernten, daß Kanaan ein arabisches Land gewesen sei, bevor Josua es dem arabischen Volk stahl. Palästina war viertausend Jahre lang widerrechtlich angeeignetes Territorium gewesen.
Nachdem der Islam sich erhoben hatte, um die Kreuzfahrer aus dem Land zu jagen, verdarben und schwächten die türkischen Osmanen den Islam, raubten dem arabischen Volk seine wahre Führungsrolle in der Welt. In jüngster Zeit sorgten die Engländer heimlich dafür, daß sich die Juden als vorgeschobene Vertreter des Imperialismus in Palästina niederließen. Aufgrund ihres böswilligen Paktes mit dem Teufel waren die Juden darauf aus, Palästina zu vernichten.
Niemals waren die Araber für die Unglücksfälle verantwortlich, von denen sie heimgesucht wurden. Wenn wir Araber eine Schlacht verloren, wollte uns Allah nur daran erinnern, daß wir nicht vollkommene Moslems gewesen waren.
Beim Mathematikunterricht in der Unterstufe wurden Addition und Subtraktion gelehrt. »Wenn du zehn tote Zionisten hast und weitere sechs tötest, wie viele tote Zionisten hast du insgesamt?« Tote Zionisten zu multiplizieren und zu dividieren wurde in höheren Klassen komplizierter. Jeder Schüler mußte ein Kunstwerk anfertigen, das im Klassenzimmer an die Wand gehängt wurde. Die meisten stellten blutrünstige, hakennasige Juden dar, die arabische Kinder verstümmelten und töteten, zionistische Flugzeuge, die hilflose Flüchtlinge in den Lagern angriffen, glorreiche Fedajin, die Juden mit ihren Bajonetten durchbohrten, glorreiche Fedajin, die Juden niedertrampelten, deren Taschen sich vor Blutgeld bauschten, glorreiche Fedajin, die fliehende jüdische Feiglinge verfolgten, glorreiche Fedajin, die in Tel

Aviv auf einem Berg aus jüdischen Schädeln standen, glorreiche Fedajin, die arabischen Kindern Gedichte vorlasen.
Gelegentlich gab es ein Bild mit Blumen, Zelten, Brunnen, Bäumen, Vögeln und Tieren, aber solche Bilder wurden abgelehnt und erhielten niemals einen Preis.
Jeden Monat gab es einen Lyrik-Wettbewerb. Das Thema war immer gleich.

Der Zionist ist der Mörder der Welt,
Kinder, Bäume und Vögel sterben durch seine Kugeln,
Alle armen Menschen weinen,
Denn ihre Häuser wurden zerstört,
Und die Welt wird dafür bezahlen.

In den höheren Klassen klangen die Verse leidenschaftlicher.

Peitscht mich!
Bringt mehr Peitschen!
Mehr Henker!
Zu Tausenden!
Schlagt meine Haut zu Schuhsohlen!
Reibt mir Salz in jede Wunde!
Alte Wunden und neue Wunden.
Mit meinem Blut werde ich
Eine Million Protestlieder schreiben.

Wir hatten verschiedene Lehrbücher aus vielen verschiedenen Ländern. In der Oberstufe lasen wir aus einem ägyptischen Lesebuch:

O Mutter Israels! Trockne deine Tränen, deiner
Kinder Blut, das in der Wüste vergossen wird,
wird nichts als Dornen und Wermut hervorbringen.
Trockne dein Blut, o Mutter Israels, hab Mitleid
und erspare der Wüste dein unreines Blut,
o Mutter Israels. Sammle deine Erschlagenen ein,
mit ihrem Fleisch sind die Raben vollgefressen,
und ihr Gestank reizt zum Speien.
Weine, o Mutter Israels, und jammere. Laß jedes Haus
zu einer Klagemauer der Juden werden.

Schlagworte, die Tod und Vernichtung versprachen, hingen an den Wänden aller Klassenzimmer. Im Schulhof wurden Witze erzählt wie dieser:

»Wie viele Juden haben in einem Volkswagen Platz?«
»Dreißig. Vier auf den Sitzen und sechsundzwanzig in den Aschenbechern.«
Unsere körperliche Erziehung war eine vormilitärische Ausbildung. Wir wanderten zu »Naturstudien« aus der Schule, um die UNRWA-Leitlinien zu erfüllen. Wir marschierten zu geheimen Ausbildungsplätzen der Fedajin. In unseren Kursen lernten wir, im Feld zu leben, Fährten zu lesen, im Nahkampf Faust und Messer zu gebrauchen, unter einem Stacheldrahtverhau hindurchzukriechen, durch Feuer zu springen, Handgranaten zu werfen und lebende Tiere zu erwürgen, um unseren Mut zu beweisen. Wir arbeiteten sehr hart, um die Auszeichnung zu erhalten, mit scharfer Munition feuern zu dürfen. Wenn wir mit einem Maschinengewehr schießen durften, erfüllte uns ein überwältigendes Gefühl von Macht und Triumph. Ein Neunjähriger war unser bester Scharfschütze.

Die zehn Schüler der Oberstufe, zu denen ich gehörte, hatten die Ehre, einen hochrangigen heiligen Mann von der Bruderschaft als Lehrer zu bekommen. Unser Kurs befaßte sich mit der Druckschrift, die die Akademie für islamische Forschung in Kairo veröffentlicht hatte, eine Versammlung von fünfzig führenden mohammedanischen Gelehrten und heiligen Männern aus dem gesamten Verbreitungsbereich des Islam. Zusätzlich zu den Delegierten der arabischen Staaten hatten auch welche aus Togo, Rußland, Indonesien, Indien, Jugoslawien, China und Japan teilgenommen. Sie waren die Muftis, die Professoren, die Geistlichen der Religion. Es hatte Dutzende von Reden, Vorträgen, gelehrten Abhandlungen, Diskussionen und Resolutionen gegeben. Alle befaßten sich mit den »Fünf Großen Themen«.

1. Die Juden sind die Feinde Gottes und der Menschheit.
2. Die Juden waren im Lauf ihrer Geschichte immer schlecht. Ihre Bibel ist voller Ärgernisse und Ausschweifungen, die die wahre Natur ihrer Religion enthüllen. Sie ist eine Fälschung des Wortes Gottes.
3. Juden sind Abschaum und bilden keine legitime Nation.
4. Der Staat Israel muß vom Erdboden vertilgt werden, denn er stellt den Gipfel der geschichtlichen und kulturellen Verworfenheit dar. Der jüdische Staat steht im Widerspruch zu Allahs »Sitz des Islam«.
5. Der Islam ist erhaben. Seine Erhabenheit garantiert seinen

Triumph über alle Religionen und Völker. Niederlagen der Araber im Verlauf der Geschichte wurden von Allah geplant, um den Moslems die Lehre zu erteilen, ihre Reinheit und Zielstrebigkeit zu erneuern.

Wir befanden uns außer Sichtweite der Verwalter mit ihren blauen Augen und blonden Haaren, die sich in den von Mauern umgebenen Villen in Amman vergruben. Der gesamte Unterricht war den Arabern überlassen worden. Wenn das Personal der UNRWA kam, um uns zu inspizieren, wurden wir vorher gewarnt. Einige Auserwählte kannten das große Geheimnis der Schule. In unserem Keller wurden Gewehre und Munition aufbewahrt.

Dr. Mohammed K. Mohammed kehrte vor unserem ersten Jahrestag von einer Reise zurück. Wir versammelten uns in der glühenden Sonne im Schulhof, wo etliche Redner unsere Fortschritte und unser Engagement für die Revolution lobten. Als künftige Fedajin hatten wir in unserer geistigen Entwicklung einen langen Weg zurückgelegt. Unsere fest vereinten arabischen Brüder befanden sich unmittelbar jenseits der Grenze und bereiteten sich auf den Vernichtungskrieg vor. Viele von uns würden zu Helden werden.

Wir waren schon erschöpft, als Dr. Mohammed K. Mohammed endlich vortrat, um zu uns zu sprechen.

»Heute ist nach dem christlichen Kalender der zweite November«, schrie er in das Mikrophon und hob die Faust. »Weiß jemand von euch, was das bedeutet?«

»Nein«, antworteten wir einstimmig.

»Es ist einer der schwärzesten Tage in der ganzen arabischen Geschichte.«

»Oh«, murmelten wir.

»Es ist der Tag, an dem die imperialistischen englischen Hunde den Juden unser Erstgeburtsrecht verkauften und ihnen unberechtigte Ansprüche auf unsere heiligen Gebiete in Palästina zuerkannten.«

»Oh.«

»Es ist der Tag, an dem sie die niederträchtige Balfour-Erklärung proklamierten. Nieder mit der Balfour!«

Unsere Lehrer, die auf einer kleinen, erhöhten Plattform hinter dem Doktor standen, schrien einmütig: »Nieder mit der Balfour!«

Wir, die Schüler der Oberstufe, sprangen auf. »Nieder mit der Balfour!«

Dr. Mohammed K. Mohammed kam herunter, formierte uns zu ei-

nem Zug und führte uns aus dem Schulhof, während wir gemeinsam immer wieder schrien:
»Nieder mit der Balfour!«
Draußen strömten wir zu einer Reihe von Kiosken und einem Café, in dem ältere Müßiggänger saßen. Als wir an ihnen vorbeikamen, standen sie auf und schlossen sich uns an.
»Nieder mit der Balfour!« schrien auch sie.
Wir waren draußen auf der Überlandstraße. Auf der anderen Straßenseite hatten sich mehrere hundert Frauen und Mädchen angestellt und warteten auf den Tankwagen mit dem Trinkwasser. Die Reihe löste sich auf, und auch sie schrien erregt: »Nieder mit der Balfour!« Sie folgten uns, als wir zum Lager in Ein es-Sultan marschierten. Weitere hundert Menschen strömten von Akbat Dschabar herunter. Bald war die Landstraße von Menschen überflutet.
»Nieder mit der Balfour!«
Wir kamen zu einem kleinen, alleinstehenden einstöckigen Haus, das einem Schuhmacher gehörte, einem Armenier namens Tomasian, der sein ganzes Leben in Jericho verbracht hatte.
»Was ist los?« schrie er vom Balkon herunter.
»Nieder mit dem Balkon!« schrie jemand zu ihm hinauf.
»Nieder mit dem Balkon!« wurde zum neuen Spruch.
»Nieder mit dem dort oben!«
Ein Händler mit einem Eselskarren wurde von der Landstraße abgedrängt, als wir ihn umringten.
»Nieder mit dem Eselskarren!«
»Nieder mit Abdullahs Leiche!«
»Nieder mit den Vereinten Nationen!«
»Nieder mit den amerikanischen Verbrechern!«
Der Pöbel wurde nun von der Moslem-Bruderschaft geleitet. Menschen lösten sich aus der Masse, stürmten in das Haus des Armeniers, plünderten es und schrien rhythmisch, daß Tomasian ein Verräter wäre.
»Djihihad!«
»Heiliger Krieg!«
»Nieder mit den Armeniern!«
Offenbar hatte jemand unseren wachsenden Aufruhr koordiniert, denn ein Lehrer der Bruderschaft kam aus Ein es-Sultan auf uns zu; ihm folgten etwa hundert Jungen, die mit Volldampf unterwegs waren. Als sie sich uns anschlossen, sahen wir, daß sie durch die Hitze erschöpft waren, schwitzten und zitterten. Während sie sich mit unse-

rem Zug vereinigten, begann einer zu erbrechen, dann ein zweiter und noch einer. Einen Augenblick später erbrachen alle.
»Die Zionisten haben die Quellen vergiftet!«
»Nieder mit den Zionisten!«
Dutzende stürzten in die Knie, würgten und erbrachen überall auf der Überlandstraße.
»Wir sind vergiftet worden!«
Hunderte von Menschen brachen auf dem Boden zusammen, wanden sich und schrien. Manche glaubten, Mohammed zu sehen. Andere sahen Allah!
Die wenigen Krankenwagen des Roten Halbmondes aus Jericho waren nicht in der Lage, mit diesem Ausbruch von Massenhysterie fertig zu werden. Frauen fielen in Ohnmacht. Männer liefen mit Schaum vor dem Mund Amok.
Autos und Lastwagen, die aufgehalten worden waren, hupten wütend. Die Fahrzeuge wurden gestürmt, umgeworfen und in Brand gesteckt. Bald war die Luft von ziellos geschleuderten Steinen erfüllt. Blut mischte sich unter das Erbrochene.
»Nieder mit dem Balkon!«
»Nieder mit dem Balkon!«

V

1953

Von dem Augenblick an, in dem Per Olsen unsere Hütte betrat, wußten wir, daß er anders war als die üblichen Bürokraten. Unser neuer UNRWA-Verwaltungsbeamter war Däne, ungefähr fünfzig, hatte aber weder blaue Augen noch blondes Haar. Er war ein erfrischend anständiger Mann mit der guten Laune, die die Förmlichkeit, die man meistens Ausländern gegenüber fühlt, schnell überwindet.
Per Olsen hatte seine Beglaubigungsschreiben im Kielwasser eines der blutigsten Bürgerkriege der Geschichte erworben, im Krieg zwischen den Moslems und den Hindus in Indien. Bei dem auf die Ausrufung des Staates Pakistan folgenden Bevölkerungsaustausch gab es fast über Nacht etwa zwanzig Millionen Flüchtlinge. Olsen erhielt großes Lob für die humanitäre Arbeit, die er unter ihnen leistete.

Daß er nach Jericho kam, bedeutete mehr als den Wechsel des Postens.

Mein Vater war von Beginn an von Per Olsen beeindruckt, als der Däne seine arabischen Mitarbeiter zu einer Beratung zusammenrief.

»Er ist ein hervorragender Mann«, erklärte mir Ibrahim. »Ich bin sicher, daß er für eine besondere Aufgabe hierhergeschickt wurde.«

Ich war vor kurzem siebzehn Jahre alt geworden und sprach gut englisch. Ich arbeitete nicht nur als angestellter Lehrer an der Wadi-Bakkah-Schule, sondern auch als Dolmetsch für meinen Vater. So erlebte ich die Freundschaft zwischen ihm und Per Olsen von Anfang an mit.

Nachdem Olsen ein wenig Fuß gefaßt und die Fähigkeiten seines arabischen Stabes erkundet hatte, besuchte er uns in unserer Hütte.

»Ich möchte mich auf dich als meinen persönlichen Ratgeber verlassen können, Hadschi Ibrahim.«

»Ich bin nur ein bescheidener Angestellter der Vereinten Nationen. Meine Dienste stehen dir immer zur Verfügung.«

»Uns steht hier eine interessante Zeit bevor«, erklärte Olsen und nahm lange, dünne Zigarren aus einem Päckchen in seiner Hemdtasche. Mein Vater versuchte eine.

»Hmm, mal was anderes«, meinte Vater. »Recht gut.«

»Da wir jetzt die erforderlichen vierzig Sekunden lang Rauch in dein Haus geblasen haben, laß mich von Mann zu Mann mit dir sprechen. Ich muß dich nicht als Bruder, sondern als Mann auf meiner Seite wissen.«

Vater lächelte.

»Was willst du über mich wissen?« fuhr Per Olsen fort.

»Dein Rang und dein Ruf sind dir vorausgeeilt«, sagte Vater.

»Ich habe die schlimmsten Verhältnisse an der Grenze zwischen Indien und Pakistan erlebt. Brauchst du Einzelheiten, um zu glauben, daß ich weiß, was ich tue?«

»Die Zeit allein wird zeigen, ob man Indien auf Palästina übertragen kann.«

»Ich habe zu viel Verderbtheit der Menschen erlebt, um mich im Gefühl falscher Sicherheit einlullen zu lassen. Kurz gesagt, ich bin weder von reicher noch von armer Herkunft. Ich interessiere mich nicht für jüdische oder arabische Politik. Meine erste Frau war Jüdin, sie wurde von den Nazis in Dachau ermordet. Keine Kinder, Gott sei

Dank. Meine jetzige Frau ist Mohammedanerin, eine Krankenschwester, die in Indien mit mir zusammengearbeitet hat. Wir haben drei Kinder. Du siehst also, ich bin vollkommen international.«
»Eine ausgezeichnete Zigarre«, lobte Vater.
Die beiden Männer verfielen in längeres Schweigen, während sie versuchten, durch Zeit, Raum, Kulturen, Mißtrauen einen Weg zur Gegenwart zu finden.
»Was willst du eigentlich?« fragte Vater.
»Ich habe mich bereit erklärt, in das Gebiet von Jericho zu übersiedeln, weil ich mit einer besonderen Aufgabe weiterkommen möchte. Wie du weißt, sind Untätigkeit und Verzweiflung die Hauptübel in den Flüchtlingslagern. Mit Hunger und Krankheiten kann man fertig werden. Verzweiflung aber führt zu Verbrechen, Terror und Wahnsinn. Wenn ich an etwas glaube, dann ist es das Prinzip der Selbsthilfe. Ich kann euch helfen anzufangen, euch selbst zu helfen. Ich will in Akbat Dschabar einen Mechanismus in Gang setzen, der alle Flüchtlinge aus ihrer Lethargie aufscheucht.«
»Was weißt du von den Arabern?«
»Ich bin kein Phantast, Hadschi Ibrahim. Deshalb bin ich zu dir gekommen. Ich habe über dich zuerst von Monsignore Grenelli, dem vatikanischen Beobachter für Flüchtlingsfragen, gehört. Er erzählte mir ausführlich von deinem Ein-Mann-Krieg in Zürich. Ich war bestrebt, soviel wie möglich über deine Vergangenheit zu erfahren. Was meinst du? Ich habe Geld, und ich habe Pläne.«
»Mein erster Rat, Per Olsen, lautet: Geh langsam vor. Sehr langsam.«

Mein Vater schien eine seelische Auferstehung durchzumachen, während Olsen und die UNRWA eine fieberhafte Tätigkeit entfalteten. Im Tal von Jericho war Baulärm zu hören.
Sechs Schulen wurden errichtet, zwei davon für Mädchen.
Dringend benötigte medizinische Einrichtungen wurden gebaut, Kliniken, eine Malaria-Kontrollstation, eine Chlorierungsanlage, eine Wasserwiederaufbereitungsanlage, Ernährungszentren, die auf Säuglinge und Kinder ausgerichtet waren, deren Sterblichkeitsrate erschreckend angestiegen war.
Moscheen, ein Schlachthaus, Geschäfte, eine Polizeistation, Lagerhäuser für Lebensmittel, Verteilungszentren und Transportmittelbahnhöfe entstanden entlang der Landstraße.
Per Olsen wollte Zeichen setzen. Er benutzte Vater als Verbindungs-

mann zu den Scheichs und Muchtars, und die Dinge kamen in Schwung.

Eines Abends, sechs Monate nach Olsens Ankunft, saßen Vater und ich in seinem Büro. Alle drei rauchten wir Zigarren, als er mit funkelnden Augen seine Schreibtischlade öffnete.
»Hier ist sie«, sagte Olsen. »Die Genehmigung, einen Entwicklungsplan zu erstellen. Fabriken, Bergwerke, Industrie, Landwirtschaft. Ein Versuchsprojekt, das im Falle des Gelingens auf die gesamte Westbank angewendet werden kann.«
»Aber wird das nicht sehr hohe Kosten verursachen?« fragte Vater.
»Der Plan ist so angelegt, daß sich die Investitionen in fünf Jahren bezahlt machen.«
»In fünf Jahren?«
»Du hast selbst gesagt, ich soll langsam vorgehen.«
»Ja, weil das Leben hier am Ende der Welt langsam verläuft, weil wir nicht zuviel von draußen aufnehmen können. Aber du sagst, es wird fünf Jahre dauern, bis dein Werk Gewinn abwirft. Wenn wir hier etwas Dauerhaftes akzeptieren, überschreiten wir damit eine politische Grenze. Wir wollen nicht für immer in Jericho bleiben.«
»Wie lange ihr auch bleibt, ihr müßt eure Selbstachtung zurückgewinnen. Wenn ihr ein ordentliches Leben führen könnt, werden einige von euch bleiben. Wenn sich hier die Möglichkeiten verbessern, werden andere eure Arbeit hier weiterführen, wenn ihr weggeht.«
Ibrahim war beunruhigt. »Der Gedanke ist schwer zu verkaufen, Per.«
»Lehnst du die Idee ab?«
»Ich habe viele Jahre Seite an Seite mit den Juden gelebt. Wir konnten ihre Handlungsweise nicht begreifen. Wir müssen einfache Menschen bleiben und uns an Dinge halten, die wir verstehen. Oh, vielleicht glauben die Saudis, daß sie eine moderne Gesellschaft kaufen können ... ich weiß nicht, Per, ich weiß nicht.«
»Bleib bei mir, Hadschi Ibrahim. Wenn wir Erfolg haben, können wir das Leben vieler Menschen an vielen Orten in der Welt verbessern.«

Das Jericho-Projekt wurde mit großem Reklamewirbel angekündigt. Weltexperten kamen nach Akbat Dschabar, um das Projekt zu entwickeln. Plötzlich wurde Vater als der alte weise Mann unaufhörlich

von Wissenschaftlern, Ärzten, Ingenieuren und Lehrern um Rat gefragt. Seine angeborene Klugheit und seine praktische Kenntnis der Mechanismen unserer Welt machten ihn unentbehrlich.
Für einige Zeit vergaß er seine früheren Niederlagen. Vielleicht vergaß er auch die Wirklichkeit. Für mich war es eine herrliche Zeit, ich las ihm Zeitungen vor, dolmetschte bei wichtigen Besprechungen, war der erste Sohn des großen Hadschi Ibrahim.
»Wir gehen zu schnell vor, Per.«
»Es kann nicht warten.«
Das Projekt? Oh, beim Barte des Propheten, was für ein Projekt!

Es gab entlang des Jordangrabens und des Toten Meeres große Landstriche mit unfruchtbarem Boden, die wegen des Mangels an Regen und des schlechten Bodens niemals landwirtschaftlich genutzt worden waren. Ein großes Stück Land wurde abgesteckt und dafür bestimmt, eine Musterfarm zu werden, die direkt vom Fluß aus bewässert werden sollte. Es wurden Studien angestellt, um zu ermitteln, welche Art von Saatgut mit Erfolg angebaut und welche bereits existierende Kulturen verbessert werden konnten.
Weideflächen für Schafe und Rinder wurden mit besonders widerstandsfähigen, in der Wüste erprobten Gräsern begrünt. Obstgärten wurden mit den robustesten Oliven-, Orangen-, Bananen- und Dattelsorten bepflanzt. Felder wurden mit Baumwolle, Erdnüssen und Wüstenweizen bebaut.
In Glashäusern, die viele Hektar bedeckten, sollte Gemüse wachsen, während eine Versuchsfarm ständig Saatgut von ertragsarmem Land einführen und ausprobieren sollte.
Der landwirtschaftliche Teil des Jericho-Projekts würde ein Gebiet von zwanzigtausend Dunam umfassen, tausend Menschen Arbeit bieten, und zur Erntezeit würden es sogar zweitausend sein.
Ferner plante man die Ausbeutung des Toten Meeres, das bekanntlich reich an Pottasche und anderen Mineralien ist. Der Jordan fließt seit Jahrtausenden in das Tote Meer, doch dieses besitzt keinen Abfluß und wirkt so als natürliches Auffangbecken. Die Juden arbeiteten bereits im Süden, auf ihrer Seite des Toten Meeres. Pläne wurden entworfen, um in der Umgebung von Qumran einen Bergwerksbetrieb aufzuziehen, der zu Beginn dreihundert Arbeiter beschäftigen würde.
Die dritte Stufe des Projekts befaßte sich mit Industrie und erforderte eine geeignete Fabrikanlage. Lebensmittel von der Farm würden ver-

arbeitet, verpackt und konserviert werden. Mineralien aus dem Toten Meer würden raffiniert und durch Jordaniens einzigen Hafen in Akaba verschifft werden. Das bedingte den Bau einer aufnahmefähigen neuen Straße sowie der erforderlichen Nebenstraßen.
Leichtindustrie würde angesiedelt werden, die den Fähigkeiten der Flüchtlinge entgegenkam, und man würde eine Berufsschule für Jungen bauen, um die erforderlichen technischen Kenntnisse zu vermitteln. Kleine Fabriken würden Teppiche, Stoffe und Kleidung, Werkzeuge und Baumaterial herstellen. Ein Steinbruch sollte Blöcke und die Sand- und Kiesgruben würden die Grundstoffe für eine Glasfabrik liefern.

Während die Sachverständigen ihre dicken Akten mit Unterlagen und Entwürfen schlossen, oblag es Hadschi Ibrahim, unseren Leuten das Jericho-Projekt schmackhaft zu machen. Ich begleitete ihn zu einer Versammlung nach der anderen und hörte zu, wie er den Plan über den grünen Klee lobte.
»Wir werden die Juden mit ihren eigenen Waffen schlagen!« prahlte er. »Wir werden Akbat Dschabar aus einem Ort der Verzweiflung in eine stolze Stadt verwandeln. Unsere Familien werden arbeiten und Geld nach Hause bringen. Das ist unsere große Gelegenheit, die Lumpen abzulegen und anständige Häuser zu bauen. Wir haben zu lange im Dreck gelebt.«
Glauben Sie nicht, daß der Hadschi ein Phantast war. Obwohl er so eifrig agitierte, wußte ich, daß in ihm Ströme von Zweifeln über ihre Ufer traten. Hatte unser Volk zu lang ohne Arbeit und Hoffnung gelebt? Begnügten sie sich jetzt damit, als die Wohlfahrtsempfänger der Welt dahinzuvegetieren? Würden sie sich auf das Projekt einlassen?

O Allah, wie verbittert sind die Enttäuschten!
Es begann mit einer Ausschreibung der UNRWA für mehrere hundert Bauarbeiterposten. Nur ein Drittel davon konnte mit Bewohnern von Akbat Dschabar besetzt werden.
Trotz allen Drängens, Drohens und Flehens meines Vaters mußten wir uns schließlich an auswärtige Unternehmer wenden, und Arbeitskräfte mußten von außerhalb herangeholt werden. Bei den Arbeitsplätzen im Straßenbau und in der Landwirtschaft, die vergeben wurden, war es genauso.
Die Einschreibung in die Schulen erfolgte so spärlich, daß kaum die

Hälfte der Plätze in den Klassen besetzt waren, und die meisten Schüler kamen nur unregelmäßig.
Die Habsucht der einzelnen Stämme regte sich, und das großartige Projekt war eine Totgeburt. Jeder Mann, der Ansehen innerhalb seines Stammes besaß, erhob Anspruch auf einen Aufsichtsposten oder eine leitende Stellung und brachte ein Gefolge von Stammesgenossen als Angestellte mit. Der Kampf um Posten war in Wirklichkeit ein Kampf um Autorität. Endloses Feilschen führte zu endlosem Zank. Fäuste schlugen zu, und bei Planungssitzungen wurden Pistolen gezogen. Die Verlierer waren verärgert. Die Gewinner dehnten ihre Machtpositionen nach dem Prinzip aus, ein Ein-Mann-Job könne besser von fünf Mitgliedern seiner Familie erledigt werden.
Als Baumaterial eintraf, wurde es hemmungslos gestohlen. Das Bauen ging fast im Zeitlupentempo vor sich. Es herrschte Mangel an Arbeitskräften, Mangel an fachkundiger Aufsicht, Mangel an Planung. Verwirrung und Lethargie beherrschten das Projekt.
Wenn in unserer Welt fünf Männer die Arbeit von einem einzigen besorgen, rechtfertigen vier davon ihre Existenz durch Verzögerungstaktiken. Eine Armee von Schreibtischbürokraten trieb grausame Spiele. Genehmigungen und Inspektionen wurden endlos hinausgezögert. Leute ohne Sachkenntnis schreckten nicht davor zurück, komplizierte Installationen zu berechnen. Es konnte eine Woche dauern, wenn man einen Sack Nägel bestellte.
Dann tauchten die Fedajin-Banden auf, die den Diebstahl von Material im großen Stil organisierten und anschließend einen Sicherheitsdienst einrichteten, um weitere Diebstähle zu verhindern. Außerdem verlangten die Fedajin von Vater und den anderen arabischen Führern, daß sie eine geheime Fabrik für die Herstellung von Waffen und Munition errichten sollten.
Die Imams der Moscheen mischten sich ein. Priester verlangten Bestechungssummen und drohten, andernfalls die Arbeiten zu behindern und von ihren Kanzeln gegen den Plan zu predigen.
Chaos erzeugte noch mehr Chaos.
Unseren Leuten wurde eingehämmert, daß die UNRWA ihre neue Regierung sei, eine mystische Vaterfigur, die für sie zu sorgen habe. Doch sie wollten weder Verantwortung ihr gegenüber tragen, noch für die Verbesserung des Lebensstandards ihrer Familien arbeiten. Die UNRWA würde schon für alles sorgen. Das war das Geringste, was sie für den Verlust ihrer Heimat erwarten konnten.
Obwohl von der UNRWA für die grundlegenden Bedürfnisse gesorgt

wurde, grollte man ihr. Sollten sich die Vereinten Nationen nicht dafür einsetzen, sie wieder in ihre Dörfer zurückzuführen? Sollte nicht die Welt die Juden aus Palästina vertreiben? War die UNRWA nicht in Wirklichkeit wieder eine Invasion von Ausländern, die sich anmaßten, Entscheidungen über ihr Leben zu treffen?
Ich sah zu, wie der Hadschi immer mutloser wurde, als seine Versammlungen in Streitereien ausarteten.
»Nein, Ibrahim«, schrien seine Scheichs, »wir werden dem Jordan keinen Tropfen Wasser entnehmen, denn das würde bedeuten, daß wir ein Abkommen mit den Juden schließen. Lieber verdursten wir, als daß wir das Wasser mit ihnen teilen.«
»Hör zu, Hadschi, wenn wir in Jericho Fabriken bauen, werden die Juden glauben, daß wir uns mit unserer Verbannung abgefunden haben.«

Als der Verschönerungsplan der UNRWA, Bäume und Gärten zu pflanzen, Spielplätze zu errichten und Straßenlampen aufzustellen, in Gang kam, wurde alles vom wütenden Pöbel zerstört.
»Tod der UNRWA!«
»Tod den Agenten des Imperialismus!«
Die UNRWA zu betrügen, wurde ein Lebensprinzip. Wenn ein Kind zur Welt kam, meldete es die Mutter für eine Lebensmittelmarke an. Am nächsten Tag meldete eine andere Frau derselben Familie dasselbe Kind an und erhielt eine zweite Karte. Oft wurden Neugeborene innerhalb einer Sippe unter einem halben Dutzend verschiedener Namen angemeldet.
Niemand, der ein Einkommen erhielt, gab es an. Todesfälle wurden nie gemeldet, um weiter die Lebensmittelkarte zu beziehen. Jede Familie, die Akbat Dschabar verlassen konnte, behielt eine Lageradresse und bezog darauf Lebensmittelkarten. Beduinen, die in ihre grenzenlose Welt heimkehrten, behielten ihre Adressen und kamen jeden Monat ins Lager zurück, um ihre Lebensmittelrationen abzuholen.
Einige waren durch Geschäftemacherei reich geworden und lebten nun in Ost-Jerusalem oder Nablus. Sie kamen aber immer noch ins Lager, oft mit neuen Autos, um ihre Rationen zu holen.
Verarmte Bauern aus Jordanien und der Westbank drängten in die Lager und gaben sich als Flüchtlinge aus. Ein lebhafter Schwarzmarkthandel mit überschüssigen Lebensmittelkarten entwickelte sich.

Als Baumaterialien zur Verbesserung unserer Hütten angeboten wurden, machten sich nur wenige die Mühe, sie in Anspruch zu nehmen. »Wir wollen nicht, daß die Juden glauben, wir bauen feste Wohnungen.«
Umgekehrt errichteten die Neureichen unter den Schwarzmarkthändlern mitten zwischen den verwahrlosten Hütten von Akbat Dschabar kleine Villen.
Das Spiel mit der Zahl der Flüchtlinge eskalierte. Zu Beginn des Krieges war festgestellt worden, daß eine halbe Million Araber geflüchtet seien. Ihre Zahl wuchs mit der Zeit auf über eine Million an und kletterte ständig weiter. Eine genaue Zählung wurde unmöglich, da die arabischen Verwaltungsbeamten in der UNRWA die Mißbräuche deckten.

Ich weiß nicht genau, wann oder wodurch die heftigste Demonstrationswelle ausgelöst wurde, aber das spielt auch keine Rolle. Wir befanden uns immer dicht vor Ausbruch eines Aufruhrs. Die meisten Tumulte gingen von den Schulen aus. Die Lehrer hatten mehr Einfluß als unsere Eltern, und sie beherrschten den Geist der Kinder vollkommen. Für gewöhnlich war das UNRWA-Hauptquartier das Ziel der Protestkundgebungen, und wenn eine Demonstration einmal im Gang war, konnte man nicht voraussagen, wie sie enden würde.
Die »Notlage«, der »Tag der Katastrophe« und die »Verbannung« waren immer geeignete Gründe, um auf die Straße zu gehen. Der Rest war Angst, Angst vor einer Kürzung der Lebensmittelrationen, Angst vor dem Ausbruch von Epidemien, Angst, daß die Tankwagen mit Wasser verspätet anlangten. Wenn eine Klinik wegen Personalmangels ihre Ambulanzstunden verkürzte, folgte bald darauf eine Demonstration.
In der Nacht, in der die Aufrührer eine Klinik in Brand steckten, wurde Hadschi Ibrahim als Handlanger der Zionisten gebrandmarkt. Die Klinik war verbrannt worden, weil eine Hilfssendung von Impfstoffen aus Israel angenommen worden war, um eine Choleraepidemie einzudämmen.
Am nächsten Tag suchten wir Per Olsen auf, der sich verbarrikadiert hatte und unter dem Schutz der Arabischen Legion stand. Sein Rücktrittsgesuch lag bereits auf seinem Tisch.
»Es ist vorbei, Hadschi. Das Jericho-Projekt ist gestorben«, sagte er.
»Wenn du die Tumulte beenden willst«, sagte mein Vater, »dann

fang einfach an, Lebensmittelmarken einzuziehen. Sie werden aufhören.«

»Ich kann nicht über alle Spiele auf dem laufenden sein, die hier getrieben werden.« Olsen zitterte vor Zorn. »Es geht über meinen Verstand, kein Mensch kann so etwas ertragen. Ich reise ab.«

»Ich bedaure, Per, was du von uns halten mußt. Man wird uns draußen in der Welt verurteilen, nicht wahr?«

»Nein, mein Freund, so funktioniert das System nicht. Die UNRWA schätzt es nicht, wenn Schraubenschlüssel in ihre Maschinerie geworfen werden. Zu viele Bürokraten müßten sich nach ehrlicher Arbeit umsehen. Alles wird bemäntelt werden. Womöglich wird man den Fehlschlag schließlich den Juden anlasten. Darin sind die Vereinten Nationen recht tüchtig. Du hast es versucht, Hadschi Ibrahim, aber du wußtest die ganze Zeit, daß wir scheitern würden.«

»Das ist leider richtig«, flüsterte mein Vater.

»Ich hinterlasse dir ein Legat. Vier Kisten Zigarren. Die sollten für eine Weile reichen.«

Wir gingen schmerzlich bewegt vom Hauptquartier der UNRWA heim. Damals erkannte ich, daß der Hadschi zu altern begann. Er blieb stehen und sah sich um. Ein paar Pfähle in einem steinigen Feld markierten die Fläche der großen Versuchsfarm, die nie eine Ernte eingebracht hatte. Ein paar verfallene Betonfundamente mit hochragenden Stahlarmierungen wie mahnende Finger waren alles, was von den Fabriken übrig war, die keinen einzigen Ballen Stoff erzeugt hatten.

»Warum, Vater?«

»Das Projekt hätte Teamwork erfordert. Teamwork erfordert Vertrauen. Unter uns gibt es kein Vertrauen. Wir rühmen uns unserer Potenz. In Wahrheit sind wir impotent.

Es gibt noch beschlagnahmte Baumaterialien. Wir werden sie nehmen und ein anständiges Haus näher an der Überlandstraße bauen. Eines, das eines UNRWA-Beamten würdig ist.«

VI

1954

Mein achtzehnter Geburtstag war ein denkwürdiges Ereignis, doch welcher junge Mann kann jemals den Übertritt ins Mannesalter vergessen?

Witwen ohne den Schutz einer großen Familie oder Sippe waren oft das Ziel unsittlicher Belästigungen oder Vergewaltigungen. Aber nicht die Witwen, die unter dem Schutz von Hadschi Ibrahim standen. In unserem Teil des Lagers lebten mehrere, und sie waren vor Unbill vollkommen sicher. Nur ein Mann wagte meinen Vater herauszufordern, aber er verlor seine Zunge wegen seiner Übergriffe.

Hilwa war eine gesetzte Frau, vielleicht schon sechsundzwanzig. Ihr Mann war vor über einem Jahr gestorben. Er kam ums Leben, als der Bus nach Jerusalem, den er fuhr, umstürzte, und sie blieb mit vier kleinen Kindern zurück. Hilwa war eine jener Frauen, die während des Krieges von ihren Leuten getrennt worden waren und sich im Tabah-Abschnitt von Akbat Dschabar niedergelassen hatten. Als ihr Mann starb, wandte sie sich an den Hadschi um Schutz, den er ihr bereitwillig gewährte. Das Wort meines Vaters war in unserem Teil des Lagers Gesetz, und Hilwa geriet nie in Bedrängnis.

Es gehörte zu meinen nachbarlichen Pflichten, daß ich Hilwa besuchte, um nachzusehen, ob sie und ihre Kinder genügend Lebensmittelrationen bekamen. Ich kümmerte mich auch persönlich darum, daß sie ärztlich betreut wurden, wenn sie krank waren. Wir wurden Freunde.

In unserer Welt, in der fast alles, was mit Sex zu tun hat, gefährlich, verboten und geheim ist, erwerben die meisten jungen Männer ihre ersten Erfahrungen bei einer Witwe oder einer geschiedenen Frau. Mir war jedoch bisher nicht klar gewesen, daß die Witwen ebenso auf Geschlechtsverkehr versessen waren wie die Männer. Dieses beiderseitige Bedürfnis war eine Offenbarung für mich!

Ich glaubte die ganze Zeit, daß ich es sei, der Hilwa verführte, doch in Wahrheit verführte sie mich. Als sie mir sagte, sie habe zu meinem achtzehnten Geburtstag ein besonderes Geschenk für mich, nahm ich an, daß es sich um eine kleine Gabe handelte, vielleicht eine Mütze, die sie mit Stickerei verziert hatte.

Der erste Bissen vom Granatapfel war nicht so, wie ich ihn mir erträumt hatte. Obwohl Hilwa vier Kinder geboren hatte, war sie in der

Liebe unerfahren, fast unschuldig und noch von den Ängsten und Tabus ihrer Kinderzeit erfüllt. Diese Ängste nahm sie mit mir ins Bett. Zwischen schuldbewußtem Weinen und seltsamen Ausbrüchen nervösen Gekichers war es insgesamt ein unzusammenhängendes, beinahe peinliches Erlebnis.
Zum Glück überstand unsere Beziehung diese erste Nacht. Hilwa nickte mir im Vorbeigehen verstohlen zu, wenn es für sie ungefährlich war. Die Besuche häuften sich, und der Verkehr wurde schließlich angenehm.
Tief in meinem Herzen spürte ich, daß an der Art, wie wir uns liebten, etwas nicht in Ordnung war. Mein Gefühl sagte mir, daß wir uns nicht so beeilen sollten. Wir brauchten mehr Selbstbeherrschung wie beim Fasten im Ramadan. Als ich mit ihr darüber sprach, errötete Hilwa und blickte weg. Wir versuchten es. Es lohnte sich.
Dann gewährte mir Allah die größte aller Ehren. Eines Nachts gestand mir Hilwa, daß ich ein viel besserer Liebhaber sei als ihr verstorbener Mann. Sie lobte mich wiederholt wegen meiner Liebeskunst und hatte auch allmählich weniger Angst, die Dinge beim Namen zu nennen und geheime Stellen zu erforschen.
Wir fühlten uns sehr wohl, zu wohl.
Wir lebten in überfüllten Unterkünften, so daß mein Kommen und Gehen unweigerlich bemerkt wurde. Ich konnte sie einige Male nicht besuchen, wenn sie sich nach mir sehnte, und sie wurde unzufrieden und anspruchsvoll. Ich versuchte mich herauszuwinden. Nun war der Reiz der Neuheit vorbei, und ich fürchtete ihren zunehmenden alleinigen Anspruch.
Offen gestanden war ich an dem Abend erleichtert, an dem sie zusammenbrach und mir weinend erzählte, daß wir aufhören müßten zusammenzukommen, weil ein Bewerber mit ernsten Absichten aufgetaucht sei. Ich täuschte schreckliche Trauer vor, schlug mich an die Brust, heuchelte sogar Eifersucht. Doch als ich ging, hätte ich vor Erleichterung schreien können.
Fortan suchte ich nach neuen Abenteuern. Als Lehrer der Wadi-Bakkah-Schule wußte ich, daß etliche Schüler verwitwete Mütter und Schwestern hatten. Ich richtete es so ein, daß ich jede von ihnen besuchte, um mit ihnen über die Fortschritte ihrer Söhne und Brüder zu sprechen.
Erstaunlich, wie rasch ein beutesuchender Wolf Witterung bekommt. Es war einfach unglaublich, wie viele Frauen Sehnsucht nach einem Mann hatten, und ich war bald sehr gefragt.

Ich möchte nicht prahlen wie andere Männer, aber fast alle mit mir befreundeten Witwen versicherten mir, daß ich zu den besten Liebhabern der Welt gehöre. Ich bin sicher, daß meine Geduld und Zärtlichkeit mich von anderen Männern unterschieden.
Obwohl es schwierig war, behielt ich meine Geheimnisse für mich. Ich wollte weder die Ehre dieser Frauen beflecken, noch wollte ich sie mit anderen teilen. Ich nahm die Gabe meiner Männlichkeit mit Bescheidenheit hin.

Nach Per Olsens Abreise schien sich mein Vater damit zu begnügen, der Tretmühle der Bürokratie zu dienen. Bis zum Zusammenbruch des Jericho-Projekts hatte er nie zugelassen, daß wir seine Stellung ausnutzten. Nun erhielt unsere neunköpfige Familie, einschließlich Fatimas und Kamals Neugeborenem, vierzehn Lebensmittelkarten. Ibrahim beschlagnahmte Baumaterial und ließ für uns an der Überlandstraße ein nettes Haus bauen.
Per Olsens Nachfolger war ein kleiner Mann aus Burma namens Ne Swe. Vater unterschätzte die Fähigkeiten dieses Mannes trotz seiner geringen Größe nicht. Ne Swe war klug genug, um zu erkennen, daß das Leben mit Hadschi Ibrahim an seiner Seite einfacher und glatter verlaufen würde. Er stammte aus einem Land, in dem der Austausch von Gefälligkeiten ebenso verbreitet ist wie bei uns. Sie kamen von Beginn an hervorragend miteinander aus.
Bisher hatte Ibrahim die Bewohner von Tabah kaum jemals erwähnt oder versucht, mit ihnen Kontakt aufzunehmen. Ach ja, er sprach oft von seiner Sehnsucht, in sein Dorf zurückzukehren, nannte jedoch selten die Namen seiner Leute. Aus einem seltsamen Grund fühlte er sich schuldbewußt, weil er sich von ihnen getrennt hatte, obwohl es, das wußte Allah, nicht seine Schuld gewesen war.
»Kein Schäfer verliert seine Herde.« Mehr sagte er nicht.
Unser schönes neues Haus war ein Zeichen dafür, daß Ibrahim sich eingelebt hatte und sich mit der Verbannung abfand. Doch Tabah verschwand nicht aus seinen Gedanken, und je mehr er seine Ruhe fand, desto mehr fragte er sich, was aus seinen alten Freunden geworden sei. Er bat mich schließlich, es herauszufinden.
Dank seiner Stellung konnte er durch die UNRWA Nachforschungen nach ihrem Verbleib anstellen. Zudem besaß Ibrahim zwei verheiratete Töchter, meine Schwestern, die mit ihren Familien geflüchtet waren. Der Kontakt mit ihnen war jahrelang unterbrochen gewesen. Jetzt schrieb ich Briefe, in denen ich mich nach ihnen erkundigte.

Mehrere Monate vergingen, ehe wir Antwort erhielten. Unseren Leuten ging es mehr oder weniger gut, und sie lebten in einem Lager namens Shatilla außerhalb von Beirut. Auch meine Schwestern lebten im Libanon in einem Lager in der Nähe von Shatilla namens Tel Zatar.
Nach Erhalt der Briefe versanken wir in schwermütige Stimmung. Die Frauen baten mich zwei- oder dreimal am Tag, ihnen die Briefe vorzulesen, und sie weinten jedesmal. Wir erfuhren, wer geheiratet, wer Kinder bekommen hatte, wo die Leute arbeiteten, wer sich als Muchtar um sie kümmerte. Obwohl die Libanesen sie verächtlich behandelten, gab es Arbeitsplätze, und Beirut war sicherlich besser als Jericho.
Beim nächsten Briefwechsel ersuchten sie Vater, zu ihnen zu kommen und sie wieder zu leiten. Ne Swe wollte Vater zwar nicht verlieren, war aber davon überzeugt, daß es eine Möglichkeit gab, ihn nach Beirut zu versetzen.
Ich war begeistert und wähnte mich in Gedanken schon im Paradies. In Beirut gab es die berühmte Amerikanische Universität, während es in Jordanien und in der Westbank keine gab. Der Gedanke, die Universität besuchen zu können, verhieß ein Glück, von dem ich kaum zu träumen wagte.
Als wir von einer möglichen Übersiedlung sprachen, klangen unsere Stimmen zuerst entschlossen, und unsere Gedanken waren hochfliegend. Wir würden Verwandte und alte Freunde wiedersehen! Wir würden wieder ein Volk sein!
Ich landete aber noch schneller wieder auf der Erde, als ich emporgeschwebt war. Vaters Willen verlor jeden Tag mehr an Feuer und Entschlußkraft. Uns alle nach Beirut zu übersiedeln, würde eine ungeheure Aufgabe sein. Ibrahim hatte jetzt Frieden mit den Jordaniern geschlossen. Er hatte eine Stellung, die wenig Arbeit erforderte und viel Einfluß und Vorrechte mit sich brachte, und unsere Lebensbedingungen waren annehmbar.
Warum sollten wir eine Reise ins Unbekannte wagen? In Shatilla würde er lange und schwer kämpfen müssen, um sich durchzusetzen und den gleichen Status zu erreichen, den er jetzt besaß. Vater war abgekämpft. Die Flucht nach Jaffa, nach Qumran, die Reise nach Zürich, Jamil, Charles Maan, das Jericho-Projekt, sie alle hatten ihn Energie gekostet.
Dieser mächtige Mann, der sich nur selten mit Phantasien abgegeben hatte, versank jetzt vollkommen in ihnen. Oh, ich drängte auf eine

Übersiedlung nach Beirut, doch er wurde immer unentschlossener und schwankte in seinen Überlegungen.
Ich schrieb weiterhin Briefe an einzelne Dorfbewohner und an meine Schwestern, aber es war seltsam: ich erinnerte mich nicht allzugut an ihre Gesichter. Sogar Vater war außerstande, die Verflechtungen zwischen den Sippen und Familien von Tabah auseinanderzuhalten.
Nach einigen Monaten war Beirut nur noch eine Fata Morgana.

An den Tagen, an denen Vater seine vertraulichen Besprechungen mit Ne Swe führte, dolmetschte ich für ihn, damit es zu keinen Mißverständnissen kam. Vater erwartete mich im Café gegenüber der Schule. Wenn der Unterricht vorüber war, gingen wir zum Hauptquartier der UNRWA. Bei diesen Spaziergängen bemerkte ich allmählich die Veränderungen an ihm. Er war sehr diplomatisch und pragmatisch geworden, vermied jeden Ärger, lavierte geschickt zwischen den Stämmen. An die Stelle von Zorn war Schläue getreten.
Eine Tages erblickte ich ihn zu meinem Erstaunen an der Tür meines Klassenzimmers. Er war sichtlich unglücklich, ein Gefühl, das er in der Öffentlichkeit sonst nie zeigte. Er nickte mir zu. Ich erhielt sofort die Erlaubnis zu gehen und folgte ihm aus der Schule.
Draußen auf der Straße blieb er stehen und ergriff meinen Arm. Ich entdeckte Angst in seinen Augen.
»Ich habe geheime Informationen aus Amman erhalten. In zwei Wochen werden die Jordanier alle jungen Leute im wehrfähigen Alter zwingen, sich zum Wehrdienst in der Arabischen Legion zu melden.«
»O mein Gott!« Ich erschrak.
»Für dich besteht keine Gefahr, aber sie werden Omar nehmen.«
Ich muß zu meiner Schande gestehen, daß ich mehr Erleichterung meinetwegen als Mitleid mit Omar empfand. Nach der Ermordung Abdullahs und der Verbannung von Talal hatte sich der Regent seines Enkels, des jungen Königs Hussein, durchgesetzt. Wieder bestanden die Jordanier auf ihrer fixen Idee, der Einverleibung der Westbank. Die jungen Palästinenser in jordanische Uniformen zu stecken, war ein schlau ausgedachter Plan. Es würde den Eindruck erwecken, die Palästinenser hielten treu zum König. Außerdem konnten, wenn es zu Aufständen und Unruhen kam, Palästinenser in der Arabischen Legion für die Schmutzarbeit eingesetzt werden. Das Blut unseres Volkes würde an unseren Händen kleben, während die Jordanier sauber blieben.

Vater war erschüttert. Aber warum? Er stellte keine politische Bedrohung mehr dar. Er lebte mit den Jordaniern in Frieden. Sicherlich würde er einen Weg finden, Omar freistellen zu lassen. Ich konnte seine Angst nicht verstehen.
Ne Swe begrüßte uns auf eine Weise, die den Druck, unter dem Vater stand, widerspiegelte. Ich erklärte ihm, daß Vater von einem jordanischen Minister einen Wink erhalten hatte.
»Vater sagt, wir müssen unverzüglich Reisepapiere für Omar besorgen, um ihn in den Libanon zu bringen.«
Ne Swe blinzelte ein wenig, als er begriff, durch welchen Sumpf an Bürokratie und Bestechungen er hindurch mußte und unter welchem Zeitdruck er stand. Er dachte scharf nach. »Der schnellste Weg wäre, Omar eine Anstellung bei der UNRWA in Beirut zu verschaffen.«
»Läßt sich das noch rechtzeitig machen?«
»Es ist möglich.«
In Jerusalem auf dem Hügel des Unglücklichen Rates stand der große Gebäudekomplex der Vereinten Nationen. Dort konnte Ne Swe direkte Funkverbindung mit der UNRWA in Beirut herstellen. Der Mechanismus der Gefälligkeiten war schon in Gang gesetzt. Vater wirkte viel ruhiger, als wir nach Hause gingen.
Als wir unser Haus betraten, erkannte ich, warum Vater sich in Panik gesteigert hatte. Ich sah Jamils Foto mit der kleinen Blumenvase und den brennenden Kerzen. Jamil hatte mahnend die Hand aus dem Grab gestreckt.
Oberst Farid Zyyad war ein geduldiger Mann mit einem guten Gedächtnis. Ibrahim befürchtete, daß Zyyads Rachedurst durch Jamils Tod nicht gestillt worden war. Sobald Omar in die Legion aufgenommen wäre, wußte Allah allein, was ihm zustoßen konnte. Es war zuviel für Hadschi Ibrahim, zwei Söhne auf so grausame Weise zu verlieren.

Die notwendigen Papiere befanden sich innerhalb einer Woche in unseren Händen. Wir hatten in aller Stille einen neuen Anzug und neue Schuhe gekauft, uns genügend amerikanische Dollar besorgt und die sicherste Route nach Beirut zusammengestellt. Sobald Omar dort angekommen war, würden ihn unsere Stammesmitglieder im Lager Shatilla bei sich aufnehmen.
Im Handumdrehen befand sich Omar auf dem Weg in den Libanon.
Omars Geschichte glich der von Jamil. Er war sein Leben lang von

der Familie kaum beachtet worden. Seine Anwesenheit war etwas Selbstverständliches; er war ein netter, einfacher, schwer arbeitender Junge ohne besondere Eigenschaften. Doch das Weinen und Klagen, das bei seiner Abreise einsetzte, mußte Fremde glauben lassen, daß wir Mohammeds Sohn verloren hätten. Vor seiner Abreise machte unser Freund, der Fotograf Waddie, eine Aufnahme von ihm. Als er abgereist war, wurde sein Foto neben das Bild von Jamil gestellt.

Was Vater wirklich bedrückte, war nicht der Verlust Omars, sondern der Verlust seiner Fähigkeit, seine Familie zu beschützen. Noch mehr schmerzte ihn das Auseinanderbrechen der Familie.

Wir hatten uns aus einfachen Bauern, die im Kreislauf von Säen und Ernten lebten, in ein verarmtes Volk von Flüchtlingen im eigenen Land verwandelt. Nun setzte wieder eine Veränderung ein. Die Söhne verließen die Lager. Allmählich wurden wir die ewigen Wanderer der Welt.

Omars Abreise war ein harter Schlag für Ibrahim. Für den Hadschi war das Wichtigste im Leben, sein Schicksal selbst zu bestimmen.

Das war ihm meistens gelungen, sogar in Zeiten großer Not. Aber mein Vater hatte auch Verluste hingenommen, wie ein stolzer Mann sie kaum ertragen kann. Er hatte sein Dorf und seine Sippe verloren. Nun erlitt er die vernichtendste Niederlage von allen: er verlor einen Sohn nach dem anderen.

Für mich war es einer der schrecklichsten Augenblicke in meinem Leben. Mir wurde klar, daß ich wirklich alles war, was meinem Vater noch geblieben war. Er war auf mich angewiesen und stützte sich immer mehr auf mich. Er behandelte mich als Mann und zeitweise sogar als seinesgleichen.

Jedesmal, wenn ich daran dachte fortzugehen, endeten diese Überlegungen in schrecklicher Niedergeschlagenheit. Es war undenkbar wegzugehen, solange Vater und meine Familie zurückblieben. Wie sollte ich mit dem Bewußtsein leben, daß ich meinen Vater verraten hatte?

Ibrahim wiederholte immer wieder, daß der Same der Sukari-Sippe sich durch mich fortpflanzen müsse. Ich war sein auserwählter Sohn. Es war das Ziel, das ich angestrebt und für das ich gekämpft hatte. Nun würde ich nie mit seinem Segen fortgehen können. Alle Träume, ganz gleich wie unbestimmt und unwirklich sie gewesen sein mochten, waren mit einemmal zerstört.

Langsam begann Hadschi Ibrahim seine Ansichten zu ändern. Zum erstenmal kam er darauf zu sprechen, daß die Zionisten die Ursache

all unserer Schwierigkeiten seien. Da er nicht mehr imstande war, die Übel in unserer Gesellschaft und deren Führer zu bekämpfen oder mit ihnen fertig zu werden, suchte er den Feind jenseits der Grenze.
In Ägypten hatte eine Offiziersrevolte den dekadenten Monarchen abgesetzt. Eine ägyptische Republik war ausgerufen worden. Die treibende Kraft hinter dem Staatsstreich war ein Kommandant namens Gamal Abdel Nasser. Er hatte als Soldat am Krieg gegen die Juden teilgenommen und war durch seine Gefangennahme gedemütigt worden. Niemand in der arabischen Welt haßte Israel so unbändig wie er, und das besagte sehr viel. Er entfachte die Flammen des arabischen Nationalismus. Er wollte uns alle unter seiner Fahne vereinigen.
Der arabische Rundfunk bemühte sich, die Flüchtlinge in der Westbank für seine Ansichten zu gewinnen. Nasser würde sie befreien. Er würde sie nach Hause zurückführen.
Unmerklich ergriffen Nassers Worte Besitz vom Bewußtsein meines Vaters, und sie begannen seine einst stark ausgeprägte Fähigkeit, vernünftig zu überlegen, zu trüben.

VII

1955

Wir erhielten über den UNRWA-Sender in Jerusalem die Nachricht, daß Omar wohlbehalten in Beirut angekommen sei, sich bei unserer Sippe befände und den versprochenen Posten erhalten habe. Wie alle Söhne, die fortgegangen waren, würde er sein Gehalt nach Hause schicken.
Eines Tages wurde uns klar, daß Omars Flucht vielleicht nicht notwendig gewesen war. Die Jordanier ordneten die Erfassung aller Wehrpflichtigen an und stellten innerhalb der Arabischen Legion rein palästinensische Einheiten zusammen. Obgleich diese Bataillone unter dem Befehl englischer Offiziere standen, waren sie bald wegen ihres Mangels an Disziplin, wegen der zahlreichen Deserteure und

der Schwierigkeiten berüchtigt. Die Palästinenser weigerten sich, Tumulte unter den Flüchtlingen zu unterdrücken, und zeigten keinerlei Loyalität dem jordanischen König gegenüber. Die Engländer schätzten ihren Kampfwert bald gleich Null.
Die palästinensischen Bataillone wurden aufgelöst und ihre Kontingente auf die regulären jordanischen Einheiten aufgeteilt. Zwischen beiden kam es ununterbrochen zu Auseinandersetzungen. Nach wenigen Monaten brach das ganze Projekt wieder zusammen, und es wurden keine Palästinenser mehr eingezogen.
Man konzentrierte sich nun auf die Schaffung einer großen Fedajin-Streitmacht und auf die Steigerung der Terrorüberfälle auf israelisches Gebiet. In der Wadi-Bakkah-Schule begann die vormilitärische Ausbildung der Kinder im Alter von neun Jahren.
Obwohl unsere Väter ihre traditionelle Macht innerhalb der Familie behielten und weiterhin Respektpersonen waren, lenkten die Lehrer den Geist der Kinder. Unsere Väter protestierten nicht dagegen, solange wir niederknieten, wenn wir unsere Häuser betraten, ihnen die Hand küßten und taten, als akzeptierten wir ihre Weisheiten.
Studenten wurden ihrem Alter nach in Zellen organisiert und diese mit revolutionären Namen bedacht. Sie alle wurden »Söhne« von irgend etwas.
Es gab Ibn Nimer, »Sohn des Tigers«. Es gab Söhne des Löwen, des Schakals und des Adlers. Es gab Söhne des Sturms, des Feuers und des Blitzes. Es gab Söhne Mohammeds oder eines Märtyrers, der von einem Überfall auf die Israelis nicht zurückgekehrt war. Es gab nicht weniger als ein Dutzend Ibn Jamils, die nach meinem Bruder benannt waren. Es gab Söhne der Mutigen, der Edlen, der Vertrauenswürdigen, der Stolzen.
Sie verteilten die täglichen Berge von Flugblättern, bepflasterten die Mauern mit Plakaten und schmierten Schlagworte auf die Wände. Vor allem bildeten sie den harten Kern der Demonstranten, die unter irgendeinem Vorwand immer wieder Tumulte veranstalteten.
Ich habe nie das Entsetzen überwunden, das ich bei ihrer Abschlußfeier empfunden habe, die vor den Eltern abgehalten wurde. Nachdem sie ihr »militärisches Können« und ihren persönlichen Mut unter Beweis gestellt hatten, endete die Zeremonie damit, daß sie lebenden Schlangen den Kopf abbissen. Während das Blut ihnen vom Kinn tropfte, brieten sie die toten Tiere für ein Siegesmahl. Andere Schulen ließen die Kinder junge Hunde erwürgen und ihr Blut trinken.

Ich war über Omars Abreise und mein Gefangensein so verzweifelt, daß ich mir über Nadas Notlage kaum Gedanken machte. Sie war jetzt zwanzig Jahre alt und somit über das Alter hinaus, in dem die meisten Mädchen heiraten. Hagar sah darin eine Katastrophe, denn eine unverheiratete und kinderlose Tochter galt als Schande für die Familie.
Nada war sehr schön, und viele Jungen in ihrem Alter sowie viele ältere Witwer begehrten sie, doch Ibrahim wies sie alle ab. Er erklärte, daß er Nada erst, nachdem wir alle nach Tabah zurückgekehrt seien, mit einem Mann von Rang verheiraten werde. Ich fragte mich, ob er wirklich daran glaubte. Jedenfalls war nicht zu übersehen, daß er sie nicht gehenlassen wollte.
Nada begann sich für die Fedajin zu interessieren, die Mädchen ermutigten, sich ihnen anzuschließen. Dies stellte den vollkommenen Bruch mit der Tradition dar, was zu Konflikten zwischen Vätern und Töchtern führen mußte. Nada hatte immer einen vorrangigen Platz in meinem Herzen eingenommen, und ich beschloß, mich von nun an gewissenhafter um sie zu kümmern.

Ich stieg mit ihr in einer Ruhepause zum Berg der Versuchung empor, wie wir es oft getan hatten. Ich war traurig darüber, daß Vater ihr nicht erlaubte, eine Mädchenschule zu besuchen. Sie war sehr gescheit, sogar gescheiter als manche Jungen. Es war schrecklich unfair, weil sie soviel freie Zeit zur Verfügung hatte.
Nada wurde bei den Fedajin aktiv. Sie schloß sich anderen Mädchen im Alter zwischen sechzehn und zwanzig Jahren an, die sich der Autorität ihrer Väter entzogen. Sie besuchten geheime Vorträge von Lehrern, der Bruderschaft und den verrückten Ausgestoßenen, den Kommunisten.
Ich hatte die Absicht, sie zu ermahnen, doch je länger ich darüber nachdachte, desto mehr fand ich, daß ich vernünftig mit ihr reden sollte. Als ich begann, unterbrach sie mich.
»Gib dir keine Mühe, Ismael, ich habe schon den Eid geleistet. Ich bin jetzt eine Tochter der Revolution. Meine Gruppe heißt die Kleinen Vögel. Ich bin die Nachtigall. Weißt du warum? Sie sind außer dir die einzigen, die mich je singen gehört haben.«
»Es ist gefährlich, sich so tief hineinziehen zu lassen.«
»Das ist mir gleichgültig.«
»Aber Vater ist es nicht gleichgültig.«
»Vater? Kümmert er sich denn um mich?«

»O doch.«
»Es gab viele nette Jungen, die versuchten, um mich zu werben. Er hat sie alle fortgejagt.«
»Nur wegen unserer derzeitigen Lage.«
»Vater liegt daran, daß ich die Familienehre wahre, das ist alles. Jedenfalls ist es mir gleichgültig, ob Vater sich sorgt.«
»Was meinst du damit, es ist dir gleichgültig, ob Vater sich um dich sorgt?«
»Das, was ich gesagt habe.«
Ich wußte natürlich, daß Nada Temperament hatte, aber nur selten Gelegenheit hatte, es zu zeigen. Vielleicht war ich der einzige, der wußte, welches Feuer in ihr brannte. Na ja, vielleicht kannte Sabri es auch ein wenig. Wenn sie zu Hause war, sprach sie auch mit den Frauen nur selten ein Wort und erledigte ihre häuslichen Pflichten, ohne zu klagen.
»Wir müssen ernsthaft miteinander reden«, sagte ich möglichst männlich. »Du wirst mit dieser Gruppe in böse Schwierigkeiten geraten.«
»Ich höre immer auf dich, Ismael, aber ich habe nun mal meine Entschlüsse gefaßt.«
»Zum Beispiel?«
»Vielleicht werden wir niemals von hier wegkommen.«
Wir schwiegen beide.
»Es ist eine bedrückende Situation«, sagte ich schließlich. »Aber spiel nicht gleich verrückt.«
»Ich weiß, was du von den Fedajin hältst, aber sie sind die ersten Menschen, die mich als gleichwertiges menschliches Wesen behandelt haben – als Persönlichkeit mit Stolz und Würde. Deshalb bin ich ihre Nachtigall, Hala ist ihre Taube, und Sana ist ihre Drossel. Wir haben nie zuvor etwas Ähnliches erlebt. Wir singen zusammen. Wir erzählen Geschichten. Wir lachen. Die Jungen lernen, daß sie keine Hunde sind, und werden dadurch bald zu Männern.«
»Oh, ich habe gesehen, wie männlich sie sind«, lachte ich verächtlich. »Sie fahren in offenen Lastwagen herum, bevor sie einen Überfall unternehmen, und feuern dabei ihre ganze Munition in die Luft, um sich Mut zu machen. Wenn sie zur israelischen Grenze kommen, werfen sie schleunigst ihre Gewehre weg und fliehen schnell in ein anderes Lager.«
»Die Zeit wird zeigen, wie mutig sie geworden sind. Wer, glaubst du, wird uns aus Akbat Dschabar herausbringen? Vater? Er altert vor

unseren Augen. Nein, Ismael, nur die Fedajin werden uns befreien. Sie werden uns in unsere wahre Heimat zurückführen.«

»Welche wahre Heimat? Wer, glaubst du, sind wir denn?«

»Die Palästinenser sind die gebildetsten, intelligentesten Leute der arabischen Welt ...«

»Scheiße! Jeder gebildete Palästinenser, der zwei Dollar besaß, hat uns längst im Stich gelassen und ist geflüchtet. Schau hinunter, Nada, was siehst du? Ein stolzes, würdevolles Volk?«

»Genau deshalb müssen wir uns den Fedajin anschließen.«

Ich preßte die Hände auf meine Ohren. Nada funkelte mich erregt an. Ich beruhigte mich und schüttelte sie an der Schulter.

»Du hast gesagt, Nada, daß du auf mich hörst. Ich höre diese Schlagworte jeden Tag in der Schule. In unserem schrecklichen Elend ist es für uns leicht, an sinnlose Worte zu glauben. Wer sind diese Fedajin, die versuchen, uns zu führen? Was verstehen sie schon vom Regieren? Was wissen sie von Freiheit? Was wissen sie von Vernunft, von Wahrheit? Sie bestehlen Witwen und Krüppel. Sie beherrschen den Schwarzmarkt. Sie handeln mit Haschisch. Nun hängen sie ihrem Gangstertum das Fähnchen der Revolution um, und das soll sie edel machen?«

Jetzt war sie an der Reihe, sich die Ohren zuzuhalten. Ich zog ihr die Hände weg.

»Sie schicken Jungen in meinem Alter zu Selbstmordkommandos nach Israel hinüber. Sie machen sich ohne Landkarten, ohne ihre Ziele zu kennen, ohne richtige Ausbildung auf den Weg. Sie finden einen einzelnen Juden, einen Alten, ein Kind, eine Frau und ermorden sie. Glaubst du, daß uns solche Taten nach Tabah zurückbringen werden?«

»Die zionistischen Hunde haben unsere Heimat gestohlen.«

»Jetzt sei aber still und hör mir gut zu, Nada. Du kennst Waddie, den Fotografen, nicht wahr?«

»Natürlich kenne ich ihn.«

»Ich auch. Er arbeitet für die Fedajin. Ein Junge geht zu den Selbstmordkommandos, weil ihn seine Familie um hundert Dollar verkauft, oder er muß es tun, weil er erpreßt und seine Männlichkeit in Frage gestellt wird. Wenn seine Ausbildung beginnt, wird er fotografiert. Warum? Weil sie, während er noch für den Einsatz ausgebildet wird, schon Plakate von ihm drucken, um sie nach seinem Tod an die Mauern zu kleben; sobald er in Israel fällt, ist er ein neuer Märtyrer.«

»Das glaube ich nicht.«
»Ach, es gibt noch viel mehr zu berichten, Nada. In den letzten drei Wochen vor seinem Einsatz wird er nach Nablus oder Bethlehem zu einer Hure geschickt. Er wird in einem Haschischrausch gehalten, wird dann wie ein Stück Hundefleisch über die Grenze geworfen, weil ihn die Fedajin gar nicht zurückhaben wollen. Sie brauchen Märtyrer. Ist das deine berühmte Revolution? Und deine edlen Fedajin-Anführer? Siehst du sie Überfälle anführen? Nein verdammt! Sie sind Zyniker, die unwissende Bauernjungen in den Tod schicken, als Deckmantel für ihre schmutzigen Geschäfte und um den Haß nicht einschlafen zu lassen. O komm doch zu uns, liebe kleine Nachtigall, sing für uns, schreib Gedichte über den großen Kampf. Wir geben dir dein erstes wahres Heim fern von daheim. Wir lassen dich auf die Straße laufen und mit den Jungen demonstrieren. Ist das nicht lieb? Du wirst nur benutzt, Nada!«
»Hör auf, Ismael!«
»Ich spreche die Wahrheit!«
»Ich weiß. Verstehst du denn nicht! Ich muß von zu Hause fort. Ich ersticke dort noch! Ich habe wenigstens einige Freunde . . .«
»Aber Nada, das sind die gleichen Männer, die uns in dieses Elend gebracht haben. Sie führen uns in endloses Blutvergießen und Entsetzen. Sie werden nichts für uns erreichen. Das einzige, was sie retten werden, sind ihre Bankkonten. Alle diese Überfälle sollen nur den Haß verewigen, ganz gleich, wie viele Menschen dabei vor die Hunde gehen. Und sie sind froh, wenn die Juden zurückschlagen und einige unserer Kinder getötet werden. Das wollen sie!«
»Du brauchst nicht zu schreien.« Sie stand auf und ging von mir weg. Sie bog in einen Pfad ein, von dem aus wir gezwungen waren, auf das unter uns liegende Akbat Dschabar zu blicken. »Sag mir, ob es eine andere Möglichkeit gibt. Vater hat den Versuch gemacht, und sie haben ihn dafür vernichtet. Wie lange können wir dort unten so leben? Was wird aus unserem Leben, Ismael?«
Ich schwankte vor und zurück und schlug mit der Handkante gegen meine Stirn. Unbändiger Schmerz schoß aus meinem Magen in meine Kehle. »Ich bin gefangen!« schrie ich. »Gefangen!«
»Wir waren immer gefangen, Ismael. Vom Tag unserer Geburt an.«
»Ich bin gefangen!« brüllte ich immer wieder, bis mich mein Echo erschreckte. Bald war ich wie betäubt.
»Es stimmt«, sagte Nada. »Ich glaube gar nicht so sehr an die Revolution. Aber du solltest mir jetzt lieber zuhören, mein Bruder.«

Ich fürchtete mich vor ihren Worten.
»Komm, laß uns höher hinaufsteigen und uns auf einen Platz setzen, von dem aus wir nicht dort hinabblicken müssen«, forderte sie mich auf.
Ich ließ zu, daß sie mich bei der Hand nahm. Sie war immer schon geschickt die Felsen hinaufgeklettert, auch wenn sie barfuß war. Mein Ausbruch hatte mich merkwürdig ermattet. Ich ließ den Kopf hängen und kaute an meiner Unterlippe.
Nada war äußerst selbstsicher. »Du, der du um dich weinst, weine jetzt um mich. Ich durfte in meinem ganzen Leben keinen freien Atemzug tun. Mein Geist, meine Stimme, meine Wünsche waren immer in einer Zelle eingeschlossen. Ich kann nicht das Wohnzimmer unseres Hauses betreten und sprechen. Ich kann keine einzige Mahlzeit dort einnehmen. Ich darf nur bis zum Brunnen allein gehen. Ich werde nie imstande sein, ein Buch richtig zu lesen. Ich darf weder singen noch lachen, wenn ein männliches Wesen in der Nähe ist, nicht einmal, wenn es meine eigenen Brüder sind. Ich darf einen Mann nicht berühren. Ich darf nicht widersprechen. Ich darf nicht ungehorsam sein, auch nicht, wenn ich im Recht bin. Ich darf nichts lernen. Ich kann nur tun und sagen, was andere Leute mir erlauben. Einmal sah ich in Tabah ein kleines jüdisches Mädchen, das auf der Landstraße mit seinen Eltern auf den Bus wartete. Es hielt eine Puppe im Arm und zeigte sie mir. Sie war sehr hübsch, konnte aber bloß die Augen öffnen und schließen und weinen, wenn sie auf den Rücken geschlagen wurde. *Ich bin diese Puppe.* Gehorchen ... arbeiten ... was ist Freude, Ismael? O mein geliebter Bruder, ich habe deine schwungvollen Schritte gesehen, wenn du in Tabah durch unsere Felder liefst, um den Bach zu suchen oder einen Schluck Wein zu stehlen. Ich sehe jetzt, wie du ein Zimmer betrittst und deine Meinung äußerst, sogar Vater gegenüber. Ich sehe dich lesen. Wie wunderbar ist es, lesen zu können und nicht befürchten zu müssen, daß man dafür geschlagen wird. Ich habe zugesehen, wie du jeden Tag allein nach Ramle zur Schule gegangen ... in den Bus gestiegen ... weggefahren ... und erst bei Einbruch der Dunkelheit zurückgekommen bist! Ich erinnere mich daran, wie oft du mit deinen Brüdern nach Lydda ins Kino gegangen bist und ich mich in einer Ecke zusammengerollt und geweint habe. Ich erinnere mich, wie du auf el-Burak hinter Vater geritten bist, dich an ihm festgehalten hast und im Wind galoppiert bist. Ich erinnere mich ... ich erinnere mich ... Ich wurde zu einem Klotz geformt, der keine Gefühle kennen darf. Meine Gefühle wur-

den, seit ich ein kleines Mädchen war, kontrolliert und unterdrückt – schäm dich ... klatsch ... verboten ... klatsch ... schäm dich, schäm dich, schäm dich! Nicht einmal mein Körper gehört mir. Mein Körper ist nur dazu da, Vaters Ehre zu verteidigen. Er gehört nicht mir! Ich kann aus ihm kein Vergnügen gewinnen. Und wenn ich in die Ehe verkauft werde, wird mein Körper meinem Mann gehören, der damit tun kann, was er will, wann immer er will. Ich habe dabei nicht mitzureden. Und du glaubst, Ismael, daß du ein Gefangener bist?«
»Ich schäme mich«, brachte ich mühsam hervor.
»Ach, mein Bruder, es gibt mehr, noch viel mehr darüber zu sagen, in unserer Welt eine Frau zu sein. Du fühlst den Schmerz so lange, bis du so wirst wie Mutter und keinen Schmerz mehr empfinden kannst. Ich kann jetzt mit Jungen und Mädchen sprechen und singen und demonstrieren. Was kümmert es mich, ob die Demonstrationen sinnvoll sind? Ich bin ihre Nachtigall. Ich sehe Jungen an und lächle. Ich streife sie im Vorübergehen. Ich flirte. Sabri hat mir gezeigt, daß es im Leben einer Frau etwas unerhört Wildes und Schönes geben kann. Warum soll ich das nicht kennenlernen?«
»Ich kann solche Reden nicht gutheißen.«
»Hast du jemals mit einem Mädchen geschlafen?«
»Darauf antworte ich nicht.«
»Also hast du es getan?«
»Nur mit Witwen.«
»War es wunderbar?«
»Nada!«
»Sag doch, war es wunderbar?«
»Wenn man einmal die Angst überwunden hat und eine verständnisvolle Witwe findet, ist es etwas unglaublich Wunderbares.«
»Du hast es getan. Du hast es gefühlt. Mir wurde alles verwehrt, aber du hast es erlebt. Und du wirst es wieder tun, wenn sich dir die Möglichkeit dazu bietet.«
»Dieses Gespräch wird gefährlich.«
Nada hörte mich nicht. Sie war in Trance. Sie schwankte mit geschlossenen Augen vor und zurück. »Ich sehe mich und einen Jungen. Ich weiß nicht, wer er ist, aber wir sind allein zu den Quellen gegangen. Wir streifen unsere Kleider ab und schauen einander an. Ich blicke auf seinen geheimen Teil. Er ist herrlich.«
Sie schlug die Augen auf und lächelte. »Ich habe deinen geheimen Teil oft angesehen, als du noch ein kleines Kind warst. Alle Mädchen wechseln gern die Windeln ihrer kleinen Brüder, damit sie den gehei-

men Teil sehen und mit ihm spielen können. Ich will alles an einem Mann spüren. Ich will alles berühren. Alles küssen. Ich will, daß ein Mann mich voll Bewunderung ansieht, weil ich etwas Wunderbares bin! O Gott, es muß unglaublich sein!«
»Nada, bitte sei vorsichtig. Bitte, sei vorsichtig!«
»Ich werde nicht wie Hagar und Ramiza und Fatima als hohles Gefäß sterben. Ich werde mich nicht in einen Käfig sperren lassen.«
»Bitte«, wiederholte ich wie im Gebet. »Sei vorsichtig, bitte, sei vorsichtig!«

Seit Omar und Jamil fort waren, begann Vater, Veränderungen innerhalb der Familie zu bemerken. Es fiel ihm auf, daß Nada oft nicht zu Hause war. Ich konnte mir leicht ausrechnen, wo sie sich aufhielt. Die Kleinen Vögel der Fedajin waren ein Schwarm, der ständig herumflog. Das gefiel dem Hadschi nicht. Streit lag in der Luft.
Eines Morgens nach dem Frühstück rief Vater uns alle zusammen. Es war ungewöhnlich, daß er uns zu dieser Tageszeit sprechen wollte. Wir traten nacheinander ein, knieten nieder und küßten ihm die Hand. Kamal und ich nahmen unsere Plätze an seiner Seite ein, und die Frauen setzten sich auf Schemel an der Wand.
»Nada«, befahl Ibrahim, »steh auf!«
Sie gehorchte.
»Ich habe das Glück gehabt, in Amman im Hause eines Beamten der Vereinten Nationen eine Stelle für dich zu finden. Es ist der berühmte, ehrenwerte Syrer Hamdi Othman. Er wird in der Verwaltung der UNRWA hoch geschätzt. Er hat drei kleine Kinder. Die sollst du betreuen. Ich habe eine Vereinbarung mit ihm getroffen, nach der du uns jeden zweiten Monat besuchen kannst. Diese Veränderung ist in vieler Hinsicht sehr vorteilhaft für dich. Die Othmans sind freundliche Menschen. Sie kennen den Westen. Hier bei uns ist es so beengt. Du wirst von nun an dein eigenes Zimmer haben, das du nur mit zwei anderen Mädchen teilen mußt. Ich weiß, daß dir das sehr gefallen wird.« Schweigen. »Nada, es gefällt dir!«
»Ja, Vater.«
»Gut, dann freut es mich, daß du dich freust. Ich weiß, daß die Ehre der Sukaris die erste Stelle in deinem Geist und deinem Herzen einnehmen wird. Bevor du gehst, wird dir deine Mutter, um deiner Sittsamkeit willen, die Haare abschneiden. Du wirst von nun an in der Öffentlichkeit verschleiert gehen. Beeilt euch! Othman und seine Frau werden bald kommen und dich abholen.«

Hadschi Ibrahim erhob sich und verließ den Raum.
Die Frauen begannen zu weinen, was bei ihnen häufig vorkommt, doch Nada vergoß keine Träne. Ich habe noch nie in den Augen eines Menschen solche Wut gesehen. Sie rührte sich nicht, während Hagar mit der Schere durch ihr schönes, dichtes braunes Haar fuhr, das bis zu ihren Füßen reichte. Als ihr Kopf kahlgeschoren war, band Mutter ein Tuch darum. Dann rannte sie fort, um Nadas Habseligkeiten einzupacken.

Ich mußte mit meinen Gedanken allein sein. Ich wollte nicht einmal mit Dr. Mudhil sprechen. Ich stieg auf den Berg der Versuchung. Möge der Prophet mir verzeihen, aber ich hatte begonnen, Hadschi Ibrahim zu hassen. Kein Foto von Nada würde neben den Bildern von Jamil und Omar hängen. Sie war schmählich verstoßen worden.
In meinem Kopf wirbelten unzählige Fluchtpläne durcheinander. Ich wollte nach Amman fahren, Nada entführen und mit ihr fliehen. Wir würden in der Wüste untertauchen und bei den al-Sirhan-Beduinen Zuflucht suchen. Ach nein, verdammt! Was würde uns das nützen? Der alte Scheich würde Nada zur Frau nehmen.
Beirut! Es würde schwierig sein, Geld für die Reisepapiere aufzutreiben. Ich konnte es stehlen. Das würde allerdings Zeit und Planung erfordern. Wenn wir in den Libanon gelangten, konnten wir nicht unsere eigene Familie aufsuchen. Ibrahim würde davon erfahren und uns nachkommen.
Kairo! Es war für einen Jungen unmöglich, mit einer Frau so weit zu reisen. Wir konnten ohnehin nicht nach Ägypten einreisen.
Wie wäre es, wenn wir in ein anderes Flüchtlingslager flohen? Der Gedanke widerstrebte mir.
Damaskus! Mit viel Mut konnten wir zu Fuß nach Damaskus gelangen. Aber wir würden dort illegal leben müssen. Einige Leute aus unserem Lager hatten es versucht, wurden ins Gefängnis geworfen und gefoltert. Nada würde unweigerlich vergewaltigt werden.
Wohin konnten wir noch gehen? Wir saßen in einer Falle! Wir waren Gefangene!
Bagdad? Oh, das ist wirklich verrückt.

»Du hast nicht mit mir gesprochen, seit Nada nach Amman gefahren ist, sagte Vater.
»Es tut mir leid, Vater.«
»Du findest, daß ich Nada gegenüber grausam war.«

»Nein, du warst sehr fürsorglich und liebevoll, Vater.«
Er versetzte mir eine heftige Ohrfeige, aber ich spürte keinen Schmerz.
»Was wünschst du dir für deine Schwester? Ein Leben in Akbat Dschabar?«
»Ich weiß es nicht.«
»Ach, hör zu, Ismael, du weißt immer auf alles eine Antwort. Was willst du für sie erreichen? Warum glaubst du, lassen sie die Mädchen bei den Fedajin eintreten? Wegen der glorreichen Revolution?«
»Ich weiß es nicht.«
»Du hast zwei Schwestern in Beirut. Ich habe dafür gesorgt, daß sie gute Ehemänner bekamen. Sie sind jetzt mit ihren Männern, Kindern und Familien beisammen. Ich habe gut für sie gesorgt. Was kann ich hier für Nada tun? Sie ist meine letzte Tochter. Was für ein Leben kann ich ihr an diesem Ort bieten? Glaubst du nicht, daß ich eine günstige Heirat für sie arrangieren möchte?«
»Laß mich Nada nach Beirut bringen«, bat ich. »Omar hat einen Posten. Ich werde auch einen finden. Wir werden zusammen für Nada sorgen. Wir werden sie beschützen und einen passenden Mann für sie finden.«
»Ohne mich! Ich soll meine letzte Tochter ziehen lassen? Du sprichst wie ein Fedajin. Geh, reiß nur die Familie auseinander! Laß sie sterben! Sie locken diese Mädchen an, machen reizende kleine Singvögel aus ihnen, damit sie ihre Huren werden. Sie zerstören unsere Familien.«
»Ja, Vater, nein, Vater!«
»Komm hierher.«
»Ja, Vater.«
»Du wirst eines Tages erkennen, daß ich für Nada das einzig Richtige getan habe, um unsere Ehre zu bewahren.«
»Ja, Vater.«
»Du wirst darüber hinwegkommen. Du mußt immer bei mir bleiben, Ismael.«
»Ja, Vater.«
Ich konnte nicht einmal versuchen, mit Hadschi Ibrahim darüber zu sprechen, daß er Nada die Freiheit lassen sollte, einen Mann zu finden, den sie liebte, und mit ihm, notfalls in Akbat Dschabar, zusammenzuleben. Weil sie das nicht durfte, war sie ja den Fedajin in die Arme getrieben worden, den Halsabschneidern.
Er würde es nie begreifen, und ich war nicht einmal sicher, ob seine

Beweggründe ehrbar waren. Fürchtete er wirklich, daß ein Junge ihm Nada wegnehmen würde? War er nicht in Wirklichkeit insgeheim froh, daß er Nada nicht verheiraten mußte, solange er die Ausrede unserer elenden Lebensumstände in Akbat Dschabar hatte? Er belog sich selbst, um Nada festzuhalten. Ich glaube, daß er sie auf eine heimliche Art liebte, die nicht ganz normal war.

VIII

Ich grüße dich, Ismael!

Es ist Dein alter Kamerad Sabri Salama, der Dir endlich schreibt. Ich schreibe seit vielen Monaten an diesem Brief, konnte ihn Dir aber erst schicken, als ich jemand Zuverlässigen fand, der ihn Dir persönlich übergeben wird. Wie Du gleich feststellen wirst, enthält er viele vertrauliche Mitteilungen und Geheimnisse.

Grüße an Deinen geliebten, edlen, warmherzigen Vater, Hadschi Ibrahim.

Grüße an Deine hochherzigen, liebevollen Brüder Kamal und Omar.

Bei dieser Gelegenheit möchte ich Deinem Vater mitteilen, daß ich kein Dieb bin. Ich habe die feste Absicht, das Geld zurückzuzahlen, das ich mir durch den Verkauf Eurer Waffen ausgeliehen habe. Ich kann es nicht gleich zurückerstatten, aber der Tag wird bald kommen.

Meine Erlebnisse, seit ich Euch vor über zwei Jahren verließ, waren den Abenteuern Sindbads, des Seefahrers, nicht unähnlich.

Nachdem ich die Waffen einem gewissenlosen Händler verkauft hatte, überschritt ich die Grenze nach Amman und gab bekannt, daß ich ein tüchtiger Lastwagenmechaniker bin. Da auf der Königstraße nach Damaskus in der Wüste ständig Lastwagen liegenbleiben, war es leicht, als Gegenleistung für Reparaturen Mitfahrerlaubnis zu bekommen.

Ich trat die Reise mit zwei großen Befürchtungen an. Erstens, daß ich mit meinen Papieren nur bis Syrien kommen und wieder in einem Flüchtlingslager landen würde. Zweitens sorgte ich mich wegen des vielen Geldes, das ich bei mir hatte. Obwohl ich ärmlich gekleidet war, wußte ich, daß man mich durchsuchen würde. Dann dachte ich mir eine Methode aus, mit der ich gut durchkam. Ich wechselte das Geld in große Scheine amerikanischer Währung, wikkelte sie fest in einen Plastikbeutel und schluckte ihn. Jeden Tag nach dem Stuhlgang säuberte ich den Beutel und schluckte ihn wieder. Ich wurde oftmals durchsucht, doch das Geld wurde nie gefunden. Du mußt dir das merken, wenn Du einmal eine Reise unternimmst.

Ich erschrak zum erstenmal fürchterlich, als unser Lastwagen die Grenze nach Syrien bei Deraa passierte. Ich wurde in die Grenzfestung gebracht, ins Gefängnis gesteckt und mehrere Tage lang verhört. Es gab keinen anderen Grund dafür als den, daß der Dienst in einer Festung langweilig ist, und wenn die Syrer eine Möglichkeit haben, mit dir zu spielen, machen sie das auf sehr gemeine Weise. Ich konnte nur daran denken, daß ich beim Ausscheiden und Schlucken meines Geldes nicht erwischt werden durfte.

Ich schloß Freundschaft mit dem syrischen Hauptmann, der das Kommando über den Grenzposten führte, und blieb noch eine Woche aus Freundschaft. Dann erlaubte er mir, nach Damaskus weiterzureisen, und gab mir einen persönlichen Brief mit, der mir freies Geleit sicherte. Gepriesen sei dieser freundliche Mann, der mir auch ein Empfehlungsschreiben an seinen Vetter mitgab, einen reichen Kaufmann, der mit seiner Dienerschaft allein lebte. Das war mein Glück, denn sonst hätte ich mich in einem Flüchtlingslager melden müssen und wäre interniert worden. Die Syrer überwachen die Palästinenser sehr genau, und wenn man ohne Papiere angetroffen wird, kann man für drei Jahre ins Gefängnis wandern.

Zuerst dachte ich, daß Allahs Segen auf mir liege. Der Kaufmann hatte soeben seinen Chauffeur und Kammerdiener verloren. Er ging ein Risiko ein, indem er mich beschäftigte, aber er zeigte anfänglich viel Mitgefühl. Leider dauerte es viele Wochen, bis es mir gelang, seiner Gastfreundschaft zu entrinnen. Er drohte mir immer damit, mich anzuzeigen. Ich bin ein guter Mechaniker, weißt Du, und er wollte mich nicht verlieren.

Mein nächstes Problem war die Einreise in den Libanon. Sie ist für einen Palästinenser äußerst schwierig und gefährlich, da die Libanesen scharf Ausschau halten, ob einer von uns sich in ihr Land schleicht. Wenn ich ertappt worden wäre, hätte mich eine lange Gefängnisstrafe erwartet.

Wie sollte ich dieses schreckliche Problem lösen? Eines Nachts brachte ich den Kaufmann in seinem Wagen von einem Fest nach

Hause. Er war stockbetrunken und bewußtlos. In diesem Moment schickte mir Allah eine Erleuchtung. Ich hatte eine Pistole bei mir, denn ich war gleichzeitig auch sein Leibwächter. Ich erschoß ihn und verscharrte seinen Leichnam an einem verborgenen Ort. Dann stahl ich die Papiere eines anderen Dieners und fuhr zur libanesischen Grenze. Ich trug meine Chauffeursuniform, hatte Papiere und fuhr einen amerikanischen Wagen.

An der Grenze merkte ich, daß die Libanesen mir Schwierigkeiten machen wollten. Ich erzählte ihnen, daß ich nach Beirut führe, um meinen Herrn abzuholen, und machte sie darauf aufmerksam, daß es ihnen schlecht ergehen würde, wenn ich nicht rechtzeitig einträfe. Als sie anfingen, mich von einem Beamten zum anderen zu schicken, verlangte ich frech, meinen Herrn anrufen zu dürfen. Sie fielen auf den Bluff hinein und ließen mich durch. Ach, Ismael, mir brach das Herz, weil ich ein so herrliches Auto im Stich lassen mußte, aber ich war sicher, daß man mich festgenommen hätte, wenn ich es behalten hätte. Ich baute alle wertvollen Teile aus, die ich tragen und verkaufen konnte, und machte mich auf den Weg nach Beirut.

Sobald ich in Beirut war, fiel es mir leicht, mich zu verstecken, denn es gibt viele Flüchtlingslager in der Umgebung der Stadt, und Palästinenser dürfen sich dort frei bewegen. Der Grund dafür ist, daß wir alle Schmutzarbeiten für die reichen Libanesen erledigen. Sie sind sehr grausame Menschen, besonders die Christen, und sie verhöhnen uns unbarmherzig wegen unseres Unglücks.

Ein libanesischer Witz: Frage: Wer hat eine Hose? Antwort: Vier Palästinenser.

Die Libanesen sind nur daran interessiert, Geld zu verdienen. Eines Tages werden wir uns an ihnen und an den Syrern rächen müssen.

Nicht einmal die Flüchtlingslager sind wirklich sicher. Sie sind alle nach Sippen aufgeteilt. Fremde werden daher rasch entdeckt und mit Mißtrauen betrachtet, denn viele arme libanesische Moslems schleichen sich ein, geben vor, Flüchtlinge zu sein, und versuchen, Lebensmittelkarten zu bekommen. Ich lernte auch, daß man sehr vorsichtig sein muß, sogar unter palästinensischen Brüdern, denn Leute wie ich, die keine Papiere haben, können erpreßt werden.

Banden von Jugendlichen treiben sich in den Lagern herum und schüchtern alle ein. Die feigen Libanesen erlauben ihnen nicht, Fedajin-Einheiten zu bilden, und sie gestatten keine Überfälle auf zionistisches Gebiet. Glaube mir, Ismael, der Prophet wird zu gege-

bener Zeit dafür sorgen, daß sich die Libanesen an unserem Kampf beteiligen.
Mir wurde klar, daß ich einen mutigen Schritt wagen mußte. Ich mußte mir einen Platz im Hafengebiet ergattern. Es gibt dort eine Straße, die Avenue des Français, in der es viele Nachtklubs für die Seeleute gibt. Zwischen dieser Straße und der zentralen Polizeistation blüht die Prostitution. Außer den Seeleuten und Touristen suchen viele Saudis und Kuweiter dieses Viertel auf. Du weißt ja, wie es an Orten zugeht, an denen mit der Liebe gehandelt wird. Die Zuhälter bringen jeden um, der nicht vorsichtig ist, und alle sind auf der Hut vor Fremden.
Ich bestach einen Polizisten, der mich dafür in die Klubs mitnahm und so allen zeigte, daß ich sauber sei und unter Polizeischutz stehe. Dann gab ich einen Teil meines Geldes für Mädchen aus. Es sind zumeist Europäerinnen, die sich als Bauchtänzerinnen versuchen, aber nicht sehr gut sind. Doch alle, besonders die Saudis, lieben Blondinen. Nach einiger Zeit freundete ich mich mit dem Besitzer des Miami-Klubs an und machte mich nützlich, indem ich sein Auto präparierte, so daß er darin gefahrlos Haschisch transportieren konnte.
Vom Miami-Klub und einem Hotel in der Nähe aus konnte ich das Ein- und Ausladen aller Schiffe beobachten. Es erforderte viel Geduld, doch schließlich fand ich einen portugiesischen Frachtdampfer mit dem Bestimmungshafen Gaza. Eines Abends kamen einige portugiesische Seeleute in den Klub, die bald darauf mit den Mädchen zu einer Party in mein Hotel zogen. Einer von ihnen war maßlos betrunken, verlor die Besinnung und blieb bis zum Morgen am Boden liegen. Ich kannte sein Mädchen, verhinderte, daß sie ihn bestahl, und brachte ihn persönlich auf sein Schiff zurück. Der Kapitän des Schiffes war mir dankbar. Wir sprachen über meine Lage, und er bot mir an, mich an Bord zu verstecken und nach Gaza zu bringen. Es würde mich den Rest des Geldes kosten, das ich besaß.
Was konnte ich tun, mein Bruder? Sobald ich an Bord des Schiffes war und wir den Hafen verließen, hätte er mich den Haien zum Fraß vorwerfen können. Ich mußte ihn im voraus bezahlen. Das Schiff war alt und der Maschinenraum in schlechtem Zustand. Dort zeigte ich, was für ein geschickter Mechaniker ich war, und das beeindruckte ihn. Es entwickelte sich eine echte Freundschaft zwischen uns, und er hielt Wort und lieferte mich wohlbehalten in Gaza ab.

Ich suchte eine Woche, bis ich meine Familie im Lager Rafah an der Grenze zwischen Ägypten und dem Sinai fand. Es war der Tag meines großen Schmerzes. O mein lieber Bruder Ismael, ich weine noch immer bei dem Gedanken an den Anblick, der sich mir bot. Mein geliebter Vater, Allah möge ihn trösten, war an Tuberkulose gestorben. Er, der beste lebende Automechaniker in ganz Palästina, mußte an einem solchen Ort sterben! Solange er für sie gesorgt hatte, war es der Familie halbwegs gutgegangen. Nun lebte sie in bitterstem Elend. Sechzehn Mitglieder meiner Sippe wohnten in zwei Räumen einer Wellblechbaracke. Drei Kinder waren gestorben, und von den übrigen war die Hälfte erkrankt. Das Lager Rafah ist größer, aber in viel schlimmerem Zustand als Akbat Dschabar. Du fragst, wie ich so etwas behaupten kann? Nun, die Jordanier ließen uns wenigstens ungestört herumreisen. Der Gazastreifen dagegen ist von einem Ende bis zum anderen mit Menschen vollgestopft und wird von Ägyptern wie ein großes Gefängnis geführt. Wir wurden eingesperrt wie Tiere. Als die UNRWA kam, waren unsere Leute durch die Brutalität der Ägypter bereits so eingeschüchtert, daß sie nicht den Mut aufbrachten, sich zu beschweren. Zum Glück konnte ich genügend Lebensmittelkarten sammeln, um uns am Leben zu erhalten.
Hier ist auch der Druck, den Fedajin beizutreten, viel stärker als in Akbat Dschabar. Die Fedajin sind die einzigen, die Arbeit haben, und ihre Löhne liegen fünfhundert Prozent über dem Durchschnitt. Sie unternehmen ständig Überfälle, aber man muß schon ein Narr sein, wenn man nicht sieht, daß es viel zu viele Verluste und keine Erfolge gibt.
Was sollte ich an einem solchen Ort anfangen? Ich erfuhr von einer Sondereinheit der ägyptischen Armee, die sich aus palästinensischen Kommandoeinheiten zusammensetzt und für den heiligen Krieg gegen die zionistischen Eindringlinge ausgebildet wird. Es ist eine Eliteeinheit. Die Ägypter versprechen jedem, der in ihr dient, die Einreiseerlaubnis nach Ägypten. Ich traute den Ägyptern nicht, aber es gab keine andere Möglichkeit. Meine gepriesene Mutter verkaufte das letzte ihrer einst so zahlreichen Schmuckstücke. Mit dem Erlös konnte ich den Offizier bestechen, der die Einheit befehligt; er machte mich zum Sergeant und übertrug mir die Leitung des Fahrzeugparks. Das rettete mir und meiner Familie das Leben. Wenn ich als einfacher Soldat eingetreten wäre, würde ich Dir wahrscheinlich jetzt nicht schreiben. Männer im Rang eines Ser-

geanten und darüber müssen nicht an den Überfällen teilnehmen, das tun nur die Mannschaftsdienstgrade. Wer nicht von zionistischen Kugeln getötet wird, den behandeln die Offiziere so schlecht, daß die meisten es vorziehen zu desertieren. Aber das war nicht mein Problem. Sobald ich die Garage übernommen hatte, kam Geld ins Haus. Ich konnte auf dem Schwarzmarkt weitere Lebensmittelkarten und noch vieles andere für meine geliebte Familie kaufen.

Schließlich überschütteten uns die Glücksgötter geradezu mit ihrer Güte, als General Nagib, Oberst Nasser und die Freien Offiziere den korrupten ägyptischen König aus dem Land vertrieben. Sobald die Offiziere die Regierungsgewalt in Händen hatten, wurden viele Überfälle auf englische Militärposten am Suezkanal unternommen. Obwohl diese Angriffe nicht ganz den Erfolg erzielten, den wir erhofft hatten, bauschten die neue Regierung und eine ihr hörige Presse die Aktionen auf. Die Offiziersregierung war beim ägyptischen Volk sehr beliebt. Nach einem Überfall, bei dem wir große Verluste erlitten, brachte uns General Nagib zu einer Parade nach Kairo und erwähnte in seiner Ansprache lobend die Tapferkeit der palästinensischen Einheit. Ich konnte den kommandierenden Offizier erneut bestechen, damit er mich von der Einheit entließ und es mir ermöglichte, an der Universität von Kairo zu studieren.

Laß Dir sagen, Ismael, daß die Universität gar nicht so wunderbar ist. Fünfzig Jungen schliefen in einem einzigen Schlafraum, und unsere Betten waren nur durch kleine Nachtschränke voneinander getrennt. Es roch sehr schlecht, denn der Raum war seit Jahren nicht mehr gereinigt worden. In der ersten Nacht wurden mir meine Kleider und mein gesamtes Geld gestohlen, und ich mußte im Pyjama an den Vorlesungen teilnehmen. Kein Kurs war unentgeltlich, und die Professoren waren bestechlich. Gute Noten erhielten nur die Söhne der Reichen. Muß ich erklären, warum? Als arme Palästinenser waren wir der Abschaum, den die Ägypter entsetzlich beschimpften. Sie haßten uns und wollten, daß wir in Gaza interniert blieben. Die Arabische Liga bezahlte unseren Unterricht und gab uns vier ägyptische Pfund im Monat für Verpflegung. Als sie die Zahlungen einstellte, wurden wir aus den Baracken vertrieben.

Am Rand der Stadt gibt es einen etwa acht Kilometer langen Friedhof mit Tausenden von großen Grabstätten, der die Stadt der Toten genannt wird. Dort wohnen fast eine Million Menschen. Viele von

ihnen haben nie eine andere Behausung gekannt. Ich und vier meiner Kameraden konnten für sechs ägyptische Pfund monatlich eine große Gruft mieten. Wir waren vollkommen mittellos und fast am Verhungern, deshalb begannen wir vor den Büros der Arabischen Liga zu demonstrieren. Wir kamen immer wieder, bis sie unsere Stipendien wieder bewilligten.
Oft wurde uns das Geld vorenthalten, und wenn wir dann wieder demonstrierten, schlossen sich uns jedesmal mehr palästinensische Studenten an. Meine Kameraden und ich verbrachten viele Tage im Gefängnis. Ich wurde sechsmal verhaftet. Doch wir ließen uns nicht einschüchtern. Die Studenten an der Faud-Universität und anderswo waren ebenso verzweifelt wie wir, und so gründeten wir schließlich die Palästinensische Studentenvereinigung. Die Moslem-Bruderschaft versuchte, die neue Regierung zu stürzen, deshalb schlossen wir uns ihr an. Mehrere von uns wurden zu Märtyrern, und die Vereinigung war damit anerkannt.
Vor genau einem Jahr versuchte die Bruderschaft, Oberst Nasser zu ermorden. Nasser setzte General Nagib ab, dem er vorwarf, hinter dem Attentat zu stehen, und übernahm die Leitung der demokratischen Regierung. Ich und drei Brüder, die Leiter der Studentenvereinigung, saßen vierundsechzig Tage im Gefängnis. Während dieser Zeit veranstalteten unsere Brüder draußen unaufhörlich Krawalle.
Eines Tages besuchte uns Dr. Mohammed K. Mohammed. Er war der Geschäftsführer der Gesellschaft für die Unterstützung palästinensischer Flüchtlinge. Er war einmal unser Feind gewesen, weil wir ihn für einen Handlanger der Regierung hielten. Wie hatten wir uns geirrt! Er ist der wahre, der edle Führer des palästinensischen Volkes. Er erzählte uns, daß er Oberst Nasser davon überzeugt habe, daß wir Studenten wahrhaftig die Vorkämpfer der Revolution seien und Verbündete im Heiligen Krieg sein sollten, der Palästina von den Juden befreien wird. Kannst Du glauben, daß wir vier freigelassen und eingeladen wurden, Oberst Nasser persönlich zu besuchen?
Wenn es einen Allah auf Erden gibt, so ist es Oberst Gamal Abdel Nasser. Ich, Sabri Salama, stand vor diesem mächtigen Mann. Er schloß uneingeschränkten Frieden mit uns. Er enthüllte uns viele Geheimnisse. Die Fedajin würden nun ungehindert nach Gaza und zurück reisen können und große Gratifikationen erhalten. Sobald eine Einheit zusammengestellt und ausgebildet sei, werde sie in den

Kampf geschickt. Er verriet uns das ungeheuere Geheimnis, daß große Waffenlieferungen aus der Tschechoslowakei eintreffen würden. Er hatte bereits die Schiffahrtsrouten der Zionisten in der Meerenge von Tiran unterbrochen und würde den Engländern bald den Suezkanal wegnehmen.

Wir werden in Kürze vereint sein, Ismael. Alle Araber werden unter Nasser kämpfen. Ich fange jetzt an, mit Dr. Mohammed K. Mohammed herumzureisen, um verschiedene arabische Regierungen dazu zu überreden, unsere Bestrebungen zu unterstützen und großzügig Geldmittel für die Fedajin bereitzustellen. Bald werden wir keine entwurzelten, rasenden, gequälten Hunde mehr sein. Einige skrupellose Nationen wie die Syrer und die Iraker glauben, sie können uns täuschen, weil sie die Palästinenser für ihre eigenen Zwecke benützen wollen. Am Ende aber werden wir sie überwinden, weil wir uns vereinigen und unser Schicksal selbst in die Hand nehmen werden.

Wenn Du je den Namen Abu Rommel hörst, dann wisse, daß ich es bin. Es ist mein Revolutionsname, den ich zu Ehren des deutschen Generals angenommen habe, der Ägypten im Zweiten Weltkrieg beinahe befreit hätte. Ich rufe Dich auf, Dich aktiv bei den Fedajin zu beteiligen. Es gibt viel Geld zu verdienen mit der Bewaffnung unserer Jungen. Richte Deinem Vater aus, daß ich ihm das Geld bald zurückzahlen werde. Wenn Du mich das nächste Mal siehst, werde ich meinen eigenen Wagen fahren und eine goldene Uhr besitzen.

Ich trenne mich jetzt von Dir, mein geliebter Kamerad Ismael. Ich grüße Dich noch einmal im Namen der glorreichen Revolution. Lob und Preis unserem edlen Dr. Mohammed K. Mohammed. Lob und Preis Oberst Gamal Abdel Nasser, dem größten arabischen Führer seit dem Propheten, der das arabische Volk seinem verdienten Geschick zuführen wird.

Ich weine um Deinen Bruder, den Märtyrer Jamil, der von den Zionistenschweinen umgebracht wurde. Wir aber werden erleben, wie Tel Aviv in Schutt und Asche versinkt und das Mittelmeer sich rot färbt vom Blut fliehender Juden. Der Sieg ist unser!

Meine herzlichen Grüße an Deine Familie.
Abu Rommel

IX

Nada wußte, daß ihre plötzliche Abreise die Frauen zutiefst getroffen hatte. Sie wollte nicht mit ihnen weinen, als Hamdi Othman in einem weißen, von einem Chauffeur gelenkten Wagen der Vereinten Nationen vorfuhr. Sie stand mit gesenktem Blick vor Hamdi Othman und seiner Frau, während sie vorgestellt und begutachtet wurde. Höflichkeiten wurden ausgetauscht. Nadas Vater pries zum erstenmal in ihrem Leben ihre Fähigkeiten. Dafür versprach Hamdi Othman, daß er für das Mädchen gut sorgen werde.
Der Chauffeur nahm das Bündel mit Nadas Habseligkeiten, sie und Frau Othman stiegen ein, während die Männer noch miteinander scherzten.
Nada sah sich einen Augenblick verzweifelt um. Ismael war verschwunden! In diesem Augenblick glaubte sie, daß sie zusammenbrechen würde, doch sie ertrug den Schmerz ohne ein Wort.
Nada war zwar schon im Laderaum von Lastwagen mitgefahren, aber noch nie in einem Personenauto. Die aufregende Fahrt und die so fremde Eleganz von Frau Othman verwandelten ihren Schmerz in Neugierde.
Autos zogen im Lager immer eine Menge Kinder an. Othmans Chauffeur scheuchte sie weg wie lästige Fliegen. Die Gesichter von Hagar, Fatima und Ramiza blickten in die Fenster und riefen schluchzend Lebewohl. Hadschi Ibrahim blieb im Haus, bis der Wagen verschwunden war.
Nada spürte, daß drei neugierige Augenpaare auf sie gerichtet waren. Sie wußte, daß sie trotz des kahlgeschorenen Kopfes schön war. Sie band ihr Kopftuch fest und hob das Kinn.
Während sie durch Jericho fuhren, erfüllte Nada Erleichterung. Sie erhaschte Hamdi Othmans Blick. Darin las sie gespielte Langeweile. Eine so hochstehende Persönlichkeit wäre offensichtlich nicht selbst gekommen, um sie abzuholen, wenn ihr Vater nicht ein Mann von großem Ansehen gewesen wäre. Er befahl dem Chauffeur mit der Autorität eines Staatsoberhauptes, an der Fahrzeugschlange der Straßensperre vor der Allenby-Brücke vorbeizufahren.
»Stehenbleiben!« rief Nada plötzlich.
»Was?«
»Bitte, es ist mein Bruder Ismael.«
Othman machte eine großzügige Handbewegung, als Nada die Tür aufriß und sich ihrem Bruder in die Arme warf.

»Ich dachte schon, du würdest mir nicht Lebewohl sagen.«
»Ich konnte es nicht ertragen, mich mit den anderen zusammen zu verabschieden.«
»Ich liebe dich, Ismael.«
»O Gott, deine Haare ...«
»Was macht es schon aus, wenn ich meine Haare verloren habe, solange ich meinen Kopf noch habe. Sei nicht traurig, mein Bruder. Ich bin nicht traurig. Hast du verstanden? Ich bin nicht traurig.«
Nada sah zu, wie die Gestalt Ismaels immer kleiner wurde, während der Wagen geräuschvoll über die klappernden Bohlen der Brücke rumpelte. Auf der Fahrt nach Amman verspürte sie keinen Kummer. Sie war von Erwartung und einem plötzlichen Gefühl der Freiheit erfüllt. Eine entsetzliche Last war von ihr gewichen.

»Charmant«, lautete die häufigste Bezeichnung von Hamdi Othman. Er war Syrer und hatte seinen Charme entwickelt, als die Franzosen über seine Heimat herrschten und ihn erzogen. Charme war das wichtigste Merkmal für einen ehrgeizigen Diplomaten.
Als die Bürokratie der Vereinten Nationen eskalierte, drängte ein Heer von Beamten zur Futterkrippe. Jeder Staat beanspruchte seinen Anteil an den einträglichen Stellungen, bei denen nur die Zuteilungsquote, nicht die Qualifikation den Ausschlag gab. Hamdi Othman war einer der fragwürdigsten Beiträge Syriens zur neuen Weltordnung.
Als geschulter Beamter der Vereinten Nationen bahnte er sich geschickt und schnell seinen Weg durch das mittelmäßige Korps und arbeitete sich zu einer Spitzenposition hinauf. Als einer der Leiter der UNRWA in Jordanien und in der Westbank übte Othman Macht aus und kontrollierte bedeutende Fonds in dem kleinen Königreich der unzähligen Flüchtlingslager.
Persönliche Kenntnis der Verhältnisse und des Armeleutegeruchs in den Lagern war Sache der mittleren und niedrigen UNRWA-Beamten. Hamdi Othmans Status hingegen verlangte eine teure Villa auf einem der kahlen Hügel, die Amman überragen.
Obwohl Amman die Hauptstadt eines islamischen Staates ist, hatte ihr langjähriges englisches Erbe das Alkoholverbot gelockert. Das Leben in diesem abgeschiedenen Außenposten war provinziell, und die wenigen Gesandtschaften, die Dienststellen der Vereinten Nationen und anderer ausländischer Organisationen hielten eisern zusammen und schlossen sich von dem heißen, sandigen, unfreundlichen Amman ab. Ihr *Modus vivendi* war die ewige Cocktailparty.

Es gab Cocktailparties zur Begrüßung oder Verabschiedung von Gesandten, ersten und zweiten Botschaftssekretären, Generalkonsuln, Konsuln, Militärattachés und Beamten der Vereinten Nationen. Es gab Cocktailparties zur Feier der Erstürmung der Bastille, des vierten Juli sowie der Befreiungs- und Unabhängigkeitstage jedes Staates, der eine diplomatische Vertretung in Jordanien unterhielt. Leitende Direktoren ausländischer Gesellschaften, zu Gast geladene Würdenträger, die Exponenten der Fluglinien- und Touristikindustrie, führende jordanische Geschäftsleute, sie alle hatten einen Platz im Karussell der Cocktailparties.
Man traf die immer gleiche altbekannte Truppe der Gewohnheitstrinker, deren Gesichter Masken und deren Augen müde waren. Die Konversation war entweder langweilig oder bestand aus bösartigem Klatsch. Die Neuigkeit, wer es mit wem trieb, war hier das einzig wirklich Aufregende, abgesehen von den seltenen königlichen Falkenjagden. Die Handküsse, das unterdrückte Gähnen und die Verteilung der Rollen änderten sich kaum.
Hamdi Othman war ein Geschöpf dieser Cocktailparties. Sogar in Amman hatte er Erfolg. Seine Einladungen gehörten zu den »interessanteren«. Seine Villa war verschwenderisch ausgestattet; seine Speisekammer quoll über vor steuer- und zollfreiem Alkohol und französischen Delikatessen. Die erlesensten Gerichte wurden von seinem französischen Küchenchef und einem Heer von Helfern zubereitet.
Amman war immer noch eine arabische Hauptstadt, und Hamdi Othman immer noch Araber, und ungeachtet all seines Charmes beachtete er streng die Geschlechtertrennung. Die Frauen drängten sich in einem Raum zusammen und die Männer in einem anderen.
Frau Othman verkörperte den Typus der befreiten arabischen Frau. Sie war in Frankreich erzogen worden, trug elegante französische Kleidung und bot einen reizenden Anblick. Doch wenn man die westliche Tünche abkratzte, so kam darunter die arabische Ehefrau zum Vorschein. Obwohl sie nicht arbeiten mußte, hatte sie, bis auf ihre gesellschaftlichen Verpflichtungen, nur wenig Kontakt zur Außenwelt. Ihr Leben konzentrierte sich auf das endlose, leere Geschwätz in dem einzigen Klub der Stadt. Sie durfte die erstickende Sphäre der kostbaren Vögel nie verlassen, die in verschwenderisch ausgestatteten Vogelbauern – die in Wirklichkeit aber doch nur Käfige waren – ihre erlesenen Parties gaben. Wenn sie nicht mechanisch Hände schüttelte und lächelte, war sie eine traurige, träge Dame, eingesperrt in ein nutzloses Leben.

Hamdi Othman war stolz darauf, daß alle seine vierzehn Hausangestellten Flüchtlinge waren. Er war weder freundlich noch großzügig. Die Löhne waren niedrig, und was nicht von seiner Aufwandsentschädigung gedeckt wurde, konnte er leicht anderswo abzweigen, da er das UNRWA-Budget und die allmächtigen Lebensmittelkarten kontrollierte. Seine Dienerschaft wohnte in Baracken, und die Arbeitsbedingungen und -zeiten waren hart.

Sein Chauffeur, die Gärtner, die Leibwächter, der Butler und die Hausdiener waren in einem kleinen Schlafsaal untergebracht. Die sechs weiblichen Bediensteten lebten abgeschieden wie Nonnen in einer Baracke mit durch Vorhänge abgeteilten Verschlägen. Vier waren Küchengehilfinnen. Ferner wohnten dort Madame Othmans persönliche Zofe und Nada.

Nada war das Kindermädchen der beiden Töchter der Familie, die drei und vier Jahre alt waren, sowie ihres fünfjährigen Sohnes. Sobald Nada ihre anfängliche Scheu überwunden hatte, nahm sie ihre Arbeit entschieden und beinahe fröhlich auf. Zur großen Erleichterung von Frau Othman befreite Nada sie bald gänzlich von den Kindern, so daß sie noch mehr Stunden im Klub und vor dem Spiegel verbringen konnte.

Die liebeshungrigen Kinder der Othmans erhielten bald an einem einzigen Tag mehr Zuwendung, als ihre Eltern ihnen je geschenkt hatten. Nada war das geborene Kindermädchen. Sie kannte viele Lieder, las ihnen vor, soweit ihre Kenntnisse reichten, lachte mit ihnen, erzählte ihnen geheimnisvolle, wunderbare Geschichten, herzte und küßte sie. Sie konnte sehr streng sein, wenn es notwendig war, aber sie schlug die Kinder nie. Sie lenkte sie, indem sie die Stimme hob. Die Fragen, die sie stellten, oder die Spiele, die sie spielen wollten, waren Nada nie zuviel. Sie beklagte sich nie und arbeitete unermüdlich. Was für eine Perle!

Außer der Kammerzofe war Nada die einzige weibliche Angestellte, die den Haupttrakt der Villa betreten durfte. Sie beaufsichtigte die Kinder beim Spiel und bei den Mahlzeiten, führte sie am Abend ihrem Vater vor, der ihnen den Kopf tätschelte, und brachte sie herein, wenn die Eltern vor Gästen mit ihnen angeben wollten.

Obwohl sie einen Raum beim weiblichen Personal hatte, schlief sie auf einer Matte auf dem Fußboden im Zimmer der Mädchen.

»Nada!«

»Nada!« schrien sie, wenn sie am Morgen um die Wette zu ihr rannten.

»Wir wollen mal sehen, ob ich drei häßliche kleine Bären zugleich in die Arme nehmen kann!« Sie konnte es.
Das Leben eröffnete ihr völlig neue Seiten. Drei schöne, hilflose kleine Geschöpfe brauchten sie, und sie mußte sie nicht in Akbat Dschabar aufziehen.
»Warum hast du keine Haare, Nada?«
»Damit ihr etwas zum Lachen habt.«

Die Villa der Othmans, die früher einem hohen englischen Beamten gehört hatte, umfaßte mehr als zwanzig Räume sowie einen Bürokomplex, in dem Othmar mit seinem UNRWA-Stab arbeitete. Der auffallendste seiner Mitarbeiter war sein Privatsekretär, ein junger französischer Diplomat namens Bernard Joxe. Bernard ahmte den Charme seines Chefs nach und unterwarf sich vollkommen dessen Willen. Er war Junggeselle, seine Wohnung befand sich im ersten Stockwerk der Hauptvilla. Er war ein eleganter Begleiter für Madame Othman, wenn ihr Ehemann verreist war. Joxe war ein Gewinn für jede Cocktailparty, der Anlaß vieler Flirts, obwohl man in einem arabischen Land äußerst vorsichtig sein mußte.
Der weiblichen Dienerschaft stand ein ummauerter Hof mit einer Waschbaracke und einer Dusche im Freien zur Verfügung. Nadas Kameradinnen hatten sie darauf aufmerksam gemacht, daß der Hof nicht vollkommen gegen fremde Augen abgeschirmt sei. Bernard Joxe konnte von seiner Wohnung hinunterblicken und eine Ecke des Hofs einsehen, man mußte also aus Sittsamkeit besondere Vorsichtsmaßnahmen ergreifen.
Durch Nadas Anwesenheit kam mehr Leben ins Haus. Plötzlich entwickelte Bernard Joxe eine ungeahnte Leidenschaft für die Kinder, kniff sie in ihre kleinen Nasen, warf die schreienden kleinen Körper in die Luft und fing sie wieder auf, spielte das Pferd für die kleinen Reiter.
Die Gespräche zwischen Nada und Joxe waren belanglos und heiter. Sie ließ meist ihre Augen sprechen. Vielleicht war sich Joxe nicht über das Risiko im klaren, das er einging, wenn er sich an ein jungfräuliches arabisches Moslemmädchen heranmachte. Er hatte ein reizendes, jungenhaftes Lächeln und ein gewinnendes Wesen, und er zeigte sein leidenschaftliches Naturell recht deutlich. Das Spiel hatte begonnen.
Nadas Träume wurden von Nacht zu Nacht sinnlicher.
Ihr ganzes Denken kreiste um diese flüchtigen Begegnungen, und der

Wunsch, den Mann zu berühren, begann ihre Gedanken zu beherrschen. Beide überlegten eifrig, wo, wann und wie sie einander treffen könnten. Ihre Augen ließen ihn erschauern. Sie errötete, wenn sie um die Ecke bog und plötzlich vor ihm stand; sie streifte ihn; seine Augen waren auf ihren Hintern gerichtet, während sie geschmeidig an ihm vorbeiglitt, er stotterte verlegen, wenn er versuchte, sie anzusprechen.

Nada lag nachts auf ihrer Matte, streichelte ihren Körper und stellte sich vor, sie hielte ihn in ihren Armen. Du bist ein närrisches Mädchen. Bernard Joxe ist ein egoistischer, ehrgeiziger junger Mann, der sich ängstlich um das Wohlwollen seines Chefs bemüht. Er kommt aus einer vollkommen fremden Welt. Er muß schon viele Mädchen geliebt haben und wird noch viele andere lieben. Ich kann für ihn nur eine vorübergehende Laune sein.

Was willst du eigentlich, Nada? Ewige Liebe in einer Hütte in Akbat Dschabar? Kannst du die überhaupt bekommen? Du wirst nehmen, was Hadschi Ibrahim dir gibt. Wie köstlich wird das sein?

Wonach sehnst du dich, Nada? Du weißt es. Du bist fern von Ibrahims wachsamen Augen. Hier sind der Ort, die Zeit, der junge Mann, der sich nach dir sehnt. Soll ich? Soll ich nicht? Soll ich . . . das Herz klopfte in ihrer Brust . . . soll ich?

Ich werde jedenfalls nicht ängstlich sein. Entweder tue ich es offen und leidenschaftlich oder gar nicht. Ich werde mich meiner Gefühle nicht schämen.

Soll ich?

Nada hatte mehr Freiheit als die anderen Dienerinnen. Sie duschte zu einer Zeit, da der Hof leer war und sie wußte, daß Bernard sich in seiner Wohnung aufhielt. Mit ein bißchen Gewandtheit konnte sie einen nassen Arm oder ein nacktes Bein ausstrecken, so daß er es sehen konnte. Instinktiv ahnte sie, wann er sie beobachtete, und sie wurde immer kühner.

Eines Tages verließ sie nackt die Dusche und trocknete sich ab, schwelgte direkt vor seiner Wohnung in der Sonne. Sie starrte hinauf und ließ seine Fenster nicht aus den Augen.

»Du treibst mich zum Wahnsinn«, jammerte Bernard Joxe.

»Na und?« antwortete Nada.

»Es ist sehr gefährlich, das weißt du.«

»Na und?« wiederholte sie.

»Um Himmels willen, was soll ich tun?«

»Was *willst* du tun?«
Er stieß einen tiefen Seufzer aus, bewegte hilflos die Arme und ließ den Kopf hängen. Sie ließ ihn nicht aus den Augen. Er schluckte. Nada berührte seine Wange und drückte ihren Körper an sein Hemd, so daß er die weiche Rundung ihrer großen, schönen Brüste spüren konnte. Er legte die Arme um sie, schloß die Augen und stöhnte vor Glück. Der Kuß war süß.
»Das gefällt mir«, sagte sie erregt.
»Wir müssen damit aufhören. Ich muß mich anständig benehmen. Und du läßt das nicht zu«, murmelte er.
»Sag mir, Bernard, hast du schon mit vielen Frauen geschlafen?«
»Das ist eine lächerliche Frage.«
»Keineswegs. Ich will, daß mich ein Mann bekommt, der weiß, was er tut, und der zärtlich ist.«
»Verstehst du eigentlich, Nada, wie schwierig unsere Lage ist?«
»Ja.«
»Ich ... ich ... es kommt nicht in Frage, daß ... also ... daß ich dich verletze. Wir dürfen uns nicht ineinander verlieben. Ich muß an meine Karriere, an meine Eltern denken. Ein Skandal wäre für mich eine Katastrophe.«
»Willst du nicht mit mir schlafen?«
»Natürlich will ich, aber ...«
»Bernard, ich will absolut nichts von dir, außer deiner Zärtlichkeit. Ich will eine schöne Zeit erleben. Wenn du ein wenig Geduld hast, werde ich sehr schnell lernen. Du mußt dir keine Sorgen machen, daß du mir das Herz brechen wirst oder daß ich dir Schwierigkeiten bereiten werde.«
»Warum, Nada, warum?«
»Das ist eine lange Geschichte, Bernard, aber ich muß die Liebe kennenlernen, ich will kein unerfahrenes Mädchen mehr sein.«
Er wandte sich nervös zur Tür.
»Du bist freundlich und um mich besorgt, das gefällt mir«, sagte Nada. »Wir wollen einander lieben, und ich werde wieder davonhuschen, wenn es Zeit ist.«
»Schau mich nicht so an, Nada. Du machst mich willenlos, wenn du mich so ansiehst. Drück dich nicht so an mich ...«
Sie löste sich von ihm. »Ich glaube, ich werde jetzt duschen«, erklärte sie und ging.
»Nada!«
»Ja?«

»Die Othmans haben heute abend ein Essen in der indischen Gesandtschaft. Sie werden erst sehr spät zurückkommen.«
»Ich weiß. Ich habe heute sehr viel mit den Kindern gespielt. Sie werden fest durchschlafen.«
»Geh duschen. Die Tür zu meiner Wohnung wird offenstehen.«

Er konnte nicht aufhören, ihren Körper zu küssen.
»Du bist sehr zärtlich«, sagte Nada. »Es war nicht so schmerzhaft, wie ich dachte. Wie verrückt war doch mein Leben, solange ich auf etwas so Herrliches verzichten mußte. Bernard, du süßer Mann. Du bist sehr rücksichtsvoll.«
»Du bist es, Nada. Wie bist du nur so locker, so natürlich geworden?«
»Jetzt werde ich freier sein. Und du wirst alles ausprobieren, mich alles lehren. Ich will alles tun. Sag mir, welche Körperteile dich besonders erregen, und wie ich dich erregen kann. Ich will alles. Ich will dich bei lebendigem Leib aufessen.«
»O ja, Nada . . . ja, ja, ja.«

»Komm herein, Nada, setz dich«, forderte Hamdi Othman sie auf.
»Ja, Herr.«
»Du hast den letzten Monat immer so strahlend ausgesehen«, begann er, öffnete einen Behälter, in dem die Zigarren feucht gehalten werden, und beschäftigte sich mit Stutzen, Befeuchten, Drehen und Anzünden einer Zigarre.
»Ich bin mit den Kindern sehr glücklich.«
»Nur mit den Kindern?«
Sie sah in sein hageres, heiteres Gesicht, seine Augen funkelten ein wenig grausam, ein wenig lauernd.
»Das Leben ist hier viel angenehmer als in Akbat Dschabar. Ich hoffe, Sie sind mit meiner Arbeit zufrieden.«
»Die Kinder beten dich an, das weißt du. Würdest du das Tuch vom Kopf nehmen, Nada?«
»Ich habe noch nicht viele Haare.«
»Stört dich das?«
»O nein, aber wenn die Leute mich ansehen, scheinen sie sich unbehaglich zu fühlen.«
»Würdest du es abnehmen?«
Sie zog es vom Kopf. Das Haar war inzwischen ein paar Zentimeter gewachsen. Es ließ sie rührender, sogar reizvoller erscheinen.

»Siehst du, es stört mich nicht«, meinte Hamdi Othman. »Du bist wirklich ein außerordentlich hübsches Mädchen. Dein Vater ließ dir das Haar um deiner Sittsamkeit willen abschneiden, nicht wahr?«
»Ja, Herr.«
»Du bist aber nicht allzu sittsam gewesen, nicht wahr?«
»Nein«, antwortete Nada ruhig und ohne zu erschrecken.
Er stellte ein Tonbandgerät auf den Tisch. »Hast du so etwas schon gesehen? Weißt du, was das ist?«
»Nein.«
»Es zeichnet Stimmen von Menschen auf. Möchtest du deine hören?«
»Während Bernard und ich einander lieben?« fragte sie frei heraus.
Hamdi Othman biß beinahe seine Zigarre entzwei. Ihre Reaktion kam vollkommen überraschend. »Meinst du, daß dein Vater es gern hören würde?« fragte er mit leiser Drohung in der Stimme.
Nada sah ihn finster an, dann zuckte sie die Schultern. Othman musterte das Mädchen lange. Sie hatte offensichtlich keine Angst vor ihm und war vollkommen beherrscht.
»Ein sehr hoher Posten bei der UNRWA in Syrien ist frei geworden. Ich werde Bernard dafür vorschlagen.«
»Zur Strafe?«
»Es ist eine Beförderung.«
»Weiß er es?«
»Ja. Er ist bereit, Amman sofort zu verlassen.«
»In Ordnung, Herr Othman.«
»Du scheinst nicht sehr betroffen zu sein, Nada.«
»Er wird mir sehr fehlen, aber wir haben einander nichts versprochen. Ich habe nicht den Wunsch, ihn festzuhalten. Wir wußten immer, daß es nur für kurze Zeit sein würde.«
»Sag du mir nun, Nada, was ich mit dir tun soll.«
»Ich würde gern hier in Amman in deinem Haus bleiben. Ich liebe die Kinder. Ich weiß nicht, wann ich eigene Kinder haben werde und ob jemals Allahs Segen auf mir ruhen wird. Deine drei machen mich sehr glücklich.«
»Diese Affäre mit dir und Bernard könnte sehr ernste Folgen haben. Zum Glück weiß außer mir niemand etwas darüber. Sollen wir es weiterhin so halten?«
»Tu, was du willst. Wenn du drauf wartest, daß ich dich um Gnade anflehe, vergeudest du deine Zeit.«

Er war beeindruckt. Das Mädchen wurde mit jedem Augenblick interessanter.
»Sag mir, Nada, möchtest du gern ein eigenes Zimmer haben?«
»Ich habe nie ein eigenes Zimmer gehabt, nicht einmal davon geträumt.«
»Es ließe sich bewerkstelligen. Dank dieses Geheimnisses, von dem nur wir beide wissen . . . Mir ist klar, daß ich kein junger Mann mehr bin wie Bernard . . . Anderseits . . . bin ich, sagen wir, ziemlich erfahren. Wie du weißt, ist meine Frau sehr beschäftigt, besonders am Donnerstag. Sie verbringt den Nachmittag im Frisiersalon, und dann geht sie in den Bridgeklub. Ich würde vorschlagen . . .«
»Du willst mit mir schlafen.«
Er lachte. »Du bist ein sehr kühles Mädchen, junge Dame.«
»Du bist ein sehr anziehender Mann, Othman, und es macht mir nichts aus, im Haus deiner Frau mit dir zu schlafen. Du tust es mit vielen Frauen. Aber ich will es nicht aus Angst vor dem Geheimnis tun.«
»Natürlich nicht, das verhüte Allah.«
Ein rätselhaftes Lächeln kräuselte ihre Lippen. »Wenn ich bleiben soll, würde ich gern den Sabbat und jede Woche noch einen Tag freihaben. Das Küchenmädchen Zeinah kann mich an diesen Tagen vertreten. Die Kinder haben sie sehr gern.«
»Was willst du allein in Amman anfangen?«
»Ich will den Fedajin beitreten.«

»Du mußt es mir ehrlich sagen, Nada, ganz ehrlich. Bin ich so gut wie Bernard Joxe?«
Nada wälzte sich auf den Rücken, streckte sich und seufzte glücklich, als er ihre Brustwarzen küßte.
»Also sag es mir, du verdammtes kleines Miststück, sag es mir endlich!«
»Du bist wunderbar, Hamdi.«
»Ich bin so gut wie Bernard Joxe. Sag es!«
»Bin ich so gut wie Frau Othman?«
»Du bist ein Luder, ein Luder, ein kleines Luder. Wieso versteht ein Bauernmädchen wie du so zu lieben?«
Hamdi Othman war wirklich ein recht geschickter Liebhaber, aber er war selbstsüchtig in sich vernarrt. Er forderte. Er ließ sich gehen, wenn er zum Höhepunkt kam. Dann beruhigte ihn Nada und verlangte, daß er sie mit seinen Künsten reize und mit zum Orgasmus führe.
Sie wußte, daß sie nicht mehr lange bleiben konnte. Die Situation

wurde für sie allmählich gefährlich. Frau Othman war über sie aufgebracht.
Hamdi Othman konnte über die Affäre nicht reden, ohne daß er selbst in die Tinte geriet, denn Nada ließ sich nicht einschüchtern. Außerdem war er nun in sie verliebt, brabbelte über seine Sehnsucht nach ihr und ließ sogar eine gewisse Eifersucht erkennen.
Nada hatte darauf geachtet, daß sie nur dann mit ihm beisammen war, wenn sie ihre unfruchtbaren Tage hatte, und sie war auch nicht schwanger geworden. Der Verkehr mit ihm hatte ihr, obwohl er dabei sehr egoistisch war, Augenblicke wilder Leidenschaft beschert. Sie hatte ihre Macht erkannt, einen Mann verrückt zu machen. Es war wundervoll.

Sobald Nadas Blick auf Joul fiel, wußte sie, daß dies die tiefe, bedeutungsvolle Liebe werden könnte, nach der sie sich sehnte. Der Kommandant der Fedajin strahlte Tapferkeit aus und trug stolz seinen Revolutionsnamen: Abu Zaim, Vater der Führer. Joul war für seinen Mut und seine Schlauheit bekannt, er hatte drei Überfälle in das Gebiet jenseits der Grenze überlebt.
Nada durchschaute sein Imponiergehabe. Er hatte Ismaels durchdringende Augen und seine Klugheit. Joul besaß die Empfindsamkeit ihres geliebten Bruders. Diese Liebe würde rein sein.
Es schmeichelte ihm, daß er eine solche Anziehung auf sie ausübte. Viele andere Mädchen hatten es auf ihn abgesehen, aber sie waren nicht wie Nada. Zunächst störte ihre Direktheit Joul, aber er war im Netz ihrer Schönheit rettungslos gefangen. Sie sprachen lange und leidenschaftlich über ihre Zwangslage und ihre wachsenden Gefühle. Er gehörte zu einer traditionsbewußten Familie, die jedoch von niedrigem Rang war. Nada wußte, daß Hadschi Ibrahim ihn kurzerhand ablehnen würde.
Dann kam der Augenblick, an dem sie mit ihm allein war, fern von der hysterischen Atmosphäre des Lagers und dem vornehmen Getue der feinen Gesellschaft von Amman. Joul gestand ihr seine Liebe. Nada sprach davon, daß sie mit ihm schlafen wolle. Er war bestürzt. Er wußte nicht, was er tun sollte. Aber er war verrückt nach ihr.
»Ich will dich, Joul, und ich habe keine Angst vor dem, was nachher kommt. Schenken wir uns einander und lassen wir das Morgen Morgen sein. Du brauchst mir nichts zu versprechen.«
»Ich liebe dich so sehr. Ich denke nur an dich, Nada. Ich verliere noch den Verstand.«

»Laß uns einander ohne Kleider streicheln.«
»Ja«, flüsterte er.
Nada ergriff seine Hand. »Bevor wir es tun, mußt du wissen, daß mir meine Unschuld geraubt wurde.«
Joul zeigte Befremden.
»Es geschah in Jaffa, nachdem wir aus unserem Dorf geflohen waren. Eines Tages ging ich allein vom Markt durch enge Gäßchen ins Lager zurück. Irakische Soldaten überfielen und vergewaltigten mich. Es waren drei.«
Er konnte nicht in ihre traurigen Augen blicken. Tränen liefen ihm über die Wangen.
»Macht es dir etwas aus?« fragte sie besorgt.
»Nein.«
Nada knöpfte ihr Kleid auf, ließ es über ihre Schulter herabgleiten und entblößte ihre Brüste. Sie nahm seinen Kopf und drückte ihn an sich. »Sie gehören dir . . . sanft . . . liebevoll . . . o ja, ich wußte, daß du so sanft sein würdest.«
Langsam und herrlich öffnete ihm Nada die Pforten des Paradieses. Es war eine freie, keine schuldbewußte Liebe, deren Intensität nicht nachließ.
Hamdi Othman war wütend, als sie ihm ihre Tür verschloß. Seine Drohungen machten keinen Eindruck auf sie. Ihre Gegendrohungen mit den Fedajin ängstigten ihn, so daß er langsam ernüchtert wurde. Er war verabschiedet worden und mußte damit leben.
Nada und Joul blieben mehrere Monate lang ein Liebespaar. All ihre bodenlosen Enttäuschungen und ihr Zorn explodierten in glühender Liebe. Diesmal gab es Tränen, schwere, bittere Tränen. Und ihre Lage war verzwickt, sie lebten in einem Gefängnis.
Als es für sie Zeit war, Akbat Dschabar zu besuchen, schickte sie eine Nachricht, daß sie krank sei und erst bei ihrem nächsten Urlaub kommen könne. Die Liebenden verschlangen einander, krallten sich verzweifelt aneinander, um noch tiefer ineinander einzudringen und die häßliche Welt auszusperren, die sie umgab.
Der Druck von außen nahm zu. Der Klatsch ging um. Sie wurden von einem seiner Freunde überrascht. Es war unmöglich, Geheimnisse in dieser kleinen Welt zu bewahren, in der jeder jeden beobachtete. Joul war bettelarm, und er wurde mit der verzweifelten Situation nicht fertig. Seine Männlichkeit verwandelte sich in Unsicherheit. Er konnte sich nicht dazu aufraffen, für seine Liebe zu kämpfen. Als der Augenblick der Wahrheit kam, duckte sich Joul und floh.

X

Kurz nachdem uns Omar und Nada verlassen hatten, hob sich meine Stimmung unerwarteterweise. Ich trieb mich bei Dr. Nuri Mudhil herum und versuchte, mich nützlich zu machen. Er scheuchte mich zwar ein paarmal fort, aber schließlich gab er es auf.
Seit mehreren Jahren hatte eine englische archäologische Expedition das antike Jericho ausgegraben. Dr. Mudhil war ihr Mitarbeiter und ihr Verbindungsmann zu den Arabern. Zuerst verbot mir Ibrahim, mich daran zu beteiligen. Das heizte aber nur mein Interesse an. Vater wußte sehr wohl, wie verbittert ich war, seit Nada verbannt worden war. Um nicht das Risiko einzugehen, daß ich ihm davonlaufen könnte, gab er nach. Es war eine Erleichterung für mich, die Wadi-Bakkah-Schule zu verlassen, die sich in einen Ort des Hasses verwandelt hatte, an dem Werte wie Frieden und Liebe vollkommen verlorengegangen waren.
Die Ausgrabungen in Jericho brachten plötzlich weitere Aktivitäten in diesem Gebiet in Gang. Ein Beduinen-Fund jenseits des Flusses wirbelte einigen Staub auf. In der Nähe des Berges Nebo waren alte hebräische Geräte gefunden worden; es war die Stelle, von der aus Moses das Gelobte Land erblickt hatte und an der er gestorben war, nachdem er Josua den Auftrag erteilt hatte, die Stämme Israels über den Jordan nach Kanaan zu führen.
Dr. Mudhil erhielt Geldmittel für eine kleine Probegrabung. Falls die Hinweise hielten, was sie versprachen, konnte es sich zu einer bedeutenderen Entdeckung entwickeln. Meine Arbeit in Jericho war so erfolgreich gewesen, daß Dr. Mudhil Ibrahim aufsuchte, um für mich die Erlaubnis zu erbitten, das arabische Team zu leiten.
Vater gab seine Zustimmung widerwillig. Ihm war klar, daß eine Verweigerung der Erlaubnis zu einer dauernden Entfremdung zwischen ihm und mir führen konnte. Seine Bedenken schwanden bald, als er begriff, daß er meine Wanderlust am besten dadurch drosseln konnte, daß er mich an den Ausgrabungen bei Jericho teilnehmen ließ.
Das Forschungsteam für den Berg Nebo bestand aus einem Archäologen, zehn freiwilligen Archäologiestudenten aus Europa und einem Dutzend Arbeiter. Ich organisierte ihr Lager, war der Aufseher für die arabischen Arbeiter, besorgte Genehmigungen, führte die Lohnliste, kümmerte mich um Vorräte, Wasser und Medikamente und sicherte uns gegen Beduinen ab.

Ich erledigte meine Arbeit ausgezeichnet. Nun hatte ich einen eigenen Jeep und konnte Nada alle vierzehn Tage in Amman besuchen. Ich wußte zwar, wie sehr sie sich nach Liebe sehnte, aber sie erzählte mir vorerst nichts von ihren Geheimnissen. Sie befürchtete, ich könne nach unserem heiligsten Grundsatz Vergeltung fordern. Eines Tages aber beichtete sie mir.
Sie war zu einer herrlichen Blume erblüht. Ihre Augen blickten klar, ihre Haltung war sicher, ihre ganze Persönlichkeit hatte sich gefestigt. Wenn auch der Weg, den sie eingeschlagen hatte, gefährlich war – sie erlebte das, was vielleicht der einzige Reichtum, die einzige Erfüllung ihres Lebens sein würde. Was mich betrifft: Wenn man jemanden so liebt, wie ich sie liebte, dann ist das Glück der geliebten Frau wichtiger, als den Mann oder die Männer zu töten, die sie glücklich machen. Klingt das verständlich? Übte ich damit Verrat an meinem Ehrgefühl? Es machte mir nichts aus. Nur Nada war wichtig. Ich wollte diesen Männern allerdings nicht von Angesicht zu Angesicht gegenübertreten.
Wenn man es recht bedachte, waren Nada und ich die einzigen in unserer Familie, die einander wirklich vertrauten.
Was mich störte, war die Spannung zwischen ihr und Vater. Er fühlte ihre zunehmende Unabhängigkeit, ihre wachsende persönliche Reife. Obwohl sie sich bei ihren Besuchen in Akbat Dschabar völlig gehorsam zeigte, konnte Ibrahim die Veränderung spüren.
Inzwischen war ich ebenfalls mit einer Herzensangelegenheit beschäftigt. Eine der freiwilligen europäischen Mitarbeiterinnen war ein hübsches, zwanzigjähriges englisches Mädchen namens Sybil. Ich hatte gehört, daß englische Frauen in der Liebe kühl sind. Ich lache mich heute noch krumm, wenn ich daran denke.
Sybil kam mit der naiven Vorstellung nach Jordanien, daß sie sich unsterblich in einen romantischen arabischen Scheich verlieben würde. Ich muß zugeben, daß ich diese Rolle mehr als befriedigend ausfüllte. Mein Jeep mußte als der edle Araberhengst dienen, der sie zu unserem Schlupfwinkel in der Wüste entführte. Wir logen einander mit äußerster Aufrichtigkeit vor, daß unsere Liebe ewig währen würde. Ich gestehe, daß mich Sybil, trotz meiner beträchtlichen Erfahrungen mit verwitweten Damen, zahlreiche wunderbare Dinge lehrte.
Als die Ausgrabungssaison 1956 vor Einbruch der Sommerhitze endete, wurde ich verdrießlich. Sybil und die übrigen machten sich nach Europa davon. Ich blieb mit einem in hundert Stücke gebrochenen

Herzen sowie zerbrochenen Tonwaren zurück, die ich zusammensetzen sollte.
Obwohl unsere Grabungsarbeiten bis zum nächsten Jahr eingestellt waren, hatte ich am Berg Nebo noch eine Menge zu erledigen. Wir hatten knapp davor gestanden, eine bedeutende Fundstätte, vermutlich eine Mauer, freizulegen, und es gab Anzeichen dafür, daß wir auf einen Friedhof und einen Altar stoßen würden. Man kann eine Ausgrabung in der Wüste nur dann durchstehen, wenn man davon träumt, daß man morgen oder am Tag darauf einen ungeheuren Fund freilegen wird.
Da alle Bauten der Hebräer zum Großteil aus Schlammziegeln bestanden, konnten die freigelegten Teile leicht weggewaschen werden. Ich mußte also nicht nur rund um die Uhr für die Wache sorgen, sondern die Fundstätte auch gegen Regen schützen.
Meine höchste Belohnung bestand darin, daß ich Seite an Seite mit Dr. Mudhil arbeiten durfte, während wir unsere Fundstücke sorgfältig registrierten, instand setzten, abmaßen und zeichneten.
Ich arbeitete eines Tages an einem Puzzle mit zweihundert Scherben und hoffte, daß ich es großartig zusammensetzen würde. Offenbar verbreitete sich meine üble Laune im Arbeitsraum.
»Du gehst sehr nachlässig mit diesem Topf um«, sagte Dr. Mudhil.
Ich murmelte etwas Unverständliches.
»Es ist immer eine traurige Zeit, wenn die Ausgrabungen zu Saisonende eingestellt werden. Aber im nächsten Jahr wird eine andere Sybil kommen. Wenn du meine verkrümmte Gestalt siehst, würdest du nicht glauben, daß ich in die Zelte etlicher Archäologinnen eingeladen wurde. Oh, ich sehe, du bist nicht in der Laune für leichtes Geplauder. Was ist los, Ismael?«
»Jamil ist tot. Omar ist fort, und Kamal taugt nichts. Alle gehen weg, aber ich bin noch immer hier.« Ich fand eine Scherbe, die ich gesucht hatte. Sie schien zu dem Topf zu passen, den ich zusammensetzte. Diese heimtückischen kleinen Topfscherben, die mich oft zu verspotten schienen, ließen sich leichter zusammensetzen als mein Leben.
Ich hatte Angst, davon zu sprechen, denn ich fürchtete seine Antwort, aber ich wußte, daß ich es tun mußte. »Ich habe gehört, daß dies deine letzte Saison sei.«
»Es ist kein Geheimnis.«
Ich schloß für einen Augenblick die Augen, um den Schlag zu verkraften, dann spielte ich mit dem kleinen Tonstück in meiner Hand. »Wohin gehst du?«

»Ich wurde nach London eingeladen, um an dem Buch über unsere Funde mitzuarbeiten. Wenn man ein Krüppel ist wie ich, hat man eigentlich kaum Aussichten, lange zu leben. Ich brauche dringend ärztliche Behandlung.«
»Ich schäme mich«, sagte ich. »Ich war so sehr mit meinen eigenen Problemen beschäftigt, ich hätte bemerken müssen, daß du Schmerzen hast.« Am liebsten hätte ich geweint, wegen seines Leidens und auch meinetwegen, weil ich ihn jetzt verlieren würde. Ich suchte nach Worten. »Wie steht es mit deinen Verbindungen zu den Juden?«
»Man wird einen anderen Kontaktmann finden.«
»Ich habe mich immer gewundert, daß man dich nie erwischt hat.«
»Aber man hat mich ja erwischt. Ich war nie ein wirklicher Spion. Vor langer Zeit erkannten beide Seiten, daß ich für die Übermittlung von Botschaften nützlich sei. Die Verbindung zwischen Jordanien und Israel muß immer aufrechterhalten werden.«
Ich befürchtete, daß er mich auffordern würde, diese Aufgabe zu übernehmen, daher wechselte ich rasch das Thema. »Vater glaubt an Nasser. Er will wissen, wie lange wir Araber noch die Schuld des Westens den Juden gegenüber mittragen müssen und wie lange die Juden die Zinsen dafür kassieren werden. Vater sagt, daß die Zionisten als Ersatz für uns Hunderttausende von Juden aus arabischen Ländern nach Palästina bringen. Aber sie leben im Elend, genau wie wir in Akbat Dschabar. Er sagt ...«
»Wie dem auch sei«, unterbrach mich Dr. Mudhil. »Die Juden betteln jedenfalls nicht die ganze Welt an, damit ihre Brüder Unterstützung bekommen. Sie reißen ihre Flüchtlingslager so schnell nieder, wie sie die Städte aufbauen können. Sie übersiedeln Tausende in anständige Häuser und geben ihnen nützliche Arbeit. Sie roden das Land, um es zu bebauen. Das Leben dieser Juden, die mittellos aus arabischen Ländern flüchteten, wird anders sein als das eure. Ist dir klar, Ismael, daß es heute von Indien bis Afrika über zwanzig Millionen Flüchtlinge gibt? Von ihnen allen besitzen nur die Araber das erforderliche Geld, um ihre Probleme zu lösen, wenn sie wollen. Wir verfügen über riesige Geldmittel aus unseren Ölvorkommen und über mehr Arbeitsplätze in den Golfstaaten, als sämtliche Palästinenser miteinander besetzen können. Wir besitzen fruchtbaren Boden am Euphrat und in den Weiten von Libyen. Das einzige, was uns fehlt, haben die Juden im Überfluß.«

»Was ist das?«
»Liebe. Ja, die Juden lieben einander. Sie würden nicht dulden, daß andere Juden in solchen Pestlöchern wie Akbat Dschabar leben.«
»Das weiß Vater tief in seinem Herzen. Er kann es sich nur nicht eingestehen. Schließlich hat Vater versucht, anders zu handeln als die übrigen Palästinenser.«
»Ja.«
»Aber jetzt ... manchmal erkenne ich ihn nicht wieder. Er behauptet, daß Nasser mit den Russen als Verbündeten imstande sein wird, die arabische Welt so zu vereinen, wie es niemand seit Mohammed getan hat.«
»Unsinn. Der Islam ist nicht fähig, mit anderen Religionen in Frieden zu leben. Wir Araber sind die Schlimmsten. Am Ende wird es nicht Araber gegen Juden, sondern Araber gegen Araber heißen. Eines Tages werden unsere Ölquellen versiegt sein, und damit unsere Möglichkeit, andere Staaten zu erpressen. Wir haben seit Jahrhunderten nichts zur Verbesserung der Welt beigetragen, es sei denn, du hältst politische Mörder und Terroristen für menschenfreundliche Geschenke. Die Welt wird uns sagen, wir sollen zur Hölle gehen. Wir, die versucht haben, die Juden zu demütigen, werden erleben, daß man uns als den Abschaum der Menschheit bezeichnet. Ach, leg die Scherben weg und komm Kaffee trinken.«
Einen Augenblick später saßen wir einander an seinem Schreibtisch, meinem Lieblingsplatz, gegenüber. Dort fühlte ich mich am wohlsten. Plötzlich sah ich, daß er vor Schmerz zusammenzuckte.
»Wie du weißt, Ismael, hatte ich niemals Kinder. Ich hatte Angst, daß ein Krüppel wie ich zur Welt kommen würde. Hast du schon einmal die Möglichkeit ins Auge gefaßt, mit mir nach London zu fahren?«
»Oh, Dr. Mudhil, ich habe davon geträumt, diese Worte zu hören. Aber ich weiß, daß ich nicht wegfahren darf. Ich kann nicht zum Verräter werden.«
»Wem gegenüber? Einem Gesellschaftssystem, das dir niemals die Freiheit eigenständigen Denkens einräumen wird?«
»Ich kann Nada nicht im Stich lassen. Und was Vater betrifft ...«
»Begreifst du denn nicht? Du und Nada, ihr seid in seinen Gedanken das Unterpfand für eine Welt, die er niemals erleben wird. Ismael ist ein verschwommener Traum von Hadschi Ibrahims Zukunft. Nada ist eine verschwommene Erinnerung an Tabah und seine Vergangenheit. Er hat den großen Traum, sie an einen mächtigen

Scheich oder an einen reichen Geschäftsmann zu verkaufen. Willst du dein Leben für die Phantasien eines alten Mannes opfern?«
»Bitte hör auf. Du selbst hast mir hundertmal gesagt, daß wir die Fesseln unserer Gesellschaft nicht abstreifen können. Wirst du frei sein, selbst wenn du in London lebst?«
»Nein, ich werde nie frei sein. Aber ich werde meine Tage ohne Haß beenden. Du kannst nicht mehr bekommen als einen Teil des Lebens. Versuch es. Nimm deine Schwester und flieh!«
»Meinst du, ich habe nicht Nacht um Nacht damit verbracht, unsere Flucht zu planen?«
»Dann geh, Junge, geh!«
»Wohin, Dr. Mudhil, zu den sieben Paradiesen?«

Ich trat auf die Straße hinaus und füllte meine Lunge mit heißer, stickiger Luft. Als ich an den Cafés und Geschäften von Jericho vorbeiging, nickte mir jeder aus Achtung vor meinem Vater zu.
Ein mit Fedajin besetzter Lastwagen dröhnte die Straße entlang und wirbelte eine Staubwolke auf. Sie feuerten ihre Gewehre in die Luft ab.
»Itbach al Jahud!« sangen sie. »Tod den Juden!«
Radio Kairo ertönte knatternd aus einem Lautsprecher. Präsident Nasser verdammte die Tücke der Amerikaner und der Zionisten.
Das Kriegsfieber stieg. Jeder machte sich für den Kampf gegen Israel Mut.
Gassenjungen spielten in einem Abwasserkanal.
Ich blieb vor einem entsetzlich verkrüppelten Bettler stehen und gab ihm ein Geldstück. Auch Dr. Mudhil war einmal ein Bettler gewesen. Er war gerettet worden. Diesem armen Kerl winkte kein solches Glück.
Was hatte mir Dr. Mudhil aus dem Buch von T.E. Lawrence, dem großen englischen Helden der Araber, vorgelesen? Er sagte ... ja, ich erinnere mich: Den Arabern fehlen die Halbtöne. Sie schließen Kompromisse aus und verfolgen ihre Vorstellungen konsequent bis zum absurden Ende, ohne den Widersinn ihres Kampfes zu erkennen. Ihre Überzeugungen entspringen dem Instinkt, ihre Handlungen der Intuition ...
Ein kluger Mann, dieser Lawrence von Arabien.

XI

Montag, 29. Oktober 1956

Krieg! Von dem Augenblick an, in dem Oberst Gamal Abdel Nasser vor zwei Jahren das Amt des ägyptischen Ministerpräsidenten an sich gerissen hatte, verfolgte er einen Weg ohne Umkehr. Sein Ziel war die Zwangsvorstellung, Israel zu vernichten.
Vater und ich beobachteten mit entgegengesetzten Reaktionen, wie sich die Ereignisse entfalteten. Für die palästinensischen Flüchtlinge war ein Krieg sinnlos. Trotz Sabris Überschwenglichkeit würde Nasser in Wirklichkeit nichts tun, um unsere Lebensbedingungen zu verbessern. Wenn er siegte und wir in unsere Heimat zurückkehrten, würden wir nur die jordanische Tyrannei gegen ägyptische Tyrannei tauschen. Er benutzte uns nur als Mittel zum Zweck.
Hadschi Ibrahim aber wurde von der Begeisterung für Nasser mitgerissen. Er konnte nur noch an einen Krieg gegen die Juden denken. Er war außerstande sich vorzustellen, was nach dem Tag geschehen würde, an dem wir nach Tabah zurückkehrten.
Ich kann Ihnen die einzelnen Ereignisse nicht der Reihe nach schildern, denn sie überschnitten und verflochten sich oft. Doch was Nasser und die anderen arabischen Regierungen taten, ist wesentlich.
Nasser schwächte Jordanien, indem er Flüchtlingstumulte in der Westbank förderte und Jordanien zu einem Militärbündnis unter seinem Kommando zwang. Er wurde von den Saudis mit bedeutenden Summen unterstützt, da sie die Todfeinde der Haschemiten waren und sich an Jordaniens Zusammenbruch ebenso interessiert zeigten wie an der Niederlage der Zionisten.
Nasser ermutigte Syrien zu dem Versuch, Israels Wasserversorgung in den Quellgebieten des Jordans zu unterbinden.
Nasser hinderte alle für Israel bestimmten Schiffe daran, den Suezkanal zu durchfahren.
Nasser sperrte die Meerenge von Tiran für alle Transporte nach und von Eilat und damit Israels Seeweg zum Orient. Die Schließung internationaler Schiffahrtsstraßen aber stellt eine kriegerische Handlung dar.
Die Vereinigten Staaten hatten sich verpflichtet, die Geldmittel für den Bau eines Nil-Staudammes bei Assuan zur Verfügung zu stellen.
Als Nasser sich willkürlich des Suezkanals bemächtigte und ihn ver-

staatlichte, zogen die Amerikaner ihre Unterstützung für den Damm zurück.
Rußland träumte seit Jahrhunderten von einem eisfreien Hafen und war bestrebt, im Nahen Osten Fuß zu fassen. Die Sowjetunion beeilte sich, die Lücke auszufüllen, die Amerikas Rückzug aus Ägypten hinterlassen hatte. Milliarden Rubel wurden für die Fertigstellung des Staudammes zugesichert. Zugleich kam es zu umfangreichen russischen Waffenlieferungen.
Nachdem Nasser sich des Suezkanals bemächtigt hatte, weigerte er sich, an einer internationalen Schiffahrtskonferenz teilzunehmen, um über die Zukunft dieser Wasserstraße zu beraten. Dadurch gefährdete er die westliche Wirtschaft und verschaffte Rußland im Nahen Osten eine beängstigende Machtposition.
Nasser standen die Armeen von Syrien, dem Jemen und Saudi-Arabien auf Abruf zur Verfügung, und er erhielt vom Irak und von der übrigen arabischen Welt die Zusage uneingeschränkter Kooperation.
Während dieser Zeit bewaffnete Ägypten die palästinensischen Fedajin und bildete sie aus. Nasser veranlaßte dreitausend Mord- und Terrorüberfälle der Fedajin in Israel.
Während sich Nasser frech über das Völkerrecht hinwegsetzte und täglich versprach, die Juden auszurotten, ließ er seine mit sowjetischen Waffen ausgerüsteten Truppen durch die entmilitarisierte Zone des Sinai marschieren.
Am 29. Oktober schlug Israel zu.

Ich erinnere mich noch gut an den Geruch des Krieges, der in der Luft lag, und an eine so beeindruckende Spannung, daß sie knisterte wie Elektrizität. Der Himmel erschien selbst zu Mittag dunkel. Es war wie in unseren letzten Tagen in Tabah oder während der Schlacht um Jaffa.
Später erfuhren wir, daß Israel ein Geheimabkommen mit den Engländern und Franzosen geschlossen hatte, die noch immer wütend waren wegen der Sperre des Kanals. Der Plan sah einen Angriff in zwei Phasen vor. Israel würde zuerst zuschlagen und die Sinaihalbinsel überqueren. Dann würden sich England und Frankreich des Kanals bemächtigen.
Die Engländer und Franzosen verloren unter dem Druck der Amerikaner und Russen den Mut und gaben mitten im Kampf auf. Israel mußte ihn allein fortsetzen.

Am ersten Gefechtstag verkündete Radio Kairo einen überwältigenden Sieg nach dem anderen. Unter den Flüchtlingen der Westbank, die Nasser als Messias feierten, breitete sich wilder Jubel aus. Mit jedem neuen Bulletin wurde neuer Freudentaumel ausgelöst. Die Menschen schnappten vor Freude über. In einer Woche würden wir nach Hause zurückkehren!
Die erste Nacht war lang und schlaflos, während wir die Ätherwellen nach Nachrichten absuchten. Am zweiten Morgen waren alle erschöpft, aber euphorisch. Dann änderte sich die Stimmung, plötzlich herrschte Bestürzung. Kairo begann seine Siegesmeldungen einzuschränken. Die Franzosen und Engländer bombardierten Krankenhäuser und Schulen. Die am ersten Tag gemeldeten Geländegewinne in Israel wurden nun als »erbitterte« Kämpfe bezeichnet, in denen Ägypten seine Positionen »verteidigte«.
Der Wahnsinn um uns kam kreischend zum Stillstand. Wo blieb Syrien? Wo blieb Jordanien? Warum hatten sie nicht eingegriffen?
Am Ende des dritten Tages ließ sich die Wahrheit nicht länger verschweigen. Minute um Minute, Stunde um Stunde strömten Nachrichten und Gerüchte auf uns ein.
Israel hatte die ägyptische Armee vernichtend geschlagen!
Die Juden waren über den Sinai hinweggefegt, hatten in weniger als neunzig Stunden Nassers Truppen zerschmettert und standen am Ostufer des Kanals.
Nasser schrie, das sei unfair!
Am vierten Abend waren alle Illusionen zerstoben. Ich war zur Ausgrabungsstätte am Berg Nebo zurückgekehrt und wurde durch einen Funkspruch von Dr. Mudhil geweckt.
»Ismael, du mußt sofort nach Jericho zurückkommen. In den Lagern setzt Panik ein. Ibrahim ist unauffindbar. Such ihn und bring ihn in mein Büro. Es ist dringend!«

Es war keine leichte Aufgabe, den Wüstenpfad in der Dunkelheit zu finden und zur Hauptstraße zu gelangen. Obwohl die Entfernungen gering waren, brauchte ich mehrere Stunden, um zurückzukommen. Die Allenby-Brücke wimmelte von Soldaten der Legion. Zum Glück waren meine Dokumente von einem hohen Beamten ausgestellt, und da ich immer wieder zum Berg Nebo unterwegs gewesen war, war ich dem Wachtposten bekannt und konnte die Brücke mit nur geringen Schwierigkeiten überqueren. Dennoch war es nach Mitternacht, als ich Akbat Dschabar erreichte.

Gerüchte, wonach die Juden im Begriff seien, ein Massaker zu veranstalten, gingen von Mund zu Mund. Das Lager war von hysterischer Angst erfaßt. Manche Leute liefen vollkommen verwirrt herum, während andere ihre Habseligkeiten packten. Ich geriet wieder einmal in einen Alptraum!
Ich kannte eine Stelle auf dem Berg der Versuchung, an der Ibrahim gern meditierte. Ich hatte mich wiederholt mit ihm dort aufgehalten. Ich lief durch das Lager und schlug mich in die Hügel durch; das Licht meiner Taschenlampe glitzerte auf den Felswänden.
»Vater!« rief ich immer wieder.
Die einzige Antwort war das Echo meiner Stimme.
»Vater! Vater!« rief ich.
Mein Lichtstrahl traf ihn. Er saß schweigend dort, offensichtlich von den Ereignissen betäubt. Ach, seine Augen waren mehr als müde. Zum erstenmal merkte ich, daß sein Bart fast völlig weiß geworden war. Er starrte mich an. Tränen flossen über seine Wangen.
»Vater . . .« keuchte ich.
»Ist es vorbei?«
»Ja.«
»Allah!« stöhnte er. »Das ist der furchtbarste Moment in meinem Leben. Ich habe mich hereinlegen lassen. Ich habe ihm zugehört wie ein armer, dummer Fellache. Ich habe zugelassen, daß er mir den Kopf verdreht hat. Ibrahim! Du bist der ärgste aller Narren! Nasser!« schrie er und spuckte auf den Boden.
»Bitte, Vater, du hast jetzt keine Zeit, dich zu schelten. Die Menschen sind außer sich vor Angst. Sie laufen im Kreis herum und schreien, daß die Juden sie niedermetzeln würden. Familien packen ihre Sachen und flüchten. Dr. Mudhil hat Nachrichten erhalten. Du mußt sofort mit mir in sein Büro kommen.«
»Davonlaufen? Warum? Es sind dreitausend Fedajin hier, um die Lagerinsassen zu beschützen.«
»Die Fedajin sind geflohen.«

Als wir in Dr. Mudhils Büro eintrafen, hatte Ibrahim seine Selbstbeherrschung wiedergefunden. Es war vier Uhr morgens. Die Sippen in Jericho sammelten sich, um bei Tagesanbruch zu fliehen. Wir traten in den Arbeitsraum ein. Aus seinem Büro schimmerte uns ein kleines Licht entgegen. Nuri Mudhils verkrüppelte Gestalt stand am Fenster. Er starrte auf die wachsende Panik in den Straßen hinunter. Auf der anderen Seite des Raums lehnte ein Mann an einem Bücherregal.

»Oberst Zyyad!«
»Ja, ich bin es, Hadschi Ibrahim.«
Wie sehnte Vater sich danach, ihn umzubringen! Ich sah besorgt zu, wie sich seine Fäuste öffneten und schlossen, und trat zwischen sie.
»Dein Sohn ist klug«, sagte Zyyad. »Also gut, die ägyptische Armee ist geschlagen. König Hussein hat sich klugerweise geweigert, an Nassers Irrsinnskrieg teilzunehmen. Statt dessen haben wir ein Abkommen mit den Juden getroffen. Die Legion wird Israel nicht angreifen, und Israel wird Ost-Jerusalem und die Westbank nicht angreifen.«
»Dort unten besteht daher gar kein Grund zur Panik«, sagte Dr. Mudhil.
»Wenn sie so außer sich sind, lassen sie sich durch nichts mehr aufhalten«, widersprach Vater.
Dr. Mudhil trat vom Fenster zurück und hinkte zu uns. »Oberst Zyyad hat zwei Bataillone der Legion an der Brücke postiert. Er hat Befehl, jeden, der versucht, die Brücke zu überschreiten, niederzuschießen.«
»Wozu denn, in Allahs Namen? Wenn ihr das Feuer eröffnet, werden sie an hundert Stellen hinüberschwärmen. Was wollt ihr erreichen, indem ihr zwei-, drei-, viertausend verängstigte Menschen mit ihren Frauen und Kindern umbringt?«
»Je mehr Palästinenser es in Jordanien gibt, in desto größerer Gefahr befindet sich unser Königreich. Wir haben genug davon, Hadschi Ibrahim. Wenn es nach mir ginge . . .«
»Halt den Mund, Zyyad«, befahl Nuri Mudhil. »Wir wissen, was du tun würdest. Was macht schließlich ein Massaker mehr oder weniger in unserer Geschichte aus?« Dr. Mudhil packte meinen Vater am Arm. »Zum Glück hat uns der König mit seinem Befehl den Versuch gestattet, sie mit friedlichen Mitteln vom Überschreiten der Brücke abzuhalten. Du, Ibrahim, bist der einzige Mann, der diese Leute noch zurückhalten kann.«

Die geringen Ausmaße, das Knarren und die Baufälligkeit der Allenby-Brücke standen in keinem Verhältnis zu ihrer Bedeutung.
»Zieh deine Leute außer Sichtweite hinter den ersten Bergkamm zurück«, verlangte Ibrahim von Oberst Zyyad. »Und bring mir einen Lautsprecher.«
»Vergiß nicht, wenn sie sich an dir vorbeidrängen und die Brücke überqueren, kommen wir zurück und eröffnen das Feuer.«
»Ja, ich weiß, Oberst. Du hoffst, daß ich versage, nicht wahr?«

Im Morgengrauen stellte ich mich neben meinem Vater auf der Brükke auf. Wir waren allein, waffenlos im Visier von tausend Gewehren. Die Menschenmasse, die aus Jericho auf uns zukam, sah aus wie ein Heuschreckenschwarm, der aus der Wüste heranfegt. In diesem Augenblick hatte mein Vater mein Herz wiedergewonnen. Allein und stolz bot er der verzweifelten Menge die Stirn. Seine mächtige Erscheinung brachte alle zum Stehen, und in einem Sekundenbruchteil bekam er die Situation in den Griff.

»Stehenbleiben!« brüllte er durch den Lautsprecher.

»Versuch nicht, uns aufzuhalten, Hadschi Ibrahim! Wir überqueren den Fluß!«

»Die Juden greifen am Toten Meer an!«

»In einer Stunde werden sie in Jericho sein!«

»Ihre Bomber sind schon unterwegs!«

»In Ost-Jerusalem wurden Tausende niedergemetzelt!«

»Raschid!« befahl mein Vater einem älteren Scheich an ihrer Spitze. »Tritt vor!«

Raschid drehte sich zu der Menge um, hob die Hände, um sie zur Ruhe zu mahnen, und ging allein auf Vater und mich zu.

»Es hat keinen Sinn, Ibrahim«, erklärte Raschid.

»Wir sind einmal aus unseren Häusern geflüchtet, ohne Widerstand zu leisten, und sieh doch, wie wir dafür leiden mußten. Ihr könnt nicht wieder fliehen!«

»Wir werden ermordet werden!«

»Mach Platz, Ibrahim!« warnte Raschid.

Die Menge drängte vorwärts.

»Ich war auf dem Berg der Versuchung«, rief Ibrahim, als sei er ein zweiter Moses. »Ich habe mit Mohammed gesprochen.«

Erschrocken verstummte die Menge.

»Mohammed kam gestern nacht zu mir! Er sagte mir, daß Allah diese Brücke und diesen Fluß mit einem Fluch belegt hat! Der erste Mann, der sie zu überschreiten versucht, wird die andere Seite nicht erreichen! Allah wird ihn mit Blindheit schlagen! Allah wird ihm den Leib aufreißen und die Geier mit seinen Gedärmen füttern, bevor er Jordanien erreicht!«

»Ibrahim lügt!« schrie Raschid.

»Ich fordere Scheich Raschid auf, als erster hinüberzugehen!« rief Vater durch den Lautsprecher. »Wenn du die andere Seite lebend erreichst, möge Allah mich auf der Stelle töten!«

Die um uns tobende Erregung legte sich wie durch ein Wunder.

Scheich Raschid verzichtete darauf, die Brücke zu betreten. Er wich zurück.
»Wer wird uns vor den Juden retten?«
»Ich, Hadschi Ibrahim al-Sukari al-Wahhabi, gebe euch Mohammeds heiliges Wort, daß euch kein Leid zugefügt wird! Kehrt jetzt in eure Häuser zurück!«
»Hadschi Ibrahim ist groß!«
»Allah wird uns retten!«
Kleine Gruppen von Männern und Frauen splitterten ab und begannen nach Jericho zurückzuwandern ... dann noch ein paar ... und noch ein paar. Schließlich kehrte auch Raschid um.
Nach einiger Zeit waren Vater und ich wieder allein. Er sah mich an und klopfte mir auf die Schulter. »Du bist ein tapferer junger Mann, Ismael«, lobte er mich. »Komm, bring mich endlich nach Hause. Ich bin müde.«
»Ich liebe dich, Vater«, rief ich. »Ich liebe dich.«

XII

Eine Woche nach dem Krieg kehrte ich zum Berg Nebo zurück. Obwohl alle Flüchtlinge von Kummer und Bestürzung überwältigt waren, ging mit Vater und mir eine Veränderung vor sich. Statt zu verzweifeln, schien Hadschi Ibrahim einen langen dunklen Tunnel überwunden zu haben. Er war in die Wirklichkeit zurückgekehrt. Er hatte nicht vor, Oberst Nasser weiterhin zu folgen. Er machte sogar ein oder zwei Andeutungen darüber, daß das Leben uns vielleicht mehr zu bieten habe als Akbat Dschabar. Er sprach nicht direkt von einer Rückkehr nach Tabah oder von einem Abkommen mit den Juden. Aber er besuchte Dr. Mudhil mehrmals. Ich hatte das Gefühl, daß er nach einer ehrenvollen Möglichkeit suchte, unser Exil zu beenden.
Während ich draußen in der Wüste weilte, hatten mich vielleicht die Sterne und die Stille eingelullt, jedenfalls durchlief mich jetzt eine Welle der Hoffnung. Vater hörte auf mich. Wenn ich mir Zeit ließ und sehr vorsichtig vorging, konnte ich ihn vielleicht davon überzeugen, daß es nicht das Ende bedeuten würde, wenn ich die Universität besuchte. Wir konnten bestimmt in ein paar Jahren alle wieder ver-

eint an einem annehmbaren Ort angesiedelt werden. Vielleicht sogar außerhalb von Palästina und den arabischen Ländern.
Waren meine Gedanken unsinnig? Was war mit Nada? Vater durfte nie erfahren, daß sie ihre Unschuld verloren hatte. Nada führte ein schändliches Leben, aber sie widersprach Ibrahim nie direkt. Manchmal hatte ich das Gefühl, daß sie ihn haßte. Er würde sich zwar nie mit einer unabhängigen Frau abfinden, aber sie waren beide so große Menschen, daß es eine Möglichkeit für sie geben mußte, einander zu achten.
Warum fing er auch immer Streit mit ihr an?
Ja, es würde meine erste Aufgabe sein, zwischen den beiden eine freundschaftliche Beziehung herzustellen. Dann konnte ich über den nächsten Schritt nachdenken.
Ich musterte den Himmel. Das Wetter sah nicht gut aus. Nada würde morgen auf drei Tage nach Hause kommen, aber ich mußte noch vor dem Gewitter einen schadhaften Teil des Wellblechdaches reparieren.
Ich rief Dr. Mudhil über Funk an.
»Ja, Ismael?«
»Ich sollte besser morgen hierbleiben und das Dach fertigmachen. Ich will diesen Teil nicht drei Tage lang unbedeckt lassen.«
»Braver Junge.«
»Würdest du Nada ausrichten lassen, daß ich später heimkomme?«
»Ja, natürlich. Ist sonst draußen alles in Ordnung?«
»Ja, großartig. Ich bin glücklich hier.«

Ibrahim gestand sich heimlich ein, daß er sich auf Nadas Besuch am nächsten Tag freute. Warum sollte er es nicht zugeben? Sie hatte ihm gefehlt. Als Dr. Mudhil die Nachricht überbrachte, daß Ismael erst später heimkommen würde, kam ihm ein versöhnlicher Gedanke. Vielleicht sollte er Nada während dieses Besuches zu einem Spaziergang einladen und unter vier Augen mit ihr reden? Das hatte er noch nie getan. Sie schien in Amman viel gelernt zu haben.
Er hatte über seine Kinder nachgedacht. Von den elf, die zur Welt gekommen, gestorben waren, überlebt, geheiratet hatten, war nach Ismael Nada sein Liebling. Er war entschlossen, sich bei diesem Besuch eher die Zunge abzubeißen, als scharfe Worte an sie zu richten. Wenn er sie so gern hatte, warum geriet er dann immer in Versuchung, sie zu verletzen und zu beleidigen, fragte er sich ernsthaft.

Als die Frauen Nada erblickten, schnatterten sie wie auf einem Hühnerhof! Wie schön sie war! Sie war in den wenigen Monaten seit ihrem letzten Besuch noch schöner geworden. In Nadas Haltung lag etwas Erhabenes. Wenige arabische Frauen zeigten solche Selbstsicherheit.
Nada zeigte sich Fatimas Kindern gegenüber als liebende Tante. Sie brachte Geschenke mit, Kleinigkeiten, die die Kinder der Othmans nicht mehr brauchten. An einem Ort, an dem es kein Spielzeug gab, waren sie wahre Wunderdinge.
»Komm, Nada, dein Vater erwartet dich«, sagte Hagar und zog Nada ungeduldig aus der Küche. »Bitte versuch doch, diesmal nicht mit ihm zu streiten. Ich glaube, Ibrahim hat sich wirklich danach gesehnt, dich wiederzusehen.« Nada betrat das Wohnzimmer. Die Frauen folgten ihr und gingen rasch zu ihren Schemeln.
Ibrahim posierte in seinem neuen Lehnstuhl, während seine Tochter vor ihn trat und sich verbeugte. Sie lächelte, doch es war kein liebenswürdiges Lächeln. Eine gewisse Bitterkeit lag darin. Ibrahim nahm ihren Anblick lange in sich auf, unterdrückte jedoch den Wunsch, etwas über ihren Liebreiz zu sagen. Er bedeutete ihr, einen Schemel in seine Nähe zu stellen.
»Wie war deine Reise?«
»Die Fahrt zwischen der Bushaltestelle in Amman und der in Jericho ändert sich nicht.«
»Ich hätte Ismael geschickt, um dich zu begleiten, aber er veranstaltet am Berg Nebo ein Wettrennen mit dem Wetter. Ich weiß, daß es sich nicht schickt, dich allein reisen zu lassen, aber da es ja eine direkte Verbindung ist, hatte ich diesmal nichts dagegen. Es wird nicht wieder vorkommen.«
»Du mußt dir deswegen keine Sorgen machen, Vater.«
»Aber keine Frau meiner Familie reist allein.«
»Natürlich, Vater.«
»Und wie geht es dem ehrenwerten Hamdi Othman?«
Nada nickte nur.
»Und deine Stellung?«
Nada nickte wieder.
Er ärgerte sich allmählich über ihre Verschlossenheit. Ihr Blick war so abweisend, daß er sich ein wenig unbehaglich fühlte. Ibrahim hatte gelegentlich erlebt, daß eine Frau Protest andeutete. Es ist an der Zeit, daß Nada lernt, sich zu fügen. Sie hält sich für weltklug. Das werde ich ihr rasch abgewöhnen. Soll ich sie zu dem Spaziergang

auffordern? Nein, nicht in ihrer widerborstigen Stimmung. Ich werde mich in Geduld üben, dachte er.
»Du mußt eine Menge zu erzählen haben«, sagte er.
»Es ist nichts Besonderes daran, drei kleine Kinder zu beaufsichtigen. Das kann Fatima bestätigen.«
Fatima kicherte bei der Anerkennung.
»Es muß doch aufregend sein, in einer so prächtigen Villa zu leben, in der alle diese bedeutenden Beamten ein- und ausgehen.«
»Damit habe ich kaum etwas zu tun, Vater. Ich betrete nur gelegentlich die Wohnräume, um die Kinder vor dem Schlafengehen herzuzeigen.«
»Ist Frau Othman nett zu dir?«
»So nett sie unter den Umständen sein kann.«
»Welche Umstände, Nada?«
»Ich bin eine Dienerin. Sie haben viel Dienerschaft.«
»Aber du bist doch etwas Besonderes.«
»Ich fühle mich nicht als etwas Besonderes.«
»Dennoch bist du es. Du bist die Tochter von Hadschi Ibrahim al-Sukari al-Wahhabi!« Ibrahim kratzte sich verlegen den Handrücken, weil sie ihn weiterhin unverwandt anstarrte. »Wir müssen uns während dieses Besuchs einmal ausführlich unterhalten, ja?«
»Wie du wünschst, Vater.«
Er errötete über ihre kühle Antwort. Seine Mutmaßungen schienen sich zu bestätigen. Da sie in einer Stadt in einer solchen Villa wohnte, kam sie mit Mädchen zusammen, die nicht an der Tradition festhielten. Vielleicht war es überhaupt ein Fehler gewesen, sie dorthin zu schicken. Ihm stand also eine kleine Rebellion bevor. Er wollte es keinesfalls zu einem Streit kommen lassen, aber er würde es ihr nicht ungestraft durchgehen lassen, daß sie ihn so behandelte.
»Ich habe eine Überraschung für dich, Nada. Nach deinem letzten Besuch ist mir plötzlich bewußt geworden, daß du über das Alter hinaus bist, in dem ich dir einen Mann hätte suchen sollen. Wegen unserer schrecklichen Lebensumstände hier war ich entschlossen, nichts zu überstürzen. Unsere Lage hat sich aber nun gebessert. Omar wird bald nach Kuweit fahren, wo er einen Posten als Angestellter in einem schönen Hotel in Aussicht hat. Ismael verdient bei Dr. Mudhil recht gut, und ich habe eine befriedigende Position erreicht. Es ist an der Zeit, deine Heirat wieder ins Auge zu fassen. Etliche Väter sind an mich herangetreten, die zu einem Übereinkommen gelangen wollen. Ich wollte sicher sein, daß du einen ebenso guten Ehemann be-

kommst wie alle deine Schwestern. Da du eine gewisse Reife erlangt hast, ist dein Wert als Ehefrau bedeutend gestiegen. Ich habe gewartet, bis entsprechende Angebote vorlagen. Wir müssen nicht weiter warten.«

Die Frauen breiteten die Arme aus und stießen langgezogene »Ahs« aus.

»Ich habe es nicht eilig. Ich bin in Amman sehr glücklich.«

Aha, dachte Ibrahim, nun verhält sich meine Tochter nicht mehr so hochnäsig. Sie weiß wieder, wer ihr Vater ist. Natürlich werde ich sie nicht so bald verheiraten, aber ich werde sie ein wenig neugierig machen. Ich werde sie raten lassen, sie in Schranken halten.

»Wir werden, während du hier bist, eingehend über deine Heirat sprechen. Da du meine letzte Tochter bist, werde ich dir sogar gestatten, an der Entscheidung mitzuwirken. Aber verlaß dich darauf, daß ich genau den richtigen Mann für dich wählen werde. Darin bin ich sehr erfahren.«

Nada erhob sich von ihrem Schemel und trat auf ihn zu. »Ich werde nicht heiraten, ehe ich bereit bin«, erklärte sie entschieden und bot ihm damit zum erstenmal in ihrem Leben offen Trotz. Die Frauen waren starr vor Entsetzen.

Ibrahim kniff die Augen zusammen. »Es ist so, wie ich befürchtet habe. Du treibst dich anscheinend mit unanständigen Mädchen herum, die nicht die gebotene Achtung vor ihren Vätern haben. Du wirst nie wieder in diesem Ton zu mir sprechen, und du wirst den Mann heiraten, den ich für dich aussuche.« Er klatschte in die Hände, damit seine Frauen und Fatima sich entfernten.

»Wartet!« befahl Nada. Sie erstarrten überrascht. »Ich werde erst heiraten, wenn ich dazu bereit bin«, wiederholte sie, »und ich werde heiraten, wen ich will.«

Ibrahim erhob sich und schlug ihr ins Gesicht. »Bist du in der Öffentlichkeit verschleiert gegangen, wie ich befohlen habe?«

»Nein.«

Er ohrfeigte sie noch einmal und riß ihr das Tuch vom Kopf. »Du hast dir das Haar nachwachsen lassen. Hagar, hole die Schere!«

»Nein, Vater, du wirst mein Haar nicht noch einmal abschneiden lassen.«

»Hagar! Bring sofort die Schere. Ich erkläre dir ein für allemal, Nada, daß Ehre und Tugend in dieser Familie bewahrt werden!«

»Du mußt dir nicht länger um deine Ehre und meine Tugend Sorgen machen«, sagte sie.

»Sei still, Nada!« schrie ihre Mutter.
Ibrahim starrte sie ungläubig an. »Was meinst du damit?«
»Ich bin keine Jungfrau mehr.«
Die Frauen jammerten laut. Ramiza fiel in Ohnmacht. Ibrahim riß entgeistert die Augen auf.
»Du lügst!« schrie er außer sich. Er fuchtelte hilflos mit den Händen. »Ist das wahr?«
»Ja.«
»Du wurdest vergewaltigt, gegen deinen Willen gezwungen. War es nicht so?«
»Nein, Vater, ich war dazu bereit.«
»Du ... du bist schwanger?«
»Vielleicht, vielleicht auch nicht. Spielt es eine Rolle?«
»Wer ist er?«
»Es sind mehrere, Vater.«
»Du hast das absichtlich getan, um mich zu demütigen!«
»Ja, Vater.«
»Absichtlich ... um mich zu demütigen ... um meine Ehre zu vernichten ... Du hast es getan ...«
»Ich habe dich oft fragen gehört: Wer wird dem Löwen sagen, daß sein Atem schlecht riecht? Du bist ein Unmensch, Vater. Wenn du jetzt Schmerz verspürst, so soll er tief und heftig sein, denn es ist die Antwort auf den Schmerz, den du mir jeden Tag meines Lebens zugefügt hast. Ich fürchte nicht um mein Leben, weil es nie wirklich begonnen hat. Es hat nie wirklich stattgefunden. Ich habe nie für mich gelebt, immer nur für dich. Also tu deine erhabene Pflicht.«
»Nada, komm zurück!«
»Geh zum Teufel, Vater!«
»Nada!«
»Ismael hat mir einmal von der Hure von Jericho vorgelesen, die Josuas Spione versteckt hat. Also räche die Schande, die deine Tochter, die Hure, über dich gebracht hat. Ich werde durch die Gassen Jerichos gehen. Du kannst mich dort finden.«
Als sie ging, stürmte Ibrahim in sein Schlafzimmer, und als er zurückkam, schnallte er seinen Gürtel mit dem Dolch um. Er stürzte zum Ausgang. Hagar vertrat ihm den Weg, fiel auf die Knie und legte die Arme um seine Beine.
»Nein, Ibrahim! Schick sie fort! Wir werden ihren Namen nie mehr aussprechen!«
Ramiza warf sich auf ihn und hielt ihn fest. Er schleuderte beide

heftig zur Seite, dann stieß er sie mit dem Fuß weg. Sie wanden sich am Boden und rauften sich die Haare, während er hinausstolperte.

Am nächsten Morgen wurde Nadas Leiche in einem Rinnstein in Jericho gefunden. Man hatte ihr den Hals gebrochen und ihr die Kehle aufgeschlitzt. Ihr Haar war grob abgeschnitten worden.

XIII

In dem Augenblick, als ich Dr. Mudhil mit verzweifeltem Gesicht an der Allenby-Brücke sah, wußte ich, was geschehen war.

»Nada«, sagte er, sonst nichts.

Wie seltsam. Ich weinte nicht. Dr. Mudhil flehte mich an, nicht zum Haus meines Vaters zu gehen. Er bat mich, mit ihm nach London zu kommen.

»Nein, ich gehe jetzt nach Hause.«

Seltsam, ich konnte nicht weinen, und ich hatte auch keine Angst.

Ich spürte, daß die Augen meiner Mutter entsetzt auf mich gerichtet waren, als ich mich an den verängstigten Nachbarn vorbeidrängte. Ich betrat das Wohnzimmer.

Hadschi Ibrahim saß in seinem großen Lehnstuhl und erwartete mich. Seine Augen traten ihm weit aus dem Kopf und waren von roten Äderchen durchzogen. In seinem Gesicht spielten unheimliche Schatten von den flackernden Kerzen, die vor den Fotos von Omar und Jamil brannten. Ich starrte ihn lange an. Außer unserem Atmen war nichts zu hören.

»Sprich! Sprich! Ich befehle dir zu sprechen«, sagte er mit einer Stimme, die mir fremd vorkam.

Eine Stunde verstrich. Seine Augen sanken in die Höhlen zurück. Er arbeitete sich mühsam aus seinem Stuhl hoch und tappte unsicher zum Tisch. Er öffnete sein Gewand, zog seinen Dolch hervor, an dem noch Nadas Blut klebte, und stieß ihn in die Tischplatte.

»Du ... du warst einmal meine Hoffnung ...« krächzte er. »Aber du besitzt nicht einmal den Mut eines Weibes.« Er trat zu mir und entblößte seine Kehle. »Komm, Ismael, tu es!«

»O ja, ja, Vater, ich werde dich töten, aber ich werde es auf meine Weise tun. Ich brauche deinen Dolch nicht. Ich werde nur sprechen.

Ich werde dich zu Tode reden. Also sperr die Ohren auf, Vater, und hör mir sehr aufmerksam zu.« Er starrte mich an. Ich begann: »In Jaffa war ich Zeuge, wie deine beiden Frauen und Fatima von irakischen Soldaten vergewaltigt wurden!«

»Du bist ein Lügner«, knurrte er.

»Nein, Vater, ich lüge nicht. Es waren acht oder zehn Mann, und sie kamen einer nach dem anderen zu den Frauen, und ich sah, wie ihre großen, nassen, schleimigen Schwänze in sie eindrangen!«

»Lügner!«

»Sie ergossen ihren Samen in die nackten Körper deiner Frauen. Sie lachten und schlugen sie auf die Hintern! Sie vergnügten sich königlich!«

»Lügner!«

»Los, Vater, zieh deinen Dolch aus dem Tisch und bring mich um. Bring uns doch alle um!«

Plötzlich faßte sich Ibrahim an die Brust und schrie auf. Er rang keuchend nach Luft: »Mein Herz ... mein Herz ...« Er schwankte im Zimmer herum, stieß gegen die Möbel. Er fiel hin, ich stand über ihm.

»Kannst du deinen Dolch nicht aus dem Tisch ziehen, Vater? Nein? Schade. Ich habe zugesehen, wie Mutter von einem halben Dutzend Kerle auf dem Boden gefickt wurde! Auf dem Boden gefickt!«

»Ach!«

Er zwang sich auf Hände und Knie, kroch herum und schnaufte und würgte, Speichel tropfte ihm aus dem Mund.

»Ach!«

Er erreichte den Tisch und versuchte, sich an ihm hochzuziehen. Er legte die Hand um den Dolchgriff und zog daran. Es gelang ihm nicht, ihn loszureißen. Der Tisch stürzte um. Ibrahim lag am Boden, gurgelte, schrie, und dann war er plötzlich still.

XIV

Die Familie kroch voll eiskaltem Entsetzen ins Haus zurück. Ich erwartete, daß sie beim Anblick von Ibrahims Leiche zu meinen Füßen schreien und toben würden. Seltsamerweise taten sie es nicht. Sie starrten mich an, dann wichen sie furchtsam vor mir zurück. Plötzlich

fiel mir ein, daß sie mich in diesem Augenblick uneingeschränkt als ihren neuen Herrn anerkannten. Ich blieb teilnahmslos, fast abwesend. Und dann überkam mich plötzlich freudige Erregung. Ich hatte meine geliebte Schwester gerächt, indem ich den mächtigsten und schrecklichsten Mann erledigt hatte, den ich je kannte. Ich hätte vor Freude jubeln können über die Art und Weise, wie ich ihn getötet hatte. Er war unter Schmerzen gestorben, während tausend Ameisen an seinen Achselhöhlen nagten.
Aber ich liebte ihn noch immer. Kann jemand das begreifen. Ich liebte ihn.
Während sich das Geflüster rasch in aufregende Gerüchte verwandelte, leerten sich die Cafés und die Hütten, eine riesige Menschenansammlung bildete sich vor unserem Haus. Ich trat furchtlos hinaus und funkelte sie an. Es waren Hunderte, und es kamen immer noch mehr. Doch mir wurden keine Anklagen entgegengeschrien. Niemand focht das Schweigen an. Die Menschen wußten nur, daß ich, Ismael, den Hadschi unserer altehrwürdigen Tradition gemäß erledigt hatte, und daß ich, Ismael, nun ein Mächtiger war, mit dem man rechnen mußte.
»Hadschi Ibrahim hat uns verlassen«, verkündete ich sanft. »Er starb an einem Herzanfall.«

Der glorreichste Augenblick der Geschichte von Hadschi Ibrahim kam nach seinem Tod. Die tiefe Anteilnahme der Menschen bei seinem Begräbnis nahm Ausmaße an, wie sie für gewöhnlich Beerdigungen erhabener Heiliger oder großer Staatsmänner vorbehalten sind. Sie kamen aus allen Lagern in der Westbank und in Jordanien, es waren Hunderttausende. Noch nach seinem Tod bewunderten, verehrten, vergötterten ihn die Araber, aber sie hätten nie den Grund dafür angeben können. In diesem Augenblick wußten sie alle, daß sie ohne Hadschi Ibrahim nackt waren.
Am Fuß des Berges der Versuchung waren ein Grab und eine kleine Moschee mit Blick auf Akbat Dschabar errichtet worden. Hier wurde er bestattet, und man schwor den Juden Rache, obgleich ich nicht verstehe, warum. Ich blieb gefaßt und schwieg während der ganzen Zeremonie hochmütig. Obwohl man viele gemeine Verdächtigungen hinter meinem Rücken flüsterte, wagte niemand, mir offen eine Anklage ins Gesicht zu schleudern. Sie begriffen, wer ihr neuer Führer war, als sie mir gegenüberstanden. Sie kannten meine Macht. Sie krochen vor mir, bekundeten mir ihren Schmerz. Sie küßten meine Wangen, und die Speichellecker unter ihnen auch meine Hand.

Künftige Generationen würden sein Grab als heiligen Ort verehren, und mit der Zeit würde der Hadschi zu einem Heiligen werden.
Als das Leichenbegängnis zu Ende war und die Trauergäste sich entfernten, überfiel mich entsetzliche Übelkeit. Ich mußte weg vom Grab. Ich ging zu dem einzigen Ort und dem einzigen Mann, der mir Wärme und Trost spendete. Ich merkte, daß Nuri Mudhil Angst um mich hatte. Ich murmelte immer wieder, daß ich Ibrahim noch immer liebte. Er schien zu wissen, daß ich einem Zusammenbruch nahe war. Verstehen Sie, ich hatte seit Nadas Ermordung nicht über sie gesprochen. Ich hatte mich gezwungen, nicht an sie zu denken. Aber jetzt erwähnte ich ihren Namen und brach in seinen Armen zusammen.
»Sag mir, wo sie ist, Dr. Mudhil. Ich muß sie dorthin bringen, wo sie in Frieden ruhen kann.«
»Nein, das kannst du nicht«, entgegnete er.
»Aber ich muß.«
»Du kannst es nicht«, wiederholte er entschieden.
»Was meinst du damit?«
»Nicht jetzt, Ismael, später.«
»Sag es mir. Ich verlange, daß du es mir sagst.«
»Von ihrem Körper ist nichts übrig. Ihr zerstückelter Leichnam wurde in der Abfallgrube beim Fluß verstreut. Bitte, stell keine weiteren Fragen.«
»Ich werde sie rächen!« schrie ich.
Er seufzte schmerzlich. »Ja«, flüsterte er, »natürlich wirst du sie rächen.«
Ich rannte im Raum umher, sehnte mich nach den erlösenden Tränen. Ich stand vor ihm und zitterte. »Warum kann ich nicht weinen? Warum kann ich nicht weinen!« Ich fiel auf die Knie und umklammerte seine Beine. »Was haben wir getan?« kreischte ich. »Warum? Warum? Warum?«
Er hielt meinen Kopf in seinem Schoß, streichelte mich, und ich schluchzte, bis die Tränen endlich flossen. Das sterbende Sonnenlicht durchflutete in einem letzten Aufflammen den Raum, dann waren wir in Dunkelheit gehüllt.
»Warum?« flüsterte ich, »warum?«
»Ihr wart drei wundervolle Menschen, die einander leidenschaftlich liebten. Aber ihr wurdet in eine Welt hineingeboren, in der solche Liebe keinen Platz hat.«
»Was soll aus uns allen werden?« fragte ich.

Er schwieg lange. Ich sah zu, wie sein Schatten an der Wand schwankte.
»Du mußt es mir erklären, Dr. Mudhil.«
»Ich werde es dir erklären«, antwortete er leise, gequält. »Es ist uns nicht erlaubt, einander zu lieben, und wir haben seit langer Zeit die Fähigkeit dazu verloren. Haß ist unser Vermächtnis, und wir haben uns von einem Jahrzehnt zum anderen, von einer Generation zur anderen, von einem Jahrhundert zum anderen durch Haß neu geschaffen. Die Rückkehr der Juden hat diesen aufgestauten Haß entfesselt, er ist wild und ziellos zu einer geballten Kraft der Selbstzerstörung explodiert. Wir können nicht mit der Außenwelt leben, uns nicht an sie anpassen; wir konnten es niemals. Wir sind unfähig, uns zu ändern. Der Teufel, der uns verrückt macht, frißt uns jetzt auf. Und wenn uns niemand aufhält, werden wir dem Tag des großen Feuers entgegengehen. Was wir jetzt erleben, Ismael, ist der Beginn des Harmageddon, des Entscheidungskampfes zwischen Gut und Böse.«

Ich weiß nicht genau, in welchem Augenblick mich die Finsternis überkam.
Ich packte meinen Koffer und wollte abreisen, als meine Hände plötzlich nichts mehr festhalten konnten. Ein Schleier legte sich über meinen Geist ... ich bemühte mich angestrengt, wieder klar zu denken, aber ich schaffte es nur ab und zu.
Jeden Tag nahm die Dunkelheit mehr und mehr zu, bis meine Kräfte nicht mehr ausreichten, sie abzuwehren.
Und so unterlag ich.

Alle sagen, ich sei geisteskrank, weil ich aufgehört habe zu sprechen.
Oft, wenn Dr. Mudhil kam und mir zuredete, wollte ich ihm antworten, aber ich konnte es nicht ... es war so schwierig, seine Worte zu erfassen ...
Eines Nachts wurde ich wegen Nada rasend vor Wut und zerschlug die Fotos von Jamil, Omar und Ibrahim.
Danach wurde ich auf meinem Feldbett an die Wand gekettet.
Jedesmal, wenn ich an Nada dachte, überkam mich der schreckliche Schmerz, und ich schien die Beherrschung zu verlieren ... immer wieder ... Den ganzen Tag hindurch schauen Kinder zu meiner Tür herein, zeigen auf mich und verspotten mich ... es kümmert mich nicht ...
Ich bin also angekettet ... jeden Tag beugt sich Hagar über mich,

bespuckt und tritt mich. Ich höre, wie Kamal und Mutter planen, mich an ein Selbstmordkommando der Fedajin zu verkaufen ... man zahlt jetzt dreihundert Dollar pro Mann, und sie brauchen das Geld ... ich bin nicht verrückt ...
Aber sie sind verzweifelt ... Kamal hat keine Arbeit ... Omars Gehalt reicht nicht zum Leben ...
O ja, ich höre, wie sie planen ... aber sie wissen nicht, daß ich jetzt glücklich bin, denn ich kann mit Nada sprechen ... ich sehe sie jede Nacht ... sie kommt zu mir ... sie rät mir immer wegzulaufen ...
Der dumme Kamal hat nie etwas richtig gemacht ... er weiß nicht, daß ich die Schrauben in der Wand gelockert habe, und daß ich sie herausreißen kann, wann immer es mir paßt ...
Ja, Nada, ich werde fliehen ...
Ich werde dir folgen ...

Der Wadi führt zurück in die Höhlen ...
Die Sonne scheint so hell ...
Ich hätte Wasser mitnehmen und Schuhe anziehen sollen ... aber ich mußte Nada eilig folgen, denn ich hatte Angst, daß sie wieder verschwinden würde ...
Ich bin sehr weit in die Schlucht geraten ... meine Füße beginnen zu bluten, und sie brennen ... ich werde mich ausruhen ... verdammt, diese Ketten an meinen Handgelenken ...
Halt, dort klettert Nada die Felsen hinauf ...
»Nada ... warte ... ich werde zu dir hinaufklettern, meine geliebte Schwester ... o Nada, hör doch auf, mich zu necken ...«
Klettern ... klettern ... zu ihr hinaufkommen ... nicht abrutschen ... hab keine Angst ... »Nada, nimm meine Hand und hilf mir, meine Ketten sind so schwer ...« Heiß ... im Namen des Propheten, es ist so heiß ... Ach, Ismael, du warst ein Narr, ohne Wasser hierherzukommen ... Aber ich mußte laufen, sonst hätten sie mich zu den Fedajin verschleppt ...
O Gott, ich glaube, ich bin in der falschen Schlucht ...
Ich habe mich verirrt ...
Dort ist Nada wieder ... sie klettert wie ein Steinbock ... so graziös ... so reizend ... plötzlich setzt sie sich auf den Rand des Simses, reizt mich und lacht ...
»Nada, ich komme zu dir ... wir können von unserem Sims zu den sieben Paradiesen fliegen ...
Schau, wie hoch ich geklettert bin ... von hier kann ich die Weite der

Wüste überblicken ... das Tote Meer ... über den Fluß hinweg sehe ich den Berg Nebo ...«
In Allahs Namen, höre ich Heuschrecken? Nein, dort kommt etwas Riesenhaftes auf mich zu, aber es sind keine Heuschrecken ... es sind ... Menschen ... ja, ich sehe es deutlich, die Wüste füllt sich mit Millionen und Abermillionen von Menschen! Sie sehen mich! Sie rufen mich ...
»Ismael, rette uns!«
»Geht zurück, ihr alle, geht zurück! Kommt nicht weiter in diese Wildnis! Geht zurück! Ich befehle es euch!«
Warum hören sie nicht auf mich? Sie kommen immer näher, Millionen und Abermillionen ...
»Ismael, rette uns!«
»Narren! Narren! Kehrt um. Kehrt um, oder der Tag des großen Feuers kommt über uns. Im Namen Allahs, kehrt um! Das ist der Harmageddon!«

O Allah, sie hören nicht ... sie kommen immer näher ...
Ich werde noch einmal zu ihnen sprechen ... aber das Klettern hat mich ermüdet, und die Ketten haben mich niedergezwungen ...
Zuerst muß ich mich ausruhen ... ich muß mich nur für kurze Zeit hinlegen ... das Gesicht fühlt sich heiß an, wenn ich es an den Felsen presse ... ich werde lieber aufstehen ... ich komme nicht auf die Beine ... nein, ich glaube, ich werde eine Zeitlang schlafen ... die Sonne brennt heiß ... ich bin so müde ... so schrecklich müde ...